鄭騫著

景午叢編

下編

中華書局印行

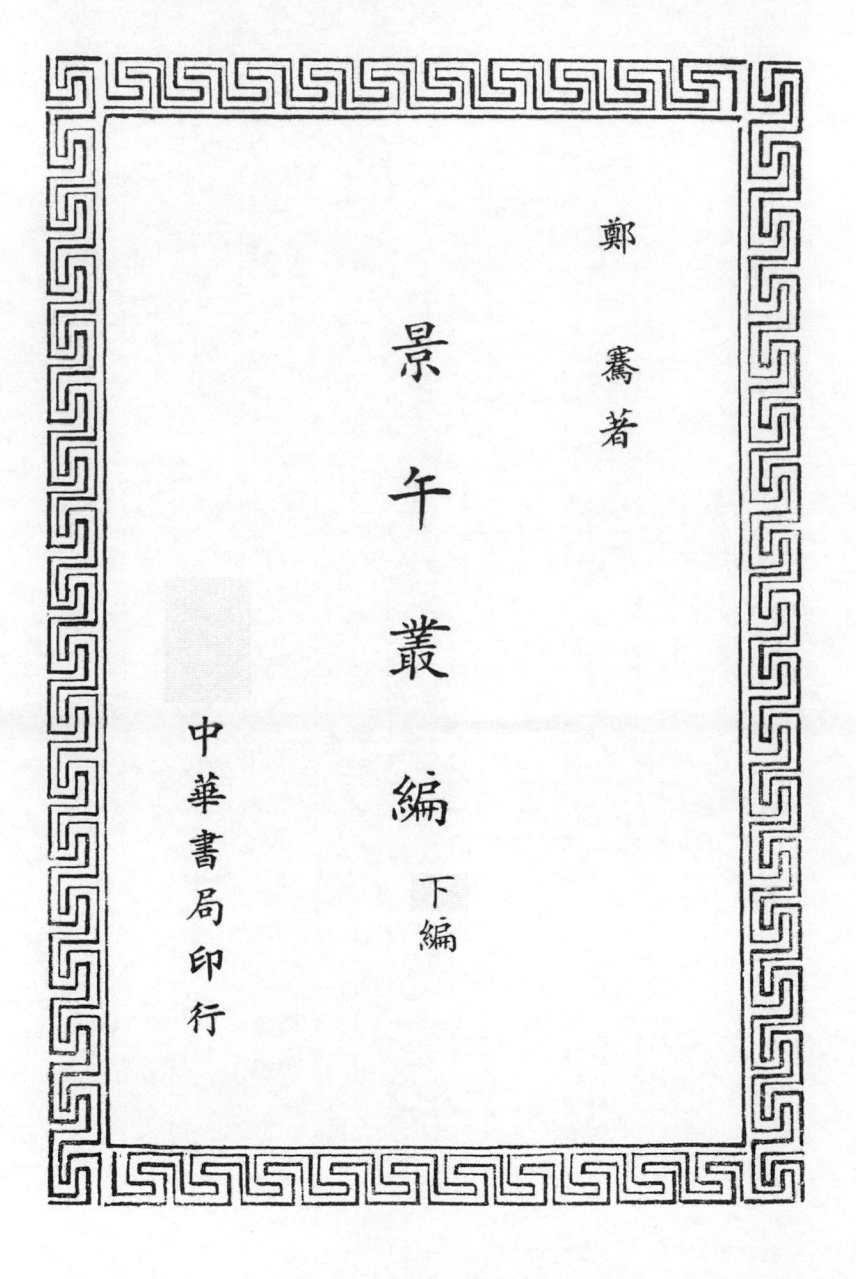

自序

我喜歡文學也喜歡考據，數十年來，始終致力於此，所寫的八十幾篇文章，也不出這個範圍。其中屬於文學欣賞、解說、評介等性質的六十二篇，已收入另一本集子「從詩到曲」。這本「燕臺述學」所收二十二篇，都是考據性的文章，內容仍以文學作家及作品為主，而旁及史傳與小說，有關元人雜劇之作，則不論其性質為何，一律收入「從詩到曲」，以便學者集中閱讀。「從詩到曲」初版各篇中有少數應當移歸本集，現在仍照原來編次重印，不再更動。

作考據本是極費精神時間的事，而且很容易「打岔」，常因尋檢某問題的資料而岔到另一問題上去，結果是游騎無歸，本末俱廢。又容易流於餖飣瑣碎，為一點枝節而遍稽羣書，姚姬傳曾譏之云「搜殘舉碎，所得幾何？」我寫作四十年而成績不過如此，嬾散無恒心之外，「歧路亡羊」與「不賢識小」也都是原因之一。憂患餘生，精力日漸衰竭，今後恐難再寫出比較像樣的文章，只好以此區區，編印問世，存往日之辛勤，供來學之參考。若蒙當世鴻儒碩彥，不吝教言，指正其闕失，更是不勝盼禱之至。

鄭 騫 民國六十年三月

燕臺述學目錄

楊家將故事考史證俗

序　目

楊家將故事，流傳甚廣，家喻戶曉。其來源爲正史、載記、與民間傳說；其演變傳播之工具爲小說與戲劇；集史乘俗傳於一編，軼事逸聞足資考證者，則爲華北各地之方志。取各種典籍所記楊家事實，與元明淸三朝小說戲劇參互考訂，以求其演變之軌跡，是爲最富趣味最有意義之工作。近人從事於此者，有余嘉錫之「楊家將故事考信錄」及衛聚賢之「楊家將考證」。衛著頗嫌支離蕪雜，可以存而不論；余著精確翔實，著稱學苑，但於各省方志未能盡量利用，而淸內府所編大戲「昭代簫韶」爲楊家將故事之總彙，上承元明，下啓近代皮黃諸劇，余氏於此書並未寓目，故難免有若干闕失。今博採羣書，詳加考證，撰爲斯編，冀能對研究此故事者有所貢獻。余著取材偏重正史，本編則正史方志與小說戲劇並重，不僅補正余著，性質亦微有不同。全編分七章，列目如下。楊家將故事之於史有徵者，略盡於此；其純出虛構無可稽考之故事，如「大破天門陣」等，則完全屬於戲劇小說，不在本編範圍之內。予撰寫本編，曾獲得國家科學委員會補助，謹此致謝。民國五十九年秋日，鄭騫識於臺北。

一　楊家將故事之原起與流傳

楊家將故事之起原甚早，其發展流傳則頗為遲緩，蓋歷時約七百餘年，始盛行於世。此故事之興起，約當宋仁宗之世，卽楊業楊延昭父子身後不久。但只限於村氓野老，「十口相傳」而已。豆棚瓜架文獻無徵，內容如何既不得而知，輾轉演變之跡自亦無從查考。其見於文字紀錄，約在宋室南渡之後，而此種紀錄之僅存於今者，如下文所述之「燼餘錄」，則為元初人作，上距故事初起之時，約二百年有餘矣。元明以後，各種民間故事，無論其為於史有徵，或全出虛構，多藉戲劇或小說之形式以流行傳播。而元明戲劇之有關楊家將者，合存佚計之，不過九種。小說則更為貧乏，只有明人所撰兩種。且此類作品，均非鉅製，以視三國水滸之膾炙人口，實為遠遜。入清以後，楊家將小說依然不振，而戲劇乃轉盛。最初由於地方戲劇之傳播，繼之以嘉慶時昇平署所編之大戲昭代簫韶，此故事之流傳始漸廣，而至於家喻戶曉。自乾嘉之間上溯至宋仁宗中葉，卽上文所謂歷時約七百餘年也。且不僅戲劇小說如此，即在明清兩朝各種方志中所載楊氏古蹟亦有後來居上之趨勢；換言之，同一地方之志書，其編纂年代早者，有關楊氏之古蹟亦少；年代晚者則古蹟加多。而所謂年代早晚，又以雍乾之間爲其中限。於此亦可窺見楊家將故事之流傳，入清始盛。戲劇與小說同爲傳播故事之工具，而在昔日，戲劇之功用效果遠勝於小說，此其故余嘉錫在楊家將故事考信錄（以下簡稱考信錄）中已詳言之。今日之舊式戲劇，無論崑曲、梆子、皮黃，均已漸趨沒落；有關楊家將之小說如北宋志傳，其文筆結構又極拙劣，難以傳世，所謂「言之無文，行而不遠」；楊家府演義勝於北宋志傳，然亦不能與三國水滸相比並。中年以下之人，甚少以此類故事告其子女；地方志更非一般人所常涉獵者。再過二三十年，盛極一時之「楊家將」終必有光沉響絕之一日。蓋此類故事本依農村生活農業社會而存在而流傳，轉入工業社會之後，多數人之生活方式既經改變，不僅無人爲之傳播，抑且無人能欣賞矣。龔定庵詩云：「光影猶存急網羅」，及今研究考述楊家將故事，使之轉爲學術性質而不致完全失傳，固爲頗有意義之舉。於此有須說明者，本文所謂「故事」，乃指流行民間事實與「幻設」雜糅之傳說而言；若夫楊業父子之眞實事跡，則載在史冊，班班可考，固無所謂起原之早晚與發展之遲速也。今就上文所述，分別疏證於後，尤注意於有關戲劇小說之說明；各地方志中所載楊家將古蹟，則彙輯於第七章。

歐陽修全集卷二十九供備庫副使楊君墓誌銘：「君諱琪，字寶臣，姓楊氏。……君之伯祖繼業。……繼業有子延昭。……父子皆爲名將，其智勇號稱無敵，至今天下之士，至於里兒野豎，皆能道之。」楊琪卒於皇祐二年，葬於三年，見墓誌。據此，知仁宗之世，民間已流行有關楊氏父子之傳說。考信錄云：「予以爲楊業父子之名，在北宋本不甚著，今流俗之所傳說，必起於南渡之後。」實未必然。蓋余氏未發見此墓誌，但憑臆測也。

宋末廬陵人羅燁新編醉翁談錄卷一小說開闢篇所載宋人話本名目，朴刀類有「楊令公」，桿棒類有「五郎爲僧」，是爲楊家將小說亦卽此故事見於紀錄之最早者。但原本久佚，其內容如何，不得而知，寫成年代亦無從查考，僅據宋代話本發展情形觀之，可略定其最早爲南渡前後作品。

宋末謝維新合璧事類備要後集卷六十三節使門、邊功無敵條注文云：「眞宗時，楊畋字延昭，爲防禦使，屢有邊功，天下稱爲楊無敵，夷虜皆畫其像而事之。」考信錄引此條，附以案語云：「……畋乃業之姪曾孫，延昭之族孫，雖以文人立邊功，然未嘗官防禦使，楊無敵乃楊業之號，於延昭無與，維新將三人之事互混爲一，是眞街談巷議，目不覩史者之所爲，疑由評話家隨意揑合，不求甚解，以至如此。維新陋儒，遂采用之耳。若吾言不謬，則當南宋之末，楊家將故事必已徧傳民間矣。」寯案此書有寶祐五年丁巳自序，宋亡於厓山之前二十二年也。合觀下文所引徐大焯燼餘錄，楊家將故事在宋元之間已徧傳民間，且頗爲紛歧，蓋無疑問。

徐大焯燼餘錄卷一云：「興國五年，太宗莫州之敗，賴楊業扈駕，得脫險難。業太原人，世稱楊令公，仕北漢建雄軍節度使。隨劉繼元降，授右衞大將軍，代州刺史。先是，帝出長垣關，敗契丹於關南，旋移軍大名，進戰莫州，遂爲契丹所困。楊業及諸子奮死救駕，始得脫歸大名。密封褒諭，賜賚駢蕃。七年，業敗契丹於雁門豐州，獲其節度蕭太。八年，收降契丹三千餘帳，遷雲州觀察，兼判鄭州、代州，諸將大忌之。雍熙三年，業副潘美北伐，破寰朔應雲四州。會蕭太后領衆十萬犯寰，業請潘美會軍出雁門，不應。業分（奮）死出戰，士卒盡喪，慨然曰：『不幸爲權奸所陷。』遂死之。贈太尉、節度使。長子淵平隨殉，次子延浦、三子延訓，官供奉。四子延環，初名延朗。五子延貴、並官殿直。六子延昭，從征朔州功，加保州刺史。眞宗時，與七子延彬初名延嗣者，屢有功，並授團練使。

延昭子宗保，官同州觀察，世稱楊家將。」騫案：大焯爲元初人（註）燼餘錄多亡國後追記，其成書較之謝維新合璧事類約晚三四十年，而所記宋代史實及楊家事跡之混淆錯誤，殊無二致，蓋不僅年代久遠，抑且地域睽隔。然「楊家將」之稱首見於此，固爲研究此故事之重要資料。考信錄以爲大焯所言但與小說合，與宋史及雜劇皆不同，必當時之楊家將平話如此。其說雖屬臆測，却頗近理。太宗莫州被困，不見於宋史等書，考證見第五章。

（註）燼餘錄卷首有李模題記云：「燼餘錄二卷，城北遺民徐大焯撰。甲編記宋初宋末事，乙編記吳中事。半從先世筆記中錄出，足以徵信。大焯吳縣人，元初居桃塢慶雲里，卽今官庫巷。」

宋元話本之「楊令公」及「五郎爲僧」，已不可復見。元明雜劇之敷演楊家將故事者，則有以下五種：

謝金吾詐拆淸風府　簡稱謝金吾，亦稱淸風府。收入元曲選丁集，題目作「楊六使私下瓦橋關」，正名作「謝金吾詐拆淸風府」。作者名氏未詳，觀其風格，乃元雜劇末期作品。

昊天塔孟良盜骨　簡稱昊天塔。收入元曲選戊集，題目作「瓦橋關令公顯神」，正名作「昊天塔孟良盜骨」。作者朱凱，字士凱，亦元末人。

八大王開詔救忠臣　簡稱開詔救忠，收入孤本元明雜劇。題目作「楊六郎報仇雪冤恨」，正名作「八大王開詔救忠臣」。

焦光贊活拿蕭天佑　簡稱蕭天佑，亦稱活拿蕭天佑。收入孤本元明雜劇，題目作「楊六郎鎗刺耶律灰」，正名作「焦光贊活拿蕭天佑」。

楊六郎調兵破天陣　簡稱破天陣收入孤本元明雜劇，題目作「韓延壽索戰賭三籌，」正名作「楊六郎調兵破天陣。」以上三劇，俱爲明教坊所編，其時代最早爲永樂末年，最晚可至嘉靖中葉，未能確定。傅惜華編元代雜劇全目收此三劇，而不收入明代，殊誤。

以上五種之外，又有散佚無考者二種：

楊六郎私下三關　續錄鬼簿無名氏目內有此劇，簡稱私下三關，題目作「王樞密知流二國，」正名作「楊六郎私下三關。」曹楝亭本錄鬼簿則云是王仲元作，仲元爲元劇後期作家。此劇劇情可能與謝金吾詐拆清風府相同，但二者題目正名不同，應非同一劇本。

孟良盜骨　北詞廣正譜仙呂宮引此劇首折之青哥兒殘曲兩句，題云「關漢卿孟良盜骨劇。」按：元明各種戲劇書目關漢卿名下均未著錄此劇，不知廣正譜何所依據。原劇久佚，題目正名亦均無存，但廣正所引青哥兒兩句不見於朱凱之昊天塔，可知其非同一劇本。

元明兩代雜劇敷演楊家將故事者，合存佚計之，只有以上七種（存五佚二）。明代傳奇著錄於傅惜華明代傳奇全目者約近千種，而演楊氏故事者只有施鳳來之三關記一種，演他人故事而大部涉及楊氏者有姚子翼之祥麟現一種。三關記僅存殘齣，祥麟現全存，僅有傳鈔，未見刻本。今錄傳撰三關記提要於下：

「三關記：遠山堂曲品著錄此劇，未題作者名氏，列入『具品』。重訂曲海目、傳奇彙考標目乙本、曲海總目提要，皆著錄此劇，題施鳳來撰。日本舶載書目著錄作楊氏三關記上下二卷，署爲虎林會元施鳳來編集。所著錄者，當係明槧，惜未見流傳。此劇今無傳本，僅有詞林一枝，萬錦清音二書，選錄此劇零折。」

騫按：一枝及清音二書，在臺無從覓讀，不知所選錄者共若干折，更無從知其內容。黃文暘曲海總目提要卷十一著錄此劇，敍述劇情甚詳，可知在乾嘉時尚有全本流傳。提要云：「鳳來平湖人，萬曆丁未會元，啓禎時官至大學士。記云虎林會元施鳳來編，蓋萬曆間所作也。」

祥麟現劇情詳見曲海總目提要卷十四，所演乃成都人楊文鹿事，而全以宋遼交戰為背景，楊延昭、蕭太后、孟良、王欽若等為重要配角。蓋據北宋志傳及楊家府演義兩小說點染而成，乃楊家將故事之枝流也。提要誤云「近時人作」，傳撰明代傳奇全目據傳奇彙考標目及王國維曲錄定為明人姚子翼作。

乾隆時玩花主人等編選之綴白裘，六集二卷有「陰送」一折，十一集三卷有「擋馬」一折，皆演楊八妹事，原目僅題為「亂彈腔」，其全劇名稱為何，不得而知。此與清初或稍晚流行於直隸（今河北省）中部之「絲絃老梆子」劇種所演之「瓦橋關」，皆予所謂清代早期之地方戲。

昭代簫韶為楊家將戲劇之淵藪，全劇共二百四十齣，分為十本，每本二十四齣。其篇幅之長，規模之廣，與演目蓮救母故事之勸善金科，演三國故事之鼎峙春秋，演西游記故事之昇平寶筏等相同，皆清乾嘉時內府昇平署所編之「大戲」。據卷首序文，知此劇成於嘉慶十八年，於諸大戲中最為晚出。雖亦用南北曲製作，而文字拙劣，音律乖舛，不能與金科、寶筏等劇相比，蓋其時花部已興，雅部已漸趨沒落矣。其後，此劇遂有「皮黃本」出現。但刋本流行者為用南北曲所撰之原劇，皮黃本僅有伶工傳鈔，流傳不廣。予在大陸時藏有零折十餘種，今已散佚。至於清末民初以來流行之皮黃戲有關楊家將者，如托兆碰碑、穆柯寨、轅門斬子、四郎探母等，則皆為伶工或編劇文人根據元雜劇、楊家將演義小說、梆子亂彈等地方戲劇，及民間傳說改編而成，故其情節與昭代簫韶往往不同。予今作「楊家將故事考史證俗，」戲劇方面取材之範圍，至昭代簫韶爲止；皮黃及各種地方戲，未遑逐一涉及。

有關楊家將之戲劇已如上述，元代有無此等話本已不可考。明清兩代有關楊家將之小說則較之戲劇更少，明代只有兩種：

楊家府通俗演義　此書全名爲「楊家府世代忠勇通俗演義，」亦簡稱「楊家將演義。」原題秦淮墨客編緝（不作輯。）卷首有萬曆丙午（三十四年）秦淮墨客自序，序文行書寫刻，序後有朱文方印二，其一云「紀振倫印，」其二云「春華。」依明人刻書慣例推測，紀振倫當卽秦淮墨客之本名，春華則其字也。其人生平待考。全書八卷，分爲五十八則，（考信錄誤作五十七回，）每則有題目，散句單行，不作對偶。例如第一卷第一則目云「趙太祖受禪登基，」第二則云「漢繼業調兵拒宋，」雖似偶句，第三則云「繼業夜觀天象，」第四則云「太祖傳位與太宗，」則不僅非對偶，卽字數亦不一致。此與弘治本三國演義相同，是爲章回小說之原始形式。全書敍楊家五代事跡：第一代繼業，其事跡在北周及宋太祖太宗時；第二代楊景卽延昭，太宗眞宗時；第三代宗保，眞宗仁宗時；第四代文廣，仁宗時；第五代懷玉，已至神宗元豐時矣。此卽所謂「世代忠勇。」繼業延昭文廣，祖孫三世，宋史皆有傳；宗保懷玉則全出虛構，詳見本編第三章楊氏家族考證。此書僅有萬曆刻本，流傳不廣，頃已由國立中央圖書館影印行世。

北宋志傳　此書與南宋志傳合爲一書，其全名爲「按鑑演義南北兩宋志傳，」共二十卷一百回，南北宋各十卷五十回，皆自爲起訖。南宋志傳演五代及宋太祖事，與楊家無涉；北宋志傳演太宗眞宗仁宗三朝事，而自卷二以下，全部以楊家事蹟爲主，故自此卷起又題爲「按鑑參補北宋楊家將傳」。此書明代刊本甚多，入清後尤爲流行，不似楊家府演義之罕見。各種刊本之題名亦不一致，內容則完全相同。撰人舊題爲熊大木，大木字鍾谷，福建建陽人，嘉靖時書林。但第一回按語有「收集楊家府等傳參入史鑑年月編定」之語，可知其較楊家府爲晚出。楊家府序文明題萬曆丙午，此書刊本亦無早於萬曆者，成書當在嘉靖以後，故孫楷第中國通俗小說書目疑其非熊大木作。此書稱五代及宋太祖時爲南宋，太宗以後爲北宋，孫撰小說書目及余撰考信錄皆深斥之，以爲顚倒南北，荒謬不通。孫云：「疑其書本名宋傳及宋傳續集，」且於小說書目中逕題此名。余氏則以爲南宋志傳本名「五代志傳」，南宋二字乃書肆剜改，以與北宋志傳配合。竊按：兩說均難成立。此書刊本甚多，皆作南宋志傳、北宋志傳，從無宋傳及續集之名；余氏僅見玉茗堂批點本，不能謂每種刊本皆經剜改。予揣作者之意，蓋以爲五代及宋太祖登基平定諸國之事皆在宋本土及其南方，故稱南宋。北宋志傳初敍太宗平定北漢，繼之以宋遼交戰及征討西番（西夏），皆在宋之北境，故云北宋。與史家所謂南北宋並非一事。此書作者爲冬烘陋儒，如此設想命名，並不足怪。予說雖亦屬推測，但較余孫兩說爲合理近眞，無須改易原書名目。

以上兩書，所敍楊家事蹟不盡相同，同者亦詳略互異。是爲楊家將故事之兩大淵藪，明清兩代傳述演唱之楊家故事，大部均出於此。兩書相較，楊家府甚少根據歷史，多出自民間傳說或作者虛構。北宋志傳則作者自云「收集楊家府等傳參入史鑑年月編定」，其有據部分爲「按鑑」，故較楊家府近於史實；其虛構部分爲綜合楊家府及其他有關楊家之小說而加以渲染，故更爲熱鬧，甚至離奇荒誕。兩書文字均不甚佳，而楊家府稍勝，且有樸拙之致，不似北宋志傳之陋劣不通。故事之安排處理，全書之意境氣氛，楊家府更勝於北宋志傳。楊家府作者有情致、有思想；於其末一則「楊懷玉舉家上太行」可以見之。北宋志傳則三家村冬烘之作耳。

清代之楊家將小說有四種：

北宋金鎗全傳　此書有道光癸未（三年）刊本，題「江寧研石山樵訂正」，全襲北宋志傳，改易名目。

天門陣演義十二寡婦征西　有清代坊刊小字本，未署年月，共十九回，割裂楊家府演義之後半部，文字略有改易。

平閩全傳　撰人不詳。全書六卷五十二回，有光緒十一年坊刻本，敍楊文廣平閩事，甚荒誕。

萬花樓楊包狄演義　李雨堂撰。雨堂自號西湖居士，履貫不詳。全書六十八回，流傳甚廣，刊本頗多，有分爲十四卷者，有分爲六卷者。演楊宗保以後事，而以宗保之女金花爲主，今豫劇之「楊金花掛帥」即出於此。此書以狄青爲姦邪小人，專與楊家爲難，全違史實，是非顚倒，其說始於楊家府演義，非雨堂所創也。

以上四種，其一爲北宋志傳之改名，其一爲楊家府之割裂，清人所撰實只兩種。此兩種均與本篇主題無關，故不詳論。

二　楊業姓名籍貫及稱謂考證

楊業，原名重貴，麟州新秦人（今陝西神木縣）。約十八九歲時，事北漢世祖劉崇。崇時爲麟州刺史，視業如諸孫，賜姓名曰劉繼業。崇自立爲北漢國主，業歷官由保衛指揮使至侍衞都虞候、領建雄軍節度使，爲北漢名將，國人號曰「無敵」。後隨北漢主劉繼元降宋，復本姓，去繼字，遂名楊業。宋太宗授業爲左（宋史卷二七二業傳左作右，今從續通鑑長編及東都事略。）領軍衞大將軍、鄭州防禦使，旋命知代州（今山西代縣），兼三交（今山西陽曲縣北十五里）駐泊兵馬部署，以防邊功進授雲州（今山西大同）觀察使。雍熙三年，與契丹戰於朔州（今山西朔縣）之陳家谷，兵敗援絕，被擒不屈，絕食三日而死，年約六十一二歲。贈太尉、大同軍節度使，後累贈至太師、中書令。業既仕于北漢，久居太原（今山西太原），故史傳以爲太原人。

隆平集卷十七云：「楊鄴，或曰繼鄴，麟州人。」業字加邑旁，與諸書均不同，恐有誤。續通鑑長編卷九：「（繼元）又遣侍衞都虞候劉繼業、馮進珂領軍扼團柏谷。……繼業本名重貴，姓楊氏，重勳之兄。（按：重勳又名重訓，詳見下文。）幼事北漢世祖，遂更賜以姓名。」同書卷二十：「初，劉繼業爲繼元捍太原城，甚驍勇，及繼元降，繼業猶據城苦戰。上（宋太宗）素知其勇，欲生致之，令中使諭繼元，俾招繼業。繼元遣所親信往，繼業乃北面再拜大慟，釋甲來見。上喜，慰撫之甚厚，復姓楊氏，止名業。」宋史卷二七二業傳：「楊業，幷州太原人。……弱冠事劉崇，爲保衞指揮使，以驍勇聞。累遷至建雄軍節度使，屢立戰功，所向克捷，國人號爲無敵。」（東都事略卷三十四業傳同此。惟無敵二字上有楊字。按：業在北漢時姓劉，不應曰楊無敵。）楊業居麟州時名楊重貴，仕北漢時名劉繼業，入宋後名楊業，從未以楊繼業爲名。惟遼人則呼爲楊繼業。如遼史卷十一聖宗紀云：「統和四年，宋遣曹彬、崔彥進、米信由雄州，田重進飛狐道，潘美、楊繼業雁門道來侵。」同書卷八十三耶律休哥傳云：「統和四年，宋復來侵，其將范密（此人宋史未見，疑是潘美二字音近之誤。）楊繼業出雲州。」同書同卷耶律斜軫傳云：「統和初，宋將曹彬、米信出雄、易，楊繼業出代州。」同書卷八十五耶律題子傳云：「統和四年宋將楊繼業陷山西城邑」，皆是也。蓋宋人去其繼字，乃爲避免仍與劉繼元以繼字聯名。遼人則自北漢時習聞繼業之名，故仍舊稱，但易劉爲楊耳。自元迄今小說戲劇皆稱楊繼業，則以此三字較楊業二字易於上口之故。

聶崇岐麟州楊氏遺聞六記之一云：「北漢世祖劉崇爲後漢高祖知遠之弟。舊五代史卷一百三十五崇傳，謂『高祖鎭幷汾，奏爲河東步軍都指揮使，逾年，授麟州刺史。』又同書卷九十九高祖紀，謂高祖於晉天福六年『七月授北京留守河東節度使。』則崇之刺麟州，約在天福七八年間。業之事劉氏，當始於此時。」考信錄云：「業以何時事劉崇不可知，惟業父信死後，業不得立而立其弟重訓，必信死時業已不在麟州矣。業以刺史之子，何至爲人乞養？且劉崇於周廣順元年始稱帝，業父信亦已於是時受命於周，周漢世仇，信何以遣其子入虎口，致父子各事一國耶？此必崇爲太原尹河東節度使時，信方事漢，欲結援於大邦，故送業於太原以爲質子耳。及信背漢事周，業遂不得歸。信死，重訓以周降北漢，亦以其兄在太原故也。」騫按：劉崇爲太原尹在天福十二年，卽後漢高祖稱帝之年，見資治通鑑二百八十六。楊業始事劉崇之時期，聶余兩說相差四五年，余氏未檢舊五代史所論皆屬臆測，不如聶說信而有據，應從聶說定爲天福七八年間。此事與考訂楊業年齡有關，不可不詳。（業父信曾自爲麟州刺史，信死，其子重勳（卽重訓）繼之，俱見下文。）

遺聞六記之二云：「業卒時年歲諸書無述及之者，今依第一記所言，假定業於晉天福八年始事劉氏，其年爲二十歲（弱冠），則雍熙三年應爲六十三歲，其生約在後唐同光二年（九二四—九八六）。」考信錄云：「史不載業年壽，但言弱冠事劉崇，若如余所推測，事在漢隱帝以前，崇未卽位時，（見前）則至雍熙二年已閱三十六載，業死時年當五十餘。」竊按余氏所定業始事劉崇之時期，較聶說晚四五年，故所定業之年壽亦少數歲。二者相較，自以聶說爲長。其說可能與事實相符合，卽有差誤，亦不過一兩年耳。

十國春秋一零六：「劉繼業，本姓楊氏。……弱冠事世祖（劉崇）。……睿宗（劉承鈞）賜委劉氏，比於諸子。」遺聞六記之一云：「睿宗子姪輩皆以『繼』字聯名，其改楊重貴爲劉繼業，蓋亦子視之也。」考信錄云：「業不知以何人爲父，考承鈞卒於宋開寶元年，年四十三，（見宋史卷四百八十二北漢世家。）則當生於後唐天成四年，至周廣順元年劉崇稱帝時，年纔二十有三，業事崇於未稱帝之前，已弱冠，則業與承鈞年相若，必不呼之爲父。疑崇以長子湘陰公贇無後，養業爲孫。十國春秋以爲睿宗養子，非也。」竊按余說甚爲博辯，且如聶說所定業之年尙長於承鈞，自不能父事之。業之賜姓劉氏，亦當在劉崇之時，而非如十國春秋所云爲承鈞所賜。

隆平集卷十七業傳、江少虞皇朝類苑卷五十五業傳，皆云業爲麟州人。歐陽修全集卷二十九供備庫副使楊君墓誌銘云：「君諱琪，字寶臣，姓楊氏，麟州新秦人也。新秦近胡，以戰射爲俗，而楊氏世以武力雄其一方。其曾祖諱弘信，爲州刺史。（弘信卽楊業之父，其他諸書記載，均作楊信，乃宋人避宣祖諱，故去弘字，參閱下章。）祖諱重勳，又爲防禦使，太祖時爲置建寧軍於麟州，以重勳爲留後，後召以爲宿州刺史、保靜軍節度使，卒贈侍中。父諱光扆，以西鎭供奉官監麟州兵馬，卒于官。君其長子也。君之伯祖繼業，太宗時爲雲州觀察使，與契丹戰歿，贈太師中書令。繼業有子延昭，眞宗時爲莫州防禦使，父子皆爲名將，其智勇號稱無敵，至今天下之士，至於里兒野豎，皆能道之。」（此段爲考證楊家事跡之最佳資料，本案及下章均須引用，故詳錄之。）資治通鑑卷二百九十一：「初，麟州土豪楊信，（卽楊弘信，見上。）自爲刺史，受命於周。信卒，子重訓嗣，考異曰：崇訓或作崇勳，世宗實錄作崇訓，蓋後避梁王宗訓改名也。按考異則重訓當作崇訓。（以上皆通鑑原註。）以州降北漢。至是，爲羣羌所圍，復歸欵，求救於夏府二州」據上引隆平集、歐陽集、資治通鑑等三書，楊氏本貫爲麟州新秦無疑，新秦、麟州附郭縣也。太平寰宇記卷三十八：「麟州新秦郡、今理新秦縣。禹貢雍州之域，漢武帝徙貧人於關以西及充朔方以南新秦中，蓋其地。」楊姓是周宣王少子尙父之後，其封邑在今山西，後幷於晉，子孫自秦漢時卽居住今山西西南部及陝西東部一帶。楊業之先世極可能在漢武帝「移民實邊」時卽遷居新秦，至五代之末約千年有餘矣。或有人以爲「新秦近胡，」疑楊業一家爲胡人而冒漢姓者，蓋想當然而實不然也。宋史及東都事略諸書皆云業爲太原人，乃久居其地之故，已見上文。遺聞六記之一云：「宋史及東都事略謂之太原人者，蓋從初仕之國而言也。」其說亦是。

業戰死後贈太尉，見宋史及東都事略業傳。宋大詔令集卷二百二十亦有「楊業贈太尉、大同軍節度使」制。遺聞六記之二云：「業生前官至觀察使，品爲第四，而太尉品第一。以四品官而晉至一品，可稱超贈。第宋會要稿第一百七十五冊八之七下，僅謂「優贈業大同軍節度使」，不言太尉。則恐所贈爲檢校太尉，非眞太尉也。」騫按：既有贈官制書爲證，會要不言贈太尉，自是偶然遺漏。卽使爲檢校太尉，其於太尉，所謂「下眞跡一等者」，仍可謂爲「超贈」也。贈太師中書令之說，雖僅見於上文所引歐陽修撰楊琪墓誌，歐公爲人誌墓，自不能妄記。遺聞六記之二云：「業初贈官爲太尉、大同軍節度使，後諒以子延昭貴，遇大禮恩，累贈至太師、中書令者。」其說雖屬臆測，甚合情理。

前章已述及楊業其人其事，載於史冊，班班可考；而在民間則爲傳奇性、戲劇化之英雄人物。此等人物，在小說戲劇中自有其與正史記載不同之種種稱謂，今列舉於下，並註明出處。

一：山後令公或河東山後令公（北宋志傳屢見）

二：金刀教手無敵大總管楊令公（元人謝金吾雜劇第二折楊六郎白）

三：金刀無敵大總管楊令公（元人昊天塔雜劇第一折楊六郎白）

四：金刀大將軍智勇無敵都總管（原作官乃形近之誤）兵法教授楊令公（明人開詔救忠雜劇第一折楊令公白）

五：金刀教首楊令公（明人蕭天佑雜劇第二折楊六郎白）

此處所謂山後，指今山西東北部而言，楊業非山後人，但一生功名事業多在其地，故稱「山後楊令公」。宋時，太原與麟州並屬河東路，謝金吾雜劇第二折，楊六郎自云「本貫河東人氏」，無論其爲麟州或太原均無不合。北宋志傳以河東山後幷稱，則小說俗傳，不必深考矣。業身後累贈至太師中書令，已見前遺聞六記之二云：「中書令例得稱『令公』，此或爲近世小說戲曲稱業爲令公之所本乎？」騫按：中書令稱令公，唐宋皆然，如郭子儀稱郭令公，卽因其爲中書令也。元人雜劇已稱業爲楊令公，聶說雖是，而「近世」兩字須刪，亦不必作疑問語。考信錄云：「續通鑑長編記業在北漢事，（自卷九至卷二十）不言爲節度使，然觀元人稱爲楊令公，則業必曾領節鉞，以五代方鎭兼中書令故也。」騫按：業在北漢曾領建雄軍節度使，見宋史業傳，余氏未發現歐陽撰楊琪墓誌，不知業身後贈中書令之事，故以「五代方鎭率兼中書令」爲言，自不如聶說之證據確實。然小說戲劇之稱業爲令公，則另有其解釋。楊家府演義卷一第二則云：「繼業出戰，打着紅令字旗，其妻出戰，打着白令字旗，因此號爲令公、令婆。」此種「柴堆三國」式之傳說，與上文「引經據典」之正式考據，實相映成趣。近世民間傳說及平劇唱詞亦有稱業爲「老令公」者，蓋業死時年齡至少六十歲，在平劇扮像中自可掛白髯而以「老」稱之。小說戲劇中描寫古代武將皆有其個人慣用之兵器，如張飛之丈八蛇矛、尉遲恭之鋼鞭等等。楊業所用則爲「金刀」，昭代簫韶稱爲「九環金刀」，且由此刀衍出若干故事，見該劇第六本卷下第二十至第七本卷上第十等齣。「無敵」之稱，顯然根據史傳。見前文獻通考卷五十九職官十三：「宋朝馬步軍都總管以節度使充，副總管以觀察以下充。有止一州者，有數州爲一路者，有帶兩路三路者。或文臣知州則管句軍馬事。舊相重臣亦爲都總管。有禁兵駐泊其地者，冠以駐泊之名。……慶曆八年，諸州部署並改兵馬總管、副總管。」業在宋生爲觀察使，死贈節度使，知代州時曾兼三交駐泊兵馬都部署，後又爲雲應路行營副都部署。「大總管」、「都總管」之稱，蓋卽由此數項官職綜合輾轉而來。古時朝廷正式職稱傳至民間，固常有混淆變易，而小說戲劇，齊東野人之語，亦往往其來有自也。至於「教手」「教首」「兵法教授」諸稱，顯爲一事，則疑是與水滸傳中林冲之「八十萬禁軍都教頭」同出一源。宋時無此官名，是純爲「小說家言」矣。

三　楊氏家族考證

一　楊業之父及弟

業父名弘信，宋人避宣祖諱，去弘字，稱楊信。其先世系不詳。信本麟州土豪，漢周間，自爲州刺史，後正式受周任命，旋卒。其他事跡不詳。小說戲劇則稱爲火山王楊滾，火山王亦作後山王、霍山王，滾一作袞。與弘信同時，又有一契丹大將，亦名楊袞，見下注文。楊家府演義云業爲何元業之子，北漢主劉鈞之甥，其說至爲荒謬，詳見下注文。

業弟重勳，原名重訓，襲父職爲麟州刺史，入宋爲麟州防禦使、建寧軍留後，改任宿州（今安徽宿縣）刺史、保靜軍節度使，開寶八年卒於官，贈侍中。

宋史二七二業傳云「父信，爲漢麟州刺史。」東都事略卷三十四業傳同。弘信、重勳事，詳見第二章所引歐陽修撰楊琪墓誌銘。續通鑑長編卷九「繼業本名重貴」以下云云，及資治通鑑卷二百九十一「麟州土豪楊信」以下云云，可參閱。今補錄其他資料及各項考證於後：

續通鑑長編卷二「宋太祖建隆二年三月辛亥，北漢寇麟州，防禦使楊重勳擊走之。重勳卽重訓也，避周恭帝諱（按：卽梁王宗訓。）改焉。」同書卷八「太祖乾德五年十二月己巳，置建寧軍於麟州；庚午，以防禦使楊重勳爲留後。」同書卷十「太祖開寶二年五月癸卯，以權知府州折御勳爲永安留後，時御勳與建寧留後楊重勳，皆不俟詔來詣行在，上善其意，故有是命，仍並加厚賜遣還。」同書卷十三「開寶五年八月癸卯，建保靜軍於宿州。……九月戊寅，徙建寧留後楊重勳爲保靜留後。」宋會要儀制十一武臣追贈「保靜軍節度使楊重勳，開寶八年七月，贈侍中。」大臣追贈，皆在卒後不久，據此知重勳之卒當在開寶八年春夏間。其由留後改爲節度使，當在開寶六七年間。錢大昕廿二史考異卷七十七疑重勳卽爲宋史二七三有傳之楊美，其說甚誤，考信錄辨之已詳，今不贅引。

遺聞六記之六「道光神木縣志卷五人物上謂重勳爲弘信長子，業爲弘信次子。」按：業姪孫琪卽重勳之孫，歐陽文忠全集琪之墓誌（竇按前章已引）謂業爲琪之伯祖，而續資治通鑑長編卷九亦謂業爲重勳之

：兄則業爲長子，重勳乃次子。神木縣志所言誤矣。」

本文第二章所引資治通鑑二百九十一「楊信自爲麟州刺史至重訓求救於夏府二州。」諸事，總敍於周太祖廣順二年。劉崇爲麟州刺史，在晉高祖天福七八年間，見第二章所引遺聞六記，楊信自爲刺史自應在劉崇去任之後，卽漢周之間，蓋乘時紛亂，據地稱雄也。自漢周之間至廣順二年，不過數年耳，故云「旋卒」明無名氏八大王開詔救忠臣雜劇第一折楊繼業自云：「老夫楊繼業是也，乃火山楊滾之子。」是爲關於業父名滾之最早記載。北宋志傳敍業事自北漢時起，但全書未言及業父之名；南宋志傳中或有之，臺灣公私藏弆俱無此書，留俟再考。昭代簫韶敍楊家事自北宋征遼起，未言業父爲誰。皮黃戲佘塘關卽七星廟，敍楊繼業招親事，亦云繼業乃火山王楊滾之子。（參閱下章。）梆子戲四紅圖有楊袞事。中央月刊革新第一卷第六期載有張大夏撰「關於楊家將的戲」一文，其中敍述四紅圖劇情如下：「四紅圖是演趙匡胤微時，行刺劉化王（按應爲北漢主劉崇）不成，劉化王臣子後山王楊袞（小說中楊繼業的父親，楊家將第一代祖先）和崔龍奉命把守太原城門，捉拿刺客，崔龍將趙匡胤拿住，而同時曹彬之弟曹仁，由他方貿易歸來，因面貌與趙匡胤一般無二，被楊袞認係趙匡胤而誤拿，二人同時綁上金殿，劉化王親自審問，曹仁安心要救趙匡胤，趙匡胤亦不肯讓曹仁無辜受累，兩人爭認爲刺客，難辨眞假，最後終由曹氏兄弟用計脫匡胤於難。此劇趙匡胤、曹仁、崔龍、楊袞，都抅紅臉，所以叫做『四紅圖』，本是梆子，皮黃亦曾翻演，但久已無人動它了。楊袞在劇中並非正角，但不能不說是與楊家將有關的第一齣戲。」燾按：稱楊滾爲「後山王」，其名無水旁，僅見於此。此劇劇情，南宋志傳及飛龍傳中或有之，俟覓得其書，再爲查證。北漢少主劉繼恩，本劉崇女婿薛釗之子，承繼劉氏，詳見新五代史卷七十東漢（卽北漢）世家，故小說戲劇中每稱之爲劉薛王，如明人開詔救忠雜劇楊繼業白卽云「先佐於劉薛王麾下」秦晉方音化薛相近，劉化王蓋劉薛王之訛，非劉崇也。民國五十七年九月十八日中央日報副刊載有署名「果爲」者所撰「記楊家將的古蹟」一文（全篇見後附錄），其最後一段云：「就古蹟言，『火山王』應作『霍山王』。霍山距太原約二百里，霍縣卽以霍山而得名。有一次行軍經過霍縣北約百里的一個小鎭，當地人說這是霍縣的舊治，稱舊霍，現在的霍縣是後建的，稱新霍。並說山中有一片平地，卽『火山王』立寨之地。小鎭在山邊，山中之平地距小鎭約一里餘，兩山夾峙，一徑中通，且頗曲折，徑盡處卽是平地，面積頗廣，極目力始能盡之。徑之窄處約丈餘，寬處像廣濶的馬路，這確是進可以攻、退可以守的屯兵立寨的好處所。楊業之父若果曾依霍山以稱雄，此處便是理想的根據地。」「霍山王」之說，僅見此文。騫按：宋有火山軍，本爲嵐州之雄勇鎭，太平興國七年置軍，見元豐九域志卷四，今爲山西河曲縣，元代大曲家白仁甫之故鄉也。軍以火山得名，山在其西南。河曲縣志云：「山逼黃河，岩石俱赤，煙氣灼人，岩有石罅，以薪投之，轟然熖出」山名卽由此而來，其地與麟府二州隔黃河相望，方圓不過二百餘里。楊弘信爲麟州土豪，據地稱雄，轄境與火山相鄰，其勢力範圍或竟遠達其地。經過民間傳說，演變至小說戲劇，此人遂成爲「火山王」，是爲正確解釋；「後山」「霍山」皆爲音近訛傳。霍縣在太原之南，距麟州甚遠，非楊氏勢力所能及。霍州志敍霍山風景古蹟甚詳，亦無楊氏立寨稱雄之記載。然果爲文中所記，則似確實有據，班班可考者，可見楊家故事在民間流傳之普遍矣。

資治通鑑二九一：「顯德元年，北漢主聞（周）太祖晏駕，甚喜，謀大舉入寇，遣使請兵於契丹。二月，契丹遣其武定節度使、政事令楊袞將萬餘騎如晉陽。……楊袞畏周兵之強，不敢救，且恨北漢主之語，全軍而退。」新五代史七十東漢世家「周太祖崩，旻（劉崇改名）聞之喜，遣使乞兵於契丹。契丹遣楊袞將鐵馬萬騎及奚諸部兵五六萬人，號稱十萬以助旻。……袞望周師，謂旻曰：『勁敵也，未可輕動。』旻奮髯曰：『時不可失，無妄言也。』袞怒而去」是役，北漢大敗，袞歸契丹，契丹主怒其無功，囚之。詳見通鑑卷二百九十一及二百九十二。楊袞，遼史無傳，其他事跡未詳。此人在北漢時已爲契丹大將，其年輩蓋與弘信相若而長於楊業，且必爲當時民間所熟知者，此楊彼楊，輾轉訛傳，契丹楊袞遂成麟州楊業之父矣。

楊家府演義卷一第一則云：「北漢主姓劉名鈞，一妹配薛釗。釗一日醉甚，欲誅其妻，其妻奮衣得脫。釗至次日酒醒，恐漢主辱之，遂自刎而死。釗生一子名繼恩，鈞無子，乃養繼恩爲己子。其妹復適何元，業生二子，長繼元、次繼業，鈞又養爲己子。漢主鈞殂，繼恩即漢主位」第二則敍繼業在北漢爲將。第五折云繼業降宋太宗，「遂賜姓楊」此說僅見於楊家府，竟謂業爲何姓子，楊乃宋所賜姓，不惟遠離史實，在小說戲劇中亦屬奇談，蓋由業爲劉崇養孫輾轉「演義」而來。

小說戲劇中所敍楊家將人物甚詳，惟楊重勳之名始終未見，亦從未云楊業有昆弟。蓋重勳歸宋時，業仍仕北漢；重勳開寶八年卒於宋，其後五年，卽太平興國四年業始歸宋。此兩兄弟自業弱冠事劉崇隨赴太原後，卽分處異地，其事業踪跡始終不相及也。

二　楊業之妻

業妻折氏，俗呼爲佘太君，下章另詳。

三　楊業諸子

業有七子，其名字及次第歷史記載及民間傳說，紛歧混淆，最後且添出義子一人。今首列正史所記於後，小說戲劇，依次附錄，並分別考證。要之，當以正史爲準，此外諸說，不過廣異聞資談助而已。

延玉、延浦、延訓、延環（一作延瓌）、延貴、延朗（避宋聖祖諱改延昭）、延彬。宋史業傳

以上爲楊業七子之正式記載。延玉從業戰死，延昭繼其父爲當時名將，俱見宋史。延昭尤爲楊家將故事之中心人物，人所共知。餘子事跡則或詳或略，僅見於小說戲劇，於史無徵。元刻本宋史作延瓌，餘本皆作延環，未知孰是？考信錄逕定爲瓌字，殊嫌武斷。

宋史二七二業傳敍業與契丹戰於陳家谷，兵敗被擒，不食三日死，文中夾敍云：「其子延玉亦沒焉。」傳末云：「業既沒，朝廷錄其子供奉官延朗（昭）爲崇儀副使，次子殿直延浦、延訓並爲供奉官，延環、延貴、延彬並爲殿直。」宋史二七二延昭傳云：「契丹憚之，目爲楊六郎。」小說、戲劇皆如此稱謂，其爲業之第六子，無可疑者。而宋史敍諸子次第以延昭爲首，蓋崇儀副使職位高於供奉官，供奉官高於殿直，宋史敍次以職位爲先後，職位相同者始以長幼爲序也。（參閱下條燼餘錄後考證）遺聞六記之四云：「業子七人，延昭於兄弟中爲第幾，不得而知。其爲六郎，『未始不並從父昆弟而言，非必爲同父兄弟中之行次也』。」其說全屬臆測，實未深考。方志又有稱延昭爲四將軍而號稱六郎者，詳見下章。

續通鑑長編卷二十七云業戰死後，「錄其子供養（奉）官延朗等五人。」陳均皇朝編年綱目備要卷四、彭百川太平治蹟統類卷三，俱云五人，合之戰死之延玉，共只六人，與宋史本傳不合。考信錄云「業歿後，朝

延錄其六子而長編止言五人者長編卷一百三十五載慶曆三年詔書云『蔭長子孫，皆不限年，諸子孫須年過十五。』此制疑早已有之業死時延彬年蓋尚幼故贈官詔書中止錄五人延彬之官，蓋後來所加恩」雖屬推想之詞但只好如此解釋。

延朗避聖祖諱改名延昭事，見隆平集十七及東都事略三十四延朗傳續通鑑長編七十九：「大中祥符五年，閏十月壬申詔聖祖名上曰玄下日朗，不得斥犯。」宋會要儀制十三廟諱門同此聖祖者，眞宗崇信道教，所追尊之遠祖，卽所謂「保生天尊大帝」也延昭卒於大中祥符七年正月，見本傳及續通鑑長編八十二。其改名蓋不過年餘耳宋史及長編諸書記載六郎事亦多有仍作延朗者，並未盡改。惟小說戲劇及民間傳說，則皆呼爲楊延昭矣。(又作楊景見下。)

淵平、延浦、延訓、延環、(原註：初名延朗。)延貴、延昭、延彬(原註：初名延嗣。)徐大焯燼餘錄

考信錄云：「徐大焯燼餘錄云『雍熙三年，業副潘美北伐，會蕭太后領衆十萬犯寰，業出戰，死之長子淵平隨殉。次子延浦三子延訓，官供奉。四子延環此字疑後人據通行本妄改。初名延朗，五子延貴，並官殿直六子延昭，從征朔州功，加保州刺史，眞宗時，與七子延彬，初名延嗣者，屢有功，並授團練使。延昭子宗保，官同州觀察。世稱楊家將。』(嘉錫)案雜劇及小說所敍七子之名，彼此互異大焯此條所記，延浦以下與宋史同，而以延玉爲淵平，四郎爲初名延朗，七郎初名延嗣，則又與小說合。兩小說敍七人之名亦不盡同，惟此三人及六郎延昭相合。但小說謂延嗣爲潘美亂箭射死，而此謂與延昭同立功，又復不同，其實皆不可信。大焯宋末人，元初尚存，見卷首明李模題記。其言蓋采自楊家將話本，未嘗考之國史也。惟所載諸子次第，乃頗有據。史稱延浦爲次子，則延玉必是長子；延昭爲六郎，則其排行必

第六；故其次序如此。民間之流傳亦有不誣者，此類是也。」

騫案燼餘錄全文見前第一章引錄考信錄所引此段側重諸子名字及次第，故於原文頗有刪易，學者參讀郎知。此段爲民間有關楊氏諸子傳說之最早者，「楊家將」之稱亦始見於此。六郎延昭初名延朗，考見上條，燼餘錄云延環初名延朗，顯然與史傳不合。延昭「從征朔州功加保州刺史」，更違史實，小說戲劇中亦無此記載，蓋徐氏隨手妄記也。延昭子文廣官同州觀察，見宋史二七二本傳，徐氏易文廣之名爲宗保，與小說同，官職則與宋史相同而異於小說，予在第一章中曾云「徐氏所記楊氏諸事，多爲史實與民間傳說之混合體，」如此之類，卽其例證。

燼餘錄所謂延昭於「眞宗時，與七子延彬，初名延嗣者，屢有功，並授團練使。」則疑是與延昭同時守邊之楊嗣混爲一談，輾轉傳訛。宋史二百六十楊嗣傳（附其兄楊信傳）云「咸平三年，以功眞拜保州刺史，召還，授本州團練使，時楊延昭方爲刺史，嗣言嘗與延昭同官，驟居其上，不可，願守舊官。上嘉其讓，乃遷延昭官。嗣與延昭久居北邊，俱以善戰聞，時謂之二楊。」同書二七二延昭傳云「以功拜莫州刺史……進本州團練使，與保州楊嗣並命，帝謂宰相曰：嗣及延昭，並出疏外，以忠勇自效，朝中忌嫉者衆，朕力爲保庇，以及於此。」觀此可知「二楊」關係之密切，民間以訛傳訛，遂以爲是弟兄，進而於嗣字上加延字，成爲七郞之名。小說戲劇所描寫之楊七郎，武藝最爲高強，亦由楊嗣之勇敢善戰而來。所可笑者，楊嗣之年長於延昭二十四歲，反屈居爲弟，是眞平劇「惜惺惺」中所謂「少兄老弟」矣。

（註）二楊俱卒於大中祥符七年，嗣年八十一，延昭五十七，見宋史嗣傳及延昭傳。據此推算，嗣生於後唐

閔帝應順元年甲午西元九三四，延昭生於周世宗顯德五年戊午西元九五八相差二十四年。

平、定、光、昭、朗、景、嗣。昊天塔雜劇 謝金吾雜劇

謝金吾第二折楊六郎白云：「某姓楊名延景，字彥明，祖貫河東人氏。父親是金刀教手（首）無敵大總管楊令公，母親佘太君所生，俺弟兄七個，乃是平、定、光、昭、朗、景、嗣。某居第六」昊天塔第一折楊六郎白同此但云「姓楊名景字彥明，」無延字此說以六郎之改名（昭）爲四郎，六郎之原名（朗）爲五郎，後來小說戲劇多有稱六郎爲楊景者，亦始於此。楊業諸子之名，至是已全屬民間傳說，不似燼餘錄尚有數子之名同於史傳也。

平、定、光、輝、昭、朗、嗣。開詔救忠雜劇 活拿蕭天佑雜劇

開詔救忠第一折楊繼業白云：「老夫楊繼業是也，乃火山楊袞之子。……先佐於劉薛王麾下爲將。某所生七子，乃是平、定、光、輝、（同輝）昭、朗、嗣。」活拿蕭天佑第二折楊景白云：「某姓楊名景字彥朗。父乃金刀教首楊令公，所生俺弟兄七人，乃是平、定、光、輝、昭、朗、嗣。父子八人，弟兄七個」此說大二三郎之名同於昊謝兩劇，四郎名輝，至今平劇四郎探母四郎名延輝，蓋始於此。以六郎之改名（昭）爲五郎，六郎則用其原名（朗）。但蕭劇又云「姓楊名景字彥朗」，此種紛歧矛盾之情形，在小說戲劇中並非罕見。昊謝兩劇爲元末明初人作，開蕭兩劇則爲明中葉教坊作品，四者合觀，可以見其演變之跡。

淵平、延廣、延慶、延朗、延德、延昭、延嗣。楊家府演義

右見楊家府演義卷一第一則，同卷第七則云：「以六郎之名犯武功郡王之諱，勅賜名景。」此言六郎又名

楊景之故，爲他書所無。武功郡王謂太祖之子德昭。

淵平、延定、延輝、延閔、延德、延昭、延嗣。北宋志傳

七子之名，散見於北宋志傳各回中。淵平有時作延平。五郎延德、六郎延昭、七郎延嗣，至今平劇尚沿用之。三郎名延輝，則「與衆獨異」。前述四種雜劇，諸子皆係單名，然自謝金吾劇「姓楊名延景」之語觀之，似是各人名上皆有「延」字而省去未提；至楊家府及北宋志傳乃正式成爲雙名而接近宋史業傳之原狀，但除延昭之外，餘子下一字皆與宋史不同耳。至清代大戲之昭代簫韶，則諸人皆爲單名，而又添出業之義子八郎楊順矣。

泰、徵、高、貴、春、景、希、順（義子）。昭代簫韶

諸子之名，俱見昭代簫韶第一本卷上第四齣。此齣中楊業開場白云：「荊妻佘氏，所生七子二女，外有楊順，乃令公王貴之子，自襁褓繼爲螟蛉。」此人卽平劇中之楊八郎。王貴實有其人，官淄州刺史，與楊業同時戰死陳家谷，年七十三，朝廷擢其子文晟供奉官，文昱殿直。見宋史二七二業傳附錄。昭代簫韶稱之爲令公，以其子爲楊業義子，皆所謂小說家言。元明小說戲劇從無所謂義子八郎，其見於記載，始於昭代簫韶；但所謂「老調梆子」劇之「瓦橋關」有「八郎送飯」一折，詳見中央月刊張大夏撰「關於楊家將的戲」一文中。據此文考證：「此種梆子之全盛時期，當在淸初，」昭代簫韶則爲淸中葉劇本。關於八郎之傳說，當是起於明清之間，而昭代簫韶因襲之。楊業死時年約六十一二歲，已見前章，王貴之年長於業者十一二歲；楊家府及北宋志傳俱云六郎諸人呼貴爲叔父，且至大破天門陣時始中箭陣亡，此亦演義作者傳訛之慣例。楊

家府卷三第三十一則敍王貴陣亡事並有註文云：「按一統志：王貴，太原人楊業母黨之弟，投降於宋，屢戰有功，遂得眞宗寵愛焉。」頗似煞有介事予爲此檢明一統志卷十九太原府人物門，果有王貴小傳，但事跡年齡全鈔宋史楊業傳楊家府所云一統志，蓋齊東野人奉旨修纂者也。

昭代簫韶所記七子之名，除六郎楊景外，其餘均與舊說不同，似是故意標新立異。然，大郎楊泰亦名延平，見於第一本卷上第九齣，四郎楊貴又名延閔，見於第十本卷上第十二齣，六郎楊景又名延昭，見於第二本卷下第二十二齣及第六本卷上第五齣、六齣，則與舊說相同，蓋沿襲已久，未能全改。

昭代簫韶第二本卷上第一齣云四郎楊貴與遼人戰敗被擒，拆楊字改名「木易」，招爲駙馬；至今平劇四郎探母仍襲其說，最早則見於北宋志傳。按：楊字從木從昜，並非「木易」。頃閱文廷式純常子枝語卷二云：「稱楊姓爲木易，不通小學之說也。然眞誥離合楊字云『偃息盛木，玩執周書』，乃正借用易字。梁時已有此等語，不必盡以六書繩之。」此眞所謂「開卷有益」。

綜合上述七說，楊業諸子名字之紛歧淆亂，可以概見，然細繹之，其演變之跡亦自可尋。今取此七說，製成一表於後，以便觀覽。

次第／出處	大郎	二郎	三郎	四郎	五郎	六郎	七郎	八郎
宋史	延玉	延浦	延訓	延環（環一作瓌）	延貴	延朗（改名延昭）	延彬	×

燼餘	謝金吾／昊天	救忠／天佑	楊家府	志傳	簫韶
淵平	平	平	淵平	淵平	泰（又名延平）
延浦	定	定	延廣	延定	徵
延訓	光	光	延慶	延輝	高
延環（初名延朗）	昭	輝	延朗	延閔	貴（又名延閔）
延貴	朗	昭	延德	延德	春
延昭	景（名延景字彥明）	朗	延昭（改名景）	延昭	景（又名延昭）
延彬（初名延嗣）	嗣	嗣	延嗣	延嗣	希
×	×	×	×	×	順

昭代簫韶云業有二女，其名爲八娘、九妹。北宋志傳亦同，楊家府云八娘名琪，九妹名瑛，今平劇訛爲八姐、九妹。業之諸子媳在楊家府、北宋志傳、昭代簫韶及十二寡婦征西等小說戲劇中，亦皆各有名姓而頗爲歧異。

本文主旨爲「考史證俗」，凡與史書、方志等正式記載毫無牽涉，無從考證之民間傳說，皆不在範圍之內；故於「楊門女將」之事跡，一概從略。僅佘太君與穆桂英，史雖不載而見於方志，文獻足徵，本編第四章即爲有關此二人之一切考證。

四　楊業諸孫

業至少有三孫，其數目名字傳說亦頗紛歧；楊家府演義且虛構出其曾玄兩代。今取正史、俗傳，依次紀錄，分別考證；其體例同於上節楊業諸子，但以文獻不足，未能如彼節之詳也。

傳永、德政、文廣。字仲容（俱六郎延昭子）宋史　隆平集

宗保（延昭子），文廣（宗保子），公正、唐興、彩保、懷玉（俱文廣子）。楊家府演義。宗保始見於卷四第二十三則。文廣始見於卷六第四十二則。公正等見於卷八第五十則，其原文云：「楊文廣年已六十，其長子曰公正，一郎，次曰唐興，二郎，三曰彩保，三郎，四曰懷玉，四郎。」

宗孝（大郎淵平子）、宗保、文廣（俱六郎延昭子）。北宋志傳，散見各回。

宗孝（大郎楊泰又名延平子）、宗保、宗顯（俱六郎延昭子）。昭代簫韶，散見各齣。

以上第一說爲史傳，二三兩者爲小說，第四爲戲劇，今考證如左。

宋史二七二延昭傳：「及卒，帝嗟惜之，錄其三子官。」未盡敍三子之名，僅文廣有附傳，云字仲容。隆平集十七延昭傳：「詔錄其子傳永、德政、文廣有差。」考信錄云：「觀此，乃知文廣爲延昭第三子，其兩兄之名獨見於此。乃元雜劇破天陣謂六郎之子名宗保，其楊家將小說則或謂文廣爲宗保之弟，北宋志傳或謂宗保之子，楊家府演義又各不同。豈所謂楊宗保者，卽傳永、德政兩人中之一耶？然兩人皆默默無聞，安得知雜劇小說之所云云也。王世貞宛委餘編卷六引市巷人俚歌，亦謂延昭子宗信，宗保子文廣征南，陷南中。其言與演義同。要之皆不足辯。」鶱案楊家三世爲將，第一代爲楊業，第二代爲延昭，第三代在正史爲文廣，在一般小說戲劇則

爲宗保，文廣宗保實一人也。予頗疑宗保爲文廣之乳名，考信錄則云：「豈所謂楊宗保者，卽傳永德、政兩人中之一耶？」二說相較，似以予所疑者較爲合理。既屬無從考證，兩置之可耳。小說戲劇所敍宗保幼年與遼人交戰，大破天門陣諸情節，皆屬虛構。征西征南之傳說，則大體於史有據。文廣嘗從范仲淹宣撫陝西，從韓琦守邊防西夏，從狄青南征，皆見於宋史本傳，班班可考。延昭三子，惟此子能繼其家聲，餘二子傳永德、政，實皆「默默無聞」。業生七子，不應只延昭一人有後，蓋餘子事跡不彰，故史傳未錄其後嗣。至於楊家府演義以文廣爲宗保子，並虛構懷玉事跡，遂擴楊家將三世爲五世；北宋志傳以宗保與文廣爲弟兄，昭代簫韶又改文廣之名爲宗顯；楊家府且云狄青與楊家爲仇。如此紛淆荒誕，或出於輾轉訛傳，或出於有心「幻設」，是皆小說戲劇之常態，不必深究，亦無從詳考矣。

遺聞六記之五云：「續資治通鑑長編卷二百五十八，熙寧七年十月『丁酉，定州路副總管步軍都虞候楊文廣卒，贈同州觀察使。』宋會要稿第五十一冊十一之十八（騫按：卽武臣追贈門）『步軍都虞候興州防禦使楊文廣，熙寧八年閏四月贈同州觀察使。』按：延昭卒於大中祥符七年，文廣卒於熙寧七年，相距六十年，（一零一四——一零七四）則文廣喪父時年尙幼，其卒蓋已近七十歲矣。」騫按：小說戲劇皆云楊宗保（文廣）隨其父征討時年齡甚幼，予幼時見某崑班戲中宗保暮年掛白髯，二者皆與遺聞六記所述文廣之實際情形相合。可知民間傳說雖多輾轉訛傳、遠離事實，而其來固有所自，未必全出虛構也。

五　楊重勳之子孫

重勳子光扆；光扆長子琪，餘子未詳；琪子畋；畋之後無聞焉。

歐陽修全集卷二十九供備庫副使楊君墓誌銘云：「君諱琪，字寶臣，姓楊氏，麟州新秦人也。新秦近胡，以戰射爲俗，而楊氏世以武力雄其一方。其曾祖諱弘信，爲州刺史。祖諱重勳，又爲防禦使。……父諱光扆，以西鎮供奉官監麟州兵馬，卒於官。君其長子也。……君生於將家，世以武顯，而獨好儒學，讀書史，爲人材敏，謙謹沈厚，意恬如也。初以父卒於邊，補殿侍，後用其從父延昭任，爲三班奉職，累官至供備庫副使，階銀青光祿大夫，爵原武伯。……其後同提點河東、京西、淮南三路刑獄公事。……初娶慕容氏，又娶李氏。有子曰旼，賢而有文武材，今爲尚書屯田員外郎、直史館。君以皇祐二年六月壬戌卒於淮南，年七十有一。」（此誌上文第二章已引錄。彼處以楊業延昭父子爲主，此處以楊重勳子孫爲主。是以於原文或刪或存，詳略互異，讀者可以參閱。）

遺聞六記之六云：「楊氏自弘信至光扆，三世官麟州，人因呼州城爲楊家城云。」原註引道光神木縣志卷三建置上云：「麟州城建於唐，歷五代至宋，以州刺史楊弘信家世守麟州，俗又稱爲楊家城。」騫按：麟州楊氏與府州（今陝西府谷縣）折氏均爲五代宋初晉陝間之地方勢力。楊業娶妻折氏（佘太君），卽此兩地方勢力之結合也。（參閱下章）其後楊氏內徙，折氏在府州之勢力則至南宋初西北淪陷於金後始衰，人丁亦遠較楊氏爲旺云。

楊旼，宋史卷三百有傳，進士及第而曾率兵平蠻，歐陽修所謂「賢而有文武材」者也。(見上引楊琪墓誌。)今節錄宋史傳文如下：「楊旼，字樂道，保靜軍節度使重勳之曾孫。進士及第。……慶曆三年，湖南猺人唐和等刼掠州縣，擢殿中丞、提點本路刑獄，專治盜賊事。乃募才勇深入峒討擊。然南方久不識兵，士卒多畏懾，及戰孤漿峒，前軍衂，大兵悉潰。旼踣崖下，藉淺草得不死。卒厲衆平六峒，以功遷太常博士。未幾，坐部將胡元戰死，降知太平州。歲餘，賊益肆；常遣御史按視。還言：畋嘗戰山下，人樂爲用，今欲殄賊，非畋不可。乃授東染院使、荆湘南路兵馬鈐轄。賊聞畋至，皆恐畏，踰嶺南遁。……明年春，賊果復出陽山。畋即領衆出嶺外，涉夏秋，凡十五戰，賊潰。畋感瘴疾歸。蠻平，願還舊官，改尚書屯田員外郎、直史館、知隨州。……會儂智高陷邕州。……除起居舍人、知諫院、廣南東西路體量安撫經制賊盜。畋至韶州，會張忠戰死，智高自廣州回軍沙頭，將濟。畋令蘇緘棄英州，蔣偕焚糧儲，及召幵贇、岑宗閔、王從政、退保韶州。賊勢愈熾，畋不能抗，遂殺蔣偕、王正倫，敗陳曙，復據邕州。畋坐是落知諫院、知鄂州，再降爲屯田員外郎、知光化軍；明年，又降爲太常博士。歲終，徙邠州，復起居舍人，爲河東轉運使，入爲三司戶部副使，遷吏部員外郎，奉使契丹，以曾伯祖業嘗陷虜，辭不行。……久之，擢天章閣待制，兼侍讀，判吏部流內銓。……進龍圖閣直學士，復知諫院。……卒，贈右諫議大夫。畋出於將家，折節喜學問，爲士大夫所稱。在山下討蠻，家問至，即焚之；與士卒同甘苦，破諸峒，及用之嶺南，以無功斥，名稱遂衰。性清介謹畏，每奏事，必發封數四而後上之。自奉甚約，爲郡待客，雖監司，菜果數器而已。及卒，家無餘貲，特賜黃金二百兩。其後端平贈講讀官，御飛白書扇，遺使特賜置其柩。」

燾按：楊畋一生，廻翔文武，升沈起伏，頗富於戲劇性。觀其性格事功，不愧爲「麟州楊氏子孫。」其征討儂智高，恰在楊文廣隨狄青南征智高之前不久，其人則爲延昭從孫，文廣從姪。小說戲劇中之楊宗保及文廣征南故事，恐有此人若干成分在內，又爲楊氏子孫可考者之最末一人，故右所錄宋史本傳，儘量加詳。傳末云：「端平贈講讀官，御飛白書扇，遺使特賜置其柩。」蓋端平元年約元滅金後入洛之時。宋史四十一理宗紀：「端平元年三月辛酉，詔遣太常寺主簿朱楊祖、閤門祗候林拓，詣洛陽，省謁八陵。四月辛未，詔遣朱復之詣八陵，相度修奉。」敀父琪、母慕容氏，葬於洛陽，見歐陽修楊琪墓誌，敀必亦葬於洛，故理宗因遣使謁陵之便，賜以飛白御書。以理推之，北宋大臣之葬於洛者，當亦多蒙追賜，不會僅厚於敀一人。敀官職不高而蒙特賜，想是追念其先人守邊之功，滅世仇而思舊將也。

四　折氏（佘太君）與慕容氏（穆桂英）

楊業妻折氏，名未詳，府州人（今陝西府谷縣），可能爲折德扆之女。折氏本姓折掘氏，爲屬於羌族之黨項族，非漢人。小說戲劇多訛折爲佘，名賽花，稱爲佘太君，又有訛稱蛇太君者。北地讀音折佘蛇三字相同故也。楊家府云業妻佘氏，顯然爲佘字之誤。北宋志傳則云業妻呂氏，此說不知從何而來。楊家府北宋志傳俱稱爲楊令婆或令婆，不稱太君。（稱令婆之故見第一章）

楊文廣妻慕容氏，名未詳，保德軍人（今山西保德縣）。楊家府云姓木名金花，又名桂英；北宋志傳僅云名木桂英，無金花之說；皮黃劇中訛木爲穆；方志又有訛爲莫姑英者。

業妻折氏，史傳不載，僅見於方志及小說戲劇；折家則爲府州大族，終北宋一朝，世守其地，具詳宋史。佘太君之名在小說戲劇尤其民間傳說中流行甚爲普遍，且有至今未死之神話，與其孫媳穆桂英俱爲富於傳奇性之人物。今彙錄有關此兩人之文獻於後，並加考證。（各地方志重複部分皆照錄之，以見其輾轉因襲之跡。）

宋史二五三折德扆傳：「折德扆，世居雲中，爲大族。（按今山西省西北部、陝西省東北部、綏遠省東南部一帶，皆秦漢時雲中郡地。府州即在此範圍之內。）父從阮，自晉漢以來，獨據府州，控扼西北，中國賴之。……周世宗建府州爲永安軍，以德扆爲節度使……建隆二年來朝，待遇有加，遣歸鎭……乾德二年卒，年四十八。贈侍中。子御勳、御卿。」建隆、乾德，俱宋太祖年號。續資治通鑑長編卷五：「乾德二年九月，永安節度使、贈侍中折德扆卒。丙申，以其子御勳爲本州團練使、權知府州。」折氏諸人事跡，詳見宋史德扆傳附錄及舊五代史一二五、新五代史五十折從阮傳。

乾隆補修保德州志卷八列女門：「折太君，宋永安軍節度使、鎭府州折德扆女，代州刺史楊業妻。性警敏，嘗佐業立戰功。後太平興國十年，契丹入寇，業進兵擊之，轉戰至陳家谷口，以無援兵，力屈被擒，與其子延玉偕死焉。太君上書陳夫戰沒由王侁違制爭功，上深痛惜，詔贈業太尉，除王侁名。」

同書卷一塚墓門：「折太君墓在州南四十里折窩村，卽楊業妻，折德扆女。」

同書卷二形勢門：「折太君墓在州南四十里折窩村。北宋紀說曰：楊業娶府州折氏，稱太君，豈其父爲麟州刺史，又爲火山軍節度使，業後爲代州刺史，皆距此不遠，故締姻卜地於此歟？太君生子六，今州北河神廟，乃四將軍延昭，號六郎。宋太宗朝以崇儀使知保州，屢敗契丹。延昭子文廣，娶慕容氏，善戰，今州南慕塔村猶其故地云。考岢嵐志載，折氏係折德扆女，性警敏，嘗佐業立戰功。後上書陳夫戰沒之由。以原籍曾屬岢嵐耳。」

乾隆府谷縣志卷四節孝門：「折氏，折德扆女，楊業妻。業初名劉繼業，事北漢，任犍爲節度使，後歸宋，賜姓楊，爲代州刺史，時號楊無敵。折性敏慧，嘗佐業立戰功。生子六。今保德州北河神廟，乃四將軍延昭，號六郎者，宋太宗朝以崇儀使知保州，智勇善戰，在邊二十年，屢敗契丹。延昭子文廣，亦宋名將，娶慕容氏，善戰。次延玉。後業副潘美爲武朔行營。契丹入寇，爲潘美所迫，戰於陳家谷，自午至暮，無救援，墜馬被擒，三日不食，與子延玉皆死之。潘美、王侁畏罪，欲掩其事。折上疏辨夫力戰獲死之由，有詔削二人爵，除名爲民。今保德州南四十里折窩村有折太君墓。見保德、嵐、朔諸志。」
光緒岢嵐州志卷九節婦門楊業妻折氏。業初名劉繼業，仕北漢，任犍爲節度使。娶折德扆女。後歸宋，賜姓楊。折性敏慧，嘗佐業立戰功，號楊無敵。後業戰死於陳家谷，潘美、王侁畏罪，欲掩其事，折上疏辨夫力戰獲死之由，遂削二人爵除爲民」

道光榆林府志卷八墳墓門「折太君墓。（府谷）縣志：『在縣西四十里楊家小寨，縣人呼爲折太君墳。』鎮志：『折太君墓宋名將克行之母也。』按續縣志無。」

乾隆補修保德州志卷八列女門「慕容氏，楊業孫文廣妻，州南慕塔村人，雄勇善戰。見舊志。」（保德州舊志，明萬曆中修，見乾隆志序文。）

乾隆五臺縣志卷三村屯門：「……入東峪，由蘇子坡北上莫姑嶺，相傳爲楊業孫收女將莫姑英處」

按：取地方志諸書作考證之用，優點爲其中每有他處所無之資料，缺點爲其所記載往往以訛傳訛，甚至荒誕不經。故須詳爲審核，愼加考訂，不可盡信，亦不能棄而不用。右引諸方志，卽當作如是觀。今先列擧其中錯誤之處於下。

一保德州志卷八云，楊業戰死在太平興國十年。按：其事在雍熙三年，宋史及續通鑑長編諸書俱同，且太平興國無十年。二同書卷二云，楊業父爲麟州刺史，又爲火山軍節度使。按：業父弘信曾爲麟州刺史，固係事實；但火山軍建置於太平興國七年，見宋史八十六地理志及元豐九域志卷四。弘信之時，其地爲嵐州雄勇鎭，何來「火山軍節度使？」且終宋之世亦未設此官職也。三同條云，太君生子六人，與宋史業傳及小說戲劇所云七人不合。四同條云，楊六郎於宋太宗朝以崇儀使知保州。此亦與史不合，六郎事業皆在眞宗朝，非太宗時。以上兩條，府谷縣志卷四亦同其誤。五府谷縣志卷四云，楊業仕北漢爲犍爲節度使，乃建雄軍節度使之誤，見宋史業傳。同條云業歸宋，賜姓楊，更屬大謬。同條云潘美、王侁二人因業戰死，除名爲民。據宋史二五八業傳及續通鑑長編卷二十七，除名者爲王侁及劉文裕，潘美僅降三官，並未除名。嵓嵐州志卷九，錯誤與府谷縣此條全同，方志輾轉鈔襲，固常見之情形也。六五臺縣志卷三，楊業孫收女將莫姑英於莫姑嶺之說，顯係受小說戲劇影響，輾轉傳訛，但足廣異聞耳。

以上六項爲右引諸方志中之顯然錯誤。其足資討論或可以信賴之資料則有如下述。

其一：保德州志卷二云「今州北河神廟，乃四將軍延昭，號六郎。」府谷縣志卷四同此。四將軍而號六郎，殊不可解。豈延昭在同胞兄弟中行四，合羣從兄弟計之則行六耶？若然，則遺聞六記之四所云「其爲六郎，未始不並從父昆弟而言，非必爲同父兄弟中之行次也。」其說亦似頗爲可信，而予在前章所云延昭行次必爲第六，亦未能堅持矣。文獻不足，無從查考，惟有存疑而已。

其二：各方志中所記折氏及慕容氏事蹟，雖無旁證，亦無反證，而與後來小說戲劇及民間傳說，則確相符合。以麟府二州相距之近，楊折兩家俱爲當地豪族之「門當戶對」結爲婚媾之可能性自屬甚強。關於此事之傳說，必有相當可靠之事實根據，爲史籍所失載，不能全視爲無稽之談，如折德扆之姓名事跡，固非方志編者及俗文學作家所能撰擬者也。德扆卒於乾德二年甲子、西元九六四，年四十八，見前引宋史本傳，據此上推，生於梁貞明三年丁丑、西元九一七，楊業之生則在後唐同光二年甲申、西元九二四，或稍後，說見前第二章，德扆之年長於楊業約七八歲。一般翁婿之年齡差別本無標準，折氏是否爲德扆之女，自難據此斷定或否認。但此僅爲輩份問題，姑從舊說可也。平劇七星廟，又名佘塘關，敍楊折招親，則純爲戲劇化之故事，自不必深論矣。（參閱附錄果爲所撰記楊家將的古蹟一文）考信錄亦云方志所記楊折聯姻而折氏卽德扆之女，大致可信。雖未能於方志之外另尋確據，而其說頗爲博辨，讀者可參閱原文，今不具引。至於慕容氏之事，記載甚爲簡單，又別無可考。但觀慕、木、穆三字同音之情形，其來固有自也。慕字去聲，木、穆兩字入聲，古音本不相同，但宋元以後，北音無入聲，此三字發音已完全相同。楊家將故事之起原及流傳，以北方爲中心，讀音自應從北。

其三，保德州府谷縣諸志所載折太君墓，其墓主應從榆林府志定爲折克行之母，而非楊業之妻。今先將方志中有關折氏祖塋之記載彙錄於下。

乾隆府谷縣志卷二山川門：「李家塬山，山有唐末折刺史墓，又隔坡，坡南三里徐家峁，有折家祖墓，相傳爲東榆頭墳，刺史墓前有古殘碑一座。」

同書同卷：「南屏山又名象鼻山……北面孤山堡，山南五里毛家墳山，高巒聳起，越溝二里爲西榆頭，宋折國公墳。」

道光榆林府志卷八墳墓門有「折刺史嗣倫墓」一條。原注云：「續府谷縣志：在縣西三十里李家窪村之東，乃唐末麟州刺史折嗣倫之墓。碑字殘缺，本朝乾隆年，知縣鄭居中刻副石於祠中。又縣志誤作石晉時刺史折從阮之墓，續縣志不從。」竊按：前條所引府谷縣志之塬字，字書不收，據此條知爲窪字之俗體。李家塬山，卽李家窪村也。嗣倫爲從阮之父，德扆爲從阮之子，見新五代史卷五十從阮傳。業妻折氏如確爲德扆之女，則嗣倫乃業之曾祖岳也。

同書同卷又有「折氏祖墓」一條。原注云：「續府谷縣志在縣西三十里徐家峁之北，俗名東堬頭，西間一小溝，即折刺史墓。」騫按：此折刺史當即嗣倫。

同書同卷又有「折開國公克行墓」一條。原注云：「續府谷縣志在孤山堡東楊家畔，俗名西堬頭。按：揚子方言，冢謂之堬，俗作楡，非。」克行輩行見後

山西陝西兩省通志均有大致相同之記載，不具引。保德與府谷分屬晉陝兩省，而實爲鄰縣，「隔（黃）河相對，一望可及。」觀保德、府谷、楡林諸方志所附地圖，保德州志與楡林府志所謂「折太君墓」均在折氏祖塋區域之內。楊業戰死後，其遺骨下落如何，葬於何處，傳說紛歧，迄難論定，已詳見考信錄。延昭則始終官於河北，宋史延昭傳云：「及卒，帝嗟惜之，遣中使護櫬以歸，河朔之人多望柩而泣。」未云葬於何處，當不出麟州、太原及開封附近。折氏歸骨，亦應不出此三地，以情常推測，斷無獨葬母家祖塋之理，故予認爲各方志所謂折太君墓如確係眞墓，應爲折克行之母而非楊業之妻。若謂折太君有二：一爲人所共知之佘太君，即楊老太太折小姐；一爲人所罕知之折老太太某小姐，則眞成「異聞」，可資「談助」矣。克行爲德扆玄孫，見宋史二五三德扆傳。楊業妻如確爲德扆之女，則克行之母爲其內姪孫媳也。

李慈銘越縵堂日記（荀學齋日記戊集上）：「業娶府州永安軍節度使折德扆女，今山西保德州折窩村，有大中祥符三年折太君碑，即業妻也。西北人讀折音如佘騫案：此字原作蛇，與下文之佘太君不相呼應，當是越縵筆誤，今逕爲改定。故稗官家作佘太君，以折窩村爲社家村，又附會爲蛇太君，委蛻不死。」騫按：越縵所謂大中祥符三年折太君碑，殊不可靠，

考信錄辨之甚詳。如實有此碑之拓片，恐係後人根據傳說所造之假古董，如崔鶯鶯墓誌之類也。「以折窩村爲祉家村，」及「蛇太君委蛻不死」之說，予所見有關楊家將之戲劇小說中俱無記載，考信錄亦云不知越縵所謂稗官家究爲何書。姑錄其說於此以俟詳考。予兒時聽僕媼說故事，云佘太君爲長壽星，至今未死，每往來於晉省山嶽中，但俗人不識耳。越縵所云，或即此類民間傳說。折字入聲，佘、蛇二字平聲，凡北人讀此三字，完全同音，不只西北。

折、佘、蛇三字俱爲姓氏，今合慕容氏考述於後。

折姓有二：一爲漢族。古今姓氏書辨證卷三十八，薛韻「後漢獨行傳（應作方術傳）折像，字伯式，廣漢雒人。其先張江者，封侯於折，曾孫國，爲鬱林太守，徙居廣漢，因封氏焉。國生像。」此姓與折太君無關。

另一折姓爲羌族，本複姓折掘氏，亦作折屈，省爲折，太君卽此姓。古今姓氏書辨證（卷韻同上）「羌族有西河折氏，世家雲中，爲北蕃大族，自唐以來，世爲麟府州節度使。……宗本生嗣倫，嗣倫生從阮，從阮生德扆……」通志卷二十九氏族五「折氏，常列切，望出西河，宋爲大姓，世守麟州，猶古諸侯。今端明殿學士折彥質。」（按：折氏世守府州，以上兩書云麟州，誤。）金石萃編卷一四七折克行神道碑「公字遵□，出河西折掘姓，五世祖從阮。」廣韻十七薛，折字注文云「虜複姓，南涼禿髮傉檀立其妻折屈氏爲皇后」。通志卷二十九氏族五所載同廣韻，但作折掘氏，與克行碑同。

古今萬姓統譜卷一百十八：「折姓，齊大夫折父子之後。漢有折象，五代有折從阮，宋有折德扆等。」混漢羌兩折姓爲一談，大誤。統譜本陋書，自不足信。

佘、蛇兩姓俱見通志卷二十九氏族五、及古今姓氏書辨證卷十二麻韻。二者俱爲折姓同音之訛，其氏族人物自不必考。（此所謂同音，指今日北方讀音而言，下文木、穆、慕，同此。）

慕容氏爲鮮卑大姓，十六國時前燕、後燕、南燕主皆慕容氏。通志卷二十九氏族五：「慕容氏。高辛少子居東北夷，後徙遼西，號鮮卑國，於昌黎棘城至涉歸爲鮮卑單于，自云慕二儀之德，繼三元之容，或云冠步搖，音訛爲慕容。初，慕容氏破後，種族仍繁，後魏天賜末，頗忌而誅之，時有免者，皆以輿爲氏。延昌末，詔復舊姓，而其子女先入掖庭者，猶號慕容，多於他族。」古今姓氏書辨證卷三十暮韻：「前燕錄云：昔高辛氏游於海濱，留少子厭越以居北夷，邑於紫蒙之野，號曰東胡。秦漢之際，爲匈奴所敗，分保鮮卑山，因山爲號。至魏初，率義王莫護跋携部落入居遼西，燕代多冠步搖冠，跋好之，乃斂髮襲冠，諸部因謂之步搖，後音訛爲慕容。子木延，左賢王，孫涉歸，晉拜單于，遵循華俗。（下略）」有關慕容氏之載籍甚多，今不具引。

木、穆兩姓俱見古今姓氏書辨證卷三十五屋韻。木姓又見通志卷二十九氏族五，穆姓見卷二十八氏族四。二者俱爲慕字同音之訛，其氏族人物自不必考。

據歐陽修全集卷二十九楊琪墓誌（前章已引），琪初娶慕容氏，又娶李氏。琪與文廣爲再從兄弟，兩人之妻俱姓慕容氏，不知有關連否？

五　楊氏父子兩次救駕故事之歷史來源

楊氏父子救駕，爲楊家將故事中之重要節目，各種楊家將戲劇小說，或詳或略，均曾敍及。平劇金沙灘，又名雙龍會，卽演幽州（今北平）救駕事。至今華北各省民間尙有「七狼八虎闖幽州」之傳說，狼爲郞之諧音，七狼謂業之七子，加業本人，卽爲八虎。然遍觀宋史、續資治通鑑長編，以及所有宋代別史、雜史、筆記、文集，皆無楊家救駕之記載，頗似全屬虛構者。實則確有其歷史根據，蛛絲馬跡，可以追尋；但羣籍失載，而民間傳說又多誇飾之處耳。今就涉獵所及，考證於後。

楊氏救駕，有謂一次者，見於徐大焯燼餘錄及明人開詔救忠雜劇。燼餘錄作於元初，開詔救忠至晚在嘉靖時，故此說在前。有謂兩次者，見於楊家府演義及北宋志傳，爲嘉靖以後人作，故此說在後。

燼餘錄卷一云：「興國五年太宗莫州之敗，賴楊業扈駕得脫險難。……先是，帝出長垣關，敗契丹於關南，旋移軍大名，進戰莫州，遂爲契丹所困。楊業及諸子奮死救駕，始得脫歸大名。密封褒諭，賜賚駢蕃。」全文見第一章，此段節錄與救駕有關者。

（註）莫州，今河北任邱縣。長垣關卽今河北長垣縣。宋時所謂「關南」乃瓦橋關之南，卽今河北雄縣迤南之地，非長垣關之南。敗契丹於關南者，乃當地軍隊，非太宗親統之師。參閱後文引長編。大名，今河北大名縣。

開詔救忠雜劇第一折韓延壽白云：「在前有大宋人馬來征俺北塞，被俺將宋朝大小衆將困在幽州城內。不期楊令公的長子楊大郞假粧作他「大人」註瞞過俺家，將出北門來與俺交鋒。俺人馬浩大，將楊大郞長鎗刺死，楊二郞短劍身亡，楊三郞馬踏爲泥，楊四郞不知所在。開了南門，他衆將保著他的「大人」殺將出來，折了我許多人馬。」

（註）同劇同折韓延壽白又云：「爲因大宋朝統人馬征伐俺北番。俺把他衆將困在幽州城內。被那楊大郎假粧瞞過俺北番將南朝可罕（汗）救的去了。雖然折了楊家四個將軍，可也損了俺北番家許多人馬。」可罕、大人皆謂宋帝也。

楊家府演義所記第一次救駕在卷一第七則，第二次在卷三第二十則至卷四第二十三則。北宋志傳第一次在卷三第十二回，第二次在同卷第十六回。均敷演甚長，不能全引。今酌用原文，述其大略如下。兩書情節不盡相同。楊家府全係民間傳說；北宋志傳較與史實接近，爲本篇考據之主要對象。故先列北宋志傳而轉述較詳，後列楊家府而稍從簡略。

北宋志傳第十二回云：宋太宗征討幽州，親督諸將，與遼兵大戰於高粱河。受主將耶律休哥、副將耶律沙及守幽州之耶律學古前後夾擊，宋師潰敗。太宗單騎殺出圍中，落荒逃走，其馬又被亂矢所傷，不堪乘騎。楊業望見，顧諸子曰：「主上有難，何以救之？」楊延昭匹馬當先，殺散追兵。見太宗立於壩上，延昭請太宗：「乘臣馬，臣當步戰殺出」。太宗恐延昭無馬，不能勝敵。乃曰：「卿當乘馬而戰，吾只乘驢車而去」……正在危急之際，適楊七郎單騎殺入。七郎以所乘馬與太宗乘騎，六七兄弟保太宗殺出，復遇楊業、呼延贊、高懷德三將接應，太宗走奔定州。至定州後，帝謂衆人曰：「今日若非楊業父子力戰，朕幾一命難保」。卽召楊業入帳中，賞以段帛二十匹，黃金四十兩。因謂之曰：「權以賜卿，聊爲相信之禮；候班師之日，再議報功」。班師回汴。次日降勅，封楊業爲代州刺史，兼兵馬元帥之職。其長子以下，俱封代州團練使。居第於金水河邊無佞樓宅，賜賚甚厚。

第十六回云：宋太宗駕幸五臺，欲至幽州玩賞，被困於邠陽城。（無此地名，乃小說家編造者。）楊繼業長子淵平突圍至代州，見父求救。繼業率諸子前往，因遼兵衆多，不能解圍，遂定僞裝詐降之計。繼業率六郎延昭、七郎延嗣保車駕出東門而去，淵平假扮太宗，率二郎延定、三郎延輝、四郎延閔、五郎延德，出西門詐降。淵平射死番將天慶王，爲韓延壽一鎗刺落馬下。延定被番兵斬斷馬足，掀翻戰場，千軍亂蹂而死。延輝遭絆馬索絆倒，爲番兵所屠。延閔被擒，招爲木易駙馬。延德逃至五臺山，遇師指引，出家爲僧。

楊家府卷一第七則前半云：太宗平太原後，至五臺山進香，順便遊覽昊天寺，寺在幽州，遂爲遼兵所圍。後半敍楊氏父子救駕突圍及損傷情形，與北宋志傳第十六回大致相同。

楊家府卷三第二十則至卷四第二十三則云：遼人向蕭后獻計：「魏府銅臺，佳山勝景，天下第一。娘娘可令人廣造美酒，夜間傾於彼地池塘，又令人將八寶冰糖粘綴彼地樹葉之上，十日一次。如此行事，復命本國軍民人等三三兩兩，互相傳揚天降瓊漿于樹，甘露于池，聲息必竟傳入汴梁。今將此計通知王欽，令他愚弄宋君，引來此地玩景，然後出兵擒之。」消息傳入汴京，王欽率羣臣奉表稱賀，且云：「池水成醪，樹貯瓊漿，若飲食之，則能白日飛昇。」眞宗遂至魏府，爲遼兵所困。時六郎正因焦贊殺謝金吾事發配汝州，詐死避難，朝廷傳旨赦免。六郎乃招集舊部救駕，駐紮澶州，解魏府之圍，乘勝直抵幽州，大破遼兵。

（附註）野史及戲劇小說所記楊氏父子救駕事，略盡於此。昭代簫韶第一本第四齣，楊繼業白云：「開寶二年，先帝自將伐漢，太原圍久不下。會暑雨連朝，宋營軍士多疾，劉王乘機急擊，石漢卿等戰死，先帝單騎陷於淤泥。吾仰先帝實乃眞命之主，即起向宋之心，救駕出陷。今上念我微功，聞吾智勇，所以克太原之後召見，復姓楊氏。蒙恩加爵，勅造府第，御書匾額，名曰無佞府，建立天波樓，上供太祖聖像。寵幸無雙，富貴已極。」全劇二百四十齣，別無救駕事。按此段所記太祖陷泥、繼業救駕，既不見於史傳載籍，亦不見上引諸戲劇小說。但「淸風樓上有三朝天子御筆勅書」之語，則見於謝金吾及開詔救忠兩雜劇，三朝謂太祖、太宗、眞宗。篇詔之說，似有所本，或是見於南宋志傳，其書在臺無從覓讀，書此以俟他日詳考。

綜觀上引諸書，所謂楊氏救駕，共有五種傳說。（一）燼餘錄：莫州救太宗。（二）開詔救忠：幽州救宋天子，未云是何帝。（三）北宋志傳：幽州救太宗，前後兩次。（四）楊家府：幽州救太宗，魏府救眞宗。（五）昭代簫韶：太原救太祖，魏府救眞宗者爲六郞及其部將，時楊業及大二三七郞已死，四郞在遼，五郞在五臺爲僧。太原救太祖者爲楊業個人，餘次均爲楊氏父子。第一第五各爲獨立之傳說。第五說因資料不足，未能詳考，已見上文。關於第一說之考證，見本章之末。第二說僅爲北宋志傳第二次及楊家府第一次救駕之「雛形」，可置不論。三四兩說爲此一故事之主要記載。北宋志傳第一次幽州救太宗事爲楊家府所無，而最爲接近史實；第二次則與楊家府所敍爲一事，均出於民間傳說。楊家府之魏府救眞宗，又爲北宋志傳所無，其事稍有歷史影響，而傳訛更甚。茲分別考證於下。

北宋志傳第十二回之第一次救駕，卽所謂高梁河之役也。太平興國四年，太宗親征北漢，五月，劉繼元降。六月，乘勝移師北征遼國，直抵幽州，屯兵城下。七月，與遼救兵戰於城外之高梁河，註 大敗，太宗狼狽逃至涿州，直歸汴京。宋人視此敗爲奇恥，官書私記多諱而不言，或隱約其詞。其記載較爲顯明者，官書如宋史卷四太宗本紀云：「太平興國四年七月癸未（初六），帝督諸軍及契丹大戰於高梁河，敗績。」私記如王銍默記云：「神宗初卽位，慨然有取山後之志。……一日語及北邊事曰：『太宗自燕京城下軍潰，北人追之，僅得脫。凡行在服御寶器，盡爲所奪，從人宮嬪盡陷沒。股上中兩箭，歲歲必發，其棄天下，竟以箭瘡發云……』已而泣下久之，蓋已有取北邊大志。」此外續資治通鑑長編卷二十記載此事，只云「班師」，不云「敗績」，而字裏行間，暗示甚多，予所謂隱約其詞也。遼史所記則頗爲詳盡，遼史卷九景宗本紀云：「乾亨元年六月己巳，宋主圍南京（幽州）。秋七月癸未，〔耶律〕沙等及宋兵戰於高梁河，少卻；休哥、斜軫橫擊，大敗之。宋主僅以身免，至涿州，竊乘驢車遁去。甲申（初七）擊宋餘軍，所殺甚衆，獲兵仗、器甲、符印、糧饋、貨幣不可勝計。」繫日與宋史同，爲癸未，可以互證。同書卷八十三耶律休哥傳、卷八十四耶律沙傳，亦有同樣記載。

（註）高梁河流經今北平城外西北，距西直門甚近，其上有橋曰高梁橋，作者兒時游釣處也。曾聞野老云：明時有大將名高梁，兵敗陣亡於此。明代無此大將，其說似卽由宋太宗之敗，輾轉傳訛。

太宗高梁河之敗，乃歷史事實。楊業於此役有救駕之功，則不見記載。但蘇頌魏公集卷十三有一詩，長編卷二十有數段記事，可爲此事之有力旁證。其詩題爲：「和仲巽過古北口楊無敵廟」。詩云：「漢家飛將領熊羆，死戰燕山護我師。威信仇方名不滅，至今遺俗奉遺祠。」第二句蓋卽所謂救駕也。蘇頌贊楊業功績，特別提出此事，其重要可知。考之宋史楊業傳及長編諸書，業自太平興國四年歸宋，至雍熙三年戰死，首尾八年，其間與遼人多次交戰，皆在今山西北境，最遠曾至雲州（今大同縣），拚死力戰於燕山之可能，只有太宗親征幽州之役。是時業甫隨北漢主劉繼元來降，曾否率部從征，史無明文。但太宗於北漢降後，時未逾月，卽乘勝征遼，以業之「老於邊事，洞曉敵情」（見下），且爲新降勁旅，似無留置太原後方而不使隨行之理。且長編卷二十太平興國四年八月紀事云：「初，劉繼業爲繼元捍太原城，甚驍勇。及繼元降，繼業猶據城苦戰。上素知其勇，欲生致之，令中使諭繼元，俾招繼業。繼元遣所親信往，繼業乃北面再拜大慟，釋甲來見。上喜，慰撫之甚厚，復姓楊氏，止名業。尋授左領軍衛大將軍。丁巳，以業爲鄭州防禦使。」丁巳爲八月初十日，在太宗自幽州還汴京後十餘日。（太宗還京在七月二十八日乙巳，長編卷二十及宋史卷四本紀並同。）此十餘日中有三項人事措施，俱具長編同卷。其第一項云：「守中書令西京留守石守信從征范陽（幽州），督前軍失律。壬子（八月初五），責授崇信節度使兼中書令。」第二項云：「甲寅（八月初七），彰信節度使劉遇責授宿州觀察使，光州刺史史珪責授武定行軍司馬，皆坐從征范陽，所部兵逗撓失律故也。」第三項即上文之楊業爲鄭州防禦使。此三項措施有鮮明之對照：前兩項罰罪，後一項賞功。功罪之由來則皆幽州之役也。賞功而不明言，乃宋人諱敗之故。諱言戰敗而賞罰又必須施行，詔命措辭，遂須斟酌。石守信劉遇皆開國宿將，既以「失律」降官，若再明舉新降人楊業之功而褒獎之，自屬「失體」。故長編鄭州防禦使條原註所引制辭只嘉許業之來降，而不提幽州之役，所謂避重就輕。長編原註云：「疑制辭意有所在。」蓋即在此。註一 楊業授鄭州防禦使後三個月，即獲進一步任用。長編卷二十太平興國四年十一月記事云：「上以鄭州防禦使楊業老於邊事，洞曉敵情，癸巳（十七日），命業知代州，兼三交駐泊兵馬部署。上密封橐裝，賜予甚厚。」業爲降將，若無特殊表現，不會於數個月內即被重用且密封厚賜。而業立功表現之機會，舍幽州戰役外更無他事，合上述蘇頌詩「死戰燕山『護』我師」一句及長編所記諸事觀之，業必從征幽州，即使未曾直接救駕，其曾力戰却敵，掩護撤退，使太宗得以安抵涿州，則可以斷言。宋之史官既因諱敗而不書其事，舊將老兵必有能言之者，遂轉入民間，此即幽州救駕傳說之由來也。蘇頌於神宗時曾使遼，見宋史三百四十頌傳，其時去楊氏父子未甚遠，頌詩云云，當亦得之故老傳聞。註二業有七子，長子延玉與業同時戰死，餘六子業身後俱存，見宋史二七二業傳。因救駕而諸子損折過半，自是戲劇小說添飾之詞。宋史二八九高瓊傳云：「及討幽薊，屬車駕倍道還，留瓊與軍中鼓吹殿後。六班扈從不及，惟瓊首率所部見行在。太宗大悅，慰勞之。」戲劇小說所謂業長子淵平假扮太宗誑敵之事，可能卽由此事傳訛。故事演變有如滾雪球，愈滾愈大，愈滾愈走樣，其核心則必有所自來也。

（註一）長編原註全文云：「據國史楊業傳乃云孤壘甚危，業勸其主出降以保生聚。繼元既降，上遣中使召業，得之喜甚，以爲領軍大將軍。師還，乃除鄭州防禦使。制辭云：『百戰盡力，一心無渝，疾風靡搖，迅雷罔變。知金湯之不保，慮玉石之俱焚，定策乞降，委質請命，忠於所事，善自爲謀。』與九國志大不同。按五代史，垂涕勸繼元出降者，但馬峰一人耳，非楊業也。若業勸降，則當與繼元俱出見，何用別遣中使召乎。然當時制辭，不應便失事實，又疑制辭意有所在，故特云爾。今但從九國志，更須考之。」長編石守信責官條原註云：「守信失律事，實錄正史都不詳所以班師，殆由此故耳，當考。」劉遇史珪降官條原註云：「劉遇史珪傳載失律事亦不詳，恐國史或有所避忌，更須參考。」此條又云「疑制辭意有所在」。其記班師事則云「車駕夕發，命諸將整軍徐還。」又云：「內供奉官閻承翰馳奏大軍不整，南向而潰。」又云：「初武功郡王德昭（按係太祖之子太宗之姪）從征幽州，軍中嘗夜驚，不知上所在，或有謀立王者，會知上處乃止。」（俱見卷二十）此皆予所謂對於幽州敗績字裏行間之暗示也。

（註二）考信錄以爲楊業戰敗被擒在朔州陳家谷，其死則在古北口，執蘇頌此詩及蘇轍古北口楊無敵廟詩爲證。其說支離穿鑿，不足信。果如所論，則「護我師」三字完全落空，古今無此詩法。蘇轍詩之「野草猶知避血痕，」亦只是泛言戰死；考信錄見「血痕」二字，遂認定業之死在古北口。如此說詩，眞孟子所謂「固哉！」

北宋志傳第十六回之第二次救駕，則全屬「小說家言」，與開詔救忠及楊家府之幽州救太宗，同爲出於民間之傳說。此說似卽由高梁河之役傳訛演變而來。北宋志傳根據遼史等記載敷演一次，又根據民間傳說敷演爲另一次。至於楊家府之魏府救眞宗，雖出虛構，却有歷史影響，可分三項言之：第一，魏府卽今河北大名，太宗親征遼，卽駐蹕其地（見後）。所謂銅臺，疑爲銅雀臺之訛，臺在今河南臨漳縣，去大名甚近。第二，天降甘露瓊漿，飲之可白日飛昇，乃由眞宗崇道教喜祥瑞之史實演變而來。第三，六郎救駕，駐紮澶州，大破遼兵，實爲景德元年眞宗親至澶州禦遼之訛，此役固先勝遼人，射殺其大將撻覽而後結成所謂澶淵之盟也。小說故事之形成，皆非僅出一源，此固自然之理。

最後，燼餘錄所謂「興國五年太宗莫州之敗，賴楊業扈駕，得脫險難。」此恐是訛傳誤記。今先將史籍所載莫州戰役之資料彙錄於下。

宋史卷四太宗紀太平興國五年十一月：

己酉，（初十日）帝伐契丹。（長編卷二十一作詔巡北邊。）

壬子，（十三日）發京師。（長編同。）

癸丑，（十四日）次長垣縣。關南與契丹戰，大破之。（長編作：「關南言，破契丹萬餘衆，斬首三千餘級。」長垣與關南非一地，太宗次長垣與「關南與契丹戰」乃兩事，不可誤混。）

癸丑之後，長編有「丙辰（十七日）次澶州（今河北濮陽縣）。」「丁巳（十八日）次德清軍（今河北清豐縣）。」兩條，本紀失載。

戊午，（十九日）駐蹕大名府。諸軍及契丹大戰於莫州，敗績。（長編作：戊午，駐蹕於大名府。雄州言，契丹皆遁去。）

遼史卷九景宗本紀，乾亨二年（即宋太平興國五年）十一月：

壬寅，（初三日）（耶律）休哥敗宋兵於瓦橋東。守將張師引兵出戰，休哥奮擊，敗之。

戊申，（初九日）宋兵陣於水南，休哥涉水擊破之，追至莫州，殺傷甚衆。

己酉，（初十日）宋兵復來，擊之殆盡。

丙辰，（十七日）班師。

遼史卷八十三耶律休哥傳：

詔總南面戍兵，爲北院大王。車駕親征，圍瓦橋關。宋兵來救，守將張師突圍出，帝親督戰，休哥斬師，餘衆退走入城。宋陣于水南，將戰，帝以休哥馬介獨黃，慮爲敵所識，乃賜玄甲白馬易之。休哥率精騎渡水擊敗之，追至莫州，橫屍滿道，麬矢俱罄，生獲數將以獻。帝悅，賜御馬金盂，勞之曰：「爾勇過于名，若人人如卿，何憂不克。」

綜合以上諸書所記，卽可證明燼餘錄楊業莫州扈駕之說，係屬訛傳。莫州戰役，宋史云在十九日戊午，遼史云初九戊申及初十己酉兩日。二說均無旁證，難言孰爲正確。但如在初九，太宗尚未自汴京出發；如在十九，則太宗甫至大名，北距莫州約三百餘里，而遼人追擊宋軍，亦至莫州而止，並未繼續南進。可知此役無論在初九或十九，太宗始終身在後方，未臨前敵，又何從被圍。更有進者，如太宗曾陷危急，宋人固可諱而不書，遼人正應誇大書之，何以一字未提？然則此役大宗未嘗被圍，楊氏父子無駕可扈，已無疑問矣。至於莫州扈駕之說究竟從何而來？予以爲或係另一事件之輾轉訛傳。長編卷二十一太平興國五年十一月「壬寅，初三日契丹寇雄州，據龍灣堤。龍猛副指揮使荊嗣率兵千人力戰奪路。會中使有至州閱城壘者，出郛外，敵進圍之，諸軍赴援，多被傷。嗣與其衆夜相失，三鼓乃突圍走莫州。敵爲橋於界河以濟，嗣邀擊之，殺獲甚衆。」宋史二七二荊嗣傳有同樣記載。雄州，今河北雄縣，卽瓦橋關所在地。長編繫日壬寅，與前引遼史休哥敗宋兵於瓦橋之日期相同，可以互證。當時宋遼混戰，互有勝負，事後最易傳訛。中使爲皇帝所派，遂訛爲皇帝被圍。楊氏父子恰有幽州救駕之事，於是莫州之「諸軍赴援」亦訛爲楊業扈駕。予說雖屬臆測，以情理及一般故事之演變方式觀之，未嘗不能成立。

六　三關六使之解釋及楊延昭汝州發配傳說之由來

一　三關六使之解釋

三關、六使，此兩名詞常見於敷演楊延昭故事之戲劇小說，其例甚多，不勝枚舉。民國鼓詞俗唱，亦有「楊六郎把守三關口」之語。三關者，延昭鎭守之地，六使則爲延昭之官銜。最詳細之解釋見於元無名氏撰謝金吾雜劇，謝劇第二折楊六郎白云「某姓楊名延景，字彥明。註……俺弟兄七個，乃是平、定、光、昭、朗、景、嗣，某居第六，鎭守著三關。是那三關？是梁州遂城關、霸州益津關、雄州瓦橋關，此乃三關。某受六使之職，是那六使？邊關裏外點檢使、界河兩岸巡綽使、關西五路廉訪使、淮浙兩場催運使、幽汾二州防禦使、河北三十六處救應使，此乃六使之職。」此外諸戲劇小說皆只云三關六使而並無解釋。考之史乘地志，所謂梁州遂城關，無此地名；六使之說，尤爲荒唐，宋代官制根本無此六使，更不必問延昭曾否任其職矣。然五代北宋之時，確有所謂三關；六使雖屬訛傳，亦是「其來有自」。今就諸書記載，分別考證於後。

（註）戲劇小說中六郎之名甚不一致，有與史傳相同者，有相異者，詳見本篇第三章第三節「楊業諸子」考證。

三關之解釋，可分三項。一曰正說，史書地志所載也；二曰俗說，即上文所引謝金吾劇；三曰誤說，近人之訛傳，既不合於史書地志，亦不合於戲劇小說者也。正說之三關在後周及宋初爲益津關、瓦橋關、淤口關。宋太宗以後爲益津關、瓦橋關、高陽關。蓋周世宗攻遼，取得三關，益津、瓦橋皆以置州，淤口則僅置寨（通砦）。宋太宗時又置高陽關，淤口之名漸廢，高陽遂代淤口而列於三關。益津在宋之霸州，今河北霸縣與文安縣之間；瓦橋在宋之雄州，今河北雄縣；淤口在宋之信安軍，今河北永清縣與霸縣間之信安鎮；高陽在宋之瀛州，今河北河間縣與高陽縣之間。三關之北爲遼，其南爲宋，眞宗景德元二年間澶淵之盟以前，宋遼爭戰，多在此一區域。換言之，三關爲宋與遼對峙之國防第一線，進戰退守，俱以此爲根據地也。延昭一生事業，皆在防邊，前後二十餘年，其駐防區域始終不出此三關之範圍，而其最後官職爲高陽關副都部署，在屯所九年，見宋史二七二本傳。故戲劇小說中敍延昭事跡，遂以三關爲言，如鎭守三關、私下三關、明下三關皆是。當時宋遼間之另一防線，則爲今之山西省北部，以代州雁門一帶爲中心。楊業之官職，即爲代州刺史兼三交（地名，在今山西太原之北。）駐泊兵馬都部署。故曰：楊氏父子之事蹟，楊業在山西北部偏東，延昭在河北中部而偏西偏北。俗說之益津、瓦橋，與正說合，所謂梁州遂城關則爲訛傳。梁州與楊延昭無關，與遂城亦無關，「梁州遂城」根本無此地名。但遂城（今河北徐水縣）則爲延昭所曾防守之地宋史延昭傳敍其事甚詳俗說蓋卽由此傳訛誤說見於民國五十七年八月三十一日國語日報題爲「五臺山與歷史上之楊家將」未署作者姓名其中有一段云「從河北省西北角的居庸關起沿著長城一路往南順次列著四道關口那就是居庸關紫荆關倒馬關和龍泉關其中除去居庸關不談其他三關就是有名的三關口也就是舊演義小說和平劇裏常提到的「楊六郞把守三關口」的那個地方」其說合於地理而不合於歷史所列三關皆確有其地次序方位亦合但非宋時慣稱之三關耳此說未見於他處又不似該文作者「創獲」應是華北民間舊傳如此按宋史本傳云延昭於眞宗景德元年曾「率兵抵遼境破古城俘馘甚衆」據考信錄考定古城在今山西廣靈縣西南靈丘縣迤西正當紫荆倒馬兩關之間延昭率兵出塞則係經過倒馬關見第七章倒馬關條按語誤說云云似卽由此而來且延昭當時爲保州（今河北淸苑縣）緣邊都巡檢使其巡防區域亦可達此三關然則誤說雖不合宋時慣稱亦尙不甚支離今彙錄本節有關資料於後。

遼史卷六穆宗紀「應歷九年夏四月是月周拔益津瓦橋淤口三關」同書七十八蕭思溫傳「周主復北侵與其將傳元卿李崇進等分道並進圍瀛州（今河北河間縣）陷益津瓦橋淤口三關新五代史卷十二周世宗本紀「顯德六年（卽遼應歷九年）三月甲戌北征夏四月壬辰取乾寧軍（今河北青縣）辛丑取益津關以爲霸州癸卯取瓦橋關以爲雄州」原註云「世宗下三關瓦橋益津以建州及見淤口關止置寨故舊史實錄皆闕不書遂不見其取得時日今信安軍是也」玉海卷二十四周世宗復三關條全用其說。舊五代史只有益津瓦橋無淤口卽新五代史所謂舊史不書資治通鑑二百九十四亦只有瓦橋益津無淤口。

宋史八十六地理志「信安軍同下州太平興國六年以霸州淤口砦建破虜軍景德二年改爲信安」

同書同卷：「至道三年，以高陽隸順安軍，舊名關南，太平興國元年改名高陽關。」按順安軍卽今河北高陽縣。讀史方輿紀要卷六：「(顯德)六年復親征契丹，取瀛莫二州（莫州，今河北任邱縣）於是關南始爲周境。」原注云「關南，瓦橋關南也。時以瓦橋、益津、高陽爲三關。……高陽關亦曰草橋關，在今保定府安州高陽縣東。」嘉慶一統志卷十四保定府關隘：「高陽關在高陽縣東舊縣治，宋初曰關南，以其地在三關之南也。太平興國七年，改置高陽關。」又云：「草橋關在高陽縣西二十里。周顯德六年，復三關以控燕薊，日瓦橋，霸日益津，高陽日草橋，俱置重兵。……草橋關在高陽縣西，高陽關則在縣東，不得混而爲一。」按方輿紀要卽混高陽草橋爲一，一統志乃實地勘查之紀錄，應從；但一統志云周時之三關爲瓦橋、益津、草橋，則非是，應從遼史及五代史作瓦橋、益津、淤口。高陽、草橋兩關雖位置不同，一東一西，而同在高陽縣境內，其地在宋初仍名「關南」，自不得爲彼時所謂三關之一。太平興國七年置高陽關，亦應從上文所引宋史地理志作太平興國元年。蓋淤口已廢，高陽新置，自此以後，三關之名遂如方輿紀要之說，屬於瓦橋、益津、高陽矣。讀史方輿紀要卷十：「國家（按謂明朝）以雁門、寧武、偏頭爲外三關，而居庸、紫荊、倒馬爲內三關。」上文所謂誤說之三關，卽明時之內三關，去居庸而益以龍泉也。

六使之稱，荒謬無稽，然此類訛傳，必有其所自來，予以爲此說應在宋史延昭傳中求其解釋。延昭傳云：「以崇儀副使出知景州（今河北景縣）。時江淮凶歉，命爲江淮南都巡檢使，改崇儀使，知定遠軍（今河北東光縣）。徙保州緣邊都巡檢使，就加如京使。……以功拜莫州刺史。……進本州團練使。……(咸平)六年夏，復用延昭爲都巡檢使。……命延昭知保州，兼緣邊都巡檢使。……進本州防禦使。」延昭一生官職之有「使」字者，備見於此，共爲九個。其中崇儀副使與崇儀使僅係正副之別，緣邊都巡檢使前後三任，如俱以一個計算，則是：崇儀、江淮南都巡檢、緣邊都巡檢、如京、團練、防禦，恰爲六個。蓋延昭身後，綜論其生平者，見其曾任此六使，乃以楊六使稱之；輾轉傳訛，遂如謝金吾劇所云延昭曾同時兼任六種使職，又復別立名目，益覺荒謬無稽矣。予所推測，雖近於附會，實亦不無可能。若就謝金吾劇所舉之六使分析：邊關裏外檢點、界河兩岸巡綽、河北三十六處救應，此三者爲緣邊都巡檢之歧說；淮浙兩場催運爲江淮南都巡檢之訛傳；關西五路廉訪爲元雜劇中慣稱之官職；防禦爲延昭曾任者；僅幽汾二州不知從何而來耳。今錄與本節解釋有關之資料於後。

文獻通考卷五十九：「宋朝有沿邊、溪洞都巡檢，或蕃漢都巡檢，或數州數縣管界，或一州一縣巡檢，掌訓練甲兵，巡邏州邑，擒捕盜賊事。」宋史卷一六七與此略同。通考同上卷：「宋朝沿唐制，置諸州防禦使，唐防禦使在團練使之下，宋朝陞之於上。」又云：「節度使在唐爲閫帥，觀察、團練使在唐爲監司，防禦使在唐爲邊將，刺史在唐爲郡守。至宋則閫帥、監司、邊將、郡守各別有以名其官，而節度、承宣、觀察、團練、防禦、刺史則俱無職任，特以爲武臣遷轉之次序。」以現代用語解釋之，凡此種種，皆爲用以表示其階級之名稱，而非實際職務。崇儀、如京，見通考卷六十四及宋史卷一六九，通考屬於「武散官」，宋史屬於「武臣三班借職至節度使敍遷之制」。此兩卷所列，皆是階級而非職務，然則延昭所任六使，僅江淮南都巡檢及緣邊都巡檢爲實職，餘者皆虛銜也。

楊家府演義無六使之稱。但卷一第七則云，延昭以幽州救駕之功授倉典使、迎州防禦使、三千里界河南北招討使；卷二第十四則云，加楊景爲鎮撫三關都指揮使；卷四第二十三則云楊景以魏府救駕功授三關總管節度使卷六第三十九則云眞宗封征遼功臣，楊景爲代州節度使兼南北都招討。以上前後合計，恰好亦是六個使名，不知與稱延昭爲六使有關係否，錄之以備一說。至於此六個使名之無稽，自不必論矣。卷二第十二則云，楊景擊退遼兵，授高州節度使，景固辭未受，此一使當然不算。

二　汝州發配傳說之由來

楊延昭汝州（今河南臨汝縣）發配故事，首見於明教坊所編楊六郎調兵破天陣雜劇楔子及第一折，次見於楊家府演義卷三第十九則，三見於北宋志傳第二十七及二十八回，五見於施鳳來撰三關記傳奇，其書雖不存，但於黃文暘曲海總目提要卷十一中可知其梗概，五見於昭代簫韶第五本第五、第八、第十、第十二等齣；楔子戲之托孤計則係由此事演變而來。此爲楊延昭故事中之流傳普遍而又甚爲荒唐者，可能全出虛構。其內容及演變情形，不屬於本篇考證範圍，不贅述；僅就宋史延昭傳記事，推測此種傳說是否亦有其根據。首先須知所謂發配者，卽貶謫之意也。破天陣劇延昭白云：「因爲某私下三關，殺了謝金吾家一十七口，本該死罪，聖人憐某有功，以此教我在汝州爲酒醋都管。」楊家府演義云：「……遂將楊景發配汝州，監造官酒，遞年進獻三百埕，三年完滿，聽調別用。」北宋志傳云：「延昭因焦贊殺謝金吾，被發配汝州作工，遞年進造官酒。」昭代簫韶云：「焦贊免死充軍，楊景配往汝州，進造官酒，三年限滿候旨。」按宋人每有謫監某地酒稅者，如晏幾道謫監潁昌酒稅、蘇轍謫監筠州酒稅、秦觀謫監處州酒稅、陳與義謫監陳留酒稅，皆是；延昭之事，無乃類此。但戲劇小說作者多爲半通文人，乃混貶謫與發配爲一談耳。然遍讀延昭傳全文，並無貶謫之事，故曰此種傳說可能全出虛構。若勉強求其根據，則宋史延昭傳中下列記事，或卽爲此傳說之所自來。其文曰：「（咸平）五年，契丹侵保州，延昭與（楊）

嗣提兵援之。未成列，爲契丹所襲，軍士多喪失。命李繼宣、王汀代還，將治其罪。帝曰：『嗣輩素以勇聞，將收其後效。』卽宥之。六年夏，契丹復侵望都，繼宣逗留不進，坐削秩；復用延昭爲都巡檢使。時講防秋之策，詔嗣及延昭條上利害。又徙寧邊軍（今河北蠡縣）部署。」傳文云「代還將治其罪」，又云：「卽宥之」。其事輾轉傳訛，愈傳去事實愈遠，遂成眞治其罪而發配汝州。然戲劇小說所載延昭得罪之由爲焦贊殺謝金吾全家，與「爲契丹所襲，軍士多喪失」毫無關聯。故予所云云只是推測之詞，聊備一說而已。抑有進者，戲劇小說敷演古人事跡，往往與作者當時事跡有關，其無意者爲「混淆」，其有意者爲「影射」。明代邊患始終不絕，邊將升沉成敗，事跡甚多，所謂楊家將故事實難免有若干明代「事跡」混淆其中，或借題「影射」，錯綜變化，遂難澈底究詰。此亦讀明代諸歷史演義者所不可不知。

七　各種地方志所載楊家將古跡輯證

楊業一生事蹟皆在今之山西；楊延昭一生事蹟皆在今之河北；陝西東北部神木府谷一帶，卽宋之麟府二州，則楊氏父子及折太君之故鄉也。是以方志所載楊家古蹟，大率不出此三省範圍。其中有文獻足徵者，有在疑似之間者，亦有虛誕荒唐、顯違事實之民間傳說。今不論其性質如何，凡有記載，備行採錄；而考證史籍，辨析眞僞，別爲按語，附於其後。虛誕荒唐顯違事實者，固須駁正；疑似之間者，則不妨姑妄聽之。蓋所以廣異聞，資談助，表防邊之偉績，發思古之幽情，區區之意，如斯而已。簡例數則，附識於下。

一、方志諸書每多輾轉鈔襲，同一事項，彼此互見。今所採輯，標準如下：文字完全相同者，僅錄最早之一種，餘則附注書名云「某書同此」如有異同則逐一備錄，最早者或最詳者頂格書寫，其餘低兩格書寫。

二、編者個人按語，或引用地方志以外之書有所闡述亦低兩格書寫。

三、全書資料共分三項，一、關於楊業及五郎、七郎、文廣者。二、關於楊延昭者。三、關於孟良焦贊者。關於折太君及穆桂英之古蹟，均見於第四章，不再重錄。

四、各項資料之次序，有時按其詳略輕重，酌量安排，不全拘於原書時代之先後。

五、古今地名不同者，皆於第一二次出現時注出今名，屢見者不重注。縣名相同者則注明今屬某省。

六、本章因時間及環境限制，僅就目前所能見到之方志作初步搜輯，遺漏自所難免，補充修訂，俟諸異日。惟民間傳說未見文字記載者，不在本文範圍之內，僅有時偶然涉及耳。

關於楊業（令公）之古蹟 五郎、七郎、文廣附

雁門關：山關在（馬邑）縣東南山上，兩山壁立，中通一路，父老傳宋楊將軍曾扼險於此。關屬代州，關下至廣武，即馬邑界。雍正朔平府志卷三方輿志山川門

黃糧堆：本黃瓜堆，俗名亂塚，在廣武站村北。沙土二百餘堆，西起舊廣武，東至夏屋，由密而疏，大小相間，布置有方，高者可五丈，低亦七八尺。父老相傳宋楊將軍覆米其上，詐為積貯，以愚敵人者；堆不自宋始也。昔人有詩云：「聚米成山徑路斜，風吹遍地起黃沙。」而此堆獨歷年久遠，不為大風洪水所剝削，亦異徵也。民國馬邑縣志卷一輿圖志古蹟門

按：馬邑縣即今山西朔縣東北之馬邑鄉，在宋為寰州，雁門為代州要塞。此一帶正屬楊業活動範圍，右兩條

所謂楊將軍當卽是業。黃糧堆則武侯八陣圖之類也。

荷葉坪在（五寨縣）蘆芽山南，高千餘丈，終歲積冰雪，四面崇峻，其頂平夷，形類荷葉，大可容萬馬。或傳宋將楊業曾於此操兵，有將臺遺址。按：於此聚兵當是元末四大王耳，而誤爲業矣。（乾隆寧武府志卷二山川門）

按：五寨，今山西五寨縣，蘆芽山在縣南，其地宋時爲嵐州，屬河東路。續資治通鑑長編卷一五二：「皇祐中，韓琦經略河東，按堡寨置處，多北漢名將楊業所度者。」然則「楊業曾於此操兵」，不無可能，但時間在歸宋以前耳。

紅羊峪在（左雲）縣南四十里，緊逼四峯山，最稱險隘。相傳宋楊業屯兵於此。（雍正朔平府志卷三方輿志古蹟門）

按：左雲縣在今山西。平劇有洪洋洞，云遼人藏楊業遺骨於此，北宋志傳第二十四回亦載之，作紅羊洞，「洪洋」蓋伶人傳寫同音致誤，其事似卽由此傳訛。

陳家峪在朔州南，宋史潘美傳：雍熙三年，美拔寰、朔、雲、應等州，內徙其民，遼兵掩至，戰於陳家谷口。（嘉慶一統志一四八朔平府山川（峪谷二字義可通用））

按：宋史二五八潘美傳原文云「雍熙三年，詔美及曹彬、崔彥進等北伐，美獨拔寰、朔、雲、應等州。詔內徙其民；會遼兵掩至，戰於陳家谷口，不利，驍將楊業死之。美坐削秩三等，責授檢校太保。」是役美爲雲應路行營都部署，業爲副都部署，見宋史二七二業傳，故美傳以攻拔四州之功獨歸於美。寰州，今山西朔縣之馬邑鄉；朔州，今山西朔縣；雲州，今山西大同；應州，今山西應縣。

陳家谷在州南，宋雍熙三年，楊業自應州石硤路趣朔州，與護軍王侁等期會於陳家谷口。既而業與契丹耶律斜軫戰敗，趨狼牙村。……狼牙村，或曰卽今州西南十八里之洪崖村。……陳家谷亦南通忻代二州之道也。（讀史方輿紀要卷四十四朔州）

考信錄云「雍正朔州志卷四紀村莊，有紅崖兒，（卷三山川類作紅崖兒村）在州東北，當卽所謂洪崖村。又有狼兒村，在城西南；紀要謂在州西南十八里，則狼牙村疑卽狼兒村，非洪崖村也。」騫按此說甚是。

陳家峪山在懷仁縣西北二十里，舊志相傳宋楊業駐兵處。（嘉慶一統志一四六大同府山川）

陳家峪口〔懷仁〕縣西北二十里，宋將楊業敗處。（乾隆大同府志卷五形勝）

陳家峪山，東南距懷仁縣治二十里，相傳宋將楊業兵敗於此。考宋史潘美、王侁陣於陳家谷口，趨業進戰，使人登托邏臺望之，在今朔州西南寧武山上；是陳家谷必附近朔州。今懷仁西北之陳家峪，距朔州西南境約二百里有奇，且是時遼復取寰州，爲今馬邑縣，業等自雁門率師北行，戰敗引還，不當反越馬邑而北也。（乾隆大同府志卷四山川）

按懷仁縣在今山西。業與遼人戰於陳家谷，兵敗被擒，不食三日死，詳見宋史二七二業傳。朔縣南之陳家峪卽其地也，詳讀業傳參以讀史方輿紀要及山西輿圖自知。懷仁之陳家峪山地名偶同，民間因宋史而傳訛耳。乾隆大同府志所辨甚爲明確。業攻取寰、朔、雲、應，懷仁在行軍範圍之內，於此「駐兵」或有可能，決非「兵敗」處也。參閱下文托邏臺諸條。

托邏臺在〔朔〕州西南寧武山上，卽宋潘美、王侁使人望楊業進戰處。（雍正朔平府志卷三方輿志古蹟門）

托邏臺在州西南五十里寧武陽方口西山，卽宋王侁使人望楊業進戰處。（雍正朔州志（原書未見，據考信錄轉引。））

宋史二七二業傳云：「美卽與侁領麾下兵陣於〔陳家〕谷口。自寅至巳，侁使人登托邏臺望之，以爲契丹敗走，欲爭其功，卽領兵離谷口。美不能制，乃緣交河（饕按：應從長編、宋會要、及太平治蹟統類作灰河。）西南行二十里。俄聞業敗，卽麾兵却走。」於是業以無援戰死。

托邏臺在寧武縣（今山西寧武）西北，一名陀羅臺，亦曰橐蓮臺。兩鎭三關志云：「今陽方口河西高山，謂之橐蓮臺。」按北魏旣滅赫連氏，遷其子孫，散處雁門代北，依山谷以居，故其地有赫連臺。此云橐蓮，或轉爲托邏，或爲陀羅，皆音近而訛。（嘉慶一統志一四七寧武府山川）

兩鎭三關志：陳家谷、狼牙村，俱在今朔州南。托羅臺在寧武關東；橐蓮臺亦作托蓮臺，今陽方口河西高山謂之橐蓮臺。朔州志稱爲王侁望楊業軍處。崞縣志但志臺名，不言王侁望軍事。（此下引錄宋史楊業傳，敍陳家谷戰役，今略去。）遼史：業引兵南出朔州三十里，至狼牙村，惡其名，不進，左右固請，乃行。遇耶律斜軫，大敗，馬重傷不能進，匿深林中。耶律奚低望見袍影，射之，墮馬被擒。

聖宗紀：統和四年三月辛巳，順義軍節度使趙希贊以朔州叛附於宋。時上與皇太后駐兵駞羅口，詔趣東征兵馬以爲應援。（乾隆寧武府志卷十一餘錄）

按：右寧武府志所引遼史乃據卷十一聖宗紀及卷八十三耶律斜軫、耶律奚低傳合敍，與原書大致相同。聖宗紀云：「繼業引兵南出朔州三十里，至䃧牙村。」耶律奚低傳云：「繼業敗于朔州之南。」據此可知陳家谷確在朔州之南，托邏臺可望見谷口，自亦在其附近。

魏志云：朔州志，「石碣谷在朔州南五十里禪房山。禪房山今在寧武北二十五里，陽方口對岸也。」狼牙村、陳家谷皆不知所在。但朔州西南今尚有狼兒村，未知是否？……業即毅然出師，揆時度勢，必無反出寧武附近之事；則陽方口河西之槖蓮臺是否王佚望兵處，似應闕疑。至遼主與太后駐兵馳邏口，趣東征兵處，未知何在。其所謂槖蓮臺者，或即托邏口上之山，未可知也。（乾隆寧武府志卷十一餘錄）

按：寧武府志爲乾隆十二年知府魏元樞原本，十五年知府周景柱補纂，所謂魏志，即元樞原本。右引一條，刪節處有缺葉，文意不完，但大致可以明瞭。其意以爲楊業自代州（今山西代縣）北向進兵，豈能反出其西南方之寧武附近。不知業此行任務在掩護朔州之衆向南撤退，遇敵戰敗，自然南向，方向並無錯誤也。遼主及太后駐兵之馳邏口，雖未詳所在，但與托邏臺決非一事，此時遼人大本營不可能深入至寧武附近。

狼牙口，廣昌縣西南九十里。宋將太尉楊業，因奸臣王佚逼戰，援兵不進，業與子延（原誤作廷）玉敗於此。今屬倒馬關，設兵防守。（乾隆易州志卷二山川）

按：廣昌，今河北淶源縣。楊業敗死於山西朔縣之狼牙村，去此甚遠，蓋野老訛傳。

門

楊將軍祠，在鹿蹄澗，祀宋刺史楊業也。太平興國二年，將軍以數百騎破遼人十萬衆於雁門，故祀之。（乾隆代州志卷一輿地志壇廟）

楊令公祠，在密雲縣（今河北密雲）古北口，祀宋楊業。業善戰，時號楊無敵，數拒遼有功，民賴以安，後人立祠祀之。（明一統志卷一順天府祠廟）

楊令公祠，在密雲縣古北口北門外，祀宋太尉楊業。明洪武間，徐達建，成化辛丑重修，賜額威靈廟。（雍正畿輔通志卷四十九順天府祠祀）

楊令公祠在古北口，祀宋楊業。遼時已有之；明洪武八年徐達重建；成化十七年（辛丑）鎭守監丞許常、都指揮王榮重修，勅賜名威靈廟。

西流不返日滔滔，隴上猶歌七尺刀。慟哭應知賈誼意，世人生死等鴻毛。

此詩宋劉敞作，見公是先生集卷二十八，題爲「楊無敵廟」。原注：「在古北口，其下水西流。」考信錄云：「今本（公是先生集）注無末五字，此據遼史拾遺引補。」

漢家飛將領熊羆，死戰燕山護我師。威信仇方名不滅，至今遺俗奉遺祠。

此詩宋蘇頌作，見魏公集卷十三，題爲「和仲巽過古北口楊無敵廟」。本論文第五章曾引錄。

行祠寂寞寄關門，野草猶知避血痕。一敗可憐非戰罪，太剛嗟獨畏人言。馳驅本爲中原用，嘗享能令異域尊。我欲比君周子隱，誅彤聊足慰忠魂。

此詩宋蘇轍作，見欒城集卷十六，題爲「古北口楊無敵廟」。末兩句用晉周處及梁王彤事，以周處比楊業，以彤比潘美，詳見考信錄引資治通鑑。

寰朔城邊殺氣豪，行祠猶拜舊旌旄。黃沙白草三關壯，鐵馬銀戈百戰勞。報國自知非力屈，捐軀終不掩功高。魂來何處楊無敵，遺憾當年濺血袍。

此詩清方象瑛作，題爲「楊令公祠」，見雍正畿輔通志一一九藝文。

古北口城北門外，有宋楊業祠。業以雍熙中爲雲中觀察使，契丹陷寰州，遇於雁門北陳家谷口，力戰不支被擒，不食三日死，忠矣。然雁門之北口，非古北門口也，祠於斯者誤也。顧炎武昌平山水記卷下鶚案：古北口楊無敵祠，顧氏以爲誤，考劉原父（敞）蘇子由（轍）二詩，在奉使時作，則祠創自遼可知。無敵忠義，感動敵境，又何論古北口之非陳家谷也。（厲鶚遼史拾遺卷十四）

按：顧說穿鑿，厲說甚辨，立祠之地非必戰死之地也。顧說又有二誤：業之官銜爲雲州觀察使，非雲中；陳家谷口在朔州西南，不在雁門北。考信錄據蘇子由詩「血痕」之語，以爲業兵敗被擒於陳家谷，而遼人「致之燕京，使面其虜主。業求死不得，乃絕食自戕，經三日之餓，遂死於古北口耳。」（原文頗長，不具錄，讀者可自參閱。）其說與當時情勢及地理皆不合，殊難成立。據遼史卷十一聖宗紀，此時聖宗與蕭太后皆不在燕京，且朔州至密雲之古北口，路途遙遠，決非三日所能到達也。

令公村在豐潤縣西，宋楊業善戰，屯兵扼遼，民賴以安。後與耶律斜軫戰，敗績死之，民祠於古北口。（萬曆順天府志卷一地理志古蹟門）

按：豐潤，今河北豐潤縣。楊氏父子皆未曾至其地，此亦民間訛傳。

楊業墓在唐縣西北，相傳業戰歿葬此。（雍正畿輔通志卷四十八保定府陵墓）

楊業墓在唐縣西北一百十里，相傳業戰歿葬此。（嘉慶一統志卷十五保定府陵墓）

楊業墓在唐縣西北一百一十里。業贈太史令，戰歿葬此。（光緒保定府志卷四十三古蹟錄陵墓）

楊令公業墓在縣西北一百一十里令公鋪北□宋人。（光緒唐縣志卷十一雜稽志陵墓門）

按：唐縣，今河北唐縣，在淸苑縣西不遠，淸苑卽宋之保州。楊延昭曾知保州，兼緣邊都巡檢使，見宋史本傳，唐縣乃其轄境。各種方志所載古人墳墓，可分爲虛實兩種。實墓者，墓主骸骨所葬地也；其有葬埋死者衣冠遺物，或僅招魂設祭，建造墳塋，而其中空無所有，皆是所謂虛墓，名雖爲墓，實爲紀念碑、紀念塔之類。實墓當然只能有一，虛墓則幾乎與死者或其後人略有關聯之地皆可設立。此唐縣之楊業墓或爲延昭或當地士民所設虛墓，或僅係民間傳說，無從查考，總之決非實墓，自不必究其眞僞矣。

楊令公墓在〔香河縣〕城南一里。光緒順天府志卷二十六冢墓

按：香河，今河北香河縣，與楊氏父子毫無關聯，此墓蓋民間訛傳。

考信錄云：「業死後，不知曾否歸葬。乾隆一統志卷十一保定府云：『楊業墓在唐縣西北一百十里，相傳業戰沒葬此。』明釋鎭澄淸涼山志卷二云：『令公塔在九龍岡，宋楊業忠死，子五郎收骨建塔。』皆傳會不足信。至元人雜劇，以爲業死後，番人取其骨懸之昊天寺塔上，尤爲誕妄。日下舊聞考卷五十九引元一統志云：『遼道宗淸寧五年，秦越大長公主捨第爲寺，旣成，以大昊天寺爲額。』淸寧五年卽宋仁宗嘉祐四年，上距太宗雍熙三年楊業戰死之歲，七十三年矣，業之骨已朽，尙安得懸之塔上？是眞齊東野人之語，而畿輔通志卷一百七十八於昊天寺條下，引梁淸標詩有『黃塵餘霸氣，白骨冷幽州』之句，並自註云：『俗傳寺舊有塔，遼以貯楊無敵骨。』以戲劇詞，形之歌詠，可謂俗語不實，流爲丹靑矣。」騫按：昊天塔貯令公骨事，見元朱凱昊天塔雜劇。平劇洪洋洞盜骨事，則見於北宋志傳第二十四回。皆無稽之談也。

太平興國寺在五臺縣東北、東臺東，樓觀谷，宋釋睿見居此，相傳爲楊延朗之師。嘉慶一統志卷一五一代州寺觀

考信錄云：「雜劇又稱五郎楊朗於五臺山興國寺出家。見昊天塔劇中，小說則以五郎爲延德，而以延朗爲四郎。釋鎭澄淸涼山志，遂謂樓觀谷有五郎祠，楊業第五子出家處，見卷二 又謂宋沙門睿見卽楊五郎之師，僧徒無識，固無足責。乃乾隆一統志卷一百十六 從而實之，曰太平興國寺，宋釋睿見居此，相傳爲楊延朗之師；欽定淸涼山志卷十六 亦同。不知宋太

宗所爲造寺者名睿，諫不名睿，見有傳在宋沙門延一廣清涼傳中卷下。五郎出家之事，別無所出，獨見於雜劇小說耳。況延朗之爲六郎，明見史傳，何曾出家，以官修之書，誕妄至此，豈不大可笑哉！此本不足辯，以世人多不讀史，聊復著之以戒後學」

按：五郎出家爲僧之說，宋人話本中卽已有之，見前第一章，戲劇小說中尤多渲染。此人始終不能忘情「俗家」，且「大開殺戒」，爲民間傳說中所塑造不守清規僧人之一。云五郎名朗者，見於元人撰謝金吾及昊天塔兩劇。民國五十七年八月臺北國語日報史地副刊第一八二期「佛教聖地五臺山」文中有云：「五臺山本是佛教的聖地，可是那兒却有一座楊五郎祠，祠裏供著楊五郎的「肉身」塑像，還有一根楊五郎生前所用的鐵棍，重八十一斤。……現在寺裏還有一塊石碑，上面刻著四句詩，就是歌頌楊五郎的。那四句詩是：棄却干戈披衲衣，個中爭許幾人窺。只今惟有臺山月，夜夜空臨楊老祠。」此眞標準「齊東野語」，其詩則三家村冬烘學究手筆也。附錄於此，聊供一笑。

七郎山，在宜川縣西南，城跨其上，上有石門及山砦，相傳楊業之子七郎所築。嘉慶一統志卷二三三延安府山川

按：宜川，今陝西宜川縣。一統志同卷又云：「八郎山，在宜川縣南，與同州府韓城縣接界，高峻險絕。舊志在縣南九十里。」此山之名，不知與楊八郎傳說有關係否？一統志於此無說明。

楊七郎墓在〔寧河〕縣西潘莊。光緒順天府志二十六冢墓引寧河丁志。原注云：舊廟尙存，疑卽延昭弟也。

按：寧河，今河北寧河縣。楊業雖有七子，戲劇小說中之「七郎」則全屬虛構，更不必問其砦及墓之有無與眞僞矣。

楊文廣廟在府治西，祀宋楊文廣。府志文廣爲狄青部將，追儂智高至此。（嘉慶一統志四八二雲南廣南府祠廟）

按廣南府今爲廣南縣，在雲南東南境，接廣西界。文廣曾從狄青南征儂智高，爲廣西鈐轄，見宋史二七二本傳（附楊業傳後）。楊氏三世爲將，文廣事蹟最少，已是強弩之末。小說戲劇中之楊宗保，乃虛構人物，自當別論。然予所見各種方志中無宗保事蹟，可知方志記載雖有時不免謬妄，畢竟與小說戲劇不同。

關於楊延昭（六郎）之古蹟

霸州城，舊傳燕昭王築。宋將楊延朗修葺土墉，以禦契丹，金元因之。（萬曆順天府志卷二營建志城池門）

舊傳城創於燕昭王，宋將楊延朗嘗葺之以禦遼。迥惟土墉，金元皆因之。明弘治辛亥，知州徐以貞建東北城樓二座；己未，知州劉珩以甃包城北面，建南樓。（康熙霸州志卷一輿地志城池門）

霸州城，創於燕昭王，宋將楊延朗葺之。（雍正畿輔通志卷二十五城池）

霸州城舊傳燕昭王所築，（名勝志）宋將楊延朗修葺以控遼，當時號爲北方重鎮。（長安客話）金元時築土墉。（日下舊聞引城邑志）明景泰五年四月修。明弘治辛亥，知州徐以貞建東北城樓二座；己未，知州劉珩以甃包城北面，建南樓。（光緒順天府志卷二十一城池）

讀史方輿紀要卷十一益津廢縣條云：「志云：『〔霸〕州城相傳燕昭王所築，宋將楊延朗增修。』又州南關有古城址，相傳趙武靈王築，皆傳訛也。」夔按延昭本名延朗，見前第三章。據宋史二七二本傳，延昭未嘗知霸州，自無正式修築州城之事。惟延昭曾兩任保州緣邊都巡檢使，久任高陽關副都部署（九年），今河北省以淸苑縣（保州）爲中心，方圓二三百里之內，皆屬其巡防範圍，修築防禦工事及駐軍營壘，自極可能。宋時霸州爲今河北永淸縣南境、霸縣、文安縣等地，卽在此二三百里範圍之東北隅。延昭修霸州城、及下文修護城井、築堤堰，甚至修築地道自霸州直通雄州諸傳說，當卽由此而來。雖云道聽塗說，實亦有相當之歷史根據。

護城井，在州城中，沿城共井七十有二，宋楊延昭所築。値隆冬，甲士汲水澆城，敵疑不敢進。今廢；僅存者，郡人汲焉。（康熙霸州志卷一輿地志古蹟門。民國霸縣志同。惟最後一句作「今廢，僅存十餘。」）

舊志，霸州城，宋將楊延朗修葺，以控遼人，當時號爲北方重鎭。沿城有七十餘井，亦延朗所鑿，謂之護城井。（嘉慶一統志卷八順天府古蹟）

按宋史二七二延昭傳：「咸平二年冬，契丹擾邊，延昭時在遂城（今河北徐水縣）。城小無備，契丹攻之甚急，長圍數日。契丹每督戰，衆心危懼。延昭悉集城中丁壯登陴，賦器甲護守。會大寒，汲水灌城上，旦悉爲冰，堅滑不可上，契丹遂潰去，獲其鎧仗甚衆，以功拜莫州（今河北任邱縣）刺史。」右條所記霸州護城井，當卽由此訛傳。（參閱後安肅縣碧霞宮條按語）

引馬洞，宋楊延昭所作，始自州城中，通雄縣，每遇敵至，潛以出師。今塞。（康熙霸州志卷一輿地志古蹟門。民國霸縣志卷四雜志記事門同。）

八角井，至城內圓通閣前，創始無考。淸光緒間重浚，口徑尺許，甃石八片，鐵束其外，俗呼八角琉璃井。投瓦石其中，水聲錚然，良久乃已。今不及四十年，瓦礫溢於外矣。故老謂霸州亦有井，與此地穴相通。宋初，兩城守將計軍事，遣使往來穴中，外人不知也。往年浚井，見東有隧道，數十步，卽以木架撑之，壁間置鐵鐙盞，馬之驛引

霸州志古蹟，有引馬洞。云宋楊延昭所造地穴，自城中潛通雄州。穿鑿附會，無識甚矣。（民國雄縣新志第一冊方輿略古蹟）

拆城，霸州東，傳宋楊延朗屯兵拒契丹。（萬曆順天府志卷一地理志古蹟）

拆城，在城東八十里，宋楊延昭屯兵於此以拒遼。明知州陳公于庭，更拆爲策。（康熙霸州志卷一輿地志古蹟門；民國霸縣志卷四雜志記事門同。）

拆城，在霸州東八十里，宋楊延朗屯兵於此，今爲拆城里。（嘉慶一統志卷八順天府古蹟）

信安東三十里有狼臧城，又十里爲忻城，宋將楊延朗屯兵拒契丹於此。（讀史方輿紀要卷十一信安城條引舊志）

按：信安城卽宋之信安軍，亦卽淤口關也，見前第六章。其地今爲信安鎮，在河北永清縣之東南、霸縣之東北。乾隆永清縣志云鎮北屬永清，鎮南屬霸縣。忻城乃拆城形近之誤。

楊六郎城，在永清縣信安鎮，相傳楊延昭所築。（雍正畿輔通志卷五十三順天府古蹟）

按：此城疑卽前條之拆城。

馬豁隄在霸州東四十里，自田家口至信安鎮，宋楊延朗築。（嘉慶一統志卷九順天府隄堰）

六郎隄自霸州老隄頭起，至新城縣交界齊家埝止，長十四里四分。本朝乾隆二十七年培修。（同上）

石橋在信安鎮北，宋楊延朗建。（康熙霸州志卷一輿地志古蹟門）

莫金橋，宋楊延昭建。（同上。又民國霸縣志卷四雜志記事門同。）

草橋關，在城北一里，宋遼分界處，楊延朗建。（康熙霸州志卷一輿地志古蹟門。）

草橋關。長安客話：「霸在宋世蓋與遼分界處，州北一里，相傳楊延昭建草橋於此，因以名。」王遴草橋古渡詩：「幾向水邊尋古蹟，宋遼分界草縱橫。」今廢。（民國霸縣志卷四雜志記事門）

按：草橋關在高陽，詳見前第六章。霸州之草橋關乃民間訛傳，不足信。

歇馬疙疸，在吳家臺村北，方九丈有餘。傳聞係宋將楊延昭軍人守益津關時歇馬之處。民國霸縣志卷一土地志古蹟門

按：北方俗語謂凡物之隆起者曰疙疸，此所謂歇馬疙疸，蓋一隆起之土丘也。

晾甲臺，在老隄村西南，周六丈有餘。傳聞係宋將楊延昭軍人晾甲處。民國霸縣志卷一土地志古蹟門

拒馬方輿紀要作巨馬河在州北，自盧溝橋經州境，東合界河，後徙南孟居北至直沽入海，今淤。（原注：按宋遼澶淵之盟以白溝河爲界，楊延昭屯兵於雄，稱白溝爲拒馬河。此亦云拒馬者，殆白溝一帶之經流，界遼以守者歟）康熙霸州志卷一輿地志山川門。民國霸縣志卷四雜志記事門同。

拒馬河源在廣昌縣（今河北淶源縣）南半里，出七山下，少東，與淶水合流。相傳楊六郎在此拒戰，故名。又云金章宗至此乏水，見土色潤，以鞭指得水，馬飽飲之，又名馬飽河。或云卽酈食其所稱拒白馬之津也。乾隆易州志卷二山川門

按：水經注卷十二：「巨馬河出代郡廣昌縣淶山。卽淶水也。有二源，俱發淶山。」據此知原名巨馬，手旁乃後人所加，與「拒白馬之津」一更無關係。六郎於此拒戰事或有之，河以此得名，則是民間傳訛。白溝爲巨馬之下流，見水經注同卷朱謀㙔箋。

保定縣城，舊城相傳宋團練使楊延朗建，周圍六里六十九步，高三丈，廣二丈，導玉帶水環地爲池。後漸傾圮。明嘉靖二十九年，知縣呂煥因舊城之西北隅，創築東南二面，高一丈五尺，周八百八十九步，門四，池深八尺，濶一丈。雍正畿輔通志卷二十五城池

保定縣城舊城相傳宋團練使楊延朗所築。周六里，袤六十九步，高三丈，濶二丈。池導玉帶河水環其外。明嘉靖二十九年，知縣呂煥創置新城，依舊城之西北隅，而東南二面則創築焉。（光緒順天府志卷二十一城池）

按：保定縣，今河北新鎮縣。宋太平興國六年於其地建平戎軍，景德元年改名保定軍，見元豐九域志卷二。餘詳下桃花寨條按語。

保定縣志：縣西南有將臺，相傳宋楊延朗演武於此。（嘉慶一統志卷八順天府古蹟）

桃花寨在保定縣北。九域志：「保定軍有桃花寨，在軍北七里；又父母寨在軍西北十一里。」宋史地理志：「政和三年，改父母曰安謐。」而桃花仍舊，今皆廢。縣志：「桃花寨今稱旋馬，一名結達，相傳楊延朗所築。父沒寨在縣西八里，延朗守平戎時，感父業死敵，祭父於此，今稱寨上，蓋即父母寨也。」（嘉慶一統志卷九順天府關隘）

按：元豐九域志卷二「保定軍寨二：桃花，軍北七里；父母，軍西北一十一里，有滹沱河。」宋史卷八十六地理志二「保定軍砦（同寨）二：桃花、父母。政和三年，改父母砦曰安寧。」此云安謐，與宋史不同，應從宋史。保定軍初建時名平戎，改名保定，見宋史地理志同卷同條及前引元豐九域志。延昭傳未言其守平戎；平戎亦未置團練使。蓋延昭曾任莫州（今河北任邱縣）刺史，進授本州團練使。平戎去莫州不及百里，在延昭所部軍隊巡防範圍之內，此即所謂守平戎也。築城之說，當即由此傳訛。延昭祭父於其地，遂以「父沒」名寨，則等於豆棚閒話、柴堆三國，姑妄聽之可耳。

閘河在〔雄〕縣南五里，相傳爲宋楊延昭運糧河。（雍正畿輔通志卷二十二山川）

城子臺。舊志：「在城東南八十里，外高中平，地勢特出。」按：城子臺在蓬兒灣南，其南里許，又有坨子，高可相埒。大

水之後往往有銅鐵箭鏃冲刷流露。故俗傳楊六郎屯兵地。（民國雄縣新志第一冊方輿略古蹟篇）

駐蹕臺在雄縣東七里，相傳周世宗駐蹕於此。又城子臺在縣東南八十里，平地突起，狀若城垣。晾馬臺在縣西北三十里，高數丈，相傳燕魏分易水爲界，築二臺以登陟而耀武。按：晾馬一曰涼馬。後燕錄慕容垂自涼馬臺結筏而渡，名勝志謂卽此地。容城縣（今河北容城縣）東二十餘里亦有晾馬臺，相傳楊延朗築。（嘉慶一統志卷十四保定府古蹟）

楊關城在雄縣西，宋楊延昭守三關時所築。（雍正畿輔通志卷五十三保定府古蹟）

楊關城在縣西北二十三里，南陽村南一里。舊志云：「宋楊延昭守三關時築。」今遺址漸平，惟時發現古甎瓦，非近代物，史傳不載，莫能詳也。（民國雄縣新志第一冊方輿略古蹟篇）

陽關城在雄縣西，相傳宋將楊延昭守關南時所築。（嘉慶一統志卷十四保定府古蹟）

望馬臺在安州西北十二里，宋楊延昭所築。（雍正畿輔通志卷五十三保定府古蹟）

望馬臺在清苑縣東北一百里，宋將楊延昭築以相馬。（嘉慶一統志卷十四保定府古蹟）

按：安州，今河北安新縣，在清苑正東稍偏南，以道里方向度之，此兩望馬臺當是一事。容城縣有晾馬臺，相傳亦延昭所築，見前駐蹕臺條。

碧霞宮在城南北，宋楊延昭建。嘉靖二十六年知縣張桐、萬曆十七年知縣徐杲修葺，乾隆四十三年知縣張鈍重修，有碑記。宮建高臺上，古柏干霄，今爲八景之一。（乾隆安肅縣志稿卷二建置門宮觀類）

張鈍重修碧霞宮碑記：「南城西偏有臺巍然，上建碧霞宮，舊傳楊延昭所創。邑人奉香火甚謹，世世且勿

替。」（以下敍宮祀泰山神女事，從略。）乾隆安肅縣志稿卷十四藝文門記類

張鈍重修東嶽廟碑記：「是廟也，峙於碧霞宮之左，乃宋楊延昭駐劄南城時所並建者也。」（以下敍東嶽大帝事，從略。）同上

按：按安肅，今河北徐水縣。宋時爲遂城縣，並於其地置威虜軍。太平寰宇記卷六十八：「威虜軍，本遂城縣，皇朝太平興國六年置。從縣西南至滿城縣內浮圖烽、合陵山烽爲一路，仍領遂城縣。」宋遂城縣故城在今徐水縣城西二十五里，見嘉慶一統志卷十四保定府古蹟及讀史方輿紀要卷十二保定府安肅縣條。方輿紀要同條云：「五代時周復三關，此爲沿邊要地。宋咸平二年，契丹攻遂城，宋將楊延昭登陴固守，契丹引去。」竊按：延昭守遂城事詳見宋史本傳，（參閱前霸州護城井條）延昭爲保州緣邊都巡檢使，遂城正屬其防區，故此地有關延昭古蹟甚多，詳下列諸條。

北極層觀，在安肅縣故遂北城，宋楊延朗建，延祐間重修，左置臨瀑亭。雍正畿輔通志卷五十一保定府寺觀

北極層觀，在遂城北牖，（疑當作墉）宋帥楊延昭建，元延祐間重修，爲舊八景之一。乾隆安肅縣志稿卷二建置門宮觀類

拴牛樁，縣西遂城南里許曹哥莊，有石層累如塔狀，高五尺許，扣之鏗鏘有聲，而音韻各別。相傳楊延昭駐節遂州，以城形似臥牛，故建此作鎮。鄉愚或盜塔石者，輒病，還之仍愈，今尚存。因嘆古人制作，其精神耿耿，眞堪不朽。此塔與孔明「江流石不轉」者，殆同一靈異也夫。乾隆安肅縣志稿卷一古蹟門

藏兵洞，在縣西四十里店頭村，相傳楊延昭置。同上

按：此洞想卽羊山之石洞，見下羊山條。

廣門、雁門，在縣西北。宋將楊延昭置廣雁二門以拒契丹。同上

縣志又有廣門、雁門，俱在縣西北。宋楊延昭置此以拒契丹。光緒保定府志卷四十一古蹟錄舊遺址

鴨鵝城，在縣東南十五里，宋將楊延昭養鴨鵝處，遺址尚存。乾隆安肅縣志稿卷一古蹟門

鴨鵝城，在安肅縣東南十五里，宋楊延昭養鴨鵝處，遺址尚存。光緒保定府志卷四十一古蹟錄舊遺址

羊山，在縣西四十里。宋咸平元年戊戌，契丹入寇，田敏從王顯爲先鋒，大敗契丹於此。二年己亥，楊延昭以功拜鄚州刺史；契丹內侵，延昭伏銳兵羊山，掩擊其衆，進保州團練使，駐遂城。乾隆安肅縣志稿卷一山川門

按：太平寰宇記卷六十六：「莫州，漢鄚縣，唐景雲二年於縣置鄚州，開元十三年，以鄚字類鄭字，改爲莫。」

羊山，在安肅縣西四十里，一名楊山。雍正通志 與龍山相接。俗傳宋楊延昭藏兵於此，以禦契丹。方輿紀要 山有石洞，洞側有繫馬石存焉。舊志。光緒保定府志卷十八輿地略山川門

羊山，在安肅縣西四十里。舊志：宋咸平元年，田敏敗遼於羊山，卽此，今亦名楊山。嘉慶一統志卷十三保定府山川

按：宋史二七二延昭傳云：「是冬（上文云咸平二年）契丹南侵，延昭伏銳兵於羊山西，自北掩擊，且戰且退，及山西，伏發，契丹衆大敗，獲其將，函首以獻，進本州團練使。」其上文云以守遂城功拜莫州刺史，此所謂「進本州團練使」，仍指莫州。延昭後知保州，以守禦功進本州防禦使，亦見本傳。安肅縣志云以羊山破敵功進保州團練使，誤。田敏羊山敗遼事，見宋史三二六敏傳。

軍城，在唐縣西北十九里，宋楊延昭築城屯軍，故名。明嘉靖中水衝城斷爲二。雍正畿輔通志卷五十三保定府古蹟

軍城鎮，在唐縣西北十九里，南去曲陽縣八十里，北至倒馬關六十里。宋楊延昭於此築城屯軍。金時置鎮，明

洪武初置馬驛於此。嘉慶一統志卷十四保定府關隘

按：畿輔通志原作「軍城在唐縣西北九十里」，以一統志所記南北至道里計之，應作十九里，今改定。

旂山，廣昌縣西南三里許。相傳宋將楊景豎旂於上。又七峰相連，亦名七山。乾隆易州志卷二山川門。光緒廣昌縣志卷一山川門同此。

按：各地方志稱六郎之名，或曰延朗，或曰延昭，俱與史傳相同。沿小說稱楊景者，僅見於此。廣昌，今河北淶源縣，已見前。此地延昭古蹟亦甚多。

插箭嶺，廣昌縣南三十里。相傳六郎插箭於此。南門外有六郎廟。同上兩書

插箭嶺在廣昌縣東南三十里，相傳宋將楊延朗插箭其上，亦曰插箭峪。明嘉靖三十年，俺答犯大同，趨紫荊，攻插箭、浮圖等峪，卽此。嘉慶一統志卷四十七易州山川

插箭嶺，縣東南三十里。相傳宋將楊延昭插箭於此。按：明史有插箭、浮圖等峪，今考其地當在廣昌南。乾隆大同府志卷六廣靈縣古蹟

按：廣靈，今山西廣靈縣，在廣昌西北。大同志誤廣昌爲廣靈，其按語改正之，是也。但延昭確曾率兵攻戰至廣靈、靈邱一帶，見後。

祭刀嶺，廣昌縣南四十里。相傳六郎在此祭刀。有巡關御史立碑，題曰：「六郎祭刀之石」。乾隆易州志卷二山川門。光緒廣昌縣志卷一山川門同此。

夾馬石，廣昌縣南六十里。楊六郎夾馬過此。御史穆相有碑記。乾隆易州志卷九古蹟門。雍正畿輔通志卷五十四古蹟門同此；但無「御史穆相有碑記」句。

馬跑泉，廣昌縣西南七十里。相傳楊六郎屯兵於此，馬渴，以蹄跑土，水出生魚，活軍百日。至今北山大石上有楊六郎親題「福勝地」三硃字，千古不磨。距湯河七里。乾隆易州志卷二山川門

按：跑字讀平聲，其字本應作掊。杭州西湖之虎跑泉，同此音義。

六郎城，廣昌縣南七十里。（乾隆易州志卷九古蹟門）

曬甲石，廣昌縣南七十里，相傳楊六郎曬甲於上。（同上）

倒馬關在廣昌縣南七十里，路過保定府唐縣，相傳前宋楊彥朗過此，倒其所騎之馬，故名。（天下郡國利病書第十七册山西三十頁）

按：水經注卷十一滱水條云：「滱水，出代郡靈邱縣高氏山（一本作高是山）……東南過廣昌縣南……又東逕倒馬關。關山險隘，最爲深峭，勢均詩人高岡之病良馬，傳險之困行軒，故關受其名焉。」據此知關名古已有之，六郎倒馬之說，乃民間附會也。

宋史二七二延昭傳：「景德元年，詔益延昭兵滿萬人。……延昭上言：『契丹頓澶淵，去北境千里，人馬俱乏，雖衆易敗，凡有剽掠，率在馬上。願飭諸軍，扼其要路，衆可殲焉，卽幽易數州，可襲而取。』奏入不報，乃率兵抵遼境，破古城，俘馘甚衆。」據考信錄所考定，延昭攻破之古城，在廣靈縣南三里，廣靈、靈邱（今山西靈邱縣）一帶，又有六郎城、蕭太后城等古蹟（見後）。可知延昭率兵所抵遼境，卽在廣靈、靈邱一帶。此時延昭之職務爲寧邊軍部署，見宋史本傳。寧邊軍卽今河北蠡縣（註）。自蠡縣至廣靈、靈邱，必經廣昌南境出倒馬關，故廣昌所有延昭遺跡，皆在縣南。然則民間傳說，固非全無依據，僅關名倒馬與延昭無涉耳。（參閱下文蔚縣石門峪、大同六郎城、蕭太后城諸條。）

（註）考信錄云：「延昭此時駐威虜軍，卽遂城縣，亦卽今河北徐水縣。」其說非是，蓋誤讀長編卷五十七「景德元年閏九月寇準言邊奏敵騎」一條文義也。詳情參閱考信錄四七九頁至四八一頁自明。

太白山之東少北曰隘門山，西北距靈邱縣治二十里，兩山虎距，中通澗道數丈，溏河自西來入焉。水經注（卷十一）：「滱水自縣南流入峽，謂之隘門，設險於峽，以譏禁行旅。」明史（卷四十一）地理志：「靈邱縣東南有隘門山。」今夏秋間暴漲，水石硼擊，梯徑胥絕，峰頂一二塞垣，石子壘壘，傳是宋楊延昭把守三關遺址。（乾隆大同府志卷四山川）

石門口在靈邱縣東二十里，壁立直上，徑最險隘，舊名隘口關，宋楊延朗嘗守此。（乾隆一統志卷一零九大同府古蹟）

石門峪在城西南四十里，通靈邱縣，並太原府州志：「兩山對峙，中通一線。」五代史：「山路狹隘，一夫可以當百，中國扼契丹險地也。」漢爲代谷，元魏爲靈邱關，亦名隘門，明一統志：「蔚有隘門。」兩鎭三關志：「卽今所謂石門矣。」世傳宋楊將軍戍此，明設巡檢，今廢。（乾隆蔚縣志卷七關隘）

石門口在蔚州西南四十里太白山，舊名隘口關，路通靈邱廣昌二縣，宋朝楊將軍曾守此。（天下郡國利病書十七冊三十一頁）

按：蔚州，今察哈爾蔚縣。

楊六郎城距靈邱縣蕭家坡二里，相傳宋將楊延昭所築，又廣靈縣界林關峪，有六郎城遺址，考宋史傳，延昭嘗知保州兼緣邊都巡檢使二十餘年，中外目爲楊六郎，按靈邱、廣靈，宋何由築城？惟雍熙三年，遣都部署田重進攻下飛狐、靈邱等城，是時延昭父業副潘美分道北伐，攻拔雲、應、寰、朔四州，延昭爲其軍先鋒，豈嘗築城屯守耶？無可證實，當是明戍將屯兵處。（乾隆大同府志卷六古蹟）

楊六郎城距蕭家坡二里，亦屯兵時所築。（康熙靈邱縣志卷一方輿誌古蹟門）

按：蔚縣、廣靈、靈邱一帶爲遼境，故云「宋何由築城？」但景德元年延昭曾率兵攻達此地，見前倒馬關條按語。

越義泉嶺而北少西曰臨灌山，石家泉出焉。一作一管，一名林關峪，傳寫之異也。東北距廣靈縣治四十里。東臨絕澗，西倚危崖，谷深林密。上有古城址，亦稱楊六郎城，無可證實。又北二十里有天井山，古井深五六尺，雖旱不涸。 乾隆大同府志卷四山川

六郎城，在廣靈縣西南四十里，相傳宋楊延昭屯兵所築，遺址尚存。又有古城，在縣南三里，相傳秦王所築。 乾隆一統志卷一零九大同府古蹟

六郎城在廣靈縣西南四十里林關口，相傳楊延昭屯兵所築，遺址尚存。又有古城，在縣南三里，相傳秦皇所築。 嘉慶一統志卷一四六大同府古蹟

考信錄云，此古城卽宋史延昭傳所謂「率兵抵遼境破古城」也。其說甚確；但云延昭係自威虜軍（今河北徐水縣）前往，則非是。參閱前倒馬關條按語。

蕭太后城，在靈邱縣西南三十里，相傳遼太后駐兵於此。 乾隆一統志卷一零九大同府古蹟。嘉慶志卷一四六同此。

圓果寺在城東北隅，隋開皇中建。寺內磚浮圖十三級，高一百二十尺。宋楊延昭嘗射三矢其上，今不存。 乾隆代州志卷一輿地志寺觀門

試刀石，在州北八里大路傍。一石中分，俗傳楊六郎延昭拔劍試之，遂剖爲兩。 乾隆代州志卷一輿地志山川門

雁門重鎮秦漢雄，折戟久埋沙漠中；有石屹立分磔砢，云是楊家紀戰功。楊家威名邊塞重，登壇世佩專城印，
無敵聲威更絕倫，橫刀叱咤風雲振。少年馳獵志虹霓，鷹犬談兵日色淒；擁旄一怒千軍駭，瞋目三關萬馬嘶。
一朝敵騎如雲集，佌也嫉賢美無術，轉戰催軍白羽飛，師出不謀占以律。奇計不用無奈何，決起憑鞍行負戈，

丈夫有死誓不顧，指揮左右如張羅，強弩暗伏陳家谷。預識旗靡此敗績，援軍不發力已窮，横槊長號淚沾臆。
馬革尸横塞草殷，從戎有子恥生還，受恩殘卒同時盡，白骨堆成白雪山。將軍雖死名不死，六郎眞是將門子，
抽刀斷石石爲分，五丁神力北平矢。吁嗟有宋重邊勳，琱戈鐵騎屯如雲，烽火不驚楊氏壘，先聲何減岳家軍。
岳家東南楊西北，三百餘年同戰跡，路傍指點七郎墳，山頂驚看千載石。舊事淪亡人不知，莫邪猶作陰風吹，
巍然留鎭雁門塞，此石無異燕然碑。

此詩淸郎若伊作，見乾隆代州志卷六藝文門，題爲「試刀石弔楊無敵父子」。

按代州，今山西代縣。楊業曾任代州刺史。宋史延昭傳云：「業嘗曰『此兒類我』。每征行，必以從。……業攻應、朔，延昭爲其軍先鋒。戰朔州城下，流矢貫臂，鬪益急。」代州射塔試刀之事，自屬民間傳說，後者尤難徵信；延昭曾從父居代州，並轉戰雁門、廣武等處，則無可疑。小說中之楊七郎本爲虛構人物，何況其墳，此詩亦姑妄言之耳。

隘關

野史：

代城之北，層巒疊障，四十里至雁門，節節高上，直在雲端。關外卽古沙漠地，二十里至廣武站，視關又在十里之上，卽宋楊六郎屯兵故址，烽墩鱗鱗俱在。乾隆代州志卷一輿地志關隘門

楊六郎寨，在朔州馬邑鄉南五十里雁門關北口東山上，其西五里爲佳吉寨，在太和嶺北口西山上。嘉慶一統志卷一四八朔平府

楊六郎寨，雁門關北口東山上，隸馬邑縣，在縣南五十里。其西五里有嘉吉寨。乾隆代州志卷一輿地志關隘門

楊六郎寨在馬邑縣西註五十里雁門關北口東山上。其西五里有佳吉寨。天下郡國利病書第十七冊第三十頁。同冊第一三一頁同。

註：西字應從其他諸書作南因雁門關在馬邑東南也。

六郎寨，一日六郎城在太和嶺北口土山上宋楊將軍屯兵之所，與廣武城爲犄角之勢。（民國馬邑縣志卷一輿圖志古跡門）

按馬邑宋時爲寰州金、元、明及清初爲馬邑縣嘉慶時縣改鄉，併入朔州民國初年，一度復縣，旋又改爲鄉，仍隸朔縣。（馬邑已見前，此處所敍沿革較爲詳細。）

故戰場，在朔州馬邑鄉南五十里，相傳宋楊延昭屯兵處。（嘉慶一統志卷一四八朔平府古蹟）

按：此所謂故戰場與六郎寨，以方向道里計之，實一地也。

晉北雁門關內外，卽今代縣、朔縣、及朔縣之馬邑鄉等處，爲楊業與遼人拒守攻戰之地，其時延昭隨父軍中爲偏將。上列諸古蹟，實應以楊業爲主；但延昭聲名事業，過於乃父，故多以六郎爲名耳。

六郎寨在〔朔州〕南八十里白草溝西南與馬邑縣連界。（雍正朔平府志卷三方輿志古蹟門）

按：此與前條之六郎寨道里相去甚遠，自非一地。

六郎寨在〔平魯縣〕井坪城西南十五里，十二連山頂上，相傳楊六郎屯兵於此，基址炮石尙存。（雍正朔平府志卷三方輿志古蹟門）

按：平魯，今山西平魯縣，在朔縣北，當時爲遼境，宋人兵力未曾抵達，此六郎寨之眞實性甚少。

六郎城在州南四十里石嶺關北，相傳宋楊延昭駐兵於此。州西北五十里有北羅城，七十里有孟良城。（嘉慶一統志卷一五零忻州古蹟）

按：忻州，今山西忻縣，石嶺關距三交城甚近，楊業任代州刺史兼三交駐泊兵馬都部署，見宋史本傳。此六郎城亦是應以楊業爲主者，參閱前六郎寨、故戰場諸條按語。

陽武峪，在寧武東南八十里，屬崞縣地，有楊六郎寨。秦太子扶蘇常軍於此，故有太子砦。宋太宗時，都巡檢使楊延昭，驍勇善戰，守陽武峪，契丹畏之不敢犯。延昭、楊業之子也。延昭有部將孟良、焦贊同守。今元崗口有孟良城，遺址尚存；其南十里有焦贊寨。（乾隆寧武府志卷十一餘錄）

陽武峪，（崞縣）西南六十五里陽武堡，有楊六郎寨。（乾隆代州志卷一輿地志關隘門）

宋都巡檢使楊延昭守陽武峪，驍勇善戰，遼人憚之，時部將孟良、焦贊同守焉。（同上）

按：宋史本傳，延昭任保州緣邊都巡檢使在眞宗時，非太宗時，其防地爲今河北省中部偏北偏西一帶，已散見本章各條，與山西全不相干。右所云太宗時以都巡檢使守陽武峪，顯違史實。孟良城、焦贊寨更無論矣。崞縣屬代州，若云此地有楊業屯兵遺蹟，尚有可能。

自此條以下至嘉慶一統志寧武府名宦條，皆六郎古蹟之顯非眞實者。

掛甲峪，在密雲縣東北，舊傳宋楊延朗北征，嘗掛甲於此。（明一統志卷一順天府山川）

掛甲峪，懷柔縣東北三十二里。舊傳宋楊延朗北征，嘗掛甲於此。（天府廣記）（雍正畿輔通志卷十七山川）

按：密雲今河北密雲縣，懷柔今河北懷柔縣，俱在北平東北，相去甚近，此兩掛甲峪可能爲同一地。

六郎城，在懷來縣東南傍水峪，宋楊延昭築。（雍正畿輔通志卷十四宣化府古蹟）

六郎城，在懷來縣東南棒棰峪，相傳宋楊延昭所築。（嘉慶一統志卷四十宣化府古蹟）

棒棰峪，在懷來縣東南三十里。（嘉慶一統志卷三十九宣化府山川）

按：懷來今察哈爾懷來縣。北地方言謂擣衣之杵爲棒棰，峪以此名，當是象形，作傍水者蓋音近之訛。

以上密雲、懷柔、懷來諸地皆係遼境，延昭從未遠征至此，掛甲峪、六郎城，皆訛傳也。

六郎寨在垣曲縣西七十里，孤峰峭立四面巉巖，相傳宋將楊延昭屯兵於此。嘉慶一統志卷一五五絳州關隘

按：垣曲今山西垣曲縣，延昭從未屯兵此地，楊業在北漢時或有此可能。

楊延昭，太原人，咸平中爲寧邊軍部署，率兵抵遼境，破古城，俘馘甚衆。嘉慶一統志卷一四七寧武府名宦

按：此事見宋史延昭傳，但寧邊軍爲今河北蠡縣，與山西之寧武府無關。

玉陽關在〔祥符〕舊縣西北，卽楊六郎故宅，明正德年間建，明末河水沒。順治開封府志卷十九寺觀門

按：開封民間傳說之楊家古蹟頗多，如潘楊湖、天波府等，皆無稽之談，不具錄。

白馬將軍廟在雁門村西，卽祀宋將楊延昭也。按：延昭知保州，守三關，武遂其一也，果立戰功，爲北邊之保障，世稱楊六郎。乾隆安肅縣志稿卷二建置門壇廟類

按：武遂，戰國時燕邑，卽宋之遂城，清之安肅，今之河北徐水縣，其地並非三關之一，詳見第六章。

白馬將軍廟在〔安肅縣〕雁門村西，祀宋將楊延昭。光緒保定府志卷三十六工政略壇廟門

三守祠在安州治西北，祀宋楊延昭、金徒單航、元完顏安遠。又容城縣西北有楊將軍廟，專祀楊延昭。雍正畿輔通志卷四十九祠祀

三守祠在〔安〕州治西北，舊二郎廟，明嘉靖十三年知州張寅改建。（州志）祀宋楊延朗、金徒單航、元完顏安遠。（大清一統志）光緒保定府志卷三十七工政略壇廟門。嘉慶一統志卷十五保定府祠廟門同此。

六郎塚：〔任邱縣〕絫井西，俗傳楊延昭塚。萬曆河間府志卷二古蹟志。萬曆任邱縣志同此。

楊六郎塚，在任邱縣棃井西，俗傳楊延昭塚。雍正畿輔通志卷四十八陵墓

六郎墓在廣昌縣南八十里范家臺。雍正畿輔通志卷四十八陵墓

楊延昭墓在廣昌縣南八十里范家莊。嘉慶一統志卷四十八易州陵墓

按：宋史本傳延昭最後官職爲高陽關副都部署大中祥符七年卒年五十七。傳又云：「在邊防二十餘年，契丹憚之目爲楊六郎。及卒帝嗟悼之遣中使護櫬以歸。河朔之人多望柩而泣。」延昭歸葬，不出下列諸地：楊氏故縣麟州，其第二故鄉太原，或開封至洛陽一帶。如葬於河北，則無所謂「護櫬以歸」矣。任邱、廣昌之六郎墓可能全屬民間訛傳，亦可能爲「河朔之人」所設之衣冠紀念塚。參閱前光緒唐縣志「楊令公業墓」條按語。

關於孟良焦贊之古蹟

楊氏部將姓名見於史書者僅有宋史楊業傳附載之淄州刺史王貴及延昭傳之小校周正二人。王貴從楊業戰死陳家谷見於業傳北宋志傳及昭代簫韶中亦有其名，但事蹟與史傳全異，昭代簫韶且云其子爲楊業義子，即楊八郎，蓋輾轉附會已成另一人物。周正者，延昭傳云：「延昭不達吏事，軍中牒訴，常遣小校周正治之，頗爲正所罔，因緣爲姦。帝知之，斥正還營而戒延昭焉。」小說戲劇中不見其人，亦無影射化身。此兩人之外，則有「二十四指揮使」之說。元人謝金吾雜劇第二折楊六郎白云：「我手下有火結義兄弟，自岳勝、孟良而下，共總二十四員掛印指揮使。」朱凱昊天塔雜劇第二折亦有此說。雜劇未全載其名，見於昭代簫

詔第五本卷下第十四齣，照錄於下；岳勝、孟良、焦贊、李虎、陸程、陳雷、張英、張林、王昇、王義、宋茂、鄒仲、郎千、郎萬、劉超、呂彪、佘子光、關冲、林榮、徐仲、劉金龍、張蓋、陳林、柴幹。此二十四人，或爲令公舊部，或爲六郎陸續收用。而以孟良、焦贊二人之事蹟爲最多，民間傳說最盛，至今尙有「焦不離孟，孟不離焦」之語。其姓名遺蹟見於地方志者，亦只有此二人，今彙錄諸書所載於後。此二人之存在，或有若干眞實性，餘二十二人則皆子虛烏有之輩也。焦贊亦稱焦光贊，見元明諸雜劇；方志諸書則多加玉旁作焦瓚，應從多數作贊。

世傳孟良、焦瓚、楊六郎裨將，戰功最多，猶岳忠武之王貴、牛皐也。演爲野史，播之優伶雜劇，村鼓盲絃，雖婦人孺子，皆能道之。邑東北有孟良營村，相傳爲孟良屯兵處。延昭守三關，或偶營之此。顧於當時事無所考矣。姚羹湖作雄縣志，於守將錄焦瓚。（新城縣志）光緒保定府志卷七十九雜記軼事

按：新城，今河北新城縣。

孟母臺，在文安縣東北柳河，臺下有洞，爲孟良藏母處。嘉慶一統志卷八順天府古蹟

按：文安今河北文安縣。

孟良寨，廣昌縣東三十里。乾隆易州志卷二山川門

孟良寨在廣昌縣城東三十里，前宋孟良在此，故名。天下郡國利病書第十七冊一三二頁

按：「在此」二字之下，疑有脫文。

孟良臼，廣昌縣南六十里。相傳孟良舂粟於此。嘉靖三十年，御史穆相立碣爲記。乾隆易州志卷九古蹟門。雍正畿輔通志卷五十四古蹟門同。

孟良橋，在州南七里溝上，通途所經。嘉慶一統志卷五十六定州津梁

嘉山，州西四十里志云：嘉山絕頂有孟良砦，相傳宋將孟良屯兵處。（讀史方輿紀要卷十四定州條）
州西北五十里有北羅城，七十里有孟良城。（嘉慶一統志卷一五零忻州古蹟）

互見前忻州六郎城條

焦瓚墓在雄縣西樓村。（雄縣志）（光緒保定府志卷四十三古蹟錄陵墓）

亞谷城在雄縣東二里。（舊志）漢景帝時，匈奴王盧它父降封為亞谷侯，即此。（光緒保定府志卷四十一古蹟錄舊遺址）

直隸安肅縣北河店，即河陽渡，國初大破李自成於此，河之下流曰白溝，有六郎隄，宋楊延昭守益津關所築也。今新城北有孟良營，雄縣有焦瓚墓，稗官非盡杜撰，惜史無可考耳。近人詩云：「巨馬河邊古戰場，土花埋沒綠沉鎗，至今村鼓盲詞裏，威鎮三關說六郎。」「亞古（不作谷）城荒焦瓚墓，桑乾河近孟良營，行人多少興亡感，落日秋煙畫角聲。」（潘祖蔭著秦輶日記）

考元史（卷一百五十三）焦德裕傳云：「遠祖贊，從宋丞相富弼鎮瓦橋關，遂為雄州人。」然則宋時實有焦贊其人者，其從富弼鎮瓦橋關，蓋慶曆四年八月，弼以樞密副使出為河北宣撫使時事，見宋史卷十一仁宗紀，上距大中祥符七年楊延昭之死，不過三十年，其部將固宜尚在，雜劇之言，不可謂之盡無稽也。孟良雖不見於史，……註 以焦贊之事例之，或亦實有其人耶。」（考信錄）

（註）此下引諸書所載孟良古蹟，均已見前，故從省略。

撰寫楊家將故事考史證俗既脫稿感賦絕句六章

一臥東南鬢已霜，每觀前史念吾鄉。昨宵夢裏分明見：「巨馬河邊古戰場。」

末句用近人某君詩，全首見本編第七章之末。

雄鎮三關舉世驚，燕雲父老望霓旌。至今嗚咽白溝水，故壘荒烟恨未平。

巨馬河、白溝河，俱詳本編第七章。

倒馬關前塞草黃，飛狐口外雲飛揚。行人拾得沉沙戟，閒聽村翁說六郎。

倒馬關見本編第七章。飛狐口在今察哈爾省蔚縣，宋遼征戰要塞。

延昭延景知誰是？潘美潘洪莫認眞！落日五臺山下路，五郎不見見黃塵。

元人雜劇中有稱楊延昭爲楊延景者，平劇中稱潘美爲潘洪，五郎爲僧事本屬無稽，而自宋時已有此傳說。

絕塞風高助鼓鼙，強胡北走避旌旗。不須更歎陳家谷，飛將從來總數奇。

宋史楊業傳云：「契丹入雁門，業領麾下數千騎，自西京（應作西陘）而出，由小陘至雁門北口，南嚮背擊之，契丹大敗。自是契丹望見業旌旗，卽引去。」業戰死於陳家谷，亦見業傳。陳家谷在今山西朔縣，詳本編第七章。

茫茫今古此山河，漢殿秦宮逐逝波。靑簡英雄休恨少，黃沙戰骨可憐多。

附錄　記楊家將的古蹟

果　爲

八月二十一日國語日報的史地專欄，有一篇考證楊家將故事的文章，取材很廣博，考證很詳審，大體上是據正史以正小說之誤妄。這類文章極有裨於糾正民間荒唐的附會，免其越演變越離奇，終至不可究詰。前人筆記所載鄉人誤杜拾遺（杜甫）爲杜十姨，竟將神像改塑爲女像，當然也不免編造些杜十姨的事蹟，這就是荒唐的附會越演變越離奇的例子。（纂按：國語日報所載之文皆普通資料，其考證不出考信錄範圍，故未附錄。）

不過，就我個人的經驗說，小說固多誤妄，但不一定全出於虛構，如果有足資採信的證據，反可據小說以補正史之不足。我所見到的幾處有關楊家將的古蹟，似乎可作上述說法的例證。同時，據古蹟以正史書的，也不乏其例。例如楊業戰死處，顧亭林據宋史，謂其當在「雲中」；紀曉嵐閱微草堂筆記據楊業祠推翻顧說，謂其當在「古北口」。載於國語日報之文，述楊業戰死處，未從宋史，當係根據閱微草堂筆記。

民國二十七年七月，筆者正隨軍轉戰於晉西北一帶。有一次因事從山西的保德渡黃河至陝西的府谷。這兩個縣城都瀕臨黃河，雖分屬兩省，但隔河相對，一望可及。保德城高踞山上，上下很費力。府谷城也在山上，但不甚高，沿石級上升十餘丈，即達山頂。山頂是一片相當廣濶的平地，住宅店舖皆聚集在南半，北半則遍是雜草叢樹，荒塚亂石，使人見了，恍如寄身山野，沒有處於城市之中的感覺。

這個山城的石質不甚好，山壁的許多處都有風化的痕迹，形成奇奇怪怪，莫可名狀的圖案，好像「現代畫」

一樣，剔透玲瓏，宛如雕刻，但不著痕迹，比雕刻多一層自然之趣。

在城之東端，有一座廟名「懸空寺」，高踞巉巖之上，下臨黃河，面對隔岸叢山，眞可謂「氣象萬千」，極具勝概。

這座寺之所以稱爲「懸空」，係由於有一間突出巉巖，懸空而建的房屋。其建造的方法，係用粗可合抱、長約四丈餘的巨木十根，多半伸出巉巖之外，其餘部分則嵌入石槽中，壓以巨石，並在其上建了一座高約七尺、長寬各約兩丈的石墩，這樣，巨木便絕無傾墜之虞。然後在伸出的部分釘上堅厚的木條。木條並不互相接合，當中留有五六寸的空隙，爲的是在室內可以下瞰黃河。

我到府谷，恰是月圓之時，晚間徵得寺僧的同意，便宿在這間「懸空室」內。府谷地瘠民貧，居民都是「既昏便息」，極少點燈熬夜的。獨坐「懸空室」中，既聽不到人聲，也看不見燈火，只有黃河在脚底奔騰、明月在中天高照。遙望隔岸諸山，重重疊疊、越遠越高，終於是雲是山，無法辨認。俯瞰黃河，但見巨浪前後相擁，滾滾而來，滾滾而去，使人生出有羣怪在水中激鬪的幻想。加以山風野大，水聲震耳，置身此境，使人於驚奇之中，復有寂寞淒涼之感，當然也有一點「遺世獨立，羽化登仙」的那種輕鬆恬適的成分。

在寺之左前方黃河裏面，有高約十五六丈的一塊柱形巨石，下豐上銳，宛若巨塔，巍然聳立在翻騰洶涌的波浪之中，使人看了以後，不禁的便生出要作「中流砥柱」的豪壯之氣。當地人名此石爲「通天柱」。

目的是記楊家將的古蹟，但却寫了一大段懸空寺的記述，這是由於當時的情境使人畢生難忘，至今回憶，仍覺悠然神往，因而隨筆寫出。

有關楊家將的古蹟，是到府谷之次日看到的。任務既畢，又不需急於返回部隊，便多住了一天。我個人有一個尋幽訪古的癖好，行蹤所至，遇到古廟古墓或歷史的遺迹，如情況許可，總要去瞻覽憑弔一番。楊家將的古蹟，就是由於這一癖好才發現的。

據小說的記述：楊業之父曾佔山爲王，人稱「火山王」。楊業之妻是佘太君。楊業年輕時，楊佘兩家曾興兵作戰，楊業戰敗，逃至「七星廟」，佘太君追至，強迫楊業與之成親。

所有這些於正史無據的人與事，若以我所見到的古蹟來推證，似乎其人其事都是確有的。

到府谷的次日午後，站在懸空寺外的大石上，隨意縱目遊觀，望見荒涼的北牛城有一座廟宇，在林木掩映之中，規模髣髴甚大，遂又觸發了尋幽之癖，漫步往觀，原來是一座殘破已甚的孔廟。在正殿的左後方另有一殿，匾額上寫着「折氏宗祠」。宗祠建在孔廟裏，這是很奇特的現象，可以說是絕無僅有，因之便想窮其究竟。殿前有一高約丈餘的石碑，雖有剝落之處，但文字尚依稀可辨，碑文的大意是說：折氏自唐高宗時，卽爲府谷地區的酋長，歷唐、五代以至宋初，雖受政府的封位，但總是一個半獨立的地方勢力。

殿內供着一列牌位，都很敝舊，當時未曾細看，今已不能憶其姓名，但都是姓折的。

府谷雖有「折氏宗祠」，但無折氏後裔。據地方的傳說，「折氏宗祠」由來已久，不知建自何時，後人將該祠改建爲孔廟，而仍建一殿以供折氏諸人之牌位，蓋亦保存古蹟之意。

現在由折氏宗祠來談佘太君其人：

清梁紹壬兩般秋雨庵隨筆曾說：世俗以楊業之妻爲佘太君，亦有作折太君者，皆不知所本。

我所見到的古蹟正可解答梁氏的問題。佘太君本應作折太君。折字，北方的口語讀作佘的音。小說作者，因折姓少見因據其音寫作佘字，於是折太君乃成爲佘太君。

當地人說府谷西南約四十里處有「折王墓」（折字當地人念佘的音），相傳卽佘太君的父親之墓，並說其墓之碑文地方人有搨存者。可惜當時未曾借觀，不悉其內容。「折王墓」後來行軍曾望見之，墓高約四五丈。因有河流阻隔，無渡船，馬不能涉，未能往觀。

現在再談楊業與佘太君在七星廟成親之事。七星廟確有其地，在府谷南約六十里處。因行軍經過其地，遂得一遊。據碑文，廟建於唐代。正殿及兩旁配殿均甚宏敞。殿中神像，唐、宋、元、明各代所塑造者均有，而風格迥然不同。其中以唐代塑像最爲特殊，可用「樸拙」二字形容之。項短而粗，看去好像縮着頸子一樣。面目呆板，衣褶簡單，姿式少變化，與西安「晾經寺」（相傳卽玄奘譯經、武則天爲尼之處）中唐代石刻神像之風格相同。宋代神像，看去比較順眼，明代所塑者，與現代無甚差別。

唐代泥塑之像，歷千餘年而不壞，似難以令人置信。但如瞭解西北土質的特點，則此事並無足怪。古人說：「秦地水深土厚，」這是指掘地很深始能得水而言。陝西的井最淺的也有四五丈。但掘井時，從來不曾有井壁崩塌傷人之事。鄉人掘井大都是一人在井內挖土，一人在井上以轆轤提土，神態泰然，毫不緊張。此爲潼關以外各省所沒有的情形。這是由於陝西的土質特富堅凝性，井壁絕不會崩落。我嘗見挖窰洞的，一鎬下去，祇能鑿落不及兩瓣橘子大小的一片，其土質堅凝性之大，可以想見。我又曾過洛川，其縣城在高原上，全縣城只有一口井供水，其井深六十餘丈。以土法而能掘如此深之井，若以土質特富堅凝性來解釋，也算不得奇蹟，因而七星廟的塑像歷千餘年而不壞，也就不足爲異了。

以上是說七星廟確有其地。以下再談楊業與佘太君因對敵而在七星廟成親之事，有無合理的可能。

宋史載楊業之父楊信曾爲北漢之麟州刺史。麟州故城在今陝西神木縣城北四十里處，神木與府谷相距約百里。楊折兩家一爲政府官吏，一爲地方豪強，而同在一地區，則因權力之爭而兵戎相見，極爲可能。七星廟在神木與府谷之間，以軍事形勢言，恰在戰場的範圍以內。楊業與佘太君當時都是靑年，也都是武勇世家的兒女，則其參加戰鬥也是極可能的。楊折兩家之作戰，是政府官吏與地方豪族之衝突，並不是敵國相攻，則兩家兒女因相悅而結合，也是合理的。楊折兩家或許因此而化干戈爲玉帛哩。

至於楊業的家世，宋史祇說他是太原人，其父曾爲北漢的麟州刺史。不過，若就小說及古蹟看，楊業之父也是酋長之流。小說載楊業之父是「火山王楊袞」，是一個自養僂儸，稱霸一方的人物。

就古蹟言，「火山王」應作「霍山王」。霍山距太原約二百里，霍縣卽以霍山而得名。有一次行軍經過霍縣北約百里的一個小鎭，當地人說這是霍縣的舊治，稱舊霍，現在的霍縣是後建的，稱新霍；並說山中有一片平地，卽「火山王」立寨之地。小鎭在山邊，山中之平地距小鎭約一里餘，兩山夾峙，一徑中通，且頗曲折，徑盡處卽是平地，面積頗廣，極目力始能盡之。徑之窄處約丈餘，寬處像寬濶的馬路，這確是進可以攻，退可以守的屯兵立寨的好處所。楊業之父若果曾依霍山以稱雄，此處便是理想的根據地。民國五十七年九月十八日中央日報副刊

白仁甫年譜 附白華白恪繫年

前　言

自明以來，論元曲者羣推關馬白鄭爲四大家，衆無異辭。仁甫所爲雜劇，其數量似不能與關馬比；然僅梧桐雨一劇之「沈雄悲壯」，已足冠冕一代；註一則其他撰作，必有可觀。而十六種之中僅存其二，此所謂有幸有不幸者，未可以其傳世作品之少而稍輕視之也。元曲作者，類多江湖隱淪之士，韜光混俗，聲聞不彰。漢卿之時代迄無定說；東籬散劇並佳，「朝陽鳴鳳」，註二後人於其曾爲江浙行省務官之外，竟無所知；德輝小傳，載於錄鬼簿者，較關馬爲詳，而其家世行誼，仍多未悉。斯固讀元曲者之遺憾而無可奈何者。仁甫則系出中州世家，父子兄弟皆爲名流，文獻足徵，事跡可考。元劇作家數十人中，可爲之探摭舊聞，寫成傳記或年譜者，仁甫一人而已。

清康熙時人王曤，曾擬爲仁甫「博稽史乘，旁參百家，編列年譜」；註三但聞發願，未見成書。民國二十一年，蘇明仁君乃撰「白仁甫年譜」，載於是年出版之燕京大學文學年報第一期，是爲白譜創始之作。然苦於學力有限，復未能「博稽旁參」，是以紕漏百出，殊未足爲學者知人論世之助。近年日儒吉川幸次郎氏所著「元雜劇研究」行世，於仁甫之時代背景、家世及生平，敍述甚詳，前所未有。註四惟僅係附及，並非專著，翔實之餘，仍有未盡。予素習詞曲，復嗜爲譜錄之學，爰不揣譾陋，就平日涉獵所及，撰爲是篇，期使讀仁甫作品者，對此一作家能有更深切之了解。缺失謬誤，固所不免，博雅君子，幸垂教焉。民國五十八年，鄭騫識於臺北。

（註一）王國維人間詞話卷上「白仁甫秋夜梧桐雨劇，沉雄悲壯，爲元曲冠冕。」

（註二）朱權太和正音譜附錄古今羣英樂府格勢（卽涵虛子論曲）云：「馬東籬之詞如朝陽鳴鳳。」

（註三）見九金人集本天籟集王惲題記。

（註四）鄭清茂譯本元雜劇研究頁七十七至八十七皆仁甫事跡。

凡例

一、本譜以白仁甫爲譜主，復採輯仁甫之父白華及弟白恪生平事跡，分別繫年；惟後二者稍從簡略。

二、仁甫父子兄弟三人皆是單名，故譜中各稱其字，餘人一概稱名。惟元好問與白氏父子關係至爲密切，屢見譜中，故亦稱其字。此皆爲行文便利，並無輕重敬慢之別。

三、元世祖至元八年始定國號曰元，以前則稱蒙古，而後人追稱頗不一致。今統稱爲元，以昭劃一。

四、金亡以前兼用宋金紀元，金亡以後宋亡以前兼用宋元紀元。仁甫爲北朝人，故紀元先金元後南宋。

生平總述

白恆，字仁甫，後改名樸，改字太素，號蘭谷，小名鐵山。世多以其改名及原字稱之，曰白樸或白仁甫。生於金哀宗正大三年、卽宋理宗寶慶二年丙戌、西元一二二六。元成宗大德十年丙午、西元一三零六，時年八十一歲，尚在；

卒年未詳。金亡之年，仁甫九歲；宋亡之年五十四歲。出生前九十九年，宋室南渡；身後約六十年，元亡。

名樸，字太素，舊字仁甫，號蘭谷，見王博文撰天籟集序。原名恒，小名鐵山，及有關生卒年齡諸考證，俱詳後文。

仁甫一生未仕；鍾嗣成錄鬼簿有身後贈官之說，恐不足信，詳見後。

其先世居隩州河曲縣；仁甫生於金之南京，幼居其地，十餘歲時，隨父移家眞定，遂爲眞定人。隩州故鄉，少年時或曾踐履。

金史一一四白華傳（以下簡稱白華傳）：「白華，字文擧，隩州人。」（原誤作澳州。）華，仁甫之父也。金隩州，屬河東北路，所轄只河曲一縣，鄰鎭一鎭，見金史二十六地理志。宋時爲火山軍，見宋史八十六地理志。今爲山西河曲縣。其地在山西省最西北隅，去河套蒙古甚近，再北卽入綏遠境，再西卽入陝西境，在宋金時本荒遠屯戍之地，文化不高，詳見元遺山集二十四善人白公墓表末段（以下簡稱白公墓表）。白公爲仁甫祖父。康熙修乾隆補修保德州志卷二古蹟門：「舊隩州在州北一百四十里，本雄勇鎭，宋太平中置火山軍，金爲隩州，元省，屬保德。同治河曲縣志卷三形勝門：「火山明焰在舊縣城西五里，卽宋建火山軍處，山逼黃河，岩石俱赤，烟氣灼人，岩有石罅，以薪投之，轟然焰出。」觀此可知火山得名之由。河曲縣志極簡陋，有關白氏之記載，僅卷五荐辟門之「白華，貞祐三年進士，樞密院判官。」一條，且係由白華傳鈔來。金南京卽宋東京，今河南開封。金宣宗貞祐二年，仁甫出生前十二年，金爲元人侵逼，自中都（今北平）遷都南京。　仁甫生於南京，見本譜正大三年。　隨父移家眞定，見下文及本譜元太宗八年。　眞定，元時爲眞定路，見元史五十八地理志，今爲河北正定縣，自戰國至今，皆爲名都。乾隆正定府志無關於白氏父子之記載。　仁甫幼時，河東北路諸州縣屢遭元人攻略，文舉方官南京，無携眷返回故鄉險地之理。至仁甫二十六歲，文舉請元好問爲其父白公撰墓表，（事見本譜元憲宗元年）此時金亡已十四年，兵戈既息，地方秩序漸復，眞定河曲，相去匪遙，文舉或曾歸里省墓，並以墓表刻石，仁甫兄弟當亦隨父同往。

白氏之先，里貫未詳，疑來自太原，定居河曲，亦不知其幾代。今可考者仁甫六世祖重信，高祖玉，曾祖仲溫，曾祖母李氏。祖宗完字全道，祖母王氏、李氏。重信至仲溫三世皆「尋常百姓，」卽舊時碑誌文字所謂「潛德不耀」者。至宗完始知讀書，「營度生理，日就豐厚。」其人「富而好禮，敦信義，樂施與，」鄉里稱「白善人。」

宗完生五子。長子彥升，讀書未仕，經理家務。次賁，字君舉，金章宗泰和三年進士，歷官懷寧主簿、岐山縣令。次華，字文舉，卽仁甫之父，事跡見後。次瑩，出家爲僧，法名寶瑩，能詩。次麟，早卒。彥升王氏所生，餘四人李氏所生。彥升有子名嗣隆。華有子四人，名見後。賁、麟後嗣未詳。瑩爲僧，當然無後。

右列世系名諱諸人事跡，據下列三文：一、白公墓表。二、元遺山集二十五南陽縣太君墓誌（以下簡稱南陽墓誌）太君爲仁甫祖母。三、袁桷清容居士集二十七朝列大夫白公神道碑（以下簡稱敬甫碑）其人名恪，字敬甫，乃仁甫異母弟。白公墓表及南陽墓誌敍白氏事始於河曲，未詳其所從來。敬甫碑有「白於太原爲令族」之語。河曲在太原西北不甚遠，白氏之先可能爲太原人，或卽樂天之族。 金元時有三白賁。其一卽文舉之兄仁甫之伯父字君舉者。其一見元好問中州集卷九，原文云「白先生賁，汴人，自號決壽老。自上世以來至其孫淵，俱以經學顯。」此人之孫，亦與君舉之姪孫敬甫之子同名淵，誠巧合也。以上兩白賁皆金人未入元者。另一白賁則爲白珽之子，卽錄鬼簿卷首之白无咎學士，散曲作家。珽生於元定宗三年，卽宋理宗淳祐八年，少於仁甫二十二歲，故无咎年輩遠較金代兩同名者爲晚。上述白珽生年據宋濂翰苑別集卷五湛淵先生白公墓銘。銘云珽有二子，長名賁，次名采。賁之官職爲文林郎、南安路總管府經歷，錄鬼簿謂爲學士，係對文人之泛稱。　彥升有子嗣隆，考見後。（王國維錄曲餘談已云有三白賁；予所考證較王說詳確。）

華，字文舉，號寓齋。金宣宗貞祐三年進士。初爲應奉翰林文字，累遷爲樞密院經歷官，樞密院判官，右司郎中。金亡，曾入宋，不久，得北歸，移家眞定，隱居以終。華能詩，知兵，通習吏事，有文武材，爲金末名人之一。

文舉登第事見白公墓表及金史本傳；生平事跡及仕宦次第見本傳、宋史理宗紀、元遺山集、劉祁歸潛志諸書。今分別考訂，附入本譜。詩作存者僅三首，俱見下文。

王逢梧溪集卷四下讀白寓齋詩序云：「寓齋字君舉，金之隩人，登泰和三年詞賦第，累遷樞府，棄官隱居教授，卒。名與元遺山、趙閑閑相頡頏。……其題靖節圖有云『咄哉靈運輩，竟坐衣冠辱；誰知五柳家，春雨東皐綠。』風節可概見矣。併錄酬元公八句：『夢裏薰風湛露歌，花開漢苑舊經過。拾遺老去青春暮，司馬歸來白髮多。横槊賦詩吾豈敢，短衣扣角夜如何？相逢未盡相思話，草色連雲水碧波。』弟文擧亦登貞祐進士第，贊戎政，著功當時。馮西巖內翰有『科第聯飛光白傳』之句稱擬云。」按此文多誤。泰和三年登第者乃白賁，見白公墓表。號寓齋者乃白華，見天籟集序。此文誤混爲一人。「累遷樞府，棄官隱居教授」皆白華事跡，與賁無涉。文中所舉兩詩顯然爲易代之後年近遲暮時作；賁則卒於金亡之前，年壽不永，此兩詩亦應屬白華而非賁作。王逢爲元末明初人，去白氏兄弟約近百年，傳聞失實，故敍述混淆。然賁字君擧，他處未見，則又賴此文以傳，未可因其有誤而並此亦不采也。清人顧嗣立元詩選癸集甲白賁小傳、近人陳衍（石遺）元詩紀事三十白君舉小傳，則是合白公墓表天籟集序、中州集、梧溪集諸說，不分正誤，雜糅而成，更不足論矣。
文舉之詩，右引梧溪集所載兩首外，劉祁歸潛志十四又有集句七古一首云：「天其未厭卯金刀，池上於今有鳳毛，有才不肯學干謁，便入林泉眞自豪。衣如飛鶉馬如狗，野飯盈盤厭葱韭，仰天大笑出門去，桃李春風一杯酒。列卿太史尙書郎，五更待漏靴滿霜；何如一身無四壁，醉踏殘花屐齒香。人物尤難到今世，浮雲柳絮無根蒂，不須辛苦上龍門，秋水寒沙魚得計。」歸潛志載此詩，僅題「河東白華文舉集句」八字，別無題目，觀其詩意，乃贈劉祁者，故歸潛志編附於各家投贈詩之後。」

華初娶張氏，經亂失散，不知所終；繼娶羅氏。張羅各生子二人。長忱，字誠甫，小名汴陽；次卽仁甫，名恆，小名鐵山；皆張出。次恪，字敬甫；又有小名常山或中山者；皆羅出。故仁甫行二，有同母兄一人，異母弟二人，姊妹若干人。敬甫少於仁甫二十歲，餘人年齡未詳。誠甫似未仕？敬甫仕元，官至翰林待制、太常禮儀院同僉，有詩文集若干卷，今佚，新元史卷一百八十八有傳。此傳卽據袁桷所撰神道碑剪裁而成。

初娶張氏，繼娶羅氏，見敬甫碑。張氏失踪事詳見本譜天興二年。張氏羅氏各生二子，考見下文。　敬甫碑云文舉生子四人，而未列舉其名。白公墓表云：「男孫五人：嗣隆、忱、恆、常山、中山。」文舉既僅有四子，此五人中必有一人爲其姪。白公二妻五子：彥升，元配王氏所生，雙名；賁、華、瑩、驎，繼配李氏所生，皆單名。五孫中其一僅知小名爲常山或中山，餘三人，忱、恆、恪，皆單名，字皆從心，嗣隆獨異，而與彥升俱爲雙名，可知嗣隆爲彥升之子，餘四人爲文舉之子。　元遺山詩集箋注卷七有示白誠甫詩。施國祁注云：「案二十四卷白公表，男孫名忱，或卽此。」　騫按此詩首兩句云「之子吟爆竹，乃公欣樹萱。」末兩句云「通家吾亦老，倚杖望高軒。」全是父執對晚輩口氣，且忱有誠義，誠甫爲忱之字無疑。恪有敬義，故恪字敬甫。兄弟之名與字既已考定，所餘只有仁甫而仁有恆義，故知恆爲原名，樸爲改名，改字太素，亦取其義與樸相應。南陽墓誌云「男孫二人曰汴陽、鐵山，女孫一人尚幼。」白公墓表作於元憲宗元年辛亥，時文舉移家眞定已十餘年，而表中有「常山中山尚幼」之語，可知此二人爲文舉移居眞定之後所生；南陽墓誌則作於金亡之前，（據誌文可知）此時常山、中山尚未出世，而嗣隆爲前房之子彥升所生，故僅敍汴陽、鐵山二人，卽忱與恆，亦卽誠甫與仁甫也。依次序推之，汴陽爲誠甫小名，鐵山爲仁甫小名。　依白公墓表所記次序，誠甫爲文舉長子，仁甫爲次子，常山第三，中山第四。天籟集序亦云仁甫爲文舉仲子。敬甫不知爲第三或第四，亦無從知其小名爲常山或中山，但二者必居其一耳。　敬甫碑云：「妣張氏、羅氏，君羅出也。」按張氏於天興二年失踪，南陽墓誌作於其前，已有汴陽及鐵山二子，白公墓表作於其後十餘年，而云常山中山尚幼，可知文舉四子，張羅各生其二。

明初人孫作（大雅）序天籟集云：「寓齋生三子，先生其仲子也。」蓋小名中山或常山者可能夭折，長成者僅誠甫、仁甫、敬甫三人，故孫序云爾。　白公墓表載男孫五人之外，又云：「女孫二人，皆適士族。」此二人不知是仁甫之姊妹或從姊妹。天籟集上水調歌頭詞題云：「予兒時在遺山家，阿姊嘗敎誦先叔放言古今忽白首，感念之餘，賦此詞云」此阿姊當卽南陽墓誌中所云「女孫一人」，先叔當卽僧寶瑩「放言古今忽白首」七字似有脫誤，無從斷句。

仁甫子女未詳。有孫名溟，字子南，明洪武初爲姑孰郡學官。善人白公曾孫輩有名中和、泰和、安和者三人，未詳所出，其中或有仁甫之子。此外諸姪，其名可考者五人：淵、沆、湛、洙、灝，皆敬甫之子。從孫八人：貞、采、暹、辟、楙、□、樞、桂，皆敬甫之孫。

孫作撰天籟集序云：「予以洪武甲寅（七年）春，掾姑孰郡文學時眞定白湨子南分教諸生，間示其祖蘭谷先生天籟集。謹按先生諱朴，（同樸）字仁甫，後改字太素，姓白氏，號蘭谷，金季寓齋先生樞密院判之子也。寓齋生三子，先生其仲子也。」姑孰，今安徽當塗縣。白公墓表云：「曾孫三人：中和、泰和、安和。」似皆小名。敬甫生於元定宗元年丙午，墓表作於憲宗元年辛亥，時敬甫年僅六歲，故知此三人非敬甫之子。孰爲誠甫子？孰爲仁甫子？則無可考矣。諸姪及姪孫等十三人名俱見敬甫碑。

仁甫生時，金已衰亂。哀宗天興元年歲暮，元兵圍攻開封（金南京），文舉從哀宗出奔。二年正月，守將崔立叛降於元，開封大亂。仁甫時方七八歲，父既遠行，母又於亂中失散，家亡國破，孤幼無依，適父執元好問（遺山）爲元人拘管聊城，遂攜仁甫同往。三年正月，金亡；文舉入宋。仁甫卽居元家，遺山撫育敎養之如親子姪。數年後，文舉北歸，父子重聚。時史天澤開府眞定，優禮士大夫，文舉全家往依之，自此占籍眞定。文舉與其兄賁俱登金進士第，有文名。仁甫天資高邁，家學淵源，居眞定後仍習擧子業，博覽羣書，專工律賦，以之著稱於世。眞定爲當時大都會，亂後人文薈萃，仁甫家有名父，外有賢師友，平生學問文章，奠基於此。而始敎之讀書者，元遺山也。元世祖中統初，史天澤將薦之於朝，仁甫遜謝，蓋以「幼經喪亂，亡國失母，恆鬱鬱不樂，放浪形骸，期於適意，其視名利蔑如也。」南宋既亡，北人樂江南風土文物，多移家者。仁甫於至元十一二年，元師大擧侵宋時南下，經湖北、湖南、江西等地。至元十七年，卽宋亡於厓山之次年，卜居建康（今南京），時年五十五歲。此後往來鎭、揚、蘇、杭，與東南名士詩酒往還，優游山水間垂三十年，壽及耄耋，以布衣終。仁甫弟恪亦官於南方，後爲京官，歸葬眞定；仁甫似未返故鄉，葬地亦未詳。明太祖洪武中仁甫之孫溟爲姑孰（今安徽當塗縣）學官，家於其地。後移居六安（今安徽六安縣）。武宗正德中，仁甫裔孫永盛爲六安庠生。至淸聖祖康熙時，仁甫裔孫駒仍居六安。康熙以後未詳。

此段大部分取材於天籟集序。　金室亂亡，文擧從哀宗出奔、入宋及北歸諸事本末，詳見本譜金哀宗天興元年至元太宗八年。仁甫失母居元遺山家諸事見同上。　王惲秋澗大全集四十八忠武史公（天澤）家傳云：「眞定治效高視他郡，四方爲之訓。北渡後，諸名士多流寓失所，知公好賢樂善，咸來游依。若王滹南（若虛）、元遺山（好問）、李敬齋（治）、白樞判（文擧）、曹南湖（未詳，疑是河汾諸老詩集卷八之曹之謙）、劉房山（伯熙）、段繼昌（子新）、徒單顒軒（公履），爲料其生理，賓禮甚厚，暇則與之講究經史，推明治道。」　仁甫工律賦及史天澤荐擧諸事，俱見天籟集序。　南下後諸事見本譜至元十年至十七年。與東南名士往還諸作散見天籟集。　敬甫歸葬眞定見敬甫碑。　仁甫後裔留居南方，可知仁甫似未返眞定故鄉。　白溟居姑孰、白永盛、白駒居六安見譜後。　鍾嗣成錄鬼簿通行本云：「白仁甫，文擧之子，名樸，眞定人，人號蘭谷先生，贈嘉議大夫、掌禮儀院太卿。」明鈔本無「名樸眞定人」五字，「掌禮儀院太卿」作「太常卿儀院太卿」。明鈔本所記固然不成官名，通行本亦誤。據元史卷八十八百官志四所敍編制，應作「太常禮儀院大卿」。嘉議大夫則爲「正三品文散官」，見元史卷九十一百官志七。仁甫之子名字無傳，其非顯達可知，何由封贈其父？諸姪亦無貴顯者。錄鬼簿贈官之說殊難置信。明鈔本錄鬼簿仁甫名下附賈仲明弔詞云：「峨冠博帶太常卿，嬌馬輕衫館閣情。」則是以「掌禮儀院太卿」爲仁甫曾任之實官，其說更謬。仁甫一生未仕，王博文天籟集序固曾詳言之也。敬甫曾官太常禮儀院同僉，或即由此傳訛。

仁甫雖以律賦著稱於時，而詩賦作品無存。詞集有天籟集二卷，收小令、慢詞、共百零五首。散曲、雜劇爲當時新興文體，遠離廟堂，接近社會，讀書人之無心仕宦或仕而不得志者，多優爲之，以寄情遣興，消胸中之塊壘。仁甫爲其中名手，世人亦遂以曲家稱之，與關漢卿、馬致遠、鄭元祖合稱關、馬、白、鄭。作品現存者：散曲無專集，近人摭拾羣書，僅輯得小令三十七，套數四，收入全元散曲，其散佚者當不在少數。雜劇有唐明皇秋夜梧桐雨等十六種，全劇現存者有梧桐雨及裴少俊牆頭馬上二種。梧桐雨尤負盛名，王國維所許爲「元劇冠冕」者也。董秀英花月東牆記全劇雖存而曾經後人竄改，大非仁甫原本。韓彩蘋御水流紅葉、李克用箭射雙雕兩劇僅存殘曲。餘十一種全佚。

行世天籟集有二本：王鵬運四印齋所刻詞本及吳重熹九金人集本。二者同出於康熙庚寅（四十九年）楊友敬刻本，收詞數目次序均同，而文字偶有小異，前後序跋及附錄等亦互有多寡，大體言之，九金人集本較勝。天籟集附楊友敬所輯「摭遺」，皆散曲，共小令及套數若干，全元散曲均已輯入。四印齋本刪去此摭遺，因其是曲而非詞也。（天籟集卷下有小桃紅一首，亦是曲而非詞。二本均存而未刪。）梧桐雨及牆頭馬上二劇之各種版本詳見拙著元人雜劇異本提要。仁甫所撰雜劇十六本，全目如下：秋江風月鳳凰船、鴛鴦簡牆頭馬上、蕭翼智賺蘭亭記、唐明皇秋夜梧桐雨、韓翠蘋御水流紅葉、董秀英花月東牆記、祝英臺死嫁梁山伯、楚莊王夜宴絕纓會、蘇小小月夜錢塘夢、薛瓊瓊月夜銀箏怨、唐明皇游月宮、漢高祖澤中斬白蛇、閻師道趕江江、泗上亭長（又名高祖歸莊）十六曲、崔護謁漿、（以上十五本見錄鬼簿）又李克用箭射雙雕（據北詞廣正譜知爲仁甫所作。）有關東牆記之考證見拙著元劇作者質疑。流紅葉劇存正宮端正好一套越調酒旗兒一曲箭射雙鵰劇存中呂粉蝶兒一套此兩全套俱見盛世新聲、詞林摘艷、雍熙樂府諸書，酒旗兒曲見太和正音譜及北詞廣正譜；近人趙君元人雜劇鉤沈均已收入。廣正譜收雙調新水令「晚風寒峭透窗紗」曲題爲箭射雙雕，乃西廂記之誤。

白氏爲中州世家，文舉早擢巍科，仕宦貴顯，聲望著稱於當時；仁甫生於名門，長於名都（眞定），學問文章能承其先業。是以金元間名士勝流多與仁甫父子相識。其重要可考者有下列諸人：趙秉文，文舉之前輩也，仁甫兒時或曾見之。王若虛、劉從益、李獻能、史學、雷淵、元好問、王鶚、李治、張德輝、楊果、毛正卿，皆文舉之友，仁甫之父執；劉祁年輩略晚於文舉而長於仁甫。元初漢軍四萬戸中之眞定史氏（史天澤）爲仁甫父子所「游依」者；順天張氏（張柔）與白氏有往來，東平嚴氏（嚴實）或亦有之。王博文、王惲、胡祗遹、王思廉、李文蔚、王利用、曹元用、奧敦周卿、侯克中、盧摯、道士李道純、僧仲璋（俗姓閻），皆仁甫朋輩；摯又爲敬甫之妻兄。呂文煥、師夔叔姪，仁甫南下後亦曾與之有文字酬贈。程文海有贈敬甫詩，袁桷與敬甫同事，爲撰神道碑，二人與仁甫當亦相識。天然秀高氏，則爲仁甫所賞識之女伶，其名見於雪簑漁隱之青樓集。統觀仁甫交游，多數均爲北人，雖中年以後卜居江南垂三十載，而南方知名文士與仁甫年齡相伯仲者如牟巘、方回、周密，稍晚者如戴表元、張炎、仇遠，皆無與仁甫往來之跡。蓋當時「混一」未久，南人、「北客」類聚羣分，乃必然之勢也。（混一、北客，皆元初人習用語，今借用之。）

趙秉文，字周臣，自號閑閑居士，磁州（今河北磁縣）人。金史一一〇有傳，元遺山文集十七有墓銘。秉文與文舉交往事跡見本譜正大八年。　王若虛，字從之，自號滹南遺老，藁城（今河北藁城縣）人。金史一二六有傳，元遺山文集十九有墓表。若虛曾爲仁甫祖父撰墓表，其文不傳，事見元遺山撰白公墓表，蓋文舉若虛同官開封時也。劉從益字雲卿，渾源（今山西渾源縣）人，李獻能字欽叔，河中（今山西永濟縣）人，俱金史一二六、中州集卷六有傳。史學字學優，延安（今陝西膚施縣）人，中州集卷七、歸潛志卷二有傳。從益子祁著歸潛志卷九云：「余先子翰林令葉時，同坊州仲純賦昆陽懷古詩，諸公多繼作。……史學優、李欽叔、白文舉皆有詩。余亦作一古詩也。」　雷淵字希顏，渾源人，金史一一零、中州集卷六有傳。「雷、李、元、白皆當時名士」，見本譜海迷失后元年。　王鶚字百一，又字伯翼，東明（今河北東明縣）人，元史一六零有傳。元遺山集卷八有詩題云：「鎭州與文舉百一飮」，其末聯云：「眼中二老風流在，一醉從教萬事休。」鎭州卽眞定。　李治（治一作冶），字仁卿，號敏齋，欒城（今河北欒城縣）人，元史一六零有傳。治曾爲文舉詩集作序，見王逢梧溪集卷四下讀白寓齋詩小序。　張德輝字耀卿（元史誤作輝卿），交城（今山西交城縣）人，元史一六三有傳。德輝曾荐文舉於元世祖，見本譜海迷失后元年。　楊果字正卿，號西庵，蒲陰（今河北祁縣）人，卽錄鬼簿之「楊西庵參政」，元史一六四有傳。餘見本譜至元七年。　劉祁，字京叔，從益之子，事跡見王惲秋澗大全集五十八渾源劉氏世德碑銘。金史一二六有傳附從益傳後，殊簡略。歸潛志卷十四載有文舉贈祁集句詩。祁年長於仁甫二十三歲，少於文舉十餘歲。　史天澤，字潤甫，永淸（今河北永淸縣）人，後居眞定，元史一五五有傳。天澤與仁甫父子關係詳見上文，又見本譜中統元年至元二十三年。　張柔，字德剛，定興（今河北定興縣）人，元史一四七有傳。仁甫曾謁柔妻毛氏於其家，與柔及其子弘範等或亦曾晤面。弘範元史一五六有傳。毛正卿爲毛氏之兄，卽偕仁甫謁見毛氏者。參閱本譜元憲宗二年。　嚴實，字武叔，長淸（今山東長淸縣）人，後居東平，元史一四八有傳。仁甫幼年在元家時，遺山正「游依」嚴氏。遺山歸鄉後，與嚴氏常有往來，秀容（遺山故鄉）至東平，路經眞定，以常理測之，仁甫父子可能亦與嚴氏有關。天籟集下有摸魚子詞，題云「七夕用嚴柔濟韻」，實次子名忠濟，但諸子皆以忠字排名，非以濟字排，見元史本傳；柔濟蓋與東平嚴氏無關。　王博文字子勉，自號西溪老人，元史、新元史俱無傳，僅元史一六零李治傳云：「今儒生有如魏璠、王鶚、李獻卿、蘭光庭、趙復、郝經、王博文輩，皆有用之材。」同書一七五李孟傳云：「一時名人商挺、王博文皆折行輩與交。」數語。淸顧嗣立元詩選癸集丙錄其「登琴臺」詩一首，附小傳云：「博文字某某（原空二字）東魯人，少與汲縣王惲、渤海王旭齊名，至元中累遷河東山西道提刑按察，歷官正議大夫、御史中丞。」王惲秋澗大全集十九有挽詩兩題共八首，同書六十四有祭文、路祭文、誄文各一篇，合觀之可見其生平大略。據誄文知其曾任禮部尚書，爲元詩選小傳所未述及。誄文又有「從元問學，館申作甥，二公提携，大潰於成」之語，可見爲元遺山弟子，與仁甫相識，蓋亦由遺山也。此人乃當時知名之士，所撰天籟集序又爲研究仁甫生平之最佳資料，文獻不足，竟不能詳考其事跡，誠屬憾事。王博文、王惲、王旭，當時稱三王，見秋澗大全集附錄神道碑。　王惲字仲謀，號秋澗，汲郡（今河南汲縣）人，元史一六七有傳。胡祗遹字紹開，號紫山，武安（今河南武安縣）人，即錄鬼簿之「胡紫山宣慰」，元史一七零有傳。仁甫有送王胡赴官木蘭花慢詞，見本譜至元二十六年。　王思廉字仲常，獲鹿（今河北獲鹿縣）人，元史一六零有傳。李文蔚，錄鬼簿云：「眞定人，江州路瑞昌縣尹。」其他事跡無考。天籟集上奪錦標詞題云：「得友人王仲常、李文蔚書。」獲鹿爲眞定屬邑，相去甚近，王李皆仁甫鄉里故舊也。　王利用字國賓，通州（今河北通縣）人，元史一七零有傳。天籟集上滿江紅詞題云：「重陽後二日，王彥文並利用、秦山甫相過小飲。」彥文、山甫、俱未詳。 曹元用，字子貞，一字光輔，汶上（今山東汶縣）人，卽錄鬼簿之「曹光輔學士」，元史一七二有傳。仁甫以水龍吟調賦睡詞，曹和之至三十首，見天籟集上。曹曾官鎭江路儒學正，仁甫與之相識當在南下之後。其人年少於仁甫約三十餘歲，爲後輩友人。見附錄交游生卒考。 奧敦周卿曾任懷孟路總管府判官、河北河南道提刑按察司僉事、侍御史。見近人孫氏元曲家考略。陽春白雪卷首古今姓氏表中有其名。天一閣鈔本錄鬼簿有奧殷周侍御，亦卽此人，誤敦爲殷，又脫卿字。奧敦，女眞姓，又作奧屯，見金史國語解姓氏類。仁甫有和周卿韻賞梅木蘭花慢詞，事見本譜至元七年。 侯克中字正卿，號艮齋，眞定人。事跡略見袁桷清容居士集二十一大易通義序，又見錄鬼簿卷上。克中所著艮齋集卷九有「答白仁甫」五律，卷五有「白敬甫經歷有閩中之行」七律，俱見本譜至元二十九年。 盧摯字處道，一字莘老，號疏齋，涿州（今河北涿縣）人，卽錄鬼簿之「盧疏齋憲使」，新元史二三七有傳。飲虹簃所刻曲本疏齋小令所輯小傳頗詳。天籟集上有水龍吟詞題云：「送張大經御史就用公九日韻，兼簡盧處道副使」。盧爲敬甫妻兄，見敬甫碑。 李道純，字元素，號瑩蟾子，亦號清庵，儀眞（今江蘇儀徵縣）人，道士。著清庵詞一卷，收入彊村叢書，皆言道教修鍊之術，無文學價值。仁甫與之相識當在南下之後。道純曾和仁甫水調歌頭紀夢詞，見本譜至元二十三年。 天籟集上念奴嬌「中秋效李敬齋體」詞後附錄僧仲璋所作念奴嬌一首，前有仁甫所作小序，其注文云：「仲璋俗姓閻，法諱志璉，號山泉道人，落魄嗜酒，滑稽玩世，頗爲時人所愛。」王國維校注錄鬼簿於「閻仲章學士」名下引此注，未下斷語。騫按：仲璋與仲章不同，一爲僧侶，一爲學士，非一人也。仲章學士疑是閻復，其人曾官翰林學士甚久，元史一六零有傳。 呂文煥，安豐（今安徽壽縣）人，師夔號道山，文煥之姪，俱宋臣降元者，新元史一七七有傳。史傳未言師夔號道山，今據楊瑀山居新話所記。仁甫與二人酬贈事見本譜至元十三年、二十三年。程文海字鉅夫，號雪樓，建昌（今江西永修縣）人，元史一七二有傳。文海贈敬甫詩事見本譜大德四年。袁桷字伯長，號淸容居士，慶元（今浙江鄞縣）人，元史一七二有傳。

青樓集：「天然秀，姓高氏，行第二，人以小二姐呼之。母劉，嘗侍史開府。高丰神艶雅，殊有林下風致，才藝尤度越流輩，閨怨雜劇爲當時第一手，花旦、駕頭，亦臻其妙。始嫁行院王元俏，王死，再嫁焦太素，治中焦後沒，復落樂部。人咸以國香深惜，然尙高潔凝重，尤爲白仁甫、李溉之所愛賞云。」

上述諸人之外，姓字見於天籟集者又有施景悅等三十餘人，或偶然一見無關重要，或其人事跡無考，今俱從省略。

河曲眞定白氏世系表

- 重信—玉—仲溫（李氏）—宗完（王氏、李氏）
  - 彥升（王出）
    - 嗣隆（其後裔可能留居河曲）
  - 賁（李出）
  - 華（李出，始遷眞定）（張氏、羅氏）
    - 忱（張出）
    - 恆（張出，晚年居建康）
      - 囟—溟（居姑孰）……永盛（居六安）……駒（居六安）
    - 恪（羅出）（盧氏）
      - 淵
      - 沆
      - 湛
      - 洙
      - 灝
    - 常山（羅出）（或名中山）
  - 瑩（李出）
  - 驎（李出）

中和　泰和　安和

貞　采　遲　辟　林　口　樞　桂

虛線表示其間不知有幾世。囟可能爲中和泰和安和三人中之一。

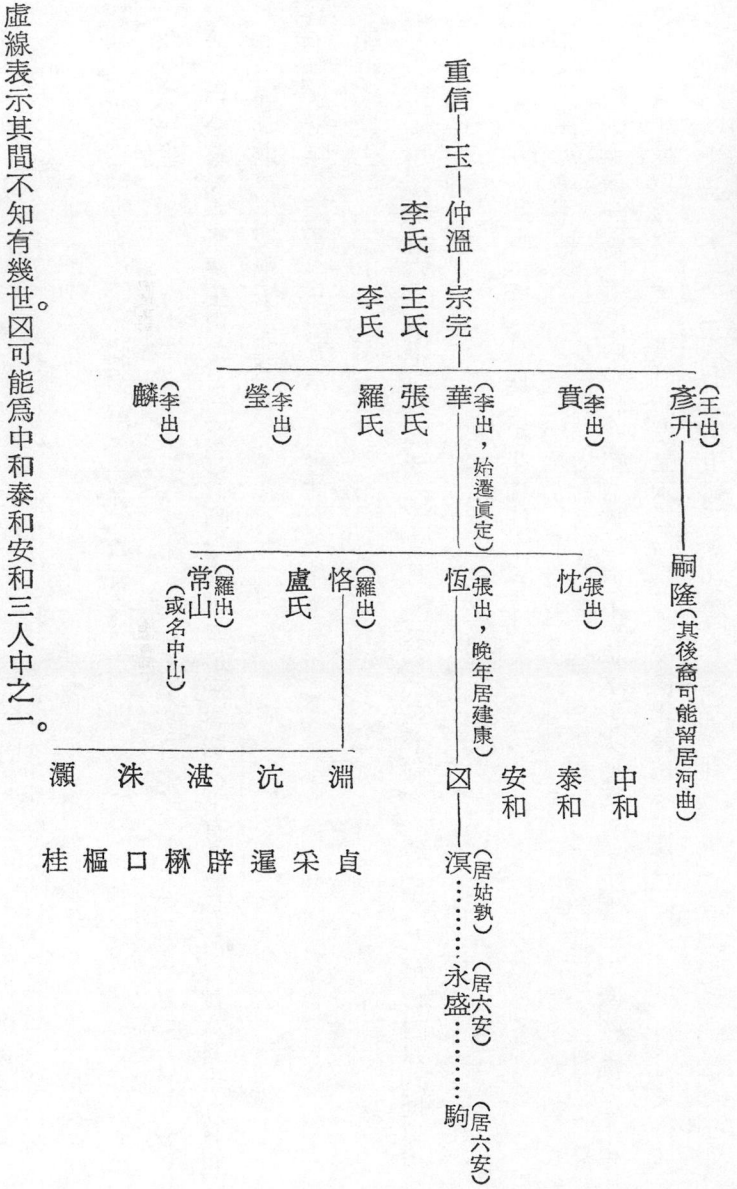

譜前

金熙宗皇統四年　宋高宗紹興十四年　甲子　一一四四　出生前八十二年

祖父宗完生。

白公墓表：「崇慶壬申（一二一二）避地太谷，不幸遘疾，春秋六十有九，終於寓舍，實八月十九日也。」

據此推算，生於甲子。

金海陵王正隆元年　宋高宗紹興二十六年　丙子　一一五六　出生前七十年

祖母李氏生。

南陽墓誌：「以大安辛未（一二一一）三月丙辰，春秋五十有六，終於私第之正寢。」據此推算，生於丙子。

金世宗大定二十四年　宋孝宗淳熙十一年　甲辰　一一八四　出生前四十二年

伯父賁生於本年前後。

白公墓表：「〔賁〕弱冠中泰和三年詞賦進士第。」其年歲次癸亥（一二零三），據此上推二十年，生於甲辰。依古人行文習慣，所謂弱冠，未必恰爲二十歲，但相差總不過一二年。

金世宗大定二十七年　宋孝宗淳熙十四年　丁未　一一八七　出生前三十九年

文舉約生於本年前後。

元遺山撰南陽墓誌自云與文舉「爲弟昆之友」。遺山集卷二有同白兄賦瓶中玉簪詩，卷三十九有與樞判白兄書兩次均稱爲兄，證以「弟昆之友」語可知其非泛稱，文舉實長於遺山。遺山生於金章宗明昌元年庚戌（一一九零），見各家遺山年譜，而文舉之兄賁生於甲辰前後，見上文舉之生當在丙午至己酉四年中，至仁甫之生，文舉已近中年矣。

金章宗承安四
宋寧宗慶元五 年　己未　一一九九　出生前二十七年

文舉始與元遺山相識，當在本年或稍前。

本年遺山十歲，文舉稍長。郝經元遺山墓誌云：「先生七歲能詩，太原王湯臣稱爲神童。年十一，從其叔父官於冀州」。南陽墓誌云：「某自齠齔識文舉於太原，與之游，爲弟昆之友，今三十年矣」。南陽墓誌作於正大六年己丑或七年庚寅，考見彼年。上推三十年爲本年，與遺山墓誌所載踪跡相合。可能稍早，但不能晚於本年，因明年遺山十一歲，已從其叔父往冀州也。此事各家遺山年譜均未載。

金章宗泰和三
宋寧宗嘉泰三 年　癸亥　一二零三　出生前二十三年

伯父賁登進士第。

見白公墓表。

金章宗泰和六
宋寧宗開禧二 年　丙寅　一二零六　出生前二十年

是年，元太祖成吉思汗卽帝位於斡難河，是爲蒙古紀元之始。

見元史卷一太祖本紀。

金衛紹王大安三 宋寧宗嘉定四 年　辛未　一二一一　出生前十五年

祖母李氏卒年五十六。

見南陽墓誌。

金衛紹王崇慶元 宋寧宗嘉定五 年　壬申　一二一二　出生前十四年

祖父宗完卒年六十九。

見白公墓表。參閱下條。

金宣宗貞祐二 宋寧宗嘉定七 年　甲戌　一二一四　出生前十二年

是年三月元兵攻下嵐州（今山西嵐縣），仁甫故鄉隩州（今河曲縣）為其鄰郡，亦遭兵燹。五月，金宣宗自中都（今北平）遷南京（今開封）以避元，七月抵汴。

金史十四宣宗紀：「貞祐二年三月壬辰大元兵下嵐州。……時山東河北諸郡失守。……河東州縣亦多殘燬。」嵐隩兩州俱屬河東北路，首當兵衝，勢難獨全。白公墓表云：「崇慶壬申，避地太谷，終於旅舍。」避地即今所謂逃難，可知兩年以前嵐隩一帶已被兵，但元人正式攻下嵐州在本年耳。元史卷一太祖本紀云攻下嵐州在去年秋，較金史所云本年三月，約早半年餘，元騎兵往來飄忽，其攻嵐州可能不只一次。

貞祐南遷事見金史十四宣宗紀、元史卷一太祖紀、宋史三十九寧宗紀。金自此不振，又二十年而亡。

金宣宗貞祐三 宋寧宗嘉定八 年　乙亥　一二一五　出生前十一年

文舉登進士第。

見白公墓表。

金宣宗興定四年 宋寧宗嘉定十三年 庚辰 一二二零 出生前六年

五月，元兵狥陝州，州治殘破。八月，金恆山公武仙以眞定降元。史天倪始開府於眞定。

金史十六宣宗紀：「興定四年五月癸卯（十四日）大元兵狥陝州。八月，恆山公武仙降大元。」同書二十六地理志：「陝州，（興定）四年，以殘破徙治於黃河灘許父寨。」觀此可知仁甫出生前不久之故鄉情況。元史一四七史天倪傳：「庚辰，還軍眞定，武仙降。木華黎承制以天倪爲金紫光祿大夫、河北西路兵馬都元帥、行府事，仙副之。」

金哀宗正大二年 宋理宗寶慶元年 乙酉 一二二五 出生前一年

史天倪爲武仙所殺。天倪弟天澤率兵擊走武仙，復入眞定。元人命天澤繼爲都元帥。

詳見元史一四七天倪傳、一五五天澤傳及王惲秋澗大全集四十八忠武史公家傳。金亡後，白氏父子移家眞定，「游依」史氏，已見前。

本譜

金哀宗正大三年 宋理宗寶慶二年 丙戌 一二二六 一歲

是年，仁甫生於金之南京（今開封）。文舉時官樞密院經歷，年約四十歲。

天籟集序「甫七歲，遭壬辰之難。」壬辰爲哀宗天興元年西元一二三二，據此上推，生於本年。白華傳：「正大元年，累遷爲樞密院經歷官」。正大二年、三年，皆有關於軍機之奏對，正大六年權任樞密院判官，俱見本傳；可見此數年中文舉始終官於樞密，而故鄉又已殘破，眷屬當然隨居開封，仁甫生於其地無疑。陝州殘破事及文舉年齡考證，俱見譜前。

是年：趙秉文六十八，王若虛五十三，雷淵四十三，嚴實四十五，元好問、王鶚、張柔俱三十七，李獻能、李治俱三十五，商衟三十三，張德輝三十二，楊果三十，杜仁傑約三十餘，段克已三十一，段成己二十八，史天澤二十五，劉祁二十四，商挺十八，劉秉忠十一，王博文四歲。

右列段克已、成己、杜仁傑、商衟、商挺、劉秉忠等，俱金末元初人，未詳是否與仁甫父子相識，因與仁甫俱爲當時詞曲作家，故舉其年齡。餘人見生平總述，本譜有關諸人之生卒年齡考證，均見附錄仁甫交游生卒考。

金哀宗正大四年　宋理宗寶慶三年　丁亥　一二二七　二歲

仁甫隨父母居開封。文舉仍官樞密院經歷。

白華傳所敍文舉與哀宗議論如何招討李全事，原文繫於正大六年，應從施國祁金史詳校卷九之說改繫本年。

是年六月，西夏爲元人所滅。七月，元太祖殂於六盤山行宮；子圖類（亦作拖雷）監國。見元史卷一太祖紀　王惲、胡祗遹生。

金哀宗正大五 宋理宗紹定元 年　戊子　一二二八　三歲

仁甫隨父母居開封。文舉仍官樞密院經歷，曾往歸德（今河南商丘）視察修城工事，又往衛州（今河南汲縣）經畫衛州帥府與武仙之恆山公府合併事。

金史十七哀宗紀：「〔正大〕五年八月，增築歸德行樞密院，擬工役數百萬。詔遣權樞密院判官白華喻以農夫勞苦，減其工三之二。又以節制不一，併衛州帥府於恆山公府，命白華往經畫之。」兩事詳情俱見白華傳。往衛州事，白華傳繫於明年，施國祁金史詳校卷九以爲須改繫本年；以上引哀宗紀考之，施說是也。權樞密院判官事，白華傳在明年，上引哀紀云在本年，兩說歧異，應從傳說，詳明年。文舉往歸德及衛州，蓋以樞密院經歷身分，非判官也。

金哀宗正大六 宋理宗紹定二 年　己丑　一二二九　四歲

仁甫隨父母居開封。二月，文舉權樞密院判官；五月，往邠州（今陝西邠縣）處理軍務。

白華傳：「〔正大〕六年，以華權樞密院判官」。金史十七哀宗紀：「〔正大〕六年春二月丙辰（十七），樞密院判官移剌蒲阿權樞密副使」。文舉權樞判，蓋繼蒲阿後任，傳繫其事於本年，是也；哀紀云在去年，誤。哀紀同卷於二月丙辰之後，三月乙亥之前又云：「移剌蒲阿率忠孝軍總領完顏陳和尚、忠孝軍一千騎，駐邠州。遣白華馳喻蒲阿以用兵之意。詔樞密更給忠孝軍馬疋，以漸調發都尉司步卒及忠孝馬軍屯京西，以白華專備軍須。」按：此事詳見白華傳，傳云事在五月，與哀紀云在二三月間不同，以紀傳所敍諸事時間計之，應從傳。敬甫碑云：「唐宋樞密無判官，金天興帝賞器之（按：謂文舉）特置職以寵由是相仍，自郡伯始。」文舉在金封南陽郡伯，故袁桷以是稱之。桷以爲樞密判官之職自文舉始置，其說非是。據上引哀宗紀，文舉之前已有移刺蒲阿任此職也。

本年或明年，元遺山爲仁甫祖母李氏撰南陽縣太君墓誌銘。墓誌云：「〔文舉〕今爲樞密院判官。」又云：「文舉既參機務，而贈夫人南陽縣太君，因請某銘其墓。」參機務卽任樞判之謂。古者職官新除，照例封贈其先世。文舉權樞判在本年，眞除在明年，李氏贈太君、文舉請遺山銘墓，當不出此兩年。

是年八月，元太宗立。元史卷二太宗紀

金哀宗正大七
宋理宗紹定三　年　庚寅　一二三零　五歲

仁甫隨父母居開封。五月，文舉眞授樞密判官。

白華傳：「〔正大〕七年五月，華眞授樞密判官。上遣近侍局副使七斤傳旨云：『朕用汝爲院官，非責汝將兵對壘，第欲汝立軍中綱紀，發遣文移，和睦將帥，究查非違，至於軍伍之閱習，器仗之修整，皆汝所職。其悉力國家，以稱朕意。』」錄此以見樞判職責之重，與哀宗信賴文舉之殷。

是年秋，元兵入陝西，攻鳳翔（今陝西鳳翔）。元史卷二太宗紀

金哀宗正大八
宋理宗紹定四　年　辛卯　一二三一　六歲

仁甫隨父母居開封。文舉仍官樞判；正月，至閺鄉（今河南閺鄉，閺爲閺之古體）諭行省完顏合達、移刺蒲阿進兵救鳳翔；五月，赴楚州（今江蘇淮安）視察軍務。

金史十七哀宗紀：「〔正大〕八年春正月，大元兵圍鳳翔府。遣樞密院判官白華、右司郎中夾谷八里門，諭行省進兵合達、蒲阿以未見機會不行。復遣白華諭合達、蒲阿將兵出關以解鳳翔之圍，又不行。」事詳白華傳。赴楚州事，哀宗紀不載，亦詳華傳。

本年，文舉飯僧追荐其父，趙秉文爲書心經。

許謙白雲先生文集卷四跋趙閑閑註心經云：「院判白公飯僧以荐厥考，而閑閑趙公書心經以遺之。……此卷失而復得，子通其寶之而觀院判公所以孝其親者而勉繼其志。」跋後自注云：「右金正大八年，樞院判白某飯僧荐父，閑閑趙秉文亦與交，因書心經遺之，且自爲註釋。其卷失之已久，曾孫子通爲御史掾，行部閩中，復得之。」

劉祁歸潛志卷九：「趙閑閑本好書，以其名重也，人多求之，公甚以爲苦。……一日，公在禮部，白樞判文舉諸人邀公飲丹陽觀，公將往，先謂諸人曰：『吾今往，但不寫字耳。如求字者，是吾兒。』文舉曰：『先生年德俱高，某等眞兒行也。』公笑，又爲書之。」按趙年長於文舉二十餘歲，故文舉云云。據元遺山文集十七閑閑公墓銘，知趙官禮部尚書在興定元光間，文舉求書事未能確定在何年，姑因書心經事，並繫於此。

是年八月，元遺山自南陽縣令內遷爲尚書都省掾。仁甫始見遺山卽在此時。

遺山本年七八月間內遷來開封，見淩廷堪撰遺山年譜。據譜，自丙戌仁甫出生之年至此，遺山均不在開封，元白通家至好，仁甫始見遺山當在本年。

父執雷淵（希顏）卒年四十八。

金哀宗天興元　宋理宗紹定五　年　壬辰　一二三二　七歲　是年本正大九年，正月，改元開興，四月，又改天興。見金史十七哀宗紀。

元兵自本年正月底圍攻開封四月暫退至秋復來歲暮攻勢益急。十二月二十五日，哀宗自開封出奔河北，轉赴歸德。金史十七哀宗紀

四月十六日樞密院併入尙書省文擧罷樞判十二月初復起爲右司郞中；歲暮，從哀宗出奔仁甫隨母仍居開封。至丙申年仁甫十一歲時，父子始再相見其母則已「失踪」矣。

白華傳：「〔正大〕九年，京城被攻四月兵退改元天興是月十六日，併樞密院歸尙書省，以宰相兼院官，左右司首領官兼經歷官惟平章白撒、副樞合喜院判白華、權院判完顏忽魯刺退罷。忽魯有口辯，上愛幸之朝議罪忽魯刺而書生輩妬華得君，先嘗以語撼之用是而罷。」金史十八哀宗紀：「〔天興元年〕十二月丙子朔，以事勢危急遣近侍郞白華問計華對以紀季以酅入齊之義；遂以爲右司郞中。」白華傳同此而敍述加詳。華所建議，卽勸哀宗「出就外兵」與敵決戰也。「遣近侍郞」哀宗紀原作「遣近侍郞」乃形近之誤今據白華傳改正。劉祁歸潛志十一錄大梁事：「〔正大九年〕十二月，朝議以食盡無策，末帝（哀宗）親出東征。丞相薩布、平章巴薩、右丞完顏斡出、工部尙書權參知政事李蹊、樞密院判官白華、近侍局副使李大節、左右司郞中完顏進德、張袞、總帥圖克坦伯嘉、富察古納、高顯、劉奕皆從。……儀衞蕭然，見者悲愴。」哀宗出奔先渡黃河而北，又返南岸至歸德，其事在本年年底及明年正

月中旬，詳見哀宗紀及白華傳丙申父子重見及失母事俱見後。

是年五月，「汴京大疫，凡五十日，諸門出死者幾十餘萬人貧不能葬者不在是數」金史十七哀宗紀

五月十二日，趙秉文卒年七十四。

十一月二十日，陝州兵變李獻能爲亂兵所殺年四十一。

獻能被殺事詳見元好問中州集卷六獻能小傳及冀禹錫小傳又見金史一一六徒單兀典傳。

五月二十一日，周密生於富春。夏承燾周草窗年譜

與仁甫同時或稍後之詞家，如草窗、玉田，本譜均附記其生卒，不論與仁甫是否相識。

金哀宗天興二年　癸巳　一二三三　八歲
宋理宗紹定六

正月二十六日，開封守將崔立叛變，以城降元。時文舉從哀宗在外未歸。二十九日，崔立拘隨駕官吏家屬於尚書省；又禁民間嫁娶，搜括城中金銀。仁甫之母張氏卽於此時失踪。

元遺山爲元人送往聊城（今山東聊城）拘管。仁甫及其兄姊，父離母失，孤幼無依，遺山遂携與同行。以四月二十九日出汴京，五月三日北渡，至聊城當在五月下旬。

崔立叛降，金史十八哀宗紀、同書一一五崔立傳、元史卷二太宗紀，俱云在正月。白華傳獨云在三月，與同時其他事實均不合，非誤刊卽誤敍。

金史十八哀宗紀：「天興二年正月甲戌（二十九日），崔立閱隨駕官屬軍民子女於省署，及禁民間嫁娶，括京城財。」同書一一五崔立傳：「立託以軍前索隨駕官吏家屬，聚之省中，人自閱之，日亂數人，

猶若不足。又禁城中嫁娶，有以一女之故，殺數人者。……又括在城金銀，搜索薰灌，訊掠慘酷，百苦備至。鄖國夫人、及內侍高祐、京民李民望之屬，皆死杖下。溫屯衛尉親屬八人，不任楚毒，皆自盡。白撒夫人、右丞李蹊妻子，皆被掠死。」以上紀事，又見劉祁歸潛志十一錄大梁事，所記較崔立傳簡略。文舉不僅隨駕，且爲要員，家屬當然在被拘之數。仁甫蓋以幼兒幸免也。其母之爲被殺、自盡、或並未爲崔立所拘而遭亂兵刼去，已無可考。總之生死不明，渺無消息，以當時情形度之，死亡之可能居多。故天籟集序云：「幼經喪亂，蒼皇失母。」而文舉亦繼娶羅氏。金末大亂，此種家人失散情形乃常見者。程文海（鉅夫）雪樓集二十九有胡景清得母詩云：「三十餘年失母慈，關山阻絕塞鴻悲。一朝相見欒河上，却話初逢離亂時。」同書五十又有祖生得母詩云二十八年南北阻，三千里外死生疑。一朝見母唐州地，昨日官軍破賊時。」皆當日寫實之作。惟胡祖二人之母失而復得，白母則終身未見耳。文舉本年四十餘歲，張氏年齡當與其夫相仿。

元遺山拘管聊城及自開封啓行日期，見各家遺山年譜；携仁甫同行事見天籟集序。序文僅言仁甫，未及其兄姊，但遺山既照管白家，斷無只携仁甫一人而置其餘子女於不顧之理。據天籟集水調歌頭詞題「余兒時在遺山家，阿姊嘗教誦先叔放言古」云云（參閱生平總述），可知其姊與仁甫同育於元家；其兄此時當亦不過十餘歲，不能獨自他往也。

（以上爲仁甫及其母張氏事跡，以下爲文舉事跡。）

正月，文舉奉哀宗命自歸德往息州（今河南息縣）送虎符。是月三十日，哀宗又遣文舉往鄧州（今河南鄧縣）召兵遂留於鄧。四月三十日鄧州節度使移刺瑗降宋，文舉從之。明年，宋署文舉爲制幹，改任均州（今湖北均縣）提督。自此居宋三年餘，至丙申年始得北歸。

金史一一九完顏婁氏傳「完顏婁氏三人皆內族也，時以其名同，故各以長幼別之。……天興二年正月，河朔軍潰，哀宗走歸德，中婁室爲北面總帥，小婁室左翼元帥，收潰卒及將軍夾谷九十奔蔡州。蔡帥烏古論栲栳知其跋扈，不納，遂走息州。息帥石抹九住納之。時白華以上命送虎符於九住，爲息州行帥府事」按送虎符事僅見於此，別無記載。

白華傳「（天興二年）上在歸德。正月（原作三月，據哀宗紀及崔立傳改正）崔立以汴京降。右宣徽提點近侍局移刺粘古謀之鄧，上不聽。時粘古之兄瑗爲鄧州節度使，兼行樞密院事，其子與粘古之子並從駕爲衞士。適朝廷將召鄧兵入援，粘古因與華謀同之鄧，且拉其二子以往。上覺之，獨命華行，而粘古改之徐州。華既至鄧，以事久不濟，淹留於館，遂若無意於世者。會瑗以鄧入宋，華亦從至襄陽，宋署爲制幹，又改均州提督。後范用吉殺均之長吏，送欵於北朝，遂因而北歸」金史十八哀宗紀「天興二年正月乙亥（三十日），遣右宣徽提點近侍局事移刺粘古如徐州，相地形，察倉庫虛實，白華如鄧州召兵。……四月甲辰（三十日），鄧州節度使移刺瑗以其城叛，與白華俱亡入宋」宋史四十一理宗紀「紹定六年五月庚戌（初六），鄧州移刺以城來降」按此與金史所云四月三十相差六日。同卷「瑞平元年（卽明年甲午）四月庚寅（二十二），金降人夾谷奴婢改姓同名鼎，王聞顯、呼延實、來伯友、石大瑞、白華各授官有差」據此知文舉入宋雖在本年，授官則在明年。宋史四十二理宗紀「端平三年（卽元太宗八年丙申）三月，襄陽北軍主將王旻、李伯淵、焚城郭倉庫，相繼降北。四月癸丑（二十七），詔悔開邊責己。」按責己詔見畢沅續資治通鑑一六八，中有「忽西戎之弗寧，骸北騎之深入，重以均房之叛將，發此京湖之禍機，馴荼毒於列城，至蔓延於他路」。均州、房州距襄陽甚近，觀詔書云云，范用吉殺均州官吏降元，當在三月襄陽變前不久。文舉北歸亦卽在此時。

金哀宗天興三　宋理宗端平元　年　甲午　一二三四　九歲

仁甫隨元遺山居聊城。仁甫曾染疫，遺山護持之得愈，其事當在今年或去年。始從遺山讀書亦在此時。

本年文舉在宋。

遺山本年在聊城，見各家遺山年譜。天籟集序云：「嘗罹疫，遺山晝夜抱持，凡六日，竟於臂上得汗而愈。蓋視親子弟不啻過之。讀書頴悟異常兒，親炙遺山，謦欬談笑，悉能默記。」染疫不知在何年，天籟集序緊接此事於「北渡」之後，此時仁甫已八九歲，小兒發育年異一年，若至十歲或十一歲，已是大孩子，遺山未必能抱持之於臂，故繫於本年或去年。此兩年中遺山閒居無事，教仁甫讀書乃情理中事。文舉入宋事詳見去年。

是年正月初十日，宋元會師入蔡州（今河南汝南），哀宗自縊死，金亡。

見金史十八哀宗紀、元史卷二太宗紀、宋史四十一理宗紀。

元太宗七　宋理宗端平二　年　乙未　一二三五　十歲

自壬辰冬至此一年餘，國破家亡，父離母失，爲仁甫一生最大變故。

仁甫隨元遺山居聊城，文舉仍在宋。

元太宗八年 宋理宗端平三 年　丙申　一二三六　十一歲

仁甫隨元遺山居冠氏（今山東冠縣）。三月，襄陽、均房、等地北軍叛宋降元，文舉遂得北歸。父子相見當在夏秋間。自壬辰冬別後至此凡三年餘而其間變故大矣。隨父移家眞定當在本年冬或此後一兩年中，無從詳考。

遺山本年居冠氏，曾往泰安（今山東泰安）會見行臺嚴實。見各家遺山年譜。北軍降元文舉北歸事詳見前天興二年癸巳。

天籟集序：「數年，寓齋北歸，以詩謝遺山云：『顧我眞成喪家狗，賴君曾護落巢兒。』居無何，父子卜築於滹陽（即眞定）。」

元太宗九年 宋理宗嘉熙元 年　丁酉　一二三七　十二歲

元太宗十年 宋理宗嘉熙二 年　戊戌　一二三八　十三歲

本年秋，元遺山挈家自冠氏歸秀容（今山西忻縣）。

事詳淩廷堪撰遺山年譜。譜云：「由懷孟歸秀容，」懷孟即今河南沁陽孟縣一帶，由此路行不經眞定。天籟集序云白家移居眞定後，遺山每過之必問仁甫爲學次第。（參閱元定宗元年丙午）故自此至丁巳遺山逝世二十年中，遺山踪跡曾至眞定或疑曾至眞定者，均於各該年下分別注明。

右兩年中仁甫父子踪跡未能確定，或已移家眞定，或暫居他處，均無可考。然移家眞定不能晚於遺山歸秀容，似可斷言。

張弘範（仲疇）生。

姚　燧（牧庵）生。

元太宗十一 宋理宗嘉熙三 年　己亥　一二三九　十四歲

此後約十年中，仁甫隨父在眞定家居讀書；中間曾否他往，無可考。

元太宗十二 宋理宗嘉熙四 年　庚子　一二四零　十五歲

是年四月，元遺山自秀容往東平（見各家遺山年譜）；曾否經由眞定，無可考。東平，今山東東平縣。

元太宗十三 宋理宗淳祐元 年　辛丑　一二四一　十六歲

本年歲暮，元遺山曾至眞定。

據淩廷堪、施國祁兩家遺山年譜合參：遺山本年客居東平，曾往順天（今河北淸苑），歲暮自順天歸秀容。眞定乃此行必由之路。

本年十一月，元太宗殂，后乃馬眞氏稱制。

元乃馬眞后元 宋理宗淳祐二 年　壬寅　一二四二　十七歲

元乃馬眞后二 宋理宗淳祐三 年　癸卯　一二四三　十八歲

本年，元遺山往來秀容燕京（今北平）間，並曾至趙州（今河北趙縣），見各家遺山年譜。可能曾至眞定。

王若虛（從之）卒，年七十。

元乃馬眞后三 宋理宗淳祐四 年 甲辰 一二四四 十九歲

元乃馬眞后四 宋理宗淳祐五 年 乙巳 一二四五 二十歲

元定宗元 宋理宗淳祐六 年 丙午 一二四六 二十一歲

結婚約在今年或明年。

元遺山文集三十九與樞判白兄書云：「自乙巳歲往河南舉先夫人旅殯，首尾閱十月之久，幾落賊手者屢矣。狼狽北來，復以葬事往東平，連三年不寧居，坐是不得奉起居之間。吾兄亦便一字不相及，何也？如聞曾定襄人處寄書，然至今不曾見。但近得仲康書報鐵山已娶婦，吾兄飲啖如平時，差用爲慰耳。」仁甫小字鐵山，見生平總述。遺山此書未署年月，據書中「自乙巳歲往河南……連三年不寧居」之語，可推定爲丁未歲晚所作，施國祁遺山年譜繫此書於丁未，是也。「仲康書報」云云，自是乙巳至丁未間事，據此考定，仁甫娶婦當在丙午丁未間。

天籟集序云：「居無何，父子卜築於滹陽，律賦爲專門之學，而太素有能聲，號後進之翹楚者。遺山每過之，必問爲學次第。嘗贈之詩曰：『元白通家舊，諸郎獨汝賢。』未幾，生長見聞，學問博覽。」仁甫從父居眞定，讀書勵學，約十餘年。其間遺山過眞定不止一二次，贈仁甫詩集中未收，不知是何年作，姑因娶婦事，附繫於此。律賦爲金時考進士用者。文舉曾擢巍科，此道固所優爲；仁甫以此見稱，秉承家學故也。惜作品一篇不存耳。敬甫碑云：「翰林承旨閻公復持士論賢否，有言曰『白文舉父子兄弟俱有文名。』」即謂文舉與仁甫、敬甫。

十二月，敬甫生。敬甫碑

元定宗二年　宋理宗淳祐七年　丁未　一二四七　二十二歲

仇遠（仁近、山村）生。

元海迷失后元年　宋理宗淳祐八年　戊申　一二四八　二十三歲

本年夏，張德輝會荐文舉及其他數人於元世祖，世祖時在王邸。

蘇天爵元名臣事略（原名國朝名臣事略）卷十宣慰使張公德輝事略：「其所游者，雷、李、元、白，皆當世名士。」謂雷淵、李治、元好問及文舉也。事略又云：「上（元世祖）在王邸，歲丁未，遣使來召……戊申，公釋奠致胙於王。……其年夏，公得告將還，因荐白文舉、鄭顯之、趙元德、李進之、高鳴、李槃、李濤數人。」按事略所記荐舉諸人事，本於德輝自撰之嶺北紀行，姚從吾先生有校注本，載於臺灣大學文史哲學報第十一期。文舉此時飽經世變，憂患餘生，自無心於新朝祿位，故雖被荐而終未出也。

敬甫本年三歲，能書八卦八字，元遺山作詩深器之。

敬甫碑云：「少警敏，三歲善作字，書八卦八字，有以見於鄉先生元公好問，公作詩深器之。」蘇天爵滋溪文稿卷三十題白太常三歲時所書字卷云：「鄉先生太常曰公，家世在金朝爲名進士，國初昆季並擅才名。惟先生早最敏悟，三歲即能書八卦之名，諸老見者無不驚嘆；中年果以能官稱。惜乎老於詞林容臺，而未盡大用。先生之孫行中書掾樞，保藏所書八卦字卷。噫！白氏子孫時而觀之，尚勿忘詩書之澤之所自乎。」按：遺山明年始至眞定，見字作詩，蓋明年事也。其詩遺山集未收。

周密癸辛雜識別集上，「北客詩」條：「北客有詠前朝詩云：『當日陳橋驛裏時，欺他寡婦與孤兒；誰知三百餘年後，寡婦孤兒亦被欺。』又詠汴京青城云『萬里風霜空綠樹，百年興廢又青城。』蓋大金之亡，亦聚其諸王於青城而殺之」尾注「白敬甫」三字。不知「北客」是否卽指敬甫或敬甫所言？如此而周記之附錄於此。

張炎（叔夏、玉田生）生。

是年本元定宗三年，三月，定宗殂，海迷失后攝政。

宋理宗淳祐九 元海迷失后二 年　己酉　一二四九　二十四歲

本年秋後，仁甫曾往燕京（今北平）。

本年，元遺山在眞定，九月，往燕京。遺山年譜

天籟集卷上有「庚戌春別燕城」滿江紅詞云：「雲鬟犀梳，誰似得、錢塘人物。還又喜，小窗虛幌，伴人幽獨。荐枕恰疑巫峽夢，舉杯忽聽陽關曲。問淚痕、幾度浥羅巾，長相續。　南浦遠、歸心促；春草碧、春波綠。黯消魂無際，後歡難卜。試手窗前機織錦，斷腸石上簪磨玉。恨馬頭、斜月減清光，何時復。」明年庚戌春日卽離燕城，而詞中無久客語，到燕當在本年秋後。證以元遺山本年行踪，或卽與遺山同行。據「南浦遠、歸心促」兩句，可知離燕後仍回眞定。此爲仁甫居眞定後離家外出踪跡可考之首次。

蘇譜定此詞爲下一庚戌卽元武宗至大三年仁甫八十五歲時作，卽以證明仁甫其年尚在。其說別無佐證；僅云「『雲鬟犀梳，誰得似錢塘人物。』正是暮年北返情景」其意似謂「錢塘人物」實指仁

甫在杭州所曾見者。今細讀此兩句，乃懸疑空想，而非追思回憶。全詞均是少年初識溫柔，乍經離別之情調，毫無暮年重返故鄉之意。且老年人固有能作艷詞者，但不能如此詞之纏綿悱惻。蘇譜之說，絕難成立。

二月，劉因（夢吉、樵庵）生。

四月，程文海（鉅夫、雪樓）生。

元海迷失后三 宋理宗淳祐十 年　庚戌　一二五零　二十五歲

本年春，離燕京，歸眞定。考見去年

本年二月，元遺山自眞定歸秀容；五月，又來眞定，旋往順天。淩廷堪撰遺山年譜

劉祁（京叔）卒，年四十八。

元憲宗元 宋理宗淳祐十一 年　辛亥　一二五一　二十六歲

本年秋冬，元遺山在眞定，中間曾往順天（今河北清苑縣），十二月，遺山爲仁甫之祖撰善人白公墓表。

遺山本年蹤跡見年譜。白公墓表云：「歲辛亥十有二月，河曲白某持雁門李某所撰先大夫行事之狀請於某曰……。」

本年六月，元憲宗卽位。元史卷三憲宗紀

元憲宗二 宋理宗淳祐十二 年　壬子　一二五二　二十七歲

冬，往順天謁張柔妻毛氏，爲賦秋色橫空（本名玉耳墜金環）及垂楊二詞。柔子弘範時年十五歲，仁甫可

能會與相見。

天籟集卷下垂楊詞小序云：「壬子冬，薄游順天，張侯毛氏之兄正卿邀予往拜夫人。既而留飲撰詞一詠梅，以玉耳墜金環歌之一送春，以垂楊歌之。詞成，惠以羅綺四端。夫人大名路人，能道古今，雅好客。自言幼時有老尼，年幾八十，嘗教以舊曲垂楊音調，至今了然。事與東坡補洞仙歌詞相類。中統建元，壽春榷場中得南方詞編，有垂楊三首，其一乃向所傳者。然後知夫人眞承平家世之舊也。」按：張柔妻毛氏與元遺山繼配毛氏爲族姊妹，見遺山集二十八潞州錄事毛君墓表及同書四十毛氏家訓跋語，正卿之名亦見於家訓跋；仁甫與正卿相識，當由遺山。淩廷堪撰遺山年譜辛亥六十二歲引續夷堅志云：「辛亥秋，予與毛正卿德義、昆仲郝伯常、劉敬之諸人游順天寶教院。」通行本續夷堅志無此語，不知淩氏何據？張弘範生於元太宗十年戊戌，本年十五歲。

垂楊詞序乃後來追題，故言及「中統建元」時事；觀「其一乃向所傳者」云云，可知詞作於中統元年得詞編以前。蘇譜不解文義，乃繫此詞於下一壬子，卽元仁宗皇慶四年，以證明仁甫八十七歲時尚在。其說大誤。不僅與原序文義不合，與毛氏年齡亦不合。張柔與遺山同庚，生於金章宗明昌元年庚戌，至皇慶壬子已一百二十三歲，毛氏之年當與其夫相若，卽使少二十歲，亦已百齡有餘矣。

本年可能曾隨父回河曲故鄉省墓。

文舉求元遺山爲其父作墓表，已見去冬。此時世局平定已久，眞定至太原暢行無阻，觀元遺山往來多次可見。河曲距太原匪遙，墓表既已撰成，依常情論，當有省墓立碑之舉。其事究竟曾否實現，是否卽在本年則無從考定予所云云，不過揣測之詞耳。

本年秋，元遺山在眞定曾與張德輝同往和林謁元世祖；冬，往東平，撰嚴實祠堂碑。年譜

元憲宗三 宋理宗寶祐元 年　癸丑　一二五三　二十八歲

商衜（政叔亦作正叔）本年尚在，年六十歲，卒年未詳。

元憲宗四 宋理宗寶祐二 年　甲寅　一二五四　二十九歲

本年，元遺山曾在眞定。年譜

段克己（復之、遯庵）卒，年五十九。

元憲宗五 宋理宗寶祐三 年　乙卯　一二五五　三十歲

本年，元遺山曾在眞定。年譜

不忽木生。

元憲宗六 宋理宗寶祐四 年　丙辰　一二五六　三十一歲

本年，元遺山在獲鹿（今河北獲鹿）其地距眞定甚近，或曾往來。年譜

元憲宗七 宋理宗寶祐五 年　丁巳　一二五七　三十二歲

九月四日，元遺山卒於獲鹿，年六十八。年譜

本年，文舉仍健在。（文舉繫年止此）

文舉卒年不詳。元白數十年昆季之交，如文舉先卒，遺山必有祭文或挽詩，今集中二者俱無，亦無他文

涉及文舉身後，是爲文舉卒於本年以後之證。文舉長於遺山數歲，享年當在七十以上。

元憲宗八年 宋理宗寶祐六年　戊午　一二五八　三十三歲

元憲宗九年 宋理宗開慶元年　己未　一二五九　三十四歲

元憲宗於前年率兵南下，去年入蜀，本年七月殂於合州，部衆北還。元人侵宋數年，深入蜀境，至是其勢暫緩。元史卷三憲宗紀、宋史卷四十四理宗紀。

元世祖中統元年 宋理宗景定元年　庚申　一二六〇　三十五歲

四月，元世祖忽必烈卽位，建元中統，是爲蒙古有年號之始。七月，以河南路宣撫使史天澤兼江淮諸翼軍馬經略使。元史卷四世祖本紀。

史天澤擬荐仁甫於朝，仁甫遜謝。

天籟集序「幼經喪亂，蒼皇失母，便有山川滿目之歎。逮亡國，恆鬱鬱不樂，以故放浪形骸，期於適意。中統初，開府史公將以所業力荐之於朝，再三遜謝，棲遲衡門，視榮利蔑如也。」元史一五五史天澤傳：「中統元年，世祖卽位，首召天澤，問以治國安民之道。」同書卷四世祖紀：「中統元年六月，召眞定劉郁，邢州郝子明，彰德胡祗遹，燕京馮渭、王光益、楊恕、李彥通、趙和之，東平韓文獻、張昉等乘傳赴闕。」依諸人籍貫分析，蓋由眞定史天澤、順天張柔、東平嚴忠濟（嚴實之子）分別荐舉。其中劉郁與仁甫同爲眞定人，胡祗遹與仁甫相識，彰德與邢州亦均在天澤轄境。天澤擬荐仁甫當在本年奉召謁世祖前後。

本年可能曾往壽春（今安徽壽縣）。

天籟集下垂楊詞序云：「中統建元，壽春榷場中得南方詞編。」（全文見前壬子年）榷場爲當時南北互市之所，詞序此語可解釋爲仁甫本人親在榷場中購得詞編，亦可解釋爲商人購得之至北方售與仁甫。而詳其文法語意，似以後者爲恰當，故難斷定仁甫本年是否曾至壽春。

蘇譜云：仁甫本年「在湖南漫游衡門。」其證據爲上文所引天籟集序中之「棲遲衡門。」初見不解所謂，再思始悟蘇君似未讀過詩經「衡門之下，可以棲遲」，又不解「棲遲」二字文義，竟誤以衡門爲湖南之衡州，並改棲遲爲漫游。日儒吉川幸次郎氏著元雜劇研究（鄭清茂譯本八十三頁）云：「蘇氏年譜還有不少可笑的地方，這裏不想一一舉出了。」此事卽其一也。

元世祖中統二　宋理宗景定二　年　辛酉　一二六一　三十六歲

五月，史天澤爲中書右丞相，河南軍民並聽節制。元史四世祖紀

元史一五五史天澤傳：「（中統）二年夏五月，拜中書右丞相。天澤既秉政，凡前所言治國安民之術，無不次第舉行。」

元世祖中統三　宋理宗景定三　年　壬戌　一二六二　三十七歲

秋，泊舟漢水之鴛鴦灘，賦念奴嬌詞有所寄贈。

詞見天籟集卷上，題云：「壬戌秋泊漢江鴛鴦灘寄贈。」全詞云：「露團漸冷，又今年孤負，中秋明月。誰念江干憔悴我，夢斷芙蓉城闕。燕子東歸，鴻賓南下，滿眼蘆花雪。行人何處也應珠淚凝睫。常記樓上

歌聲，一尊酒盡，默默無言別。恨殺鴛鴦灘下水，不寄題詩紅葉。聚淚鮫綃，畫眉螺黛，總在歸時節。百年心事，等閒休向人說。」觀詞意自可知寄贈者爲何等人。元史一四七史樞傳（附史天倪傳後）：「乙卯，敗宋舟師於漢水之鴛鴦灘」漢水流經陝南豫西鄂北，此灘確實地點俟考。仁甫自北方南下踪跡可考者，此爲第一次；如中統元年曾往壽春，則彼爲第一次，此爲第二次。何事南下，今無可考。本年漢水流域無戰事，此行似非居戎幕。

元世祖中統四年 宋理宗景定四年　癸亥　一二六三　三十八歲

元世祖至元元年 宋理宗景定五年　甲子　一二六四　三十九歲

十月，宋理宗崩，度宗卽位。

元世祖至元二年 宋度宗咸淳元年　乙丑　一二六五　四十歲

敬甫初仕。

敬甫碑云：「弱冠試吏，探姦抉冤」敬甫生於丙午，本年二十歲。其事或在明年，二十或二十一，均可稱弱冠也。

元世祖至元三年 宋度宗咸淳二年　丙寅　一二六六　四十一歲

在眞定家居，重九日賦石州慢詞。

詞見天籟集下，題云：「丙寅九日，期楊翔卿不至，書懷，用少陵詩語。」詞云：「千古神州，一旦陸沈，高岸深谷。夢中鷄犬新豐，眼底姑蘇麋鹿。少陵野老，杖藜潛步江頭，幾回飲恨吞聲哭。歲暮意何如，怯秋風茅屋。幽獨療飢賴有商芝暖老尙須燕玉。白璧微瑕，誰把閒情拘束草深門巷，故人車馬蕭條，等閒瓢棄樽無綠風雨近重陽，滿東籬黃菊」楊翔卿其人未詳。此時南方猶是宋地，仁甫尙未南下卜居，而詞後半是家居時情景，明年在眞定家居既有確證，此詞蓋亦在眞定作。

袁桷（伯常、淸容居士）生。

元世祖至元四 宋度宗咸淳三 年　丁卯　一二六七　四十二歲

在眞定家居。八月，爲眞定總府作春從天上來詞，祝世祖壽。

詞見天籟集卷上，卽全集之第一首，題云「至元四年恭遇聖節，眞定總府請作壽詞。」詞中皆頌聖語，無關弘旨，不錄。世祖生於元太祖十年乙亥八月乙卯（二十八日），見元史卷四本紀，本年五十三歲。

總府卽眞定路總管府。

元世祖至元五 宋度宗咸淳四 年　戊辰　一二六八　四十三歲

九月，元兵圍襄陽（今湖北襄陽）。元史卷六世祖紀 宋史四十六度宗紀

張柔卒，年七十九。

元世祖至元六 宋度宗咸淳五 年　己巳　一二六九　四十四歲

正月，世祖命史天澤與樞密副使忽刺出視師襄陽。二月，簽民兵二萬赴襄陽。元史卷六世祖本紀

元史一五五史天澤傳：「（至元）六年，帝以宋未附，議攻襄陽，詔天澤與駙馬忽刺出往經畫之。……至則相要害，立城堡，以絕其聲援，爲必取之計。七年，以疾還」元文類五十八王磐撰天澤神道碑、王惲秋

潤大全集四十八天澤家傳並同。

張養浩（希孟、雲莊）生。

元世祖至元七 宋度宗咸淳六 年　庚午　一二七零　四十五歲

本年春，曾往懷州，同楊果、奧敦周卿賦木蘭花慢賞梅詞。

天籟集卷下木蘭花慢詞題云：「覃懷北賞梅同參政西庵楊丈和奧敦周卿府判韻。」楊果，字正卿，見前生平總述。元遺山集卷九有「寄楊弟正卿」詩，果與文舉俱爲遺山昆弟之交，故仁甫以丈稱之。其人於至元六年自參政出爲懷孟路總管，七年仍在任，八年致仕，旋卒。詳見附錄交游生卒考。覃懷爲懷州古名，今河南沁陽縣；此詞當是作於果任懷孟總管時。果奉命出任在至元六年正月十四日，見元史卷六世祖紀，到懷時梅花已謝；仁甫賞梅賦詞，不在七年春即八年春也。奧敦周卿見前生平總述。

元世祖至元八 宋度宗咸淳七 年　辛未　一二七一　四十六歲

是年十一月，蒙古始改國號曰元。元史卷七世祖本紀

楊果（正卿、西庵）卒，年七十五。

元世祖至元九 宋度宗咸淳八 年　壬申　一二七二　四十七歲

虞集（伯生、道園）生。

元世祖至元十 宋度宗咸淳九 年　癸酉　一二七三　四十八歲

二月，宋呂文煥以襄陽降元。元史卷八世祖本紀 宋史四十六度宗本紀

王鶚（伯翼百一）卒年八十四。

元世祖至元十一 宋度宗咸淳十年　甲戌　一二七四　四十九歲

夏秋間元世祖遣史天澤、伯顏率師大舉侵宋自襄陽南下轉趨鄂州（今湖北武昌）水陸並進。

詳見元史卷八世祖紀、同書卷一二七伯顏傳、一五五史天澤傳。

七月宋度宗崩恭帝（瀛國公）卽位太后稱制宋史四十六度宗紀。

本年可能隨元師南下至襄陽。

仁甫至元四年在眞定家居十三年在九江作西江月詞送劉牧之詞中有「置酒昔登峴首題詩今對匡盧」之語峴首卽羊叔子所登峴山在襄陽城南不遠據此詞可知此九年之間仁甫曾至襄陽至元四年以前是否曾至其地今不可考至元四年以後則有兩次可能一次在至元六年史天澤視師之時，一次卽在本年至元六年襄陽尙爲宋人據守峴山距城甚近仁甫豈能深入敵境置酒游宴；然則仁甫之往當在至元十年襄陽降元之後卽本年天澤與伯顏率元師南下之時也仁甫雖曾「遜謝」天澤之荐舉但僅未正式出仕耳若以參佐幕僚身分隨天澤南下則極有可能否則襄陽至九江一帶爲當時主要戰場仁甫一北方書生何緣至其地耶？（上文所引至元四年、六年、十三年諸事分見各該年下。）

八月，劉秉忠卒年五十九。

張德輝卒年八十。

元世祖至元十二 宋恭帝德祐元年　乙亥　一二七五　五十歲

史天澤途中得疾北歸，二月七日卒於眞定，年七十四。

伯顏率軍渡江攻佔鄂州，繼續東下。

見元史一五五天澤傳、秋澗大全集四十八天澤家傳、元史一二七伯顏傳。仁甫明年已在九江，如去年確係隨軍，本年當是繼續東下。天澤卒後，仁甫改隸何人，今不可考。

十一月，元兵攻佔江西全境。元史卷八世祖紀 宋史四十七瀛國公記

元世祖至元十三年 宋恭帝德祐二年　丙子　一二七六　五十一歲

正月，元阿里海涯（卽貫雲石之祖父）率兵攻佔湖南全境。二月，伯顏率軍入臨安；三月，執宋恭帝及太后北去。五月，宋益王昰卽位於福州，改元景炎，是爲端宗。元史卷九世祖記 宋史四十七瀛國公紀

是年，仁甫在九江（今江西九江）。始識呂師夔（道山）有水龍吟、玉漏遲、西江月、木蘭花慢諸詞。

天籟集卷上沁園春詞題云：「呂道山左丞覲回，過金陵別業。至元丙子，予識道山於九江，今十年矣。」

呂師夔見前生平總述。水龍吟、玉漏遲、西江月、木蘭花慢四詞俱見天籟集。水龍吟在卷上，題云：「九月四日爲江州（九江）總管楊文卿壽。」玉漏遲在卷下，題云：「段伯堅同予留滯九江，其歸也，別侍兒睡香，予亦有感。」西江月亦在卷下，題云：「九江送劉牧之同知之杭。」文卿、伯堅、牧之三人俟考。木蘭花慢在卷下，題云：「丙子冬寄隆興呂道山左丞。」隆興，今江西南昌。明年冬日，有「別巴陵（岳州，卽今湖南岳陽）諸公」滿江紅詞，可知明年在湖南。但木蘭花慢究爲自岳州或九江寄往隆興者，詞意不明；離九江赴岳州在本年冬或在明年，亦無從確考。以上諸詞，滿江紅見明年，其餘全文無甚關係，不

具錄。

仁甫於元軍攻佔江西、湖南後卽往來其地，且與宋降臣中高級人物如呂師夔者週旋酬贈，可證其與元軍有相當關係。

元世祖至元十四年 宋端宗景炎二年　丁丑　一二七七　五十二歲

在岳州；冬離岳東下。在岳有滿江紅、水龍吟、綠頭鴨三詞；離岳時賦滿江紅留別。

天籟集卷上滿江紅詞題云「用前韻留別巴陵諸公，」題下自注云「時至元十四年冬。」詞云：「行遍江南，算只有、青山留客。親友間中年哀樂，幾回離別。棋罷不知人換世，兵餘猶見川留血。歎昔時歌舞岳陽樓，繁華歇。　寒日短，愁雲結；幽故壘，空殘月。聽閭閻談笑，果誰雄傑。破枕才移孤館雨，扁舟又泛長江雪。要煙花三月到揚州，逢人說。」此兩年中往來九江岳州，故云「行遍江南。」據結尾數語，可知離岳州後沿江東下。此外之滿江紅題云：「題呂仙祠飛吟亭壁，用馮經歷韻。」水龍吟亦在卷上，題爲「登岳陽樓感鄭生龍女事，譜大曲薄媚。」綠頭鴨在卷下，題爲「洞庭懷古。」

本年是否全年在岳州，或曾往湖南內地，無從考定。但天籟集中無曾到長沙等處詞句，當以始終在岳未曾遠離之可能居多。題呂仙祠滿江紅有「三入岳陽人不識」句，蘇譜據此以爲仁甫曾有數年「流離兩湖」。大誤。三入岳陽乃呂洞賓事，世傳洞賓詩云：「朝游北海暮蒼梧，袖裏青蛇膽氣粗。三入岳陽人不識，朗吟飛過洞庭湖。」元雜劇每用爲洞賓上場詩。此詞題爲呂仙祠飛吟亭，故用此語，非仁甫自敍。

敬甫爲江南行御史臺掾史行臺時在揚州；敬甫本年三十二歲。

敬甫碑：「至元十四年，江南建行臺御史大夫相威公愼簡所屬，署君爲掾史。」元史卷九世祖紀：「至元十四年七月丙午，置行御史臺於揚州，以都元帥相威爲御史大夫。」同書八十六百官志：「至元十四年始置江南行御史臺於揚州，尋徙杭州，又徙江州，二十三年遷於建康。」同書六十二地理志同。

元世祖至元十五年 宋帝昺祥興元年　戊寅　一二七八　五十三歲

是年本宋端宗景炎三年；四月，端宗殂，衞王昺卽位；五月，改元祥興。

正月十五日到揚州時敬甫在揚。

天籟集卷下木蘭花慢詞題云：「燈夕到維揚，」詞云：「壯東南形勝，淮吐浪，海吞潮。記此日江都，錦帆巡幸，汴水迢遙。迷樓故應不見，問瓊花底事也香銷。興廢幾更王霸，是非總付漁樵。　誰能十萬更纏腰，鶴馭儘飄飄。正繡陌珠簾，紅燈鬧影，三五良宵。春風竹西亭上，拚淋漓一醉解金貂。二十四橋明月，玉人何處吹簫。」（問字原缺，拚字原誤作拌；據文義補正。）去多離岳州，今年燈夕至揚，以里程計之，時間正合。離岳時所作滿江紅云：「要烟花三月到揚州，逢人說。」不過用李白詩句而泛言之耳。然此二語充滿將游新地之欣喜語氣，木蘭花慢則全首無舊地重來之意，可知本年乃初到揚州。　敬甫去年官於揚州，本年當仍在揚行臺初建，不會於本年初卽遷地也。

是年春，賦水調歌頭爲呂師夔祝壽。

詞見天籟集卷上，題云「至元戊寅爲江西呂道山參政壽，」詞中有「香風萬家曉，和氣九江春。」

「牆外陰陰桃李」諸語，故知呂壽在春日此時師夔仍在江西，仁甫已至下江，壽詞蓋寄贈也。

是年秋冬間賦水龍吟詞送史某鎭西川。

初見天籟集卷上題云「送史總帥鎭西川，時方混一」全詞從略。按元史眞定史氏諸人傳及史弼傳，俱無鎭西川事，此史總帥不知是何人，其事亦不詳在何年。惟元史卷十世祖紀云「至元十五年三月甲午，西川行樞密院招降西蜀重慶等處，得府三、州六、軍一、監一、縣二十、栅四十、蠻夷一。……夏四月甲子，命不花留鎭西川。……八月甲戌，安西王相府言川蜀悉平。……九月癸未，省東西川行樞密院，其成都、潼川、重慶、利州四處皆設宣慰司」證以詞題「時方混一」之語，史某之鎭西川，當在川蜀悉平、省東西川行樞密院之後，姑繫本年。

元世祖至元十六年　宋帝昺祥興二年　己卯　一二七九　五十四歲

去年到揚州，明年卜居建康（今南京），本年踪跡當不出江浙一帶。

是年二月，元兵攻下厓山，宋亡，元「混一」中國。（混一乃當時習用語）

李治卒，年八十八。

段成己（誠之，菊軒）卒，年八十一。

元世祖至元十七年　庚辰　一二八〇　五十五歲

卜居建康。賦詞多首。

天籟集卷上奪錦標詞題云：「庚辰卜居建康，暇日訪古……」初到建康或在去年。奪錦標之外，卷上水調歌頭「初至金陵，諸公會飲因用北州集咸陽懷古韻」「諸公見賡前韻，復自和數章」「感南唐故宮」「朝花幾回歇」「咸陽懷古復用前韻」等五首同調同韻，應是本年或去年作。咸陽懷古一首乃賦題而非紀事，自不能據此以爲仁甫曾到其地。

去年宋亡於厓山，爲天下事一大轉變；本年卜居建康，爲仁甫個人生活一大轉變。天籟集中可以考定年代或地方之作品，中年以前作於北方者少，中年以後作於南方者多；且全集絕無重返故鄉作品。據此可知自本年至大德丙午將近三十年中，仁甫踪跡似始終在江浙一帶，未回北方。論其風格品藻，亦以中年以後南方諸作爲佳；不僅「得江山之助」，東南文物，六朝遺跡，亦足以開拓其心胸，充實其作品也。仁甫撰寫雜劇，恐亦是南下以後事。

元世祖至元十八年　辛巳　一二八一　五十六歲

敬甫本年三十六歲，授從事郎、江東建康道提刑按察司經歷。

敬甫碑：「（至元）十八年，授從事郎、江東建康道提刑按察司經歷。改荊湖占城等處行省都事。時荊湖省臣某括財恣威福，君度不可與共事，辭不拜。後果受誅。二十四年，改浙西提刑按察司經歷，遷平江。丁母羅夫人憂，以夫人喪葬於吳，將終老焉。會詔舉不附權臣自晦者，有以君辭荊湖事荐於上，除福建宣慰司經歷。……三十一年，丞相太傅公爲湖廣平章，君時爲都事。……大德二年，進本省理問官，推誠燭幽，莫有滯濫。」按元史十六世祖紀：「至元二十八年五月甲辰，要束木以桑哥妻黨爲湖廣行省平章；至是，坐不法者數十事，詔械致湖廣省誅之。辛亥，詔以桑哥罪惡繫獄按問，誅其黨要束木、八吉等。……

秋七月丁巳桑哥伏誅。」據敬甫碑所記，辭湖廣事在至元二十四年之前；被荐除福建經歷在至元三十一年之前；以上引世祖紀考之，所謂「權臣」爲桑哥，「荆湖省臣」爲要束木，蓋無可疑。此二人伏誅於至元二十八年五月及七月，敬甫赴福建任當在二十九年。天籟集木蘭花慢題注云：「時浙憲置司於平江，」其時爲至元二十六年。（參閱彼年。）浙憲卽浙西提刑，據此題注及上引敬甫碑，可知至元二十六年敬甫仍官於按察司，二十九年敬甫被荐赴閩，當然毋喪已滿。兩相參證，丁羅夫人憂應在至元二十七年。以上諸事，於仁甫兄弟出處踪跡皆有關聯，彙錄考證於此，以後各該年事跡，卽據此繫註。

元世祖至元十九年　壬午　一二八二　五十七歲

元世祖至元二十年　癸未　一二八三　五十八歲

元世祖至元二十一年　甲申　一二八四　五十九歲

元世祖至元二十二年　乙酉　一二八五　六十歲

元世祖至元二十三年　丙戌　一二八六　六十一歲

四月，賦紀夢水調歌頭詞，及另一首道士李道純有水調歌頭相贈。

紀夢詞見天籟集上有小序云：「丙戌夏四月八日，夜夢有人以『三元秘秋水』五言謂予，請三元之義。曰：『上、中、下也』。恍惚玩味，可作水調歌頭首句；恨秘字之義未詳。後從相國史公歡游如平生，俾賦樂章，因道此句，但不知秘字何意。公曰：『秘卽封也。』甫一韻而寤，後三日成之，以識其異。」全詞從略。

據「歡游如平生」語，可知仁甫與史天澤情分，故予以爲仁甫南下可能係從事天澤軍幕。此詞之後又一水調歌頭題云：「予既賦前篇，一日舉似京口郭義山。義山曰：『此詞固佳，但詳夢中所得之句，元者應謂水府，今止詠甲子及秋水篇事，恐未盡也。』因請再賦。」全詞從略，郭義山未詳。李道純清庵先生詞水調歌頭贈白蘭谷云：「三元秘秋水，微密實難量。未分清濁天地，人物一包藏。一乃太玄眞水，一氣由茲運化，三極理全彰。上下降升妙，根本在中黃。兎懷胎，牛喘月，蚌含光。人明此理，倒提斗柄挹銀潢。絕斷曹溪一派，掀倒蓬萊三島，無處不仙鄉。誰爲白蘭谷，安寢感羲皇。」此詞首句亦用「三元秘秋水，」當是仁甫紀夢詞後不久所作。清庵先生詞據彊村叢書本。李道純見前生平總述。

本年，呂文煥請老還鄉。仁甫有壽呂沁園春詞，疑是本年作。

新元史一七七呂文煥傳：「(至元)二十三年，文煥以江淮行省右丞請老；許之。仍任其子爲宣慰使。後卒於家。」沁園春詞見天籟集卷上，題云「十二月十四日爲平章呂公壽。」全詞從略。詞中有「急流勇退，黃閣難留，菟裘喜遂歸休。」諸語，甚似文煥請老歸家後不久所作，非今年卽明年也。

貫雲石（酸齋）生。

酸齋與仁甫同生丙戌年而晚一甲子，其祖父阿里海涯生於丁亥，少仁甫一歲。

元世祖至元二十四年　丁亥　一二八七　六十二歲

二月，王博文（子勉）作天籟集序。

序文見附錄。序末云：「至元丁亥春二月上休日，正議大夫、行御史臺中丞、西溪老人王博文子勉序。」

博文長仁甫三歲本年六十五歲時江南行御史臺已遷至建康見前丁丑年引元史百官志。

秋，得友人王思廉（仲常）書，作風流子詞寄之。

詞見天籟集卷下，有小序云：「丁亥秋，復得仲常書，有『楚星燕月，千里相望，何時會合，以副舊游』之語，就譜此曲以寄之。」王思廉見生平總述，其人本年官同知大都留守、兼少府監事，見元史一六〇本傳。大都卽今北平，本爲燕山府，建康、楚金陵縣也，故有「楚星燕月」之語。

敬甫四十二歲，任浙西提刑按察司經歷。考證見至元十八年。

張翥（仲舉、蛻崖）生。

元世祖至元二十五年　戊子　一二八八　六十三歲

秋日，作木蘭花慢送合道監司赴任秦中。

詞見天籟集卷下，題云：「戊子秋送合道監司赴任秦中，兼簡程介甫按察。」詞中有「渭北春天樹遠，江東日暮雲深」之語，據知此時當是仍居建康。合道及程介甫俟考。

八月十一日，至友王博文卒，年六十六歲。

商挺（孟卿、左山）卒，年八十。

元世祖至元二十六年　己丑　一二八九　六十四歲

本年曾至揚州。在揚有送胡祗遹、王惲赴浙右閩中任木蘭花慢。

詞見天籟集卷下，題云：「己丑送胡紹開王仲謀兩按察赴浙右閩中任。」時浙憲置司於平江，故有向吳亭句」詞中有「相逢廣陵陌上，恨一尊不盡故人情。」之語，廣陵卽揚州。

敬甫四十四歲，仍官浙西按察司。考證見至元十八年。

元世祖至元二十七年　庚寅　一二九〇　六十五歲

丁繼母羅夫人憂。

考證見至元十八年。敬甫爲羅夫人所生，其年少於仁甫二十歲；羅夫人之年蓋長於仁甫不多。

元世祖至元二十八年　辛卯　一二九一　六十六歲

二月三日，在杭州與李景安游西湖，賦永遇樂詞。

詞見天籟集卷下，題云：「至元辛卯春二月三日，同李景安提擧游杭州西湖。」全詞從略。李景安其人俟考。仁甫居南方甚久，游踪至杭，當不止此一次。

元世祖至元二十九年　壬辰　一二九二　六十七歲

敬甫爲福建宣慰司經歷，侯克中（艮齋）有詩送之。

考證見至元十八年。侯克中艮齋詩集卷五「白敬甫經歷有閩中之行」詩云：「里巷親情未易疏，豈期歲晚別中吳。天衢自昔搏鵬翼，家道於今有鳳雛。尊俎只宜終日戒，詩書不可片時無。洪勳大業他年了，重繪香山九老圖。」侯克中見生平總述，亦眞定人，故有「里巷親情」之語。敬甫赴閩任，乃自蘇州平江前往，故云「別中吳」。據此詩，知本年侯在蘇州。

艮齋集卷九有「答白仁甫」詩云：「別後人空老，書來慰所思。溪塘連轡日，風雨對床時。我愛香山曲，君奇石鼎詩何當湖上路，同賦鷓鴣詞」讀之可見兩人交誼。不知何年作，附錄於此。

元世祖至元三十年　癸巳　一二九三　六十八歲

仁甫於金哀宗天興壬辰癸巳間，遭逢喪亂，亡國失母，至此六十年矣。

四月，劉因卒年四十五歲。

元世祖至元三十一年　甲午　一二九四　六十九歲

敬甫爲湖廣行省都事。考證見至元十八年

正月，元世祖崩，四月，成宗卽位。元史十七世祖紀

元成宗元貞元年　乙未　一二九五　七十歲

元成宗元貞二年　丙申　一二九六　七十一歲

元成宗大德元年　丁酉　一二九七　七十二歲

元成宗大德二年　戊戌　一二九八　七十三歲

敬甫五十三歲，任湖廣行省理問官。考證見至元十八年

元成宗大德三年　己亥　一二九九　七十四歲

元成宗大德四年　庚子　一三〇〇　七十五歲

敬甫五十五歲，改官江西理問；旋入官翰林院。赴江西時程文海有詩送行。

敬甫碑：「〔大德〕四年，改江西省理問官，究僞楮獄得直。於時翰林承旨閻公復，持士論賢否，有言曰：

『白文舉父子兄弟俱有文名。敬甫幼負俊聲，老不入翰林；咎將孰執。』『奏爲翰林待制；復同僉太常禮儀院事。儀度閑整，贊禱禋祀，動不踰矩，蒼顏玉立，眞善爲頌者也。』入翰林當在本年後不久，改官太常，或在稍後。其時年近六旬，故有「蒼顏」之語。程文海雪樓集二十七「送白敬父赴江西理問」詩云：「斯人官此孰能知，江漢天成一段奇。南國樹能思召伯，西風塵豈爲元規。相看未穩渾疑夢，一笑無何又別離。好泝澄江吾所歆，思君還讀寓齋詩。」文海之年少於敬甫三歲，少於仁甫二十三歲；朱彝尊序天籟集，據此詩末句以爲文海是仁甫兄弟之父執，誤矣。

元成宗大德五年　辛丑　一三零一　七十六歲

元成宗大德六年　壬寅　一三零二　七十七歲

元成宗大德七年　癸卯　一三零三　七十八歲

元成宗大德八年　甲辰　一三零四　七十九歲

元成宗大德九年　乙巳　一三零五　八十歲

元成宗大德十年　丙午　一三零六　八十一歲

秋日，有別揚州水龍吟詞。本年以後事跡無考；卒年未詳。

詞見天籟集上，題云「丙午秋到維揚，途中値雨，甚快然。」詞云：「短亭休唱陽關，柳絲惹盡行人怨。鴛鴦隻影，荷枯葦淡，沙寒水殘。紅綬雙銜，玉簪中斷，苦難留戀。更黃花細雨，征鞍催上，青衫淚，一時濺。　回首孤城不見，黯秋空，去鴻一線。情緣未了，誰教重賦，春風人面。鬬草閑庭，採香幽徑，舊曾行徧。謾今宵酒醒，無言有恨，恨天涯遠」通首全是「別」情，更無「到」意，可斷定爲形近之誤，故逕行改到爲別。快然，四印齋本作快然，與詞意不合，今從九金人集本。何時自建康到揚州？別後又往何處？均無可考。前一丙午爲元定宗元年、宋理宗淳祐六年，仁甫二十一歲，文舉尚無恙。時揚州屬宋境，且爲軍事重鎭，年甫弱冠，老父在堂之北方書生，無遠適其地之理。以詞之風格言，則老境可能如此清麗，少作甚難如此工穩淒婉之致，尤非弱冠之年所有。且仁甫初到揚州在至元十五年（參閱彼年）。此詞自應定爲本年作。如丙午二字不誤，仁甫八十一歲尚在，當無問題。期頤之壽畢竟少見，其卒當在此後十年之內，即元仁宗皇慶元年壬子一三一二前後。至於蘇譜所云八十七歲尚在，前已駁正之矣。

後　譜

元武宗至大二年　己酉　一二零九

敬甫卒，年六十四。

敬甫碑云：「至大二年己酉四月卒於官，年六十有三。」敬甫生於丙午，見碑，本年六十四，而云六十三者，生日在十二月，亦見碑，故舉其足數。仁甫本年八十四歲，未詳是否尚在。

元文宗至順元年　庚午　一三三〇

鍾嗣成錄鬼簿成書。

嗣成自敍署「至順元年龍集庚午月建甲申二十二日辛未。」朱士凱序署「至順元年九月吉日。」

是年去仁甫之生已一百零五年，當然墓木已拱，故錄鬼簿列其名於「前輩已死名公才人」。

明太祖洪武七年　甲寅　一三七四

仁甫之孫白渼（字子南）分教姑孰郡學（今安徽當塗縣），得天籟集於姑孰士大夫家，以示學官孫大雅；後三年丁巳，大雅爲之序。

見天籟集孫大雅序。

明武宗正德五年　庚午　一五一零

陳霆（聲伯）爲六安州通判，仁甫裔孫永盛時爲州庠生；霆與之往來，獲瞻仁甫遺像，爲賦酹江月詞弔之。永盛以天籟集請霆爲梓行，霆諾而未果，後誌其事於所著渚山堂詞話。

渚山堂詞話卷三：「天籟集爲白樸太素所作。太素號蘭若，趙之眞定人，故金世家也。生長兵間，流落竄逸，父子相失。遂鞠於父執元遺山所，元公教之讀書。既長，問學宏博，後以詩詞顯。金亡，恆鬱鬱不樂，遂不復求仕，以詩酒自放於山水間。予謫倅六安，於其裔孫庠生白永盛家獲瞻其遺像，酒邊爲賦酹江月一詞弔之。永盛因出詞集，囑予爲登梓。宦跡蓬轉，未及諧所諾。今屏退林下，無力復辦此矣。感今追昔，是不惟辜永盛之託，且不肖於此，夙昔不淺，當復負此老於地下也。弔詞云：『滑稽玩世，知胸藏多少春花秋月。天籟有詞人有像，還是遺山風格。松下巢由，竹間逸少，氣韻眞高潔。坐談拊掌，溪山等是詩訣。見說多景樓前，鳳凰臺上，醉帽風吹裂。千古英豪消歇盡，江水至今悲咽。九死投荒，三年坐困，一樣成愁絕。寄聲知否，酒杯當酹松雪。』凡白之大略，詞頗該之。」按仁甫之號，王博文天籟集序、錄鬼簿、李道純淸庵詞、均作蘭谷此獨作蘭若，當是誤記或誤刋。陳霆以忤劉瑾於正德二年受廷杖、自刑科給事中貶爲六安州判，瑾誅起用爲山西督學，見康熙德淸縣志卷七人物傳。瑾伏誅在本年八月，見明史卷十六武宗紀及三〇四瑾傳。上引酹江月詞云「九死投荒三年坐困」，蓋到六安後三年作，卽本年也。其時間自是在八月瑾死之前。此詞並不甚佳，但頗能該括仁甫生平，故備錄之。

清聖祖康熙四十九年　庚寅　一七一〇

楊友敬（希洛）刋行天籟集，並輯仁甫散曲爲「摭遺」一卷附刋。

天籟集朱彝尊序云：「康熙庚辰八月之望，六安楊希洛氏千里造余，袖中出蘭谷天籟集，則仁甫之詞也。……白氏於明初由姑孰徙六安，是集希洛得之於其裔孫駒，將刋行，屬余正其誤，乃析爲二卷，序其端」。觀上年所引渚山堂詞話可知天籟集在明代未曾付梓，友敬本年所刋行者，乃第一次印本。楊跋題戊子冬，王嗃跋題庚寅三月，相去年餘，庚辰則在庚寅之前十年，不應相隔如此之久，想是竹垞筆誤。白氏於明初由姑孰徙六安之說，僅見於竹垞此跋，蓋友敬所述。友敬亦六安人，與白家人爲友，其言可信也。九金人集本之仁甫遺像，云自楊本重摹，原像當卽陳霆所見者，此像白氏世代相傳，雖屢經重摹，究與懸擬無據者不同。四印齋刻本天籟集亦從楊本出而删去此像。「殊屬非是」。

白仁甫交游生卒考

此篇爲予所撰金元疑年偶錄之一部分，今移附仁甫年譜之後，以供讀者參考。篇中諸人，或爲仁甫父執，或爲仁甫朋輩，或爲同時及時代相先後之詞曲作家，而非必與仁甫相識；今統以「交游」目之。全篇共三十九人，依生年先後順序排列。盧摯、關漢卿、王實甫三人之生卒年壽，文獻不足，無從考定。姜亮夫編歷代名人年里碑傳綜表，強爲臆測，不可憑信。今以辨正之辭，附於篇末，庶免貽誤學者。此文曾發表於臺北廣文月刊一卷一期，其中有若干疎誤，現均已補正。五十九年冬日記。

趙秉文　周臣（閑閑居士）　磁州　七十四

金海陵王正隆四年己卯 宋高宗紹興二十九年　一一五九——金哀宗天興元 宋理宗紹定五年壬辰　一二三二（註一）

元好問遺山文集卷十七閑閑公墓銘云：「開興改元，北兵由漢中道襲荆襄，京師戒嚴。……竟用是得疾，以夏五月十有二日，春秋七十有四，終於私第之正寢。」金史一一〇本傳：「正大九年正月，汴京戒嚴，上命秉文爲赦文。……是年五月壬辰（十二日）卒，年七十四。」正大九年正月改元開興，四月又改天興，見金史十七哀宗紀，故正大九、開興元、天興元，實爲同一年。秉文滏水文集十三學道齋記云：「予七歲知讀書，十有七擧進士，二十有七與吾姬伯正父同登大定二十五年進士第。」其年爲乙巳一一八五，自此上推至己卯一歲，下推至壬辰七十四歲，皆相符合。錢大昕疑年錄卷二推定生卒年壽如右，姜亮夫歷代名人年里碑傳綜表從之是也。（錢書以下簡稱錢錄，姜書又名歷代人物年里通譜，以下簡稱姜表。）

劉祁歸潛志卷一云：「天興改元夏四月卒，年七十三。」卒月、年壽皆與墓銘、史傳及秉文自敍不合，蓋傳聞或鈔刻之誤。墓銘云「弱冠登大定二十五年進士第，」一般習慣以二十歲爲弱冠，此則約略言之，當然以自敍之二十七歲登第爲準。姜表備考云：「或作大定元年辛巳生，甲午卒。」其說不知見於何書，但可斷定是爲「重校訂紀元編」所誤。此書誤列開興元年於天興二年癸巳之後，干支隨之誤爲甲午（註二）或人據此誤書依壽七十四推之，遂致大謬。

（註一）宋亡以前，並列南北紀元。其人爲金元人，紀元先北後南；宋人入元者，紀元先南後北。

（註二）原本紀元編不誤，校訂本反誤。

王若虛　從之　藁城　七十歲

金世宗大定十四 宋孝宗淳熙 元年甲午一一七四——金乃馬眞后二 宋理宗淳祐三年癸卯一二四三（註一）

元好問遺山文集十九內翰王公墓表：「歲癸卯夏四月辛未（二十五日）內翰王公遷化於泰山。……得壽七十。」（註二）

（註一）元世祖至元八年十一月始改國號曰元，以前稱蒙古，今統稱爲元。

（註二）各人卒年及壽數兩項有明確記載見於某書者，本篇僅照錄其原文，讀者自可明瞭。舊日習用之「據此推算，生於某年，」或「自某年上推若干年，生於某年」一類字樣，近於詞費，今除行文上有時需要外，儘量省去不用。

劉從益　雲卿　渾源　四十四

金世宗大定二十一年辛丑一一八一——金哀宗正大元年甲申一二二四
宋孝宗淳熙八年　　　　　　　　　　宋寧宗嘉定十七年

施國祁元遺山年譜附註云：「劉雲卿長遺山九歲」。按遺山生於明昌庚戌一一九零，見彼條，長九歲應是辛丑生。中州集卷六小傳、金史一二六文藝傳、俱云雲卿卒年四十四。施說未言所據，不知確否，姑從之。劉祁歸潛志自序云：「不幸弱冠而先子歿」。祁生於泰和癸亥一二〇三，見彼條，此所謂弱冠如爲二十歲，則雲卿生卒俱應提早兩年，但二十一二甚至更多亦偶有稱弱冠者，未能據此以駁正施說也。手邊無施著禮耕堂叢說，留俟詳考。

嚴實　武叔　長清　五十九

金世宗大定二十二年壬寅一一八二——元太宗十二年庚子一二四〇
宋孝宗淳熙九年　　　　　　　　　　宋理宗嘉熙四年

元遺山文集二十六東平行臺嚴公神道碑：「以庚子四月己亥（初五日），春秋五十有九，薨於私第之正寢」。元史一四八本傳同。（註）

（註）諸史列傳多只記卒年而無月日，本篇所謂本傳同者，但指卒年而言。

雷淵　希顏　渾源　四十八

金世宗大定二十四年甲辰一一八四——金哀宗正大八年辛卯一二三一
宋孝宗淳熙十一年　　　　　　　　　宋理宗紹定四年

中州集卷六冀禹錫傳云：「希〔顏〕長予六歲，歿於正大辛卯之八月，年四十八」。（參閱李獻能條。）

遺山生於明昌庚戌一一九〇，見下條希顏長六歲，應是甲辰生。遺山文集二十一希顏墓銘則云「希顏年四十六，以八年辛卯八月二十有三日暴卒。」與中州集不合。按中州集敍述分明。劉祁歸潛志卷一希顏小傳亦云「一夕暴卒，年四十八。」金史一一〇本傳亦同。可知墓銘之四十六為四十八之誤，六八兩字互誤，其例甚多。姜表云年四十六，大定二十六年丙午生，乃誤據墓銘推算。

元好問　裕之（遺山）　秀容　六十八
金章宗明昌元年庚戌一一九零——元憲宗七年丁巳一二五七
宋光宗紹熙元　宋理宗寶祐五

大德碑本郝經撰遺山先生墓銘「歲丁巳秋九月四日，遺山先生卒於獲鹿寓舍。……春秋六十有八。」行世遺山年譜數種皆據此。

王鶚　百一（伯翼）　東明　八十四
金章宗明昌元年庚戌一一九零——元世祖至元十年癸酉一二七三
宋光宗紹熙元　宋度宗咸淳九

元史一六〇本傳「〔至元〕十年卒，年八十四。」蘇天爵國朝名臣事略（卽元名臣事略）卷十二引墓碑同。

張柔　德剛　定興　七十九
金章宗明昌元年庚戌一一九〇——元世祖至元五年戊辰一二六八
宋光宗紹熙元　宋度宗咸淳四

元史一四七本傳「〔至元〕五年六月卒，年七十九。」蘇天爵國朝名臣事略卷六同。

李獻能　欽叔　河中　四十一

金章宗明昌三
宋光宗紹熙三年壬子一一九二——金哀宗天興元
宋理宗紹定五年壬辰一二三二

金史十八哀宗紀「天興元年十一月丙寅（二十日），元帥權興寶軍節度使趙偉襲據陝州以叛，殺行省阿不罕奴十剌以下凡二十一人。」獻能卽在此二十一人之內，詳見金史一一六徒單兀典傳。中州集卷六冀禹錫傳「在京師時，希顏（雷淵）、仲澤（王渥）、欽叔、京父（禹錫）相得甚歡，外堂拜親，有昆弟之義。而不肯徒以文字之故得幸諸公間。希長予六歲，澤長四歲，欽與京少予二歲。希歿於正大辛卯之八月，年四十八；澤歿於明年之七月，年四十七；欽歿於其年十一月，年四十一；京歿於又明年之三月，年四十二。」此段爲考訂四人年齡之最佳資料。遺山生於明昌庚戌一一九〇，見上條，據「少予二歲」推算，獻能生於壬子，至壬辰四十一歲。

元好問續夷堅志卷一康李夢應條：「康伯祿、李欽叔壬辰冬十二月，行部河中。先城未破一日，康與欽叔求夢於其神。……明日城陷。伯祿爭船不得上，落水死。李得船走陝縣。三四日改歲。」若據此說，則欽叔至癸巳正月尙存，與中州集矛盾。按河中之陷在正大八年十二月己未（初八日），見金史十七哀宗紀。中州集卷六獻能傳亦云：「充河中經歷。正大八年河中陷，獨得一船走陝州。」此文壬辰應作辛卯，遺山偶然筆誤耳。劉祁歸潛志卷二獻能小傳云「天興改元，陝亂見殺，年四十三。」祁年輩較晚，見聞不切，自當以遺山所記爲準。金史一二六文藝傳亦云年四十三，乃襲歸潛志之誤。

李治（治亦作冶）　仁卿（敬齋）　欒城　八十八

金章宗明昌三
宋光宗紹熙三年壬子一一九二——元世祖至元十六年己卯一二七九（卽宋亡之年）

蘇天爵國朝名臣事略卷十三「至元二年，召拜翰林學士。明年，以疾辭歸居元氏之封龍山。十六年卒，年八十八。」元史一六〇本傳只云年八十八，未記卒年。

姜表備考云「或作生大定二十年庚子。」此說本於施國祁元遺山年譜，譜云仁卿長遺山十歲。遺山生於庚戌，如長十歲，自是生於庚子。然事略云：「〔仁卿〕與河中李欽叔、龍山冀京甫、平晉李長源，爲同年友。」同年之義有二，一爲同年進士，一爲同年出生。仁卿爲正大七年進士，見事略；冀禹錫爲崇慶二年進士，見中州集卷六禹錫傳；李獻能爲貞祐三年進士，見金史一二六文藝傳；李汾未嘗登第。而後三人則均爲壬子生，可知所謂同年友者同生於壬子也。且仁卿於至元二年召拜翰林學士，若生於庚子則其年已八十六歲，耄齡從政，爲情理所不許；至己卯卒時已是百齡人瑞，果有其事，不應全無記載。施說未附考證，不知因何致誤，留俟再考。

杜仁傑　仲梁（善夫）　長清　八十歲

（金章宗明昌元 宋光宗紹熙元）年庚戌一一九〇以後（金章宗承安二 宋寧宗慶元三）年丁巳一一九七以前——（元世祖至元六 宋度宗咸淳五）年己巳一二六九以後（元世祖至元十三 宋恭帝德祐二）年丙子一二七六以前

善夫與元遺山同時，遺山集卷三有半山亭招仲梁飲詩。生卒確年待考。近人孫君撰關漢卿行年考云：「杜散人即杜善夫，與元遺山爲儕輩，由金入元，其卒年在至元六年後、十三年前，年八十歲。」未詳所據，姑從其說。三十年前曾見友人吳君所撰杜善夫事跡考，於善夫家世及生平考訂甚詳，當時未多留意，今手邊無此文，不記其與孫說之異同矣。

商衟　正叔（一作政叔）　濟陰　六十以上

（金章宗明昌五／宋光宗紹熙五）年甲寅一一九四——（元憲宗三／宋理宗寶祐元）年癸丑一二五三以後

元遺山文集三十九曹南商氏千秋錄「正叔年甫六十安閒樂易福祿方來」文末署「癸丑二月」，

自癸丑上推六十年，生於甲寅。卒年未詳。

此卽錄鬼簿之商政叔學士，金亡時已四十一歲，爲元曲作家前輩，故所作諸曲多用古調舊格。衟爲

道之古體。千秋錄云正叔兄名衡，弟名衎，字皆從「行」，故不可書作通行體道字。

張德輝　耀卿　交城　八十歲

（金章宗明昌六／宋寧宗慶元元）年乙卯一一九五——（元世祖至元十一／宋度宗咸淳十）年甲戌一二七四

蘇天爵國朝名臣事略卷十小傳云「至元十一年卒，年八十」。元史一六三本傳僅云年八十，未記卒

年。

段克己　復之　稷山　五十九

（金章宗承安元／宋寧宗慶元二）年丙辰一一九六——（元憲宗四／宋理宗寶祐二）年甲寅一二五四

段成己　誠之　稷山　八十一

（金章宗承安四／宋寧宗慶元五）年己未一一九九——元世祖至元十六年己卯一二七九（宋亡之年）

二段金史無傳，右據孫德謙撰年譜。

楊果　正卿（西庵）　蒲陰　七十五

金章宗承安二年丁巳一一九七——元世宗至元八年辛未一二七一
宋寧宗慶元三　　　　　　　　　宋度宗咸淳七

蘇天爵國朝名臣事略卷十小傳云：「至元六年（己巳）出爲懷孟路總管，其年薨，年七十三。」錢椒補疑年錄卷二據此推定生於丁巳、卒於己巳，年七十三，姜表從之。但，元史一六四本傳云：「至元六年出爲懷孟路總管，大修學廟。以前嘗爲中書執政官，移文申部，特不署名。以老致政，卒於家，年七十五。」與事略不同。按事略又引國朝典章（卽元典章）云：「尙書禮部會驗舊例，內外官行移，親王宰相不署姓，執政署姓，解亦不書名。實古禮尊賢貴德之義。照得懷孟路總管楊少中，係前執政官，見申部文解書名，似或於禮未宜，乞依舊例，止書姓，不書名。尙書省依至元七年十月。」此卽本傳所云「以前嘗爲中書執政官，移文申部，特不署名。」據此知至元七年尙存，並非卒於六年，應從本傳之七十五歲推定卒於八年。蓋致仕卽在其年，旋卒於家也。

史天澤　潤甫　永清（後居眞定）　七十四

金章宗泰和二年壬戌一二〇二——元世祖至元十二年乙亥一二七五
宋寧宗嘉泰二　　　　　　　　　宋恭帝德祐元

元史一五五本傳：「以（至元）十二年二月七日薨，年七十四。」蘇天爵國朝名臣事略卷七同。

劉祁　京叔　渾源　四十八

金章宗泰和三年癸亥一二〇三——元海迷失后三年庚戌一二五〇
宋寧宗嘉泰三　　　　　　　　　宋理宗淳祐十

錢大昕疑年錄卷二所定如此，姜表從之。余嘉錫疑年錄稽疑卷二云：「王惲秋澗集卷五十八渾源劉先生哀詞云：庚戌春，方負笈南邁，以逡摳衣之間，而凶訃掩至。」鶱案歸潛志自序云：「甲午歲復于鄉，蓋年三十二矣」據此諸證上推至癸亥一歲、下推至庚戌四十八歲，皆相符合。

商挺　孟卿（左山）　濟陰　八十歲

金衛紹王大安元 宋寧宗嘉定二 年己巳一二〇九——元世祖至元二十五年戊子一二八八

蘇天爵國朝名臣事略卷十一小傳引淸河元公撰墓碑云：「公生於大安己巳。」又云：「〔至元〕二十五年薨，年八十。」元史一五九本傳：「〔至元〕二十五年，帝問中丞董文用曰：『商孟卿今年幾何？』對曰：『八十。』帝甚惜其老而歎其康強。是歲冬十有二月卒。」

劉秉忠　仲晦　邢臺　五十九

金宣宗貞祐四 宋寧宗嘉定九 年丙子一二一六——元世祖至元十一 宋度宗咸淳十 年甲戌一二七四

元史一五七本傳：「〔至元〕十一年秋八月，秉忠無疾端坐而卒，年五十九。」張文謙撰行狀云：「〔至元〕十一年秋八月壬戌（十九）夜，謂侍者曰：『我欲靜坐，不召勿來。』侍者皆退。長歌至雞鳴乃止。遲明，侍者入，卽端坐而薨。……享年五十有九。……十二年春正月，詔贈太傅、儀同三司、文貞公。」王磐撰神道碑、徒單公履撰墓誌銘，俱同行狀。姚樞祭文署「至元十一年九月甲戌朔八日辛巳」，徐世隆祭文署「至元十一年歲次甲戌冬十二月望日」，以上諸文俱見藏春集附錄。張、王、徒單、姚、徐，皆秉忠同時人，記年相同，無可疑者。姜表備考云：「或作一二一七年生，一二七五年卒。」不知是何粗心人，竟以贈官賜謚之年爲卒年。

王博文　子勉　山東　六十六

金宣宗元光二年 宋寧宗嘉定十六年癸未一二二三——元世祖至元二十五年戊子一二八八

王惲秋澗大全集六十四御史中丞王公誄文：「大元至元二十五年歲在戊子，秋八月十有一日，前禮部尚書、御史中丞東魯王公薨於維揚之客舍。」又云：「以公壽言六十六秩。」

王惲　仲謀（秋澗）　汲縣　七十八

金哀宗正大四年 宋理宗寶慶三年丁亥一二二七——元成宗大德八年甲辰一三〇四

秋澗大全集附錄其子公孺所撰神道碑銘云：「大德甲辰歲六月辛丑（二十日），以疾薨於私第正寢之春露堂享年七十有八。」又陳儼所撰哀挽詩序亦云：「內翰秋澗公謝事之明年，終命於家春秋七十八，實大德甲辰六月辛丑也。」

秋澗集卷一蛾眉研賦序云：「乙卯春偶得是硯於販夫之手。」其賦云：「噯齋主人行年二十有九。」卷十一游金山寺詩跋云：「至元庚寅冬予自福建北歸，渡江作此詩，未嘗示人，逮大德己亥，十年矣。……汲郡王某題，時年已七十三矣。」同卷泰山圖詩題注云：「時元貞元年（乙未）秋九月十四日作，時歲賤庚六十有九。」卷四十一王氏藏書目錄序：「不肖某今年四十有一。」此序自署年月爲「至元四年（丁卯）秋七月。」附錄李謙撰壽七十詩卷序云：「公長予六年今平頭七十。」序末署「元貞二年（丙申）夏五月。」以上乙卯二十九，己亥七十三，乙未六十九，丁卯四十一，丙申七十均與生於丁亥相合。惟卷五和淵明歸田園詩序：「庚寅冬，予自閩中北歸，年六十有五。」卷十一雜言詩題注云：「庚寅七月二日病告中作。」其詩首句云：「我今行年六十五。」公孺所撰神道碑云：「大德元年，進中奉明年戊戌春，以三朝舊臣，賜楮幣萬緡；其年七十，請老不許。」庚寅應六十四而云六十五，戊戌應七十二而云七十，均不合。前者或因從信星命家言有所避忌，後者疑是「官年」。（星命家有所謂「瞞天過海」法，卽於行運凶險可能「過不去」之年，多說一兩歲。宋元時從政者之「官年」每與實際年齡相差一兩歲。）至如錢大昕疑年錄卷二云生於戊子，年七十七，則與所有證據均不合，其誤無疑。余嘉錫疑年錄稽疑卷二會辨正錢說，但頗爲簡略，引證僅神道碑及哀挽詩序。今爲詳考如上。

胡祗遹　紹開（紫山）　武安　六十九

金哀宗正大四
宋理宗寶慶三年丁亥一二二七——元成宗元貞元年乙未一二九五

近人孫君撰關漢卿行年考附注云：「元史卷一百七十胡祗遹傳云『至元三十年卒，年六十七』誤。考秋澗集附錄載陳儼秋澗王公哀挽詩序云「乙未，紫山胡公卒」。乙未乃元貞元年。又秋澗集卷四十三紫山先生易直解序云：『公沒之三載，嗣子伯馳攜所著易解，懇題其端』。此序作於大德二年，（註）上距元貞元年實三載。」又云：「紫山大全集卷七丁亥元日門帖子絕句有『今年六十一年人』之句，丁亥至元二十四年，下數至元貞元年，年六十九，與秋澗集卷四十三紫山胡公哀挽詩卷小序『紫山壽幾七秩』之言合。」孫說精當，應從。姜表則沿元史本傳之誤，作「寶慶三年生，至元三十年卒，六十七歲。」

（註）秋澗此序自署年月爲大德二年冬十月八日。

周密　公謹（草窗）　吳興（祖籍濟南）　六十七
宋理宗紹定五年金哀宗天興元年壬辰一二三二——元成宗大德二年戊戌一二九八
癸辛雜識後集先君出宰條云：「先君子於紹定四年辛卯出宰富春，九月到任。……壬辰歲，予實生於縣齋。」顧文斌草窗年譜引朱存理珊瑚木難弁陽老人自銘云生於五月二十一日。卒年則有三說。其一錢大昕疑年錄卷二定爲至大元年戊申年七十七。其二顧撰年譜定爲大德三年己亥年六十八。其三夏承燾草窗年譜所定如右。夏說最爲詳確，今從之。

張弘範　仲疇　定興　四十三
元太宗十年宋理宗嘉熙二年戊戌一二三八——元世祖至元十七年庚辰一二八〇
蘇天爵國朝名臣事略卷六「至元十七年卒，年四十三。」虞集道園學古錄卷十四淮陽獻武王廟堂之碑：「疾革沐浴易衣冠。……語竟，遂端坐而薨，十七年正月十日也，得年四十三。」元史一五六本傳亦云年四十三，但上文敍事不清，頗似卒於十六年者，諸史列傳每有此弊。

姚燧　端甫（牧庵）　洛陽（祖籍柳城）　七十六
元太宗十年宋理宗嘉熙二年戊戌一二三八——元仁宗皇慶二年癸丑一三一三
牧庵集附錄劉致所撰年譜云：「太宗英文皇帝十年戊戌，當宋嘉熙二年，先生生。皇慶二年癸丑，先生七十六歲。……九月十有四日薨。」按牧庵集卷三馮松庵挽詩序云：「先生歿以庚子歲七月十有四日，我先人之棄其孤亦同以是歲月日。」卷十五姚文獻公神道碑云：「燧生三歲而孤。」合此二事，可知庚子燧年三歲，是爲生於戊戌之明證。卷三十五浪淘沙詞題云：「大德丙午端月十四日立春巧連燈夕。」詞中有「六十九年予治學老病宵興。」之語。丙午六十九，上推至戊戌一歲，下推至癸丑七十六，皆合。壽七十六則元史一七四本傳與劉撰年譜相同，亦無疑問。

吳修續疑年錄卷二云：「七十六歲生元太宗十一年己亥（宋嘉熙三年）。卒延祐元年甲寅。」生卒俱誤遲一年。姜表沿誤而備考云：「或作生二年，元劉跋牧庵年譜從之。」按：劉跋爲劉致之誤。致親炙牧庵，曾共游處，故所撰年譜至爲翔實。生於嘉熙二年之說，卽出於此譜，何謂「或作云云而劉譜從之？」姜表之謬多此類也。

王思廉　仲常　獲鹿　八十三年

元太宗十／宋理宗嘉熙二年戊戌一二三八——元仁宗延祐七年庚申一三二〇

元史一六〇本傳：「延祐七年卒，年八十三。」

相威　未詳　蒙古　四十四

元太宗十三／宋理宗淳祐元年辛丑一二四一——元世祖至元二十一年甲申一二八四

元史一二八本傳：「(至元)二十一年啓行，四月卒於蠡州，年四十四。」

仇遠　仁近（山村）　錢塘　八十左右

宋理宗淳祐七／元定宗二年丁未一二四七——元泰定帝泰定四年丁卯一三二七前後

遠所撰金淵集卷六紀事詩題注云：「淳祐丁未亦旱，予始生。」卷一寄史貴質詩題注云：「丁未同庚。」

其詩首兩句云：「淳祐六十翁，生遇時節好。」卷三丁未元日詩云：「花甲喜循環，風霜變老顏。」方回桐江續集卷十二有除夕再用韻答仁近詩二首其一云：「多公二十歲，筋力早衰微。」其二云「多公二十歲此夕感尤深。」回生於寶慶丁亥，桐江集中屢自言之，其後二十年正爲丁未。卒年未詳。蘇霖跋仁近詩稿云：「延祐丁巳秋，予至錢塘，拜識山村仇先生於北村湯先生之讀易精舍，既而屢承誨益，其年仁近七十一歲，此後尚「屢承誨益」，至少享年七十餘。又錢惟善輓仇山村詩云：「詩窮八十年，江海甚淒然，玉麈風生頰，青山雪滿顚。門墻張籍俊，墓表孟郊賢，出處人皆識，哀歌徹九泉。」詩窮可解爲詩道之窮，亦可解爲詩人身世之窮，通觀全詩，應從後解，八十年謂仁近一生也。以上所引蘇跋錢詩俱見錢塘丁氏刻本山村遺集附錄，據此兩證，可知山村壽約八十左右，卒年約在泰定天曆間。

姜表云：「年六十餘，理宗景定二年辛酉生，卒年未詳。」備考云：「以方回送山村爲溧陽教授序推之，當生於宋景定二年。又紀事詩云：『淳祐丁未予始生。』則生一二四七年。」按此序見桐江續集卷三十四及山村遺集附錄。續集後半殘缺，遺集附錄者完全，序中與仁近年齡有關者僅有「仁近受溧陽州敎，年五十八矣，歸附垂三十年，始得一州敎。」兩句，既未言得州敎在何年，亦未署作序年月，何從肯定爲生於辛酉？既未詳卒年，何從知爲六十餘？且既見「丁未予始生」之語，何以不加理會而別造無稽之談！眞不可解。　遠字仁近，自號山村民，簡稱山村，姜表備考乃云「自號近山村民」，字與號打成一片矣。

張炎　叔夏（玉田生）　山陰　七十歲以上

（宋理宗淳祐八 / 元海迷失后元）年戊申一二四八——元仁宗延祐四年丁巳一三一七以後

山中白雲詞卷八臨江仙小序「甲寅秋，寓吳，作墨水仙爲處梅吟邊清玩，時予年六十有七。」據此推算生於戊申。卒年未詳。但錢良祐詞源書後云「乙卯歲，予以公事留杭數月，而玉田張君來寓錢塘縣之學舍。……因相從歡甚。……丁巳正月，江村民錢良祐書。」全文毫無玉田已下世語氣，可知丁巳七十歲時尙在。（以上據馮沅君撰玉田年譜。年譜假定玉田卒於延祐七年庚申一三二〇左右，其說未能確定，今不取。姜表備考亦引馮譜，而云年在六十七歲以上，蓋未細讀譜文。予初稿誤從姜表，今改正。） 江昱山中白雲詞疏證卷一疏影詞注云玉田生於淳祐四年。其說毫無佐證，且與玉田自敍者不合。

劉因　夢吉（靜修）　容城　四十五

（宋理宗淳祐九 / 元海迷失后二）年己酉一二四九——元世祖至元三十年癸巳一二九三

蘇天爵滋溪文稿卷八靜修先生劉公墓表：「〔至元〕三十年夏四月十有六日，先生終於容城，春秋四十有五。……歲在己酉二月，先生生於保定。」元史一七一本傳同。

程文海　鉅夫　建昌　七十歲

（宋理宗淳祐九 / 元海迷失后二）年己酉一二四九——元仁宗延祐五年戊午一三一八

程世京撰年譜云生於己酉四月十七日，卒於戊午七月十八日。

曹元用　子貞（一字光輔）　汶上　未詳

生年未詳——元文宗天曆二年己巳一三二九

元史一七二本傳：「天曆二年，代祀曲阜孔子廟，還以司寇像及代祀記獻，帝甚喜。值太禧宗禋院副使缺，中書奏以元用爲之，帝不允，曰『此人翰林中所不可無者，將大用之矣。』會卒，帝嗟悼久之。」按：元用卒時，仁甫冥壽已逾百齡，而元用尚能遠路代祀，卒年必非耄老。其人少於仁甫約在三十年以上。俟檢元人文集詳考。

不忽木　西域康里氏（漢名時用、字用臣）　四十六

（元憲宗五 宋理宗寶祐三）年乙卯一二五五——元成宗大德四年庚子一三〇〇

蘇天爵國朝名臣事略卷四小傳云：「〔大德〕四年薨，年四十六。」元史一三〇本傳云：「〔大德〕四年，病復作，帝遣醫治之不效。……年四十六。」

袁桷　伯長　鄞縣　六十二

（宋度宗咸淳二 元世祖至元三）年丙寅一二六六——元泰定帝泰定四年丁卯一三二七

蘇天爵滋溪文稿卷九袁文清墓誌銘云：「泰定四年八月三日以疾終於家，享年六十有二。」

元史一七二本傳云：「泰定四年卒，年六十一。」錢大昕疑年錄卷二據之，定爲咸淳三年丁卯生。吳修附注云：「修案甫里集云『伯長生咸淳丙寅，宋亡時才十有四歲。』丙寅至祥興己卯，正十四年也。如泰定丁卯卒，當年六十二。」以墓誌銘證之，元史本傳誤也。用余嘉錫疑年錄稽疑說

張養浩　希孟（謚文忠）　濟南　六十歲

宋度宗咸淳六年庚午 一二七〇——元文宗天曆二年己巳 一三二九
元世祖至元七

雲莊歸田類稿附錄張起巖撰神道碑「天曆二年己巳秋七月二十七日，陝西諸道行御史臺御史中丞濟南張公薨於位。」黃溍金華黃先生文集卷八祠堂碑：「文皇御極，以翰林侍讀學士召，未至，改陝西諸道行御史臺御史中丞。公乃幡然就道，時公年甫六十。到官僅三閱月而薨於位……由是致疾，迄至薨逝，年甫六十。」元史一七五本傳亦云年六十。按雲莊類稿二十四祭李宣使文所署年月爲「天曆二年六月丁亥朔，越七日癸巳」。文云：「今年二月，余自歷下之官西臺。」又云：「余年六十，生長齊魯富庶之鄉。」同書十三□□（原缺數字）陶詩序「余年五十二，即退居農圃。」卷二十元公神道碑銘：「至治元年六月，余辭參議還濟南。」至治元年歲次辛酉，是年五十二，上溯至庚午一歲，下推至己巳六十歲，皆合。據以上諸證（包括他人記載及養浩自敍）生卒年壽確無可疑。三續卷五定爲六十一歲，己巳生，己巳卒，注云據雲莊類稿附神道碑，而與上引諸條均不合。此種錯誤在三續中固不只一見。姜表沿三續之誤而列「六十歲，庚午生」之正說於備考，此亦姜表顚倒是非之常態也。危素撰張文忠公年譜未見。

虞集　伯生　仁壽　七十七

宋度宗咸淳八年壬申 一二七二——元順帝至正八年戊子 一三四八
元世祖至元九

元史一八一本傳：「至正八年五月己未（二十三日）以病卒，年七十有七。」歐陽玄圭齋集卷九虞雍公神道碑同。葉盛水東日記云年七十二，非是。說詳余嘉錫疑年錄稽疑卷二。

貫雲石　酸齋　西域（居江南）　三十九

元世祖至元二十三年丙戌一二八六——元泰定帝泰定元年甲子一三二四

歐陽玄圭齋文集卷九元故翰林學士貫公神道碑「泰定改元五月八日，薨於錢塘寓舍，年三十有九。」

元史一四三本傳同。（本傳用其原名「小雲石海涯」）

張翥　仲舉（蛻巖）　晉寧　八十二

元世祖至元二十四年丁亥一二八七——元順帝至正二十八年戊申一三六八（是年正月，明太祖即位，建元洪武八月元亡，故又爲洪武元年。）

元史一八六本傳云：「（至正）二十八年三月卒，年八十二。」翥跋仇遠山村圖卷云：「大德初元，予甫十有一。」大德元年歲次丁酉，自此上推十一年，生於丁亥。其卒下距元之亡僅五個月耳。翥文集己佚，山村圖跋見石渠隨筆卷八，又見仇遠山村遺集附錄。

盧摯　處道（疏齋）　涿州

生卒未詳

近人孫君撰關漢卿行年考云：「盧疏齋幼給事世祖宮中，弱冠登仕版，歇歷中外垂四十年。成宗大德四年（一三〇四）年五十餘，當生於蒙古定宗或海迷失后稱制時（一二四六——一二五〇）至大元年（一三〇八）尚在。」

姜表云：「六十六歲。生，宋理宗端平二年乙未一二三五。卒，元成宗大德四年庚子一三〇〇。」備考引元詩紀事三，新元史卷二百三十七。按：紀事及新元史均未言生卒年壽，此外亦未見記載，姜氏何從得此定論？其爲嚮壁虛造，如關漢卿條，或張冠李戴，如王實甫條（均見下），蓋無可疑。孫說雖亦推測之辭，但據疏齋生平行實觀之，雖不中不遠。

關漢卿　己齋　大都

生卒年未詳

姜表云：「五十一歲。生，宋理宗紹定三年庚寅一二三〇。卒，元世祖至元十七年庚辰一二八〇。」備考引元史類編卷三十六。按：類編所載漢卿小傳，具體事實僅有「關漢卿，解州人，工樂府，著北曲六十本。」十五字，餘皆泛論元曲之文，並無任何有關生卒年壽之資料。漢卿年代，爲數十年來治元曲者未能確定之問題，且因文獻不足，恐永遠無從確定。姜表竟有此「重大發現」，而又不能確言所據，其爲嚮壁虛造，殆無可疑。

王德信　實甫　大都

生卒年未詳

姜表云：宋寧宗慶元六年庚申一二〇〇生；無卒年。其備考全文云：「蘇天爵元故資政大夫中書左丞知經筵事王公行狀，附載錄鬼簿年八十餘。」（標點悉照原文）按：此說一望即知其誤。第一：慶元庚申即金章宗承安五年，如生於此年，則元世祖中統元年已六十一歲，成宗元貞大德間已近百齡，就文學史常識觀之，雜劇家王實甫之年代決不能如是之早。第二：實甫有此相當顯赫之官階，何以所有載籍皆未述及初以爲係同名誤認及檢閱蘇天爵滋溪文稿，卷九果有此行狀，全題與姜表引述者一字不差。其人則姓王名結字儀伯易州定興人，徙家中山天曆二年拜中書參知政事，（順帝）至元二年卒，年六十二。（據此上推生於世祖至元十二年乙亥。）除同姓外，與實甫全不相干。行狀又記其諫皇太子觀賞俳優事，張珪嘗稱之爲「非聖賢之書不讀，非仁義之言不談。」此經筵講官、道學先生，如何肯做雜劇！錄鬼簿關於實甫之記載則只有「王實甫名德信大都人」九字及所作雜劇名目。姜表云云，誠未免過於離奇。

此文發表後讀近人孫氏元曲家考略，其中關於實甫之考證云：「王實甫以西廂記得善譽。通行本錄鬼簿，但記王實甫爲大都人，而不著其名。及天一閣本錄鬼簿出，學者始知王實甫名德信；惜其書不記實甫事跡，與他本同。故學者雖知其名，而仍無由知其事。余於蘇天爵滋溪文稿中，偶發見「王德信」名。如卽曲家王德信，則實甫乃王結之父。結，元名臣也，字儀伯，易州定興人，徙家中山。（此下敍王結事跡，從略。）而滋溪文稿卷二十三元故資政大夫中書左丞知經筵事王公行狀，載結事尤詳。行狀記其家人事云：『（上略）父德信，治縣有聲，擢拜陝西行臺監察御史，與臺臣議不合，年四十餘，卽棄官不復仕，累封中奉大夫、河南行省參加政事、護軍、太原郡公。母張氏，封太原郡夫人。』天爵文作於重紀至元三年，記結父母皆有封而無贈。知重紀至元三年，德信與其妻張氏猶存。度其時，年至少亦近八十，可謂老壽。元史王結傳多本天爵所爲行狀，獨削德信事不書。幸滋溪文稿今存，猶可藉行狀知德信始末。不讀天爵文，固不能知德信是結之父也。」讀此文乃知姜表備考云云係由孫說附會而來，又臆造慶元庚申之生年。實則孫說絕難成立。第一：錄鬼簿於所收諸人之事跡，或多或少，均有記載，如關漢卿爲太醫院戶、馬致遠爲江浙行省務官之類。實甫如有此官爵，又爲名人之父，不應一字不提。第二：如孫氏之說，王德信重紀至元（卽順帝至元）三年尚存，錄鬼簿成書於至順元年，在其前七八年，不應置其人於「前輩已死名公才人」之列。第三：作曲之王德信大都人，作官之王德信易州人、後徙中山，籍貫不同。同時同姓名之人古今常有；上述三證，皆顯而易見者；孫說之誤可知。其所以如此牽強附會，蓋貪多炫奇之過。余曾讀天爵文，乃將「德信」之名滑過，未加深考，誠太疏略。王結元史有傳，又有集名「王文忠集」，收入四庫全書珍本，當時亦均未檢閱也。

夏著二晏年譜補正

近人夏瞿禪所著二晏年譜，翔實精審，著稱藝苑，勝於同時問世之宛敏灝作，夏譜既出，宛譜僅供參考而已。然學問之道，本由累積，夏譜雖三易其稿始成定本，而資料之搜輯仍有未週，事實之考訂或欠精確，所推小晏年歲尤不可信，此固治考據者之所難免。予嗜讀二晏之詞，復耽譜錄之學，爰就平日涉獵所及，輯爲此篇，聊作泰山拳石之助，並請益於當世。夏譜初稿載於詞學季刊二卷一號及二號，既屬草創，自欠精詳；然亦有若干資料，初稿有之而後來刪去者，如譜後所附潁州路歧人及李宗易取烘柹二事是也。故初稿亦未可全廢。二三兩稿相差無幾，予所補正，卽以此兩稿爲對象。第二稿收入世界書局出版之詞學叢書，附於二晏詞後，第三稿收入夏氏所著唐宋詞人年譜。今於每一紀年之下，以括弧標出原譜頁數，第一數目字爲詞學叢書本第二數目字爲唐宋詞人年譜本，讀者任取其一，卽可覆核。民國五十九年冬日，鄭騫識於臺北溫州街寓廬。

宋太宗淳化二年辛卯　（四，二〇〇）

原譜所定同叔生卒年壽，確無可疑。但尚有須加考辨之異說若干事，詳見幼獅學誌七卷四期拙著宋人生卒考示例續編頁六。

太宗至道三年丁酉　（六，二〇二）

原譜云：蔡伯俙當生於眞宗天禧間，少同叔二十餘歲。今按：伯俙生於眞宗大中祥符六年癸丑，西元一〇一三，少同叔二十二歲。考證見宋人生卒考示例續編頁七至八。

眞宗景德二年乙巳（八，二〇四）

宋會要選舉九之五：「景德二年五月十五日，召撫州進士晏殊試詩賦各一首，大名府進士姜蓋試詩六篇。賜殊進士出身，蓋同學究出身。後二日，召殊試詩賦論三題於殿內，移晷而就。擢爲秘書省正字，賜袍笏，令讀書於秘閣，就直館陳彭年習諸科。時殊年十四，蓋年十二，咸以儁秀聞。是日帝親試禮部舉人，特召殊等面試，而有是命。」

此條原譜不載，今補。本年同叔十五歲，而云十四，辨詳宋人生卒考示例續編頁六。

眞宗大中祥符四年辛亥（十二，二〇八）

楊察生。

察爲同叔之婿，其人生於本年，卒於仁宗嘉祐元年丙申，年四十六。考證見宋人生卒考示例續編頁七。

原譜只有卒年，無生年。

七月，同叔弟潁賜進士出身。

宋會要選舉九之六：「大中祥符四年七月十三日，賜進士晏潁出身。潁，殊之弟，幼能文，東封歲嘗獻文業。至是殊病，帝遣中使張懷德挾醫視之，因索潁文稿，潁獻十卷。帝甚嘉獎，以示輔臣，尤賞其宮沼瑞龜賦。俄召至便殿，試三題而命焉。」樓鑰攻媿集卷七十跋諸名公翰墨云：「晏元獻囑其弟於人，以爲不可溫顏，茲非前輩之言耶。」此弟當即頴也。

原譜本年無記事，今補右兩條。

大中祥符六年癸丑　（十二，二〇八）

蔡伯俙生。

原譜無此事，今補。詳見前至道三年。

大中祥符七年甲寅　（同上）

楊寘生。

原譜無此事，今補寘爲察之弟，其人生於本年，卒於仁宗慶曆四年甲申，年三十一，見宋人生卒考示例續編頁七。寘爲慶曆二年進士第一人，（俗稱狀元）與王安石同年。同叔時爲樞密使，參閱彼年。

眞宗天禧二年戊午　（十四，二一零）

續資治通鑑長編九十二，天禧二年八月：「甲辰，立昇王受益爲皇太子，改名禎。庚戌，以右諫議大夫知開封府樂黃目爲給事中、兼太子左庶子……（昇王府）記室參軍、左正言、直史館晏殊兼舍人，賜金紫。……」未言以戶部舍人兼，與歐撰神道碑小異。碑不應有誤，或長編偶遺之也。原譜未引長編此條。

（以下俱簡稱長編）

天禧三年己未　（十五，二一一）

原譜本年引江鄰幾雜誌「昨知制誥，誤宣入禁中」云云，乃天禧四年事，說詳彼年。

十二月，論賜外國使宴樂人詞語事。

長編九十四天禧三年十二月：「丙午，翰林學士錢惟演上言：『伏見每賜契丹高麗使御筵，其樂人詞語多涉淺俗語，自今賜外國使宴，其樂人詞語，教坊卽令舍人院撰，京府衙前令館閣官撰。』從之。既而知制誥晏殊等上章，援引典故，深詆其失，乃詔教坊撰訖，詣舍人院呈本焉。」按：此事似可窺知同叔雖亦作詞，終視爲小道末技也。

原譜無此記事，今補。

天禧四年庚申（十六，二一二）

六月，被誤宣入禁中命草拜除大臣制書；辭以不敢越職，並恐洩漏機密，遂宿於學士院。

原譜於天禧二年引江鄰幾雜誌敍此事，而未能確定在何年。今按：此是本年六月丙申事，乃丁謂錢惟演排斥寇準見長編九十五。長編敍述遠較江氏雜誌爲詳，文長，不具錄。

七月，又誤被召命。

長編九十六天禧四年七月：「……〔馮〕拯既受命，樞密院領使者凡三人，前此未有，人皆疑怪，曹利用、丁謂因各求罷。上徐覺其誤，召知制誥晏殊語之，將有所易置。殊曰，此非臣職也。遂召錢惟演。……」按：此時眞宗久病昏憒，故兩次宣召同叔，命以非其職責；然似亦可見眞宗於同叔眷顧之隆，故不久卽拜翰林學士。

九月己酉，奉詔與晁迥等各舉薦賢士三人。

宋朝大詔令集一六六令晁迥等舉文學優長履行清素者各二人詔云：「朕奉若前猷，思皇至治。敦尚儒雅，式合彬彬之風；更求端良，用流藹藹之詠。惟早司於翰墨，固多識於儁髦，其有修詞博古之可稱，絜矩踐方而無玷，俾從類舉，各以名聞。資該洽而復溫純，進清修而抑貪競，繄乃薦能之効，副予育材之心。宜令工部尚書晁迥、翰林學士楊億、劉筠、晏殊、龍圖閣直學士呂夷簡、戶部侍郎李維、知制誥李諮、宋綬、張師德，於朝官內各舉有文學優長、履行清素者二人。」原註云：「天禧四年九月己酉。」此事又見長編九十六，同年月日。

以上三事，原譜或無之，或繫年有誤，今補正。

原譜：十一月戊辰，爲太子左庶子，據宋史本紀。今按：此事見長編九十六，在十一月甲子，其文云：「翰林學士、戶部員外郎晏殊，先兼舍人，改左庶子，餘官悉如故。」

原譜「草丁謂復相制」條註文引宋史劉筠傳諸書云云。今按：此事見長編九十六天禧四年十一月戊辰條，所敍同叔草制事，與劉筠傳相同。其制詞見宋大詔令集五十二及宰輔編年錄卷三，勞輯元獻遺文不載，原譜亦未錄，今照錄大詔本於下。

蒼震承基，允隆乎丕業；黃扆賦政，實總於羣司。屬躋德之有聞，思任賢而爲助，授受之際，詢謀允諧。金紫光祿大夫、吏部尚書、同中書門下平章事、充玉清昭應宮使、昭文館大學士、監修國史、上柱國、濟陽郡開國公丁謂：抱器挺生，含章秀發，學洞聖門之奧，辭鏘天律之和。自佐大鈞，罄宣忠力，翊勵精之治，責實攸先；參同德之倫，專徽斯稱。外臨藩翰，益樹風聲。因秉瑞之來庭，復登樞而贊治，薦掌機要，乃升公台，斟酌於一氣之和，緝熙於百度之政，良股斯賴，崇棟在茲。俾其首輔儲闈，兼登揆路，峻鸞臺之茂級，冠鼎席之至榮，翊宣令猷，庶協僉議。可尚書左僕射、兼門下侍郎、太子少師、同中書門下平章事，餘如故。原註云：天禧四年十月庚午。謂以戊辰同李廸罷，知河南府，翊日依舊視事，當具知河南府銜；仍用相銜，誤也。

十二月乙酉，賜金二千兩。

長編九十六天禧四年十二月：「乙酉，賜涇王元儼銀五千兩。……左庶子晏殊、詹事張士遜各二千兩。諭德魯宗道、馮元各千兩。」

此事原譜不載，今補。

眞宗乾興元年壬戌　(十八、二一四)

原譜引神道碑建議太后聽斷儀式事。今按：長編九十八乾興元年二月庚申及癸亥兩條，記此事甚詳，可參閱。癸亥條註云：「歐陽修作晏殊神道碑云：『丁謂、曹利用各欲獨見奏事，無敢決其議。殊建言羣臣奏事太后者，垂簾聽之，皆無得見。議遂定。』附傳正傳俱無此，今亦不取。」以同叔個性作風及當時情勢推測，恐無此建議，「議遂定」之言更與事實不合，歐碑恐是誇飾之詞。

原譜云本年遷給事中，未繫月日。今按：此事在七月癸酉。長編九十九乾興元年七月：「癸酉，以翰林學士、左諫議大夫、知制誥晏殊為給事中。及上即位，殊已進官，太后謂東宮舊臣恩不稱，特加命焉。」原譜引翰苑羣書請命劉筠班在己上云云。今按：其事在十月甲子，見長編九十九，敍事與翰苑羣書所引仁宗實錄相同。

十一月癸酉，奉詔修眞宗實錄。

長編九十九乾興元年十一月：「癸酉，命翰林學士承旨李維、翰林學士晏殊修眞宗實錄。尋復命翰林侍講學士孫奭、知制誥宋綬、度支副使陳堯佐同修。仍令內侍諭以一朝大典當謹筆削之意。」原譜以奉詔撰天和殿御覽與眞宗實錄並書，未繫月日。今據長編增補修實錄事。乾興僅此一年，修實錄已近歲暮，撰御覽當在此以前。

十一月辛巳，起同孫奭等爲仁宗講論語。

長編九十九乾興元年十一月：「辛巳，始御崇政西閣，召翰林侍講學士孫奭、龍圖閣直學士兼侍講馮元講論語，侍讀學士李維、晏殊與焉。初詔雙日御經筵，自是雖隻日亦召侍臣講讀。王曾以上新卽位，宜近師儒，故令奭等入侍。上在經筵，或左右瞻矚，或足敲踏牀，則奭拱立不講，體貌益莊，上亦爲竦然改聽。」按是月丁卯朔，辛巳爲十五日，卽所謂隻日。此事原譜不載，今補入，並備錄全文，以見當時進講情形。仁宗生於庚戌，本年十三歲。

仁宗天聖元年癸亥　（二十二、六）

長編一百天聖元年三月：「辛卯，司天監上新曆，賜名崇天，保章正張奎、靈臺郎楚衍等所造也。命翰林學士晏殊爲曆序。」按宋史卷九仁宗紀亦云本年三月辛卯司天監上崇天曆。原譜引宋史律曆志云事在本年八月，應從本紀及長編。

四月，奉詔詳定吏部流內銓事，旋權制流內銓。

長編一百、天聖元年五月：「戊寅，詔吏部流內銓人自今出官者，並依長定格令歸司。初，殿中侍御史大名李孝若言百司吏頻經慶恩，多減放選限，出官甚速，請加條約。因令翰林學士晏殊等與流內銓、南曹同詳定，而降是詔。」卷一〇一、天聖元年閏九月：「甲午，權判流內銓晏殊等言：『按大中祥符三年東封赦文放選時，三千餘人赴集，銓司擬注不足，始擘畫隔年預使季闕，後遂爲例，常隔年奏明季闕。選人有不願注擬之處，因循積留不補，復更預使向前遠季闕次。今來待闕人非多，欲今後且用見闕、及昨奏季闕，更不隔季預剗；如或全無本資，不願折資者，即許指射季闕，上簿歸鄉。其告身簽符等，銓司至時入遞給付，候大有選人，旋即具奏前季闕發遣。』從之。」

此事原譜不載，今補。論流內銓奏疏乃同叔政治性文字之一，雖未必是親自擬稿，總有關係，故備錄之。

宋會要職官十一之五六云：「流內銓，本吏部尚書職。國初，張昭爲尚書，領選事，凡京官七品以下，猶屬銓。竟自昭致仕，始用他官權判，頗變舊制：京官以上無選，並中書門下特除；又使府不許召置幕職，悉於銓授。今以選集者故，止自節度判官以下，州府判司、諸縣令佐，按資格注擬，號流內銓。其流外選人亦用焉。」觀此可知流內銓之大概情形，所謂權判，乃臨時職務，非常任也。

十一月己未，奉詔覆考得解進士。

長編一〇一、天聖元年十一月：「己未，降侍御史高弁爲太常博士，職方員外郎吳濟爲都官員外郎，太常丞、直集賢院胥偃爲著作佐郎，監察御史王軫爲太常博士，監兗州、漣水、光化軍、郢州酒稅，左正言劉隨罰銅五斤。初，弁等爲開封府發解官，舉人訟其考試不公，上以得解進士三十八人策論令秘閣封彌卷首送翰林學士晏殊覆考殊言舉人作訟以覬覆考頗虧士風因聽止取訟者試卷看詳弁與濟偃乃坐擅拆舉人卷首擇有名者居上軫爲封彌官而不以聞隨坐舉人以策辭相授隨爲巡捕官而不能察故有是命偃長沙人也」按胥偃後爲歐陽修岳父本年二人尚不相識見歐陽文集附錄年譜封彌今作彌封。

此事原譜不載，今補。

天聖二年甲子　(二十二、二十六)

長編一〇二天聖二年三月：「癸卯，王欽若等上眞宗實錄一百五十卷，上與太后設香案閱視，涕泣。命欽若等坐勞問久之賜燕於編修院降詔褒諭。先是，馮拯監修，拯卒，欽若代之於是欽若加司徒，修撰官李維、晏殊、孫奭、宋綬、陳堯佐、檢討官王舉正、李淑各遷秩，賜器幣、襲衣、金犀帶、鞍勒馬。」按原譜引直齋書錄，宋綬誤作李綬。

三月，奉詔與馮元編排合格進士等第。宋庠第一名，宋祁第十名。

長編一〇二天聖二年三月：「禮部上合格進士姓名，詔翰林學士晏殊、龍圖閣直學士馮元編排等第。乙巳，御崇政殿賜宋郊、葉淸臣、鄭戩等一百五十四人及第……郊與其弟祁俱以辭賦得名，禮部奏祁名第三，太后不欲弟先兄，乃推郊第一，而置祁第十……」按宋郊爲宋庠本名，後改。宋史二八四宋祁傳云：「禮部奏祁第一，庠第三；章獻太后不欲以弟先兄，乃擢庠第一，而寘祁第十。」較長編所記爲合理。

原譜但云本年「宋庠宋祁第進士」，今增改。

天聖三年乙丑　（二十一，二一七）

二月，試身言書判選人。

長編一〇三天聖三年二月：「辛酉，試身言書判選人，惠州軍事判官林冀等七人與京官，餘四十八人第遷如故事。先是，翰林學士晏殊等以冀等名聞。上問輔臣，身言書判足以盡人才乎？王欽若對曰：朝廷設此以甄別選人，若四者悉有可采，固宜陞進也。」

原譜無此事，今補。

原譜十月辛酉遷樞密副使，附註引學士年表作十一月云云。今按：宋史卷九仁宗紀、長編卷一百三、宋宰輔編年錄卷四俱云遷樞密副使在十月辛酉，與原譜所引宋史宰輔表合。學士年表作十一月，則別無佐證，自屬非是。本年十月己酉朔，辛酉是十三日，而原譜引同叔感事詩註云「十月十四日授樞密副使」，蓋十三日命下，次日起生效也。同叔本年三十五歲，宰輔編年錄云時年三十七，誤多兩歲。

十二月甲寅，加刑部侍郎。

長編卷一零三天聖三年十二月：「甲寅，樞密副使張士遜加左丞，參知政事呂夷簡加禮部侍郎，魯宗道加給事中，樞密副使晏殊加刑部侍郎。」

原譜無此事，今補。應列於「十二月上疏論張耆不可爲樞密使」之前。歐陽修撰神道碑云：「爲樞密副使，遷刑部侍郎，上疏論張耆不可爲樞密使。」據長編一〇三，知任命張耆爲樞密在本年十二月乙丑，卽同叔遷刑侍後十一日，歐碑敍次正合。原譜誤會遷字，遂以爲遷刑侍在論張耆之後，反疑歐碑爲誤。詳見明年。

天聖五年丁卯　（二十三，一〇二九）

正月庚申，罷樞密副使，刑部侍郎，出知宣州；數日，改知應天府。

此條原譜作「正月庚申，罷樞密副使，以刑部侍郎知宋州，原作宣州，誤。改應天府。」今改定如右。長編卷一百五、天聖五年正月：「庚申，降樞密副使、刑部侍郎晏殊知宣州。先是，太后召張耆爲樞密使。殊言：『樞密與中書兩府同任天下大事，就令乏賢，亦宜使中材處之。耆無他勳勞，徒以恩幸極寵榮，天下已有私徇非材之議，奈何復用爲樞密使也。』太后不悅。於是從幸玉淸昭應宮，從者持笏後至，殊怒，撞以笏，折其齒。監察御史曹修古、王沿等劾奏：『殊身任輔弼，百僚所法，而忿躁無大臣體。古者三公不按吏，先朝陳恕於中書榜人，卽時罷黜。請正典刑，以允公議。』殊坐是免。尋改知應天府。殊至應天，乃大興學。范仲淹方居母喪，殊延以敎諸生。自五代以來天下學廢，興自殊始。」宋宰輔編年錄記此事與長編大致相同，而較爲簡略，又庚申作己未。此事歐撰神道碑及宋史三一一本傳亦皆有記載，而以長編爲最詳，同叔論張耆、御史劾同叔原疏皆不傳，賴長編存其梗概。原譜未引長編，而僅引名臣言行錄（見下）及本傳，殊爲疏失。又惑於歐撰神道碑遷刑部侍郎之遷字，遂誤認刑部侍郎爲罷樞副後出知外郡之加銜，而不知在論張耆之前已遷刑侍也。諸書俱云知宣州，改應天府，無作宋州者。宋州卽應天府，無所謂改，必爲宣州，始可云改應天府。原譜改宣州爲宋州，不僅違衆，且不可通。宋史本傳云「御史彈奏，罷知宣州，數月，改應天府。」苕溪漁隱叢話後集卷二十亦云，惟數月作數日。證以長編所云「尋改知應天府，」應從叢話作數日爲是，月字乃形近之誤。依照宋代政治慣例，宰執罷官出守外郡，決不許逗留至數月之久，而同叔絕無在宣州事跡，正因命下數日即改應天，尚未及赴宣也。夏氏見同叔無宣州事跡，又泥於本傳所云數月，遂奮筆改宣爲宋，竟不理會宋州與應天爲一地，考據之學餖飣錯雜，治之既久，遂難免有此類失誤，不獨夏氏爲然。

原譜（頁二十二—二一八）引名臣言行錄云「天聖中，太后以耆爲樞密使，殊言樞密與中書爲兩府，亦宜以中材者處之，如耆者但富貴之可也。」較長編少「就令乏賢」四字，不惟文法難通，且與原意大相逕庭。

東都事略五十六本傳云：「爲樞密副使，上疏論張耆不可爲樞密使，由是忤章獻旨，坐以笏擊耆，折其齒，罷。」與宋史本傳及長編均不合，且亦事理所不許。原書耆字剜補痕跡顯然，決是從者二字之誤。蓋原書底本脫去從字，校刊者見其不可通，上文適有張耆，而者耆二字形近，遂自作聰明而妄改也。

長編一〇五天聖五年二月：「己亥，以大理評事、館閣校勘王琪簽書南京留守判官事。館閣校勘無出外者，琪爲晏殊所辟，特許之。」

右一條補入原譜（辟王琪爲府簽判）註文。

天聖六年戊辰　（二十六，二二二）

原譜本年記事考證欠詳審，今全部改定如左。

八月乙酉，自知應天府內召，拜御史中丞，令班翰林學士上。

長編卷一〇六天聖六年八月：「晏殊之出也，上意初不爲然，欲復用之。會李及卒，乙酉，召殊於南京，命爲御史中丞，仍令班翰林學士上。」按宋南京卽應天府。原譜僅據薦范仲淹事繫召拜御史中丞於本年，未能據長編確定月日。

九月，論酒課事。

長編卷一〇六天聖六年九月：「癸丑，詔天下酒場利薄，歲課不及百緡者，自今勿復增課。從御史中丞晏殊之請也。」原譜無此事，今補。

十二月，薦范仲淹爲秘閣校理。

長編卷一百六天聖六年十二月：「甲子，以大理評事范仲淹爲秘閣校理。初，仲淹遭母喪，上書執政，請擇郡守，舉縣令，斥游惰，去冗僭，遴選舉，敦教育，養將材，實邊備，保直臣，斥佞人，使朝廷無過，生靈無怨，以杜姦雄。凡萬餘言。王曾見而偉之。亦知仲淹乃晏殊客也，於是殊薦人充館職，曾謂殊曰：『公實知仲淹，捨而薦此人乎！已爲公置不行，宜更薦仲淹也。』殊從之。」按長編原作十一月甲子，而其前又有十一月。是年十一月辛卯朔，無甲子；十二月辛酉朔，甲子爲初四日。長編之十一月乃十二月形近之誤，今改正。原譜未引此條，僅據范文正公文集附錄仲淹年譜繫其事於十二月。

舉范狀全文今不存，仲淹年譜載其略云：「臣伏以先聖御朝，羣才效用，惟小大之畢力，叶天人之統和。凡有位於中朝，願薦能於丹扆，不虞進越，用廣詢求。臣伏見大理寺丞范仲淹爲學精勤，屬文典雅，略分吏局，亦著淸聲。前曾任泰州興化縣，興海堰之利。昨因服制，退處睢陽，日於府學之中，觀書肄業，敦勸徒衆，講習藝文，不出戶庭，獨守貧素，儒者之行，實有可稱云云。欲望試其詞學，奬以職名，庶參多士之林，允洽崇丘之詠。

原譜引涑水紀聞云云共七行，又石林燕語云云共四行，俱照存。「時已被召拜御史中丞」及註文四行並刪。

同月，論諸州郡監等官事。

長編卷一百六天聖六年十二月：「戊寅，御史中丞晏殊言：『諸州都監、都巡檢、閤門祗候、及內殿崇班以上，嘗爲公人僕隸者，自今毋得與舊所事官接坐。若職事相關，卽移徙他州。其三班使臣以下監臨物務者，並聽公參。』從之。」原譜無此事，今補。

張知白卒。

見宋史卷九仁宗本紀及長編卷一百六。

天聖七年己巳（二十七，二三三）

二月丁卯，由御史中丞兼刑部侍郎改兵部侍郎、資政殿學士、翰林侍讀學士、兼秘書監。

右見長編卷一〇七。所敍官職與歐撰神道碑同。長編又云：「故事，當賜襲衣、金帶、鞍勒馬。上曰：『殊嘗輔政，賜宜有異。』特以繡韉寵之。」原譜繫此事於去年，非是。

原譜去年有「皇朝文鑑六十三載侍讀學士等請宮中視學表有云：『奉長樂之慈顏，緝熙萬務。』謂太后垂簾，當爲此時作」一段註文，應移至本年。

六月辛卯，奉勑看詳轉對章疏等文字，旋罷。

長編卷一〇八天聖七年六月：「辛卯，命資政殿學士兼翰林侍讀學士晏殊、龍圖閣待制孔道輔、馬季良、看詳轉對章疏及登聞檢院所上封事，類次其可行者以聞。右司諫范諷曰：『非上親覽決可否，則誰肯爲陛下極言者？』不踰月，詔罷看詳。」此事原譜無之，今補。

原譜本年以女字富弼及註文云云，今補充資料如下。

道光泰州志卷三十五引舊志：「富弼隨父至泰州，寓景德禪院讀書，與胡翼之周春卿相友善。時范文正爲西溪鹽倉，一見弼器之，曰王佐才也。弼初名皐。晏元獻謂文正曰：『吾一女，君爲擇婿。』文正曰：『必求國士，無如富皐者。』元獻妻之。後弼與元獻俱登相府。」同書同卷引宮偉鏐春雨草堂集：「富鄭公父富言，乾興、天聖中嘗監泰州稅務。州字有石刻，蔣穎叔書云：鄭公嘗侍其父征商於海陵。」按：海陵即泰州，蔣穎叔名之奇，宋神宗時人，宮偉鏐清人。范仲淹於天禧五年、乾興元年、天聖元年，首尾三年中監泰州西溪鎮鹽倉。天聖元年，富弼曾來謁，俱見范集附錄年譜。琬琰集中編三十九富弼撰其父墓誌銘亦云「出莞海陵酤」。道光泰州志及春雨草堂集雖屬晚出之書，證以蔣書石刻及范年譜富墓誌，蓋信而有徵也。

原譜十一月，范仲淹上疏論上太后壽，及註文引宋史儒林公儀等書云云。長編卷一〇八所記略同；惟原譜引宋史仁宗本紀云癸卯冬至，乃癸亥之誤。宋史原書及長編俱云癸亥，是年十一月乙卯朔，無癸卯，癸亥爲初九日。

天聖八年庚午　（三十二，二六）

原譜云：「正月知禮部貢舉。」今按此事見長編卷一〇九，其日期爲丙寅，是月甲寅朔，丙寅爲十三日。宋會要選舉一之十則云在十二日。

原譜云：「叔原約生於此時。」今按叔原生年不可能如此之早，原譜承敎錄載張某之說已略言之。予別有「晏叔原繫年新考」附於本篇之後，有關叔原之考證均見彼文。

八月癸巳，論取士。

長編卷一〇九，天聖八年八月：「癸巳，資政殿學士晏殊言『唐明經並試策問，參其所習，以較才識短長。今諸科專取記誦，非取士之意也。請終場試策一篇。』詔近臣議可否；咸以諸科非素習，其議遂寢。」此事原譜不載，今補。王安石詩云：「少時操筆坐中庭，子墨文章頗自輕。聖世選材終用賦，白頭來此試諸生。」同叔蓋早有此感。

天聖九年辛未　（三十一，二二七）

正月，論占城諸蠻族入貢事。

長編卷一百十、天聖九年正月：「庚申，資政殿學士晏殊言：『占城、龜茲、沙州、邛部州蠻族，往往有挈家入貢者。請如先朝故事，委舘伴使詢其道路風俗，及繪人物衣冠以上史官。』從之。」此事原譜不載，今補。

四月，撰太后御殿樂章。六月，長子居厚遷奉禮郎。

長編卷一百一十、天聖九年四月：「丁酉，詔太常寺太后御殿樂，升坐降坐曰聖安之曲，公卿入門及酒行曰禮安之曲，上壽曰福安之曲，初舉酒曰玉芝之曲，作厚德無疆之舞，再舉酒曰壽星之曲，作四海會同之舞，三舉酒曰奇木連理之曲。初命翰林侍講學士孫奭撰樂曲名，資政殿學士晏殊撰樂章。至是上之，仍改厚德無疆曰合德無疆。殊子秘書省正字居厚、奭孫將作監主簿惟直並遷奉禮郎。」長編原註云：「遷官在六月甲申，今並書。」此事原譜不載，今補。

七月，爲三司使。

歐撰神道碑云：「知天聖八年禮部貢舉，明年，爲三司使。」原譜據此繫其事於本年。今按長編卷一百一十、天聖八年七月：「丁卯，降權三司使給事中胡則知陳州。」同叔蓋代胡則也，原譜未引此條。

仁宗明道元年壬申　（三十一、一〇三二）

原譜八月辛丑復爲樞密副使云云。今按長編卷一一一、宋宰輔編年錄卷四、記載並同，惟編年錄拜樞副在庚子，宋史卷十仁宗紀、卷二一〇宰輔表與長編，俱云在辛丑，自應從多數。是月庚子朔，辛丑爲初二，其差別亦只一天耳。辛丑至丙午僅五六日，故未就樞副職，即改參政。長編云：「爲參知政事，立位在趙稹上。」趙稹是時官樞密副使，見宋史二一〇宰輔表。

十一月癸未，爲尚書左丞。

見長編卷一一一；原譜繫於八月丙午改參知政事之下，誤早三月餘。

十二月，對章獻太后問謁太廟服飾。

歐撰神道碑「遷尙書左丞。太后謁太廟，有請服袞冕者，太后以問公，公以周官后服對。」長編卷一一一、明道元年十二月：「庚子，詔以來年二月躬耕藉田，先請皇太后恭謝宗廟，權奉罷南郊之禮。辛丑，命直集賢院王舉正、李淑與禮官詳定藉田及皇太后謁廟儀注。禮官議：『皇太后宜準皇帝袞服，減二章，衣去宗彝，裳去藻，不佩劍，龍花十六株，前後垂珠翠各十二旒，以袞衣爲名，詔名其冠曰儀天。又言『皇太后乘玉輅，服褘衣，九龍花釵冠，行禮服袞衣冠儀天冠。……』始，太后欲純被帝者之服，參知政事晏殊以周官王后之服爲對，失太后旨，輔臣皆依違不決，薛奎獨爭曰：『太后必御此見祖宗，若何而拜？』固執不可，雖終不納，猶少殺其禮焉。」

據右所引長編，知太后謁廟在明年二月，議服飾則在本年十二月。原譜僅據歐撰神道碑及宋史仁宗本紀繫此事於明年，非是，敍事亦稍欠詳確。

明道二年癸酉 （三十二，二二八）

原譜繫諫太后服袞冕事於本年，非是，說見上年。

四月己未，罷參知政事，以禮部尙書知江寧府，尋改知亳州。

原譜略去知江寧府事，而僅於註文中敍及，今改定。宋史二一一宰輔表、長編一一二、東都事略五十六本傳、龍川別志上、俱云知江寧府；宋宰輔編年錄四獨云知江陵府，誤。

至亳州後，上疏論普度僧道太濫，宜別爲條約。

長編一一三、明道二年十月：「甲辰，命翰林學士承旨盛度等詳定裁減天下歲所度僧道人數。初，晏殊出知亳州，言：『僧圓定者，嘗奉詔西天取大集論，還賜紫衣，乃與其徒爲刼盜里中，且比歲普度僧道皆游惰之人，宜別爲條約。』故委官裁減之。」

原譜不載此事，今補。

仁宗景祐二年乙亥　（三十六，二三二）

自亳州徙知陳州，原譜繫於本年二月。註文云：「徙陳州，碑傳無年月。按宰輔表，此年『二月戊辰，李迪自集賢殿大學士、工部尚書、平章事，以刑部尚書知亳州。』則同叔徙陳在此年二月也。」今按長編一一六、景祐二年二月：「戊辰，工部尚書、平章事李迪罷爲刑部尚書，知亳州。己巳，改新知亳州李迪知相州。庚午，復改授資政殿大學士、兼翰林侍讀學士，留京師。庚辰，降李迪爲太常卿，知密州。」戊辰至庚辰只十三天，而四次遷改，實未嘗赴亳州任。然據原譜註文所引蔡寬夫詩話「公留亳踰年，而後移睢陽（當作淮陽）」之語，自亳徙陳，卽使不在二月，亦當在其後不久。蓋李迪雖未到任，而同叔則已徙陳，知亳州者另委他人也。

仁宗寶元元年戊寅　（三十七，二三三）

四月乙亥，自陳州召還，爲御史中丞，充理檢使。

長編一二二、寶元元年四月：「乙亥，刑部尚書、知陳州晏殊以本官兼御史中丞，充理檢使。」

七月丙辰，與宋綬等詳定李照新樂。

長編同卷、七月：「丙辰，右司諫韓琦言：『前奉詔詳定鐘律，嘗覽景祐樂記，覩李照所造樂，不合古法，皆率己意，別爲律度，朝廷因而施用，識者久已爲非。今將親祀南郊，不可重以違古之樂上荐天地宗廟。竊聞太常舊樂見有存者，郊祀大禮請復用之。』詔資政殿大學士宋綬、御史中丞晏殊同兩制詳定以聞。綬等言：『李照新樂比舊樂下三律，衆論以爲無所考據。願如琦請，郊廟復用和峴所定舊樂。舊樂鐘磬不經鐫磨者，猶存三縣奇七虡，郊廟殿廷可以更用。』乃詔太常舊樂悉仍舊制，李照所造勿復施用。」宋史一二七樂志同此。

十二月甲戌，復爲三司使。

長編同卷十二月：「甲戌，刑部尙書兼御史中丞晏殊復爲三司使。」

原譜本年記事欠詳確，今改定如上。此點日本漢學者淸水茂已指出，見唐宋詞人年譜所附承教錄。

原譜據宋庠宋祁和詩定訴衷情芙蓉金菊二首爲本年作，欠酌。芙蓉金菊年年有之，處處有之，且二宋所和者是詩非詞，不能據定訴衷情作年。

仁宗康定元年庚辰　（三十八，一〇三四）

三月庚辰，請命參知政事同議邊事。

長編一二六、康定元年三月：「庚辰，詔參知政事同議邊事，仍書檢從知樞密院事晏殊之請也。」原譜不載此事，今補。三月戊寅始拜知院之命，此其後兩日。

九月戊辰，加檢校太傅，充樞密使，依前行刑部尙書。

原譜作「九月戊辰，加檢校太尉樞密使」註云「宰輔表作『檢校太傅』宛書城曰『查宋史謂唐制太尉在太傅下，宋改在太傅上。同叔所拜爲太尉，歐集詩題可證』今按宋史二一一宰輔表、長編一二八、宰輔編年錄卷四俱作檢校太傅，無作太尉者。加檢校太尉乃慶曆二年事，（見後。）宛書城所謂歐集詩題，卽「晏太尉西園賀雪歌」見歐集卷五十三（卽外集卷三）目錄註爲慶曆元年作，可能係誤註，或編集時追題，（註）不能據此孤證推翻宋史及長編諸書而考定加太尉在本年或慶曆元年。「依前行刑部尙書」七字，據宰輔編年錄增。

（註）宋人集中詩文題目，往往係編集時追題，故題中涉及人物之官職名位，可能是後來者，未必卽爲作詩時之職名。其例甚多。

除樞密使制見宰輔編年錄卷四，原譜不載，今補錄於下。

上樞之地，皇武是經，本喉舌之司，爲股肱之體，顧僉諧於朝論，特寵建於使名。乃揆良辰，誕頒明制。具官晏殊：純誠端固，敏識沉通，詞掞人文之華，道資天爵之富。被知先帝，輔學沖人。入贊二司，罄敷邦畫；出臨方面，洽著民聲。再持憲綱，更總利柄。乃眷舊臣之望，薦膺右府之資。帷幄賴於嘉謀，搢紳服其全德，宜正本兵之府，且昭與國之忠。衍邑加封，併蕃異數。於戲！佐時展用，經國須材，匪肩忠瘁之誠，曷濟幾微之務。往服休命，無忘欽哉！

仁宗慶曆元年辛巳　（三十九，三三五）

原譜繫歐陽修雪詩於本年。今按此詩歐集目錄原註本年作，但加太尉係明年事（見下，）如係誤註作年，應是明年作，如是編集時追題，則可能是本年作。說詳上年。至於原譜所云同叔罷相與此詩無關，則是確論。

慶曆二年壬午（四十一，二三七）

正月辛未，撰御書飛白記。

長編一三五、慶曆二年五月：「辛未，以大相國寺新修太宗御書殿爲寶奎殿，摹太宗御書寺額於石上，飛白題之。命宰相呂夷簡撰記，章得象篆額，樞密使晏殊撰御飛白書記」

此事原譜不載，今補。

七月戊午，自樞密使授檢校太尉、依前行刑部尙書、同平章事。

原譜此條作「七月戊午，自樞密使加同平章事」。今據宋宰輔編年錄卷四增改。除樞密使時授檢校太傅；本年加同平章事，當時謂之「樞相」，職位既崇，故晉授太尉，與宋制太尉在太傅之上正合。原譜於康定元年改太傅爲太尉，蓋因未檢宰輔編年錄也。

長編一三七云：「殊加同平章事，爲使如故」又云：「七月壬戌，詔晏殊班張耆之上。」

除樞相制見宰輔編年錄卷四，原譜不載，補錄於下。

帝王之業，非一士之所成；兵農之方，豈異途而可治。故總合二府之制，參寄羣賢之謀，式旌舊臣，以告列位。具官晏殊，器懷端裕，業履純深，學控聖人之原，文經天下之化。朕昔在藩邸，早聞政幾，嘗延賓友之良，獲親道義之益。肆纂宏緒，俾服大僚，顧樞筦之本兵，方帷幄之計事。且慮衆則勢必審，任重則責亦深，宜視秩於上司，特進班於時宰。爰田眞食，惟寵之將。於戲！邦化未孚，虜情弗諶。阜民經物，旣濟以皐夔之功，制勝伐謀，又申以良平之畫。終佇成績，用恢遠圖。

八九月間，富弼使契丹，堅不允增歲幣及誓書中稱獻或納字；朝廷從同叔議，許稱納字。

詳見長編一三七。原譜不載此事。今補。同叔對外政策似偏於「息事寧人」，觀明年與韓琦論西夏事可見。原譜註文引邵氏聞見錄所載富弼呂夷簡御前爭論事，長編與之略同。今按：弼爲同叔之壻，依當時情勢及晏富兩人關係，同叔只有出言調停之一途，非黨於夷簡，更無所謂姦邪。弼亦是急怒而不擇言耳。

是年三月，楊寘、王珪、韓絳、王安石及第。諸人來謁，同叔待安石獨異。

長編一三五、慶曆二年三月：「乙丑，御崇政殿，賜進士楊寘等二百三十七人及第。」宋會要選舉二之七：「慶曆二年四月二十三日詔：「新及第進士第一人楊寘爲將作監丞，第二人王珪爲大理評事，第三人韓絳爲太子中允，並通判；第四人王安石爲校書郎。」宋史十一仁宗紀亦云事在慶曆二年，宋史四四三楊寘傳亦云是慶曆二年進士。王銍默記獨云在慶曆三年，（全文見下）如非誤記，即是刊本之誤。默記又一條云：「王荊公於楊寘榜下第四人及第，是時晏元獻爲樞密使，上令十人往謝。」十人謂前十名，自然包括楊王等四人在內。此四人惟楊寘及第後不久卽卒，餘三人俱位至宰相。王安石詩所謂：「須信朝家重儒術，一時同榜用三人」是也。

原譜繫王安石及第來謁事於慶曆三年，當是誤據默記，今增改移置。默記此條全文，原譜不載，補錄於下。

「慶曆三年，（應作二年，見上。）御試進士，時晏元獻爲樞密使。楊察，晏壻也，時自知制誥避親勾當三班院。察之弟寘，時就試，畢，負魁天下望。未放榜間，將先宣示兩府上十人卷子。寘因以小賦求察問晏公已之高下焉。晏公明日入對，見寘之賦已考定第四人，出以語察，察密以報寘。而寘試罷與酒徒飲酒肆，聞之，以手擊案，歎曰：『不知那個衞子奪吾狀元矣。』不久唱名，再三考定，第一人卷子進御，賦中有儒子其朋之言，不懌曰：『此語忌，不可魁天下。』卽王荆公卷子。第二人卷子卽王珪，以故事有官人不爲狀元，令取第三人，卽殿中丞韓絳。遂取第四人卷子進呈，上欣然曰：『若楊寘可矣！』復以第一人爲第四人。寘方以鄙語罵時，不知自爲第一人也。然荆公平生未嘗略語及嘗考中狀元，其氣量高大，視科第爲何等事而增重耶。」按：此事之眞實性甚爲可疑。科第中與不中及其名次，在未放榜前自屬機密，同叔素性謹愼，豈能洩露？卽使洩露，楊寘雖狂，亦不敢於酒肆中公言之也。爾雅翼：「驢，一名爲衞。」衞子卽驢子。

慶曆三年癸未（四十二）（一〇四三）

三月戊子，自樞密使、檢校太尉，授依前刑部尚書、同中書門下平章事、兼樞密使、集賢殿大學士。

原譜作「三月戊子，自檢校太尉、刑部尚書、同平章事，加同中書門下平章事、集賢殿學士、兼樞密使。」今據宋宰輔編年錄卷五及宋朝大詔令集卷五十四改定。宋時宰相照例爲大學士，原譜偶脫大字，或是排印之誤。拜相制原譜不載，見宰輔編年錄及宋大詔。大詔所載官爵較編年錄詳備，今照錄於下。

古之有天下者，曷嘗不疇之庶工，審求良弼，剸屬時柄，協宣化風。朕承三聖之休，總萬幾之要，爰立作相，必惟其人。推忠佐理功臣、樞密使、開府儀同三司、檢校太尉、行刑部尚書、同中書門下平章事、上柱國、臨淄郡開國公、食邑九千五百戶、食實封二千七百戶晏殊：文經朝猷，器適時用，夙事聖考，見知沖人。向以儲禁之師臣，委知樞密之武事，忠勞形於夙夜，謀略制於邊陲。宜正台鉉之司，尚參兵幄之議。益升華於書殿，更衍食於眞封。雖倚大謀，且旌舊德。於戲！百官各稱其位，萬物各得其宜，是謂天子之毗，非曰宰相之任。勉圖丕績，式副羣瞻。可特授依前刑部尚書、同中書門下平章事、兼樞密使、集賢殿大學士，加食邑一千戶、實封四百戶，仍賜推忠協謀佐理功臣。

據此制文，知封臨淄公最晚在任樞相時；原譜繫於皇祐五年，非是。

原譜（頁四十二、二三八）晏公爲相至謂辭樞密使也云云。今按長編一四二、慶曆三年八月丁未、富弼復爲樞密副使條云：「晏殊以弼其女壻，引嫌求罷相，上不許；又求解樞密使，亦不許。」是爲「求去」之詳細情形，非僅辭樞密使也。

原譜（頁四十三、二三九）元昊稱臣至當八月前事也云云。今按琬琰集中編李淸臣撰韓琦行狀云：「邊事雖欲講解，元昊猶上書邀朝廷，其輕者欲自建元，爲父子，呼兀卒，及令我使與陪臣爲列。二府遽欲從之，公獨謂不可許。數廷議，衆尚不從，公持之愈堅，故晏丞相至變色而起，公守所見不易，卒殺其禮如公言。」長編一四二、慶曆三年七月：「癸巳，元昊既不肯稱臣，如定等來，又多所要請；兩府厭兵，欲姑從之。獨韓琦以爲不可，屢奏對於上前。晏殊曰：『衆議已同，惟韓琦獨異。』上顧問琦，琦歷陳其不便。上曰：『更審議之。』及至中書，琦持不可益堅，殊變色而起。」此兩段記載較原譜所引韓琦傳爲詳，錄之以

見同叔性格頗爲「剛峻悁急」（語見原譜頁一九八）。而同叔對外政策偏於「息事寧人」，亦可於此見之，

參閱去年 韓琦上疏條陳先行七事、救弊八事，在本年七月甲午，見長編一四二。

原譜王安石及第來謁、及註文引默記云云，應移置去年，說見前。

五月，所薦人凌景陽爲歐陽修、王素奏劾。

長編一四一、慶曆三年五月：「己巳，罷屯田員外郞凌景陽、昭信節度掌書記魏廷堅、鄭州觀察判官夏有章召試學士院。初，晏殊、夏竦、呂夷簡各薦景陽、廷堅、有章，既得旨召試，而諫官王素、歐陽修言景陽婚非類，有章嘗坐贓，而廷堅亦有踰濫之罪，故皆罷之。」歐陽修文集卷九十七論凌景陽三人不宜與舘職奏狀：「如凌景陽者，粗親文學，本實凡庸，近又聞與在京酒店戶孫氏結婚，推此一節，其他可知，物論喧然，共以爲醜。此豈足以當國家優待賢材之選。……凌景陽今已就試，乞不與舘職。」原註云「景陽轉一官知和州。……景陽、集賢晏公舉。」歐陽於同叔舉薦之人如此嚴劾，不留餘地，又頻頻上奏論事，同叔之不喜歐陽，似不僅爲咏雪一詩也。歐集此奏原註云慶曆五年上，而中有「臣職在諫諍，忝司耳目」之語。本年歐正在諫院，至五年則已出任外官矣，五年斷是三年之誤。此事原譜不載，今補。

八月丁酉，提舉删定天聖編敕。

長編一四二、慶曆三年八月：「天聖編敕既施行，自景祐二年至今，所增又四千七百餘條。丁酉，復命官删定。翰林學士吳育、侍御史知雜事魚周詢、權判大理寺杜曾、知諫院王素、歐陽修並爲詳定官，宰臣晏殊、參知政事賈昌朝提舉。」此事原譜不載，今補。

慶曆四年甲申　（四十六、二四二）

長編一五二、慶曆四年九月：「庚午，刑部尙書、平章事、兼樞密使晏殊，罷爲工部尙書知潁州。殊初入相，擢歐陽等爲諫官，既而苦其論事煩數，或面折之。（燾按參閱上年凌景陽事。）及修出爲河北都轉運使，諫官奏留修不許。孫甫、蔡襄遂言章懿誕生聖躬，爲天下主，而殊嘗被詔誌章懿墓，沒而不言。又奏論殊役官兵治僦舍以規利。殊坐是黜。然殊以章獻方臨朝，故誌不敢斥言，而所役兵乃輔臣例宣借者，又役使自其甥楊文仲時以謂非殊之罪云。」按長編記孫蔡論奏章懿（李宸妃）墓誌及役兵規利諸事，與宋史本傳相同，所據必是官書，官書所據亦卽孫蔡奏疏原譜據龍川別志以爲因宸妃墓誌而罷官，乃明道二年罷參政時事；蓋不然也。今補錄長編原文如右。

宋祁所撰罷相制詞，集中不載，原譜惜其不可見。今按此制見於宋大詔令集六十七、及宰輔編年錄卷五，宋大詔所載官職較編年錄詳備，今照錄於下。

夫乾台之任，鼎足承君，奮時謨明，均國休戚。朕既不敏，委政輔臣，冀成斷金之情，以濟涉淵之懼。苟昧茲道，疇爲協恭。推忠協謀佐理功臣、開府儀同三司、行刑部尙書、同中書門下平章事、集賢殿大學士、兼樞密使、上柱國、臨淄郡開國公、食邑一萬五百戶、食實封三千一百戶晏殊：夙有雅才，被遇文考，實參儲宷之選，因附天鱗之華。程其器能，與我朝柄，或間守屏翰，或主領劇煩。比緣樞省之勞，遂正（宰輔編年錄作遂至）冢司之總。屬邊場日騤，調擾（宰輔編年錄作調饋）煩興，老師留屯，旰食焦慮，而罔念艱疚，頗圖宴安，廣營產以殖私，多役兵而規利。致乃公論，達於予聞。永惟宰輔之方，思全進退之禮，俾上機政，改秩冬官，仍委州邦，且邇京邑。於戲！

承弼未驗，罷免所宜，眷舊人之弗忘，匪至公之獲已，當體恩遇，毋忘省循。可特授行工部尚書、知潁州軍州事、管內勸農使、管勾開治河道事、散官、勳封、食邑、食實封如故。

慶曆五年乙酉　（五十二、一〇四六）

原譜云本年改刑部尚書。今按其事在皇祐元年知陳州時，本年疑是改禮部尚書，說見下。

仁宗皇祐元年己丑　（五十三、一〇四九）

七月癸卯，改刑部尚書。

原譜據涑水紀聞，以爲改刑部尚書在慶曆五年。今按長編一六七、皇祐元年秋七月：「癸卯，禮部尚書知陳州晏殊爲刑部尚書。……上方念執政舊臣，宰相文彥博因贊以推恩，故竦等十四人皆遷官加職。」竦等十四人謂與同叔同時遷官之夏竦等也。此事載在史書，自無疑問。涑水紀聞云：「慶曆五年正月一日，見任兩制以上官，尚書刑部晏殊。」此刑部應是工部或禮部之誤。宋制，工部尚書例轉禮部尚書。同叔慶曆四年罷相，以工部尚書知潁州，而本年已是禮部，其升轉當在慶曆五年至本年之間。長編同上條又云：「侍御史知雜事何郯、監察御史陳旭等言：『伏見前任兩府臣僚，繼有除拜，非復差功計勞，特出一切恩命。近時典故，未見此比，物議喧然，不知其由。……惟晏殊前已爲刑部尚書，朝廷若以左降歲久，自從牽復恩例。』上諭郯旭等，以『朝廷寵念舊臣，特與改官，卽非常例也。』郯旭等乃不敢言。」據此可知同時遷官十四人只有同叔合於常例。觀「左降歲久」之言，亦足證明遷刑部不在慶曆五年。

皇祐二年庚寅　（五十四、二五〇）

長編一七五皇祐五年閏七月辛未條云「知永興軍晏殊秩將滿。」自五年秋上溯至本年秋，恰合三年一任，是爲本年始知永興軍之明證。原譜未載，今補。

皇祐三年辛卯　（五十五、二五一）

辟張洞事應移置去年。歐陽修集送張赴永興詩編於去年，原譜卽據以考定同叔知永興時期。去年既已送行，自不能至本年始辟官也。周益公集云在皇祐三年，若非誤記，卽是刋本二三兩字形近之誤。

皇祐五年癸巳　（五十六、二五二）

長編一七五皇祐五年八月：「戊申，觀文殿大學士、吏部尙書、新知秦州文彥博，爲忠武節度使，知永興軍、兼秦鳳路兵馬事。」是爲同叔本年自永興徙知河南之確期及明證，與原譜所引宋元憲集正合。

原譜繫封臨淄公事於本年，非是，說見前。

仁宗至和元年甲午　（五十七、二五三）

長編一七六至和元年八月：「癸卯，詔觀文殿大學士晏殊五日一赴內殿起居。壬子，詔觀文殿大學士晏殊赴經筵，賜坐杌如宰相儀。」

右兩事原譜不載，應補爲「八月疾少間侍講邇英閣」條註文。

至和二年乙未　（五十七、二五三）

原譜云：「謚元獻，蘇頌爲謚議。」註引石林燕語云：「其議今在蘇魏公集，」而未錄全文。今按此議在蘇魏公集卷二十，題爲「司空侍中臨淄公晏殊謚元獻議。」一予既備錄同叔歷官制詞，今亦錄此謚議於下。

大理寺丞、舘閣校勘、同知禮院蘇頌。（原作蘇某，乃編集時其子孫避諱）議曰：終官由三品而上，得以謚易名，非特寵貴臣而假優禮，將以因卹典而示勸監。舉字之美惡，視行之賢否，至公之道也。其法曰：『主善行德曰元，文賢有成曰獻。』惟二義之美，合於故相司空臨淄公之行爲宜矣。司空神機警異，器蘊素就，初起江介，已被先帝知奬，訓言敦勉，許以遠至。歷文舘，登掖垣，翼儲闈，直禁署，寵榮便蕃，待遇莫貳。聖皇纂嗣，注意圖舊，乃踐樞極，乃贊冢卿，出藩入輔，垂二十年，而至於大任。若其操履端固，議論誠慤，居官任職，所至有聲，讜言嘉謨，入則造膝，辟在近密，見謂忠謹，如張少孺□居朝位，除擬公當，若崔貽孫。至於好善樂善，特出天性，平生以風鑒自許，未嘗用喜慍加人，此又人之難能也。故士或被薦用者，至有十數年間，躋顯塗，置廊廟。若如范文正實同列台司，孔給事嘗代爲御史，又稱今觀文富公於上，使報遼聘，亦不以親疑爲間。昔胡廣與陳蕃並爲三司，漢史紀之；謝安引從子幼度往備北陲，晉人爲善焉。較之前良，在我無愧，可謂能知人矣，公不私矣。始以文藝自著，資適逢世，進官早成，遍歷華要，總幾有，登宰府，持憲綱，主邦計，爵祿名數極矣，而處之若無有也。遇事持正，動循規準，不爲勢怵，不爲利回。篤志文史，老而益堅，作爲文章，蹈道自信。蓋得四教之忠信，三德之剛柔，禮之中和，詩之溫厚，傳經義以飾行事，宜乎遭會兩朝，大節無玷。可謂能保躬者矣，有始卒者矣。夫委質入朝，當政任事，有知人之明而濟以不私，得不謂之主善行德乎？保躬而由禮，則行己而有始卒；得不謂之文賢有成乎？前考功狀，司空功閥，且告葬期，請以元獻謚。謹議。

道光泰州志載有同叔事跡數條，甚荒謬，原譜未載，今彙錄於下。

卷十三秩官表「晏殊，撫州人，官泰州西溪，有傳。府志據雍正府志列入知軍，誤。」

卷二十名宦「晏殊，字同叔，撫州人，嘗官泰州西溪鎮，民思不忘，改名晏溪鎮。有書院、南風亭，皆殊建。歷官觀文殿大學士，終。」

卷十九冢墓「晏殊墓，在州治東北一里許大寧阡之原，夫人康氏祔。」原註云：「按：殊，撫州臨川人，曾監西溪鹽倉，後未至此，子孫亦未遷居泰州，墓不應在此地，錄之俟考。」

卷十二祠祀門「晏公廟在西門內經武橋，祀水神，一在千戶所，一在荻柴巷，一在北門外新橋。」

今按：同叔平生蹤跡未嘗至泰州，葬許州陽翟縣，則明見於歐撰神道碑，夫人亦不姓康，泰州志之謬自不待言。范仲淹曾監泰州西溪鎮鹽稅，又曾修泰州海堰以衞民田，見范文正公集附錄年譜天聖四年、及長編一〇四天聖四年八月丁亥條，泰州志所載，蓋皆仲淹事。晏范爲同時人，名位相埒，其姓氏讀音又近，歲月既久，輾轉傳訛，遂致以范爲晏。仲淹墓亦不在泰州，所謂晏公墓疑是另一姓晏者，民間既以范爲晏，自可能以此晏爲彼晏也。各地方志纂修者多爲鄉曲陋儒，此等訛誤往往不免。

哲宗元祐六年辛未　（六十四、二六〇）

正月，知止知蔡州。三月，爲少府監。

長編四五四、元祐六年正月：「壬午，左中散大夫、主客郎中晏知止知蔡州。」同書四五六、元祐六年三月：「辛巳，左中散大夫晏知止爲少府監。」

元祐七年壬申　（六十四、二六〇）

知止知潁州。

長編四七〇、元祐七年二月：「辛酉，少府監晏知止知潁州。」同叔於慶曆四年罷相，以工部尚書知潁州。父子先後知潁，相距四十八年。此時知止之年恐亦近遲暮矣。

右所記知止事，原譜無之，今補。

右所補正，大小約八十餘事。其資料之主要來源，不出以下諸書：宋史、續資治通鑑長編、宋會要、宋宰輔編年錄、宋朝大詔令集；而宋會要並未詳閱。此外則名臣碑傳琬琰集、范仲淹年譜、樓鑰攻媿集、道光泰州志等，各采一條或數條而已。若詳閱會要及宋人文集、筆記，所得或不止此數。以夏氏之績學，用力既勤，用心甚細，而缺誤有如此者。然此事固不能專議夏氏也。十年以前，予曾撰陳簡齋年譜，載於幼獅學報，當時亦頗爲朋輩所稱許。其後涉獵羣書，續加增補，頃已寫成定稿，較之舊作，多出約五分之一。其情形與夏著晏譜正復相類。乃知考據之學，竟如無底深壑，欲求其毫髮無遺憾，眞所謂「頭白可期，汗靑無日」。豈非可爲而不可爲者乎？雖然，項蓮生之言曰：「不爲無益之事，何以遣有涯之生？」聞者哀之。八表同昏，六旬已過，予今爲此，亦不過以之「耗壯心，消短景」而已。搜殘舉碎，所得幾何？固未敢謂其必賢於博奕也。鄭騫附記。

晏叔原繫年新考

本篇爲「夏著二晏年譜補正」之一部分，提出單行，以淸眉目。讀者須合併觀之。

仁宗慶曆八年戊子西元一〇四八（五十二、三四八）

叔原約生於本年前後。

叔原宋史無傳，晁說之曾爲誌墓，今亦不存；諸書偶記軼事，亦無有關生卒之確切資料。欲考證此一問題，僅有兩項論據。其一，叔原爲同叔之暮子。其二，叔原當宋徽宗崇寧四年卽西元一一〇五尙在仕途。前者久爲人所共知，後者則近始發現。黃山谷作小山詞序：「晏叔原、臨淄公之暮子也。」邵氏聞見後錄卷十九：「晏叔原、臨淄公晚子。」暮晚意同，是爲前說之來源。後說則見於宋會要刑法四獄空門，其文云「徽宗崇寧四年閏二月六日詔：開封府獄空。王寧特轉兩官，兩經獄空推官晏幾道、何述、李注，推官轉管勾使院賈炎，並轉一官，仍賜章服。」又云「五年十月三日開封府尹時彥奏：『開封府一歲內四次獄空，乞宣付史舘。』從之。」叔原於崇寧四年閏二月已經過兩次獄空，可知三年卽已在開封推官任；五年十月仍否在任，無從查考。

暮子者，暮年所生之子也。同叔卒於至和二年西元一〇五五年，年六十五歲。叔原如生於同叔卒前十年以上，卽不得稱爲暮子。故可假定其生年不早於慶曆五年一〇四五，卽同叔五十五歲時。依照一般人生理狀況，六十歲以後生子者較爲少見，而同叔六十三四歲時卽已衰病，且叔原之下尙有一弟，均見夏譜。故可假定叔原生年不晚於皇祐二年一〇五〇，卽同叔六十歲時。上下限既已大致推定，叔原生年當在慶曆皇祐之間。（本年之明年卽皇祐元年）

宛譜及夏譜所假定之叔原生年，俱較予說爲早。宛譜於慶曆元年西元一〇四一云：「鄭俠生。小山最遲亦應生於此年。小山平生交游之可考者，惟黃庭堅與鄭俠而已。本年譜因小山生卒既不可考，只得假定與鄭俠年歲相仿佛，聊志大概。」按花菴詞選謂其於慶曆中曾作鷓鴣天詞，大稱上意。查慶曆僅八年，縱小山如乃父之七歲能文，且作鷓鴣天於慶曆之末，最遲亦應生於此年，或已生數歲矣。」夏譜於天聖八年西元一〇三〇云：「叔原約生於此時。黃庭堅小山詞序稱叔原爲同叔之暮子，而生卒年歲無考。宋元憲集二十五明道二年爲同叔第五子明遠作可秘書省校書郎制，謂明遠『率在妙齡』，叔原若幼于明遠，其時當未成年。又黃昇花菴詞選三叔原鷓鴣天注云：『慶曆中，開封府與棘寺同日奏獄空。仁宗於宮中晏樂，宣晏叔原作此，大稱上意。』是慶曆中叔原至少已十餘歲，以此互推，當生此年左右。」（頁三十、二二六）此兩說均難成立，其證有三。

第一，叔原如生於慶曆元年或更早，至崇寧四年已六十五歲以上，如生於天聖八年左右，則已七十六七。開封府推官職務甚繁，而名位不高，以公言之，當時朝廷不能用衰老之人任此繁缺，以個人言之，叔原故相之子，「磊隗權奇」，亦不肯以遲暮之年屈就此職。宋史三三八蘇軾傳：「軾退言於同列，安石不悅，命權開封府推官，將困之以事。軾決斷精敏，聲聞益遠」。據此可知開封府推官爲繁劇職務，非六七十歲人所能勝任。據東坡年譜，其事在熙寧四年，東坡三十六歲，卽叔原任推官之前三十四年。

第二如宛說則叔原生於同叔卒前十四五年，同叔年五十左右。如夏說則生於卒前二十餘年，年甫四十。與「暮子」之說顯然不合。

第三黃山谷爲小山詞作序，全是平輩而年齒相若或更稍長者語氣。山谷生於慶曆五年西元一〇四五，如宛說則叔原長於山谷五歲以上，如夏說則多至十五歲左右。依宋人習慣，年長於己七八歲卽可尊爲前輩，十五六歲者更不待言。叔原年齡果長於山谷，序文措詞不應如此「老氣橫秋」。山谷集中與叔原唱和諸詩，亦均是平交口氣。（詳見後文）

再觀夏宛兩說之論據，則僅有花菴詞選所謂叔原慶曆中曾作鷓鴣天詞一事。今按此詞決非慶曆中作。第一予爲此徧閱宋史仁宗紀、刑法志及宋會要刑法門，慶曆八年之中絕無「開封府與棘寺同日奏獄空」之記載。第二花菴所選鷓鴣天詞，今本小山詞中亦有之，其全首云：「碧藕花開水殿涼，萬年枝上（小山詞作枝外）轉紅陽。昇平歌管隨天仗，祥瑞封章滿御牀。　金掌露，玉爐香，歲華方共聖恩長。皇州又奏圜扉靜，十樣宮眉捧壽觴。」慶曆中西有元昊之叛變，北有契丹之乘機勒索，非慶昇平獻祥瑞之時，仁宗尤不喜所謂祥瑞。此兩句却與徽宗之好音樂、信道教，完全符合；「皇州又奏圜扉靜」則確是「開封獄空」。有此二證，可知花菴所謂「慶曆獄空」實爲崇寧獄空之誤傳。叔原以獄空轉官在閏二月，而此詞云「碧藕花開」，乃是夏景。蓋崇寧四五年間開封府曾有多次獄空也。（見前引宋會要）黃昇爲南宋末年人，去叔原時代已遠，輾轉訛傳，自屬難免之事。夏宛所據僅此孤證，又不可信，反證則多而有力，其誤自不待言。

夏譜（唐宋詞人年譜本頁五一〇）承敎錄載張君之說云：「花菴記慶曆中仁宗宣叔原作鷓鴣天詞，回示疑非事實，可謂卓識。惟其詞具在，未必盡誣。意花菴誤以元獻詞爲小山作，如晁无咎以小山『舞低楊柳樓心月，歌盡桃花扇底風』二語爲元獻詞，未可知也。」據此知夏氏於年譜發表後亦自疑其說，但不知覆張之信所疑如何耳。至於張氏謂花菴誤以元獻詞爲小山作，則又是鑿空之談，節外生枝。慶曆元年至四年，同叔爲樞密使，爲宰相，四年秋至八年則出知潁州。樞相重臣無被宣作小詞之理，外郡守臣更無從宣召。總緣夏張兩氏俱未見宋會要之記載，故對於花菴之說始終疑而不決。張氏又云：「鶱譜謂元豐中叔原監許田鎭時年已五十餘，錄所爲詞呈韓維，維報書稱叔原爲郎君，以五十餘歲之人而以郎君相稱，殊不近理，曩嘗疑之。如將叔原生平推遲十五年至二十年，其時叔原不過三十餘歲，則韓維郎君之稱似無不合。」其說未爲無理，但郎君之稱乃韓維就其與晏氏父子之關係而言，似與年齡無關，故未採爲夏說之反證。

徽宗政和末西元一一一八

叔原可能卒於此時前後，年約七十左右。

夏譜承敎錄（頁數見上）載張君之說云：「吳氏雙照樓晁元禮琴趣外篇卷五，有鷓鴣天詞十首，序云『晏叔原近作鷓鴣天曲，歌詠太平，輒擬之爲十篇。野人久去輦轂，不得目覩盛事，姑誦所聞萬一而已。』檢今本晏詞無此作，惟據晁詞第七首『須知大觀崇寧事，不愧生民下武篇』二語，知晁序所云『叔原近作』亦必作於大觀年間，是叔原大觀時猶在也。鶱著二晏年譜，定叔原約卒於崇寧五年，似乎早了一些。」夏氏附註云：「晁氏所謂叔原鷓鴣天詞，當指『九日悲秋不到心』『曉日迎長歲歲同』『碧藕花開水殿涼』諸首。前二首碧鷄漫志卷二云由蔡京遣客求叔原作，當時流傳必盛，故晁氏擬之衍爲十首。崇寧五年之次年卽爲大觀，則大觀間叔原當尙健在。拙譜應依張先生說，改爲（原引誤作處處）叔原卒於大觀政和間，或較近實也。」今按：夏氏所謂碧鷄漫志卷二，其原文云：「叔原年未至乞身，退居京城賜第，不踐諸貴之門。蔡京重九、冬至日遣客求長短句，欣然兩爲作鷓鴣天，『九日悲秋不到心云云』『曉日迎長歲歲同云云』，竟無一語及蔡者。」漫志特別指出「無一語及蔡者。」當是作於蔡京權勢正盛之時。據宋史二一二宰輔表，蔡京於崇寧元年七月拜相，至五年二月罷，次年卽大觀元年五月復相，三年六月再罷。叔原崇寧四年猶在開封推官任內，漫志敍蔡京求詞於退居賜第之後，當是大觀中作。證以晁元禮詞，叔原大觀中尙在，自無問題。大觀僅四年，其後卽爲政和，政和有八年，觀漫志之言，叔原退居後似尙有若干年優游歲月，政和以後則絕無事跡可考，其卒可能在政和之末，上距生於慶曆皇祐間，享年約七十左右。此雖亦屬猜測之詞，無從確定，但較夏譜似更近實。「碧藕花開」一首，卽花菴詞選所謂慶曆獄空時作者，夏譜旣信花菴之說，又謂其爲崇寧大觀時作，是其說不惟失誤，且自相矛盾矣。

以上於叔原生卒年大致考定，以下卽據此作事蹟繫年。本篇僅與叔原生卒有關之紀年加註西元，餘者從略。

神宗熙寧七年　（六十、二五六）

叔原以鄭俠上書事下獄，在本年歲暮，夏譜考證不誤，但云叔原此時約四五十歲，從予說應改爲二十六歲左右。

元豐二年、三年

此二年中，叔原在開封，與黃山谷、王稚川諸人同游唱和。

夏譜（唐宋詞人年譜本頁五一一）承敎錄載劉君之說云：「山谷外集卷七有『次韻答叔原會寂照房呈稚川』『同王稚川晏叔原飯寂照房』『次韻叔原會寂照房』『次韻稚川得寂字』四詩，卷十四有『自咸平至太康鞍馬間得十小詩寄懷晏叔原，並問王稚川行李。鵝兒黃似酒，對酒愛新鵝：此他日醉時與叔原所詠，因以爲韻』詩。前者元豐三年罷北京教官後，赴吏部，在汴京時作；後者則元豐七年由吉州太和過揚州、泗州，赴德平鎭，途中所作。『鵝兒黃似酒，對酒愛新鵝』原詩已不見錄，意者亦元豐三年在京時作也。內集別有『次韻王稚川客舍二首』及『欸乃歌二章戲王稚川』各詩，註：『王竑稚川、元豐初調官京師，寓家鼎州，親年九十餘矣。』此數詩均有年月可考，可補入譜。」今按：山谷詩房字韻第一首云：「月色麗雙闕，雪雲浮建章，苦寒無處避，惟欲酒中藏。」房字韻第二首云：「蒹葭落鳧雁，秋色媚橫塘。」寂字韻又有「還歸理編冊，長安千門雪」之語。諸詩明係秋冬兩季而非同時所作。任淵註山谷內集目錄附年譜云：「元豐三年庚申，是歲春山谷在京師，蓋罷北京教官後，赴吏部改官，得知吉州太和縣，其秋自汴京歸江南。」三年秋已歸江南，冬日之詩自是二年所作，其罷北京教官赴汴京，實應在二年而非三年春也。

此事夏譜不載，今補。

元豐五年　（六十二、二五八）

夏譜云：「叔原監許田鎭，寫新詞獻韓維，約在此時。」考證精確。但云此年叔原約五十餘歲；從予說應改爲三十五歲左右。今本小山詞中有崇寧大觀間作品，可知獻韓維者只是其中之一部分。

元豐七年

黃山谷有小詩十首寄懷叔原。

見前引承教錄劉君說此十首作於本年，見史容註山谷外集目錄。此事夏譜不載，今補。

哲宗元祐三年　（六十四、二六〇）

夏譜：「蘇軾欲因黃庭堅見叔原，叔原辭之。」及附註云云。其考證大致可信。但云「叔原此時五十餘歲；從予說應改爲四十歲左右。更不能以碧鷄漫志「年未至乞身」云云爲叔原生於天聖末之一證。夏氏之誤，一因未能切實注意叔原爲同叔「暮子」，一因未見宋會要有關叔原之記載，而輕信花菴詞選慶曆獄空小山作詞之說。如依照予所推定，叔原退居在大觀中，年約六十稍過，與「年未至乞身」之語正合。（古者七十致仕。）

徽宗建中靖國元年　（六十五、二六一）

夏譜云：「小山詞結集約在此年前。」附註云：「小山詞自序：『七月己巳，爲高平公綴緝成編。』范姓望出高平，宋人稱范仲淹、純仁父子爲高平公。梅堯臣宛陵集有聞高平公殂謝述哀三首，皇祐四年作，蓋挽仲淹之詩仲淹卒時，叔原方二十左右，詞序所稱高平公殆指純仁。宛書城謂：『純仁元祐四年知潁昌府，見宰輔表，蓋代韓縝任。是年七月適有己巳日，或小山初寫稿獻縝，至是復編集獻范。』按叔原寫詞上府帥韓少師是韓維而非縝，已辨于元豐五年譜。據宋史三一四范仲淹傳、及曾肇范忠宣公墓誌銘，純仁卒于此年，小山詞如爲純仁綴緝成編，則必在此年之前，其時叔原已六七十歲矣」今按晏范世交，且必有相當高位始得以郡望而稱公，高平公爲范純仁自無可疑。至於叔原爲范綴緝成編並作自序，則只能云在元祐之初，不能如宛說定爲元祐四年。其論證如下。第一，硯北雜志上引邵澤民云：「元祐中，叔原以長短句行。」第二，小山詞自序云「叔原往者浮沉酒中。……追惟往昔過從飲酒之人，或壠木已長，或病不偶。考其篇中所記悲歡離合之事，如幻如電，如昨夢前塵。」全是中年人語氣，其時至少三十五歲以上。第三，據陳垣二十史朔閏表，紹聖二年及三年之七月均無己巳日，至四年七月，純仁已遠謫永州，且雙目失明。（見後表）據此三證，可以初步考定編集自序應在元祐元年以後，紹聖元年以前，卽叔原四十左右至四十八九歲之間。依常理及古時交通郵遞情形推測，叔原爲范編錄詞集總應在兩人同處一地之時。今據宋史十七哲宗紀、二一二宰輔表、三一四純仁傳、及續資治通鑑長編諸書，爲元祐紹聖首尾十二年中純仁出處踪跡列一簡表，以期更進一步求得較爲確切之編集作序年分。表列紀年上加圈者其年七月有己巳日，加×者無之。

○元祐元年閏二月，同知樞密院。紀表

○二年，在知院任。

○三年四月，自知院拜相。紀表
○四年六月甲辰（初五日），罷相知潁昌。紀表
○五年五月，自潁昌移知太原。長編四四二
○六年十一月，自太原移知河南。長編四六八
×七年，在河南任。
×八年三月，自河南移知潁昌。長編四八二
七月，自潁昌召還拜相。紀表
○紹聖元年四月，罷相知潁昌。紀表
×二年九月，自陳州移知隨州。長編拾補十二何時自潁昌移陳州未詳。
×三年，在隨州任。
○四年二月，自隨州謫永州，時已失明。紀表本傳

此時期中純仁踪跡已詳右表。叔原踪跡雖難考定，但以蘇東坡欲因黃山谷見叔原一事證之，元祐元二三年叔原當在開封，（參閱夏譜頁六十四、二六〇）此三年正爲純仁在朝執政之時，而各年七月又均有己巳日。故予以爲編集自序當不出此三年，山谷所作小山詞序亦可能與自序同時。雖文獻不足，僅能猜測，而去事實或不甚遠。宛書城以爲在元祐四年，則可能性不大。純仁於其年六月初五日罷相出知潁昌，而七月己巳是初一日，二者相距不及一月，編集之事無論純仁索閱或叔原自動投贈，無

論面交或郵遞，均不應如此促迫。

小山詞之結集至少有三次：第一次爲元豐五年手寫投贈韓維，第二次爲元祐初爲高平公綴緝成編，第三次則爲今日通行之本。今本爲叔原手定，或後人編錄，無從查考，但其中有崇寧大觀間作品已見前文，當然非投贈韓范之稿。而韓范兩稿相去五六年，其間自亦有所增刪改易。夏譜云小山詞結集約在建中靖國元年之前，其言殊爲含胡籠統。若云贈韓贈范之稿，則非足本全集；若云今本，則與事實不符矣。

崇寧四年（六十五、二六一）

閏二月，叔原在開封府推官任，以兩經獄空，轉一官，並賜章服。

八月，設大晟府。

獄空轉官事詳前。宋史二十徽宗紀：「崇寧四年八月辛卯，賜新樂名大晟，置府建官。」同書一二九樂志則云在九月。據王國維清眞先生遺事，周邦彥提舉大晟府在政和六年，其時叔原是否尙在，無從確定。

綜觀上文：叔原生年至早在慶曆之末，卒年至早在政和之初。其年齡蓋少於東坡，長於方回美成，而與山谷少游相伯仲，實爲北宋後期詞人。但因係同叔之子，其作品之風格、形式，又近於前期宋詞，遂易使人發生錯覺耳。

珠玉詞版本考

晏殊珠玉詞的版本，我見過的有五種：明吳訥唐宋名賢百家詞本，毛氏汲古閣宋六十名家詞本，清四庫全書本，晏端書輯本，民國林大椿校印本，都是一卷；此外，清胡亦堂輯勞格補輯本元獻遺文附有詞二十餘首，雖非全帙，却有若干處可供校刋。我沒見過的有一種：明鈔十六家詞本。

吳訥的唐宋名賢百家詞，流傳不廣，清朝很少人知道有此書，民國以後才發現天津圖書館有一部舊鈔本，四明范氏天一閣舊藏。此本目錄有一百家，實存九十家，宋人之作居多。汲古閣的宋六十名家詞，卽取材於此書，吳訥是毛子晉的鄉先輩。北平圖書館照鈔一部，此書才得重與世人相見（附記）。此書收珠玉詞一卷，共一百三十九首，其中有采桑子三首重出，實數一百三十六首。陳振孫直齋書錄解題著錄宋時長沙刻本一卷，卷數與此相合。在宋人選本上見到的大晏詞，此本未收者很少，所據也許就是宋長沙刻本。四庫全書提要云：

名臣錄稱殊詞名珠玉集，張子野爲之序。子野，張先字也。今卷首無先序，蓋傳寫佚之矣。

這是說毛本，吳本亦無張序，也許是傳寫遺漏，也許宋時印珠玉詞卽未收張序。總之，現存珠玉詞各本，要以吳本爲最早，錯誤也最少。

毛氏汲古閣本六十家詞，原刻之外，有光緒時汪氏覆刻本，上海書坊影印本，中華書局四部備要本，商務印書館學生國學基本叢書本，雜誌公司文學珍本叢書本，書運頗爲亨通。可惜原刻校勘不精，翻印諸本陳陳相因，實在不算善本此本不但流傳最廣，而且上承吳本，下啓四庫、晏端書、林大椿諸本，是現存諸本的中樞。此本共收詞一百三十一首，目錄次序和吳本全不一樣，所收的詞也小有出入，乍看好像是別有所據，細加考查，實在是改編吳本，不過添些錯字而已。

毛本比吳本多清商怨一首，但毛氏在此調題下注云：「向誤入歐集，按詩話『或問元獻公雁過南雲』云云，確是公作，今增入。」毛本比吳本少浣溪沙（吳本題攤破浣溪沙）一首、訴衷情一首、蝶戀花二首、漁家傲一首、阮郎歸一首，共六首，但毛氏在此諸調之下均注有「舊刻若干首，考某首是某人作，今删去」等字樣，其注明删去者卽是上文所舉六首之五；只有阮郎歸未注明，在毛刻六一詞裏却有這一首，注云「或刻晏同叔」。此外，吳本重出的三首采桑子，毛本也把他們删去。如此看來，收詞不同，是毛氏自行增删的結果，並非另據其他本子。

吳本有鵲踏枝二首、蝶戀花七首，這是同調異名，毛本合併題爲蝶戀花，於調名下注云：「舊七首，考『玉椀氷寒消暑氣』是子瞻作，『梨葉疎紅蟬韻歇』是永叔作，今删去；又末二首向另刻鵲踏枝，考是一調，今併入，仍七首。」毛氏删去的兩首，吳本均在蝶戀花調下，所謂末二首，卽「檻菊愁煙」及「紫府羣仙」，吳本此二首正是題爲鵲踏枝。這一點更可證明毛本是改編吳本而成。至於目錄，各調孰前孰後的次序雖與吳本不一樣，每調中諸詞的次序却完全相同，可見目錄次序之不同，也是毛氏按調之長短改編，並無旁的依據。

一般目錄及校勘學者反對任意改變舊本次序，有時有些道理。但像吳本珠玉詞的次序，既非編年，又非按調之長短，毛氏把他改編，似無不可。不過他删去若干首詞，有些武斷。宋初詞人作品，互見的很多，沒有確證，不能斷定屬於某人，豈可任意删削？尤其字句之間，毛本錯誤很多，翻印諸本，都未改正，今舉出數例於下。

酒闌人散草草，閒階獨倚梧桐。記得去年今日，依前黃葉西風。（清平樂）

換頭第一句「草」字不協韻，清平樂從來無此作法。歷代詩餘作「酒闌人散匆匆，」晏端書本從之，韻是對了，但仍是臆改。吳本及元獻遺文均作「忡忡」，方是正文。「憂心忡忡」是詩經成句，宋人詞用「忡忡」的另外還有幾處。當初不過因爲忡忡與草草二字的別體「艸艸」形近而誤。

燭飄花，香掩燼，中夜酒初醒。畫樓殘照兩三聲，窗外月朧明。（喜遷鶯）

燼字應仄而平，中夜而有殘照，且以聲計，均不可通。我曾疑燼是燼之誤，照是點之誤，後見吳本，證明確是如此。此外諸本只有晏端書本改燼爲燼。

靜對西風脈脈，金蕊綻，粉紅如滴。向蘭堂莫厭重新，免清夜微寒漸逼。（睿恩新）

紅絲一曲傍階砌，珠露下，獨呈纖麗。……向晚羣花新悴，放朶朶似延秋意。（同上）

「向蘭堂莫厭重新，」單講已覺費解，與下句更連接不上。吳本作「向蘭堂莫厭重深，」意思便與下句聯貫。吳本一曲作一簇，描寫清楚得多。「羣花新悴，」意雖可通，但新字應仄，吳本作「欲悴，」的確比「新悴」起調。

留花不住怨花飛，向南園情緒依依。可惜倒紅斜向一枝枝，經宿雨又離披。（鳳銜杯）

柳條花頮惱青春，更那堪飛絲紛紛。（同上）

「倒紅斜向」講不下去，胡亦堂輯本及花草粹編均作「斜白，」此詞又見杜安世壽域詞，亦作「斜白，」如此便無疑問。吳本亦作「斜向，」可見沿誤已久。自古以來，只有飛紅，並無飛絲，吳本作「飛絮，」可知是形近之誤。

荷葉初開猶半捲，荷花欲拆須微綻。此葉此花眞可羨，秋水畔，青涼綠映紅粧面。（漁家傲）

粉面啼紅腰束素，當年拾翠曾相過。密意深情誰與訴，空怨慕，西池夜夜風兼露。（同上）

「青涼綠映紅妝面」令人目迷五色，莫名其妙。吳本綠作繖，這就對了。青涼繖比荷葉，紅妝面比荷花，很生動。（青涼繖是宋時名詞。趙令畤侯鯖錄云：「劉子儀三入翰林，不懌。……移疾不出。朝士問侯者繼至，詢之曰：『虛熱上攻。』石表從在座，曰：『只消一服清涼散。』意謂兩府始得用青涼傘也。」繖卽傘之本字。）「相過」的過字不協韻，彷彿記得某書說是借協閩音。吳本作「相遇」，不借閩音卽可協韻了。

嘉宴淩晨啓，金鴨飄香細。鳳竹鸞絲，清歌妙舞，畫呈游藝。（連理枝）

「畫呈」不通，吳本作「盡呈」，正是總結上文兩句。晏端書本作「畫堂」，意雖能通，却甚勉強，遠不如「盡呈」生動，顯然是臆改。

以上不過舉出毛本錯誤之一部分，此外諸本異文可資比較的還很多。宛敏灝的「二晏及其詞」裏，附有「珠玉詞箋校勘記」很精詳，但他沒見過吳本，所以尚有遺漏之處。

四庫全書收珠玉詞一卷，全同毛本，沒有討論的必要。晏端書是清咸豐時人，作過河督，是晏殊的後裔。他在揚州刊印珠玉詞一卷，題爲「珠玉詞鈔」。從他的自序裏知道他是先從歷代詩餘鈔出若干首，後來又見到毛本，去其重複，合併而成此書，並沒有見過旁的本子。所以次序和吳本毛本都不一樣，所收詞也多出六首。歷代詩餘是不可靠的書，常把作者弄錯，又常亂改字句。珠玉詞鈔多出來的六首詞，便是從歷代詩餘鈔出來的；多半是誤收。字句與他本不同處，也是根據歷代詩餘校改，甚而還有晏端書個人的臆改。所以，珠玉詞鈔只是歷代詩餘和毛本二位一體的化身而加上些誤收誤校，不算珠玉詞的別本更不能算善本。（晏本較吳本及毛本多出來的六首是如夢令、玉樓春、破陣子、玉樓人各一首，憶人人二首。只有玉樓春確是大晏作品，有趙與旹賓退錄所載晏小山和蒲傳正問答之語可證。如夢令見於草堂詩餘，破陣子見於唐宋名賢絕妙詞選，都是宋人選本，比較可信。玉樓人和憶人人等三首便靠不住了。這三首見於黃大輿編的梅苑，原無作者名，因爲在各詞前面的一首恰好都是大晏詞，於是輯歷代詩餘的人認爲也是大晏作品；不知梅苑上有很多無名氏的詞，與其前一首的作者並無關係。梅苑還有六么令及蝶戀花各一首，題「晏丞相作」，歷代詩餘並未錄入，晏本因之也就沒有。這兩首詞又見晏幾道小山詞，風格意境也極似小晏，黃大輿誤子爲父了。）

林大椿校本由商務印書館出版，全依毛本，只多出補遺三首，卽上文所舉玉樓春、如夢令及破陣子。字句略有校勘，而毛本錯誤完全照舊，只算重印毛本罷了。胡亦堂、勞格所輯元獻遺文收入李氏宜秋館印宋人甲乙丙丁集中，所收諸詞，字句多有與各本不同處，不知所據爲何？但強半是因爲看不懂原詞而妄改的。例如：「一向年光有限身」，輯本一向作已是；「人生幾度三台」，輯本竟改三台爲樓臺；「爭奈向千留萬留不住」，輯本改爭奈向爲爭奈何，而且注云「毛刻作向非是」。這是個不全的輯本，無關重要，但妄改之處不可不辨。

上述我見過的數種之外，還有我未見過的一種明鈔十六家詞本。此書現藏江蘇省立國學圖書館，舊藏錢唐丁氏八千卷樓，見於丁氏的善本書室藏書志。據宛敏灝撰二晏及其詞第十五及十九兩章所述：此書所收珠玉詞也是一卷，也沒有張先序，詞數及目錄次序完全和吳本一樣，連吳本重出的三首采桑子也照樣重出，字句間小有異同，而大體上不如吳本。從以上幾點看來，此本與吳本確是同出一源，或者就是從吳本鈔出也未可知。

我既未見過此本，當然不能多談，留待將來見到時再說吧。但既與吳本一樣，將來能見到固好，見不到似也不甚重要。（宛氏並未見過吳本，上述一切，我是從他所列此本與毛本目錄對照表及校勘記推測得知的。）

（附記）這是我的一篇舊稿，作於民國二十三或二十四年，曾載於天津益世報，五十六年深秋，改訂重寫。我作此文時，吳訥的唐宋名賢百家詞只有鈔本；其後不久，商務印書館卽將此書排印出來；所印不多，現在已不易得。還有文中所說「一般目錄及校勘學者反對任意改變舊本次序，有時有些道理。」照我近年的見解，應改「有時有些道理」爲「很有道理」；或「自有其道理」；但爲保存我以前的見解，並未改動。我修改其他舊稿時，也是這種態度：如非絕對錯誤，儘量保持原狀。

大陸雜誌三十五卷十二期

馮惟敏及其著述

本篇各條註文均在其本段之後

引論

世之談曲者，每以爲元人製作，獨有千古，審諦此言，實非確論。雜劇傳奇，不在本文範圍之內，未遑具說；若夫散曲，則朱明一代別擅勝場，絕非元人所能籠罩。元人散曲高渾灝爛，（註一）不能不推爲精品妙製；然以體製言，則小令大佳，而套數猶未發展至成熟完備之域。以內容言，則幾乎千篇一律，弔古也，厭世也，警悟也，散誕逍遙也，林泉逸興，風月柔情，搖筆即來，觸目皆是。擬之於詞，與五代宋初之作，適相彷彿。五代宋初之詞，非不高妙，然若無東坡少游以後諸大家詞之爲詞，固未可知！東坡爲豪放之首，少游開婉麗之宗，自是以後，各家作品涵蓋所及，乃不止於風花雪月，離合悲歡；蓋凡作者之性情、思想、學問、生活，皆可於詞中求之，不僅慢詞長調，爲前此所稀見，詞之一物，得與於著作之林，文藝之府，豈不以此哉！準是推論，散曲之發揚光大，固不能無待於明人矣。

（註一）「灝爛」二字見貫雲石陽春白雪序。

明初散曲，傳世者稀，且多偏於「端謹嚴密」（註二）之一派，平鈍闒茸，所不能免，論其內容，亦無以大異於元人。至正嘉之世，崑曲將興，古調漸廢，而散曲作家，忽然輩出。婉麗則有王磐、金鑾、沈仕，豪放則有康海、王九思、馮惟敏。而康王馮之作，描寫其個人之生活，表現其個人之性情、風格、理趣，面目各殊，尤爲超出元人，而非同時婉麗一派之所能及。至是而散曲境界始寬，堂廡始大，體製內容乃臻完備，明人之所以別於元人者，固在此耳。（註二）參閱散曲概論（散曲叢刊本）卷二派別第九。

三人之中馮氏又為傑出，善乎近人任君之論曰：

馮惟敏海浮山堂詞稿四卷，生龍活虎，猶詞中之有辛棄疾，有明一代，此為最有生氣，最有魄力之作矣。王世貞、王驥德輩之品評，皆嫌馮氏「本色過多，北音太繁」「多俠寡馴，時為紕纇」，蓋皆崑腔發生以後，南曲盛行時之議論，殊不足據也。（註三）馮氏之長處，正在本色與寡馴，惟其如此，乃能豪辣。若論其失，有因恣肆之極，傷於獷悍者，有因任情率性之極，詞意近於頹唐，不能凡百興會者。至於全集之中，豪辣者多，而進一步渾涵於灝爛之境者猶少，是亦其成就上之缺憾。惟諸家之中，獨馮氏斯足責也。馮之意志亦極怨憤，所異於康王者，在怨憤便索性將全部怨憤痛快出之，以示人，較少做作，而才氣之橫溢，筆鋒之犀利，無往而不淹蓋披靡，篇幅雖多，各能自舉，不覺其濫，亦非康王一派之所及也。（散曲概論卷二，頁四十。）

馮曲之風格價值，既如上述，而其所以能到此地步者，其來固有自焉。惟敏父裕，生具剛直之性，以理學名家，出為循良，退耽風雅，所生四子，皆以文采學行，著稱於時。（註四）惟敏秉遺傳，承庭訓，植身立行，酷肖其父。其思想、學術則純粹儒家者流也。其性情生活，則詩人之性情生活也。少年踪跡，遍遊五嶽，南入黔，北渡遼，已得助於江山。屢上春官，輒摧勁翮，復失意於科舉。出為令倅，則守正愛民，不畏強禦。退處山林，則詩酒嘯歌，亦有以自樂其樂。守正愛民而遭惡勢力之摧抑，故悲憤；詩酒嘯歌而故鄉擅林壑之美，故恬適。蘊蓄既厚，內容充實，此其所以能卓然特立，自成一家。孟子曰：「頌其詩，讀其書，不知其人，可乎？」爰搜採羣籍，寫爲此文，惟敏生平，於茲略見，聊供讀馮曲者之參考云爾。

（註三）二王之論，俱見後文。騭德論馮曲固多貶詞，世貞之論則譽多於毀。世貞與惟敏同時，非崑曲盛行後人物。

（註四）馮裕事跡見下。

傳

馮惟敏字汝行，自號海浮山人。其先世居山東之臨朐。明初，募中國人實塞下，有名思忠者，徙遼之廣寧，是爲惟敏高祖。（註五）傳至惟敏父裕，服官內地，携家屬還居山東，遂復臨朐舊籍。（註六）臨朐與益都接壤，同屬青州府；裕家曾寓益都，惟敏兄弟以益都籍應鄉試；（註七）裕卒，葬益都城北十里之新店，惟敏兄弟祔焉。（註八）故馮氏又占籍益都。

（註五）明刻本李維楨大泌山房集卷六十五馮氏家傳。

（註六）光緒臨朐縣志卷十四上馮裕傳。

（註七）光緒山東通志卷九十二學校志舉人表。

（註八）康熙益都縣縣志卷四陵墓，同卷驛遞云「新店在城北十里」。

裕字伯順，少孤貧，刻苦讀書。喜理學，師事義州賀欽，得白沙陳獻章之傳。成正德三年進士。歷官南北，所至有循聲惠政在貴州久，威德懷苗夷。以貴州按察副使致仕。家居講學；復好吟詩，與海岱耆宿結詩社，「所唱和多清雅可觀」其曾孫琦輯爲海岱會集；又編其自所爲詩曰方伯集，俱傳於世。裕性重厚剛介，當官伉直有裁斷，「白首耆艾，魁壘之士」也。生五子，少子惟直早卒，其四人皆知名當世，稱臨朐四馮，長惟健，次惟重，三卽惟敏，四惟訥。惟健、重、訥俱能詩，有集今存。(註九)

(註九) 裕事跡詳見馮氏家傳，臨朐縣志，康熙益都志卷七，皇明分省人物志卷九十七，馮溥佳山堂詩集王士禎序。海岱會集見四庫提要一百八十九。方伯集及惟健重訥詩集詳後著述。

惟敏正德六年辛未（一五一一）生於晉州官舍，時裕方知晉州也(註一〇)。數歲，裕遷南京部曹，惟敏隨任，居南京者十二年。(註一一)裕出守甘肅平涼，旋改貴州石阡，惟敏皆隨往(註一二)。蓋自孩幼迄弱冠，足跡所至，已半中國矣。惟敏能承家學，聰穎過人(註一三)；父課以六經諸子史，含咀英華(註一四)；復多所博觀外家之語(註一五)。詩文雅麗閎肆(註一六)；雖在弱齡，已驚長老。在貴州七年(註一七)，從父歸臨朐，聲譽噪一時。(註一八)晉陵王愼中督學山東，自謂無書不讀，少所推許，及見惟敏文，大賞異，自以爲遜其才也。(註一九)嘉靖十六年舉於鄉。(註二〇)其明年，次兄惟重，弟惟訥，俱成進士。(註二一) 惟敏與長兄惟健屢試南宮不第，乃營別墅於臨朐海浮山下之冶源居焉。(註二二)臨朐在萬山中，而水源四出，實奧衍之區。(註二三)冶源在城南二十五里，尤爲邑中勝地，碧湖清泉，煙水罨靄，古木千章，修竹萬個，夏不知暑，冬有餘青，雖處北地，而風物之美，不殊江南。(註二四)惟敏遊釣其間，浩歌自適，忘懷息機，有終焉之志。

(註十、十一) 俱見後年表。

（註十二）諸書俱未言惟敏曾至平涼。但惟敏自云「五嶽皆有馮生蹤」（石門集題閭山觀音閣七古）若未至平涼，無由登西嶽也。臨朐志馮裕傳云「命子惟健以眷屬居郡城，而獨之平涼。」今按惟重大行集有在平涼所作詩，可證臨朐志之誤。惟健惟訥則奉母居青州，見惟健陂門集，隨任石阡事見家傳。

（註十三）康熙益都縣志卷九惟敏傳。

（註十四）家傳，光緒臨朐縣志卷十四上惟敏傳。

（註十五、十六）康熙益都志傳，家傳。

（註十七）見後年表。

（註十八）臨朐志傳。

（註十九）臨朐志傳。

（註二十）光緒山東志舉人表。

（註二十一）光緒山東通志卷九十學校志進士表。

（註二十二）家傳。

（註二十三）光緒臨朐縣志三上山水。

（註二十四）冶源之勝詳見酈道元水經注巨洋水條（王先謙刻戴校本卷二十六），惟敏姪孫琦游冶源記（萬歷刻本北海集卷十二）山左明詩鈔卷九引張延寀語，（陳田明詩紀事戊籤同）光緒臨朐縣志卷三山水，同書卷四古蹟門亭舘類。惟敏詩石門集有七里溪別墅，海浮山堂詞稿卷二有環山別墅，未詳各在何地。

嘉靖丁巳戊午間，段顧言巡按山東，爲政貪酷，民甚苦之。惟敏亦被逮治，良久乃解（註二五）惟敏旣慨「在邑」之「多糾纏」（註二六）應試春官，復久而無望，遂以嘉靖壬戌入京謁選。是年授直隸淶水知縣，時年五十二，（註二七）蓋家居垂三十年矣（註二八）在官廉靜不擾，每出行以壺飧自隨，不煩里甲（註二九）時十年饑饉，百廢相仍，惟敏居閱歲，學宮、臺署、治廳、城池、郵舍、道路，以次修治，多樹榆柳，繁茂成陰，行旅歌咏之，百里改觀，治蹟核最（註三〇）然縣去京師近，豪民爲將軍、爲校尉、爲力士、爲執金吾、爲中貴人，兼併田地無算，而多逋租，惟敏摘其最負者懲之，貧民以爲德，而勢族羣不便，謗訕四起（註三一）部使者亦憒惟敏異已而深忌之，密遣人偵惟敏過失，無所得，乃誣以賣酒賣柳，與民爭利，當事者知其枉，諭以量才改邑，吏部覆奏，以惟敏「疎簡不堪臨民，文雅猶足訓士」，遂謫鎭江府學教授（註三二）鎭江故多佳山水，教授官閒事簡，惟敏於府學建仰高亭，春秋佳日，觴詠其中，生涯勝於在淶水時，而鬱積不平之氣，終有未釋者也（註三三）聘典雲南鄉試，錄文多出其手（註三四）稍遷保定府通判，奉檄修府志，集楊忠愍繼盛遺文行於世，陳郡利害十六事，皆中竅綮（註三五）時惟敏年已六十，邁往之氣，稍稍衰矣，蓴鱸之思，無時或已（註三六）會左遷魯王府官，遂自免歸（註三七）構亭冶源別墅，命之曰卽江南，日與朋輩，觴詠歡燕，（註三八）每當天日淸澄，風雪暝靄，時棹煙艇上下，自歌所爲北調新聲，優遊卒歲（註三九）如是者近十載，遘疾卒。（註四〇）

（註二十五） 見後年表。

（註二十六） 兪憲盛明百家詩本馮海浮集七里溪別墅詩云：「非無五畝宅，在邑多糾纏。」石門集有懷鳳洲使君詩云：「君子違吾邦，民今竟無祿，苛吏日睢盱，文學遭黥朴，遂令避世人，不敢留空谷。」

（註二十七、二十八）見後年表。

（註二十九）光緒益都縣圖志卷四十九惟敏傳。

（註三十）乾隆易州志卷十七重修三義祠碑記（惟敏撰），海浮山堂詞稿卷四附錄雙調新水令套序，南呂一枝花套跋，家傳。

（註三十一）家傳，臨朐志傳。

（註三十二）詞稿卷四附錄雙調新水令套序，南呂一枝花套跋，卷一仙呂點絳唇「改官謝恩」套序，家傳。

（註三十三）參閱詞稿卷一在鎮江諸曲。

（註三十四、三十五）家傳。

（註三十六）參閱年表及詞稿卷一卷二在保定所作諸曲。

（註三十七）見年表。

（註三十八）家傳。

（註三十九）臨朐志傳。

（註四十）家傳參閱年表。

惟敏名位不顯，自放山水間，不與世接，類任達曠䠶者流。然家居獨嫻禮法，每歲首與子姪家宴，爲詩歌道天倫樂事，必加勉勗。卒之日，侍者以朱衣進，搖首曰：「不當服此」，時蓋有期喪云。(註四一)在官勤政愛民，鋤奸剔蠧，勇於任事，廉峻自守，則又所謂循良之吏。惟敏弟訥與人語諸兄學行，亦多推惟敏。(註四二)若夫詩酒風流，謠歌遺興，間爲「狎邪之鼓吹」，則又文士之所以異於道學家者也。

惟敏有子四五人，可考者二子，復、子升。(註四三)孫瑗，萬歷乙未進士，官至山西參政，補開原道，有聲於時。(註四四)

(註四十一) 臨朐志傳，家傳。

(註四十二) 俞憲盛明百家詩本馮海浮集序傳。

(註四十三) 石門集七歌行云：「年來生長四五子，玄冬落寞空山裏，大者依希識姓名，別時弱嬰病欲死。」諸書均云惟敏有子名子升，據詞稿卷二歸田小令末一首鴻門奏凱歌補子復名。

(註四十四) 光緒臨朐縣志卷十四上，康熙益都志卷七，光緒益都縣圖志卷四十九俱有馮瑗傳。

年表

明武宗正德六年　辛未（一五一一）　一歲

九月初旬，生於晉州官舍。

詞稿卷一雙調新水令「庚午春試筆」套序：「余生於正德辛未。」仙呂點絳唇「郡廳自壽」套序：「己巳菊月，余至保郡越半年矣……自筮仕壬戌歲初度皆有述，在郡無與偶者，乃賦此以自廣。」黃鐘醉花陰「仰高亭自壽」套喜遷鶯曲：「正値着淸秋天道，數重陽屈指非遙。」

光緒晉州志卷五官寮志：「知州馮裕正德六年任。」是否携眷，雖難確考；然裕自正德三年至本年，始終服官於外，若未携眷，則無從生育。此時馮氏尙未囘居臨朐，故鄕遠在遼左，眷屬除隨任外，亦無他處安頓也。

父裕三十二歲

裕享年六十七歲，卒於嘉靖二十五年丙午，（詳見彼年。）

長兄惟健九歲，次兄惟重八歲。

惟重卒於嘉靖十八年乙亥，年三十六（詳彼年），據此推算，生於弘治十七年甲子；家傳云：「惟重少伯兄一歲，」可知惟健生於弘治十六年癸亥。

王九思（敬夫）四十四歲

明刻本渼陂集南曲次韻自序題「嘉靖乙巳春碧山七十八翁」據此推算，生於成化四年戊子。

康海（德涵）三十七歲

馬理康對山墓誌（乾隆本康對山集附錄）：公生成化乙未六月二十日。

楊愼（用修）二十四歲

弘治元年戊申生，（見程封改編楊文憲公年譜）

李開先（伯華）十一歲

弘治十四年辛酉生，見陸心源三續疑年錄。

正德七年　壬申　二歲

弟惟訥生

盛明百家詩本馮海浮集，「舍弟留滯隴西屢歲不遷山居馳念悵然有作」詩云：「弟乃齊余肩，少余一歲強。」蓋惟敏生於去年秋，惟訥生於今年冬也。

正德十年　乙亥　五歲

隨父裕往南京

家傳：「裕自知晉州遷南京戶部員外郎。」晉州志云，裕後任知州尙繼美正德十年任。詞稿卷一雙調新水令「留別邢雉山」套序：「僕垂髫隨宦，皓首重來。」（參閱後文嘉靖六年）

正德十六年　辛巳　十一歲

徐渭（文長）生。（見吳修續疑年錄）

世宗嘉靖四年　乙酉　十五歲

盛明百家詩本馮海浮集「舍弟留滯隴西……」詩自敍兒時生活云，「七歲嫺禮儀，灑掃闢中堂，八歲問奇字，十歲諧宮商，十二受遺經，十五氣飛揚。」

汪道昆（伯玉）生

見王世貞弇州四部續稿卷三十九贈吳大參明卿序（凌景埏詞隱先生年譜（燕京大學文學年報

第五期）引）。

嘉靖五年　丙戌　十六歲

王世貞（元美）生。（錢大昕弇州山人年譜）

嘉靖六年　丁亥　十七歲

在南京。父裕調甘肅平涼知府，攜眷自南京赴任。道出青州，上冢，會親故。留惟健、惟訥奉母居青。攜惟重、惟敏赴平涼。至是馮氏遂復舊籍。

自乙亥至此居南京首尾十二年，中間或曾至鳳陽。在南京時，兄惟健、惟重與諸名士結文社，惟敏與焉，識許石城邢雉山諸人。

家傳云裕：「遷南京戶部員外郎，督儲中都（鳳陽）稍遷郎中，久之，遷知平涼府，以後期改知石阡。」石門集宦適軒賦序云：「嘉靖戊子春，余方束髮，從家君薄遊南中，蓋自司徒大夫出守平涼，尋調石阡。」既云「尋調」，在平涼當不足一年，明年已遊南中矣，調平涼事，應在本年無疑。詞稿卷一雙調新水令「留別邢雉山」套作於嘉靖四十五年丙寅（詳後），序中有「僕垂髫隨宦，皓首重來」語，曲中有「憶金陵佳麗帝王州，四十年，感時懷舊」語，自丙寅上溯四十年，正本年也。馮惟重大行集在固原及平涼所作詩，皆言雪景，到平涼當在秋冬間，道經青州，則夏日事。

過青上冢，留眷居青事，見光緒臨朐縣志卷十四上馮裕傳，光緒益都縣圖志卷四十九同，（參閱前文本傳及注釋第十二條）家傳敍還居臨朐事於官南京戶部郎中時，與諸書皆不合，蓋約略言之，不如兩志之翔實。

光緒益都縣圖志卷四十九馮惟健傳云「從父官南京，與諸名士結文社；」康熙益都志卷九惟重傳云「憲副公（裕）官留曹，公從之留都，與許石城邢雉山諸公講業靑溪之上」；詞稿別邢曲之前有「贈許石城」南呂一枝花套，亦丙寅作，別邢曲序中又有「慨舊識之無多樂新知之畢聚」語。據以上諸事，可知惟敏與邢許爲老友，其相識則在此數年中結文社時。

嘉靖七年　戊子　十八歲

自甘肅平涼隨父往貴州石阡。（見上年）

長兄惟健舉於鄉。（見光緒山東通志卷九十二舉人表）

嘉靖十二年　癸巳　二十三歲

父裕自石阡知府升任貴州按察司副使，隨往貴筑。兄惟健自山東來省親。

惟健陂門集南征賦敍石阡父老歌其父之功德云：「太守之來也六載於茲矣，……今持憲臺，省覈廉墨。」繼云「於是乎我僕彷徨，乃臨睨夫牂牁之江，見閭山夫子於貴竹之舘。」閭山，裕自號也。據此賦可知裕守石阡六年而升任按察副使。陂門集又有聖泉賦亦本年省親時作。

嘉靖十三年　甲午　二十四歲

父裕致仕，從歸臨朐。

康熙益都縣志卷七馮裕傳云：「出守貴州，遷按察司副使，後先七年。」家傳云：「自貴州致仕歸。」證以前引陂門集南征賦，七年之說可信也。自戊子下數七年，應在本年。

次兄惟重、弟惟訥並舉於鄉。（見光緒山東志舉人表）

張獻翼（幼于）生

王世貞弇州集卷十八（康熙二十一年郢雪書林本）張幼于生志云：「世貞長幼于八歲。」世貞嘉靖五年丙戌生（見前），據此推算。石門集有贈幼于詩。

嘉靖十六年　丁酉　二十七歲

秋，舉於鄉。（光緒山東通志舉人表）

詞稿卷四正宮端正好「呂純陽三界一覽」套序，敍本年春就一道士處扶箕詢休咎事，可參閱此套序中亦言本年秋領鄉荐，與山東通志合。

晉陵王愼中時爲提學僉事，賞識惟敏文，自以爲不及。

事見前文本傳。嘉靖山東通志（萬曆丙辰續刻）卷十職官：「僉事王愼中嘉靖十五年閏十二月到任，管理學道事。」

嘉靖十七年　戊戌　二十八歲

與兄惟重、弟惟訥同赴北京會試。惟重、惟訥成進士。惟敏落第。長兄惟健亦在北京，但未應試。

惟重惟訥本年登第，見光緒山東通志進士表。惟敏去年已領鄉荐，本年兄弟皆赴會試，自無獨居不往之理。陂門集有「三月十五日羣士應制吾覘弟於闕門遇雨」一詩，又「十九日傳制兩弟爲余道其事喜而述焉」詩，後一首卽敍兩弟登第事，詩中無應試不第語意，蓋屢試不第，已絕意進取，其入京乃監護諸弟也。

至廣寧省墓。

事見詞稿卷二歸田小令末一首鴻門奏凱歌自注，當在落第之後。

嘉靖十八年　己亥　二十九歲

次兄惟重卒於廬江，年三十六。

家傳「惟重舉進士，授行人。肅皇帝南狩，奉命告湖湘，走烈暑中，及廬江而疽發於背，遂卒。」光緒盆都縣圖志卷四十九惟重傳云：「年僅三十六。」按嘉靖南巡在本年春夏間，見明史卷十七本紀。

嘉靖十九年　庚子　三十歲

康海（德涵）卒，年六十六。（乾隆刻本康對山集附錄墓誌銘）

嘉靖二十五年　丙午　三十六歲

父裕卒，年六十七。

家傳：「裕卒年六十七。」又云：「惟訥官揚州府同知，以父喪歸，服除，除松江。」檢雍正及嘉慶揚州府志秩官表均未載惟訥在官年月。嘉慶松江府志卷三十六職官表「同知馮惟訥嘉靖二十七年任。」（惟訥光祿集有詩題云「余解陽羨十年矣，己酉夏，分牧吳淞，以吏事再至。」己酉爲嘉靖二十八年，似與松江志不合。但細審文義，所謂己酉夏，乃再至陽羨之年，非始至松江之年。）松江志記二十七年任同知者惟訥之前尚有一畢某惟訥到任當在是年秋冬間自此上溯二十七個月裕卒當在本年。陂門集「南省」詩序云：「先府君嘗令華亭爰歷三紀季弟惟訥復佐松郡。」裕令華亭在正德戊辰、己巳間見光緒華亭縣志卷十一職官自此下數三紀應是甲辰、乙巳間與松江志及光祿集均不合蓋舉成數言之非恰爲三紀也。

方伯集「幽居」詩云「解綬二十載卜築此屋廬」裕自甲午致仕至此首尾僅十三年「二十」恐是「十二」之誤否則亦是舉成數也。

嘉靖二十九年　庚戌　四十歲

湯顯祖（義仍）生。（近人徐君撰湯顯祖年譜）

嘉靖三十年　辛亥　四十一歲

王九思（敬夫）卒年八十四。（列朝詩集小傳）

嘉靖三十一年　壬子　四十二歲

與臨朐知縣王家士挔修縣志。

光緒臨朐縣志卷十三宦績：「知縣王家士字汝希河南光山人舉人嘉靖二十六年任。（按：嘉靖三十二年去職見卷十一秩官表）興學舉廢好以儒術飾吏治縣故無志舊聞闕如家士始與邑人馮惟敏徵文考獻勒爲成書。」同書凡例「舊志創於明嘉靖三十一年董其事者知縣王家士總纂者邑人馮惟敏今不存。」

嘉靖三十二年　癸丑　四十三歲

沈璟（伯英）生。（淩景埏詞隱先生年譜，燕京大學文學年報第五期）

嘉靖三十五年　丙辰　四十六歲

王世貞爲青州兵備副使。

見青州府志卷三十六名宦傳石門集「有懷鳳洲使君」詩所云云（引見前文），蓋鳳洲去後之思，兼致憾於段顧言也。（見下年）

嘉靖三十七年　戊午　四十八歲

段顧言爲山東巡按，貪虐無厭，齊魯之民苦之。惟敏亦被逮至歷城，久之乃解。時俞憲爲山東左參政，因得縱觀惟敏詩文。

俞憲盛明百家詩馮海浮集序傳：「予參東藩，海浮忽爲一巡院所虐，逮繫省城，因得縱觀其詩文。……」其所指巡院，即『七歌行』自注，『墨吏扇禍齊魯間，六郡甚苦之，余亦致至歷下，良久乃解』者也。蓋嘉靖丁戊間，段侍御顧言云。「七歌行」見石門集詞稿卷二醉太平「戊午感事」，卷四正宮端正好「三界一覽」般涉調耍孩兒「骷髏訴冤」，又「財神訴冤」，皆爲段作也。嘉靖山東通志（萬歷丙辰續刻）卷十職官「巡按監察御史段顧言字汝行，遵化人，進士，嘉靖三十六年任。裴天裕，三十七年任。」詞稿「財神訴冤」套自注云「獨留二年，六郡之財悉歸私室而後去」。段之任期蓋去年今年兩整年，段去裴來，當在本年歲杪。

據嘉靖山東通志知段顧言前任巡按爲毛鵬，其人以正直廉潔稱，卽今京劇「四進士」中之一進士。醉太平「戊午感事」一曲云「包龍圖任滿，于定國遷官」，卽謂毛也。

嘉靖三十八年　己未　四十九歲

楊愼（用修）卒年七十二。（見程封改編楊文憲公年譜予原稿誤作六十六歲。）

嘉靖四十一年　壬戌　五十二歲

春，入京謁選。六月，授直隸淶水縣知縣。

入京時，道經歷城，遇沈仕（懋學）。

家傳：「謁選，授知淶水縣事」。詞稿卷一，仙呂點絳唇「郡廳自壽」套序：「自筮仕壬戌歲，初度皆有述」。詞稿自序：「壬戌春，余策款段出山中，遂浪跡風塵雲水間」。光祿集「發淶水後寄別家兄」詩序：「壬戌仲夏，家兄海浮解褐補淶水令」。詞稿卷一雙調新水令「訪沈青門乞畫」套序「青門之名，余耳之舊矣，壬戌早春歷城邂逅西館燕嬉，時余猶書生也」。

嘉靖四十二年　癸亥　五十三歲

在淶水任。秋，解官歸臨朐。

在淶水政績及罷官詳情，見前文本傳。諸書皆以淶水解官及改鎭江教授二事連書。今按詞稿卷二有朝天子「解官至舍」二十首，自注云「余以癸亥秋解官，自分優游山水，無意世事」。詞稿卷一雙調新水令「仰高亭自壽」套自注：「余以乙丑冬客潤州」。據此二事，知本年解官後，曾歸臨朐閒住年餘。

嘉靖四十四年　乙丑　五十五歲

改鎮江府學教授。春，自臨朐入京陛謝。在京訪沈仕（懋學）乞畫。至晚於冬日到鎮江。

詞稿卷一仙呂點絳脣「改官謝恩」套自序「初解邑綬，臺章論以量材改邑，章下天曹，覆奏謹按：臣敏『疎簡不堪臨民，文雅猶足訓士。』制曰可！遂攝鎮江教事，昧爽陛謝，喜而製此。」雙調新水令「訪沈青門乞畫」套自序：「余今以曠官赴調，復得周旋談笑京邸間，因乞作畫。」其上文敍壬戌邂逅歷城事，京邸乞畫當在本年陛謝時。曲中有云「故園此日花如繡，蘭舟蕩漾閒春晝，」可知入京在春日。據上文所引「余以乙丑冬客潤州」之語，知到鎮江最晚在冬日。

嘉靖四十五年　丙寅　五十六歲

在鎮江任。春，至南京參謁留臺，與許石城、邢雉山諸人話舊，識金鑾（白嶼）於友人席上。是年，作仰高亭於鎮江府學。

詞稿卷一南呂一枝花「贈許石城」套自序：「丙寅春，余以移官京口，參謁留臺，過訪奉常許石翁。」雙調新水令「留別邢雉山」套自序「僕垂髫隨宦，皓首重來，慨舊識之無多，樂新知之畢聚。」黃鍾醉花陰「酬金白嶼」套序「秋澗雅招，春園好會，得白嶼之老友，聆黃鍾之希聲……恨相知之既晚，計信宿之無繇。」三曲銜接編次，自是同時之作。金鑾固常住南京也。雙調新水令「仰高亭自壽」套自注：「丙寅作仰高亭於尊經閣之北，舊膳堂遺址也……丙寅之秋，自壽於亭中。」

閏十月，刻山堂輯稿、海浮山堂詞稿。（見詞稿自序；詳後著述。）

穆宗隆慶元年　丁卯　五十七歲

在鎭江任。應聘典雲南鄕試。

家傳「聘典雲南試，錄文多出其手。」雙調新水令「仰高亭自壽」套自注：「丁卯應滇闈之聘。」

姪子履舉於鄕。（光緖山東通志舉人表）

子履惟重子，光緖臨朐志卷十四有傳。

隆慶二年　戊辰　五十八歲

在鎭江任。

李開先（伯華）卒，年六十八。（三續疑年錄）

據詞稿卷一中呂粉蝶兒「辭署縣印」套，知在鎭江時曾兼攝丹徒縣，不知事在何年，附識於此。

隆慶三年　己巳　五十九歲

春，自鎭江教授調保定通判。是秋，嬰腦疾。

家傳「自鎭江教授，稍遷判保定府。」詞稿卷一仙呂點絳唇「郡廳自壽」套序：「己巳菊月，余至保郡閱半年矣。」雙調新水令「庚午春試筆」套序「自去秋出城，毒霧淫於五內，醫愼宣洩，遂嬰腦疾。雖勉慕微祿，時時強起，然風寒易薄，勤力不任，從此矣。」（末句似脫一字。）

隆慶四年　庚午　六十歲

在保定任。修府志，集楊繼盛遺文行世。陳郡利害十六事。（見家傳。事或在明年，或在去年，姑繫於此。）署滿城縣事，旋辭。石臻爲作寫眞，及海浮山村圖。

詞稿卷二醉太平「庚午郡廳自壽」第六首云：「正管著府廳，又署著滿城。」卷一有中呂粉蝶兒「辭署縣印」套可參閱。正宮端正好「六秩寫眞」套序云：「林山山人數年前以繪事謁余於涞水，今年至保州見余，山人謂余貌猶昔也……因問之曰『若能爲海翁畫像乎？』山人笑而諾焉。乃作畫二幅，其一則海浮山村圖云。山人石臻，行唐人。」

隆慶五年　辛未　六十一歲

在保定任。春，弟惟訥自江西左布政使入覲，尋以光祿卿致仕歸臨朐。惟敏送之雄州，約同歸隱。歲暮，改魯王府審理所審理，辭免未赴。明年早春，遂去官歸臨朐。（詳下年）

隆慶六年　壬申　六十二歲

春，自保定歸臨朐。構即江南亭於冶源別業（家傳）。

詞稿卷一商調集賢賓「舍弟乞休」套序云：「舍弟少洲子，辛未自江省左轄入覲……乃請老。」仙呂點絳唇「量移東歸述喜」套序云：「是年春，舍弟得旨東歸，余是以有雄州之會，相將同隱南山冊。弟不可曰：『不告而去，非禮也。』……至是擢魯士師，遂行。」此兩套之間，夾雙調新水令「送李閣老南歸」一套，序稱「石鹿翁」「賢相」，曲云「狀元歸去」「兩朝元老」，蓋李春芳也。春芳致仕在辛未五月，見明史卷一百一十宰輔表，可知三曲均辛未作。點絳唇序中之是年，蓋蒙集賢賓序中之辛未而言。詞稿卷二歸田小令胡十八曲題，亦云「辛未量移東歸。」據此，則惟敏兄弟歸田，均在辛未矣。

然詞稿卷一商調集賢賓「歸田自壽」套序，又云「壬申歸田」卷二歸田小令朝天子「將歸得舍弟書」亦云「去春啊你同，今春啊俺歸。」可知奉量移之命在辛未歲暮，自保定啓行則已在壬申早春也。

點絳唇「量移東歸」套曲文，有「佐的是千里邦畿頭一郡，輔的是九朝藩國上十王，端的是長沙太傅江都相。」之語。家傳敍此事云「左遷王官。」可知所謂魯士師，蓋魯王官屬。嘉靖山東通志（萬歷續刻本）卷九封建：「魯王開府兗州，王府官屬有審理所，置審理正一人，審理副一人。」顧名思義，魯士師蓋卽魯王府審理也。點絳唇曲文又云：「啓賢明一字王，感仁恩千歲昌，代陪臣上表章，賜山人歸故鄉。」家傳云：「左遷王官，遂歸。」可知未赴兗州，卽歸臨朐。

弟惟訥卒，年六十一。

詞稿卷一商調集賢賓「歸田自壽」套序云：「壬申歸田，而是歲余弟不祿。」惟訥生於正德七年壬申，見前，其人歸田僅年餘也。

神宗萬曆元年　癸酉　六十三歲

姪子咸舉於鄉。（光緒山東通志舉人表）

子咸，惟健子，光緒臨朐志卷十四上有傳。

集中套曲題干支者，止於本年，此後只有雙調新水令「題劉伊坡壽域」一套。蓋家居恬適，無話可說，無事可寫，故不再作套曲也。

萬曆二年　甲戌　六十四歲

除名。

詞稿卷二歸田小令有「聞報除名」折桂令四首，編於「甲戌新春試筆」仙桂引之後。

馮夢龍生。(容肇祖馮夢龍的生平及其著述)

萬曆四年　丙子　六十六歲

姪孫琦舉於鄉。(光緒山東通志舉人表)

詞稿卷二歸田小令有「送琦孫鄉試」折桂令琦惟重孫子履子明史卷二一六有傳。

萬曆五年　丁丑　六十七歲

姪孫琦成進士。(光緒山東通志進士表)

詞稿卷二歸田小令有「夜聞琦捷口占」朝天子二首。

萬曆六年　戊寅(一五七八)　六十八歲

命男子復至廣寧省墓。

詞稿卷二歸田小令有「復兒度遼省墓」鴻門奏凱歌二首，編於「戊寅試筆」清江引之後，自注云：「余戊戌東歸一展墓，逮今四十年，始遣子復。」

是年卒？

詞稿卷二共分兩部，首爲「歸田小令」編至「度遼省墓」鴻門奏凱歌爲止；自「解任後聞變有感」

仙子步蟾宮以下，原本另題「海浮山堂詞稿小令」中皆庚午以前之作。全集紀年，無較戊寅更晚者，戊寅所作曲，亦僅「試筆」淸江引及「省墓」鴻門奏凱歌兩題十二首，或卽卒於本年。「或卽」，原稿作「蓋卽」，太肯定。編集時改正。

著　述

(一) 專著：

臨朐縣志

未見傳本。詳年表四十二歲。

保定府志

未見傳本。詳年表六十歲。

(二) 文：

礦洞議（見光緒臨朐縣志卷十六雜記，似非全篇。）

重修三義祠碑記（見乾隆易州志卷十七藝文）

海浮山堂詞稿自序（見詞稿卷首）

家傳稱惟敏爲文閎肆，萬言可立就，王愼中自以爲遜其才。又云：「其文不爲刻削語，情事若指掌上。」然惟敏文只存以上三篇，餘文未見。（套曲小序多成篇者，以非專文，故未計入詞稿（原刻本）卷四附錄，南呂一枝花套題注云，「有引見文稿，」此文稿當是惟敏自編，曾否付刻，今不可考。詞稿自序云，「刻山堂輯稿於潤州，」輯稿今佚，其中或有文耶？

(三) 賦、詩：

石門集一卷（又名別駕集）

萬曆二十四年丙申，康丕揚選，姪孫琦校刻本與兄惟健陂門集（又名孝廉集），惟重大行集，弟惟訥光祿集合稱四馮先生集，有康丕揚序冠以父裕方伯集（前附家傳）稱五大夫集。光緒臨朐縣志卷九上藝文著錄原本寫刻頗精，燕京大學圖書館藏。

馮海浮集一卷

隆慶中俞憲編刻盛明百家詩本前有俞撰序傳，題隆慶戊辰夏。時惟敏方在鎮江。

石門集爲選本，盛明百家詩刻於惟敏生前，故皆非全集而互有異同。石門集收賦二篇，詩一百五十四首；盛明百家收詩一百五十三首。兩本相合去其重複，得賦二篇古近體詩二百四十三首；乾隆易州志卷十八又有七律一首，題爲「仙臺」爲兩本所無。傳世惟敏詩賦，蓋盡於此矣。臨縣朐志又著錄山堂詩稿，無卷數，其書未見，或即山堂輯稿耶？

附錄詩話：

「海浮詞雖逸而氣弱，律雖協而調卑」。（朱觀熉海嶽靈秀集（原書未見），此據陳田明詩紀事戊籤卷八所引。）王兆雲皇明詞林人物考卷九云：「詞雖逸而氣未雄，律雖協而調少遜。」似即襲用朱氏之言。

「馮汝行如幽州馬客，雖見伉俍，殊乏都雅。」（王世貞藝苑巵言卷六）

「惟敏詩雖未工，亦齊魯間一才人也。」（錢謙益列朝詩集丁集二）

「臨朐四馮，朱中立首推汝強；詩王秋史謂汝威爲四集之冠；朱竹垞謂汝言詩『華整可觀，其賈氏之偉節乎。』余謂終不若汝行之才氣縱橫也。（陳田明詩紀事戊籤卷八）

（明詩綜，靜志居詩話，山左明詩鈔諸書，或鈔錄上述評語，或記載冶源風物，於惟敏詩無所論列，均不錄。）

（四）詞：

未見。詞稿卷二小令中有浪淘沙，然此調詞曲兩用，詞稿所載亦是曲體，非詞體，惟敏遂無一詞傳後也。

（五）曲：

一、散曲：

海浮山堂詞稿四卷

馮氏家刻本　散曲叢刋本（中華書局出版）　明汪氏環翠堂刻坐隱先生選本。

卷一：大令（卽套數）三十二套，皆北曲。

卷二：(1)歸田小令二百二十七首，（外耍孩兒「十自由」散曲叢刋本移於卷四之末）

(2)海浮山堂小令一百六十六首。

卷三擊節（或作筑，非是）餘音散套十一套，南北俱有，內僧尼共犯第一折，與附錄重，實得十套。雜曲小令一百三十九首，（原本一百三十六首，散曲叢刊本據汪刻選本增補三首）內南倚馬待風雲「悼妓琴仙」四首，南黃鶯兒「贈妓仙臺」四首重見卷二，實得一百三十一首，此卷皆狎邪謔浪之作，明人結習，存而不論可也。

卷四附錄(1)套數五套，皆悲憤寓言之作，散曲叢刊本移卷二之要孩兒「十自由」於此。

(2)雜劇二本玉殿傳臚　僧尼共犯

散曲叢刊本刪去此二種。

馮氏家刻本前有惟敏手書自序，署「丙寅閏月，」嘉靖四十五年也，序云：「余弟往在秦州刻詩紀，以其羨刻石門樂府，余今刻山堂輯稿於潤州，既迄工，乃別輯此卷刻之，亦惜其羨耳。」今所見本，載丙寅以後曲甚多，自是後來印本。全書依年分類，編次井然，各曲後時有自記，蓋惟敏晚年手訂本，而仍用原序耳。全書四卷，卷爲一冊，每冊封皮皆有寫刻題籤曰：「海浮馮先生詞稿」蓋馮氏後人印本。觀其刻工字體，至晚在萬歷末年，而書中所收萬曆初年作品甚多，故可定爲萬曆中葉刻本，傳世馮曲舊刻，只有此本，且甚稀見，或題嘉靖刻本，蓋據卷首舊序也。嘉靖丙寅原刻，今已不可復見。光緒臨朐志卷九上藝文著錄「山堂詞稿，」注云：「舊志云四卷，今考原書只二卷，」舊志之四卷，當卽今所見者，二卷之原書，或卽丙寅刻本耶？抑卽四卷本之前二卷耶？無從稽考矣。

散曲叢刊本，卽據家刻本覆印，誤字尙不甚多，惟有較大錯誤三端，不可不辨：

一、卷二卷三有重出之曲八首，（見前）未能校出删去。

二、卷四附錄散套皆悲憤寓言之作，故歸附錄。叢刋移卷二之耍孩兒「十自由」於此，風格性質，全不相同，殊失編次原意。且耍孩兒原在歸田小令中，係依年編入者。馮氏原意，蓋以之爲重頭，而不以之爲套數，故原刻本僅有耍孩兒總題，每支曲並未冠以第幾煞字樣，末曲亦無尾聲字樣，叢刋擅爲添入，更嫌武斷。

三、卷二之歸田小令止於鴻門奏凱歌「復兒度遼省墓」自仙子步蟾宮「解任後聞變有感」以下，原刻本另題「海浮山堂詞稿小令」；書口記頁數處，於歸田小令則云「田若干頁」，於海浮山堂小令則云『小若干頁』，頁數各爲起訖。二者雖居同卷，實分兩部。後者百餘首，皆歸田以前作，其中有題干支者，有未題者。叢刋删去『海浮山堂詞稿小令』一行字樣，連接排印，頁數亦直數下去，遂若此一卷小令，皆是歸田以後所作，原來編次，爲之紊亂。

汪氏環翠堂刻坐隱先生選本，原書余未之見，見於曲諧卷一（散曲叢刋本）。曲諧曾據校原刻本，異文附於散曲叢刋本各曲之後，共約五十條，多妄改處，今附舉十例如下：（卷數頁數據散曲叢刋本）

一、卷一頁十下，八煞「又無獄囚『干係』擔驚怕。」「干係」一語，至今北方仍有之，卽關係、責任之意。因恐獄囚逃逸，故常擔驚怕，是作官人感慨語。汪本改「干係」爲「枉繫」，似是因恐枉入人罪而擔驚怕，變成作賊心虛，去原意未免太遠。

二、卷二頁五下，「灌園」一「行人笑俺攧高價」，原刻本「行」字上有「路」字，南宮詞紀同汪本；

刪去「路」字，叢刊從之。今按，「路行人」三字，北地方言中常用之，此句加一襯字，音調亦較諧婉，不應刪去。

三、卷二頁十五下：「止不過蝸角虛名，又不是都督王侯。」語氣悲憤雄直。汪本改作「只今日遠離風塵，落得個高臥林丘。」語氣緩懈，原意全失，且與上文合讀，文義亦不貫串。

四、卷二頁二十一上，「苦雨」：「恰纔慶雨澤，豈料為民害。」「澤」字借入為平叶，皆來韻，此例北曲中甚多。汪本改作「顏纔得雨開，心轉憂霖害」，鄰於不通矣。

五、卷二頁二十二下第三行，「街前翻巨浪」以下數句，雖近粗俚，却是字字本色。汪本所改，塗飾太甚，凡脂俗艷，令人不快。此等處改者或猶自鳴得意也。(原文太長不錄)

六、卷二頁二十五下：「書蟲」「捻著你命難饒」「饒」字有「很」像。汪本改作「命難逃」，太老實矣。

七、卷二頁三十五下朝天子：「小則小合爻象。」謂房屋之合格局者為「合爻象」，至今北京尚有此方言，特說話時音轉為「爻性」耳。汪本改為「玄情囮」，蓋不識原意也。

八、卷二頁四十二上對玉環帶過清江引：「萬柳千鶯，終朝不住鳴，一水孤清，通宵不斷聲。」寫冶源景物也。冶源以泉竹勝，故有孤清水聲不斷之喻。汪本改作「柳岸千鶯，終朝睍睆鳴，漁浦楊舲，通宵款乃聲」，一詞則美矣，奈非本地風光何！

九、同卷同頁雁兒落帶得勝令：「傳鑼的緊緊篩，喝號的哀哀叫」，確是北方旅夜情景，逼真。汪本改作「雨珠兒緊緊傾，雁陣兒哀哀叫」誠所謂嚮壁虛造。

十、卷三頁二十三下「四景閨詞」「畫堂深，『淸晝』永。」汪本改「淸晝」爲「春晝」，因上文有「淸幽」字也，不知此爲四景第二首所說是夏天耶？

其他類此者約當全部異文十分之九，點金成鐵，如此之多，誠馮曲諸刻之最劣者。其所改又多似是而非，更易貽誤後學，余所以不憚爲之指出也。

二、劇曲：

梁狀元不伏老玉殿傳臚記

海浮山堂詞稿附錄本　盛明雜劇二集本

此爲五折雜劇。惟敏父裕、次兄惟重、弟惟訥，皆成進士，獨惟敏與長兄惟健屢試不第，是爲惟敏一生最大憾事。詞稿卷二仙桂引「思歸」曲云「好功名少了半截，」此劇之所爲作也。

僧尼共犯

此劇除詞稿附錄外，未見第二本。原題僧尼共犯傳奇，實四折雜劇。此劇與擊節餘音中之「勸色目人還俗」套，俱可見惟敏之學，純宗儒家，不以他教爲然，非純爲滑稽戲謔之作也。曲文質樸，頗得元人本色之妙。按：此劇已收入「孤本元明雜劇」，其書爲本文發表後印行者，故未之及。

附錄曲話：

「北調，近時馮通判惟敏獨爲傑出。其板眼務頭，攛搶緊緩，無不曲盡，而才氣亦足發之。止用本色過

多，北音太繁，爲白璧微纇耳。」（王世貞弇州山人四部稿卷一百五十二藝苑巵言附錄一（明刻足本通行本藝苑巵言無此卷）

「塡詞尤號當家，西北人往往被之絃索。」（家傳）

「王渼陂、馮海浮咏鞋杯諸曲，亦多巧句，亦未免間以粗豪語，不無遺恨耳。」（王驥德曲律卷三論詠物）

「馮才氣勃勃，時見紕纇，常多俠而寡馴。」（同書卷四）

「康對山、王渼陂、常樓居、馮海浮，直是粗豪，原非本色。」（同上）

「元人俱嫻北調，而不及南音。……康對山、王渼陂二太史，俱以北擅場，並不染指於南。……章邱李中麓太常亦以塡詞名，與康王俱□□□友，而不嫻度曲。……且不知南曲之有入聲，自以中原音韻叶之，以致吳儂見誚。同時惟臨朐馮海浮，差爲當行，亦以不作南詞耳。」（沈德符顧曲雜言）（按惟敏集中非絕無南曲，特數量極少。）

「馮侍御綺筆鮮姸」（鬱藍生曲品卷上）

按曲品著錄不作傳奇而作散曲者二十五人，中有惟敏名，復於二十五人各繫評語。此二十五人中無第二姓馮者，上引評語，當然係指惟敏。惟敏未作過侍御，想是傳誤。「綺筆鮮姸」之評，於馮曲作風亦不相合，或專指所作南曲？

「余所見梁狀元不伏老雜劇，當在王渼陂杜甫春遊之上。」（錢謙益列朝詩集丁集二）

「蝸亭雜訂云『或謂馮汝行梁狀元不伏老雜劇，當在王渼陂杜甫遊春之上。』四友齋叢說云：『渼陂杜甫遊春雜劇，雖金元人猶當北面，何況近代。』」（焦循劇說卷三）

「曲始於元，大抵貴當行不貴藻麗。明如湯菊莊、馮海浮、陳秋碧輩，雖無嵩本而製曲直闖其藩，元音未絕。」（李調元雨村曲話卷下）（按調元似未見馮撰雜劇，故云無嵩本。）

「海浮山東人，故所作粗豪之氣，咄咄逼人，是大宜於北曲者，以之爲南曲，乃嫌叫囂矣。」（曲諧卷一）

「海浮曲全是一團拴縛不住的豪氣，然排奡而能妥帖，詞中之辛稼軒、陳迦陵也。」（同上）（按以馮曲擬辛詞似覺稍遜，若陳其年之詞，叫囂粗獷，其中索然，不能比擬辛、馮也。）

「此公下筆，無論爲『丹丘體豪放不覊』爲『淮南體趣高氣勁』爲『草堂體山林泉石』爲『香奩體脂粉釵裙』都異樣寫得出，說得透，不僅『騷人』一體，嘲譏戲謔者顚狂欲絕也。」（同上）

「海浮曲有硬語盤空，呼叱而出者，如醉太平『遂閑』（原曲見詞稿卷二頁八下）。然尚嫌曠達之中多憤激之氣，文字亦覺過於急迫，乏安雅之致，如塞鴻秋『乞休』（原曲見詞稿卷二頁四十六）則較爲閑靜，不病乖張，且結語緊得剛好，有風起雲從，水流花逐之槪也。」（同上）（按曠達之中若無憤激，則非海浮曲矣。）

「以曲爲家訓，海浮之創作也，論其詞，尙警切清新，不同腐俗。」（同上）

「論才情橫溢，氣象萬千，明曲中眞罕有敵海浮者。鴻門奏凱歌『謝諸公枉駕』（原曲見詞稿卷二頁三十二下）前調『謝會友枉顧』（原曲見同上）高趣涵空，英姿颯爽，又純以跌宕風流，淵雅沈穆勝，而本來踔厲蹈揚之面目則收拾淨盡，一毫不露，才人之筆，直無往而不可也」（同上）海浮情詞具本來面目者，玉胞肚（原曲見詞稿卷三頁三十五上）其較爲蘊藉者，如倚馬待風雲『悼琴仙』前半『原曲見詞稿卷二頁五十六上）花開三句，悽婉無限，在南詞柔雋一派中，的是當行。月兒高『閨情』『月缺重門靜』云云（原曲見詞稿卷二頁五十七下）雖是南詞，而確傳元人敷粉作色，鈎勒點染之秘，斯不可多得也。」（同上）

民國二十九年，燕京學報二十八期。

陳鐸(大聲)及其詞曲

北曲盛於元，南曲盛於明，這是人所共知的事實。元曲作品，無論散曲、雜劇，都是北曲，只在元末二三十年，也就是順帝一朝，才有少數南曲。入明以後，洪武、建文、永樂、宣德這一段時期，北曲始保持優勢；當時大曲家周憲王朱有燉所作雜劇散曲，教坊所編雜劇，都是用北曲寫的；直到成化、弘治、正德、嘉靖，百年之間，（西元一四六五——一五六六，）北曲才逐漸消沉，南曲開始盛行；嘉靖後期，北曲更露衰相，到了隆慶、萬曆，遂一蹶不振，從此南曲發展，如日中天。所以，論到明代南北曲的升沉消長，當以上述四朝百年爲其樞紐。陳鐸卽是這百年中前半期的曲家。他生長於南北交替時期，北歌猶盛，南調方興，所以他的曲子兼擅南北。正如同五四以來數十年中大多數人文言白話都拿得起來。明人提到陳鐸，多稱贊他的南曲，只有沈德符說他南北並長；梁辰魚則說他「精專北調，脫略南歌，楚學齊言，殊非本色，婢作家婦，終不似眞」（以上沈梁兩說全文見後。）我很贊同梁氏的見解。他的南曲或不致如梁氏所說的那樣「外行」，其北曲之精麗工整，確實勝於所作南曲，但爲明代多數人所忽略。而且，現存他的兩部曲集秋碧樂府與梨雲寄傲，只收錄了他的少數作品，大部分北套數及若干南套，散見於明代各種曲選，讀者無從薈萃而觀其全。因此，本文主旨卽在敍述他的生平，擇要輯錄前人對他作品的評論，考定他的著作，並輯補他的作品。南北曲之外，他的詞曾經近人況周儀在蕙風詞話上極力推崇，許爲明代第一，而深慨於他的詞集「得而復失」，未能刋布流傳。究竟他的詞是否眞已「失傳」，是否眞如況氏所說那樣了不起，則是本文所要談到的另一主題在這裏，我先透露一句他的詞集並未失傳。

陳鐸事蹟及作品評論輯要

陳鐸明史無傳，其生平事蹟大略見於錢謙益列朝詩集小傳，此外明人筆記及曲話裏又有若干關於他的記載及評論，現在把上述資料擇要鈔錄於後。各條次序按照其內容性質排列，而不拘於原書作者時代的先後。據「八十九種明代傳記引得」萬斯同的明史列傳稿卷三百八十七、曹溶的明人小傳卷二，都有陳鐸傳，手邊無此二書，只好留俟他日增補。如遍翻明人文集筆記，可能還有若干資料，也可能沒有；總之，我不想那樣作。體力漸衰，餘年無幾，有許多更重要更有意義的工作等待完成，我不能再作那種「搜殘舉碎」的傻事了。——「搜殘舉碎」是姚惜抱譏評乾嘉考據末流的話。

陳鐸字大聲，下邳人，家於金陵。睢寧伯文之曾孫，都督政之孫，以世襲官指揮。風流倜儻，以樂府名於世。所爲散套，穩協流麗，被之絲竹，審宮節羽，不差毫末。居第之南，有秋碧軒、七一居，精潔絕塵，通人勝流，過從談讌。山水仿沈啓南，自爲詩題其上。人知大聲善樂府，不知其能畫，又不知其工於詩也。成化中，江陰卞華伯序其香月亭詩，以爲用意和平，不務雕刻，深入虞、楊、范、揭之閫奧，而漸登盛唐作者之階梯。廣陵張佐曰：「大聲屛紈綺之習，躭於吟咏，其於經、傳、子、史、百家、九流，莫不貫穿。嘗見可齋樂府，有甲乙交叉之句，出於珞琭子消息賦，非但求爲押韻，而拾此成語，貫之詞意，不加雕琢；非所蘊淵博，能爾哉？」周暉金陵遺事載其齋居詩云：「晚樹低分霽，春雲淡隔城。」夜行云：「山月巧窺人影瘦，夜涼先向客衣生。」送毛都督云：「刁斗夜嚴山月冷，

旌旗晴散野雲平」皆可誦也。(錢謙益列朝詩集小傳丙集)

合肥陳文者,南北征伐,累立戰功,亦(蔡)遷亞也。文少孤,事母至孝。元季,挈家歸太祖,積官都督僉事,卒,追封東海侯,謚孝勇。明臣得謚孝者,文一人而已。(明史一三四蔡遷傳)按:列朝詩集小傳稱文爲睢寧伯,當是生前封爵。明史一六八另有一陳文,英宗時人,乃文人而非武臣。

陳政,洪武初從征,驍勇過人,所向有功,累遷中府都督。(邳州志十五)

大聲爲武弁,嘗以運事至都門,客召宴,命教坊子弟度曲侑之。大聲隨處雌黃,其人拒不服,蓋初未知大聲之精於音律也。大聲乃手攬其琵琶,從座上快彈唱一曲,諸子弟不覺駭伏,跪地叩頭曰:「吾儕未嘗聞且見也。」稱之曰樂王。自後教坊子弟無人不願請見者,歸來問餽不絕於歲時。(顧起元客座贅語髯仙秋碧聯句條)

指揮陳鐸以詞曲馳名,偶因衛事謁魏國公於本府,徐公問:「可是能詞曲之陳鐸乎?」陳應之曰:「是!」又問:「能唱乎?」陳遂袖中取出牙板,高歌一曲,徐公揮之去,廼曰:「陳鐸金帶指揮,不與朝廷作事,牙板隨身,何其卑也!」(周暉金陵瑣事)

陳鐸,字大聲,有秋碧樂府、梨雲寄傲、公餘漫興行於世。詠閨情三弄梅花一闋,頗稱作家。所爲散套,穩協流麗,被之絲竹,審宮節羽,不差毫末。(周暉金陵瑣事曲品)

陳大聲金陵將家子,所爲散套,既多鈔襲,亦淺才情,然字句流麗,可入絃索。三弄梅花一闋,頗稱作家。(王世貞曲藻)按:三弄梅花係中呂粉蝶兒南北合套,見秋碧樂府。

陳秋碧南音嘹亮。(呂天成曲品)

近日爲詞者：（以下敍北曲作家無大聲名字，從略。）南則金陵陳大聲、金在衡、武林沈靑門、吳唐伯虎、祝希哲、梁伯龍，而陳梁最著。……陳梁多大套，頗著才情，然多俗意陳語，伯仲間耳。（王驥德曲律卷四）

沈靑門、陳大聲輩，南詞宗匠，皆本朝成化弘治間人。

今人但知陳大聲南調之工耳。其北一枝花天空碧水澄全套，與馬致遠百歲光陰，皆詠秋景，眞堪伯仲。又題情新水令碧桃花外一聲鍾全套，亦綿麗不減元人，本朝詞手似無勝之者。陳名鐸，號秋碧，大聲其字也。金陵人，官指揮使。今皆不知其爲何代何方人矣。（以上兩條俱沈德符顧曲雜言。天空碧水澄套見秋碧樂府，碧桃花外套見後北曲補輯。）

白下陳公南都俠客，凝情於可雪，寄傲於梨雲，實聲苑之通侯，詞林之開士也。但其精專北調，脫略南歌。楚學齊言，殊非本色，婢作家婦，終不似眞。（梁辰魚江東白苧上卷初夏題情改定陳大聲原作套小序）

綜合以上資料，概述如下：陳鐸，字大聲，號秋碧，祖籍合肥（今安徽合肥縣），遷居下邳（今江蘇邳縣），最後定居金陵（今南京）。其時當在洪武年間，到了陳鐸這一代，已在南京住了幾十年。他是明朝開國勛臣之後，世襲指揮使，（註）這是武職，所以有些書稱他爲將家子，武弁。他本人則是一位學問淵博，能詩善畫，精音律，工詞曲的文人名士。家境大概相當富饒。他的生卒年壽，難於確考。列朝詩集小傳說：「成化中，江陰卞華伯序其香月亭詩，」既然詩已成集，成化中他至少二十幾歲。顧曲雜言說他是成化弘治間人。千頃堂書目卷二十二把他的集子列於正德年間。據此推測，他如果享年七十左右，大約生於正統之末，卒於嘉靖之初。以西曆紀元而言，他在世的時間約爲十五世紀後半及十六世紀早期。關於他作品的評價，留待下文著作考中再講。

（註）據明史七十六職官志南北兩京俱有指揮使司，其下分爲若干衛，每衛各有名目，如錦衣衛、濟州衛之類。職掌拱衛宮制守護京城。大聲世居南京，任職當在其地。千頃堂書目二十二秋碧軒集條注文云大聲世襲濟州衛指揮，陳貽焮金陵園墅志云是錦衣衛指揮，未詳孰是。

陳鐸著作考

陳鐸的著作，明史藝文志不收，今據千頃堂書目等記載，考定其名目及存佚如下：

秋碧軒集五卷香月亭集不分卷。（俱詩文集）

千頃堂書目二十二集部別集類著錄「陳鐸秋碧軒集五卷、又香月亭集。」按：大聲居第有秋碧軒、七一居、香月亭、雪秀亭、卞華伯曾爲香月亭詩作序，俱見前引列朝詩集小傳，又見金陵園墅志。這兩部列入別集而不入詞曲類，當然是詩文集，可能都是詩集，惜未見傳本。

草堂餘意（和宋人詞）

千頃堂書目三十二集部詞曲類著錄「草堂餘意一卷」，注云「陳鐸選宋詞，附以已作。」按：此書現存，分爲上下兩卷，詳見下文。

秋碧樂府。梨雲寄傲。公餘漫興。（俱曲集）

千頃堂書目三十二詞曲類著錄「秋碧樂府二卷，又梨雲寄傲詞一卷。」周暉金陵瑣事曲品：「陳鐸、字大聲，有秋碧樂府、梨雲寄傲、公餘漫興行於世。」按：秋碧樂府與梨雲寄傲現存各一卷，收入飲虹簃所刻曲下文另詳。公餘漫興未見傳本，既與上兩書一同列入「曲品」，當然也是南北曲集。

碧秋軒稿可雪齋稿月香亭稿。（俱曲集）

千頃堂書目三十二著錄此三書各一卷，沒有作者姓名，但緊接在秋碧樂府及梨雲寄傲之後。原書未見，不知內容如何。梁辰魚江東白苧云「白下陳公南都俠客，凝情於可雪寄傲於梨雲」（全文見前）據此知可雪齋稿亦是大聲曲集，前引列朝詩集小傳張佐所說可齋樂府，蓋卽此書。碧秋軒與秋碧軒，月香亭與香月亭，都是顚倒二字，顯然是「故作狡獪」這兩部書與可雪齋稿接連並列於詞曲類，其爲曲集大概無問題。

七一居士滑稽餘音（曲集？）

千頃堂書目二十二詞曲類著錄此書二卷，注云不知撰人。今未見傳本。據前引列朝詩集小傳，大聲居第有七一居，可知此書亦大聲所撰。北宮詞紀外集所載大聲游戲小令，如嘲禿子、瞎子等，大概都在此書中。

綜合以上記載，大聲的著作有詩文集兩種，詞集一種，曲集七種，共十種。未見傳本的是：秋碧軒集、香月亭集、公餘漫興、碧秋軒稿、可雪齋稿、月香亭稿、七一居士滑稽餘音等七種，「存而不論」以下就現有傳本的三種分別作一較詳的敍述。

秋碧樂府與梨雲寄傲

這兩部曲集收入盧氏飲虹簃所刻曲，原本已不易得，現有臺灣世界書局影印本，盧氏未言所據，大概是明刻本千頃堂書目著錄秋碧樂府是二卷，今本則不分卷，照今本形式來看，應是合併而非殘缺。這個集子共收南套數六套：商調鶯啼序孤幃一點殘燈、仙呂山坡羊風兒踈刺刺吹動、南呂香遍滿因他消瘦、南呂（應作仙呂）一封書池冰泮乍暖、中呂好事近兜的上心來、中呂好事近天氣暖如春。北套數三套：雙調夜行船減盡容光知爲誰、商調集賢賓敞南樓夜深簾半捲、南呂一枝花天空碧水澄。南北合套二：南呂梧桐樹漫漫瑞雪舖、中呂粉蝶兒三弄梅花。南小令四十八首：中呂駐雲飛、中呂鎖南枝、雙調風入松、二犯江兒水、南呂一江風、仙呂醉羅歌、商調黃鶯兒、中呂駐馬聽、商調嬌鶯兒、中呂普天樂，以上駐雲飛及醉羅歌各八首，其餘各四首。北小令十八首：雙調胡十八八首、雙調水仙子四首、雙調河西六娘子六首。這部曲集編次很亂，南北、令套、錯綜雜出，看不出有甚麼標準。

梨雲寄傲，千頃堂書目作梨雲寄傲詞，明人習慣，常是管曲叫作詞，宋人則有時管詞叫作曲或曲子，詞字之有無，並無關係，今本無之，反覺爽快些。此書全收小令，沒有套數，共計北小令一百零四首：小梁州十八、沉醉東風二十五、寨兒令二、蟾宮（卽折桂令）十六、梧葉兒十一、水仙子二、落梅風七、雁兒落帶得勝令三、脫布衫帶小梁州一、滿庭芳三、朝天子十三、清江引二、一半兒一。（以上次序依原書，一調數見者合併計算）南小令則只有錦屏樂四首，此書本是一部北小令集，所以原書在錦屏樂調名上特加「南詞」二字。

以上秋碧樂府、梨雲寄傲兩書合計，只有南套六、北套三、南北合套二、南小令五十二、北小令一百二十二。小令還算不少，套數則共只十一套，區區之數，殊與作者的鼎鼎大名不相稱。他的七種曲集只存其二，這種情形自不足怪。好在明代各種曲選收錄他的作品不少，可以輯補。民國三十六七年間，我在上海暨南大學教書，有一位同事黃先生，他是教數學的，却對詞曲很有興趣，他會編有「陳大聲曲輯錄」，我那時意不在此，未曾傳鈔，連目錄也沒有鈔存。二十年來音訊隔絕，每一念及，耿耿莫釋。現在我自己輯錄了一部分，爲南曲北曲兩部份，目錄見後。小令輯補不多，套數則多出四十餘套，約爲秋碧梨雲兩集所收的四倍，庶幾可以彌補多年來的遺憾。有幾部明代曲選，如吳歈萃雅、珊珊集等，在臺無從覓讀，這個補輯可能不十分完備，但遺珠極少，可以斷言。

草堂餘意

這是陳鐸的詞，取草堂詩餘所載唐宋人作品，依韻和作，分爲春夏秋冬四意，所以名爲草堂餘意。我最初知道陳詞，是從況周儀的蕙風詞話上看來的。詞話卷五有這樣一段：

陳大聲詞，全明不能有二。坐隱先生草堂餘意甲辰春半唐假去，郎付乎民，蓋亦契賞之至。寫樣甫竟，半唐自揚之蘇，嬰疾遽歿，元書及樣本並失去，不復可求。其詞境約略在余心目中，兼樂章之敷腴，清眞之沉着，漱玉之綿麗。南渡作者，非上駟未易方駕。明詞往往爲人指摘，一陳先生掩百瑕而有餘。是書失傳，明詞之不幸，半唐之隱恫矣。（以下敍大聲生平及著述，甚簡略，無出前引諸書之外者，不具錄）

清末詞人王鵬運，別號半塘，有時亦作半唐；甲辰是清光緒三十年，郎民國前八年。況周儀晚年，避清宣統帝溥儀的名字，改名周頤。況在清末民初，詞名頗盛，他的詞實在並不太好，比同時的鄭文焯、朱孝臧差多了；他的蕙風詞話却有些精闢獨到的議論。他把陳詞捧得這樣高，我當然很想能有機會遇到這本「全明第一」的詞集。直到民國五十四年，也就是初讀蕙風詞話以後二十多年，我在中央研究院歷史語言研究所圖書館看到這本書的顯微膠捲，才知道並未「失傳」。當時商得該館同意，複製了一份照片。原書是明刻本，國立北平圖書館藏書，對日抗戰期間，與其他善本珍籍存放在美國國會圖書館，現已運回臺灣，沒有運回以前，臺灣香港兩地只有這些書籍的顯微膠捲。抗戰之前兩三年，我撰寫辛稼軒年譜及稼軒詞校注，常到北平圖書館，那時還未讀過蕙風詞話，即使知道該館藏有此書也不會注意。我閱讀全書照片之後，却不禁大爲失望，因爲照每首詞下所題作者姓名去看，大多數是宋人詞，有幾首唐五代作品，只有少數題名陳大聲。（當時只有一個大概印象，未曾細數，最近逐首統計，全書一百四十七首，只有三十五首題陳作。）於是我懷疑這本草堂餘意是否況蕙風所說的那一本。其後不久我去美國教書，這個問題也就擱下了。

從美國回來又兩年多，偶然翻閱明人陳霆的渚山堂詞話，其中有三條批評大聲的詞，錄出如下。

江東陳鐸大聲嘗和草堂詩餘，幾及其半，輒復刊布江湖間。論者謂其以一人心力而欲追襲羣賢之華妙，徒負不自量之譏。蓋前輩和唐音者，胥以此故爲大力所不許。大聲復冒此禁，何也？然以其酷擬前人，故其篇中亦時有佳句。四言如「嬌雲送馬，高林回鳥，遠波低雁。」（水龍吟）五言如「飛夢去江干，又添驢背寒。」（重疊金）「饑鳥啄瓊樹，寒波淨銀塘。」（紅林擒近）「香浮殘雪動，影弄寒蟾小。」（早梅芳）六言如「長日餘花自落，無風弱柳還搖。」（西江月）「楊柳倚風清瘦，花枝照水分明。」「明月爲誰圓缺，浮雲隨意陰晴。」（俱八六子）七言如「花蕊暗隨蜂作蜜，溪雲還伴鶴歸巢。」（浣溪沙）「欲將離恨付春江，春江又恐東流去。」（踏莎行）「千里青山勞望眼，行人更比青山遠。」（蝶戀花）「秋水無痕涵上下，浮雲有意遮西北。」（滿江紅）散句如「東風路，多少小燕閒庭，亂鶯芳樹。」（瑞龍吟）「綠雲盡逐東風散，惟有花陰層疊。」（酹江月）「九十韶光自不容，何必憎風雨。」（卜算子）「暮山高下暮雲平，行人不渡，只有斷橋橫。」（臨江仙）「清溪流水，斜橋淡月，不減山陰好。」（青玉案）「春城晚，霏霏滿湖烟雨。斷腸無奈落花飛絮。」凡此皆頗婉約清麗，使其用爲已調，當必擅聲一時，而以之追步古作，遂蹈村婦鬭美毛施之失。蓋不善用其長者也。（所引斷句下括弧內調名，原書無之，今查明注出。）

歐公有句云：「平蕪盡處是春山，行人更在春山外。」陳大聲體之作蝶戀花落句云：「千里青山勞望眼，行人更比青山遠。」雖面目稍更，而意句仍昔，然則偷句之鈍，何可避也。予向作踏莎行，末云：「欲將歸信問行人，青山盡處行人少。」或者謂其襲歐公，要之字語雖近，而用意則別，此與大聲之鈍，自謂不侔。

「金猊瑞腦噴香霧，向晚寒多深閉戶。窗明殘雪積飛瓊，風起亂雲飄散（按：草堂餘意作敗）絮。　錦幃細看霓裳舞，小玉銀箏學鶯語。梅香滿座襲人衣，誰道江橋無覓處。」此陳大聲冬雪詞也。寄木蘭花令。論者謂其有宋人風致，使雜之草堂集中，未必可辨也。雖然，大聲和草堂，自予所選數首外，求其近似者蓋少。（按：學鶯語之鶯字應用仄聲，若改爲燕語，又非原意。）

陳霆與陳鐸是同時人，他對於大聲作品頗有微辭，與蕙風詞話大相逕庭。此事引起我的興趣，於是又把那份照片拿出來翻閱，這一來才見到此書眞相。我發見開卷第一首瑞龍吟作者題周美成，却不像我所記憶的那一首周詞，取清眞集對照，原來這首瑞龍吟與周作詞句全異而押韻全同；再對一對第二首題爲黃山谷作的驀山溪，也是一樣情形。當時我已明白這是怎麼回事。索與把草堂詩餘跟此書各詞逐一核對，果然題名宋人或唐五代人的都是韻同詞異，題名陳大聲的我也都依照韻字找到了原作，只有七首找不到，也不見於所題原作者（歐陽永叔、秦少游）的本集，可能是大聲所見草堂詩餘與今本不同，草堂詩餘本來是有許多版本的。總之，這部書是陳大聲依韻和草堂諸詞已無問題。王半塘的「隱恫」、況蕙風的「遺憾」，終於彌補上了。

「坐隱先生」不是陳鐸，乃是汪道昆的別號。汪是嘉靖萬曆間人，講時代是陳的後輩，其人有點狂妄，見於列朝詩集小傳丁集。他曾選刻馮惟敏的海浮山堂曲，妄改原文之處甚多，詳見拙著「馮惟敏及其著述」（哈佛燕京學社燕京學報第二十八期，民國二十九年出版）。這本草堂餘意一定是他刊行的，所以全名是「坐隱先生精訂草堂餘意」，加了「精訂」二字。但渚山堂詞話所引木蘭花令及一切斷句都在其內，文字也只有木蘭花令散字與敗字不同；草堂詩餘原書共收詞三百六十四首（據四印齋覆刻陳鍾秀本），草堂餘意共一百四十七首，渚山堂詞話說大聲所和幾及其半，這個數目也相符。可見汪道昆對此書頗爲忠實，沒有像選印馮海浮曲那樣亂改，也沒有刪削。至於同是陳大聲的和詞而或題原作者或題大聲，以致把後人搞胡塗了而誤以爲這部書大多數是宋人作品；則不知是大聲原刻本卽已如此，或是坐隱先生精訂的「妙事」。其實這一點在第一次見到此書時就應當看得出來，而我竟未加理會，固然是粗心之過，但也因爲那時我正在辦理出國手續，既忙且亂，根本定不下心去細看。我所以斷定汪刻之前有原刻本，則是根據渚山堂詞話。詞話作於嘉靖九年庚寅，見作者自序，其時代在汪道昆「坐隱」之前，序中已云「輒復刊布於江湖間」。汪刻本分作兩卷，千頃堂書目著錄爲一卷，只題草堂餘意，沒有「坐隱先生精訂」字樣，可能卽是原刻本。千頃堂於題下注云「陳鐸選宋詞，附以已作。」好像也是或題原作者或題陳大聲，又像是錄原作於前，附已作於後。未見其書，只好存而不論了。

前面已提到蕙風詞話與渚山堂詞話對陳詞所持看法不同。讀過草堂餘意全書之後，我以爲蕙風未免溢美，渚山堂則是持平之論。但明代是詞的衰落時期，眞正像樣的作品沒有幾首，陳詞比起五代兩宋當然差得很遠，在明詞之中却也要算第一流作品。二陳同時，難免有些文人相輕；況蕙風是後代人，看厭了明詞之後，忽見陳作，自然視爲鳳毛麟角了。至於陳的南北曲，在當時雖負盛名，却只能算第二流。他的曲只是如金陵瑣事曲品所謂「穩協流麗」而已，並沒有新詞藻、新意境，更看不出甚麼性情襟抱。王世貞曲藻說他「既多鈔襲，亦淺才情」，即是此意。他只能與沈仕、王磐等並駕齊驅；較之康海、王九思、馮惟敏、金鑾、梁辰魚諸人，是頗有遜色的。

陳鐸南曲輯補目錄

引據書目及其簡稱

南九宮詞（九宮）　萬曆初三徑草堂選刋

南詞韻選（韻選）　萬曆中沈璟編選

南宮詞紀（南紀）　萬曆三十三年陳所聞選刋

吳歈萃雅（萃雅）　萬曆四十四年周之標選刋

詞林逸響（逸響）　天啓三年許宇編選

太霞新奏（太霞）　崇禎中香月居顧曲散人選刋

吳騷合編（吳騷）　崇禎十年張旭初選刋

南音三籟（三籟）　崇禎中淩初成選康熙七年刋

套數十六套

仙呂一封書犯：驚一葉墜井。（韻選十五。南紀一。九宮無作者名，但其前一套題爲陳作。）

仙呂桂枝香：畫樓頻倚。（萃雅元卷。逸響風卷。三籟上。）

按此套雜用支思、齊微、魚模三韻，而詞藻意境仍甚平凡，可見作者才情之枯窘，恐非陳作。

正宮錦庭樂：被兒餘。（南紀一。萃雅亨集。逸響花卷。吳騷一。三籟上。）

正宮普天樂：四時歡千金笑。（逸響風卷）

此套九宮、南紀一、三籟上俱題無名氏，吳騷一題李東陽，逸響則云陳作：未詳孰是。

中呂黑麻序：點檢梅花。（韻選十一。南紀一。萃雅元卷。逸響風卷。吳騷四。三籟下。）逸響收入仙呂入雙調。

中呂榴花泣：佳期重會。（萃雅亨集。三籟上。南紀一題無名氏。）

中呂泣顏回：萬卉花王。（逸響花卷）

此套他書不載，詞語庸俗，恐非陳作。

南呂梧桐樹：香醪爲解愁。（韻選十六。南紀一。吳騷三。）　吳騷收入商調，首曲名金梧桐。

南呂梧桐樹：深深繡幕遮。（韻選十四。南紀二。太霞十一。）

逸響花卷題鄭虛舟作。

南呂梁州賀新郎：西園暮景。（韻選十三。南紀一。吳騷二。三籟上。）

此套韻選、南紀俱題爲「陳秋碧作，梁少白改定」；吳騷、三籟則逕題陳作，未云梁改。按此套亦收入梁撰江東白苧卷上，題云「初夏題情，改定陳大聲原作」，並有小序，說明改定之由。序中有云：「因原詞而稍易其字，仿舊譜而略損其煩」可知所改不多。今諸書所載詞句互有異同，無從考定孰爲原作、孰爲改筆。

黃鍾畫眉序花月滿春城。（南紀二）

越調小桃紅暗思昔日配春嬌。（萃雅元卷。逸響風卷。吳騷三。三籟下。）

按：吳騷云王元和作，萃雅、逸響、三籟俱云陳作，未詳孰是，似應從多數。

商調集賢賓今年牡丹花較遲。（韻選四。南紀一。逸響花卷。）

商調二郎神芭蕉裏。（萃雅元卷。三籟下。）

雙調十二紅伴孤燈。（南紀一。吳騷四。）

仙呂入雙調步步嬌昨夜春歸。（萃雅元卷。逸響風卷。三籟下。）

按：南紀一載此套，題王雅宜。按王寵字履吉，號雅宜山人，正嘉間蘇州人。有雅宜山人集十卷行世，只收詩文，不收詞曲。故此套及後小令仙呂二犯桂枝香四首俱未能確定究爲陳或王作。但以詞藻風格言，輕倩流麗，似與大聲其他作品不同。文徵明甫田集三十一王履吉墓誌銘及雅宜集諸家序跋，俱不言其能詞曲，蓋偶然弄筆，作品不多，且亦不欲以此自見也。

以上十六套，其中仙呂桂枝香、中呂泣顏回、仙呂入雙調步步嬌三套恐非陳作，正宮普天樂、中呂榴花泣、越調小桃紅三套亦有問題。九宮及韻選五俱載南呂梧桐樹漫漫瑞雪鋪套，乃摘錄此一南北合套中之南曲部分，全套見秋碧樂府。吳騷三亦載此，題云「陳秋碧作王百穀改」。曲調文字均與秋碧樂府小異，想即百穀所改。重編秋碧樂府，當以此改本附入。韻選十三及吳騷二俱載中呂泣顏回薄倖忒情雜套，乃摘錄中呂粉蝶兒三弄梅花之南曲部分全套亦見秋碧樂府。九宮載中呂好事近談笑有鴻儒套，乃摘錄中呂粉蝶兒萬卷圖書之南曲部分，見後北曲輯補。

小令二十八首

仙呂二犯桂枝香四首韶光似酒。池塘晝永。月懸冰鏡。鴛鴦霜重。

右四曲分咏春夏秋冬四景，自是「重頭。」萃雅亨集、逸響花卷及三籟下，四首全錄，俱云陳作；吳騷一全錄，題文衡山（徵明）南紀四摘錄第一及第四曲，題王雅宜；韻選十六錄第一，卷一錄第二第四，云無名氏。按：大聲南京人，雅宜衡山俱蘇州人，右曲第四有「最苦纔酣睡，寒山寺已鐘」兩句，乃蘇州本地風光。當然南京人亦可用蘇州事，又無從證明大聲未到過蘇州；但就詞藻風格觀之，此四首似與大聲其他作品不類，而頗似南紀一題爲雅宜作之仙呂入雙調步步嬌套（見前）。至於文衡山所撰甫田集中只有詩文並無詞曲，其筆墨亦與曲不近。此四首似應屬雅宜。

中呂駐雲飛四首舊日張郎。孏上妝樓。數盡歸鴉。薄分劉晨。

右四首南紀四全錄，第一首在一處，餘三首在另一處，四首詞意亦不相屬，當非「重頭」。韻選二錄第一、十三錄第三、卷七錄第四、太霞十四錄第三。諸書俱云陳大聲作。

中呂駐雲飛四首那値殘春。獨上妝樓。今夜傷離。許配雄雌。

右四首三籟下全錄，題陳大聲，他處未見。三籟調名下注云「集古曲句。」按：四首詞意聯貫，且均係集古曲句，自是重頭。

中呂駐雲飛皓齒纖腰。（韻選十一）

中呂駐馬聽滿腹才學。（太霞十四）

雙調風入松四首想才郎一去杳無憑。想才郎一去了許多時。想才郎一去不回來。想才郎一去半年餘。

右四首見太霞十四，與秋碧樂府所載想才郎心性似楊花等四首合題「風情八曲」，蓋重頭也。第一首又見韻選十五，第三首見韻選六，第四首見韻選五。韻選未收第二首，乃因韻雜支思齊微之故。

仙呂入雙調玉抱肚四首安排青眼。春雲遮映。愁心遙送。鶯啼時候。

右四首三籟下全錄，調名下注云「咏柳」，題陳大聲作。南紀四錄第二、三、四，韻選十五錄第二、卷一錄第三、卷十六錄第四。兩書俱題無名氏。萃雅亭卷錄第一、二、四，云是陳作。按此四首俱爲咏柳，自是重頭。南紀及韻選不錄第一首，想是因其韻雜之故。（眼、年、南、殘、看等五字押韻）至於是否陳作，無從考定。其詞藻風格頗近似。或題爲王雅宜作之二犯桂枝香（見前）。

仙呂入雙調玉抱肚四首君心忒忍。危樓獨倚。湘簾高掛。羅衣寬褪。

右四曲萃雅亭集及三籟下全錄，俱題陳作。三籟與前「安排青眼」等四曲同列，有附注云：「前四曲咏柳，後四曲閨情。時本混刻，今查正。」可知此亦是重頭曲。南紀四錄第四曲，題無名氏。

仙呂入雙調玉抱肚兩首陌頭楊柳。綠窗低亞。

右兩曲見三籟下，低格夾附於閨情四首之間，注云：「時本有之。」萃雅亭集則與前「君心忒忍」等四曲同列，逕題陳作。南紀四題無名氏。

右小令二十八首。其中仙呂二犯桂枝香四首及最後兩首玉抱肚，恐非陳作。

陳鐸北曲輯補目錄

引據書目及其簡稱

盛世新聲（盛世）　正德十二年北京書坊刋行
詞林摘艷（摘艷）　嘉靖四年東吳張祿刋行
雍熙樂府（雍熙）　嘉靖四十五年郭勛刋行
北宮詞紀（北紀）　萬曆三十二年陳所聞編選
吳騷合編（吳騷）　崇禎十年張旭初編選

套數三十六套（內兩套存疑）

黃鍾醉花陰七套：窗外芭蕉戰秋雨。（摘艷九。雍熙一。北紀六。吳騷四附錄。）楊柳橫塘淡烟鎖。（盛世二。摘艷九。雍熙一。北紀一。）破鏡重圓帶重結。（摘艷九。雍熙一。北紀五。）雨順風調萬民喜。（雍熙一。北紀一。）深淺荷花二三里。（雍熙一。北紀一。）

簾捲輕寒杏花雨。（北紀六。）今歲江梅試花早。（北紀六）

正宮端正好一套：珊枕畔麝蘭香。（北紀六。吳騷四附錄。）

仙呂村里迓鼓兩套：淮水上綵舟無數。（盛世四。摘艷四。雍熙四。北紀一。）正值着太平時序。（盛世四。摘艷四。雍熙四；雍熙此套首曲題節節高郎村里迓鼓之別名。

南呂一枝花十套皇都錦繡城。（盛世六摘艷六雍熙八）草堂外嵐光映日妍。（雍熙九。北紀一）清風臥楊孤。（雍熙九北紀三）。不沾朝野名。（雍熙九北紀三）。清光亂乳鴉。（雍熙九北紀四）。包含着世外情。（雍熙九。北紀五）正楊柳成陰覆短墻。（雍熙十。北紀一）。詩成奪錦袍。（北紀一）勸金杯竹葉香（北紀二）千金玉體輕。（吳騷四附錄按此套僅見吳騷載之詞語庸俗，恐非陳作。）

中呂粉蝶兒兩套萬斛秋香。（北紀一）冷雨梧桐。（北紀六）

商調集賢賓兩套憶吹簫玉人何處也（摘艷七雍熙十四北紀六吳騷四附錄）瑣窗寒井梧秋到早。（摘艷七。雍熙十四。北紀六）

越調鬪鵪鶉兩套帝業南都。（盛世八摘艷十。雍熙十三。北紀一。北詞廣正譜引此套之青山口曲）。珠履瓊簪。（盛世八。摘艷十雍熙十三北紀六）

雙調夜行船兩套缺月風簾碎影篩。（雍熙十二。北紀六）。席上催花送酒籌。（北紀一。按雍熙十二有射覆分題換酒籌一套，全用大聲此套韻，不知誰作。）

附辨摘艷五收「夜行船花柳鄉中自在仙」一套，題爲「西湖」，作者陳大聲。雍熙十二收此套，題爲「送景賢回虎林」，無作者名。北紀四題爲「送楊景言回杭州」，作者湯菊莊（式）。按楊暹字景賢，一作景言，元末明初人，見錄鬼簿，與菊莊同時，大聲時代遠在其後，菊莊所撰筆花集中有此套，自是湯作。

雙調行香子一套朝也相思。（北紀六）

雙調新水令四套碧桃花外一聲鐘。（摘豔五。雍熙十一）白蘋風細一絲輕。（雍熙十北紀三。）綠楊溪上木蘭橈。（雍熙十一。北紀四。）枕痕一線粉香殘。（雍熙十一。北紀六。）

沈璟曾翻此套爲南中呂石榴花，見吳騷卷二云是「元詞」，吳騷卷四又云是周秋汀作。按：沈德符顧曲雜言曾稱許大聲此套，已見前引錄。李開先所撰「詞套」亦云是大聲作，此套仍屬大聲爲是。

黃鍾醉花陰南北合套簾捲東風畫堂曉。（雍熙一。北紀一。）

雍熙題云：「富文堂，陳大聲徐子仁聯」。北紀題云：「富文堂初夏讌集，陳大聲徐子仁聯」。題下注云：「徐諱霖，號九峰，一號髯仙，秣陵人」。通行本北紀此處有殘缺，今據新印增補本。按：兩人聯句，可能一人作北曲，一人作南曲。陳徐孰南孰北，已無可考。顧起元客座贅語曾記富文堂陳徐聯句事，但非此套，詳見後雙調新水令合套。

中呂粉蝶兒南北合套萬卷圖書。（雍熙六。北紀一。）

雍熙題云：「富文堂，陳大聲作」。北紀題云：「富文堂讌賞」，作者亦爲大聲。

雙調新水令南北合套富文堂內四時春。（雍熙十一。）

此套僅見於雍熙，題云「富文堂」，無作者名。按：顧起元客座贅語髯仙秋碧聯句條云：「黃琳美之元宵宴集富文堂，大呼角伎，集樂人賞之。徐子仁陳大聲二公稱上客。……於是子仁與大聲揮翰聯句，甫畢一調，即令工肄習，既成，合而奏之，至今傳爲勝事。」右黃鍾醉花陰套爲初夏宴集而非元宵，中呂粉蝶兒套爲大聲獨作而非聯句。此新水令套有「花炬暈方溫，爐香火正燉，飫口膻葷，聒耳笙簫」諸語，甚似元宵景物，疑即起元所敍者。未能肯定，姑收錄之。

以上共三十六套，其中南呂一枝花千金玉體輕，雙調新水令富文堂內兩套存疑。

小令十六首

正宮小梁州二首：酒坊。茶肆。

正宮醉太平二首：燒丹。趕脚。

中呂滿庭芳五首：禿子。啞子。瞎子。瘸子。豁子。

中呂紅繡鞋三首：彈棉花。裁縫。磨鏡。

雙調水仙子三首：嘲妓泥人兒。嘲風月二首。

雙調沉醉東風：咏蚊蚤。

以上小令十六首見北紀外集卷二，疑皆七一居士滑稽餘音中作品。

民國五十八年，國語日報書和人副刊。

發表後續有增改，五十九年冬定稿。

朱熹八朝名臣言行錄的原本與删節本

朱子所編五朝名臣言行錄十卷、三朝名臣言行錄十四卷,合稱八朝名臣言行錄,是一部很好的宋人傳記資料,是研究宋史的重要參考書之一。這部書有兩種版本,內容差別很大。其一是四部叢刋初集所收宋本,分五朝及三朝兩部,而實爲一書,這是我所謂原本,下文亦稱叢刋本。其二是五集合印本,通稱宋名臣言行錄,五朝部分稱前集,三朝部分稱後集,加上宋理宗時人李幼武所編續集、別集、外集,共爲五集。(續集全名皇朝名臣言行續錄,別集全名四朝名臣言行錄,外集全名皇朝道學名臣言行外錄。)這是我所謂删節本,下文稱爲李本,亦稱文海本;李是删節者的姓,文海是影印此本的書店。删節本有明代刋本數種,俱不多見;通行的是淸道光元年(辛巳)洪瑩仿宋刻本,或同治七年(戊辰)臨川桂氏重刻洪本;最近臺灣文海出版社印行的宋史資料萃編第一輯收有此書,卽是據桂氏本影印。其前有宋人李居安序云:

本朝名臣一言一行,史筆所錄,法當詳瞻。然始初之正本固詳瞻矣,而統紀之漫漶;近世之纂要雖剪截矣,而顚末之參差。每參錯而並觀,懼覽者之不一。點勘訂正,有宗有元,不繁不簡,此本殆庶幾乎。試刻諸梓,與有志於斯文者共。寶祐戊午中和節,廬陵李居安序。

序後有兩行云:「晦菴先生朱熹纂集,太平老圃李衡校正。」我想李衡與李居安是一個人,詩經上說「衡門之下,可以棲遲。」「太平老圃」當然是安居的。編其餘三集的李幼武則是李衡的族人,見續集趙崇硂序。根據李居安序文，此書在當時可能另有其他刪節本，但現行本是李衡所刪無疑；我所見到的三種明刊本，都有李序及「太平老圃李衡校正」字樣。為了避免「刪」字太多而混淆不清，所以我把刪節本稱為李本。

四部叢刊初編書錄提要云：

> 世行名臣言行錄，皆與李幼武續錄並為一書，陳均編年備要引用書名，即然是朱子單行之本，宋季已罕傳矣。惟直齋書錄載八朝名臣言行錄二十四卷，為著錄家所僅見。取校洪瑩仿宋刊本，方知刪削甚多，則此洵為朱子原書也。

這段話雖正確而太簡略；本文主旨即是要將刪削的情形詳細舉出，以證明欲讀此書必須用原本。因為李本各人小傳太簡略，事跡整條刪去者太多，而且時常因節錄的方法拙劣，將原文弄得走了樣，或者事情首尾不全，或者前後文不聯貫，或者一兩字之差而與原文本意懸殊。

此書五朝部分共收五十五人，附見三人，三朝部分共收四十二人，附見二人。每人都有一篇小傳，隨後是引自各書的事跡，少者四五條，多者百餘條。李本人數並無增減，只邵雍一人自後集移入外集。小傳及事跡則大刀濶斧的猛刪。從下列統計數字可以看出：

⑴總數統計：

五朝諸人小傳共七千零三十二字，刪去五千九百三十四字，餘一千零九十八字；事跡共七百九十六條，刪去二百三十三條，餘五百六十三條。三朝諸人小傳共七千七百十五字，刪去六千五百四十一字，餘一千一百七十四字；事跡共一千一百六十條，刪去四百八十七條，餘六百七十三條。

(2)個人詳細統計：（每人名下四個數目字，第一個是原本小傳字數，第二個是李本小傳字數，第三個是原本事跡條數，第四個是李本事跡條數。各項數字可能有極微小的出入。李本的條數是把全錄原文及節錄原文二者合計的（詳見下文）。

五朝：趙普一九〇 三一 一九 一九　曹彬二三 二四 一九 一三　范質一〇四 一七 九 八　竇儀一三 二五 一〇 九
李昉八五 一三 八 六　呂蒙正一〇三 一六 八 七　張齊賢一一七 一六 四 四　呂端七三 一三 七 七　錢若水一〇九 一九 八 七　李沆九四 二一 一五 一五　王旦二二二 二〇 四六 三三　向敏中一二〇 一三 五 四　陳恕八七 一四 九 九　張詠一二六 一五 四五 三七　馬知節八二 一五 一五 七　曹瑋一七四 二三 一三 七　畢士安一二五 一三 八 四
寇準二三一 一三 三九 三四　高瓊九二 二九 七 三　楊億一四八 三一 三 一〇　王曙一二〇 二〇 五 五　王曾一六九 二〇 四〇 一八　李廸一八〇 二七 九 七　魯宗道七四 一八 四 三　薛奎一一 一七 八 六　蔡齊八九 二三 三 六　呂夷簡一五五 三一 四四 二〇　陳堯佐一二八 一三 八 一　晏殊一四〇 一四 一三 六　宋庠一四〇 二〇 三 八　韓億一二四 二八 八 六　程琳一二五 一五 三 三　杜衍一八三 二一 二三 一七　范仲淹二四三 一六 四六 三四　种世衡九〇 二一 一五 一一　龐籍一七四 二〇 一五 八　狄青一一八 一七 一六 一四　吳育一四三 二三 一〇 六
王堯臣一〇四 一九 九 三　包拯一〇三 一八 八 五　王德用二一〇 二〇 一四 八　田錫一一九 二一 一一 八　王禹偁二一〇 二〇 一三 八　孫奭一二一 二六 八 七　李及八四 二七 四 三　孔道輔九〇 二六 七 五　尹洙一二〇 一九 一六 八　余靖一三〇 二三 三 八　王質七九 三〇 一一 五　孫甫一二一 二三 一六 一〇　陳摶（附种放、魏野、林逋）六三 三一 一五 一四　胡瑗一三九 二一 一七 一三　孫復八七 二三 五 五　石介九五 一四 一〇 七　蘇

洵一〇五 三一 五五

三朝： 韓琦三九 二九 一三 九六 富弼一七三 二四 四五 四一 歐陽修三九 二〇 四六 四三 文彥博三〇七 三一
二四 二 趙概一三五 三三 一〇 三 吳奎 一一〇 二六 九 五 張方平二〇五 三九 二九 一八 胡宿九九 二二 一七
九 蔡襄二六 二四 一四 八 王素一三三 三五 一三 六 劉敞一〇九 二四 二〇 一二 唐介一二〇 二〇 二四 一三
趙抃一五八 二〇 二七 一六 呂誨一三三 二五 一三 六 彭思永一二九 二四 八 七 范鎮一三五 二三 一九 一六 曾
公亮一三一 二六 九 六 王安石三四八 三一 四四 三四 司馬光三九七 三一 七〇 四三 司馬康一二六 二八 四 二
呂公著三〇三 二二 八二 三六 呂希哲一〇一 一九 二四 二一（又見李本外錄事跡較原本增多此處據李本後集
計算）。 曾鞏一四八 三三 一三 八 曾肇二一七 二四 二六 七 蘇軾三一〇 四四 二四 一五 蘇轍二一〇 二九 一五
五 韓絳二三三 三〇 二〇 八 韓維二三五 三三 三三 八 傅堯俞一七一 三三 三三 九 彭汝礪一三三 二〇 一三 四
范純仁二九〇 二〇 四七 二七 王存一四六 一九 七 四 蘇頌二三一 一七 三九 一七 劉摯一八四 一五 二〇 六 王
巖叟一四三 一六 二五 八 劉安世三三三 三三 三七 三三 范祖禹一六八 二七 五〇 二八 鄒浩（小傳一百七十一
字、事跡五條，一字未刪，此爲全書僅見之例。） 陳瓘二三五 二五 四〇 一五 邵雍（李本移入外錄，小傳
與原本大致略同，事跡較原本增多，此人未列入統計。） 陳襄一三三 三三 三三 一〇 劉恕一一三 三三 一三 八
徐積八八 二〇 一六 一〇 陳師道（原本無小傳，以謝克家所撰文集序代之；李本另撰小傳二十四字。謝撰
文集序共二百四十九字，李本刪存五十六字。事跡李本同原本，但多刪節，並分原本第三條正文及小注
爲兩條。此人未計入總數統計。）

右列韓琦、呂公著、范純仁、范祖禹四人，原本各缺一頁，故事跡數目可能較右所統計者各多一兩條。

綜計全書小傳部分約刪去五分之四強，事跡部分照上面所列條數，似只刪去五分之二弱，實際絕不止此數，至少是五分之三。因為存留諸條有許多是節錄，並非全文，而且原書有若干條附有小注，這些小注的絕大部分也都刪去了。全書正錄及附見共一百零二人，小傳全部大刪，事跡多數被刪，只有三朝卷十三的鄒浩全部保留；卷八的呂希哲重見外集卷十四的邵雍移入外集，二人事跡較原本增多。像這樣「刼餘」的本子，如何能用？不幸的是，從南宋中葉有了五集合刻本以後，朱子原本即「隱晦不彰」，明清以來一般學者所用都是李衡刪本，直到四部叢刊出版原本才「再顯於世」。「讀書須求善本」，此書是一個很好的例證。

刪得太多，雖可從數字上看出，讀者當然還是「願聞其詳」；改得走了樣，更非舉例不能明瞭。下面就從五朝及三朝各舉一人為例，詳細說明。五朝取卷六的呂夷簡，三朝取卷十二的劉安世。我所以取這兩個人，並非他們被刪改的情形比旁人顯明突出，而是因為他們都是朱子此書的「問題人物」。此書關於呂夷簡的記載，在朱子生前即已引起問題，劉安世部分則是自四庫全書提要以來評論此書的主題之一。以上事件，詳見余嘉錫著四庫提要辨證卷六（藝文書局本三二三至三三二頁），與本文無直接關係，不具引。

呂夷簡小傳原本如下：（叢刊本五朝卷六，頁一）

公名夷簡，字坦夫，其先萊州人，徙壽州。進士及第，補絳州推官，通判通州，知濱州，擢提點兩浙刑獄，入為侍御史，知雜事，改起居舍人，同知通進銀臺，知制誥，兩川饑，為安撫使，權知開封府。仁宗即位，拜參知政事，進戶部侍郎，同平章事，出判陳州。歲中復相，封申國公，出判許州，徙天雄軍。未幾復入相，徙封許國公，兼樞密使，拜司空，平章軍國重事。慶曆三年請老，以太尉致仕，薨年六十五。配食仁宗廟庭。

李本如下：（文海本前集卷六頁一、即總頁數一八九。）

字坦夫，其先萊州人，徙壽州。進士及第。相仁宗，配享廟庭。

劉安世小傳原本如下：（叢刊本三朝卷十二之三頁一。）

公名安世，字器之，大名人。中熙寧六年進士第。歷洺州司法參軍，河南府左軍巡判官。哲宗即位，除秘書省正字，擢右正言，遷起居舍人，兼左司諫，又遷左諫議大夫。除中書舍人，辭不拜。以集賢殿修撰提舉西京崇福宮。俄復除寶文閣待制，樞密都承旨，出知眞定府。落職，知南安軍；改提舉洪州玉隆觀，南安軍居住。責授少府少監，分司南京，新州別駕，英州安置。元符初，移梅州。徽宗即位，移衡州，尋改濮州團練副使，鼎州居住，未行。除修撰，知鄆州，待制，知眞定府，罷，知潞州，落職，知沂州，貶信陽軍，除名勒停，送峽州編管。久之，提舉南京鴻慶宮，復直龍圖閣。宣和七年卒，年七十八。

李本如下：（文海本後集卷十二頁五、即總頁七二九：）

字器之，大名人。中進士第。事神宗、哲宗，官至左諫議大夫。

李本所有諸人小傳都是這樣刪法，一兩百字的原文只剩二十多字，甚至十餘字，甚麼事情都沒有了，完全不像一篇小傳。其爲荒率簡陋，一望而知，無須多加說明。也許有人以爲原本小傳只是一堆官銜，刪之無妨；却不知這些小傳乃是後面許多條事跡的綱領，而且與其他宋人傳記如隆平集、東都事略、宋史列傳等對照參閱，還可收考訂異同以及補正漏誤的效果。這是重要史料，如何可以猛刪？

事跡部分的刪節情形則共有三種。第一、照原本存錄或略有刪節，下面用存字標出。第二、刪節甚多，用節字標出；有時原本附有小注，李本去其正文而僅留小注，或去其小注而僅留正文，此種情形也用節字標出。第三、全條刪去，用刪字標出。此外偶有特殊情形，則分別說明。

呂夷簡事跡見叢刊五朝卷六頁一至十八、文海前集卷六頁一至六，即總頁一八九至一九九。原本共四十四條，李本照存或略有刪節者十四條，刪節甚多者六條，全條刪去者二十四條，共餘二十條。細目如下：

第一條「歲大水」刪。　二「河北自五代末即算田鑄」存。　三「祥符末王沂公」節。　四「祥符中營繕宮館」五「嶺南獲賊」六「歲旱蝗」七「寇忠愍公知永興軍」八「時有習妖術者」九「祥符中崇奉天書」十「入內押班」十一「眞廟升祔」十二「太后初聽朝」十三「天聖郊燔」十四「曹利用得罪」以上共十一條俱刪。　十五「玉淸宮災」存。　十六「公以主上方富春秋」存。　十七「太后親祠太廟」刪。　十八「初章懿之誕上也」節（刪去正文僅留小注）　十九「公在章獻朝」二十「太后嘗欲進荊王爲皇太叔」二十一「大內災」以上共三條俱存。　二十二「明肅太后臨朝」刪。二十三「契丹遣使借兵」存。　二十四「章獻嘗爲大車」刪。　二十五「章獻明肅之盛」刪。　二十六「章獻崩」存。　二十七「上以章惠有保護之勤」刪。　二十八「天下學校久廢」存。　二十九「寇忠愍公以忠義」刪。　三十「長秋虛位」刪。　三十一「寶元中御史府」存。　三十二「初元昊拒命」存。　三十三「景祐中呂許公執政」節（僅留正文，刪去小注。）　三十四「某公惡韓富范」節。　三十五「王洙修理武聖略」刪。　三十六「景祐末西鄙用兵」刪。　三十七「仁宗以西戎方熾」存。 三十八「慶曆初仁宗服藥」刪。 三十九「呂相在中書」存。 四十「文靖夫人」刪。 四十一「公感風眩」節。 四十二「公薨於鄭」存。 四十三「上嘗大書」節。 四十四「公於天下事」刪。

右列第三條原本如下（叢刊五朝卷六之一、頁二）：

祥符末，王沂公知制誥，朝望日重。一日至中書見王文正公，「君識一呂夷簡否？」沂公曰：「不識也。」退而訪諸人，許公時爲太常博士通判濱州，人多稱其才者。他日復見文正復問如初，沂公曰：「公前問及此人，退而訪之。」具所聞以告。文正曰：「此人異日與舍人對秉鈞軸。」沂公曰：「公何以知之。」曰：「吾亦不識，但以其奏請得之。」沂公曰：「奏請何事？」曰：「如不稅農器等數事。」時沂公自待已不淺，聞文正之言，不信也。姑應之曰「諾！」既而許公自濱罷，擢提點兩浙刑獄，未幾爲侍從。及丁晉公敗，沂公引爲執政，卒與沂公並相。沂公從容道文正語，二公皆嗟歎，以爲非所及。其後張公安道得其事於許公，故於許公神道碑略敍一二。

李本如下（文海前集卷六頁一、總頁一八九）：

祥符末，王沂公知制誥，朝望日重。一日至中書見王文正公。公問「君識一呂夷簡否？」沂公曰：「不識也。」文正曰「此人異日與舍人對秉鈞軸。」沂公曰：「何以知之。」曰「吾亦不識，但以其奏請得之。」沂公曰：「奏請何事？」曰「如不稅農器等數事。」卒與沂公並相。

這樣刪節事體全無曲折，文章氣貌全非，好像一棵枝葉扶疏的樹被剪伐得幾乎成了光桿。

第十八條見叢刊五朝卷六頁五、文海前集卷六頁一、即總頁一九零，文長不錄。原文連同小注，是呂夷簡行狀、聞見錄、龍川志三者關於李宸妃（章懿皇后）事件的記載，詳略不同，敍述各異。三者合觀，這件事才得首尾分明，而且對照看起來甚富趣味。李本刪去行狀，僅存聞見錄及敍事最簡略的龍川志，既失紀載之詳，又失對照之趣。這是李本一貫的簡陋作風。

第四十一條原本如下：（見叢刊五朝卷六頁十七）

公感風眩，天子憂甚，手詔拜司空、平章軍國重事，三日一入中書。公表固辭。御府出萬金藥，上剪髭以賜公。手詔曰：「古人有言，髭可療疾。雖無痊驗，今朕剪髭合湯藥，表予意也。卿久病，中書密院臣僚全然不勾當，公事住滯。卿錄可以委任臣僚三五人來，卿更調攝，副朕眷焉。更有西北兩事，仔細一一奏來。」公首奏陳西北事機，因薦范仲淹、韓琦、文彥博、龐籍、梁適、曾公亮等數人，後皆大用。

李本至「表予意也」為止，以下完全刪去。見文海前集卷六頁五、即總頁一九九。

此條原文分為三段：前段表示仁宗優禮大臣，中段表示優禮之餘仍有公務上的要求，三段表示呂夷簡為國進賢，所薦舉的都是後來的名臣，並有他的政敵范仲淹在內。被刪之後，原文意義丟掉大半，而且丟掉的是重要部分。

劉安世小傳刪節情形已見前。安世事跡見叢刊三朝卷十二之三頁一至三十一、文海後集卷十二頁五至十二、即總頁七二九至七四四。原本共三十七條，李本照存或略刪者僅七條，刪節甚多者十四條，全刪者十六條，應存二十一條；但李本取原本第二條之小注改為正文兩條，又合併原本第二十一及二十二兩條為一，故共有二十二條。細目如下：

第一條「公儀狀魁碩」：刪。　二「開府公與司馬溫公」：正文刪節甚多，小注兩條改爲正文。　三「溫公薦充館職」：節（刪去小注，僅留正文）。　四「自王荆公」：刪（僅存最後「擢右正言」四字，併入下第五條）。　五「是時差除頗多」：存。　六「胡宗愈除右丞」：刪。　七「章惇於崑山縣」：刪。　八「李常始阿附王荆公」：節。　九「蔡確雖貶」：節。　十「始公論蔡確」：刪。　十一「遷起居舍人」：節。　十二「自崇慶垂簾」：節。　十三「公徧歷言路」：存。　十四「公曰安世作都承旨待制」：刪。　十五「元祐中詔議北郊典禮」：刪。　十六「宣仁后晏駕」：存。　十七「公度嶺」：刪。　十八「公言安世初到南方」：刪。　十九「紹聖初黨禍初起」：存。　二十「惇卞用事」：存。　二十一「先是文及甫」：節。　二十二「公在貶所」：節錄一部分併入上條。　二十三「惇卞謀害公」，二十四「曾子宣爲右相」，二十五「公知潞州」：以上三條俱刪。　二十六「公曰安世初除諫官」：節。　二十七「公曰今人咸言」：刪。　二十八「先是建中年間」：節。　二十九「公曰士夫知舊」：刪。　三十「先生曰金陵」：節。　三十一「先生因言及王荆公學問」：節。　三十三「器之言安世初登第」：存。　三十四「胡理問曰」：刪。　三十五「與黃鍰用和」：刪。　三十六「公自宣和乙巳」：節。　三十七「昔有與蘇子瞻」：存。

右列第二條原本如下（叢刊三朝卷十二之三頁二）：

開府公與司馬溫公爲同年契因遂從學於溫公。熙寧六年舉進士，不就選，徑歸洛。溫公曰：「何爲不仕？」公以漆雕開「斯未能信」之語以對。溫公悅復從學者數年。一日避席問盡心行己之要可以終身行之者。溫公曰：「其誠乎！吾平生力行之，未嘗須臾離也，故立朝行己，俯仰無愧爾。」公問，行之何先？溫公曰：「自不妄語始。」自是拳拳弗失，終身行之。調洺州司法參軍。時吳守禮爲河北轉運使，嚴明守法，官吏畏之。吳一日閱，有人告司戶贓汙，如何？公對不知。吳不悅。明日閱視倉庫，召司戶者謂曰：「人訴爾有贓，本來按爾，今劉司法言爾無之，姑去。」於是衆方知公長者。然公心常不自快，曰：「司戶實有贓，而我不以誠告，吾其違溫公教乎！」後因讀揚子雲「君子避礙通諸理」，而後意方釋然，言不必信，此而後可。

李本（文海後集卷十三、頁五、卽總頁七二九）刪去首句「開府」二字及「調洺州司法參軍」以下一大段。

於是，這一條只剩下若干空話，全無事實發揮。「開府公」是安世的父親劉航，李本竟刪去「開府」，只留「公」字，變成劉安世自己與司馬溫公爲同年契，因同年而成爲師生，所以出此大錯。我想是原本「因遂從學於溫公」句上省略了一個「公」字，把李君弄胡塗了。本條小注第二段引道護錄云：「公言安世平生只是一個誠字。」李本改爲「溫公言安世平生只是一個誠字」。劉安世又變成了司馬溫公，安世自道之言也就成了溫公誇獎他的話了。衡以李本他處荒謬的例子，開府二字一定是他刪的，溫字一定是他加的，並不是刋刻時脫字或衍文。我所見明刊本三種都是如此。

第八條「李常始阿附王荆公」云云，見叢刋三朝前集卷十二之三、頁七，文長不錄。李本見文海後集卷十二、頁六、卽總頁七三一，刪去前面一大段，而從「會知漢陽軍，吳處厚上蔡確安州所爲謗詩」開始，其下又刪去很多。原文共五百八十字，李本只餘一百三十七字，這眞是胡鬧。從文法方面說，刪去上文，則「會」字突如其來，毫無着落。從事實方面說，參奏蔡確是安世平生大事，也是北宋後期黨爭的大事，敍述只應求詳，豈可如此草率！

原本第二十八條如下：（叢刊三朝卷十二之三頁二十五）

先是，建中年間，公與蘇子瞻自嶺外同歸，道出金陵。時有吏人吳默者，以詩贄二公，子瞻稱之。跋數語於詩後，公亦題其末以勉其學。是後，內侍梁師成得幸，自謂子瞻遺腹子，與一二故家稍稍親厚。默知其說，因携二公所跋詩謁之，梁甚悅，奏之以官。至宣和間，梁益大用，以太傅直睿思殿，參可三省樞密院事，貴震一時，雖蔡京童貫皆出其下。是時默改名可爲正使，師成令可自京師來宋，欲鈎致公，引以大用，且以書抵公，可至三日然後敢出之，且道所以來之意，大概以諸孫未仕爲言以動公。公謝曰：「吾若爲子孫計，則不至是矣。且吾廢斥幾三十年，未嘗曾有點墨與當朝權貴，吾欲爲元祐完人，不可破戒。」乃還其書而不答。人皆爲公危之，而公自若也。

李本如下：（文海後集卷十二、頁十、卽總頁七四零）

建中間，公與蘇子瞻自嶺外同歸。至宣和間，內侍梁師成得幸，貴震一時，雖蔡京童貫皆出其下。師成令吳可自京師來宋，欲鈎致公，引以大用，且以書抵公。可至三日然後敢出之，且道所以來之意，大概以諸孫求仕爲言以動公。公謝曰：「吾若爲子孫計，則不至是矣。且吾廢斥幾三十年，未嘗有一點墨與當朝權貴。吾欲爲元祐完人，不可破戒」。乃還其書而不答。人皆爲公危之，而公自若也。

删去吳默獻詩、改名、及梁師成自謂子瞻遺腹子各節，把一件完整的故事弄得支離破碎，來龍去脈全不淸楚。這種「傷筋動骨」的辦法，在李本中例子很多。原本「諸孫未仕」，意思是說「諸孫還沒有作官，作祖父的何不替他們想想辦法。」李本作「諸孫求仕」一字之差而文意大相逕庭。其祖爲「元祐完人」，而諸孫「求」仕於佞倖滿朝之時，眞成不肖子孫了。這個「求」字明刊本三種與今本一致，可見並非偶然誤刊。

原本第三十六條如下（叢刊三朝卷十二之三，頁三十）：

公自宣和乙巳歲元日以後，謝絕賓客，四方書問皆不啓封，家事無巨細悉不問，曰：「異時吾死，斂以時服，柩中愼（原注「御名，避孝宗諱。」）無置一物。」於是家人始爲公憂。夏六月丙午，忽大風飛瓦，驟雨如注，雷電晝晦，於公正寢，人皆駭懼而走。及雨止辨色，公已終矣，聞者咸異焉。葬開封府祥符縣樂安鄉邊村之原。楊中立以文弔之曰：「刼火洞然，不爇惟玉。」搢紳往往傳誦，以爲切當。（下略）

李文如下：（文海後集卷十二，頁十二，卽總頁七四三。）

公自宣和元日以後，謝絕賓客，四方書問皆不啓封，家事無巨細悉不問。夏六月丙午，忽大風飛瓦，驟雨如注，雷電晝晦，於公正寢，人皆駭懼而走。及雨止辨色，公已終矣，聞者咸異焉。及葬，楊中立以文弔之曰：「刼火洞然，不爇惟玉。」搢紳往往傳誦，以爲切當。（下略）

刪去「乙巳歲」三字，使人不知安世卒於何年；「葬開封府」云云，改爲「及葬」二字，使人不知安世葬於何地。刪改雖不多，却是兩個要點，雖未傷筋動骨，却在致命處下刀。這種情形與上文第二條的「開府」「溫公」第二十八條的「未仕」「求仕」，決不是偶然的脫字、衍文或形近之誤，而是一貫的妄刪妄改。

洪瑩印行李本，曾請顧千里詳細校勘整理，據顧氏跋文，可知李本乃是標準的粗劣坊本，所謂「厤沙惡槧」。李衡這個人恐怕也就是當時書坊請來編書的冬烘先生，文理並不太通順，看他所寫序文，卽知更談不到學識，所以才這樣狂刪妄改編續集、別集、外集的李幼武，比他這位「宗人」也高明不了多少。他所編的三集，簡陋粗率，引錄各條不注出處，比起朱子的書差得太遠。只因其中有若干他處所無的資料，又是與「朱子」著作合印，故得附驥而行，至今不廢。而且，「謬種流傳」，竟使朱子原書眞相幾乎湮沒。

最後要說到李本僅有的一點好處，那就是可以補充原本的缺頁。原本五朝部分無缺頁，三朝缺卷一第十七頁，卷八第二十六頁，卷十一第十九頁，卷十三第十頁，共缺四頁。根據李本可補充如下：

卷一第十七頁可補「歲大歉，爲法賑之，活飢人七百萬。鄰城旁路刺取其法，視中山隱然爲雄鎭，聲動虜中。」三十三字及小注「行狀」二字。此三十三字與上下文卽十六頁之末與十八頁之首均不銜接，當是另一條之殘文。同頁又可補「定卒惡米陳下……一軍股慄」全條一百字及小注「遺事」二字。以上二者共一百三十七字，照原本行款計算字數，假定有兩三處提行，所補約半頁餘。（此兩條見文海後集卷一、頁六、卽總頁三七四）

卷八第二十六頁可補「哲宗卽位，公爲邇英侍讀，始至，上言曰：「人君卽位之始，當正始以正天下，修德以安百姓。修德……」三十六字。與下文卽二十七頁之首銜接。（此條見文海後集卷八、頁五、卽總頁六三五）

卷十一第十九頁可補「士未嘗知出於公，公亦未嘗示恩意於人。人或謂公曰：『身爲宰相，豈可不牢籠天下士，使知出於門下！』公曰：『但願朝廷進用，不失正人，何必須使知出我門下耶。』」六十一字，又小注「言行錄」三字。與上文卽十八頁之末銜接。（此條見文海後集卷十一、頁四、卽總頁七百）

卷十三第十頁因李本有刪節，正在此頁中，故無可補。

以上所補雖不甚多，總算是李本的一點貢獻。當然，原本不能說是毫無錯字，也許李本有若干可以校正原本錯字之處，這要有待於學者細心勘對，但千萬要記住：不可輕易據李本校改原本。

附記

我撰寫本文時發現兩個小問題，與本文主旨並無關係；但既已發現，不妨記在這裏。其一：原本呂夷簡事跡第一條小注云「李宗諤撰行狀」，李本亦有此注。這是錯誤的。呂夷簡神道碑張方平撰，見於方平的樂全集卷三十六。行狀未詳何人所作，但決不會是李宗諤。夷簡卒於慶曆四年，即西元一零肆肆，宗諤卒於大中祥符六年一零一三，比夷簡早死三十一年。此事不像是刋刻或傳寫之誤，可能是朱子偶然誤記或筆誤。姜亮夫歷代名人年里碑傳綜表云宗諤卒於大中祥符五年，夷簡卒於慶曆三年，陸心源三續疑年錄卷三云夷簡卒於慶曆二年，都是錯的，我另有考證，此處不詳述了。

其二：劉安世事跡第二十八條云「是後，內侍梁師成得幸，自謂子瞻遺腹子。」宋史四六八師成傳則云：「自言蘇軾出子。」傳又云「〔師成〕政和間得君貴幸……王黼父事之。」黼生於神宗元豐二年，見㓜獅學誌六卷二期拙著宋人生卒考示例，到了政和年間，已三十多歲。師成此時既已「得君貴幸」，又被三十多歲的人「父事之」，其年齡至少四五十歲。東坡卒於建中靖國元年，下距政和不過十餘年，師成若自稱東坡遺腹子，豈不顯露破綻？所以應從宋史作「出子」。出子的意思是出妾之子。以上只是姑就師成自己所說考證，至於他是否眞的是東坡的孩子，那是另一問題。據我看，可能性不多。「婦人既孕而夫死，所生之子謂之遺腹子。」這是遺腹子的正常解釋。不知旣孕而因事被趕出家庭，所生之子是否也可謂之遺腹？前者是遺之於身後，後者則是遺之於門外；前者是遺留，後者是遺棄。如果是這樣，遺腹子的意義卽與出子相同，用不着考辨了。這是我偶然的想法。

民國五十六年，中央圖書館館刊新一卷二期。

蘇東坡的先世及其親屬

本文所謂先世，包括東坡的遠祖到曾祖，都是他沒有見過面的；親屬則從他祖父到他的孫輩，一共五代。包括本房和別房男的及女的文中敍述都經過考證，爲了篇幅及本刊性質考證過程均略去不談，遇有必須解釋之處，在文後分別註明。

東坡的籍貫是眉州眉山，卽現在四川省眉山縣。蘇氏原是北方大族周朝時居住於河南、河內，爲「河南、河內蘇氏」註一 蘇秦屬於這一支；漢高祖時遷入關中稱爲「扶風蘇氏」註二 這一支的名人是蘇武東漢順帝時，扶風蘇氏的蘇章作冀州刺史改任并州，他的子孫卽住在趙郡，從此又有了「趙郡蘇氏」。眉州在中國西南角上，是個僻遠的地方，中原人士很少去，蘇家人首先來到其地的是唐朝的蘇味道。味道是趙郡欒城縣人，註三武后時以文學起家，官至鳳閣侍郎、同鳳閣鸞臺平章事，乃宰相之職。後來因事貶爲眉州刺史，又改益州長史，他去上任，死在半路。（舊唐書卷九十四新唐書卷一百十四有傳）他的一個兒子（不知其名）回不去北方，留在眉州，子孫世居其地，這就是「眉州蘇氏」的始祖。

從初唐到五代約三百年，眉州蘇氏始終僻處邊遠，沒有出過甚麼人物。東坡的高祖名祜，是五代時人；曾祖名杲，死時已是宋太宗淳化五年。蘇祜這個人，生於唐昭宣帝天祐二年，西元九〇五，卽朱溫篡唐之前年餘，死於周世宗顯德五年，西元九五八，卽趙宋繼周之前年餘，一生五十四年，恰好「與五代相終始」註四 這兩個人都是眉山的尋常百姓，不見經傳，只從蘇洵的蘇氏族譜知道他們的名字及一些事跡。東坡生於仁宗景祐三年一〇三六，註五 已近北宋中葉，沒有見過他的高祖及曾祖。

常有些人像祖父更過於像父親。這在遺傳學上怎樣解釋？我不懂。我只是從史傳記載及個人耳聞目見，理會到這種情形。讀了東坡祖父蘇序的幾篇傳記，註六 使我覺得東坡的性格才能以及行事很像他祖父，可以說東坡是他祖父的擴展：讀書比他祖父多，眼界比他祖父廣，本質則是大致相同的。蘇序跟他的祖先一樣，終老故鄉，沒有出來作事；因爲他兒子蘇渙作官，朝廷照例授給他一個虛銜，大理評事，身後又贈職方員外郎。蘇洵在族譜後錄裏說他：「先子少孤，喜爲善而不好讀書。晚乃爲詩，能自道，敏捷立成，凡數十年，得數千篇。上自朝廷郡邑之事，下至鄉閭子孫畋漁治生之意，皆見於詩。觀其詩雖不工，然有以知其表裏洞達，豁然偉人也。」這數千首詩如能傳到現在，在文學史上也許沒有多大意義，在社會農村風土人情的史料上一定很有價值，可惜的很！

蘇序的夫人史氏，也是眉山人，他們有三個兒子：蘇渙是老二，蘇洵最小，老大名叫蘇澹，早卒，沒有甚麼事跡可敍。蘇渙則是眉山蘇氏頭一個讀書登第，聲名官職相當高的人物。他是宋仁宗天聖二年進士，作過祥符縣知縣，衡州太守，最後作利州路提點刑獄，死在任上。他是一個很能幹正直的官吏，好讀書，能詩，有詩文集若干卷，現已失傳。這個人沒有特別出色之處，比起他的兒弟和兩個姪兒，差的很遠。但在他以前不僅蘇家，全眉山縣像他這樣讀書仕宦的人也很少。三蘇父子兄弟離開故鄉而向外發展，總是受了他的影響啓發。註七

蘇澹有兩個兒子：位、佾。兩個孫子：不知其名。蘇渙有三子：不欺、不疑、不危。四個女兒。十二個孫子：千乘、千運、千之、千能、千里、千秋、千經、千傑、千尋、千億、時、暉。十個孫女。十二個曾孫男女。這些都是東坡的從兄弟、從姪、姪孫等。蘇

澹一房人丁稀少蘇渙一房頗爲興旺，可是一個知名之士也沒有有一個叫蘇元老的，是東坡的姪孫，東坡文集中有給他的四封信，不知是那一房的。

洵、軾、轍這三蘇的事跡，一般人都很熟悉，而且不是三言兩語所能寫完，所以本文只敍述他們的親屬及與親屬有關事項。老泉夫人姓程，眉山人，大理寺丞程文應的女兒，比老泉小一歲，十八歲時出嫁。程家很富有，蘇家經濟情形不大好。老泉讀書甚晚，不盡是因爲「少不喜學」；家境不裕，需要他謀生養家，也是原因之一。他發憤讀書之始，還在顧慮到家庭經濟問題。程夫人把她自己的粧奩等物賣掉，用作資本來經營生計，數年之間，居然漸漸成富有，老泉才得以「專志於學，遂成大儒」。可見程夫人是個很精明能幹的婦女。她又「喜讀書，皆識其大義」。東坡兄弟幼年時，曾受過很好的母教。後來兩人同年登第，不幸得很，程夫人在他們登第之後不過月餘就去世了，年僅四十八歲。註八

程夫人共生三男三女：老大景先註九　去世很早，只剩下東坡子由兩人，於是東坡就成了「長公」「大蘇」。三女都是東坡的姐姐，最小的最長壽，也只有十九歲，出嫁不久就死了，其餘兩姊妹都是早亡未嫁。小說戲劇所傳蘇小妹秦少游的故事，完全是編造出來的，註一〇　眞正是「齊東野人之語」。

東坡這個人眞是天生的「尅妻命」，兩妻一妾都先他去世。這三人恰好都姓王。他的原配王弗，眉州青神縣人（今四川縣名），鄉貢進士王方的女兒，後來封爲通義郡君，故稱通義君。她比東坡小三歲，十六歲結婚，死時只有二十七歲。東坡江神子詞「十年生死兩茫茫」，卽是爲通義君作。繼配王閏之，是王弗的堂妹，封同安郡君，故稱同安君。比東坡小十二歲，結婚大概是在她二十一歲時，不能確定。比她堂姊活得長，但也不過四十六歲。

王朝雲，錢塘人，她最初到蘇家時只有十二歲，後來東坡納之爲妾。東坡南遷時，同安君已去世一年，朝雲隨同前往，不久死於惠州（今廣東惠陽）年三十四。東坡已是周甲老人，此後即未再娶。通義君生了一個兒子，名邁；同安君生迨、過兩人；朝雲生子名遯，兩歲夭折。東坡沒有女兒。註一一

蘇家祖孫三世四人，序、洵、軾、轍，夫妻偕老而同享大年者只有蘇轍跟他的夫人史氏。史氏也是蘇家的同鄉，少於子由兩歲。子由十七歲，史氏十五歲，就結婚了，這樣的早婚在以前並不希奇。子由享壽七十四，史氏七十七，婚後生活五十七年，可謂長久。他們有三個兒子，女兒多少未詳，只知道子由四十一歲謫筠州時已有七女，其中一個謫筠後不久夭折。

東坡有三子邁、迨、過；十二孫：簞、符、箕、筌、籌五人是邁的兒子；籥、籍、節、笈、箪、篴、箾七人是過的兒子。註一二 迨無子。東坡生前見到的是簞、符、箕、籥、筌、籌六人。子由也是三子：遲、适、遜（原名遠）。六孫：簡、策是遲的兒子；籀、範是适的兒子；筠、築是遜的兒子。每人每個。

東坡歿後，葬在汝州郟城（今河南郟縣），但他有些田產在常州（今江蘇武進縣）；子由也葬在郟城。他晚年則住在潁昌（今河南許昌縣）。所以他們的子孫分住於這三個地方。從東坡弟兄以後，對眉山的老家就漸漸疏隔了。東坡歿於徽宗建中靖國元年西元一一〇一，下距高宗建炎元年一一二七年；宋室南渡不過二十六年；子由歿於徽宗政和二年一一一二，距南渡十五年。因此小輩諸蘇大部分都從北宋進入南宋，只有蘇過，確知其死於南渡之前三年餘。

東坡的子姪及諸孫，比較有名的是過、遲、符、籀四人，恰好是一子一姪一孫一姪孫。

蘇過，字叔黨，自號斜川居士，是東坡最小的兒子，也是他最喜歡的兒子。他會隨父到海南島，是衰年遠謫中的惟一慰藉。東坡身後不久，黨禁大興，蘇過因之始終不甚得意。曾作過郾城知縣，晚年作定州通判，上任途中遇見強盜，迫他入夥，他當然不肯，又跑不掉，於是不停的喝了一夜酒，就這樣醉死了，年五十二歲，時間是徽宗宣和五年一一二三。他的文章翰墨，頗有父風，當時稱爲「小坡」，有斜川集六卷現存。註一三

蘇遲，字伯充，是子由的長子。南渡以前事跡不詳，南渡初年，官至工部侍郎，高宗紹興五年告老，充徽猷閣待制，提舉江州太平觀，這在當時叫作奉祠，只是個名義，拿點俸祿，並無實際職務。他是蘇門中最長壽的一個。英宗治平四年西元一〇六七，歐陽修作蘇老泉墓誌，敍述老泉的孫子，有他和蘇邁兩人，可見他最晚生於一〇六七，卒年則明見於建炎以來繫年要錄，是紹興二十五年一一五五，至少活了八十九歲，身歷英仁哲徽欽高六朝。東坡詩裏曾有幾處提到他，東坡卒時他已三十多歲了。他曾作過婺州太守，退休後就同家人住在那裏，死後葬在州屬蘭溪縣，即現在浙江金華蘭溪一帶，他的後裔從此就成了金華人。註一四

蘇符是東坡第二孫，字仲虎，他在高宗朝，賜同進士出身，後來作過中書舍人、資善堂贊讀、翊善，禮部侍郎，權禮部尚書。權是暫代的意思，禮部尚書之職，他祖父也曾作過。他作事時，正趕上高宗崇尚東坡文學，所以官運頗順，官職頗高。後來因爲不贊成和議，大受秦檜壓制，只是奉祠閒居，偶然派作外任官。他晚年歸蜀，紹興二十六年死在四川，是蘇氏後人還鄉終老的。他作的中書舍人，是文學侍從之臣，贊讀、翊善，是敎太子讀書的，學問文章當然不差，但和蘇遲一樣，沒有甚麼作品流傳下來。註一五

蘇籀，字仲茲，他作過太府監丞、將作監丞，都不是甚麼大事情，這個人是以文字傳的。他從十四歲到二十三

歲，一直跟着他祖父子由在一起，家學淵源，幼承庭訓，可惜才氣不够，否則會大有可觀。他著有雙溪集十五卷，詩文不少，但沒有甚麼必傳的佳作。又有欒城遺言一卷，記載他祖父晚年生活及議論，是研究子由生平的資料之一。

南宋初年至中葉，蘇氏後人可考者還有東坡曾孫嶠、峴，姪曾孫諤、誦、詡，姪玄孫林等，都不是甚麼「要人」，「君子之澤，五世而斬」，也就不必詳述了。

〔註　解〕

㊀ 河南、河內：今河南省洛陽及其以北一帶。

㊁ 扶風：今陝西長安附近。

㊂ 欒城：今河北欒城縣。元末名學者蘇天爵，卽是欒城人。趙郡，見前篇。

㊃ 與五代相終始：語見蘇洵嘉祐集卷十三蘇氏族譜後錄下篇。

㊄ 東坡生日是陰曆十二月十九，陽曆已是一〇三七一月八日；但普通仍作一〇三六生。

㊅ 蘇序的傳記有：蘇軾東坡全集卷十六蘇廷評行狀，曾鞏元豐類稿卷四十三蘇君墓誌銘，及蘇氏族譜後錄下篇中的一段。

㊆ 蘇渙事跡見蘇轍欒城集卷二十五伯父墓表。

㊇ 程夫人事跡見司馬光溫國文正公文集卷七十六蘇主簿夫人墓誌銘。（要看四部叢刊本，四部備要本只有十四卷，非全書。）本段引號內諸語，皆見墓誌。

(九) 景先一作景山。

(一〇) 有關東坡三個姊姊及俗傳蘇小妹故事的考證，非本文所能容納；此處只說明其事實。

(一一) 通義君事跡見東坡全集卷十五亡妻王氏墓誌銘，朝雲墓誌銘見同卷，同安君無墓誌，事跡散見東坡集中。

(一二) 這裏所說東坡十二孫，是根據蘇轍欒城後集卷二十二亡兄子瞻墓誌及宋史蘇過傳（附東坡傳後）。宋人傅藻撰東坡紀年錄則云東坡十四孫，較本文所述多出二人：簣、篯。簣的名字又見於韓元吉的南澗甲乙稿。東坡可能不止十二孫，附誌於此，以俟詳考。

(一三) 蘇過事跡見通行本斜川集附錄晁說之撰墓誌及王明清揮麈錄等書。

(一四) 蘇遲事跡見清人陸心源輯宋史翼卷四及元人吳師道敬鄉錄卷七。

(一五) 蘇符及下文蘇籀事跡俱見宋史翼卷四。

蘇東坡的乳母與蘇子由的保母

蘇東坡所作的墓誌銘並不甚多，全集所收只有十幾篇，其中有兩篇很短的：「乳母任氏墓誌銘」、「保母楊氏墓誌銘」。這兩篇各只一百多字，篇幅雖短，文字却很精切，更可考見蘇氏家庭情形之一部分，使一般人知道東坡子由兄弟有這樣兩個乳母和保母。從前人研究文學作家的身世，寫作家傳記，對於他們的家庭情形，私人生活，尤其是他們家裏的女性，往往不甚注意，這是不對的。現在先將這兩篇文章錄出，加上簡單註釋，然後合起來作一評介。同時我又參考各項資料，寫了一篇「蘇東坡的先世及其親屬」，可與本篇合讀。

乳母任氏墓誌銘註一

趙郡註二蘇軾子瞻之乳母任氏，名採蓮，眉之眉山人。註三 父遂，母李氏。事先夫人三十有五年，註四 工巧勤儉，至老不衰。乳亡姊八娘與軾，養視軾之子邁、迨、過，皆有恩勞。從軾官於杭、密、徐、湖，註五 謫於黃。註六 元豐三年八月壬寅，註七 卒於黃之臨皋亭，享年七十有二。註八 十月壬午，註九 葬於黃之東阜黃岡縣之北。銘曰：生有以養之，不必其子也；死有以葬之，不必其里也。我祭其從與享之，其魂氣無不之也。註一〇

註一：此文見東坡集卷三十九（七集本）。據誌文知作於元豐三年，其年東坡四十五歲。任氏，宋人王宗稷編東坡年譜作王氏，乃形近之誤，蘇集諸本均作任氏。

註二：　趙郡，今河北趙縣。這是眉山蘇氏的祖籍，所以東坡作文常自稱「趙郡蘇軾」。詳見另篇「蘇東坡的先世及其親屬」（一般辭典所謂古時某州或某郡卽今某縣，是指該州郡的首縣而言，本篇卽用其例。蘇氏祖籍是今河北欒城縣，古時屬趙郡，所以蘇子由的文集稱欒城集）。

註三：　眉之眉山，今四川眉山縣，宋時屬眉州。任彩蓮跟蘇家是同縣人。

註四　東坡的母親程夫人也是眉山人，生於宋眞宗大中祥符三年西元一零一零，卒於仁宗嘉祐二年一零五七年，四十八歲。事跡詳見「蘇東坡的先世及其親屬」。任氏比程夫人大一歲（參閱註八）。從四十八歲往上推三十五年，程夫人十三歲，任氏十四歲時，卽開始主僕關係，一定是陪嫁使女。程夫人十八歲出嫁，二十七歲生東坡，任氏到蘇家在東坡出生之前九年。程夫人十三、任氏十四，係按足年計算，參閱後記。

註五　宋時杭州，今浙江杭縣；密州，今山東諸城縣；徐州，今江蘇銅山縣；湖州，今浙江吳興縣。東坡曾作過杭州通判及其餘三州太守。他也作過杭州太守，那是後來的事。

註六　宋神宗元豐二年秋天，東坡在湖州任上因爲作詩譏諷新法，被免官下獄。其年十二月二十九日（小除夕）定案，謫黃州。第二年卽元豐三年二月初一日到黃，先住在定慧禪院，又搬到臨皋亭。後赤壁賦：「步自雪堂，將歸於臨皋」。任氏卽卒於此地，見下文。

註七：　元豐三年是西元一零八零，其年八月辛卯朔，壬寅是十二日。

註八：　據享年七十二推算，任氏生於宋眞宗大中祥符二年西元一零零九，長於程夫人一歲，長東坡二十七歲。蘇老泉與任氏同歲。

註九：　元豐三年十月己未朔，壬午是二十四日。

註十：　劉向諭起昌陵疏「骨肉復歸於土命也魂氣則無不之也」　此銘是隔句押韻第一三五句養葬享三字押仄聲韻第二四六句子里之三字平仄通押。

保母楊氏墓誌銘註一

先夫人之妾註二　楊氏，名金蟬，眉山人。年三十始隸蘇氏，註三　頹然順善也。註四　爲弟轍子由保母。年六十八，熙寧十年六月己丑卒於徐州，註五　屬纊不亂。註六　子由官於宋，註七　載其柩殯註八　於開元寺。後八年，軾自黃移汝，註九　過宋，葬之於宋東南三里廣壽院之西，實元豐八年二月壬午也。註一〇

銘曰：百世之後，陵谷易位；註一一　知其爲蘇子之保母，尚勿毀也。註一二

註一：　此文亦見東坡集卷三十九，據誌文知作於元豐八年，其年東坡五十歲。

註二：　妾字有二義。一是臣妾之妾，即地位較高的女用人；一是妻妾之妾，即現在所謂姨太太。古時女子自己謙稱爲妾，等於男子自稱爲僕。這裏所謂妾當然是女用人。（按此註有問題，詳見後記。）

註三：　隸是屬的意思。東坡用這個字，顯示楊氏在蘇家的地位比任氏低。據熙寧十年六十八歲推算，楊氏與程夫人同年，長於東坡二十六歲，長子由二十九歲。她三十歲正是子由降生之年，即仁宗寶元二年，西元一零三九。極可能是因爲程夫人又多了一個孩子而找她來作保母。

註四：　禮記檀弓上「頹乎其順也。」註云：「頹，順也。」疏云：「頹然，不逆之意也。」

註五：　熙寧，宋神宗年號，熙寧十年是西元一零七七；其年六月己卯朔，己丑是十一日。楊氏卒於徐州，可知東坡知徐州時，任氏楊氏都隨在任上。子由其時亦在徐州，見註七。

註六：　纊是新棉絮。古代習俗，人將死時，把新棉絮放在其人口鼻上，看棉絮是否被呼吸氣吹動，以驗其何時死亡。因爲人快死時呼吸急促，棉絮易被吹動，等到棉絮不動，卽可知呼吸已停。禮記喪大記：「疾病男女改服，屬纊，以俟絕氣。」註云：「纊，今之新棉，易動搖，置口鼻之上，以爲候。」所以人臨終時稱爲屬纊。屬纊不亂，是說臨終照常安定，不緊張慌亂。

註七：　宋時應天府，舊名宋州，今河南商邱縣。子由熙寧十年在其地任僉書南京判官。當年六月，子由到徐州去看東坡，楊氏死時，子由東坡都在身側。（宋朝四京：東京開封府是首都，卽今河南開封；應天府是南京；西京河南府，今河南洛陽；北京大名府，今河北大名。）

註八：　殯字作名詞用，是已入殮的棺材；此處作動詞用，卽停放棺材。

註九：　東坡謫居黃州四年多，到元豐七年，朝廷命他到汝州去居住。汝州卽今河南臨汝縣，氣候、交通、生活環境，一切都比黃州好。這種情形，當時叫作「量移」，往往是恢復任用的第一步，行動也就比較自由。東坡奉命後，先由黃州東下到筠州（今江西高安）去看子由，回程經過應天，順便埋葬楊氏。旋奉命常州居住，卽從應天到常州（今江蘇武進），始終沒有到汝州去。葬楊氏時，子由在績溪（今安徽績溪）知縣任上。

註十：　元豐八年二月乙丑朔，壬午是十八日。

註十一：　詩小雅十月之交：「高岸爲谷，深谷爲陵。」劉向條災異封事：「陵谷易處，列星失行。」此銘改處字爲位字，乃是爲了押韻。

註十二：此銘也是隔句押韻。一三兩句，後與母押，二四兩句，位與毁押。後母兩字都是有韻，與現代讀音小異。

像這樣一百多字的短篇，墓主不是尋常婦女，即是夭折的青年，事跡既少，無可敍述，篇幅當然不長。這是枯窘的題目，文章很難出色；東坡却作得很好。但要仔細看，並且放大來看，才能欣賞領會。

這兩篇比較起來，當然是任氏墓誌更好。文字簡鍊而敍述周到，情意深摯。此文連誌帶銘共一百四十三個字，一個閒字沒有，這是短篇文章的必要條件。敍事方面，能寫出一個終身寄食，以他人之家爲家（註一）以他人之子孫爲子孫，「不識不知」誠懇勤儉，跟着少主人南來北往，而終於客死異鄉的老太太。另一面則又從字裏行間流露出東坡對於他這位老乳母的感念。他特別點出「事先夫人三十有五年」，使人知道此人從十幾歲就和他的母親在一起，在他未出生之前就來到蘇家。數十年中，乳哺他和他姊姊，養視他的三個兒子。名分雖是主僕，情義却等於家人骨肉。「工巧勤儉，至老不衰」寫任氏的性行；「皆有恩勞」寫任氏對他們兩代的愛護。「恩勞」二字下得重而恰當，如不是乳母，東坡不會用這兩個字。東坡最小的兒子蘇過生於熙寧五年（西元一零七二）東坡時在杭州通判任上，那時任氏已六十四歲。二十八九歲時乳哺東坡，六十多歲時又養視他的小兒子，眞是「至老不衰」了。從官杭、密、徐、湖的時候，太守的乳母總該很神氣，東坡湖州被逮，進京下獄，這一段期間，老太太一定也像關懷自己的親生子一樣憂急。可惜她年紀大了，在東坡初謫時就死去，沒能見到東坡再起而更爲顯達。東坡始爲翰林學士時年五十一，任氏若在，年七十八，也還不算太老。銘文起首兩句是說：奶起來的孩子（註一一）一樣可以奉養她，不必是她自己的孩子。中兩句說：死有葬身之地也就行了，不是必須歸葬故里。這四句無形中顯示出任氏暮年的心情。末兩句則表示東坡會永遠祭祀她，她的魂氣也會隨時隨地享受這祭祀。讀此兩句，彷彿聽見招魂的聲音：「魂兮歸來！」

楊氏是子由的保母，但她在子由出生之年卽來蘇家，東坡比子由只大三歲，也是她看着長起來的。安葬那年，子由遠在績溪，葬事由東坡料理，墓誌銘也就由東坡來作。這篇文章似不如任氏墓誌，也實在比任誌難作。此人在蘇家「年資」較淺，與蘇氏母子兄弟的關係也較疏，既非陪嫁使女，保母當然也不如乳母親近，作她的墓誌更爲無話可說，無事可敍；但仍可看出東坡的寫作技巧。全篇誌銘合計共一百二十字，恰好誌文一百字，銘文二十字，也是一個閒字沒有。正面寫楊氏只有「頹然順善」「屬纊不亂」八個字，却能看出這個老太太的性格。我想任氏一定比較能幹、熱情，楊氏則比較老實、沉靜，我們可以從這兩篇墓誌的簡單描寫，想像兩位老太太數十年共處的情形。古人講究「分有親疏、愛有差等」，東坡作此兩文，在用字造語上卽顯示出這個意思。敍任氏年齡說享年七十二，楊氏則只說年六十八，而不用享字；「恩勞」那樣的字面，在楊誌裏找不到；銘詞也比任銘差多了，但是這短短的二十字，却表現出東坡所特有的「兀傲自負」之氣。這兩篇銘詞造句之雅鍊，用韻之精整，配上誌文之修潔切當，語淺意深，情文並茂，都是精心用意之作。

任氏墓誌提到她的父母，却沒有提到他的丈夫和子女。從前隨小姐出嫁的使女，其歸宿不外兩途：或由小姐的丈夫納爲姬妾，或由主人代爲擇壻出嫁，而嫁出之後常是仍與主人家保持關係。任氏如爲老泉之妾，與東坡的關係就不止是乳母，她的歸宿一定是後者。可能是夫家生活清苦，或與丈夫不和，或者丈夫死去，兒女養不了她，所以依靠蘇家，隨着少主人游宦四方。楊氏「年三十始隸蘇氏」，一定是結婚之後來的，但墓誌也沒有提到她的丈夫子女。其所以跟着蘇氏兄弟在外面跑，也總不出上述幾項原故。關於此點，東坡既然未提，我們也就只好揣測了。

註一：任氏一生，十四歲以前在母家，十四歲到四十九歲服事東坡的母親，六十三四歲到七十二歲跟隨東坡游宦謫居。只有五十歲到六十三歲這十三四年，程夫人已故，老泉父子在外，任氏踪跡不明，可能在夫家，也可能仍在蘇家。綜計七十二年之中，在蘇家至少四十幾年。

註二：奶字作動詞用，包括乳哺及養視二義，今北方俗語如此。

後記

此文及下篇「蘇東坡的先世及其親屬」在民國五十七年五月份國語日報副刊「古今文選」上發表，原係課本性質，今改為論文形式。去年偶然翻閱近人丁傳靖輯錄的宋人軼事彙編，其卷十二記東坡早年事跡諸條之後，有丁氏的一段按語：「東坡乳母任氏名採蓮，子由保母楊氏名金蟬。東坡所作兩銘，皆無夫姓，當即是老蘇妾。於任氏謂『事先夫人三十五年』，卒時七十二年（當作歲）。然則為蘇妾時年三十八矣。」這段按語的後一半實在荒唐。所謂「事先夫人三十五年」，當然要從程夫人逝世之年往上算。丁氏竟從任氏死的那一年往上算！如果任氏死時程夫人尚在，自可如此算法。而實際上程夫人已死去二十幾年了，而且任氏比東坡大二十七歲，如三十八歲始為蘇妾，則是東坡十一二歲時還要吃奶。若云「任氏先為他人之妻，來蘇家作乾母，乳東坡及其姊，到三十八歲時又為老泉之妻」，情理事實雖有此可能，已近於

「想入非非」；何況「事先夫人三十五年」一端還是說不過去。丁氏所算，眞是一筆豈有此理的胡塗賬。

但他所謂「皆無夫姓，當卽是老蘇妾」則與我在此文中的說法可以並存，毋寧說更爲近於事實。因爲我也只是推測，並無確證；而任楊兩氏終身在蘇家，又無夫姓，自可能是老泉之妾。古時士大夫的姬妾其身分本來就是在主奴之間，任楊旣無所出，在家庭中自然更沒有正式地位。民國五十九年記。古人文字所謂若干年，有時是十足年數，有時是首尾合計，後者卽虛一年。我前文說任氏初事程夫人年十四、程年十三，是照十足三十五年計算。丁云「任氏爲蘇妾時年三十八」，則是首尾合計。

王獻之保母志辨僞

王獻之保母志註一是件南宋人造的假古董，文章是宋朝人作的，字是宋朝人寫的，刻在磚上，埋在地下，再挖掘出來，拿去騙人，說是王獻之自撰親書。這塊磚於宋寧宗嘉泰二年壬戌出土，當時卽有人認爲是僞造，近年以來，懷疑者更多。但前人之說，都是些簡單籠統的批評，未見具體結論，有時且未能擊中要害。我很喜歡欣賞金石書畫，品評鑒定則是外行，偶有所見，也極少筆之於文。最近寫了一篇文章，論到蘇東坡的乳母任氏、保母楊氏兩篇墓誌；我認爲這兩篇卽是保母志作僞的藍本，於是參考金石書籍，寫成這篇辨僞，作爲彼文的旁枝附錄。既非本行，自知難免浮淺之譏。至於有關保母志出土年代、出土經過、及宋元明人懷疑或讚賞等一切資料，均見於知不足齋叢書本葉紹翁四朝聞見錄戊集卷尾「秘書曲水硯」條及附錄各家題跋，王昶金石萃編卷二十五著錄此志也附有一些資料，讀者可以參閱，本文不詳引。

保母志之僞，第一在字體，第二在文體，第三在其他破綻。先說字體。保母志是行書，頗像王羲之的蘭亭序。刻工也純熟，這就是可疑之處，因爲與時代不合。王昶金石萃編、陸耀遹金石續編、陸增祥八瓊室金石補正、及近人趙翼雲的漢魏南北朝墓志校釋，這四部金石總彙所著錄的西晉南北朝磚石刻文，加上日本人編的書道全集第二十六册所收近年出土的六朝石刻，去掉重複，共有一千三百餘種，其中屬於兩晉時期的有一百三十九種。根據各書的說明來統計，這一千三百餘種之中，篆書除去用作碑額及誌蓋之外，成段文字只有兩種，行書一共只有十四種，其餘都是分書或正書。註二 篆書在漢朝已逐漸廢棄不用，兩晉南北朝時使用之少乃是理所當然，而且與本文主題無關，可以不論；行書則與本文有直接關係，必須詳究。今將此十四種行書細目依年月次序列在下面。

保母志晉興寧三年，見萃編卷二十五。

仳和寺造象記北魏永平四年，見萃編卷二十七及八瓊室卷十三。

趙阿歡等造象記北魏神龜二年，見萃編卷二十八及八瓊室卷十三，八瓊作神龜三年。

比邱慧暢造象記北魏正光三年，見萃編卷二十九及八瓊室卷十三。

尼妙暈造象記北魏無年月，在正始年魯衆造象上方，見八瓊室卷十三。

黃妙素造象記北魏無年月，在正始年惠介造象右上方，見八瓊室卷十三。

蘇方成造象記西魏大統六年前後，見八瓊室卷十六。

歧法起造象記西魏大統十六年，見萃編卷三十二。

強弩將軍造象記東魏無年月，見萃編卷三十二及八瓊室卷十七。

□中遷造象記東魏無年月，見八瓊室卷十七。

壽□造象記同上。

朱顯愚造象記同上。

王瓫生造象記北周保定四年，見萃編卷三十六。

程黑退造象記北齊無年月，在武平三年蠡山造象下方，見八瓊室卷二十。

從這個細目及上文所述統計可以看出三點第一，行書都是刻石，絕不刻磚。第二，行書都是北朝後期出品，兩晉時絕對沒有。第三行書只限於造象記，墓碑墓誌都是分書或正書，絕不用行書。只有保母志是一千三百餘種之中惟一的例外，與上述三點完全相反。這還不可疑麼？

行書只刻於石而不刻於磚，可能因爲磚文字數甚少，也可能與古代磚石的質地有關，我非專家，不敢妄談。墓碑墓誌之所以必用分書或正書，則其道理甚爲顯明。這是紀念亡者愼終垂遠的大事，當然要用標準字體，一筆一劃，規規矩矩的去寫。篆書既廢，只有用分隸正楷；豈能像寫便條短柬或文章起稿一樣，行書草字，運筆如飛。而分書正書形體方正，筆劃淸楚，容易鐫刻；行書及草書則筆劃鉤速繚繞，線條又是圓的，刻這種字體，需要較高的技術訓練。兩晉南北朝時代，石刻以碑誌爲主，書寫碑誌又以分書正書爲標準；一般刻工所學所能的也就是刻這兩種字體，用不着也想不起來訓練他們去刻行書。所以直到北朝後期才偶然有行書的造象記出現，如上文所舉十三種，而且都是粗製的劣品。這十三種的搨片我雖沒見過，但從萃編及八瓊室的著錄及說明，可以知其粗劣。至於兩晉的一百三十九種，則保母志之外絕無行書，足見那時的石工還不慣於刻這種字體，甚至不會刻。何以在舉世不爲的情形之下會有刻工純熟的保母志？這是極不合理的事情。

綜合上文：保母志的字體既不合書寫墓誌的習慣，又超出了當時的鐫刻技術，孤孤另另的混在數以百計的分書正書石刻墓誌裏邊，眞是不倫不類，面生可疑。

第二再論文體。論到文體，當然要把志文及其作僞藍本東坡二誌照錄於後，以供讀者參考。東坡二誌已見另文，但為了對照方便，不避重複，依舊錄出。

保　母　志註三

郎耶王獻之保母姓李名意如，廣漢人也。在母家，志行高秀；歸王氏，柔順恭懃。善屬文，能草書，解釋老旨趣。年七十，興寧三年，歲在乙丑，二月六日，無疾而終。仲冬既望，葬會稽山陰之黃閉岡下。殉以曲水小硯，交螭方壺；樹雙松於墓上，立貞石而志之。悲夫！後八百餘載，知獻之保母宮於茲土者，尚□□焉。

乳母任氏墓誌銘東坡集卷三十九（七集本）

趙郡蘇軾子瞻之乳母任氏，名採蓮，眉之眉山人。父遂，母李氏。事先夫人三十有五年，工巧勤儉，至老不衰。乳亡姊八娘與軾，養視軾之子邁、迨、過，皆有恩勞。從軾官於杭、密、徐、湖，謫於黃。元豐三年八月壬寅，卒於黃之臨皋亭，享年七十有二。十月壬午，葬於黃之東阜黃岡縣之北。銘曰：

生有以養之，不必其子也；死有以葬之，不必其里也；我祭其從與享之，其魂氣無不之也。

保母楊氏墓誌銘同上

先夫人之妾楊氏，名金蟬，眉山人。年三十始隸蘇氏，頹然順善也。為弟轍子由保母。年六十八，熙寧十年六月己丑，卒於徐州，屬纊不亂。子由宦於宋，載其柩殯於開元寺。後八年，軾自黃遷汝，過宋，葬之於宋東南三里廣壽院之西。實元豐八年二月壬午也。銘曰：

百世之後，陵谷易位。知其爲蘇子之保母，尙勿毀也。

這篇王氏保母志流暢有餘而高古不足。其體裁、風格、文法、語彙，完全不像六朝碑誌，也不像六朝小品，而很像唐宋以後的文章。命意、布局、造句、用字，尤其像東坡二誌。開首幾句與任氏誌一樣，最後幾句與楊氏誌的銘詞太一樣，而又故意不用銘詞的形式。「柔順恭勲」是「勤儉工巧」與「頹然順善」的結合體。「無疾而終」也極像是受了「屬纊不亂」的啓示。通觀全文，簡直是以東坡的兩篇作架子，改頭換面，添枝點葉而裝飾起來的。固然也可以說是東坡學保母志，但事實絕非如此。先不必問以東坡的才氣，肯不肯這樣亦步亦趨的作；單就時代而言，保母志出土在東坡身後百餘年，王獻之又沒有文集傳到宋朝，東坡根本沒見過此文，何從去模擬牠？南宋時蘇文盛行，至有「蘇文熟，吃羊肉」之語。保母志的作僞者模倣蘇文，却在情理之中。尤其妙的是志文末一句：「尙□□焉」兩個缺字。此文自「悲夫」以下，鈔襲楊氏誌銘詞的痕跡已經夠顯明了，如果再說「尙勿毀焉」，簡直是雷同。但此句承接上文而來，實在不好改，於是作僞者乾脆把其中兩個字鑿成殘缺，「毀屍滅跡」，以免被人「驗明正身」，查出來歷。

以上是就志文全體而言，其中還有兩個小漏洞。第一：「婦人謂嫁曰歸」，李氏在王家的身分，無論是普通保母或是羲之之妾，照古代習慣，都不能說「歸王氏」。這一點，宋人已懷疑過。可能是僞撰的姜夔保母志跋（註四）有一段說：

「或又謂『保母王氏之妾，不當言歸王氏；金蟬碑謂之隸蘇氏爲當。』予謂既曰母矣，稱歸何嫌。且東坡銘其弟之保母，故稱隸，使子由自銘，則不忍稱隸矣。此以見古人之忠厚也。」

姜跋這段話，誰都看得出是強詞奪理。其實是作僞者爲了避免照鈔蘇文，故而改隸爲歸，這一改就改出了毛病。第二釋老連稱，始於魏書釋老志，遠在王獻之之後，兩晉時代還沒有這個名稱。這一點宋朝人也說過。姜跋云：

「或又謂『佛之徒稱釋，起於道安，大令時未應有釋老之稱。』此又不稽古之甚者。阿含經云『四河入海，與海同鹹；四姓出家，與佛同姓。』釋，佛姓也，此土謂佛爲釋久矣。志稱釋老，以佛對老，非謂佛之徒也。晉史云，何充性好釋典，崇修佛寺，是也。然道安以前，比邱各稱其姓；道安欲令皆從佛性，初不之信，後得阿含經，始信之爾。後此土比邱皆姓釋，如釋惠遠是也。案：何充是中興初人，道安、習鑿齒皆依桓溫於荆州，正與大令同時，亦非異代事也。」

引經據典，辯了半天，只說到一個釋字，關於釋老連稱問題，支離含胡，閃避不談，眞是「遁辭知其所窮」。還有一點値得注意，王家是信奉「天師道」的，他們家的保母却能兼通釋老，這也是難以理解的事。

保母志作僞的其他破綻，可分五項說明。第一是出土的年代算得太準。此志出土在宋寧宗嘉泰二年壬戌西元一二零二；志文中所記保母死葬之年是晉哀帝興寧三年乙丑西元三六五。二者相去八百三十八年。而志文中正好有「後八百餘載，知獻之保母宮於茲土者，尚□□焉。」一段話，這太巧了！王獻之怎麼知道「後八百餘載」此地將被發掘而預先聲明？顯然是作僞者算好了年代，故神其說，以證明這件古董是眞的，而不知算得太準了，反而露出馬脚，弄巧成拙。古人把這項奇蹟歸之於「預卜」、「前知」。如周必大跋云：

其詞則有望於八百餘年後守官之人。自興寧距今，適八百三十餘年，預知如此，蓋當時卜地如郭璞輩，固不乏也。」見周益公集、平園續稿卷六。

樓鑰題詩云：

興寧甲子十四周，更閱三年仍乙丑。若非洞曉未來數，安知八百餘年後。攻媿集卷四

姜跋云：

「自興寧距今，八百三十八載，異哉物之隱顯，抑有定數，而古之賢達皆能前知之歟？」

姜跋又說此事為「神明虛曉，自然前知。」這篇跋極可能是旁人偽託，自可不論，周樓也許是真信古人如此，原不足怪，我們現代人當然不能信這種鬼話。

第二是與保母志同時出土的「曲水硯」，作偽痕跡甚為顯明。硯既不真，志磚當然也是假的。這塊曲水硯，背後刻有「晉獻之」三字，旁側刻有「永和」二字。見僧了洪題詩及李大性跋。註五 南宋當時人對於「晉」字即提出疑問，姜跋云：「或謂大令晉人，不應於硯背自稱晉獻之，此見其偽。」這個疑問很有道理。我認為「永和」二字及「曲水」之名也有問題。蘭亭敘說「永和九年，歲在癸丑。」又說「此地有流觴曲水。」保母志字蹟模倣蘭亭，索興把永和二字也刻在硯上，又以曲水名之，以證其確是王家故物。這件假古董「作」的真有點笨。姜跋對於晉字的辨解是「大令刻硯背以殉葬，知八百年後且出，故先書晉以自見。又案歷代印文皆不稱代，惟魏晉率善令則曰魏率善某官、晉率善某官，生人用印猶得稱晉，殉葬之硯不得稱晉乎？」這段話太勉強了。志文中既有興寧紀年，硯側又有永和二字，何必再「先書晉以自見？」率善令是官名，故可冠以朝號，獻之是人名，用不著自冠本朝。姜跋之言，不攻自破。

第三是，原磚出土已斷爲四五段而搨本沒有裂紋。這個問題是朱彝尊提出的，他說：

「磚出土時已斷爲四，歸於(王)畿，又斷爲五，合而搨之，宜有裂紋，而仍若不斷者，信夫搨手之良，非今工匠所能及也。」

這段話見於曝書亭集卷四十八「晉王大令保母磚志宋搨本跋」，又見金石萃編卷二十五保母志條下引錄，後者稍有删節。據跋文知道這個宋搨本爲徐乾學所有。竹垞這段話說得很「含蓄」，可能因爲主人所喜，未便明言其僞，而尋繹全跋語意，又似乎並不認爲此志是假造的。但無論如何，這段話畢竟給予我們一個啓示，這種情形確實甚爲可疑。

第四是，保母志書法像蘭亭序，宋人疑爲集蘭亭字，姜跋爲之辯護，結果更令人生疑。姜跋云：

「或謂『此字多似蘭亭，疑後人集蘭亭字爲之。』此又不然。大令字與蘭亭同者，何止保母志而已。然大令平生行草多，正行少，試以官帖第九卷中行書帖較之。『相過』一帖，同者十八字：『相、終、無、日、在、未、覲、坐、感、感、得、古、盡、痛、此、所、不、流』。『思戀』一帖，同者九字：『事、既、將、覲、左、右、無、喩、盡』。『十二月二十七日』一帖，同者十一字：『日、操、之、歲、盡、感、懷、不、亦、情、得』。『靜息』一帖，同者四字：『靜、是、極、無』。『發吳興』一帖，同者八字：『吳、興、感、喩、不、靜、兄、情』。其他三兩字同者，不可勝紀。右軍大令既是父子，不應疑其書蹟之同；今人父子書蹟同者衆矣。大抵大令字與蘭亭合，縱是他字偏旁亦合，如『兄、況、吳、娛、捺、蹤』是也。縱是行草，下筆亦合，如『無、乎、暫、乏』是也。又案唐人集右軍書碑，率多俗惡，此則高妙。如『老、夫、水』三字，又似跳竄矣。決非集字也。」按：官帖即淳化閣帖。

這一套辯辭說得太「多」了！不辯還好，愈辯愈假，話說得愈多語氣愈不自然。尤其最後「唐人集右軍書碑」一段，簡直是添蛇足反露馬脚。我所以不憚其煩把這一段全部引錄，正是要讀者看看作僞者心虛情急的神氣。細觀原志搨本，雖是行書而每字獨立，筆勢全不相連，「行氣」呆板，毫無瀟灑生動之致，確實很像一個字一個字集上去的。

第五是，王家如眞有這樣一位了不起的保母，比他們家的謝夫人（道韞）才學還要高，何以其他六朝書籍文字絕對沒有記載？

如果只有此五項破綻，還不足以完全證明保母志之爲僞造。有了前面所說字體文體兩大項，再加上這五小項，其僞便無可置疑。關於保母志還有許多資料可以引用，還有些問題值得討論，但我只是抽空寫這篇文章，未便多費時間致荒本業，只好從略了。

〔註　文〕

一：保母志名稱不一：保母磚志、保母墓碑、保母壙志、保母碑、保母帖，均是以保母志之稱最爲普遍，本文卽用此稱。誌志二字通用，惟保母志已成專名，無作誌者。本文除此以外，他處如墓誌碑誌等，均從衆仍加言旁。

二：金石萃編等之外，當然還有其他金石書籍，但以這四種搜羅最爲宏富，有此四者也就够了。我所統計的一千三百餘種及一百三十九種，包括大自千八百字的豐碑，小至僅有兩三字的斷磚，有一件算一件。分書實卽隸書之一種，所以晉朝的分書也有人叫牠晉隸，但各種金石書多半是分書與隸書並列，本文則把諸書題作隸書的併入分書之內。瘞鶴銘，金石萃編題爲「正行書」但此銘正書成分居多，不能算作行書；而且，究竟是六朝人或唐朝人寫的？始終未成定論，所以未列入十四種之內。

三：保母志雖僞，總是南宋時的東西，原磚早已不存，其搨本到了明朝已很少見。董其昌曾獲一本，鈎摹重刻，收入戲鴻堂法帖。清乾隆時，又收入三希堂法帖。民國初年，上海有正書局曾影印別本。嚴可均輯全上古三代秦漢三國六朝文，根據戲鴻堂帖把這篇志收入全晉文卷二十七王獻之名下，題爲「保母磚志。」「意如」全晉文誤刻爲「如意」，金石萃編卷二十五不誤。

四：姜夔跋見四朝聞見錄戊集「秘書曲水硯」條附錄。跋文長達二千餘字，拉雜重複，牽強支離，處處顯出心勞日拙的痕跡，就像罪犯作「現場表演」極力替自己洗刷，而愈說愈假，欲蓋彌彰。白石爲人雖近於江湖淸客，總還是「高品」，不致於作出這種笨拙的辯護文字。我認爲十九是旁人假託，只是沒有具體證據，不能確定。保母志之僞，已成定案，卽使跋文眞出白石之手，也只能說是他幫作僞者的忙，或是「看走了眼。」白石未必肯爲人幫這種忙；古今鑒賞家、收藏家，誤僞爲眞而且強辯到底，倒是頗有其例，如翁方綱之於天際烏雲帖是也。姜跋無論眞僞，仍是宋人作品，其中所引懷疑保母志的若干條「或謂」云云，自然也是宋朝人的意見，可能卽是四朝聞見錄「秘書曲水硯」條所記，與樓鑰爭辯此志眞僞的「華亭名家子朱日新。」

五：見「秘書曲水硯」條附錄。

附記

朱彝尊「跋保母磚志宋搨本」文中有這樣幾句：「歸德安世鳳撰墨林快事，詆其字不佳，語不倫。」與我這篇文章主旨相同，手邊沒有墨林快事這本書，不知其說詳情。但我確信不會像我考辨的這樣詳細；而且字之佳不佳與眞不眞並不一定是一件事。

米友仁蘭亭跋辨僞

米友仁（元暉）的蘭亭敍跋，我見過三篇，兩篇短跋可能是眞的，一篇長跋絕對是假的。我在舊作宋人生卒考示例（幼獅學誌六卷一期）米友仁條下曾經列舉三事，證明長跋之僞。後來又發現若干資料，使我的結論更爲周詳肯定。最近我寫了一篇「王獻之保母志辨僞」考辨法帖的文章，我只有這一篇，顯得很孤另；於是彙集有關米跋蘭亭的各項資料，重新撰寫，補充生卒考示例的缺漏，並給保母志辨僞作一個伴侶。正好，這兩篇文章恰與畫家二王父子有關。

第一篇短跋見於桑世昌的蘭亭考卷十，全文如下。（行款依照原書。）

翰墨風流冠古今，鵝池誰不賞山陰。此書雖向昭陵朽，刻石猶能易萬金。紹興十六年歲次丙寅，季春二日，嬾拙翁米元暉跋於行朝天慶觀東私居書航之北窗

時雨霽，風和，窗明几淨，投閑杜門，爲情良適。觀正觀修禊序，尤快人意也。跋致柔定武本。

「跋致柔定武本」六字是桑世昌所註，不屬於原跋。第二篇短跋見於俞松的蘭亭續考卷一，全文如下。

唐太宗既獲蘭亭敍，乃命馮承素、趙模、諸葛貞之流，鉤模以賜近侍，令褚遂良檢校而董之。今嗜古好奇君子尚有秘傳當日賜本。近見一本，已歸御府矣。神物護持，斯爲萬世不朽之藏。廣宇間石刻，莫可勝紀，悉以定武爲最善；此蓋是也。紹興十九年九月十五，嬾拙老人米元暉書。

這兩篇跋，本身沒有甚麼可供考證的資料，既無從證明其必眞，更無從證明其僞。僅據建炎以來繫年要錄及鄧

椿畫繼所載元暉事跡，知道紹興十六年他確在行朝（臨安）；而桑世昌兪松都是南宋人，去元暉不遠，其可信程度應該較高。註一 既與本文主旨無關，自可存而不論。本文所要考辨的是另外那一篇長跋，見於上海文明書局影印五字損本，是墨跡，全文如下：註二

蘭亭敍帖爲王逸少行書第一，當時用鼠鬚筆蠶繭紙書之，逸少亦以爲平日諸書所不能及，珍藏家塾。凡七傳而至裔孫智永，以授弟子辨才，辨才得之，寶愛秘不示人，藏之寢室梁上。時唐文皇酷好大王書法，素聞蘭亭眞跡在辨才所，使御史蕭翼微服私行，以計取之，進御。文皇乃命趙模、馮承素、諸葛貞等暨虞褚輩摹搨分賜諸王，而蘭亭眞跡貯玉匣從葬昭陵。搨本之在人間者，尙値錢十餘萬。至定武石刻出，謂爲歐陽率更所搨，石本留禁中，未經外人傳摹，獨爲完善，下於眞蹟一等，故歷代寶之。耶律德光携以北行，至中途棄去。本朝慶曆中，韓忠獻公埍李學究得之，其子負官緡，宋景文以帑金代輸，取石刻，寘官庫，愛重之，非貴游不易得。熙寧間，薛師正出牧，厭人請乞，另模一石以應求者。其子紹彭竊易以歸，因鐫損帖中「湍、流、帶、右、天」五字，暗記眞僞，名爲五字損本蘭亭。大觀中，蔡京知覺，矯詔索取，紹彭子嗣昌不能隱，進之。金狄之亂，尙方乘輿法寶盡爲所掠，獨棄此石刻不取。宗澤留守西京，得之匣中，進於行在。光堯聖帝常置諸座右，寶惜不輕搨賜。及金人再寇，天長乘輿倉卒渡江，命內臣篋貯，投於維揚石塔寺井中。至紹興六年，寺僧浚井，得鐵篋緘鎖甚密，啓之，乃一斷石，中裂爲四，外以金索束之，卽蘭亭帖石刻也。時蘇子由之子元老在郡，書法，以搨本示之，元老知爲定武眞蹟，以家藏舊搨較之，無毫髮爽。當時始知貴重，至以三十千購求一本，猶不可得。時向子𧑐帥揚，卽取以進御。越明年，余在平江，得此本於孫仲益，帖首有「緝熙殿寶」及「內府書印」、「內府合同」三小璽，

必當時搨賜王公貴戚者也余細觀帖中鐫損五字及斷裂處，以石塔寺井中搨本對較，盡爲吻合，不爽絲髮，而書法結構遒勁，如「同、還、與、事」諸字深得率更遺法，故知爲定武眞跡無疑。法書中無上瓌寶，子子孫孫其永寶之。時淳熙二年四月，米友仁跋記。

我說這篇跋絕對是假的，有五項鐵證。第一：耶律德光帶回北方而中途棄去的是唐代學士院的蘭亭石刻，見蘭亭考卷三所載趙秬跋語。僞米跋竟說德光攜宋宮禁中的定武石刻北行。德光是五代時人，那時還沒有宋朝，更無論定武石刻，這等於是「宋板康熙字典」。米元暉敍近代事焉能如此顚倒。第二：宗澤在高宗建炎元年留守東京（開封），並非西京（洛陽），這是國家大事，元暉是當時人，不會記錯寫錯。第三：蘇元老是東坡子由的姪孫，東坡續集卷七有「與元老姪孫」書簡四首，王明淸揮麈餘話卷二也有記載云：「蘇在廷元老，東坡先生之從孫，自幼卽卓然，東坡許之。」蘇米世交，蘇家的事，元暉耳聞目見，決不可能把子由的從孫錯成他的兒子。第四：所謂「帥揚，」正式職名是「淮南東路安撫使、知揚州，」宋史三七七向子諲傳、胡宏五峰集三向侍郎行狀、汪應辰文定集二十一向公墓誌，都沒有說子諲曾作過這個官。實際上，帥揚而與蘭亭有關的是向子固（見下文引王明淸揮麈後錄）其時間是紹興十五年至二十三年，紹興六年帥揚的是葉煥。註三 第五：元暉生於宋神宗熙寧七年甲寅一零七四，卒於高宗紹興二十一年辛未一一五一。註四 淳熙二年是乙未一一七五，在元暉身後二十四年，他已冥壽一百零二歲。寫錯干支如丙辰誤爲甲辰、乙巳誤爲乙亥，是可能的，年號不可能寫錯，因爲他並不知有此年號。除此以外，還有兩項。其一：這篇跋文的前半，顯然是根據蘭亭考卷三「紀原」各條，及宋人曾宏父的石刻鋪敍卷下引何子楚（薳）跋語，彙合改編而成，這不像是天性高簡的小米所屑於作的。其二：據建炎以來繫年要錄及三朝北盟會編諸書的記載，金人攻陷揚州，來得特別快，高宗連夜奔逃，僅以身免，那裏還顧得及命人投蘭亭石刻於井中。但既有上述五項確確實實的證據，這類比較空洞的推測之詞也就不必多提了。

僞造書畫款識題跋是常有的事，但像這樣滿身都是漏洞的僞品卻眞是少見。一般作僞者的目的不外兩種。最普通的是騙錢或應付豪門權貴的需索。還有一種則是故意「造謠生事」，以愚弄人爲快樂之本。像僞米跋這樣既有根據而又信口胡云，我想多半是誠心搗亂，跟鑒賞家收藏者開玩笑。這個僞造者可能是明朝或清初見過蘭亭考、蘭亭續考、石刻鋪敍等書的人，因爲他的僞作顯然是根據這幾部書的資料。如果他不是故意胡鬧而是「鄭重其事」的作假，此人眞是陋妄之至。

宗澤送蘭亭石刻至揚州，其眞實性頗爲可疑。他留守東京，屢次上疏請高宗還都，這是讀宋史者盡人皆知的事；而且當時「四郊多壘」，道路很不平安，何以要把這樣笨重的不急之物送到明知只是暫局的揚州，這是很不易理解的事。但是此一傳說在當時頗爲流行。王明清揮麈後錄卷三云：

> 薛紹彭既易定武蘭亭石歸於家，政和中，祐陵取入禁中，龕置睿思東閣。靖康之亂，金人盡取御府珍玩以北，而此刻非敵所識，獨得留焉。宗汝霖爲留守，見之，並取內帑所掠不盡之物，馳進於高宗。時駐蹕維揚，上每寘左右。踰月之後，敵騎忽至，大駕倉猝渡江，竟復失之。向叔堅子固爲揚帥，高宗嘗密令冥搜之，竟不獲。（原註：向端叔云。）

蘭亭續考李心傳序云：

> 王逸少歿垂二百七十年，而所書修禊敍自人間復歸御府。又近二百七十年，而自昭陵復出人間。後百三十餘年，而定武石本始傳於世。又後六十餘年，而石歸天上。又後二十年而復失於維揚。自是百餘年間，士夫所

藏，眞贋相雜矣。按：天上謂禁中。

蘭亭續考卷二李心傳跋榮次新所題賜本云：

建炎初，宗元帥守汴都，得此刻，致之維揚行在，渡江時失之，自是絕跡。

蘭亭續考卷一，王厚之跋云：

宣和間歸御府，建炎初宗澤遂之維揚。敵騎焚維揚，方不知所在。

王明清所著書紀宋朝掌故多半翔實可靠，李心傳是當時著名史學家，他們既然言之鑿鑿，我們只好相信，不必深究。倒是有另外一件關於此事的訛傳，可以寫在下邊作爲談助。清褚人穫堅瓠集云：

宗忠簡留守汴京，當金人蹂躪之餘，百端拮据。一日，於艮岳遺址得定武褉帖石刻，卽遣力輦至行在；在途爲斡離不邀截去，後金章宗以爲祕玩。

果如其言，則定武石刻根本沒到揚州而被金人刼取到北方去了。此說不但與宋元人所有關於蘭亭的紀載不合，而且絕對錯誤。宗澤被任爲東京留守在建炎元年六月乙酉（二十七日）見宋史二十四高宗紀、建炎以來繫年要錄六、三朝北盟會編一零九〇，金人從開封退兵北去在其年四月，見宋史二十四高宗紀、要錄四、會編八十九。斡離不則回到金本土不久就死了，死期是六月二十一（要錄六）或二十二（金史三太宗紀），尚在宗澤任東京留守之前數日。換言之，宗澤遂石刻往揚州之時，金兵已退，斡離不已死，那裏來的中途邀截？堅瓠集跟蔣一葵的堯山堂外紀這兩部書，紀載宋朝的大小事情常常是妄言不實，捕風捉影，却常常被人引用，我不得不順便在此表而出之，提醒學者注意。

註一：據蘭亭考高文虎序知桑世昌是宋寧宗嘉定時人。據蘭亭續考李心傳序知俞松是理宗淳祐時人。

註二：文明書局這本影印蘭亭敍初版不知在何年，我所見的是民國二十九年第五版，可見流行頗廣，所以其眞僞不可不辨。

註三：向子固及葉煥帥揚州年月，見吳廷燮南宋制撫年表，吳氏自註云所據爲建炎以來繫年要錄。

註四　元暉卒於紹興二十一年正月庚子（二十八日），見要錄一六二，要錄所據爲國史，無可置疑。我舊作宋人生卒考示例泥於鄧椿畫繼元暉亨年八十歲之說，定其生年爲熙寧五年壬子一零七二，則爲錯誤，應從翁方綱米海岳年譜之說，定爲生於甲寅。我另有「宋人生卒考示例補正」稿成，尙未發表。

新校梨園按試樂府新聲補正

梨園按試樂府新聲，簡稱樂府新聲，爲元無名氏所編散曲選集，全書三卷，上卷收套數三十二套，中下兩卷收小令五百零八首。（原書標題分調時有錯誤，此所謂五百零八首係經過整理改訂後之統計。）有元刊本，原藏常熟瞿氏鐵琴銅劍樓，由商務印書館影印，收入四部叢刊三編。元代散曲作家今知其姓名者，數約二百，而有專集者不過三五人，絕大多數之作品皆賴選集保存以傳於今，故欲研究元代散曲，舍選集無由。現存元人編選散曲集共有四種：楊朝英之樂府新編陽春白雪，簡稱陽春白雪，及朝野新聲太平樂府，簡稱太平樂府，合稱楊氏二選，最爲有名；此外則胡存善之類聚名賢樂府羣玉及此書。（現存樂府羣玉恐係殘本，是否卽胡存善所輯之原本亦無定論，詳見散曲叢刊本任中敏跋語。）楊胡皆元末人。此書原無序跋，不著編者時代姓名，而原本字體板式與元刻楊氏二選及其他元代坊刻書完全相同，所收諸曲亦絕無明代作品，其爲元人編選，無可置疑。中有張小山作品頗多，小山爲元末作家，此書編者蓋與楊胡兩人同時。陽春白雪收套數六十二，小令五百三十三，（據九卷本目錄統計）太平樂府收套數一百四十一，小令一千零七十三，（據盧前校本分人目錄統計。）樂府羣玉專收小令共六百二十七首。此書所收作品最少，而頗有出於三書之外且亦不見於其他曲籍者。上卷之套數三十二，其不見於他書者卽有十九套之多，小令予未細核，僅大略觀之，已發現甚多作品爲此書所獨有。此獨有之套數小令，名家佳作甚多，其與他書互見之作，文字亦時有異同，可資校勘，且常較他本爲勝，是誠研究元代散曲之要籍也。

陽春、太平俱有數種版本行世；羣玉有明鈔本，近人任中敏氏重校，收入散曲叢刊，亦頗易得。此書則四部叢刊三編之外別無單行，流傳不廣。且原本多元代坊刻之簡體俗字，又時有脫誤，不便誦讀。叢刊本雖附校記而過於疏略。校訂整理重印單行，以使此散曲要籍普及於世，固爲曲學急務。予久蓄此志，因循未果。頃見近人隋育楠氏新校本，以元刋爲底本，而以其他曲集曲譜多種校訂之，凡二百九十餘條，精確周詳，極便學者。惟校訂古籍，向有如掃落葉之喩，校訂元曲，尤非易事。隋氏之於此書，用力甚勤，成就甚弘，而終有若干脫誤未能校出，疑問未獲解決，以及誤爲改訂之處，固非毫髮無遺憾者也。爰以一月之力，重讀全書，爲之補闕、決疑、正誤，共得二百二十條，依原書次序，疏列於後，以爲讀此書者之一助。新校以補正原本脫誤爲主，他書異文可以並存者均未校出，今仍其例。穿鑿疏漏，仍所難免，所冀博雅君子有以敎我。至於一般校訂元曲所應採用之方法體例，與夫校訂者所應具備之條件，非此文所能詳，當另爲一文以申述之。

卷上

雙調行香子（原本一　新校一—二）

碧玉簫覷只先黃花瘦。　只先原作只頭，新校據廣正譜及九宮大成譜改。按：只先與只頭同樣費解，不如仍舊存疑。

離亭宴帶歇指煞香醪羨觴。　北詞廣正譜曾引此曲，羨作旋。按：旋爲旋字形近之誤。羨旋兩字通用。羨字又見無名氏沈醉東風曲其句云「桃蕨羨煮羹。」（原本卷中八頁新校六十一頁）又見無名氏迎仙客曲其句云「酒頻沽橙羨剁」（原本卷下十四頁新校一二三頁）三者並觀，知羨卽今語「臨時現作」「臨時現買」之現字。詩詞曲中則均作旋，其例甚多，其見於曲者，如馬致遠四塊玉云「酒旋沽，魚新買」。羨現二字國語均讀ㄒㄧㄢ音，旋字國語讀ㄒㄩㄢ音；（三字均讀去聲）但古今南北語音不同，今河北南部及山東一帶每云現買現作，猶讀ㄒㄩㄢ音，羨現旋三者蓋音近借用字也。（本文所謂同音假借或音近借用，或據北方通行語音，或據中原音韻與各種字典所注標準讀音有時不同，附識於此。）

雙調喬牌兒（原本一　新校二一三）

原本此套僅有錦上花、清江引、碧玉簫三曲，且誤接於前套之後。新校據九卷本陽春白雪補出作者關漢卿姓名，及喬牌兒、夜行船、慶宣和、歇指煞四曲。按：廣正譜雙調套數分題引此套套式，又引慶宣和曲，正音譜引錦上花、碧玉簫二曲，均注關漢卿作，可爲陽春白雪之佐證。詳見九卷本陽春白雪校注（世界書局本一七一—一七二頁）以下凡引陽春白雪均指九卷本。

錦上花：古往今來，你須盡知。　原作古往今來你盡知，新校據陽春白雪及正音譜補須字。（說見下）

錦上花幺：受用了一日一日是便宜。（按了字、是字均是襯字）　原作受用了一日是便宜。（按：了字是襯字）新校據陽春白雪補一日二字。（說見下）

附注：幺爲後字之簡寫，卽其右半之上部，元明曲籍多以形近作么。後人不明本義，解說紛紜，從無定詁。張相詩詞曲用語彙解始定爲後字之簡寫，其說最爲精允可從。新校諸曲於此字仍從舊日習慣作么，應悉改作幺。

同曲：人活百歲、七十者稀。　原作人活百歲七十稀，新校據陽春白雪補者字。按以上三者，據譜均應兩個四字句，原書均併爲一個七字句，新校增補，不惟與譜相合，且有他書可據，本無問題。但北曲原有併兩個四字句爲一個七字句之例，漢卿作曲尤多不拘常格，此三個七字句文義均通，其究爲刊印脫誤，或作者偶然併句，實難確定。似應仍原書之舊，而注他書異文於校記中，不必逕補。詞林摘艷戊集及雍熙樂府卷十二所載無名氏壽景融和套，其錦上花幺之第五六兩句，等於此處人活百歲七十者稀兩句，即併爲一個七字句云：「芳草和煙綠漸齊，」是亦可以併句之一證。

碧玉簫：休爭閑氣。　此句下陽春白雪及廣正譜俱有一四字句云：幸有幾杯。新校僅在校記中注出，未據增補。按：碧玉簫本格共十句，其第九句爲一字句，可變爲四字，但此句照例可有可無，此幸有幾杯四字即第九句，新校僅注出而未增補，即因其可有可無也。

歇拍煞：得時間早棄迷途。　間應作聞，形近致誤。聞早即及早或趁早之意，詞曲中常用語。作間早，費解。勉強解釋則須讀爲得時間早棄迷途，變成上三下四，與本調句法不合。

二：般涉調哨遍（原本一　新校三—四）

此曲是耍孩兒幺篇，應改題煞。

三：雙調新水令（原本一—二　新校四—五）

此曲是煞，應依照習慣改題一煞或僅題煞字。

駐馬聽相思最是難熬症。症原本作證，新校改症，所據係陽春白雪無校記。按此字不應改。症候病症，字本作證，通作証，症是後起俗字，卽元刻曲籍中亦少有用之者，其通行恐在明代以後也。

得勝令翠彎眉黛遠山靑。據此下三句紅馥馥云云，應重彎字，原本及陽春白雪均不重，顯係脫誤。

梅花酒廢忘飡淚珠傾。廢忘飡三字不成辭，廢下應有寢字，但多此一字則成上四下三之七言，梅花酒此句，從無作七言者。陽春白雪改爲朝忘飡，文義亦甚勉強，只可存疑。

南呂一枝花（原本二　新校六）

南呂一枝花：　呂原本作宮，新校改呂，校記云：「南呂原作南宮，元明曲書僅見本書省稱南呂宮爲南宮，茲從一般曲書省稱南呂」。按此字不應改。南呂宮固無稱南宮者，但南呂一枝花則可稱南宮一枝花或南宮一枝。此爲科擧時代之吉祥語，南宮借喩禮部試之南宮，士人登第赴聞喜宴例均簪花；一枝花又名占春魁，卽是此意。元代雖有長時期廢科擧，唐宋以來民間習俗固未改也。本書所收一枝花凡五套，皆作南宮，卽此亦可知其非偶然而不應輕改。其餘四套新校皆改宮爲呂，總識於此，不具校。

二十換頭雙調新水令（原本二—三　新校七—九）

新水令：玉驄絲鞚金鞍鞊。　金詞林摘艷及北宮詞紀均作錦，雍熙同此作金。新校未校出。按此字必須用仄聲，應作錦。

山石榴幺：當時月枕歌眘戀。　眘戀原作眘變，費解，新校從任中敏輯元四家散曲改。按此句第六字須用平聲，眘戀兩字俱去聲且叠韻，甚不美聽，歌眘戀三字亦不甚通順，手邊無元四家散曲，不知任氏何據，恐只是就字形及文義推測正音譜、詞林摘艷、雍熙樂府、北宮詞紀中此句均作當時月枕歌聲轉，似可從。

一錠銀：却子待歡解動凄然。此句費解。正音、雍熙、北宮詞紀俱作望解勸凄然。無却子待三字。新校未校出。按：動字是勸字形近之誤，自無可疑。歡字若改爲望字則須依正音等刪却子待三字，否則意思重複，疑應作却子待解勸凄然，原本誤勸爲動，又衍一與勸字形近之歡字。

不拜門：此調名正音廣正兩譜俱作小拜門。正音注云「卽不拜門。」廣正注云：「小一作不。」元代坊刻曲籍常誤小爲不，元刋雜劇三十種中其例甚多。此調名顯然係與另一調大拜門相對，作小爲是。

唐兀歹：斬眼不覺得綠窗兒外月明却又早轉。原本無覺字，正音譜此句作不覺得紗窗外月兒轉，新校據增覺字。按此字不應增。斬眼摘艷作嘶眼，雍熙作展眼，今北地方言猶有此語，如「斬眼的工夫」意謂快速也。實卽眨眼，斬與眨爲一聲之轉。嘶字不見字書，爲元人所造，展則是與斬同音通用。原本斬眼不得四字一逗，與「下手不得」「開口不得」等常用語同一語式。全句意謂「還沒容斬眼的工夫，月亮早轉到西邊去了」，極寫良宵之苦短。正音譜上無斬眼二字，下無却又早三字，故可云不覺得，新校保留此五字而又增覺字，殊爲累贅，蓋不明斬眼不得四字之語式也。

尾：據譜，此曲是鴛鴦煞，應改題。

同曲盡老同眠也者也強如雁底關河路兒遠。新校本如此斷句，非是。也者二字應屬上讀，改爲「盡老同眠也者，也強如雁底關河路兒遠。」眠字是韻，也者二字是句尾襯字。北曲中此種襯字，略同楚詞之兮字些字，用於韻字之下，但用者甚少耳。新校本拘於眠字是韻而不知韻下可加襯字，牽強斷句，遂使文義難通。

雙調新水令（原本三—四　新校九—十一）

新水令：粉悴烟憔。　烟應作胭，形近致誤。粉悴胭憔是曲中常用語，胭謂胭脂。

雁兒落：懶將烟粉施。　烟應作胭，說見上。

掛玉鈎：誰承望折散鸞交。　據文義，折應作拆，乃形近之誤。四部叢刊本所附舊校（下稱舊校）散字下增了字。

亂柳葉：天開眼自然報。　報原本作招，平仄失律，文理不通，新校從摘豔雍熙廣正諸書改報。按此字正音作照，似較勝。照即鑒察之意，謂上天有眼自能鑒察其人之負心違誓。原本招字形近致誤。報字雖亦可通，但與招字字形不近，又不如照字委婉，此套情意纏綿，不宜有強硬語氣。

收江南：相思滿腹對誰學。　舊校此句上增多應是三字。

雙調夜行船（原本四　新校十二）

慶宣和：投至狐縱與兎穴。　縱諸書均作蹤，應據改。

同曲：魏耶晉耶。　舊校此句上增知他二字。

落梅風：沒多時。　舊校作不多時。

離亭煞：　雍熙作離亭宴煞，摘豔及北宮詞紀作離亭宴帶歇拍煞，正音作離亭宴帶歇指煞。按離亭煞爲離亭宴煞之省稱，離亭宴煞與離亭宴帶歇指煞則爲不同之兩調，東籬此曲係後者，應從正音改題。歇拍與歇指一字之差，元明曲籍向來歧異，九宮大成譜云應作歇拍，吳梅南北詞簡譜則痛駁其說，以爲當作歇指。吳說似較長，故從之。

同曲：愛秋來時那些個。諸書俱無個字多此一字，不合句法，似應刪去。但東籬作曲好用句尾襯字，此個字或亦其例。

雙調新水令（原本四　新校十三）

不拜門：調名原本題阿那胡（胡亦作忽，新校據廣正及九宮大成改。）晝苔牆劃損短金釵句原本無損字，新校據廣正及九宮大成增。按原題調名不誤，廣正大成誤，損字亦不應增，增此字不合句法。

阿那胡：原本題不拜門，新校云據譜改，但未云所據何譜。按此曲是一錠銀，原本及新校俱誤。以上兩條說詳予所撰北曲新譜小拜門、阿那忽、一錠銀三調注文。

步步嬌：轉疑回。回字不可解，應從正音作惑，原本乃同音假借，惑字本入聲，中原音韻作平聲用，入齊微韻，與回字同音，今山東方言尚如此，但轉爲去聲。

離帶歇拍煞：原本離字下脫亭宴二字，新校未校出。但此曲句法是離亭宴煞而非離亭宴帶歇拍煞，元明曲籍中此二調常有時混題，不止此書。

同曲：免強免應作勉。

醉春風（原本四—五　新校十四）

幺：相蓮花陣側。蓮應作憐，同音借用。

賣花聲煞：此曲是賣花聲煞之又一格。首兩句似有誤字。

同曲：難摛應作離摛，離摛卽分離之意。原本作难，正是離之簡體，左旁少一點作难者方是難之簡體。

越調鬥鵪鶉（原本五　新校十五）

小桃紅：簾纖雨。　簾應作廉，音同形近致誤。

金蕉葉：有分受些枕冷衾寒地獄海誓山盟、肺腑對何人告訴。　新校本如此斷句，非是。應改爲「有分受些枕冷衾寒地獄，海誓山盟肺腑對何人告訴。」獄腑二字是韻。

眉兒彎：煞難由緒。　此句費解，廣正亦同此，待校。

同曲：悄受苦。　悄原作俏，新校據廣正改。按此字不必改。張相詩詞曲用語彙解誚字條注云「誚猶渾也、直也，字亦作悄、作俏……詩中多用悄字，在詞曲中則誚悄俏隨意用之」。所引例證甚多。新校者之意，蓋誤以俏爲俊俏之意，悄爲靜悄之意，而不知其可以通用。

南呂一枝花（原本五　新校十六）

梁州第七：此曲用梁州第七舊格，與通行格式不同，說詳予所撰北曲新譜。

同曲：極紂勤兒。　極紂二字費解，應從雍熙作村紂，極村形近致誤。村紂是元曲常用語，粗俗執拗之意。

同曲：撞聲打怕。　怕應作拍，打拍見紫雲亭雜劇，未詳其義。

同曲：查核相。　核雍熙作胡，同音借用。（核心之核現代國語音合，北平語音胡。）查音扎（扎字依國語音讀），查胡爲北方方言，張皇浮躁之意，卽張皇一聲之轉。

同曲：欽不定冷笑孜孜。　欽字費解，雍熙作臉，仍不可解，疑是歛字，意謂每見村沙謊厮，卽不覺冷笑而不能收斂。原本形近致誤。

同曲：爲他十分吃盡不肯隨時。變除此外沒瑕玼。　變字應屬上讀。新校如此標點，雍熙亦然，蓋拘於通行格式而不知其爲舊格，遂致文義難通。

賺煞：　此調與仙呂賺煞名同實異。廣正譜改題隔尾隨煞，九宮大成題隔尾煞，恐俱非是，不如仍舊名，說詳予所撰北曲新譜南呂賺煞注文。

南呂梁州第七（原本五—六　新校十六—十七）

梁州第七：佈滿天涯。　佈原作布，新校改佈，無校記。按：布是本字，佈是後起字，不必改。此曲用舊格。

同曲：細撚瓊系。　系應作絲，原本是其簡體。

同曲：壁燈兒、巧畫。過街燈照映紗燈戲燈機關妙。　新校如此斷句，非是。應改爲「壁燈兒巧畫、過街燈照映、紗燈戲燈機關妙。」方合句法。映字偶然失韻，新校誤斷句卽由於此。紗燈原作沙燈，新校改紗，無校記。按：此字不應改。予兒時，北京上元節放燈，有所謂沙子燈者，詳細形狀已不復記憶，但確記其可藉機關轉動而變幻明滅。當時北京風物，尚有沿襲元明舊俗者，曲中所云，當卽指此。若紗燈則甚尋常，與機關妙無涉。

么：賞茗媛。　茗應作名，形近致誤。

同曲：吳姬。　校記云「姬字失韻，疑應作娃。」按：此無可疑，逕改可也。

賺煞：婉英扶下馬。　下應作上。此乃回憶從妓館帶醉還家情形，自應作上馬。婉英是妓女名，與上曲之雲英及絳英，卽題中所謂三英妓女，無送客還家之例，如作下馬，則婉英變成其家人矣。晏小山玉樓春詞「來時醉倒旗亭下，知是阿誰扶上馬。」周美成瑞鶴仙詞：「不記歸時早暮，上馬誰扶，醒眠朱閣。」當卽此曲所本。晏周之詞則又本於古詩之「阿誰扶上馬，不省下樓時。」

南呂一枝花（原本六　新校十七—十八）

一枝花：粧洴。　洴字待校。

菩薩梁州：不隄防暗使鍪掘。　掘應作钁，同音借用。暗使鍪钁是元曲常用語。

隨煞：他個聰明的小姐。此係獨立之句，姐字是韻，其下應有標點，新校無之，或是排工遺漏。

仙呂點絳唇套（原本六　新校十八—十九）

點絳唇幺：　原本未分幺篇，新校分出。按此幺篇可不必分。此曲係用點絳唇之南體，與宋詞全同，不分幺篇，猶是宋詞習慣。說詳予所撰北曲新譜點絳唇注文。

穿窗月：青騣馬。　正音廣正俱作驄，九宮大成作騣，新校從大成。按此字必須用平聲，騣字仄聲失律，青駿馬亦不成詞，自係錯誤。但應從正音廣正作驄。青驄馬元曲中常見，青騣馬則未見用者。大成爲晚出之書，且於舊本文字每有臆改妄動，未宜輕據。

元和令：×從絕雁書。　缺處新校擬補自字。按補「一」字亦通，且與下句對仗工切。

雙調夜行船（原本六　新校十九—二十）

夜行船幺：錦機情詞。　錦機應作錦織，以與下句之石鐫對，文義亦較長，原本形近致誤。

尾聲：俏家風說與那小後生。說與那原作兌那，與新校據廣正譜改。按此三字疑當作兌與那，兌卽兌現之兌，交付之意，如此亦可講通，不必改爲說字。

雙調風入松（原本六一七　新校二十一二十一）

離亭宴煞：宴原本作燕，新校據譜及他曲改，無校記。按原本有多處如此，宴會之宴原可作燕。

雙調夜行船（原本七　新校二十一）

掛玉鉤序人瞧　原作人憔，新校據廣正改。按憔瞧俱爲形近之誤，應作人噍，下文幺篇之娘噍可證。集韻：「噍，聲急也。」又云「燕雀聲。」其字亦可作譙。責解新書傅職篇云「賦與噍讓不以節」是也。合此以觀，可知噍爲絮聒責怨之意。人噍與下文之女伴呫、閉家哨、柳青行冷句兒搬調，語式一致，語意一貫，皆謂旁人之閑言閑語。

掛玉鉤序幺目下別離。　目原本作日，新校據廣正改。按此字不應改。日下爲宋元時俗語，與今語之卽日或卽時意義相同，日下別離謂倉卒別離。

同曲覓毆尋爭叫。　毆原作嘔，新校據廣正改。按此字不應改。集韻：「嘔，怒聲也。」引申爲吵嘴之意。毆則是打架。二者一爲動口，一爲動手，意義不同。嘔吐、嘔歌之嘔，與此是同字異訓。

尾聲離散買休多。　校記云「買雍熙樂府作賓」。按買休是元曲常用語，賓字是形近之誤。

雙調夜行船（原本七　新校二十二）

夜行船幺多緒多情病身。　此句照例須七字，無作六字者，應是多緒多情多病身，原本脫一多字。

同曲眼角排情。　排應作挑，形近致誤。

雙調新水令（原本七　新校二十二一二十三）

新水令：愁×晝。　校記云「中間疑脫白字」。按：此無可疑，應補。

步步嬌：何下手。　此三字費解，待校。

離亭宴煞：可喜娘。　此是獨立之三字句，娘字下應加一標點。

雙調新水令（原本七　新校二十三）

新水令：繡簾攏。　攏應作櫳，形近致誤。

駐馬聽：玉瓶揷紫珊瑚。　此句應作七字，瓶字下疑脫一字。七字句例可減爲六字折腰句，此句文義亦足，故不能斷其必有脫落。

落梅風：踶襯足。　此三字待校。

離亭宴煞：　此曲是「收尾」，應改題。

雙調風入松（原本八　新校二十四）

風入松：鴛幃嶄冷。　應作鴛幃漸冷。此處須用仄聲字，漸冷兩字去上連用，尤爲起調。嶄字文義不如漸字自然，且失律，蓋形近之誤。

攪箏琶：帶喉舌。　帶應作代，同音借用。

離亭宴煞：自僬自焦。　自僬二字不通，應作自憔，形近致誤。憔，愁悶不舒之意；焦，焦急也。

仙呂點絳唇（原本八　新校二十四—二十五）

醉中天：敎人斷腸。　敎原作交，新校改敎，無校記。按：以交爲敎，唐詩中已有之，宋詞元曲則到處皆是，不必改。

以下同樣情形甚多，不具校。

般涉調哨遍（原本八—九　新校二十五—二十七）

哨遍：

哨遍百年幾度聰明暗。　聰應作窗。陳簡齋詩「百世窗明窗暗裏」，此用其意。窗字亦作牕，與聰字形近致誤。

哨遍么：

哨遍么出凡籠。　凡應作樊，同音借用。

耍孩兒么：

耍孩兒么抛持盡。　此係一個三字句，盡字下應加標點，新校無之，或是排工遺漏。

一煞：

一煞水低俱淹。　低應從廣正作底，形近之誤。

二煞：

二煞愼矣公侯伯子男。　愼字不可解，應作傎，形近致誤。穀梁傳僖二十八年：「晉文公之行事爲已傎矣。」傎，胡塗愚傻也，今作顚，如瘋顚、顚狂。

五煞：

五煞蒼木黃菁。　應作蒼朮黃精，形近致誤。二者皆道家服食藥物，曲中常見。

南呂一枝花（原本九　新校二十七—二十八）

梁州第七：

梁州第七生把俺殃及做頂老。　生把俺殃及是一句，做頂老三字屬下句；新校標點與文義及句法均不合。殃及亦作央及，即央求或煩擾之意，元曲常用語。

賺煞：

賺煞禽唇撮口由閑可。　禽疑當作噙，噙唇與撮口對文。由卽猶字，同音借用。

雙調風入松（原本九　新校二十八—二十九）

風入松：

風入松心緒雜。　雍熙作心緒交雜，應據添交字。此句須作上三下四之七字句，無交字不合句法，文義亦頗牽強。

離亭宴煞：早是可曾經。　依文義，經字下應斷句此曲句法不似離亭宴煞，待考。

南呂一枝花（原本九　新校二十九—三十）

一枝花：無斤兩的風雲怛。　怛應作担，形近致誤。

梁州第七：鬧紛紛。　鬧應作閙，形近致誤。

同曲：赴一簪。　赴應作付，同音借用。

隨煞：對勘的喦。　喦應作巖，同音借用。

中呂粉蝶兒（原本九—十　新校三十—三十二）

醉春風：直睡到日齋高。　齋字待校，疑當作齊。

鬥鵪鶉：坎柴的擾。　坎應作砍，形近致誤下曲紅繡鞋坎字同此。

上小樓：蔭子封妻。　原本蔭作廕，新校改蔭無校記。按作庇廕子孫解，兩字通用，不必改。

上小樓幺：稍間跑藥。　跑字讀平聲掘也俗作刨，元曲中亦作鉋。讀上聲作奔馳解，乃後起音義。

滿庭芳：論天寫來。　來字費解，且此句必須押仄聲韻據文義及韻應是論天寫表原本表字極似來字之俗體，新校誤認。

鮑老兒：您持淩煙閣上。　持應作待，形近致誤。

鮑老兒幺：調名應改題古鮑老。此曲與鮑老兒平仄及句法完全不同，而與古鮑老完全相同。鮑老兒從無用幺篇者，北曲各調之幺篇亦絕無與始調全異者，其爲古鮑老無疑，廣正譜中呂套數分題引此套，於鮑老兒後接以古鮑老，是也。

後庭花：原本只題一后字，新校據廣正改題後庭花。按此曲非後庭花，乃古鮑老幺篇也。廣正收此曲爲後庭花第六格，大誤，說詳予所撰北曲新譜古鮑老及其幺篇注文。

同曲玄關一覈。原本覈作竅，不誤，新校恐是誤排。

隨煞尾聲：廣正中呂套數分題引此作啄木兒煞，乃是一調兩名。

正宮端正好（原本十一　新校三十二—三十四）

叨叨令：崎崎嶇嶇嶇嶇應作嶇嶇，形近致誤。

同曲信白田茅舍。信應作這，形近致誤。白田疑應作石田。杜詩：石田茅屋荒蒼苔。

三鶴背霜。此曲首兩句對仗甚工，不應以霜對往，疑是翔字。但霜字陰平，極響，易爲陽平之翔字則聲調頓啞，以文義言亦是霜字較勝，故不能謂爲必誤。

收尾：復兩相。相應作廂，形近致誤。

雙調新水令（原本十一—十二　新校三十五—三十六）

原本題馬致遠撰，摘艷廣正俱題王伯成，細審全套風格詞藻，應屬東籬。

新水令：布江山自然如畫。布原本作不，新校據雍熙改布。按不字較勝，此句從東坡念奴嬌江山如畫句翻出，江山代表雄壯之風景，作者之意，言西清湖麗幽雅，不必有雄壯之江山而自然如畫。用不字則湖水是實景，江山是虛設，有跌宕之致；用布字則二者皆實，重複而平板。

掛玉鉤：　原本題掛打沽，新校從雍熙改題。按此是一調兩名，不必改。正音譜掛玉鉤調名下注云：「卽掛搭沽」（搭打音近通用）。廣正譜調名下注云「一名掛搭沽，誤」。二說相反，正音是而廣正誤，說詳予所撰北曲新譜掛玉鉤調注文。吳梅先生北曲簡譜主廣正之說而以正音爲大謬，實未詳考。

石竹子：　雍熙作石竹花，想是此調別名。

喜遷鶯：　黃鐘醉花陰（原本十二　新校三十六—三十八）

困騰騰。　此三字是一句，騰字是韻，其下應加標點。

同曲傷情處。　此是二字句，情字是韻。摘豔廣正俱無處字，與律相合。但有處字似覺語氣更爲酣暢，蓋偶然變格，視作句尾襯字亦可。此等情形在北曲初期作品中每有之。

刮地風：　兩淚盈盈。　原本及摘豔雍熙俱作雨淚，兩字恐是誤排。

古水仙子：　甚識會。　此三字待校。

塊玉節節高：　原題接接高，廣正改題節節高犯，九宮大成改題塊玉節節高，新校從大成。按接接與節節同音通用。此曲與節節高本格有異，廣正認爲前半犯南呂四塊玉，後半爲節節高，故加犯字，其說近於臆測，未知確否。九宮大成則又據廣正之說而杜撰新名。自以仍用原題，存疑爲是。元時恐無節節高犯之名，塊玉節節高乃用南曲集調題名辦法，更非元代所有。

同曲：　繡幃帳。跳金鞍。　應從廣正作繡幃空，跨金鞍。

掛金索：淹行失信行。　淹應作俺，形近致誤。上行字讀杭音，與娘行、伊行之行同。
黃鐘：各譜均無此調名，謂是黃鐘尾又不相類，且其後另有尾聲，疑應作黃鐘煞。
尾：大薄倖。　大應作太，形近致誤。

卷　中

滿庭芳（交人笑倒　原本一　新校四十）
誰不怕俺娘焦。　焦爲嶕字之省，絮聒責怨之意。參閱卷上雙調夜行船院宇深沈人靜悄套掛玉鉤序曲。
滿庭芳（花殘暮春　原本一下　新校四十）
婆婆處分特很。　很原作限，新校改很。校記云：「限字失韻。」按據文義應改很字，乃形近致誤，失韻非正確理由。宋詞每有以限字入眞文韻者，元曲雖未見例證，總有可能。
滿庭芳（娘毒似蝎　原本一下　新校四十）
把冷鼻凹𠏉者。　𠏉應作綳，形近致誤。
滿庭芳（乾坤草廬　原本二　新校四十二）
誤嫌得讀書。　嫌似應作賺。
水仙子（退毛鸞鳳　原本二下　新校四十三）
十碩力。　此三字待校。

水仙子（滿城風雨　原本三　新校四十四）

不到底辜負了秋光。　此句文義費解：不到底，疑應作不道的。

水仙子（臨行愁見　原本三　新校四十五）

我記不的。　原本作我不記的，新校誤倒。

水仙子（一春魚雁　原本三下　新校四十五）

長出皴紋。　皴應作皺，形近致誤。皴紋義雖可通，不如皺紋現成，且此字須用仄聲。

水仙子（畫橋斜映　原本三下　新校四十六）

直喫的盡醉方歸。　歸字失韻，應是休字，雖與上文重韻，但元曲重韻之例並不少見。

水仙子（恰才相見　原本三下　新校四十六）

才得歡悞。　悞應作娛，形近致誤。

昨日個舞榭歌臺。　舞榭歌臺四字須作「平平十仄」此曲失律，改爲歌臺舞榭即合，當是原本誤倒。（十表示平仄不拘）

水仙子（暗香浮動　原本三下　新校四十六）

怨殺東風。　風字失韻，應作東君。

水仙子（羅圍寬褪　原本三下　新校四十六）

美飯剛推三四匙。　美飯剛推四字，似通不通，應是羹飯剛捱，形近致誤。

水仙子（娘心里煩惱　原本四　新校四十七）

伏不是。　伏不是即認錯之意，伏亦作服，今北方猶有此語。校記云：「是疑應作定，」誤解原意。

水仙子（夕陽西下　原本四　新校四十七）

好教我憚梳粧畫眉。　此句不合格律，在畫字上添一懶字始合。

水仙子（喻鏡　原本四　新校四十七）

徒您如今。　徒您應作陡恁，形近致誤。新校云：「徒疑應作陡，」是也。但未校改您字作你解，您恁二字有時通用；作如此解，必須作恁。

水仙子（喻敵　原本四　新校四十八）

到裩。　到應作倒，音同形近致誤。

水仙子（喻紙鳶　原本四下　新校四十八）

被狂風一任刮。　刮原作括，新校改刮，無校記。按刮風之刮，元曲中每作括，此等兩可之處，自應從原本。

十棒鼓（將冠簪戴了　原本五　新校五十）

廝袍寬超。　超應作綽，音近借用。（綽字本入聲，中原音韻作上聲，用音炒，入蕭豪韻。）

沿門兒花得。　此謂化緣也，花應作化，形近致誤，下句同此。

散但逍遙。　但應作誕，同音借用。

折桂令（杜鵑聲啼破南柯　原本五　新校五十）

天津老樹。　盧前輯疏齋小令作天津樹老，應從，但不知所據何書。此句與上句金谷花飛對文，花飛樹老，對仗工整，樹老二字去上連用，亦較老樹之上去連用爲起調。

折桂令（笑征衣伏櫪悲吟　原本五下　新校五十一）

笑征衣伏櫪悲吟。　征衣樂府羣珠作征西，應從。此句用曹操事。操嘗自云「欲望封侯作征西將軍，」見所作自明本志令。又操所作樂府：「老驥伏櫪，志在千里，烈士暮年，壯心未已。」此與下第之敕勒歌，皆是尋常典故，文學名作，以新校者之學識，不應不知，蓋偶然疏忽耳。

軟動歌殘。　軟動應作敕勒，形近致誤。敕勒歌爲北齊之民歌，即「敕勒川，陰山下」云云。

折桂令（記元戎洄曲奇勳　原本五下　新校五十二）

誰雜聲沈。　誰雜應作淮雅，形近致誤。此曲詠李愬之平淮西，柳宗元有平淮夷雅，即歌頌此事。

吟斷蘭生。　此句文義不明，生字又出韻，待校。

折桂令（道南宅豈識樓桑　原本五下　新校五十二）

昭代車書四方。　校記云「按譜此句應七字，疑昭代下脫一字。」按此爲上三下四之七字句，照例可減爲六字，但詳其文義，確似脫一字，惟應在句首而不應在昭代之下。

折桂令（倚夕陽麋鹿荒臺　原本五下　新校五十三）

伏節英才。　此句謂伍子胥，下句傾國佳人謂西施，皆吳國故事。伏節二字屢見古書，如春秋繁露天地之行云「伏節死難不惜其身，」漢書諸葛豐傳云「伏節死誼之臣。」樂府羣珠作仗節，若非形近之誤，即是後人妄改。

折桂令（記當年六代豪誇　原本六　新校五十三）

臺城暢望。　暢字義亦可通但作悵望較勝。

折桂令（鹿門山儘好幽棲　原本六　新校五十四）

須日書痴。　須日樂府羣珠作頃日，均不可解，疑應作頒白意謂老書獃子。

折桂令（恰西園錦樹花開　原本六　新校五十五）

自芬塵埃。　芬字不可解，且此字須用仄聲待校。

折桂令（映橫塘烟柳風蒲　原本六下　新校五十五）

瓊立冰壺。　校記云：「立太平樂府作注」按應從太平。

折桂令（江城歌吹風流　原本六下　新校五十六）

按錦瑟佳人勸酒。　按原本作快，新校改按，無校記。與下句齊按梁州重複，快字似亦可通。

殿前歡（夜如何　原本七下　新校五十九）

誰家見月明多。　此六字應刪。無論連上或連下讀，句均太長，北曲雖可加襯字，無此襯法，若斷開獨立，則較殿前歡本格多出一句，不合格律。且無論如何斷句，文理均不通順，其爲涉上下文而衍無疑。

沈醉東風（飲竹葉金杯興闌　原本八　新校六十）

海馬春愁壓繡鞍。　海馬費解，應作滿馬，形近致誤。

沈醉東風（漁得魚　原本八　新校六十一）

漁得魚平生願足。魚原作漁，新校據陽春白雪改。按：此字不應改。得漁之漁字與下得樵之樵字皆作抽象名詞用，謂漁夫得其所以漁，樵夫得其所以樵。上句兩漁字，下句兩樵字，整齊一致。若必欲改爲具體名詞之魚字，則下句亦須改作樵得柴矣。

五官士大夫。五官應作峨冠，音近致誤。某元人雜劇中有同樣之例，一時不記是何劇，書俟詳檢。

落梅風（炊煙細　原本八　新校六十二）

古寺清。清原作晴，新校從陽春白雪改。按：晴字亦有意境，可以並存。

山堂月明人靜。校記云「按譜此句應七字，疑山堂上脫一字」。按：此係上三下四之七字句，照例可減爲六字。此句文義已足，不似有脫字。

山坡里羊（林泉高攀　原本九　新校六十四）

林泉高攀。攀字失韻，應是臥字之誤。

山坡里羊（爭誇聘慧　原本九下　新校六十六）

爭誇聰慧。慧原作惠，新校從羣珠雍熙改。按：慧字古通作惠，不必改。

山坡里羊（生涯雖舊　原本九下　新校六十六）

生涯雖舊。原作生須依舊，新校從羣珠雍熙改。按：雖字頗費解，似當僅改須字作生涯依舊。

山坡里羊（天於人樂　原本九下　新校六十六）

未央宮罹惹韓侯過。　罹原作羅，新校從羣珠改。按羅字不誤羅惹之義略同羅織，此曲之外，又見於尉遲恭

三奪槊劇「剗地胡羅惹斬在雲陽」一羣珠形近誤罹。

梧葉兒（瀑布倒銀漢，原本九下　新校六十七）

白蓮陶令詩。　此句末一字原本模糊不淸，新校補詩字。元人小令集及九十五家小令補社字。按此字須平聲押韻，補詩字是。

梧葉兒（風雨西津渡　原本十　新校六十八）

脚根下。　根原作跟，新校改根，無校記。按元刋書籍此字無論作名詞或動詞用多作根，後始改用跟字，但原本既是跟，不必改。

梧葉兒（九里青松路　原本十　新校六十九）

洞口山如甸。　如甸費解，應作如靛，同音借用。以靛喩山色，元曲中常見。

呆偉看猿。　偉應作獐，形近致誤。

梧葉兒（腰肢瘦　原本十　新校七十）

相思症候。　症原作證，新校改爲症，無校記。按證是本字，症是後起俗字，不必改。

賣花聲（登樓北望　原本十一下　新校七十三）

冷凄凄霜凌古岸。　霜字必須用仄聲，去聲尤佳，霜凌蓋霸陵之誤。李廣飮田間夜歸，爲霸陵醉尉呵止，又有射虎事，見史記李將軍列傳。

慶東原（花陰話　原本十二　新校七十六）

行院每炒煿。煿應作熥形近致誤熥卽爆字見集韻煿字不見字書。

叨叨令（不思量　原本十三　新校七十七）

尤在心頭記。尤應作猶。

一半兒（見佳人縞素　原本十三下　新校七十八）

一半兒蹇。蹇應作㶏，㶏也，北曲常用字此首少第三個七字句，無從校補。

卷　下

朱履曲（搬興廢　原本一　新校八十）

東升玉兎。升原作生，新校改升，以求與墜字對。按：生字亦可與墜字對，雖習慣多用升字，但不必改原本也。

朱履曲（這場恠　原本一　新校八十一）

扯拽揪摔。校記云「揪摔二字原本模糊，茲據樂府羣珠補」。按：應作揪捽，原本尙依稀可辨。揪捽是元曲常用語，揪摔二字則未見連用者。且捽字是韻，作摔則失韻矣。羣珠形近致誤。

快活三朝天曲（芝蘭秜不生　原本一　新校八十三）

趕不上休爭競。爭原本作𢷾，新校從樂府羣珠改。按：此字應作急，急競爲元曲常用語，躁急之意。𢷾字音近借用。

朝天曲（畫堂綺窗　原本二　新校八十四）

春風枉羨杜韋娘。　枉字原本作往，羨字原本模糊不清又似事字，新校改定爲枉羨，無校記。疑當作往事。

朝天曲（楚闌小蠻　原本二　新校八十四）

楚闌。　闌應作蘭楚蘭小蠻俱古歌女名。

×月。　缺處擬補淡字，與下句疏星對文。淡月疏星爲曲中常用語。

快活三朝天曲（拋離了花月朝　原本二下　新校八十五）

有力的姨夫閙。　的原作程，新校從羣珠改。按：程字與的字音形俱不相近，不知是否確爲誤字，疑力程是當時俗語。

步步嬌（得得他來三更至　原本二下　新校八十六）

得得他來。　得得應作待得，形近之誤。

四換頭（衝寒乘騎　原本三　新校八十七）

泄漏了春消息。　泄漏原作漏洩，新校從羣珠雍熙改。按：二者俱爲成詞，不必改。

西番經（太平誰能見　原本三　新校八十八）

緑芸無盡天。　芸應從陽春白雪作雲，音同形近致誤。

西番經（海棠秋千架　原本三下　新校八十八）

故宮驚落花。　驚原作耕，新校從陽春白雪改。按：此字不應改。故宮耕落花卽故宮禾黍之意而境界更爲新顯。蓋故宮大部淪爲農田，而舊時卉木遇有存於丘壟間者，於是宮花蔓草同此鋤犂。予昔游北平之圓明園廢墟，即曾見此情景。驚字字面甚猛，而語意平凡，無論新宮故宮，落花乃尋常事，有何可驚。改此一字，而原作感慨之意全失。蓋同音之誤。（北地方言驚耕同音）

西番經（夜來秋風裏　原本三下　新校八十八）

夜來秋風裏，九天鵰鶚飛。　裏原本作力，新校從陽春白雪改。按：樂府羣珠此句作夜來西風勁，西字與秋字可並存，勁字應從。據文義，此兩句須一氣讀下，力字不甚順，裏字雖順而太平實，勁字則順而有力。勁字去聲，亦較裏字上聲起調，（此句末一字宜用去聲，必不得已，始用上聲）蓋勁字誤省其半，變爲力字，又以音近而變爲裏字。鵰鶚，陽春白雪作鵬鶚，樂府羣珠作鵰鶚，應從羣珠。杜甫詩：鄠杜秋天失鵰鶚。鶚字乃形近之誤，鶚鳥無與鵰齊飛九天之理，且此字應用仄聲，鶚字平聲，失律。

一錠銀（欲卜終焉　原本三下　新校八十九）

校記云：「此首又見本書馬致遠新水令四時湖水套。」按：此曲語意不完，其爲套數中之一曲無疑。元明曲選中每有此種情形，謂之「摘調」。

十二月過堯民歌（靜慘慘烟霞嶺外　原本四　新校九十）

靜慘慘。　應作靜巉巉，是北曲常用語，慘慘爲音近之誤。

十二月過堯民歌（一個個靑鴉鴉　原本四　新校九十）

散但逍遙。　但應作誕，同音借用。

沽美酒過快活年（黃超斷戀纒　原本四　新校九十一）

天索告聖賢。天字是押韻一字句，其下須加標點。下一首聽恰才敲二更之聽字同此。

沽美酒過太平令（休休休　原本四　新校九十二）

休休休說甚的。的原本作底，新校改，無校記。此兩字曲中通用，不必改。

清江引（東籬本是風月主　原本五　新校九十二）

晚節園林趣。原本作晚咸園成聚，新校從太平樂府改，校記引原文誤爲晚咸園咸聚。按：此句不應改。原文應是晚歲園成聚，歲字形近誤咸。史記五帝紀（舜紀）云：「一年而所居成聚，」此用其語，謂至晚歲而所居之園已成聚落；而此聚落不過下文所云「一枕葫蘆架，兩行垂楊樹」而已，以誇大爲嘲諷，是文學上習用之法。晚節園林趣，似是後人所改，但與原文可以並存，元人散曲固常有可並存之異文也。

清江引（婆娑一庭　原本五　新校九十三）

喚得鶴未到。校記云：「未疑應作來。」按：此字應用平聲，決是來字形近致誤。

醉太平（原本五　新校九十三—九十四）

題後校記云：「以下只前四首是醉太平小令，皆王元鼎作，見太平樂府。後半貨郎兒、脫布衫、醉太平、貨郎煞四曲爲一篇，詠仕女秋千，似係套數而非小令帶過；惟套數中未見以貨郎兒起者，末曲貨郎煞又僅一句，疑有訛脫。」按：此曲爲北曲變格，略同南曲之集曲，以貨郎兒全調六句分列首尾，（靜悄悄至綠楊烟爲其前五句，貨郎煞爲其末一句，）中間轉入脫布衫、醉太平兩全調，合爲一曲，其正名爲轉調貨郎兒，仍係小令，非套數，亦無訛脫。

說詳予所撰北曲新譜正宮轉調貨郎兒注文。此轉調中之醉太平，汗漫漫應作汗浸浸，形近致誤。

齊天樂過紅衫兒（農家畏日　原本六　新校九十六）

悲意忘形。此句費解，待校。

盞盞乾乾燕。燕應作嚥。

寨兒令（紅錦衣　原本六下　新校九十七）

打着練搥。搥應作槌或鎚，搥是動詞，槌或鎚是名詞。

寨兒令（鴛帳里　原本六下　新校九十八）

鬼使跟隨。跟原作根，新校改，蓋以爲根是名詞，跟可作動詞用。按：元刊書籍此字無論名詞動詞，作根者較多，故不必改。

寨兒令（有錢時　原本七　新校九十九）

響鈔精鈔。下鈔字應作銀。此字須平聲押韻，鈔字失律又失韻。響鈔精銀是元曲常用語。

普天樂（一瓢貧　原本七　新校一百）

何必枉圖。枉原作往，新校改。按：此字須平聲，應作狂。

普天樂（畫偏長　原本七　新校一百）

釣頭錦鯉。釣應作鉤。

罵玉郎過感皇恩（牛羊猶恐　原本八　新校一零三）

緊遮攔。　遮原本作邀，新校從樂府羣珠改。按：邀攔亦是元曲常用語，不應改。

德勝將馬頑犇。　元曲中得勝之得常借用德字。犇字失韻，改作犇頑又不通順，待校。

罵玉郎過感皇恩（才郎遠送　原本八　新校一零四）

心長懷去後。　後原作程，新校從太平樂府改。按：此字平仄不拘，程字義較長，去後與下文去後思量悔應晚重複，仍作去程爲是。

罵玉郎過感皇恩（錢塘自古　原本九　新校一零五）

荷蒲覗魚。　花港觀魚爲西湖勝景之一，但此處須仄聲，故改爲覗魚，非誤字。

遇西林。　應作過西泠，遇過形近，林泠音近。西泠在西湖北岸。

雁兒落過德勝令（燕瑄瑄　原本九　新校一零六）

燕瑄瑄。　瑄瑄應作關關。此字須平聲，瑄字作平聲讀，義爲似玉之石，不能以形容燕聲。詩經：關關雎鳩。

小桃紅（玉龍高臥　原本十下　新校一零九）

寶鏡青光透。　青原本作清，新校從太平樂府改。惟審其文義，淸字較勝，不應改。

小桃紅（杏花開候　原本十下　新校一一零）

杏花開候。　候疑應作後。

快活年（裊裊婷婷　原本十一　新校一一一）

寶髻偏相美。臉兒多風韻、　新校如此斷句。按：此兩個五字句之末一字，均須去聲，且均須押韻，甚少例外。美字如屬上句，不但失律失韻文義亦費解，美臉兒則是元曲常用語不應分開。蓋原本相字下脫去一字，兒字是襯，新校者未想到此點，乃以下句之美字移上，勉強湊成五字句。今擬於相字下補稱字（去聲），美字屬下讀，改爲「寶髻偏相稱，美臉兒多風韻」則韻律文義三者俱合。

快活年（疑撒金蓮　原本十一　新校一一一）

推把衫扣。　衫下應補兒字，此句應五字，補兒字始合句法。下句把衫扣三字疊上文，亦應改爲衫兒扣。

醉中天（老樹懸藤掛　原本十一下　新校一一二）

攧設設。　應作懶設設，原本攧字不成字形，新校因之，恐是不明設設二字之義也。

四塊玉（雁北飛　原本十二下　新校一一六）

人北望。　此是明妃思漢之詞，似應作人南望。

黑河遠。　遠應從樂府羣珠作邊。

四塊玉（畫不成　原本十二下　新校一一七）

便索他學楚大夫。　此句文理不順，似應作便索學他楚大夫。

四塊玉（子孝順　原本十三　新校一一八）

妻賢惠。　惠原本作會，新校改。按：元曲中多作賢會，已成慣用之假借。

青歌兒（水壺瑤臺天遠　原本十三下　新校一二零）

水壺。　原本是冰壺，新校誤排。

青歌兒（梧桐初凋金井　原本十三下　新校一二零）

閑只管銀河問雙星　校記云「閑字疑衍」。按閑只管是元曲常用語，閑字非衍。

迎仙客（萬木枯　原本十四　新校一二三）

橙羨刴。參閱卷上雙調行香子套離亭宴帶歇指煞曲，卽本文第二條。

梧葉兒（清和節　原本十四下　新校一二四）

近洺時。洺字待校。

梧葉兒（香閨靜　原本十四下　新校一二五）

玉壺結冰澌。原本壺下有内字，新校誤脫。

梧葉兒（全不見　原本十四下　新校一二六）

全不見白髭鬢纔四十整有家珍無半點兒心腸硬醇一味龐道兒×錦片也似好前程到健如青春後生。

原本缺處尙餘手旁可辨，此字須押韻，應是撑字。撑爲美麗漂亮之意，元曲中常用以形容人之容貌身材，龐道兒卽今語所謂面孔，元曲中亦云龐兒。到應作倒。新校如上標點，文理不順，句法全非，且失去一韻，全爲缺一字且不解龐道兒意義之故。補撑字後，改定標點爲：「全不見白髭鬢，纔四十整，有家珍無半點兒心腸，硬醇一味，龐道兒撑，錦片也似好前程，倒健如青春後生。」則文從字順，句法押韻俱合。

以上全書三卷補正二百二十條。

民國五十四年，香港文學世界。

仙呂混江龍的本格及其變化

仙呂混江龍是個値得研究的曲調。(註一) 北曲約有四百多個調子，(註二) 其中用得最多的要算混江龍。格式變化最多的也要算混江龍。雜劇 (註三) 第一折照例須用仙呂宮點絳唇套，(註四) 這種套式的第二支曲子就是混江龍。點絳唇有時還可改用八聲甘州，(註五) 混江龍則非用不可。所以有多少本雜劇就有多少支混江龍。(註六) 現存元明及淸初的雜劇，(註七) 約有三百二十多本，(註八) 加上散曲和明、淸著名傳奇，我們今日所看到的混江龍總有四百支之譜，(註九) 數量之多在北曲中要占第一位。這些混江龍的格式，從最短九句四十四字到最長七十七句一千三百五十八字，(俱見後) 其間增減變化，五花八門，眞有洪波起伏神龍夭矯之勢。試把本文所引各種例子彙觀一過便知混江龍不愧爲「混江龍」。但混江龍既爲曲調，當然有他的固定格式，即所謂本格；增減變化雖多，也總有跡可循，絕非隨意揮灑。如果以往的北曲譜曾經詳明的指示給我們，那就省事多了。可惜所有北譜都是相當疏謬，(註一〇) 以致無論作曲讀曲，遇到這個曲調常感無所適從。我把前述四百餘支混江龍逐一看過，排比歸納之後，這個調子的本格和種種變化已竟粲然在目。現在把他們逐步列舉出來，並加以說明。既能認淸了他的本形和變態，無論誦讀寫作，自然不會再感困難了。

一　混江龍的本格

混江龍的本格有四種第一種是最初的格式，其餘三種則是根據第一種略為改變。這四種格式必須切記，纔能鬧清以後種種增減變化。

一、最初（註一一）也是最簡的格式：（註一二）

丅平丄ㄙ・丅平丄仄仄平平◎丅平丄仄・丄仄平平◎丄仄丅平（丄平）仄（平仄）・丄平丅丄仄平平◎米平平去・丅平丄仄・丄仄平平◎

庾樓高望・桂華初上海涯東◎秋光宇宙・夜色簾櫳◎誰使銀蟾吞暮靄・放教玉兎步晴空◎人多在・管絃聲裏・詩酒鄉中◎朱庭玉「可愛中秋」套（註一三）

這也就是所謂九句四十四字格，照此去作的只有元人散曲的一部份；以下三種是常用格式。他們與最初格式的分別有兩項：其一，第一句、第七句必須協韻而不是可協可否；其二，第七句字數加多或竟變為兩句。此外完全相同。所以我只把第七句的平仄寫出，並在各例第七句（包括變為兩句者）之下加一黑線。

二、第七句變為折腰六字句：（註一四）

仄十十・平平去◎

長想着 少年時候◎拈花摘葉甚風流◎見了些 春風謝館・夜月秦樓◎馬上抱鷄三市鬥・袖中攜劍五陵遊◎八個字，非虛謬◎玲瓏剔透◎軟欵溫柔◎趙彥暉「萬種閑愁」套

三、第七句變為七字句：

丅平丄仄平平去◎

相思慰悶◎繡屏斜倚正消魂◎帶圍寬盡・消減精神◎翠被任薰終不暖・玉杯慵舉幾番溫◎纔釵半嚲慵蟬鬢◎長吁短歎・頻搵啼痕◎ 貫雲石「花落黃昏」套

四、第七句變爲七字兩句須作對偶，於是全調共有十句：

丁平上仄仄平平・丁平上仄平平去◎

俺可便 疾忙行動◎ 怕的是 五雲樓畔日華東◎ 俺如今 偷臨凡世・私下天宮◎ 這其間 風弄竹聲穿戶牖・ 更那堪 月移花影上簾櫳◎ 俺本是 冰塊素魄不尋常・ 要甚麼 金童玉女相隨從◎ 又沒甚 幽期密約・ 止不過 明月清風◎ 吳昌齡「張天師」劇

這三種變化，顯然是文勢和唱腔的關係。第七句是個獨立的句子，（註一五）作用在承上啓下。其下所啓雖只兩句，其上所承却有六句之多，僅有三個字的短句，大有承接不住之勢；尤其重要的是，這句正是唱者『耍花腔』的地方，所謂「板密宜加襯字」。爲了這兩個緣故，作者總要在這句上加些襯字，不但文勢勻稱，而且虛腔變爲實字，便於歌者。如後庭花劇此句云「誰敢道違了方寸◎」；救風塵劇此句云「黑海也似難尋覓◎」；「誰敢道」「黑海也似」都是襯字，却已有了折腰六字和七字句的形式。這兩劇都是元劇初期作品，後來弄習慣了，可加可否的襯字變成照例應有的正字，這個三字句也就變成折腰六字句或七字句。至於變成七字兩句，則有兩種原故。其一，這是個整齊勻稱的調子，三四、五六、八九諸句都是兩兩對稱，一二兩句字數雖不對稱，也還是兩句連爲一組，只有第七是個獨立的單句；這固然有錯綜之美，但弄整齊了豈不也好？其二，到後來有了多數增句，更需要一對整齊的聯語，方能承接得住，陪襯得過。綜上所述，三種變化各有理由，所以都很通行。

二　混江龍的增句

北曲有一部份調子，可以在本格諸句之外再增加若干句，太和正音譜載有十四調，北詞廣正譜載有十八調，(註一六) 都有混江龍在內。所謂增句，並不是漫無標準的隨便增加。在那裏增句？可以增多少句？增甚麼樣的句子？這一切都有一定規律。現在分別說明。

一、增句的位置：必在第六句下，前列格式有※號處。

二、增句的數目：多少不拘，但必須是雙數，要作對偶。

三、增句的形式：

甲、增四字句：這是最通用的形式，例如：

眼前清供◎玉人降謫笑相逢◎敲金擊玉．詠月嘲風◎三峽泉鳴新咳唾．千章詩着舊題封◎「春風楊柳秋水芙蓉◎溫柔典雅剔透玲瓏◎」銷人魂夢廣寒宮．迷人蹤跡桃源洞◎友朋每如兄如弟．親眷每非虎非熊◎（顧君澤「四海飄蓬」套）

乙、增三字句。(註一七) 例如：

管絃拖拽◎王孫仕女門豪奢◎梨花院、秋千蹴踘◎牡丹亭、寶馬香車◎喚遊人芳樹啼殘錦鷓鴣．採香蕊粉牆飛困玉蝴蝶◎『楊柳映杏花遮◎東風外酒旗斜◎』四時中惟有春三月◎光陰富貴．景物重疊◎（無名氏百花亭劇）

丙、先增四字句，再增三字句。例如：

韶華將盡◎三分流水二分塵◎悶懨懨、人閒白晝◎靜巉巉、門掩青春◎白鷴鷸頻傳花外語．錦鴛鴦將避柳邊人◎「囀曉日鶯聲恰恰。舞香風、蝶翅紛紛◎映樓閣、青山隱隱。（偶協）漾池塘、綠水粼粼◎過節序、偏增感歎，對鶯花、謾自傷神◎桃似火、草鋪茵◎歌聲歇、笑聲頻◎」則為我眼中不見意中人．因此上今春不減前春悶◎流淚眼、桃花臉瘦．鎖愁腸、楊柳眉顰◎李唐賓梧桐葉劇

丁、增六字句。例如：

消磨了、聖人之教◎幾時得經綸天地整皇朝◎時遇着、山梁雌雉．急切的、釣不的滄海鯨鰲◎淚灑就長江千尺浪．氣衝開雲漢九重霄◎「胸次包羅天地，肺腑捲（原缺一字）江河。筆尖能搖山岳，劍鋒可摘星辰。」嘆英雄何日朝聞道◎盼殺我也玉堂金馬．困殺我也陋巷簞瓢◎金仁傑追韓信劇（註一八）

四、增句的平仄：四字每兩句為「丅平丄仄丄仄平平◎」三字為「丅丄仄。仄平平◎」六字為「丄丄丅平丄仄丅丅丄仄平平◎」

五、增句的協韻：

甲、與本格諸句協韻，每兩句一韻。這是常用的方法，例如前面甲乙丙諸曲。

乙、完全不協韻，例如：

布袍寬袖◎樂然何處謁王侯◎但樽中有酒・身外無愁◎數着殘棋江月曉・一聲長嘯海門秋・◎「山間深住林下幽居。清泉濯足。強如閑事縈心」・淡生涯一味都參透◎草衣木食・勝強如肥馬輕裘◎不忽麻身臥糟丘套

這樣作的最多增八句，而且只有一例（無名氏雲窗夢劇普通都是四句或兩句這是自然的道理，不協韻的句子太多了，還成甚麼曲子呢。

丙、自協一韻，不與本格同韻。例如：

遙望見 雁門紫塞◎黃沙漠漠接天涯◎ 看了這 山遙路遠・ 更和那 日炙風篩◎一騎馬直臨蘇武坂・半天雲遮盡李陵臺◎「一川煙草數點寒鴉（換韻）◎半竿紅日幾縷殘霞（換協）◎」悠悠羌笛 在這 晚風前・呀呀歸雁遙天外◎增添旅況・蕭索情懷◎陳以仁雁門關劇

丁、每句與本格協韻，只見一例。

這樓啊！起初修蓋◎ 也不知 費他府藏偌多財◎ 上面有 御書的 玉札・欽賜的 金牌◎ 莫說 朝省裏 官員皆下馬・便是 春秋天子 也要 降香來◎「只聽的鬧垓垓◎越急的我氣咍咍◎脚忙抬◎步難捱◎」半合兒行不出宅門外◎ 我這裏 擋不住夫役・滃不的塵埃◎無名氏謝金吾劇

增句的性質，介於曲與白之間，所以協韻與否可以隨便。無論歌唱或是誦讀，其速度要比本格原有諸句快，這在北曲裏叫作帶唱。（註一九）混江龍增句全不協韻，就是帶唱的最初形式，其後進而自協一韻，再進而與本格諸句同協一韻，就成了通行格式。（後記一）（後記是我十餘年來為本文所作各項補正，見另篇。）

三　混江龍在明代前期的變化

明初，北曲和在元朝一樣流行，成化以後，受南曲影響，逐漸衰落；在嘉靖時又來了一次回光返照；（註二〇）到了隆慶、萬曆，則幾乎全是南曲世界，北曲從此銷聲匿跡。所以講到明代南北曲盛衰，都拿嘉、隆之際作爲分界。本節所謂明代前期，即指洪武初年到嘉靖末年。混江龍在這一時期的新變化，約有以下四項。

一、增七字句。（註二一）例如：

軍書十卷◎書書卷卷把俺爺來塡◎他年華已老・衰病多纏◎想當初搭箭追雕穿白羽・今日呵 扶藜看雁數青天「◎呼鷄餵犬守堡看田◎調鷹手軟。（偶協）打兎腰拳◎提攜咱 姊妹梳掠咱 丫環◎見對鏡添粧開口笑・聽提刀斲殺把眉攢◎」長嗟嘆◎ 道兩口兒北邙近也。女孩兒東坦蕭然◎ 徐渭雌木蘭劇（四聲猿之一）

二、增句改到第四句下，例如：

自那日 恩榮榜放◎ 却纔知崢嶸發跡是尋常◎玉堂金馬・錦服牙章◎「櫛風沐雨冒雪淩霜◎」攘攘勞勞成底事，兢兢戰戰爲誰忙◎覷金章許史門奢華・羨巢由卞務贏高尙◎ 正這裏 悽然有感・早那壁 劃地謀殃◎ 康海「少日疏狂」套（下文所引琵琶記增句亦在第四句下）

三、減句。元人作混江龍，都以九句四十四字爲基礎，字句有增無減；到了明朝才有減句；但減句之後，照樣還可以有增句。

甲、減去第五六兩句。例如：

也是俺 六邦輻湊◎英雄戰將仗俺機謀◎俺這裏捷音奏凱・他那裏棄甲包羞◎「秦商鞅、昨宵兵敗。魏蘇秦、今日封侯◎光明 明的 玉帶黃燦 燦的 幞頭◎將 朝衣抖擻。（偶協）遙拜在 螭頭◎」山呼萬歲將頭叩◎ 願吾王萬載・落得千秋◎ 蘇復之金印記傳奇第二十八齣 （註二三）（後記二）

乙、減去第七句。例如：

他可也 樂天知命◎不通姓字不言名◎漁樵伴侶・鷗鷺閒盟◎歡樂較多愁較少・道情爲重利爲輕◎「身不離、棋枰藥裏口常談、酒頌茶經◎」 滿面兒 春風和氣・一腔兒 秋水澄淸◎ 金鑾「四海高情」套

四、末兩句各變爲七字？如：

官居宮苑◎漫道是天威咫尺近龍顏◎每日間 親隨車駕・只聽鳴鞭◎「去 螭頭上拜跪。隨着 豹尾盤旋◎朝朝宿衛早早隨班◎」作不得 卿相當朝一品貴・先隨着 朝臣待漏五更寒◎空嗟嘆◎山寺日高僧未起算來名利不如閒◎ 高明琵琶記傳奇弟十五齣（一本作第十六齣）

這樣作的，只此一首。明凌濛初刻本琵琶記，分正襯爲「山寺日 高僧未起 算來 名利不 如閒◎」仍是兩個四字句。九宮大成譜卷五把這十四個字都算作正字，則是兩個七字句。凌刻主格律，大成譜主文義，究竟怎樣算對，沒有第二個例證，頗難決定。姑且依照大成譜吧。我想這只是借用成語的關係，偶然之作，不足爲法。兩個四字句改爲兩個七字句，在曲律上總是講不通的。

四　湯顯祖與混江龍

萬曆以後，也就是明代後期南曲大盛；一般作者對於北曲，不是屏棄不用，就是變更規律。湯顯祖正是這一時期的作家。他是個才華橫溢的人，作曲無論南北，都不大拘守繩墨。這是人所共知的事實。但他的曲律的確很熟，神明變化，並非亂來。在他的名著「四夢」裏，共有四支混江龍：還魂記、南柯記各有一支，邯鄲記有兩支。只有南柯記那一支用通行最簡的格式，其餘三支都是湯氏獨創的作法。

還魂記的混江龍，見於第二十三齣冥判，增句多至四十句，(註二三) 全曲長至六百五十八字，是空前的作品。現在先把全曲錄出。(註二四)

這筆。架在那 落伽山外◎肉蓮花高聳案前排◎捧的是 功曹令史◎識字當該筆管兒是◎手想骨、脚想骨、
竹筒般剉的圓滴溜・筆毫啊！是 牛頭鬚、夜叉髮、鐵絲兒揉定赤支毸◎「這筆頭公、是遮須國、選的人
才・這管城子、在夜郎城、受了封拜◎嘯一聲、支兀另 漢鍾馗、其冠不正。舞一回、疏喇沙 斗河魁、近墨者
黑◎喜時節、滦河橋、題筆兒要去。悶時節、鬼門關、投筆歸來◎俺也會 考神祇、朔望旦、名題天榜。攝星辰、
井鬼宿、俺可也 文會書齋◎作弗迭 鬼仙才、白玉樓、摩空作賦。陪得過 風月主、芙蓉城、遇晚書懷◎便 寫
不盡、四大洲、轉輪日月。也差的着、五瘟使、號令風雷◎有地分、則合 北斗司、閻浮殿、立俺邊傍。沒衙門、掛

怎生 東嶽觀、城隍廟也 塑人左側◎ 便百里城高拱手、讓大菩薩好相莊嚴乘坐位。怎 三尺土低分氣、對小
鬼卒 淸奇古怪立基階◎ 但站脚 一管筆、一本簿、塵泥軒冕。 要潤筆 十錠金、十貫鈔、紙陌錢財◎ 則見沒
掂三、展花分、魚尾冊・無賞一、掛日子、虎頭牌◎ 眞乃是 鬼董狐落了款、春秋傳 某年某月某日下、崩薨
葬卒大注脚。 假如他 支祈獸上了樣、把禹王鼎 各山各水各路上、魍魎魑魅細分腮◎ 看他 子時硯、忔忔察察
烏龍蘸眼顯精神。聽 丁字牌、多多登登 金鷄夢剪追魂魄◎但點上格子眼串出四萬八千三界有漏人名、
烏星砲粲。怎按下筆尖頭、插入一百四十二重無間地獄、鐵樹花開◎ 哎也！ 押花字、止不過 發落簿、剉
燒舂磨一靈兒登請書、左則是那 虛無堂癱痨蠱膈四正客◎髮稱竿、看 業重身輕、衡石程書秦獄吏。肉鼓
吹、聽 神嚎鬼哭、毛鉗刀筆漢喬才◎ 這時節呵 你便是沒關節包待制、人厭其笑。 憑風景 誰聽的無棺槨顏
修文、子哭之哀◎ 哎！ 樓炭經、是俺 六科五判。刀花樹、是俺 九棘三槐◎臉婁撒風髯赳赳、眉剔豎、電目
崖崖◎ 少不得 中書鬼考。錄事神差◎比着陽世那 金州判、銀府判、銅司判、鐵院判、白虎臨官、一樣價 打貼
刑名催伍作。 實則俺陰府裏 注濕生、牒化生、准胎生、照卵生、靑蠅報赦、十分的 磊齊功德轉三階◎」 威凜
凜、人間掌命・顫巍巍、天上消災◎（後記三）

這支曲與通行格式不同之處有以下四點：其一，減去第七句。這是有例可援的，（見前） 其二、增句特別多，因而

篇幅特別長。混江龍的增句固然多少不拘，但元人最多不過增三十句，全曲兩百九十四字，（紀君祥松陰夢劇；（註二五））從來沒有像這樣洋洋灑灑，下筆不能自休。其三，增句協仄聲韻。元人增句都協平聲韻，只有明初楊文奎兒女團圓劇有兩句協仄韻；湯氏此曲則有四句協仄聲韻。其四，增句形式特殊，這是此曲的最大特點。當然這是因爲每句都有很多襯字的關係。但是襯字雖多，却沒有改變了增句的基本形式：三字、四字、七字。（後記四）三字句只有兩句，大部都是四字、七字。吳梅簡譜云：「明清作家往往以四字句作六七聯，然後再間七字句一二聯，雖違本章增句成式，顧亦可從。」即指湯氏此曲和他的仿製品而言。至於襯字之多，則是從元明舊作脫胎而來。就像喬吉揚州夢劇、宮天挺范張鷄黍劇、（註二六）朱有燉賽嬌容劇、無名氏「天淡雲孤」套，都是湯作的雛形。不過像「眞乃是鬼董狐……」「但點上格子眼……」那些句，襯字如是之多，則確是湯氏獨創的辦法。（後記五）

邯鄲記第三十齣合仙，有一支混江龍，全曲如下：

這裏 望前征進◎ 明寫着 碧桃花下海仙門◎ 到時節 三光不夜・ 那其間 四季長春◎『就裏這海濤中、有三番十五衆 鰲魚轉眼。 到的那 山島上、止一斤十六兩 白虎騰身◎ 你道是 仙人島有三萬丈清涼界，全無州郡。 比你那 鬼門關、八千里 煙瘴地，遠惡州軍◎ 剪徑的無過是 走傍門、提外事、貪天小品・ 跳鬼的有得那 出陽神、拋伎子、散地全眞◎ 有一個 漢鍾離、雙丫髻、蒼顏道扮。 一個 曹國舅、八采眉、象簡朝紳◎ 一個 韓湘子、棄舉業、儒門子弟。 一個 藍采和、他是個 打院本、樂戶官身◎ 一個 拄鐵拐的、李孔目、帶些殘疾。 一個 荷飯笊、何仙姑、挫過了殘春◎他們無日夜演禽星看卦氣、抽添水火有時節、點殘棋、斟壽酒、笑傲乾坤◎雖則是受生門、緣眼睛、紅腦子、仙風道骨。也恰向修行路按尾閭、通夾脊、換髓移筋◎你可也有福力開了頭、崔氏宅、夫榮妻貴。無業障搧了脚、唐家地、蔭子遺孫◎可是你三轉身、單注着邯鄲道、祿盡衣絕。一睫眼、猛守的清河店、米沸湯渾◎早則是火傳薪、半灶的燒殘情榾柮。却怎生風鼓鞴、一鍋兒吹醒睡餛飩◎也因你有半仙之分能消受遇着我大道其間細講論◎』眼睜着張果老、把眉毛褪◎雖不是開山作祖・仙分裏爲尊◎

這支混江龍不像還魂記那樣熱鬧,但比起元明舊作還是洋洋大觀,增句格式也和還魂記略有不同。還有,還魂記減去第七句,此則減去第五六兩句,這與減七字句一樣是有例可援的,(見前)。所以此兩曲的特點都在增句而不在減句。

邯鄲記第十五出西諜,又有這樣一支莫明其妙的混江龍:

打番兒漢◎俺是打番兒漢◎(疊句)咱尖頭、有俺的正身迭辦◎祖貫南番◎到這無爺娘田地甘涼畔◎順風兒拜別了悶摩山◎你收了這小番兒在眼◎一名支數口糧單◎小番兒身材輕巧。小番兒口舌闌番◎小番兒曾到羊同黨項。小番兒也到那昆崙白蘭◎小番兒會吐魯渾般骨都古魯。小番兒會別失巴的畢力班闌◎小番兒會一溜咖喇的講着鐵里。小番兒也會剔留禿律打的山丹◎但敬俺穿營入塞無危難◎白茫茫、沙氣寒◎將一領答思叭兒頭毛上按◎將一個哨蹄力兒唇綽上安◎敢則是夜行晝伏。

說甚麼水宿風餐◎止不過敲象牙、抽豹尾、有甚麼去不得也那顏◎這場事、大難大難◎你着俺、行反間◎向刀尖劍樹萬層山◎你敎俺趄也不趄◎頑也不頑◎太師呵！你敎俺沒事的詀人反◎將何動憚◎着甚麼通關◎天也！你敎俺兩片皮、把鎭胡天的玉柱輕調侃◎三寸舌、把架瀚海金梁倒放翻◎俺其實有口難安◎則將這紙條兒紙條兒窣地的莊嚴看◎須不比知風識水俏紅顏◎倒使着寒江楓葉丹◎你道灘也麼灘◎透燕支山外山◎懷揣着片、醉題紅錦囊出關◎撲着口星去星還◎到木葉河灣◎則願遲共疾、央及煞有商量的流水潺顏◎好和歹、掇賺他沒套數的番王着眼◎

這支曲和通行格式相差太多，怎樣也比附不到一起，無法辨識那是本格，那是增句正襯字也無從確定；我見過的幾種明刻本邯鄲記，都是不分正襯，記得劉氏暖紅室刋本是分正襯的，手邊又無其書，上面只是我以意析定，談不到對與不對。這眞是地道的「湯式」混江龍，前無古人，後無來者。臧懋循改本眉批云「此曲有可以意加損者，在第六句起。臨川從第二句便憒然特爲竄定，以授歌者。」他的改本（原文從略）（後記六）很合混江龍的格式，却失去了原作的特點。清代以來的曲譜，像納書楹曲譜、集成曲譜，都收有番兒一齣，即是西諜改名，文字略同原作，只把原題北絳都春的一曲改題第一段，混江龍自首句至「水宿風餐」題第二段，自「止不過敲象牙」至「有口難安」題第三段，自「則將這紙條兒」至末題第四段。可知湯氏原作並非不能被之管絃，授之歌者，只是大家都無法承認他是混江龍而已。清初坊刻劇選醉怡情，則把這支曲題爲「胡撥四犯」，結尾處多出幾句，句法也有改變。這個調名各種曲譜都沒有，也沒見有人用過。既有「犯」字，當然是集曲，這倒很像，但又不能逐句找出本調，只好「闕疑俟考」了。（後記七）

五　湯式混江龍的流行和清初又一變化

邯鄲記那兩支混江龍只在歌場傳唱，對於混江龍的寫作無甚影響，我沒見過有人學這兩種格式（後記八）。

還魂記那一支則影響頗大此曲一出給混江龍別開生面，給後來的文人開了一個逞才學弄筆墨的法門。像尤侗的讀離騷雜劇第一折（四十六句七百五十六字）。洪昇的長生殿傳奇第四十六齣覓魂（七十一句，七百三十六字）。蔣士銓的臨川夢傳奇第十九齣說夢（七十七句，一千三百五十八字）。吳錫麒的有正味齋散曲「中元夕觀盂蘭會」仙呂點絳唇套（三十三句，六百六十字）。都是模倣湯氏的大作。講篇幅則是後來居上，只有吳曲比湯作少四個字，其餘都比湯作字句多，臨川夢長至一千三百五十八字，超出湯作一倍有餘了。實在說，從湯氏起就是墮入魔道：有誰能唱，又有誰能聽、能讀這樣的大塊文章而不感覺厭倦呢？

這些做作，儘管篇幅比湯作還長，增句襯字比湯作還多，都沒有甚麼新的變化。惟有尤侗的黑白衛雜劇，其第一折的混江龍，全曲二十七句，一百九十九字，篇幅不算長，增句也不多，但有他的獨創之處。全曲如下：

這劍呵 鍊成離坎◎ 芙蓉初發七星銜◎ 須記取 爐開太乙。電扇飛簾◎ 鋌生赤堇甕・礪淬若耶潭◎「說甚麼 吳湛盧越巨闕魏飛影楚龍淵。有一個老劉邦登山醉趕長蛇斬◎ 有一個小佽飛涉江怒把老蛟劖◎有一個莽荊莊乘城麾白敵軍頭。有一個很專諸伏窟抉碎蠻王膽◎ 這劍！可也 無名號。休問占◎ 大古是 精廉爲鍔。忠聖爲鐔◎豪俠爲鋏。知勇爲函◎ 卓一下冷森森 霜花繡出斑犀豔◎ 嘯一聲厮琅琅 雷轟驚起魚龍慘◎ 舞一回忽剌剌 電燄照破虹蜺熖◎」 戰退那 山魈木魅一時啼。攪翻了天關地軸平空撼◎ 細看這

金心緶緶．好付與玉手摻摻◎

這支曲特點有四：其一第五六兩句各減爲五字。（前六句詞意聯貫，第六句下攙入另外一人念白，以下另起新意，所以知道「鋌生」和「礪淬」兩句不是增句）其二增句是單數十七句，末三句作鼎足對。其三增句協韻不規則，或四句一協，或四句三協，或兩句一協，或一連三句全協。其四增句協仄韻。以上只有第四項是湯派共同作法，其餘三項都是尤西堂首創，以後也沒見有人學他。

尤作此曲，雖變成規，音節却頗諧婉。他生於明末淸初，曲子仍在全盛時期，音律腔調，曉然胸中，所以能自出機軸，變而不悖。乾隆以後，舊法漸失，或則謹守成規，有因無創，或則漫無準繩，不知而作，本格變體，都談不到混江龍的變化，到了尤西堂就算告一段落，本文也就此結束。

附註

一、曲調也稱曲牌，爲了別於宮調之調，似應採用後者；但在習慣上，總是文人稱調，伶人稱牌，結習難除，只好從雅。

二、輟耕錄收二百二十五調，太和正音譜收三百三十五調，都欠完備；九宮大成譜收五百六十八調，又嫌燕雜，有若干南曲攙在裏邊；北詞廣正譜收四百四十一調，比較適當。

三、本文所謂雜劇，限於謹守元人渠範，每本四折或五折的北雜劇。

四、第一折不用仙呂宮的，元人只有三本：燕靑博魚用大石，雙獻功用正宮，西廂記第五本用商調。明人共有九本：嬌紅記次本、魚兒佛用中呂，眼兒媚、桃花人面、花舫緣、春波影用雙調，再生緣、紅蓮債用越調，英雄成敗用黃鍾。清初沒有西廂第五本沒有仙呂宮其餘仍有仙呂只不在第一折而已。

五、用點絳唇的佔絕大多數。用八聲甘州的只有五本：梧桐雨、西廂第二本、金安壽、蕭淑蘭、西遊記第三本。

六、西廂記第五本除外因爲根本沒用仙呂宮。

七、乾隆以後，花部漸興，南北曲面目全非，雜劇更無規律可言。

八、根據現在通行的雜劇總集、別集、單行本來計算：元曲選一百本，元刻古今雜劇十七本，元明雜劇七本，孤本元明雜劇一百三十八本，盛明雜劇初二集十三本，清人雜劇初二集七本，世界文庫二本（以上總集）西廂記五本，西遊記六本，嬌紅記二本，誠齋雜劇三十一本（以上單行本和別集）共三百二十八本。（各書互見部分，都已除去，盛明雜劇三集手邊無原書，未及計入）（後記九）

九、這個數目的來源如下：雜劇三百二十七支（三百二十八本除去西廂第五本）太平樂府、陽春白雪、樂府新聲、詞林摘豔、雍熙樂府、北宮詞紀等總集共五十五支，明人別集共十八支，明清著名傳奇如琵琶記、長生殿等及不守四折規律的北雜劇如雌木蘭、霸亭秋等共十六支。以上共四百一十六支。

十、現存北曲譜有以下四種：太和正音譜（明寧獻王朱權撰，簡稱正音）北詞廣正譜（清李玄玉、鈕少雅等撰，簡稱廣正）九宮大成南北詞宮譜（清周祥鈺等撰，與南譜合編，簡稱大成）南北詞簡譜（近人吳梅撰，與南譜合編，簡稱簡譜）。至於明末的嘯餘曲譜和清朝的欽定曲譜，則完全用襲正音譜。

這些北譜的漏誤，細說起來要占很多篇幅；讀者試加比較，便可看出本文所列各種格式變化十之八九是各譜所沒有的。

十一、此處所謂最初是從元朝說起。金董解元西廂記諸宮調，卽所謂董西廂，有一支「羽調混江龍」是有么篇的，全曲云：「兩情方美・斷腸無奈曉樓鐘◎臨時去幽情脈脈・別恨忽忽◎洛浦人歸天漸曉・楚臺雲斷夢無蹤◎空回首・閑愁與悶・應滿東風◎（么）起來搔首・數竿紅日上簾櫳◎猶疑處實曾相見。是夢裏相逢◎却有印臂的殘紅香馥馥・偎人的粉汗尙融融◎鴛衾底・尙有三點・兩點兒紅◎」此曲始調（卽前疊）、么篇（卽後疊）都和九句四十四字格相同，這纔是眞正最早的混江龍。但只見這一支，入元以後，么篇卽被省去不用，因此我仍以九句四十四字爲最初格式。董西廂此曲屬羽調，這又牽涉到南北曲分合問題，容另文詳述。（後記十）

十二、下面所用符號，是我在拙作北曲新譜裏擬定的，說明於下；其中有幾項符號本文沒有用到。（後記十一）

平　仄　上　去（凡注明上列四聲處必須遵守）　十（平仄通用）　丅（應平可仄）

丄（應仄可平）　丕（應平可上或平上通用）　卡（應上可平）　⺊（應上可去）

厶（應去可上）　◎（協韻之句）　・（協韻與否均可之句）　△（句中暗韻）

∧（暗韻協否均可）　『　』引號中爲增句　米　可增句處

小字是襯字。下面有圓點的是攤破字——北曲句法是可以攤破的。例如五字句可以攤破爲折腰六字句，七字句可以攤破爲兩個五字句等等。因攤破而多出的字，性質介乎正字與襯字之間，向來也算他們作襯字，似欠清楚，但又沒有專名，姑且名之曰攤破字。

十三、三四兩句，明人有作五字的，如徐翽春波影雜劇云：「一生迷錦繡，半世萎花鈿。」蘅蕪室再生緣雜劇云：「漢南齊解辮，百粵會王正。」（元人也有作五字的，但都是上一下四，仍是雙式句法，與上述單式不同。）這裏附帶駁正廣正譜一件錯誤。第七句最初是平平去三字，以後無論怎樣變化，折腰六字句也好，七字一句或兩句也好，其末三字總是平平去。間或有用平平上的，有把這句根本減去的，但從來沒有人改作仄平平或兩字句。廣正譜竟有這樣的謬說：『第七平平仄三字句，又三格「倚雕欄」（關漢卿緋衣夢劇變仄平平），「牛糞」（關漢卿調風月劇變平仄二字），「風流」（石子章「天涯羈旅」套又變平平二字）。』大成譜又因襲了他的錯誤。今按緋衣夢劇混江龍曲云：『玉芙蓉相間◎戰西風疎竹兩三竿◎一年四季每歲循環◎守紫塞征夫嫌夜永・倚亭軒思婦怯衣單◎「消寶串」（偶協）冷沈檀◎珠簾簌玉鈎彎◎紗窻靜綠閨閉◎身獨自倚雕欄◎」看池塘中荷擎減翠・樹稍頭梨葉添顏◎』（末句顏字應作殷）顯然可以看出「倚雕欄」三字是增句末一句，第七句則是脫掉或竟減去。調風月劇元刻古今雜劇本原文是「乾牛糞」，廣正不知根據甚麼本子脫去乾字，只有「天涯羈旅」套，確是兩字。陽春白雪後集二雍熙樂府卷五都是如此。我想這多半是原文脫去一字，即使不然，也不能拿這孤例節外生枝；要知道，四百多支混江龍，沒有一支是這樣作的。

十四、六字句有兩種。其一普通所謂六言，上四下二或上二下四，例如「三十六陂春水。」其二折腰六字句，上三下三，例如「八個字、無虛謬。」折腰六字若作對偶，也可說是兩個三字句，例如「察地理、觀天象」
但在歌唱或吟諷時的口氣，還是當作一句，只在當中微頓而已。
十五、有少數作品連下文爲一句，如上面所舉朱庭玉作。
十六、太和正音譜所載十四個調子是「正宮端正好、貨郎兒、煞尾、仙呂混江龍、後庭花、青哥兒、南呂草池春、
鵪鶉兒、黃鍾尾、中呂道和、雙調新水令、折桂令、梅花酒、尾聲。」北詞廣正譜多出「仙呂六么序、南呂玄鶴鳴、
收尾、雙調攪箏琶」等四調，而將黃鍾尾改入黃鍾宮。端正好入仙呂可以增句，入正宮不可增句，二譜仍
把此調歸入正宮，殊誤。
十七、增三字句也可以說是增折腰六字句，因爲增句必須雙數，每兩三字卽等於一個折腰六字。但自來作
者所增三字句，常是每句獨立自成一意，而且必須用對偶：還是說增三字句較爲適當。
十八、喬吉揚州夢雜劇增有五字句，但只有兩句，把他們分析正襯也可以勉強算作四字句，所以沒有列入。
十九、帶唱見元明雜劇本梧桐雨第三折，沈醉東風、撥不斷、攪箏琶諸曲。
二十、明朝有名北曲作家康海、王九思、張鍊、金鑾、陳鐸、常倫、馮惟敏等都是嘉靖朝人。
廿一、四字增句，和其他四字句一樣，照例可以加三個襯字，變成上三下四的七字句，例如前引梧桐葉劇
「囀曉日鶯聲恰恰」諸句；此處所謂增七字句專指上四下三而言。前者爲雙式後者爲單式，性質不同。
七字增句是從三字增句變來的，正如本格第七句可以由三個字變爲七個字。
廿二、末兩句，大成譜分析正襯作「願吾王萬載落得千秋◎」雖似合於文法，却不合於格律，遂使此曲少了

一句，今爲訂正。落得二字普通均用作襯字，但亦不能一概而論，在此處爲了格律關係，只能作正字看。清初高一葦訂本金印記，以落得兩字爲正字，是對的。

廿三、我計算句數，只算正字，例如「眞乃是鬼董狐落了款，春秋傳，某年某月某日下，崩薨葬卒大注脚。」按文義可分三句，但正字只有「崩薨葬卒大注脚」七字，便算他作一句，以下湯派諸作的句數，都是這樣計算。

廿四、此曲形式特殊，正字太少，前面所說正襯攤破的分別和標示辦法，在這裏已不適用，另訂如下：一，正字下面加黑線。二，其餘那些字都算作襯字，酌量文義口氣的輕重，或用小字，或不加任何標識。下面邯鄲記合仙曲同此。

冰絲館刻本還魂記和鈕少雅的格正還魂記詞調，析定此曲正襯，頗爲精確，可以參看。我在這裏只是要把每句的正字指出來，所以採用簡單方法。

廿五、全劇久佚，殘存仙呂點絳脣一套，見雍熙樂府卷四，原題「亞聖樂道」。其中油葫蘆曲有「人無百歲人，枉作千年調」之語，見於北詞廣正譜油葫蘆調下注文，云是紀氏此劇。

廿六、揚州夢要看元明雜劇本，范張鷄黍要看元刻古今雜劇本，元曲選本是臧懋循改過的，增句有刪節。

民國三十九年，臺灣大學文史哲學報第一期。

仙呂混江龍的本格及其變化後記

此文寫成於民國三十九年；十幾年來陸續發現其中若干缺誤。有些是寫作時的疏忽，有些是因爲當初資料不够，有些則是前後見解的不同。本想徹底改作，但又想保存以前的見解與所用的方法；於是寫成若干條補正，作爲後記。這篇「混江龍」連後記在內，雖費了我許多事，總覺其態度僾，方法笨，支離瑣碎，自己並不滿意。只是爲了「念舊」之情，存之以供學者參考而已。五十六年春記於惜餘室。

（一）此文發表後數年，我看到了三種影印明本鄭德輝倩女離魂雜劇古名家本、古雜劇本、柳枝集本。這三種彼此相同而與通行的元曲選本有許多異點。異點之一即是第一折的混江龍。元曲選本那一支是通行的十句體再加增句，其書常見，不必鈔了。三種明本如下：

斷人腸正是這 暮秋天道・儘 收拾心事上眉梢◎鏡臺兒 何曾覽照・繡針兒 不待拈着◎常恨 夜坐窗前燭影昏。一任 晚妝樓上月兒高◎「這 鴛幃幼女共 蝸舍書生。本是 夫妻義分。却做 兄妹排行。煞 尊堂間阻，俺 情義難絕。他 偷傳錦字我 暗寄香囊。都則是 家前院後。又不隔 地北天南。空誤了 數番密約。虛過了 幾度黃昏。無緣配合有分熬煎。」情默默 難解自無聊◎冷清清 誰問他孤弔◎「病厭厭 羸得傷懷抱◎瘦岩岩 則怕娘知道◎」覷之遠 天寬地窄・染之重 夢斷魂勞◎

此曲仍是十句體而增句比元曲選多，是因爲元曲選有所删節；這一點與本格無關，增句本來是多少不拘。但在第八句下又多出兩句，即「病厭厭、瘦岩岩」兩句，其平仄與第八句一樣，等於是把第八句作了三遍，這却是只此一家獨特的作法，已開後來湯臨川那一派增句用七字的先河，應作爲混江龍之又一體。元人所作混江龍雖多，而不守本格者只此一首；我懷疑這多出來的兩個七字句是明初人加上去的。

（二）明初傳奇拜月亭（又稱幽閨記）第七齣有一支混江龍，暖紅室覆刻明羅懋登本不分正襯，武進陶氏影印明凌延喜刻本所分正襯及句讀如下：

大金主上。怨着 大金主上。惱恨殺聽 讒言佞語。殺害我 忠良。把俺忠孝 軍都殺盡。致俺 一身逃難。離了 家鄉。朝廷 忙傳聖旨。差使命 前往他方。把與福 圖形畫影。將文榜 遍地裏 開張。拿住的 請功受賞。但人家 不許窩藏。却致俺走一步一步回頭望。望着俺爹和娘。走得俺 筋舘力乏。諕得俺 魄散魂揚。

照此去讀，與混江龍本格殊不相合。我認爲「大金主上」句疊用，乃是唱時花腔，與本格無關。「惱恨殺」三字，羅本根本沒有，有之也應作襯字看。「把俺忠孝軍都殺盡」句是「帶白」並非曲文。「忙傳聖旨」至「不許窩藏」都是四字增句。「望着俺爹和娘」句，因娘字押韻之故，乍看好像多此一句，其實也是唱時花腔與本格無關。凌本視同襯字是對的，所以此曲正襯句讀應當改定如下。凌本每句都用「。」號，右面係照鈔；以下重定則用我北曲新譜所用各種符號，說明已見前文附注第十二。

大金主上。怨着大金主上。惱恨殺、聽 讒言佞語 殺害 我忠良◎ 把俺忠孝軍都殺盡。致俺 一身逃難。離了家鄉◎「朝廷 忙傳聖旨。差使命 前往他方◎ 把與福 圖形畫影。將文榜 遍地裏 開張◎ 拿住的 請功受賞。但人家 不

許窩藏◎」却教俺、走一步一步回頭望◎望着俺爹和娘。走得俺筋舒力乏・諕得俺魄散魂揚◎

如此析定，卽與金印記的混江龍一樣，只是較金印記增加了些花腔，並非別體。拜月亭此齣第一支曲是雙調引子金瓏璁，其後爲北仙呂絳都春（卽點絳唇而末句句法小異）混江龍，油葫蘆等，全齣共二十一曲。湯顯祖邯鄲記西諜齣是學拜月此齣，開頭時形式全齣共只四曲金瓏璁、絳都春、混江龍、尾聲。但只金瓏璁絳都春兩曲依照拜月舊格，混江龍則獨出心裁，與拜月及任何格式都相差很遠（見下）尾聲亦與拜月不同，拜月用的是南尾，西諜用的是北尾。　拜月亭此出又有混江龍後一曲，羅淩二本都未分正襯，今試爲分析如下：

望神聖將身隱藏◎興福撮土爲香◎禱告上蒼◎但願得俺興福離了天羅，脫了地網◎

這樣，卽是五個四字增句，但不知道我的分析對不對？淩刻有眉批云「混江龍亦無分先後之法，姑存以俟知者。」

騫按：董西廂有一支混江龍是分前後兩疊的，見前文，但董曲前後一致，拜月此曲則相差太遠，似是只有增句，拜月舊本原多錯亂脫落之處，此曲則文義完全，不似殘缺。別無資料，只好「姑存以俟知者。」

（三）臧懋循改本還魂記混江龍曲在第十三折，其文如下，臧改未分正襯，今仍之，句讀亦用普通標點符號。下文西諜混江龍臧改本同此。

這筆、架在落伽山外，肉蓮華高聳案前排。捧的是、功曹令史，識字當該。筆管兒、是手想骨、脚想骨、竹筒般剉的圓滴溜；筆毫啊、是牛頭鬚、夜叉髮、鐵絲兒揉定赤支毸。「喜時節、奈河橋題筆兒耍去，悶時節、鬼門關投筆歸來。」俺也曾、考神祇，朔望旦，名題天榜；俺也曾、攝星辰，井鬼宿，文會書齋。便八寶臺高捧手，讓大菩薩獨登坐位，怎三尺土低氣分、和小鬼卒對立基階。但站脚、一管筆、一本簿，塵泥軒冕；要潤筆、十錠金、十貫鈔，紙陌錢財。待點上格子眼串出四萬八千三界有漏名烏星砲粲早按下筆尖頭揷入一百四十二重無間獄鐵樹花開臉妻搜風鬌颯颯眉剔竪比電目崖崖少不得中書鬼考錄事神差」比着陽世那金州判銀府判銅司判鐵院判白虎臨官惡森森一樣價號令似雷轟實則俺陰府裏注濕生卵化生准胎生照卵生青蠅報赦另巍巍十分的功德如天大威凛凛人間掌命雄糾糾世上消災。

臧氏批注云「此曲在北調原無定句然太長則厭人故爲删其繁冗者」騫按「無定句」謂增句無一定句數，非謂本格無定臧改甚合格律但有斲小巨木削圓方竹之感。

（四）七字句在元人作品中並非增句基本形式此處係指湯作而言。

（五）還魂記這一支混江龍開闔鋪敍全是賦筆一排一排的對偶句很像唐律賦及宋四六但只能當文章讀，不能當曲子唱。鈕少雅格正還魂記詞調評此曲云「……今本曲太繁殊爲失體……今欲以他調幾種作帶過因其句法未必一一皆協故仍從原本錄此但若此長篇不惟歌者疲倦恐聞者亦未免厭憎也」單就歌唱而論，鈕氏所說乃是確評後來各種傳唱曲譜將這支曲大加删削才能製譜歌唱。鈕氏格正還魂記及其他各種刻本所分此曲正襯都不一致本無標準當然無法求其一致今一概從略不錄。

（六）臧懋循改本邯鄲記混江龍曲在第十四折其文云：

打番兒漢俺是那打番兒漢，論根生土長本南番也沒有的名籍貫也不支半口糧單每日價打盤旋不離河隴地長則是順風兒出沒在閼摩山。「小番兒身材輕巧小番兒嘴舌闌珽。小番兒也曾到羊同党項小番兒也曾到那黑海白蘭。小番兒也會一留咖喇的講他鐵里小番兒也會剔溜禿律的打着山丹。止不過夜行晝伏，怕甚的水宿風餐。你教俺穿營入寨，直走上劍樹刀山。將何動憚，着甚通關。天那怎教俺兩片皮、把架瀚海的金梁、實丕丕放倒，三寸舌、把鎮胡天的玉柱，赤力力推翻。」也不用爭馳白馬鐵關西，則消俺親題紅葉寒江畔。好和歹、要啜賺他沒套數的番王着眼，遲共疾、先央及煞有商量的流水也那潺顏。

此改本原想略去，但既作後記，索興把他與還魂記那一支的改本一併鈔錄，以供參考。臧氏有批注，已見前文。我從前藏有馮夢龍墨憨齋改本邯鄲記，在通行墨憨齋十種曲之外，是很少見的本子。此書早已出手，當初沒注意到「混江龍」問題，現在已不記得馮氏對於這一支曲是怎樣處理。士禮之刋未成，而篋中已無一宋，思之憮然。

（七）納書楹譜及集成曲譜第四段結尾處也是較湯氏原作有所增改，但與醉怡情又不一樣。原作最後兩句多少還有點像混江龍，經醉怡情、納書楹增改之後更不像了。（集成譜本於納書楹）　九宮大成南北詞宮譜卷二十八把這一支混江龍分為六曲，都是越調。自首至「數口糧單」為綿搭絮，自「小番兒身材輕巧」至「打的山丹」為綿搭絮又一體，自「穿營入寨」至「着甚麼通關」為青山口，自「兩片皮」至「有口難安」為聖藥王，自「則將這紙條兒」至「山外山」為慶元貞，自「懷揣着片」至末為古竹馬。最後一段即古竹馬，增改文字與納書楹相同，並注明係將原曲改作。納書楹時代略晚於九宮大成，九宮大成又晚於醉怡情；可知增改此曲始於清初，至乾隆時又改一次。九宮大成分為六曲以後，其句讀正襯念起來非常牽強，只顧湊合樂律，完全不管文理，而且與改題的諸調還是合不到一起。醉怡情、納書楹、九宮大成三種改題，以九宮大成最為拙劣。若使湯臨川見之，一定又要說「彼惡知曲意哉。」

（八）合仙混江龍固未見有人仿作，臧改本乾脆把此曲删去。西諜混江龍則有洪昇長生殿第十七齣合圍「紫韁輕挽」曲爲其嗣響，後來乾隆時張堅撰玉燕堂四種曲中的夢中緣第四十三齣牝綱，梅花簪第三十七齣進寶，懷沙記末齣昇天，又都是仿長生殿。我以前說沒有人學西諜混江龍，此語不確。不過合圍此曲最後一段乃是模倣前述的醉怡情改本而非全仿臨川。調名則長生殿原本從醉怡情題爲越調胡撥四犯，後來傳唱曲譜從九宮大成分題越調綿搭絮等六曲。

（九）盛明雜劇三集又名雜劇新編，我本有董氏誦芬室覆刻此書全部及順治原刻零種，未帶來臺灣。此文發表後約十年，我買到影印本，全書共收明末清初雜劇三十四本，其中四本與清人雜劇初集重複，實得三十。所以前文「共三百二十八本」應改爲「共三百五十八本」。

（十）羽調屬南曲，北曲無此宮調，蓋與仙呂合併，所以北曲混江龍屬仙呂宮。董西廂號稱北曲之祖，其實是南北曲初分而未全分時的作品，故其中曲調兼包南北，詳見我所撰「董西廂與詞及南北曲的關係」一文。董西廂此曲中的「臨時去」「猶疑慮」六個字我以前定爲襯字，後來覺得可能是正字。如果眞是這樣，則最早的混江龍較九句四十四字體多三個字而成爲十句四十七字，前後兩疊一樣。

（十一）附注十二所列各種符號，係北曲新譜初編所用者，後來改稿，稍有變動。此文及「董西廂與詞及南北曲的關係」，均仍其舊，用資比較。

董西廂與詞及南北曲的關係

董西廂是個簡稱，這部書的正名應當叫作西廂記諸宮調，但是這個簡稱流傳已久，爲一般人之所熟稔，所以我採用他。這是一部碩果僅存，完整無缺的諸宮調，其文學價値之高，以及在近古文學史上地位之重要，早有定論，不必再說。現在只討論這部書的體裁問題；體裁既明，就更可以證明他的價値和地位。這是一部從詞到曲蛻變時期的作品，也是南北曲將分未分時的作品。往上說與詞有關，往下說不只爲北曲之祖，（註一）與南曲也有極密切的關係。然而董西廂與南曲的關係却一直被忽略了。明淸舊說也好，近人論著也好，都沒有提到這一點。不是含胡其辭，就是認爲他是純粹北曲。於是董西廂在詞曲之間承先啓後，綜括南北的地位，大爲削弱，大爲縮小。另一方面，董西廂與詞及北曲的關係到底如何，雖曾有些人提到，也都是語焉不詳。這是近古文學史上一件重要事情，當然不能任其含胡錯誤下去。要想說明這些關係，主要論據自然在體裁上邊，所謂體裁，包括宮調、曲調、尾聲、（註二）套式四項。本文主旨，卽在用排比歸納的方法，從這幾項上找出董西廂與詞及南北曲的關係。既以排比歸納的結果爲根據，自然要有些個統計目錄之類；若是放在相關的本文裏邊，容易弄得支離夾雜，所以我把他們都附錄在後邊。本文只作概括敍述。本文的基礎，我所用的功夫，本文與舊說的異同，全在這些附錄。雖然枯燥煩瑣，但若沒有他們，本文便成了無徵不信的空話。其中有一部分以前有人作過，（註三）都不精確，我是全部重作的，前人漏誤之處，都已補正。有些統計好像與本文無關，却與進一步研究董西廂有關，也就順便作出，附在一起。

一　董西廂與詞的關係

（附論與唐宋其他歌曲的關係）

董西廂是一部諸宮調，這種說唱並用的文體，起於北宋熙寧元祐之間，至元末而漸衰，（註四）其流行時期，也就是詞的全盛時期二者時代相同，諸宮調供歌唱的部分又與詞性質相同，他們之間當然會有關係。董西廂共用曲調一百二十九章，（註五）（詳見附錄一）其中有三十八章是詞調，（詳目見附錄二）合全數百分之三十。這個比例數已顯示了董西廂與詞的關係有兩件事更足以顯示其關係之密切。（一）董西廂採用詞調都保留原來形式，兩疊還是兩疊，絕無例外。南北曲則不然，他們也都採用了若干詞調，但大部分只用前疊，兩疊全用的極少。（二）董西廂裏的詞調大部分是獨用的。所謂獨用，卽是一章自成段落，沒有尾聲，也不與他曲聯爲一套。這樣就保持了詞的本質；因爲詞調本來都是獨用，只有曲才有聯套，這是詞曲主要區別之一，若夫宋代的大曲、傳踏，雖有聯套的形式，却與詞不是一件東西。再進一步說，董西廂裏詞調以外的曲調也都是兩疊或者三疊、四疊，只有十五章單用一疊，不過全部曲調十分之一強。（詳目見附錄七）南北曲則單用一疊的調子居大多數。這件事實證明董西廂是詞曲蛻變時的作品，在大段體裁上已經是曲非詞，其中每個單位的大部分却還保持着詞的形式。

至於唐宋其他歌曲，如唐曲、宋大曲，（註六）唱賺、鼓子詞，董西廂與他們也都有相當關係。唐曲、宋大曲，大多數名存實亡，董西廂與他們的關係只是有些曲調名目相同而已，（見附錄二）實際是否相同，其形式演變的情形如何，都已無從說起關於賺詞則尙有話可說第一，賺詞是成套的有引子，有尾聲，董西廂裏的長套其組織與之相同。第二「賺」這個調子爲賺詞的中堅，董西廂屢曾採用。（註七）第三，現存賺詞兩套（註八）的尾聲，其格式與董西廂所用尾聲基本格式相同。（見附錄四）綜觀三事，可知二者之間頗相關聯。鼓子詞則與諸宮調爲同類型的東西，都是用敍述體，說唱相間，都是承襲變文而來。所不同者，鼓子詞只有一調反覆使用（如趙令畤的商調蝶戀花）諸宮調則使用若干不同的宮調，不同的曲調，組成長篇，其繁簡鉅細，自不可同日而語。

二　董西廂與南曲的關係

先從宮調上說。董西廂用宮調十五種，（詳見附錄一）其中有羽調。羽調爲無射羽的俗名，（註九）南曲有此宮調，照例可與仙呂合用，（其實也可以與黃鍾合用）北曲則無此宮調。宮調固然可以假定在北曲裏原來也是有的，而後來與仙呂合併了；在董西廂裏惟一屬於羽調的曲子混江龍，後來收入北仙呂而不入南曲，似更足以證實此說。但是關於兩調合併的痕跡，除此以外一點也找不到；假定畢竟只是假定，羽調之北無南有則是事實具在。還有道宮，這是南北都有的。但北曲無論小令散套雜劇都沒有用道宮的，所以中原音韻、太和正音譜都不收道宮。直到清初李玄玉諸人作北詞廣正譜，才行收入，但舉例仍不出董西廂，換言之，卽是董西廂之後北曲作品沒有用道宮的。南曲道宮則尙有若干後人所作之曲，卽沈自晉南詞新譜及鈕少雅九宮正始所引諸例。以上事實，證明董西廂中的道宮，沿用於南而不用於北。

再從曲調上說。董西廂所用曲調一百二十九，其中有五十四章後來南北曲全都不用，不必管他；下餘七十五章，用於南曲者二十五，用於北曲者三十五，南北合用者十五。（詳附錄三）從這些數字上，顯然可以看出董西廂在曲調方面與南曲及北曲的關係相差不遠。至於這些曲調在董西廂時代，與歸入南曲或北曲之後，唱法上有無異同？則舊聲已亡，無從解答。照道理來講，自然沒有一成不變之樂。南曲襲用了一些董西廂的曲調，却不一定要襲用他們的唱法，正如崑山腔起來之後，北曲唱法卽不與嘉靖以前相同。但這只是想像而已。周祥鈺等撰九宮大成南北詞宮譜把董曲全部都製成有乙凡的北工尺譜，好像這些曲子全都是地道北曲，則全屬杜撰。如果大成譜是明中葉以前之作，我們對這些工尺譜還有考慮承認之餘地；但大成譜編纂之時去古已遠，其本身又是一部「模胡夾雜，貽誤後學」（註一〇）的東西，實在令人不能置信。一定是編者惑於舊說，先有了董西廂純爲北曲的成見，於是就都給打上了北工尺。這決不是舊譜。全部大成譜製譜所依據的都是崑腔盛行以後的腔調，至於絃索調的董西廂應當如何唱法，明中葉卽已失傳，大成譜的編者上那裏去發掘這一套古董？

第三，從尾聲格式上說。董西廂所用尾聲共有九種格式。其中第一式之乙卽是南曲不絕令煞；（註一一）第一式之庚卽是南曲喜無窮煞；（註一二）第二式之甲是南曲三句兒煞，不過平仄稍異。（以上俱詳附錄四）南曲這三種尾聲，不但與董西廂所用格式相同，所隸屬的宮調也相同，足見是一直沿用下來的。而且，董曲尾聲九式，除去第八第九兩式之外，其餘七式都是從宋金兩代通行的七言三句格而來，小有變化，大致不差。南曲尾聲格式雖多，也不出七言三句的範圍。北曲尾聲則不然，其基本格式雖也是七言三句，而變化之繁，增句之多，却非南曲與董西廂所及。所以說董西廂與南曲的尾聲，都是直承宋金兩代通行格式，北曲尾聲則有他自己的發展。

最後，從套式組織上說。董西廂全部是用隻曲、短套、長套三者組成，（三者區別詳附錄五）這些形式隨宜地聯綴使用。

南戲傳奇很普遍的襲用這種組織法；北曲則不然。北雜劇全部沒有隻曲，也沒有一曲一尾的短套（這在董西廂裏是最常用的）只是每本四折，每折要包含三曲（註一三）以上組成的長套，其組織遠不如董西廂之活潑變化。隻曲長短套並用，本是寫作戲曲的正當辦法，南戲很自然的沿用了，北劇則弄得那麼死板，放着方便法門不用，却找來一面枷把自己套上。

綜上所述，董西廂與南曲的關係已可明瞭。但他與北曲的關係要更大一點，所以自來被誤認爲純粹北曲。下邊一節就要談到董西廂與北曲的關係，說明他何以稱爲北曲之祖。

三　董西廂與北曲的關係

第一，宮調方面。董西廂所用十五宮調之中有般涉調，合隻曲、長套、短套併計，共用了十四次。這個宮調南北都有。但在南曲裏有等於無，簡直沒有人用。讀者試閱南詞新譜卷十及九宮正始第十册所載般涉部分，就可看出這個宮調零落不能成軍的樣子。北曲則不然。北散曲初期，也就是元代前期，般涉調使用頗廣，朝野新聲太平樂府卷九整卷都是般涉套，其中包括許多名作。到了元代後期，特別在雜劇，般涉夷爲正宮及中呂的附庸，但屬於他的曲調如哨遍、耍孩兒，不舊很普遍的在正宮套中呂套裏使用，仍像在南曲裏，連附庸的地位都沒有。般涉調在劉知遠傳及董西廂裏，使用既多，又有獨用的尾聲（附錄四）可知他在金朝是個流行的宮調，而繼承使用這一宮調的則是北曲而非南曲。此外還有小石調，在南曲裏也極少用，但在北曲也是如此；這是個不拘南北同樣冷僻的宮調，不足以爲董西廂與南北曲關係如何的例證。

第二，曲調方面。前邊已經說過，董西廂所用曲調一百二十九章，中有三十五章後來用於北曲，數目較用於南曲的爲多。但我們要注意的還不在數量之多少而在創調。這三十五章裏有十九章（正宮脫布衫、道宮大聖樂、南呂三煞、黃鍾柳葉兒、賽兒令、四門子、黃鶯兒、雙調文如錦、攪琶琶、慶宣和、商調玉抱肚、定風波、越調鬪鵪鶉、青山口、雪裏梅、般涉急曲子、中呂喬捉蛇、仙呂賞花時、羽調混江龍）從來不見經傳，（註一四）不只唐宋詞曲裏沒有，與董西廂同爲諸宮調而時代較早的劉知遠傳裏也沒有。這些極可能是董解元的創製，他們在北曲裏普遍使用，而且所屬宮調大部相同。用於南曲的二十五章則大半與詞或賺詞相同，可能是董氏創製的不過五分之一。

第三，尾聲格式方面。北曲黃鍾尾聲即是董西廂尾聲第二式之甲（黃鍾格），大石隨煞即是第二式之乙（大石格），仙呂隨煞、雙調本調煞均是第二式之丙（仙呂格）。（附錄四）不僅格式同，所屬宮調亦同（仙呂雙調本可通借）。於此可知董曲北曲一脈相承。董尾第五式是般涉專用的；北曲則太平樂府卷九所收般涉調二十四套均用此尾，而正宮、南呂、中呂、越調也都可以通用此式。又可見其規律之一致，及董尾在北曲中沿用之廣泛。董尾第八九兩式則開北尾增句之先河。（附錄四）

第四，套式組織方面。一曲一尾的套式在董西廂裏使用的次數極多，占全部套數的三分之二強，（附錄五）劉知遠傳使用此式尤爲普遍，可知這是諸宮調所用的主要套式。這種套式在北散曲的初期用得相當多，例如：太平樂府卷六馬致遠等賞花時六套，卷七貫雲石好觀音一套，卷九朱庭玉哨遍四套，陽春白雪後集二楊果等賞花時六套，後集三呂侍中六么令一套，（註一五）都是這種套式。賞花時套尤可注意。這個調子董西廂以前從沒見過，在董西廂裏却是用得比任何調子都多，（凡十二次見附錄一）而且每支都很精彩；郎使不是董解元個人創製，也是他那個時期流行的新調。上述那些短套也以用賞花時的爲最多，這可以證明其間的直接關係。南曲無論在那一時期，無論散曲傳奇用這種一曲一尾套式的非常之少，依照南曲慣例，只用一個曲調或兩個曲調，都不必用尾聲，（註一六）偶有一曲一尾的都是例外之作。這個慣例與董西廂恰好相反。

第五，音樂用韻及方言俗語。董西廂諸曲怎樣唱法，久已失傳，但其爲絃索調，或云搊彈調，則自明以來無異說。北曲沒有被崑山腔淹沒以前，所用樂器以琵琶三絃爲主；今日流行北方的大鼓書，實爲北曲遺音，也用三絃伴奏。所以在唱腔及伴奏樂器上，董西廂與北曲是相同的。至於董書與北曲用韻相關之點，則爲四聲通押。宋詞無四聲通押之例，南曲偶爾有之，屬極少數；董曲則與北曲一樣，四聲通押極爲普遍。試以開卷第一套引辭爲例：這一套所用韻字爲「化、暇、甲、洽、幄、價、咱、涯、花、罷、家、剗、下、他、捺、馬、雅、花、話」，共十九字，四聲全有，要用北音去讀才能協韻，完全是北曲的辨法。方言俗語，則如「腌、撑、掇、肩、打、脊、鶻、鴒、淥、老、放、二、四、沒、掂、三、兀、底、般、顯、不、刺、的」之類，董西廂中所在多有；這些都是北地通行用語，後來北曲常用，極少見於南曲。以上三項雖然簡單，却爲董西廂與北曲關係最爲密切之處。

宮調、曲調、尾格、套式之被沿用，曲調之創製，尾聲增句的先導，音樂、用韻、及方言俗語的相同：這一切構成了董西廂與北曲的密切關係。所以自元以來，卽說董西廂是北曲之祖，甚至忽略了他與南曲的關係。但我們不要忘記董西廂之前還有部劉知遠傳。本文所述董西廂與詞及南北曲異同之點，在劉知遠傳裏都能找到。如說董西廂是北曲之祖，劉知遠傳該是遠祖，但元明人都不曾提到過他。我疑心這部書從元以來就沒人見過；同時也是因爲董西廂的浩瀚精麗，把其餘作品給壓得黯然無光；於是董解元就獨占了創始北曲之名。其實那一種文體會是一個人創始的呢？

綜合以上各節，證明董西廂是一部從詞到曲蛻變時期的作品，也是南北曲將分未分時的作品。上接唐宋詞，下開元明曲，承先啓後，綜括南北，爲詞曲史上一大樞紐。他的曲體，非南非北，亦南亦北；所以上文說到他與南曲或北曲的關係，都是反正兩面的。不過他與北曲的關係尤爲深切；因爲諸宮調創始於山西人，流行於河南山東，(註四) 董解元又是北方人，這些都與北曲有地域上的直接關係；而董西廂的寫作，正好在胡樂流傳已久，北曲漸興的金朝中葉。

附錄一　董書所用宮調曲調總目

說明：（一）原書若干曲調，有時加纏令二字，或僅加一纏字，如點絳唇、點絳唇纏令、點絳唇纏之類。這是同一個調子。纏令二字是用以指出全套的套式及唱法的，與本曲格式無關；纏則是纏令的簡稱。(註一七) 又有加斷送二字的，加賺字的，如梁州令斷送、安公子賺，也是指示唱法的，與調的格式無關。(註一八) 以前統計董曲者如淩廷堪燕樂考原、馮沅君天寶遺事輯本題記，都把這些算作另一調；九宮大成北詞宮譜也犯這個錯誤。凡加纏令等字樣的，都與本調分爲兩體。本總目於調名加纏令或斷送等字樣的，均行刪去。（二）調名後的阿拉伯碼子爲此調在董西廂中使用次數，後仿此。（三）注文簡單的附注調名之後，否則另注於全文之後。注中淩爲淩廷堪，馮爲馮沅君，靑木爲日人靑木正兒，後仿此。（四）附注中簡單注語與論文不同，爲求方便有時用文言。（五）全部附錄中各項，乍看似嫌煩瑣，但細思之後，即能從其中想出若干結論。本文限於篇幅及時間，於此各項尚未能充分利用也。

一、正宮，曲九章：虞美人（滿失收）　應天長4（與南呂不同故兩收之）　萬金臺　文序子3　甘草子6　脫布衫4　梁州3（亦名梁州令）　梁州三臺2（註一九）　賺

二、道宮，曲五章：解紅　凭欄人　賺　美中美　大聖樂

三、南呂宮，曲六章：瑤臺月2　一枝花2　應天長（與正宮不同）　傀儡兒　轉青山　三煞（註二〇）

四、黃鍾宮，曲十四章：侍香金童2　柳葉兒3　快活年（註二一）　出隊子6　雙聲疊韻4　黃鶯兒3　降黃龍衮2　刮地風3　整金冠令　賽兒令2　神仗兒2　四門子2　閒花啄木兒（註二二）　整乾坤

五、大石調，曲九章：伊州滾4（亦名伊州令詳附錄二）　驀山溪3　吳音子4　梅梢月　玉翼蟬8　紅羅襖3　還京樂2　洞仙歌3　感皇恩

六、雙調，曲九章：文如錦5　豆葉黃2　攪箏琶2　慶宣和2　惜奴嬌2　月上海棠　御街行4　芰荷香2

七、小石調，曲一章：花心動

倬倬戚

八、商調，曲兩章：玉抱肚2　定風波2

九、越調，曲十二章：上平西4（亦作上西平）　鬪鵪鶉5　青山口4　雪裏梅5（即雪裏梅花，亦作雪兒梅；馮誤分爲三調。）　廳前柳　蠻牌兒　山麻稭　水龍吟　看花回2　揭缽子　疊字玉臺（疑當作疊字三臺）　渤海令

一〇、般涉調曲十一章：唷遍4　要孩兒　太平賺　柘枝令3　牆頭花5　夜遊宮2　急曲子4　沁園春2　長壽仙滾2　麻婆子3　蘇幕遮

一一、中呂調曲十六章（中有三章借自其他宮調，未計入數內。）　香風合2（註二三）　牆頭花（借般涉）　碧牡丹7　鶻打兔4　牧羊關3（借高平）　喬捉蛇　木魚兒　石榴花　棹孤舟　雙聲疊韻2（借黃鍾）　迎仙客　滿庭霜（即滿庭芳）　粉蝶兒　古輪臺4　踏莎行　千秋節　安公子　賺　渠神令

一二、高平調曲五章：木蘭花5（註二四）　于飛樂2　糖多令　牧羊關　青玉案

一三、仙呂調曲二十八章（中有一章，借自其他宮調，未計入數內。）　醉落魄4　整金冠（借黃鍾）　風吹荷葉6　賞花時11（卷一「西洛張生」曲，原題賞花花。係整花冠之誤。）　點絳唇6　醉奚婆4　惜黃花2　戀香衾5　整花冠2（其一即「西洛張生」曲，原誤題賞花時。）　繡帶兒5　剔銀燈2　咍咍令3（省作合合令，誤作哈哈令，前人皆誤為兩調或三調。）　一斛叉　滿江紅3　樂神令2　醍醐香山會　勝葫蘆2　六么實催　六么遍　瑞蓮兒3　河傳　喬合笙　臨江仙　朝天急　六么令　相思會　喜新春　香山會　天下樂

一四、黃鍾調曲一章：（中有三章與黃鍾宮合用，未計入數內。）　侍香金童2　四門子　柳葉兒（以上三章與黃鍾宮合用）　喜遷鶯（註二五）

一五、羽調曲一章：混江龍

以上共計十五宮調，一百二十九曲調。

附錄二　曲調來源

一、出於唐曲者二十章（參閱本文第一節第二段及註六）：

虞美人　吳吟子（董曲作吳音子）　紅羅襖　還京樂　洞仙歌　感皇恩　定風波　牆頭花　麻婆子　蘇幕遮

木蘭花　臨江仙　天下樂　涼州（宋以後作梁州。董曲有梁州令、梁州三台。）　伊州（董曲有伊州滾）　柘枝（董曲有柘枝引）　迎仙客　安公子

綠腰（一作錄要一作六么。董曲有六么遍、六么令、六么實催。）

（以上十九章並見唐崔令欽敎坊記；綠腰以下六章爲大曲。）

文序子（註二六）

二、出於宋大曲者六章（參閱本文第一節第二段及註六。與唐大曲互見者是否完全相同，則唐宋大曲俱亡，無從比較。）：

梁州　伊州　綠腰（以上三章互見唐大曲）

大聖樂　長壽仙（董曲有長壽仙滾）

降黃龍（見張炎詞源。董曲有降黃龍滾。）

（以上五章見宋史卷一四二樂志十七，俱敎坊大曲。）

三、出於詞調者三十八章（與唐曲互見者是否完全相同，無從比較。）：

虞美人　伊州滾（即伊州令，萬樹詞律誤作伊川令。）　洞仙歌　感皇恩（小異）　木蘭花（小異）　蘇幕遮　安公子　六么令

臨江仙　天下樂

（以上十章互見唐曲）

一枝花　侍香金童　驀山溪　惜奴嬌　月上海棠　御街行　茭荷香　花心動　上西平（一作上平西，即金人捧露盤。）

廳前柳　水龍吟　哨遍（小異）　沁園春　夜遊宮　碧牡丹　滿庭霜（即滿庭芳）　粉蝶兒　踏莎行　千秋節（即千秋歲，後半小異。）　于飛樂　糖多令　青玉案　醉落魄　戀香衾　點絳唇　剔銀燈　惜黃花　喜遷鶯

四、出於賺詞者兩章（參閱本文第一節第二段及註七）：

賺　鶻打兎（註二七）

以上共六十六章中有互見者十三章；梁州包括梁州令、梁州三臺兩章，六么包括六么遍、六么令、六么實催三章，賺包括正宮賺、道宮賺、太平賺、中呂賺四章。故應減十三加六，實得五十九章。

五、來源不詳者七十章，細目從略。惟其中有與詞調名同實異者十章，錄出如下：

應天長（正宮南呂均收之，格式不同，作兩調論。）　甘草子　解紅　黃鶯兒　玉抱肚　看花廻　滿江紅　河傳　繡帶兒

又有梁州令、三臺（即梁州三台）、大聖樂、還京樂、紅羅襖、定風波六章，亦均與詞調名同實異，已入唐曲項下。

附錄三　曲調去路

說明：（一）各調歸入南曲或北曲後，所屬宮調如有改變，都分別註出，不註的即是沒有改變。（二）凡與詞調相同的，都併在一起冠於各類之首；與詞名同實異的則列在其他諸曲調一起，註明與詞不同。（三）南曲與北曲常有名同實異的調子，如一枝花、點絳唇，南北都有而格式不同，本統計各歸其類，並註明與南不同或與北不同。以前作此工作的人都沒有注意到這一點，是他們統計不精確的最大原因。（四）詞與曲、南與北、或同或異，應當舉例說明，但那樣一作篇幅太長了；我打算另作一篇董曲訂律，把董書諸曲逐一

歸納出一個格式來，再與詞及南北曲比較其異同。本篇中姑且從略。

一、用於南曲者二十五章：

正宮虞美人（南呂宮引子）　南呂宮一枝花（引子。與北不同。）　大石調驀山溪（慢詞。註二八。）　雙調惜奴嬌（引子）　小石調花心動（雙調引子；九宮正始云亦可借入小石調。）　般涉調沁園春（中呂調慢詞）　中呂調安公子（正宮調慢詞。註二九。）　滿庭霜（即滿庭芳。中呂宮引子。與北不同。）　粉蝶兒（中呂宮引子。與北不同。）　踏莎行（南詞新譜不收；九宮正始收入不知宮調引子。）　仙呂調點絳唇（黃鍾宮引子。與北不同。）　臨江仙（南呂宮引子）　黃鍾調喜遷鶯（正宮引子。與南小異。與北不同。）（以上十三章皆與詞調相同）

正宮賺（見註七）　黃鍾宮雙聲疊韻（黃鍾宮過曲。小異。）　間花啄木兒第一（南詞新譜不收；即九宮正始所收黃鍾宮啄木兒第二格。惟董書尚有第一至第八曲，大同小異；俟考。）

般涉調太平賺（見註七）　中呂調牧羊關（南呂調近詞。即牧陽關。與北不同。）　賺（見註七）　古輪臺（中呂宮過曲）　仙呂調河傳（慢詞。與詞不同。）

滿江紅（正宮過曲。南詞新譜作滿江紅急。與詞及南呂引子皆不同。）　黃鍾宮快活年（黃鍾調慢詞。與北不同）　大石調伊州滾（近詞。與詞伊州令同。與北小石伊州遍不同。）　紅羅襖（近詞。與詞不同。）（以上三章，俱見南曲十三調音節譜，有目無詞。新譜及正始，或存其目而註一缺字，或並其目亦不收。是否與董曲相同，無從考訂。姑附於此）（註三〇）

二、用於北曲者三十五章：

黃鍾宮侍香金童（與南不同）　雙調月上海棠（與南不同）　高平調木蘭花（與南南呂調不同）　仙呂調六么令（與南不同。董曲仙呂調之曲北曲皆入仙呂宮。）（以上四章皆與詞調相同）

正宮甘草子(與詞不同)　脫布衫　道宮解紅(與詞及南道宮調解紅序俱不同)　賺　(註七)　大聖樂(與詞及南南呂宮不同)　南呂宮瑤臺月(入般涉調與南異)。三煞(入般涉調)　黃鍾宮柳葉兒(與南不知宮調不同)　黃鶯兒(與詞及南商調俱不同)　降黃龍衮(與南降黃龍不同)　賽兒令　四門子(小異)　雙調文如錦　攪箏琶　慶宣和　商調玉抱肚(與詞及南仙呂入雙調俱不同)　定風波(與北小異。與詞不同。)　越調鬪鵪鶉　青山口　雪裏梅　看花廻(與詞不同)　般涉墻頭花　急曲子　中呂調喬捉蛇(入中呂宮)　仙呂調賞花時

六么遍　羽調混江龍(北無羽調，此章入仙呂宮。)　道宮凭欄人(南中呂調)　大石調還京樂(與詞不同)　感皇恩(南入大石調；北入南呂宮。與詞小異。)

般涉調耍孩兒

(以上四章；俱見南曲十三調普節譜，有目無詞；北曲則有目有詞；故入北曲而不入南北合用。耍孩兒南中呂亦有之，但與董曲格式不同。)

三、南北合用者十五章：

般涉調哨遍(與北般涉同；與詞及南般涉慢詞小異。)　高平調于飛樂(北高平；南南呂宮引子。)　糖多令(北高平與詞小異，亦入越調與詞同；南仙呂宮引子。)　青玉案(北高平與詞同；南中呂宮引子。亦入雙調)　仙呂調剔銀燈(北中呂宮與董同；南中呂宮過曲與董小異。)

(以上五章皆與詞調相同)

正宮梁州令(卽北正宮小梁州；南正宮引子。與詞不同。)　道宮美中美(與北同；與南仙呂過曲小異。)　黃鍾宮出隊子(南過曲。南與北小異。)　神仗兒(南過曲。南與北小異。)　刮地風(南過曲)　雙調豆葉黃(南雙調引子，仙呂入雙調過曲。)　(註三一)　般涉調麻婆子(北般涉；南中呂宮過曲)　中呂調鶻打兎(北中呂宮：南中呂宮過曲。)　迎仙客(北中呂宮；南中呂調近詞。)　仙呂調勝葫蘆(北仙呂宮；南仙呂宮過曲。與南北俱小異。)

四、去路不詳卽南北曲俱不用者五十四章，細目從略，惟其中有與南曲或北曲名同實異者八章，錄出如下：

正宮應天長(與北商角不同)　南呂宮應天長(與北商角不同)　大石調玉翼蟬(與北大石及南黃鍾調近詞俱不同)　越調山麻稭(與南越調過曲不同)　渤

海令（與北中呂宮播海令不同）　般涉調長壽仙滾（與南大石過曲長壽仙不同）　中呂調石榴花（與北中呂宮及南中呂宮過曲俱不同）　仙呂調喬合笙（與南中呂宮過曲合笙不同）

附錄四　尾聲格式

近時學者多以爲董曲尾聲格式簡單，不出七言三句，以前學者均如此說。實則格式甚多，各宮分用，格律頗嚴，並非如一般人所說之簡單；不過大致以七言三句爲基礎耳。今遍觀諸尾，歸納爲九式如下。

第一式　七言三句。　此爲各宮調通用格式，但仙呂及般涉用者較少。各句平仄視宮調而異，分列於下。（各種符號說明見附註三四）

甲　正宮用：

十丅丄仄平平仄◎丄仄平平仄仄丅◎十仄丅平仄丄仄◎

乙　南呂及道宮用：（卽南南呂宮不絕令煞）

仄仄平平仄平平平平仄仄平平仄◎平平仄仄平仄平仄仄平平仄平仄◎十仄丅平十仄平去◎

丙　黃鍾用：

十仄平平仄十仄◎十平仄平十仄仄◎十仄仄平平仄丅◎

丁　大石用：

仄仄丅仄平平去◎仄平十仄丅仄丄◎平仄十平仄丅去◎

戊　雙調用：

十平丄仄平平仄◎丅丄仄仄平平仄◎仄仄平平十平仄◎

己　商調用：

十平仄丅仄平仄◎仄十平十平仄仄◎十平仄平十仄上◎

庚　中呂用：（卽南中呂宮喜無窮煞。宋賺詞兩套所用尾聲與此大致相同）。

平平仄丄十仄丕◎十仄丅平十仄丅◎十仄平平丄仄丕◎

辛　仙呂及般涉用：（甚少見）

十平丄仄仄平平◎十仄丅平仄平卆◎十平平仄仄平平◎

七言三句爲曲中一切尾聲之基本形式，應用旣廣，平仄之變異遂多；其最重要之區別在末句末三字，因其與各宮調之殺聲有關也。

第二式　七言三句，惟第二句爲上三下四。　此爲黃鍾高平大石仙呂所用格式；平仄視宮調而異，分列於下。

甲　黃鍾高平用：（卽南曲黃鍾宮三句兒煞而平仄小異；亦卽北曲黃鍾宮尾聲）。（高平僅一見，卽卷一「倘或明日」一曲，原題中呂尾，今從廣正譜說）。

仄仄平平仄丅仄◎十丅仄，（仄平平仄/仄仄平平）◎仄十仄平平去卆◎

乙　大石用：（卽北大石隨煞）

仄仄平平平平仄◎仄十仄，（仄平平仄/仄上平平）◎丄仄平平仄平仄◎

丙　仙呂用：（卽北仙呂隨煞，雙調本調煞）

十丅十丄平平仄◎仄十仄，（平平平仄 仄仄平平）◎十平丄仄平平仄◎

第三式　三句首句七字，次句六字，三句七字。　仙呂專用。

平平仄仄平平仄◎十仄平平丅仄◎十平平仄平平平仄◎

第四式　三句第一二句各三字，第三句七字。　中呂專用，南呂偶爾借用。

丅仄仄・仄丄平◎平仄平丅平ㄙ平◎

以上三式，均不出七言三句之範圍，但句式或字數略異耳。

第五式　四句第一二句各三字，第三四句各七字。　般涉專用。

（北正宮南呂中呂越調般涉均可用此尾；但末句爲「丄仄平平去平上◎」與此異。

十仄丄◎十仄本◎十丅丄仄丅平去◎丄仄平平去ㄙ本◎

此式攤破七言三句之第一句爲兩三字句。

第六式　四句第一二句各三字，第三句上三下四，第四句七字。　仙呂專用。

仄平平◎丅平仄◎十丄仄，（丅平十仄 丄仄平平）◎丅平丄仄平平ㄙ◎

此式攤破第一句爲兩句，並改第二句之句式爲上三下四。

第七式　四句第一句七字，第二三句各四字，第四句七字。　中呂專用。

平平丅仄仄平◎丄平平仄仄・平平平去・仄仄平平丄去丕◎

此式攤破七言三句之第二句爲兩四字句，此兩句均不押韻，格律特殊。

第八式

甲　四句：第一二句各七字，第三句二字，第四句七字。　仙呂用，中呂偶爾借用。

十平丄仄仄平平◎丄平十仄平平ㄙ◎平平◎丄平丅仄仄平平◎

乙　四句：第一二句各七字，第三句三字，第四句七字。　南呂黃鍾越調仙呂用。

丅丅十仄仄平平◎十十丄丄平平仄◎丄平仄◎十平十仄仄平平◎

丙　四句：第一二句各七字，第三句四字，第四句七字。仙呂用南呂黃鍾偶爾借用。

十平丄仄仄平平◎丄平十仄平平ㄙ◎平平平ㄙ◎丄平十仄仄平平。

此爲增句式，在七言三句之第二句下增一句，最初爲兩字，進而三字、四字，(註三二)、再進而不只增一句，遂成下列之第九式；是皆北曲尾聲增句之先導也。

第九式　八句：第一二句各七字，第三四五六句各四字，第七句三字，第八句七字。　越調專用。

丅平丄仄仄平平◎丄仄平平去平◎十仄平平，十平丄仄◎仄平平仄◎十丄仄平◎仄平丄◎

十仄平平丄仄平◎

董曲尾聲，只題尾字，俱無專名，此式則名錯煞，又名緒煞，有時亦僅題尾字爲長套專用格式。　此式在七言三句之第二句下增四個四字句一個三字句。

尾聲諸式如各舉實例則篇幅太長，容收入董曲訂律。

附錄五　隻曲及套式統計

董西廂的套式有一曲一尾組成的也有二曲以至十幾曲一尾組成的。怎樣算長套，怎樣算短套，好像無法確定；其實有一個標準題爲纏令之套，都是二曲以上，絕沒有一曲一尾的，這是因爲二曲以上成套卽可有一曲是引子而構成纏令的形式，一曲一尾則不能同時。一曲一尾之套使用次數特別多，二曲以上的很少，在董西廂與劉知遠裏都是如此。凡此都可證明一曲一尾的是一類，二曲以上的又是一類。所以我稱一曲一尾的爲短套，二曲以上的爲長套。還有，那些獨用的隻曲，有人把他們也算作套，馮鄭青木都如此，這個我不能贊同。套數固然可以沒有尾聲，總須包括兩支以上不同調的曲子；一曲成套卽等於個人而稱團體，那是講不通的，如果那樣，宋詞的每一首，南北曲小令的每一支，都成了一套了。

一、隻曲獨用者曲調三十二章，曲文五十二支。

此三十二章屬於黃鍾宮者一，大石六，雙調五，小石一，般涉一，中呂三，高平三，仙呂十一，羽調一。正宮、道宮、南呂、商調、越調、黃鍾調俱無隻曲。曲調名目從略，卽附錄六獨用之隻曲二十五章，加與長短套合用之七章中有屢見者，共曲文五十二支。（馮誤四十五）

二、短套九十四套，（馮誤一百）

屬於正宮者二套，道宮一，南呂三，黃鍾宮五，大石十六，雙調九，商調四，般涉五，中呂十六，仙呂三十一，黃鍾調二。

石羽調俱無套數，越調、高平俱無短套。

正宮應天長　文序子　道宮解紅　南呂宮一枝花　應天長　瑤台月2　黃鍾宮出隊子4　降黃龍小袞　大石調伊州滾3　驀山溪2　吳音子3　玉翼蟬4　紅羅襖2　還京樂2　雙調豆葉黃　攪箏琶　文如錦5　芰荷香2　商調玉抱肚2　定風波2　般涉調牆頭花　麻婆子3　沁園春　中呂調碧牡丹5　鶻打兎2　牧羊關3　香捉蛇　粉蝶兒　古輪臺4　仙呂調賞花時12　點絳唇　朝天急戀香衾5　整花冠　繡帶兒5　剔銀燈2　惜黃花　勝葫蘆　六么令　醉落魄　黃鍾調侍香金童2

三、長套四十六套（馮誤四十三）（每套俱有尾聲，故只題曲調名，尾字從略；長套同此）

屬於正宮者六套，進宮一，南呂一，黃鍾宮五，大石一，雙調一，越調七，般涉六，中呂六，高平一，仙呂九，黃鍾調一。小石羽調俱無套數，商調無長套。

二曲者十套，（馮誤十三）三曲者二十三，（馮誤十八）四曲者五，五曲者四，六曲者二，（馮誤一）八曲者一，十五曲者一。

題纏令（有＊號）者卅三，斷送二，賺一，不加題者十。

正宮甘草子　脫布衫。　南呂瑤臺月　三煞。　大石調伊州滾＊　紅羅襖。　般涉調哨遍＊　急曲子。（此式二見）

中呂調香風合＊　牆頭花。　香風合＊　石榴花。　高平調糖多令　牧羊關。　仙呂調點絳唇＊　天下樂。

河傳＊　喬合笙。（以上二曲者十套）　正宮虞美人＊　應天長　萬金臺。　文序子＊　甘草子　脫布衫。　梁州令＊甘草子　脫布衫。（四疊）　南呂一枝花＊　傀儡兒　轉青山。　黃鍾宮降黃龍袞＊　雙調疊韻　刮地風。　快

活年米　出隊子　柳葉兒。侍香金童米　雙聲疊韻　出隊子。雙調豆葉黃　攪箏琶　慶宣和。越調
上平西米　鬬鵪鶉　雪裏梅花。鬬鵪鶉米　青山口　雪兒梅。聽前柳米　蠻牌兒　山麻稭。般涉調
哨遍米　長壽仙滾　急曲子。蘇幕遮　柘枝令　牆頭花。中呂調碧牡丹米　木魚兒　鶻打兎。碧牡
丹　鶻打兎　雙聲疊韻。安公子賺　賺　渠神令。棹孤舟米　雙聲疊韻　迎仙客。仙呂調醉落魄米
整金冠　風吹荷葉。醉落魄米　風吹荷葉　醉奚婆。點絳唇米　風吹荷葉醉奚婆。（此式二見）　點絳唇米
瑞蓮兒　風吹荷葉。黃鍾調喜遷鶯米　四門子　柳葉兒。（以上三曲者二十三套）　正宮梁州令米　應天長　甘草子
梁州三臺。道宮凭欄人米　賺　美中美　大聖樂。越調上平西米　鬬鵪鶉　青山口　雪裏梅。（此式二見）
仙呂調點絳唇　咍咍令　風吹荷葉　醉奚婆。（以上四曲者五套）　越調上平西米　鬬鵪鶉　看花回　青山口
渤海令。水龍吟　看花回　雪裏梅　揭鉢子　疊字玉臺。般涉調　哨遍斷送　耍孩兒　太平賺　柘
枝令　牆頭花。沁園春　牆頭花　柘枝令　長壽仙滾　急曲子。（以上五曲者四套）　正宮梁州斷送　應天長賺
甘草子　脫布衫　三台。仙呂調六么實催　六么遍　咍咍令　瑞蓮兒　咍咍令　瑞蓮兒。（以上六曲者二套）
黃鍾宮侍香金童米　雙聲疊韻　刮地風　整金冠令　賽兒令　柳葉兒　神仗兒　四門子。（以上八曲者一套）
間花啄木兒　整乾坤　第二　雙聲疊韻　第三　刮地風　第四　柳葉兒　第五　賽兒令　第六　神
仗兒　第七　四門子　第八（以上十五曲者一套）

附錄六　曲調使用類別

一、隻曲獨用者二十五章：

大石調洞仙歌3 感皇恩 雙調惜奴嬌2 月上海棠 御街行4 小石調花心動 般涉調夜遊宮2

中呂調踏莎行 千秋節 滿庭霜 高平調 木蘭花5 于飛樂2 青玉案 仙呂調臨江仙

(以上十四章與詞調相同)

黃鍾宮黃鶯兒3 大石調梅梢月 雙調倬倬戚 仙呂調一斛叉 滿江紅3 樂神令2 醍醐香山會

相思會 喜新春 香山會 羽調混江龍

二、短套用者十九章：

雙調芰荷香2 中呂調粉蝶兒 仙呂調戀香衾5 剔銀燈2 六么令

(以上五章與詞調相同)

道宮解紅 南呂宮瑤台月2 應天長 大石調還京樂2 雙調文如錦5 商調玉抱肚2 定風波2

般涉調麻婆子3 中呂調喬捉蛇 古輪台4 仙呂調賞花時12 整花冠 繡帶兒5 朝天急

三、長套用者六十二章：(甲爲引子，乙爲過曲。(註三三))

正宮虞美人甲 梁州令甲3 越調上平西甲4 應前柳甲 水龍吟甲 般涉調哨遍甲4 蘇幕遮甲 中呂

調安公子甲 高平調糖多令甲 仙呂調天下樂乙 黃鍾調喜遷鶯甲

(以上十一章與詞調相同)

正宮萬金台乙 甘草子甲1乙5 脫布衫乙4 梁州三台乙2(即三台) 賺乙 道宮凭欄人甲 賺乙 美中

美乙　大聖樂乙　南呂傀儡兒乙　靜青山乙　三煞乙　黃鍾宮柳葉兒乙4（黃鍾宮3黃鍾調1）　快活年甲雙聲疊韻乙6（黃鍾宮4中呂調2）　刮地風乙3　整金冠令乙2（黃鍾宮1仙呂調1）　神仗兒乙2　四門子乙3（黃鍾宮2黃鍾調1）　賽兒令乙2　間花啄木兒甲1乙7　整乾坤乙　越調鬭鵪鶉甲1乙4　青山口乙4　雪裏梅乙5　蠻牌兒乙　山麻秸乙　看花回乙2　揭鉢子乙　疊字玉台乙　渤海令乙　般涉調耍孩兒乙　太平賺乙　柘枝令乙3　急曲子乙4　長壽仙滾乙2　中呂調香風合甲2　木魚兒乙　石榴花乙　棹孤舟甲　迎仙客乙　賺乙　渠神令乙　仙呂調風吹荷葉乙6　醉奚婆乙4　咍咍令乙3　六么實催甲　六么遍乙　瑞蓮兒乙　河傳甲　喬合笙乙

四、長短套合用者十六章：

南呂宮一枝花長短各1　黃鍾宮侍香金童長2（黃鍾宮）短2（黃鍾調）　大石調伊州滾長1短3　般涉調沁園春長短各1　中呂調碧牡丹長2短5　仙呂調點絳唇長5短1

（以上六章與詞調相同）

正宮應天長長3短1　文序子長2短1　黃鍾宮出隊子長2短4　降黃龍衮長短各1　大石調紅羅襖長1短2

雙調豆葉黃長短各1　攪箏琶長短各1　般涉調牆頭花長4（般涉3中呂1）短2　中呂調鶻打兎長短各2　高平調牧羊關長1（高平）短3（中呂）

五、隻曲及長短套合用者七章：

大石調驀山溪隻1短2　仙呂調醉落魄隻1長2短1　惜黃花隻1短1

（以上三章與詞調相同）

大石調吳音子隻1短3　玉翼蟬隻4短4　雙調慶宣和隻1長1　仙呂調勝葫蘆隻1短1

附錄七　只有一疊之曲

董曲只一疊者共十五章，皆長套用曲無一詞調，多後來用於北曲之調。蓋皆董解元個人或金代歌壇所創製之新調也。目列下。（間花啄木兒八曲大同小異以一曲論）

正宮脫布衫　黃鍾宮雙聲疊韻　刮地風　賽兒令　神仗兒　四門子　間花啄木兒　整乾坤　整金冠

般涉調急曲子　仙呂調風吹荷葉　醉奚婆　六么令　瑞蓮兒　喬合笙　（另有黃鍾宮出隊子及柳葉兒兩章，有時兩疊，有時一疊，未計入。）

附註

一、元鍾嗣成錄鬼簿卷上董解元名下注文云：「大金章宗時人，以其創始，故列諸首。」明朱權太和正音譜卷上，董解元名下云：「仕於金，始製北曲。」

二、尾聲本亦可算爲曲調之一部，但董曲尾聲格式雖多而無專名，除錯煞（又名緒煞）之外，其餘均只題尾字，若與曲調合爲一項，便夾雜不淸，是以提出分敍。

三、如淸人淩廷堪燕樂考原，（稱董西廂爲金院本）近人馮沅君天寶遺事輯本題記，（收入古劇說彙，商務版）日本青木正兒、劉和遠傳諸

宮調考。（北平圖書館館刊六卷四期）

四、宋王灼碧鷄漫志卷二：「熙豐元祐間，兗州張山人以詼諧獨步京師，時出一兩解；澤州孔三傳者，首創諸宮調古傳，士大夫皆能誦之。」孟元老東京夢華錄卷五崇觀以來在京瓦肆伎藝條有「孔三傳耍秀才諸宮調」之語。合觀全書所記，諸宮調似不一定起於北宋中葉，若云起於北宋之末，似更爲確實。因王書「熙豐元祐」之語，是否專指張山人詼諧，或直貫下文之諸宮調，文義不明；孟書則明記孔三傳諸宮調於崇寧大觀以來瓦肆伎藝條下。元中葉尚有王伯成撰天寶遺事諸宮調，成弘以後，關於諸宮調遂絕無所聞，其衰落當在元末明初戲文傳奇漸盛之後。

五、太和正音譜、北詞廣正譜等書，都稱曲調單位爲「章，」今從之。

六、宋教坊曲有大曲、小曲之別，見宋史卷一四二樂志十七其小曲二百七十章，無一與董曲同名者。唐崔令欽教坊記載曲名三百二十四，中有四十六章原注「大曲名」二百七十八章未註類稱，似未便即援宋志之例稱之爲小曲。教坊記不載之曲如文序子，更難定稱，今總稱爲唐曲。

七、董曲有正宮賺、道宮賺、中呂賺、太平賺（入般涉）皆與宋代賺曲大同小異。南曲各宮調多數有其獨用之賺，大體實無甚差別，蓋與董曲皆由宋賺來也。

八、普通只知王國維宋元戲曲史引事林廣記所收圓社市語一套，我最近在南宋初沈瀛所作竹庵詞中又發現一套，題爲野庵曲，共七曲一尾，其中第五六兩曲爲賺。我另有專文詳論。

九、見宋張炎詞源卷上。

十、語見近人吳梅跋屠隆刻本董西廂（新曲苑本霜崖曲跋卷一）原文專指大成譜所收董曲而言；其實大成譜整個如此，不只董曲部分。

十一、本文涉及南曲處，以沈自晉南詞新譜爲主，參以鈕少雅九宮正始，東山釣史九宮譜定。（呂士雄南詞定律、吳梅南北詞簡譜均是好書，此地無從覓讀）涉及北曲處以李玄玉等北詞廣正譜爲主，參以朱權太和正晉譜。

十二、喜無窮煞沈鈕俱入中呂宮，惟鈕譜改名爲三句兒煞。

不絕令煞沈譜入南呂宮，鈕譜入正宮。

十三、現存元人雜劇一百七十餘本中，一折三曲者只有追韓信與圯橋進履兩本，一折四曲只有十探子一本，其餘諸劇每折均在五曲以上。（追韓信疑有脫誤，原本恐不只三曲）

十四、大聖樂、黃鶯兒、玉抱肚、定風波等四章，雖與詞調同名，而格式相差甚遠。

十五、陽春白雪六么令套無作者名，雍熙樂府卷五亦然；北詞廣正譜曾引其中賺煞數句，據知作者爲呂侍中，蓋其官名，本名俟考。

十六、見南詞新譜卷三附錄各調總論及九宮譜定卷首總論。

十七、纏令的解釋，見馮沅君說賺詞（古劇說彙）。但馮君不知纏令二字之與本調格式無關，故天寶遺事輯本題記中統計董曲，遇有加纏令二字者卽視爲另一調。

十八、斷送的解釋，其說不一，青木正兒釋爲「關於樂曲奏法的術語」，最爲允當見所著中國近世戲曲史第二

章第一節。（商務版王古魯譯本）

十九、董曲有梁州三台又有三台核其句法，完全相同，今併爲一調使用次數亦爲合併計算。

二十、三煞並不作尾聲用董西廂原書三煞之後另有尾聲一支通行諸本漏刻尾字而與上文連接，一般學者遂誤以此爲三煞是尾聲。

廿一、原作快活爾纏令纏令二字與本格無關已見上文爾字則確爲年字之誤此調與劉知遠傳及天寶遺事所用快活年格式全同。

廿二、董曲間花啄木兒共八支，聯入一套，格式大同小異，今作一調計。

廿三、董曲有香風合纏令，又有風合合纏，核其格式，完全相同，風合合蓋香風合之誤；前人多分爲兩調，非是。

廿四、原書卷三頁二十三（暖紅室第一次刻本）有木蘭花一支漏刻宮調，恰好在中呂古輪臺套之後，遂有人誤以此調分屬高平中呂兩宮調，不知木蘭花在古輪臺套尾聲之後，自不能與之併爲一談。

廿五、黃鍾宮與黃鍾調，本爲兩個宮調，元明以後始行合併，統計金人作品仍須將二者分開。

廿六、唐段安節樂府雜錄文敍子條云：「長慶中俗講師文敍善吟經，其聲宛暢，感動里人。樂工黃米飯狀其念四聲觀世音菩薩，乃撰此曲。」宋王灼碧鷄漫志卷五引盧氏雜說云「文宗善吹小管，僧文漵爲入內大德，得罪流之。弟子收拾院中籍入家具，猶作師講聲。上採其聲製曲曰文漵子。」灼附識云：「漵字或誤作序並緒」兩說雖小不同，其爲唐曲則無疑問。

廿七、圓社市語中之鶻打兎，與董西廂所用者，差別甚大，市語此曲似有脫誤，無從考訂。

廿八、慢詞卽引子，近詞卽過曲：見明王驥德曲律卷一論調名條。

廿九、南詞新譜誤作公安子。

三十、有目無詞者卽有此調而未見前人作品，不能舉出實例明其格式之意。

卅一、南詞新譜雙調引子不收豆葉黃，九宮正始收之。兩譜仙呂入雙調過曲俱收豆葉黃，去其疊句卽與董曲相同。

卅二、劉知遠傳僅有增兩字者，董西廂始有增三字四字者，故知增兩字爲最初形式。

卅三、引子卽長套之第一曲，過曲卽第二以下諸曲。此係借用南曲名詞以作董曲之類稱，但求方便，未計其是否妥當也。

卅四、各種符號說明：

平：平必用平聲。　十：平仄不拘。　丄：宜仄可平。　仄：仄必用仄聲。　丅：宜平可仄。　上：上必用上聲。

⿱平上：平上不拘。　去：去必用去聲。　◎：押韻。　⿱卡：宜上可平。　ㄙ：宜去可上。　卜：宜上可去。

此爲予所編北曲新譜初稿所用之符號；今北譜已寫成定稿，符號略有調整，本篇姑仍其舊。

民國四十年，臺灣大學文史哲學報第二期。

朝野新聲太平樂府卷一

青城澹齋楊朝英集

（小令）

正宮

鸚鵡曲　俗名黑漆弩

馮海粟

（序云）白無咎有鸚鵡曲云儂家鸚鵡洲邊住是箇不識字漁父浪花中一葉扁舟睡煞江南烟雨覺來時滿眼青山抖擻綠蓑歸去筭從前錯怨天公甚也有安排我處余壬寅歲留上京有北京伶歸御園秀之屬相從風雪中恨此曲無續之者且謂

文林閣刻本四美記

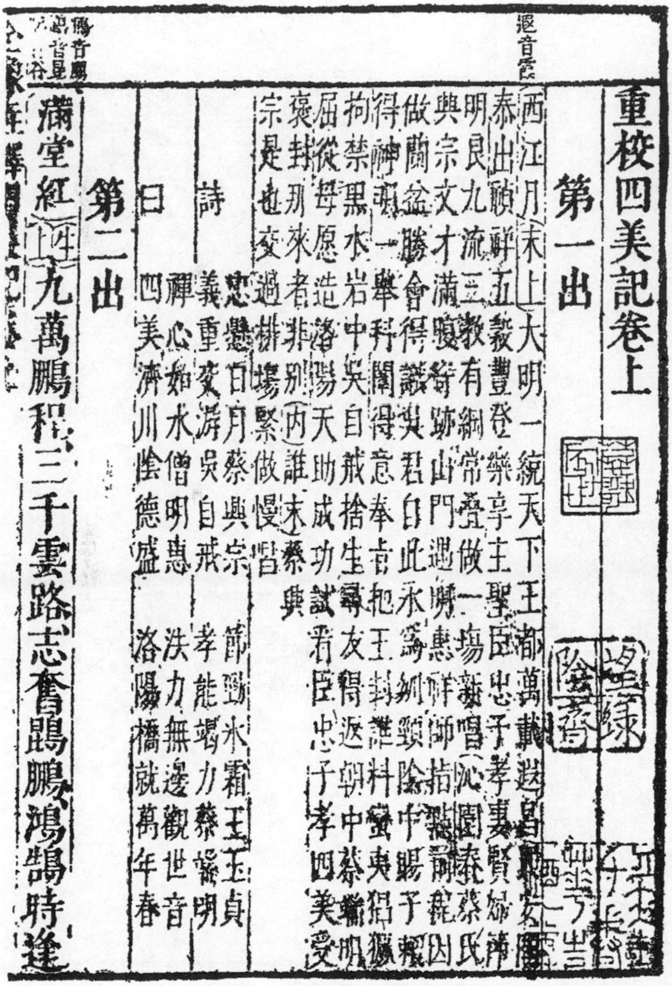
重校四美記卷上

第一出

西江月（末上）大明一統天下，王都萬載遐昌。[illegible]

泰出禎祥五穀豐登樂亭主聖臣忠子孝妻賢婦[illegible]

明良九流三教有綱常豈做一場新唱（沁園春）蔡氏[illegible]

與宗文才滿腹奇跡山門遇賊患難師指點前程因

做蘭盆勝會得識與君自此永爲婣頸陰中賜予[illegible]

得神功一舉科闈得意奉旨把王封謹料當夷狽[illegible]

拘禁黑水岩中吳自戒捨生尋友得返朝中蔡[illegible]

屈從母願造洛陽天助成功試看臣忠子孝四美受

褒封邪來者非別（丙）誰（末）蔡興

宗是也交過排場緊做慢唱

詩　恩懸日月蔡興宗　節勁冰霜王玉貞

義重交游吳自戒　孝能竭力蔡賢明

禪心如水僧明惠　法力無邊觀世音

曰　四美濟川陰德盛　洛陽橋就萬年春

第二出

滿堂紅（生上）九萬鵬程三千雲路志奮鵾鵬鴻鵠時逢

書影二

四美記第十齣　封王

三　影　書

餒内上声　齊音印　更去声

重校劍俠傳雙紅記上卷

第一齣　家門顚末

西江月　傳奇本供歡笑，何須故作酸辛。刑因逼虜与遭兵，陳餒流離顛窘。○魂斷窮途絕塞，讒誅節孝忠貞，令人泪眼更愁顰，却替古人躭悶。○到底雖然懽慶，其間痛楚難禁。從今丟罷怨和嗔，特闡風情俠性。○豈是忘分離合，非干不解哀忻。要令觀者盡怡神，忽作楚囚悲憤。問答科

漢宮春　俠士崑崙，更劍仙紅線，並謫凡塵。天遣為奴作婢，忍辱除嗔。千牛風月，遇紅綃手語傳情，虧磨勒

書影四

雙紅記第十二齣　踰垣斃犬

五　影　書

記明刊本朝野新聲太平樂府（書影一）

元代曲家楊朝英（澹齋）編選之朝野新聲太平樂府與樂府新編陽春白雪，世稱楊氏二選，爲元人散曲總彙，流傳旣廣，版本遂多。陽春白雪之版本刋鈔合記，共有八種，詳見散曲叢刋本陽春白雪弁言。太平樂府則共有四種：刋本三，鈔本一。

其一爲元刋小字本，亦可云此書之祖本，烏程蔣氏密韻樓藏，商務印書館影印，收入四部叢刋初編。又有武進陶氏涉園覆刻本，行款字體，悉照原書，紙墨精良，甚爲悅目，惜偶有訛誤，未能如商務影印本之存眞。其二爲何夢華鈔本，江蘇國學圖書館卽盋山精舍藏，較元刋多出小令若干首，爲後人所增益者，文字亦時有異同，不知所據何本。吳瞿庵先生取校元刋，爲校記一卷，附於陶氏覆刻本之後。其三爲明活字本，常熟瞿氏鐵琴銅劍樓藏，盧冀野據以校訂元刋，頗有異文，且補出元刋卷九脫文一大段，多至八百餘字，其有功於此書者，實非淺鮮。盧氏校本由商務印書館排印行世，收入國學基本叢書，爲此書最佳最便之讀本，惜有誤植之字，標點亦時有錯誤。今臺灣世界書局印行者，卽此本。

此三種之外，予曾見番禺羅氏所藏明刋大字本，殘存卷一至八，半葉十行，行二十字，字體板式頗似正德本盛世新聲，刋印年代當在正嘉之間。假歸校元刋本，卷數次第悉合，異文則有七百餘條，與吳先生所校何鈔及明活字兩本亦不盡同。其中脫誤多同於元刋，異文則有足以是正元刋者，亦有臆改或妄改而致誤者，蓋卽從元刋出，而曾校以他種曲籍或今所未知之太平樂府其他版本者也。此本從來不見著錄，近代治曲學者均未之見，洵爲珍籍，惜佚去末卷，未能據以校勘盧冀野據明活字本補出之八百餘字。

陽春白雪之版本雖有八種，而較其內容，實止二源，且所謂八種者，乃統計黃丕烈藏書題跋所得之數，原書實未盡顯於世，中有四五種，歷時既久，存亡已不可知。太平樂府之四種版本則原書具在，可以覆按。是則吾人所知見之太平樂府各種版本，其數量實更多於陽春白雪也。

太平樂府爲予閱讀元人散曲之啓蒙書籍，未讀此書之前，予固懵然不知散曲爲何物，故對之印象特爲親切。而架上所有，不過尋常影印覆刻之本，既覩珍秘，欣喜可知；曾以轉讓商之羅氏，未獲允可，僅攝存書影一幀而已。時爲民國二十五年丙子，四十九年庚子暮春，偶見當時所爲校勘記，後曾發表於二十八年四月出版之燕京大學文學年報第五期者，事隔二十餘年，宛同昨日，遂信筆書此於炳燭惜餘之室。校記數百條，精義並不甚多，憚其煩瑣，不再重錄，年報原刊具存，讀者可取閱也。

善本傳奇十種提要

小引

雜劇傳奇爲元明文學之中心，三百年間，作家輩出，流風餘韻，至清未絕。乾嘉以後，俗樂既興，雅音漸息。學士大夫則狃故守常，不加重視。及洪楊之亂，東南丘墟，戲劇發源薈萃之區，文物蕩然，曲學文獻，未獲流通，復遭浩刼，故籍舊製，淪佚殆盡矣。二十年來，治曲之風大起，公家私室，羣力搜羅，向之湮沒不彰者，稍稍復出。惟是珍籍孤本，最易散亡，世亂頻仍，識者興懼。影印重排既非易成之舉，取希見之曲籍，考其作者，述其內容，評論其文章，鑒定其板本，固當今之急務也。比年以來，公私各家藏曲，或經遷徙，或遭幽閉，展讀多不可能。乃取個人耳目所及者十種，就前列四項，逐一敍述，或於當世學人不無拳石滴水之助，後有所見，當賡續爲之。民國二十七年冬，鄭騫識於成府村居之清晝堂。

目錄

五、赤松遊　康熙煮茗堂本　　六、蚺蛇膽　順康間刻本
七、揚州夢　康熙刻本　　八、寒香亭　乾隆懷古堂本
九、如意緣　道光鈔本　　十、西川圖　咸豐鈔本

一、四美記　明金陵唐氏文林閣刻本（書影二、三）

四美記上下二卷四十三出，曲海總目提要卷十七著錄，云「明初舊本，不知誰作。」此外明呂天成曲品，高奕新傳奇品，清姚燮今樂考證，均未著錄，各家曲話，亦無談及之者。宣統中王靜安先生（國維）得文林閣刻本傳奇十種，中有此劇，乃收入曲錄卷四。原刻亦無作者名，故迄不知出於誰手。劇中用韻頗雜，支思、齊微、魚模、皆來四部相混，猶是元明間風氣。聯套規律，亦與後來不同，一出之中，宮調錯亂，韻部屢更。如第二十六出，共曲五支：點絳唇、支思韻；駐雲飛、庚青；滴溜子二支，尤侯；又一支則爲先天。且每出均甚短，用曲十支以上者不過四五出，餘則多者五六支，少者僅二三支，賓白亦質俚簡略，極類元明間南戲趙氏孤兒記、與香囊以後之繁縟典雅者異。凡此數事，皆成化至萬曆傳奇鼎盛期中所絕不經見者。其爲成化以前舊本，固毫無疑問。而劇中有根據宣德間泉州太守蔡錫事蹟之處，此劇之成，當不出宣德末至天順中三十年間。

劇情略云：蔡興宗，晉江人，家貧，寄讀邑之紫雲寺，與寺僧明惠友善。又於寺中得識邑人吳自戒，二人生同年月日，蔡占時略早，因結爲兄弟。蔡旋赴京應試，僧亦他去，吳則留居邑中。蔡登第後，奉使遼東，國王欲妻以女，蔡拒之，被留，安置黑水府阿骨寺中，自此與家中音問隔絕。蔡別家時，其妻王玉貞已懷孕，既行數月，玉貞貧無以自存，

遂還母家，經洛陽江渡，登一小舟。先一日，舟人夜聞水底鬼語云：明日有舟過渡，舟中人俱合溺死，除蔡狀元在可救。乃徧詢同舟，惟玉貞夫家姓蔡，且已有娠。時估客催行急，舟人私計腹中兒或卽所謂蔡狀元者，遂行。中流風浪大作，聞空中有神語云：「蔡狀元在舟中，邪神野鬼，勿得驚動。」風浪頓息。達岸，舟人乃以所聞鬼語告衆，羣謝玉貞。玉貞因誓於神：己所生子果能中狀元，必修洛陽橋以便行旅。既至母家，偶出採芹，爲吳自戒所見。自戒喪偶有年矣，悅玉貞貌，且以爲孀也，使媒嫗強氏往議親。嫗貪謝金，強納綵幣。玉貞被迫，乃割去一耳以明志。自戒聞之，親往慰藉，始知爲故人妻，益自愧悔，因廢婚約，且力供玉貞及其母薪水焉。玉貞生子，名襄，字端明，幼聰敏力學。母病，割股焚香，期延母壽。既長，學成，赴京應試，果魁天下。吳自戒同科登第，以女妻襄。自戒念與宗久淹異域，上表乞使遼東，便中覓友。襄則留任京職，迎母至京。母告以舊誓，乃乞爲「洛陽太守」，以完修橋之願。自戒至遼，請於國王，許同與宗歸國。及至黑水寺，則云三日前與一遊僧他去矣。蓋此僧卽明惠，本黑水寺出身，倦遊歸來，偶遇與宗，乃設計使與宗僞爲遊方道人，與之同遁也。自戒悵然而歸，行至榆關，竟遇僧及與宗，乃偕與宗歸家。中途又與襄赴任之舟相值，夫妻父子始得團聚。襄到任後，卽議修橋，然資用不敷，且風浪險惡，施工甚難。觀世音聞之，鑒其誠，乃化身醵金十萬爲助；復令東海龍王息潮助工，並使以潮退之期告蔡。襄既得資，方苦潮退無期，思以詢之龍王，命皂吏夏得海者下海投文。夏懼溺死，又不敢違命，彷徨無計，醉臥海濱。醒則有文書在側，蓋龍王遣夜叉所置者也。夏以書覆命；拆視但一醋字。襄曰：「酉者八月，昔者廿一日也。」遂以其日安橋墚，潮果不至；又得魯班幻形爲舟子，教工匠以安墚之法，橋始落成。邑人感襄之德，爲立生祠，公聞於朝，旨下，陞禮部侍郎，復以與宗奉使不屈爲忠，襄克成親志爲孝，玉貞不嫁爲節，自戒尋友爲義，勅爲兩家立「忠孝節義四美牌坊」焉。此劇開場詩云：「忠懸日月蔡興宗，節勁冰霜王玉貞，義重交游吳自戒，孝能竭力蔡端明。……」一點出甚明，曲海總目提要乃云：「以蔡襄母子夫婦忠孝節烈爲四美也」，殊誤。國立北平圖書館藏本書封面有葉德輝題字云：「國朝高奕撰，又名四美坊。」高奕新傳奇品著錄自撰劇本有四美坊一種，其書不傳，或亦演蔡端明事；然此劇風格規律，決非明末作品，不得云即高書。葉說毫無佐證，蓋因四美牌坊之說，附會而來。

同治重刊乾隆二十八年修泉州府志卷八，山川門三云：

洛陽江在晉江縣東北，距城二十里，晉惠二邑界江也。東入於海。江上有橋，名萬安橋。廣輿記：「唐宣宗微行，覽山川之勝，歎曰大類吾洛陽。」此洛陽江之由來，今世傳述蔡狀元修橋事，有以爲河南洛陽者矣。

同書卷十，橋渡門云：

萬安橋在晉惠交界，跨洛陽江，一名洛陽橋。宋皇祐五年，郡守蔡襄建石橋，長三百六十餘丈，廣一丈五尺，左右翼以扶欄，爲南北中三亭。

宋史三百二十蔡襄傳云：

知泉州。距州二十里萬安渡，絕海而濟，往來畏其險。襄立石爲梁，其長三百六十丈，種蠣於礎以爲固，至今賴焉。閩人刻碑紀德。

襄自爲萬安橋記略云：

泉州萬安渡石橋，始造於皇祐五年四月庚寅，以嘉祐四年十二月辛未訖功。纍址於淵，釃水爲四十七道，梁空以行。其長三千六百尺，廣丈有五尺。翼以扶欄，如其長之數而兩之。糜金錢一千四百萬，求諸施者。

皇祐五年爲癸巳，嘉祐四年爲己亥，曲海總目提要引此記刪去「四月」及「十二月」，竟似庚寅辛未各爲其年之干支矣。大謬！癸巳至己亥首尾七年，始成一橋，其難可想。據此諸書，可知修橋實在情形，而所謂鬼神相助，當日民間亦確有此種傳說。明王愼中遵巖家居集卷四萬安橋記云：

橋之鉅與萬安埒與亞之者，在泉州所以三四數。民皆由焉而不言，而獨好言萬安，其言往往多異。以謂揆時揆日，晝基所向，鍥址所立，皆預檄江水之神而得其吉告。至於鑿石伐木，激浪以漲舟，縣機以弦縴，每有危險，神則來相；址石所壘，蠣則封之。而公自爲記無是也。豈其駕長江之洪流，憑虛以構實，其役有足駭人者，昧者驚焉而言之異，亦以賢者之所爲，興事起利，人樂其成而賴其功，故託於神以美之耶。

可資證明。第不知裏母渡江設誓，是否亦爲當日傳說之一耳。至遣吏下海投文，得一醋字之說，則爲蔡錫事，與裏無干。鄞縣志卷三十三人物傳八：

明蔡錫，字廷予，仁宗朝授兵科給事中，陞知泉州府。時洛陽橋圮，發故石有刻文云「石頭若開，蔡公重來。」遂議修之。然橋本跨海，無所施工。錫患之，乃自爲文檄海神，募能齎往者。忽一醉卒踉蹡而前曰：「公但飲我善酒，我能齎檄往。」遂益飲大醉，臥於岸上，彷彿若出沒海中，遂持檄還，上判一醋字。錫意曰：「是期我八月二十一日也。」卽以是日舉工，潮旬餘不至，遂成。民德之，立祠配享裏。

泉州府志卷三十名宦傳二引舊志及閩書所記同此，石上刻文作「石攊頹，蔡再來」；又云錫知泉州在宣德中。今劇以前蔡後蔡混爲一談，蓋因蔡錫之名不及裏之盛且久，民間傳說遂一並歸之於裏。且關於裏者固已有「預檄江水之神而得其吉告」之傳說也。曲海總目提要云：「本爲蔡錫作而託其事於蔡裏。」恐未必然。至與宗奉使，玉貞守節，端明割股，自戒尋友諸事，當是憑空點綴之筆；或當時果有此傳說，文獻無徵，不能詳考。蔡襄字君謨，仙遊人，舉進士，仕至端明殿學士，俱見宋史本傳。此劇云字端明，晉江人，狀元。襄母盧氏，見忠惠別紀；此劇云王氏。瑯琊代醉篇云「蔡興宗五代宋人」，與襄無涉；此劇乃引爲其父。洛陽本江名；此劇乃云襄爲洛陽太守。凡此謬悠荒唐之處，爲元明戲劇中之所常見。其體製旣與史傳有別，正確固佳，錯誤亦自有其風趣。然「蔡狀元」修洛陽橋一事，則至今流傳民間，皮黃秦腔皆有洛陽橋一劇，此四美記固五百年前之祖本也。

此劇分敍忠孝節義四美，故蔡興宗，蔡襄，王玉貞，吳自戒四人，均可謂爲主角。然各人登場唱白，又均不甚多，遂有全無主腦之感。比較言之，惟蔡襄與其母玉貞，唱白較繁，興宗唱白最少。今以生扮興宗，旦扮玉貞，小生扮蔡襄，吳自戒爲四美之一，而以淨扮之，角色分配，殊欠妥當。蓋玉貞只能以旦飾，又拘於南戲傳奇必以生先出場及正生正旦多爲夫婦之例，遂不能不以興宗爲生，而襄反居於次要之小生地位矣。全劇每出皆極短，雖多至四十餘出，尙無支離繁瑣之弊。但略傷平舖直敍，無奇突巧妙之關目穿揷，劇情亦不甚動人，故今日演洛陽橋者，多以雜耍或戲中串戲爲號召。賓白質俚簡略，前已述及。曲文則除韻雜宮調錯亂外，以文字論，可稱中駟，然亦不過辭藻清利而已，深刻語，本色語，則未嘗一見也。

此劇文林閣刻本之外，無第二種板本。半葉十一行，行二十字，曲文大字，賓白科介小字雙行，精圖十二頁。王國維先生之一部，後歸日本帝國大學，此外僅北平圖書館藏有二部。書中每折皆作第幾出，蓋齣之假借字，近世鈔本戲曲，多數沿用，或以爲伶工俗體，得此本爲證，乃知古已有之。

二、雙紅記　明末金陵德聚堂刻本（書影四、五）

雙紅記上下二卷二十九齣，原題劍俠傳雙紅記。明呂天成曲品高奕新傳奇品，清姚燮今樂考證王國維曲錄卷四均著於錄。各本並題無名氏作，惟今樂考證著錄有兩本，一在著錄五云更生氏作，一在著錄七云無名氏作，注云二本不同。千古麗情曲目亦云雙紅記更生氏作。二書未云更生氏是何許人，他書亦無記載，則亦等於佚名也。新傳奇品云：「雙紅合紅綃紅線而成，亦佳，但詞多勦襲。」按：舊本南戲有磨勒盜紅綃一本，今不傳。明梅鼎祚有崑崙奴雜劇，譜盜紅綃事，梁辰魚有紅線女雜劇，譜盜金盒事，並見盛明雜劇初集。此本第八齣記室草箋，全抄梁劇第一折，第二十八齣青門餞別，合梁梅二劇第四折裁剪而成，當是新傳奇品所著錄之無名氏本，非更生氏作。梁梅均萬曆時人，此劇至早成於萬曆末年。

崑崙奴磨勒盜紅綃事，見太平廣記一百九十四引裴鉶傳奇，紅線女盜金盒事見同書一百九十五引袁郊甘澤謠。梁作梅作，劇情悉同本傳。此本合二事爲一，故多添改關目，與本傳及梁梅二作不甚相合。今考其異同，約有六端：

一、本傳及梅劇均無崔千牛之名與字，此云名慶，字天祐。
二、崔千牛與薛嵩本無關聯，此云二人爲莫逆交。
三、紅線與紅綃，薛嵩與郭子儀，本無來往，此云薛嵩嘗攜紅線往謁子儀，雙紅因得相晤。
四、本傳及梅劇並云崑崙奴磨勒爲崔生家舊僕，不詳其所自來。此云磨勒本列仙籍，以未能忍性鍊魔，被謫塵世爲奴，上帝命猿公化爲老叟，引磨勒幻形至崔生家求爲僕，生奇其狀貌，收用之。

五、本傳云紅線前身本男子，行醫，誤藥殺人，陰司降罰，使爲女身，生長薛嵩家，爲司記室，盜金合後始辭主求仙。此云紅線前身亦天上仙人，名栽杏叟，以誤藥殺人，與磨勒同時被謫，上帝使車中女子化身老嫗，引叟化形女子至薛嵩處求依門下，嵩因以爲女記室。（梁作第四折紅線自述曲中有「我是董奉門前栽杏叟」之語，此擬紅線前身之名，蓋從梁作出也）。

六、據本傳及梁梅二作，磨勒在青門仙去，崔千牛紅綃郭子儀諸人爲之送行；紅線辭主求仙，薛嵩亦爲餞行，則在節度堂中，座客有冷朝陽劉禹錫諸人，與崔郭紅綃無涉。此本則云磨勒紅線同時在青門登仙，崔綃薛郭諸人均來餞送，無冷劉等。

上述六端之外，情節關目，俱同本傳。崑崙奴傳云紅綃之主人爲「蓋代之勛臣一品者」，此云卽郭子儀。傳云磨勒仙去後，「一品悔懼，每夕多以家童持劍戟自衞，如此周歲方止。」並無至青門送別事，亦與此本不同。凡此二事，皆自梅作已然，故未列入上述異點。太平廣記爲習見之書，二事又爲世所習知，原文甚長，不具引。

雙紅事本無關涉，作者強合爲一，又未能全舍本傳別尋機軸，故穿插關目，多不相照應之處。雙紅除郭府一面之外，毫無往來，僅首數齣將劇中人一一引出，第二十八齣合全劇人物於一處。此外則上卷全爲磨勒盜紅綃事，下卷全爲紅線盜合事，令人有截爲兩劇之感。劇中以生扮崔千牛，旦扮紅線，小生扮薛嵩，貼扮紅綃，外扮郭子儀，小外扮崑崙，淨扮田承嗣。角色分配，大體尚爲適宜；但生角事跡，殊嫌冷落。不如以生扮磨勒，旦扮紅線，多敍二人事，兩相照映，再以崔生與紅綃陪襯其間，英雄兒女並傳，豈不更勝。然明人作劇，拘於成格，自不肯如此分配耳。

至於全劇文字，除錄舊之二齣外，均平庸無甚足取，蓋明末俗手所爲。

此劇有文林閣刻本，亦葉德輝舊藏，今歸北平圖書館。此德聚堂刻本，半葉十行，行二十字，曲文大字，賓白小字雙行，精圖八頁。書皮上有木印題簽「雙紅記」三字，封面題「新鐫繪像傳奇」「雙紅」「德聚堂梓」。德聚堂爲明末清初金陵書肆，余所見十卷上圖下文本封神演義，單行一百十五回本水滸，朱琦序本雲合奇蹤，皆此肆所刻，或題金陵德聚堂，或題古吳。各書均附插圖，然此本刻工最精雅，且全書無爛版缺字，較文林閣本之漫漶，似勝一籌。明清間書肆多有襲用他人板片改換字號者，如德聚堂之雲合奇蹤，又有三樂堂本、映秀堂之精忠傳，又有藜光樓本、兩衡堂之三國演義，又有遺香堂本，其實爲同一板刻。此本版式刻工字體圖像與繼志齋刻埋劍記完全相同，或即繼志齋原板也。

三、清忠譜　康熙蘇州樹滋堂刻本

清忠譜上下二卷，二十五折，清初李玉撰。高奕新傳奇品，曲海總目提要卷十九，今樂考證著錄八，曲錄卷五，均著於錄。

玉字玄玉，後避清聖祖諱改元玉，自號蘇門嘯侶，所居曰一笠庵，吳縣人，副貢生。生卒年月無考。然玉所著人獸關，永團圓二種均有馮夢龍改本，馮於順治二年乙酉殉魯王之難，可知明亡時玉已有傳奇行世。假定此時玉年三十五歲，蓋生於萬曆末年。吳偉業序玉所作北詞廣正譜云：「甲申之後，絕意仕進，」其卒當在康熙中。玉著傳奇甚多，復精音律，所著北詞廣正譜雖有漏誤，但至今製曲者仍奉爲圭臬。吳偉業序云：

李子玄玉，好奇學古士也。其才足以上下千載，其學足以囊括藝林。而連厄於有司，晚幾得之，仍中副車。甲申以後，絕意仕進。以十郎之才調，效耆卿之塡詞，所著傳奇數十種，間以其餘閒，探元人各種傳奇散套，及明初諸名人所著中之北詞，依宮按調，彙爲全書。復取華亭徐于室所輯，參而訂之。予至郡城，嘗過其廬，出以相示。

玄玉之名不見於蘇州府及吳縣諸志，他書亦無記載。惟焦循劇說卷四云：

玄玉係申相國家人，爲申公子所抑，不得應科試，因著傳奇，好抒其憤，其一捧雪，極爲奴婢吐氣。

據梅村序文，玉固久困場屋者，何云「不得應科試？」梅村與玉同時同郡，言必非誣，焦說恐不足據。玉中副榜，當在明末。序中「晚幾得之」若作晚年解，明亡時，玉年當不止三十五歲。然作序文時，玉尚在，且在甲申以後，去其中副榜之時，至少應有十餘年，不得以前事爲晚年。晚字應作近字或後字解，與玉之年齡無關也。

玉作劇三十餘種，詳目見李斗揚州畫舫錄卷五曲海目及高奕新傳奇品，姚燮今樂考證諸書。諸書著錄，小有出入，原劇亦不盡傳，當另文詳考。玉作劇之多，旣爲明淸第一，其品亦不失爲中上。新傳奇品云：

李玄玉之詞，如康衢走馬，操縱自如。

錢謙益亦深愛其曲，至比之柳屯田。吳梅顧曲麈談第四章評玄玉之作云：

其詞雖不能如梅村西堂之妙，而案頭場上，交稱便利，亦老斵輪手也。占花魁一劇，爲得意之作，勸妝北詞，更爲神來之筆，其醉歸南詞一套，用車遮險韻，而能游刃有餘，亦才大不可及也。惟昊天塔淸忠譜稍不稱耳。

又中國戲曲概論卷中云：

一人永占，直可追步奉常，且眉山秀劇，雅麗工鍊，尤非明季諸子可及。

其言似嫌溢美。若以雅麗工鍊而論，玉所作劇似尚不及吳炳萬樹至於臨川諸劇之意境詞藻，斷非玉所能追步也。

此清忠譜劇略云：明天啓中，蘇州鄉宦周順昌以忠直忤魏忠賢被逮入京，蘇人義憤，毆斃緹騎。順昌卒死東廠獄中；蘇人爲首者五亦以倡亂之名被戮。後忠賢敗，順昌與五人者乃得昭雪。蘇人燬忠賢生祠，卽創祠時順昌所曾痛罵者，就其址改建順昌祠，以五人從祀。崇禎帝用瞿式耜爲順昌等訟冤疏中語，賜額云「清忠風世」，故劇名清忠譜。事詳明史二百四十五順昌本傳及張溥所作五人墓碑記。劇中事皆據實，間有史傳不載，或相歧異者，亦十九有據；曲海總目提要敍列甚詳，茲不具引。惟提要云：

劇云毛一鷺欲賺李實奏屠城，城隍將草稿塗抹，一鷺改稿略輕，而不如徐吉疏之寬。通政使徐如珂先進吉疏，後進一鷺疏，遂獲止坐五人。

今本無城隍改稿事，所述一鷺奏疏正言請旨屠城，未嘗略輕。此蓋因昔人作傳奇，每有數稿，作提要者所見，或與今本不甚相同也。

此劇前有吳偉業序，中有云：

逆賢敗，逆案既佈，以公事填詞傳奇者凡數家；李子玄玉所作清忠譜最後出。事既按實，其言亦雅馴。雖云填詞，目之信史可也。

足以盡玄玉此劇。所云數家，今俱佚不可考。此本題名作李玉元玉甫，刻書當在康熙以後。然吳序仍作玄玉，且不缺末筆，序中又稱明爲先朝，可知書成於順治時，且當時已有刻本。此爲後來翻刻，但序文仍用舊板，故玄字未改。

此劇雖不及一人永占四種，但穿插關目，曲文賓白皆流利穩妥；且「言必覈實，事皆有據」而能生發變化，不愧「操縱自如」四字。曲文最佳者當推述璫，罵像，忠夢，魂遇四折。文長不錄。綴白裘第九集選此劇之書鬧，拉衆，鞭差，打尉四折。又創祠，罵像二折，崑曲班中亦有演之者，其餘諸折，久已無人道及。通唱之創祠，罵像二折，曲文猶是舊觀。綴白裘之書鬧爲原劇第二折；拉衆爲第十折，原題義憤；鞭差，打尉則析第十一鬧詔折爲二者。曲文大致相同，賓白多異。原劇賓白多用文言，間以「官話」；綴白裘則删改原文典雅之處，力求通俗，並增入蘇白。此綴白裘之常態，當時歌場風氣，原自如此。原劇不失爲案頭之書，綴白裘改本則純爲場上之曲。

姚燮復莊今樂府選總目收此劇，似曾見全書。近數十年來治曲者多未獲讀，亦不見於國內公私各家收藏目錄。僅日本久保天隨有霜英堂刻本一部，今歸臺北帝國大學。見董康書舶庸譚及帝大戲曲書展覽目錄。(註) 吳梅顧曲塵談曾及此劇而語焉不詳，未知是否曾窺全豹。此蘇州樹滋堂刻本余前年得之廠肆，前有封面式如下：

姑蘇忠義傳奇

一笠庵彙編

清忠譜

旌揚前代典　霜露後人心

金閶樹滋堂梓行

旌揚兩句爲篆刻朱文木印，半葉九行，行十八字，曲文大字，賓白小字，刻工甚精，是明末清初流行風格，蓋康熙初年刻本。全書附眉批甚多，解釋名物之外，多記當時掌故，有他書未載者。是否出於玉手，固不能定，然必蘇人所爲。題名云「蘇門嘯侶」，李玉元玉甫著。同里葉時章稚斐、畢魏萬後、朱㿥素臣同編。三人皆清初蘇州曲家，各有傳奇行世。新傳奇品著錄畢氏名作畢萬侯，王國維曲錄卷五作畢萬侯，字晉卿。馬隅卿（廉）曾云：「一說名魏，字萬後，」今見此本，得一確證。蓋用「畢萬之後必大」事。朱㿥亦多誤作朱確，王氏曲錄則只知朱素臣而不知其名㿥。數人合作一本傳奇，明清間常有此例。玉曾與朱佐朝等合著埋輪亭、一品爵二種，此劇之成，或葉等三人亦曾有所參與耶？

（註）臺北帝大即今國立臺灣大學之前身。余作此文時，臺灣尚未光復，及來臺大，得觀久保藏本，與余藏者實爲一本，但經書坊改換內封面耳。民國四十九年附註。

四、化人游　清初刻本

化人游一卷十齣，清丁耀亢撰。原題野航居士漫著。揚州畫舫錄卷五曲海目著錄，注云，「原有姓名，失記，」王國維曲錄卷五同。姚燮今樂考證著錄九從原刻本題名。今據諸城縣志卷十三藝文考，及康熙刻本西湖扇卷首附載耀亢子愼行所作重刊西湖扇傳奇本末，知出於耀亢手。耀亢字西生，號野鶴，山東諸城人。諸城縣志卷三十六有傳云：

耀亢少孤，負奇才，倜儻不羈。弱冠爲諸生，走江南，遊董其昌門，與陳古白、趙凡夫、徐闇公輩聯文社。既歸，鬱鬱不得志。取歷代吉凶諸事，類作天史十卷，以獻益都鍾羽正，羽正奇之。明季，鄉國盜起，時益都王遵坦用劉澤清兵捕土賊。耀亢素善遵坦，過於日照境，更爲募數千人，解安丘圍。順治四年入京師，由順天籍拔貢充鑲白旗教習。其時名公卿王鐸、傅掌雷、張坦公、劉正宗、龔鼎孳皆與結交，日賦詩陸舫中，名大噪。陸舫者，耀亢所築室而正宗名之者也。後爲容城教諭，遷惠安知縣，以母老不赴。爲詩踔厲風發，少作卽饒丰韻，晚年語更壯浪，開一邑風雅之始。縣中諸詩人皆推爲先輩。六旬後病目，自署木鷄道人，更著聽山草，卒年七十二。

余曾見耀亢手批正德刻本李杜合集，朱藍滿楮，書法奇偉，卷尾有跋云：

……順治癸巳，余卜居海村，借而讀之。甲午赴容城教署，携爲客笥。……感而書之。琅琊丁耀亢題于容之椒軒，時五十六。（下有「丁耀亢印」及「陸舫」兩朱印）

甲午爲順治十一年，據此及諸城縣志本傳，推定耀亢生於明神宗萬曆二十七年己亥，卒於淸聖祖康熙九年庚戌。

同治壬申，湖北崇文書局重刊耀亢所撰蚺蛇膽表忠記傳奇，後有族裔守存跋，所述耀亢事跡有諸城志不載者，略云：

野鶴先生爲存七世伯祖，生明季，以明經老。學問淵雅，著作甚富，尤嫻音律，名著齊魯間……。傳有所輯天史一書，歷采史乘所載因果實事，卷帙浩繁，以彰天道，勵人心。版已漫滅，印本尙有存者，未之見也。傳奇十三種亦多散佚。其他詩古文詞，尤不多覯。惟沈歸愚先生所選國朝詩別裁集載七律一首而已。先生生平多異跡，有鐵色珊瑚一枝，長尺有咫，貽自海藏龍君，事尤奇詭。先生自撰出刦記略山鬼談一篇記其詳，曾見刻本。鐵珊在諸邑小天台山宗祠中，爲世守之珍，不誣也。

耀亢所著逍遙遊詩集自云明末避亂，曾數浮於海，遍歷海上諸山得鐵珊事，卽在此時。耀亢自記，言之鑿鑿，然其事終涉怪誕，存而不論可也。

耀亢著述甚富，諸城縣志卷十三藝文考著錄：

逍遙遊一卷　陸舫詩草五卷　椒丘詩二卷　江干草一卷　歸山草二卷　聽山亭草一卷　天史十卷

西湖扇傳奇二卷　化人遊傳奇一卷　蚺蛇膽傳奇二卷　赤松遊傳奇三卷。

丁愼行重刊西湖扇始末記耀亢著述，於上列十一種之外，又有漆園草詩集及非非夢，星漢槎兩種傳奇。通行之續金瓶梅小說，亦耀亢所撰，(註)合之丁守存跋所記之出劫記略及傳奇十三種，北平圖書館所藏之家政須知，共二十餘種。今惟北平圖書館藏康熙煮茗堂刻本丁野鶴先生詩詞稿殘帙存：

逍遙遊二卷　陸舫詩草五卷附補遺　椒丘詩二卷　丁野鶴先生遺稿三卷　化人游一卷　赤松遊三卷　表忠記二卷　西湖扇二卷　家政須知一卷

逍遙，陸舫，化人，赤松，表忠五種，私人亦有藏本。此爲耀亢著述之僅存者，其餘未見傳本。煮茗堂本諸書卷數與諸城志間有異同，家政須知亦不見於諸城志。煮茗堂本當係晚出，所謂丁野鶴先生遺稿三卷，或卽包括江干，歸山，聽山亭，漆園草數集在內。丁守存所云傳奇十三種，今合存佚計之，不過六種，其餘七種，目亦不存。耀亢之詩雖不足頡頏古今名家，在當時實負盛名。所作傳奇則沈雄清麗，兼而有之，遠勝於六十種曲中之尋常作品。然流傳不廣，錄曲諸家亦多不之及，至今遂在若存若亡之間。文章傳否，固有幸有不幸也。

此劇略云：有何生者，名皐，字野航，浙中吳山人。才氣過人而不得志於時，憤世嫉俗，因思乘桴而浮於海。至海濱，已有漁翁艤舟相待。歷述此舟神妙莫測，幻化無窮。生異之，登舟欲發，又來二人，求附乘，許之。生復以寂寞爲苦，思集古今名士才人麗姝美女於舟中，共爲笑樂。舟子及二人並云能爲召請。於是曹植、劉楨、李白、杜甫、東方朔、陸羽、西施、趙飛燕、張麗華、莫愁、薛濤、桃葉、淩波諸人，翩然並至。復得崑崙奴爲司護衞，易牙爲掌烹飪。生大喜，解舟入海，縱飲酣歌。正行間，忽遇巨鯨，吞舟入腹。生不知也，但覺若至一地，天日昏暗，舟與諸人俱不知何往。獨行踽踽，驟有所悟，乃靜坐修煉，彷彿久歷歲時，不生不滅，大道將成。有魚骨大王，嫉生成道，命劍客以魚腸劍刺之。生方趺坐靜息，劍既著膚，段段化爲蓮花，生已證仙果矣。劍客大驚，生亦醒，乃問此爲何處。蓋生入魚腹以來，劍客爲其第一次所見之生物也。劍客告以此魚腹之國，寥廓萬里，虛無叵測，只楚大夫屈原寄居已千餘年，此後則再無人來。生乃命劍客爲導，往謁屈原，共賦離騷，快談甚洽。屈命人以橘偷生剖視之，中有二叟對奕，見生大笑。生方驚視，而屈原與二叟俱不見矣。恍惚中又若乘空而行，至南海魚骨寺，與番僧惠廣談禪。忽聞有人大叫云：「何生！何生！你夢好醒也！」醒則舟子與向求附乘之二人均在焉。蓋舟子爲玄眞子張志和，二人爲左慈、王陽，俱奉成連之命，來渡何生者也。生仙道既成，乃淩虛而去云。耀亢生平好道家言，時見於著述，而遭逢喪亂，半生不偶，奇情鬱氣，無所寄託。此劇乃其自爲寫照，故何生字野航，著者即題名野航居士。列子周穆王篇：「周穆王時，西極之國，有化人來。」謂幻化之人，即此劇命名所本。耀亢得鐵珊事，恐即此劇之背景。

余所藏此劇刻本與煮茗堂本板式字體均異，半葉九行，曲文大字，每行二十四字，賓白小字低一格，每行二十三字。字體圓中帶方，明末清初刻工風氣如此。蓋初刻單行本，封面題「野鶴齋傳奇秘本」「化人游詞曲」「嘯臺新咏。」前有順治丁亥龔鼎孳、戊子宋琬二序。丁亥爲順治五年，成劇當在明末。

（註）西湖扇傳奇題西湖紫陽道人撰，續金瓶梅題名相同。

五、赤松遊　康熙煮茗堂刻本

赤松遊三卷四十六齣，丁耀亢撰。王國維曲錄卷五據傳奇彙考著錄，無作者名氏。史記留侯世家，張良既佐漢高定天下，乃曰：「願棄人間事，從赤松子遊。」後人以此事譜劇者，元雜劇有王仲文之從赤松張良辭朝，明傳奇有無名氏之赤松記。耀亢此劇亦演良事，以楚漢興亡及呂后韓信諸事穿插其中，全據史傳，惟劇中以赤松子渡化張良爲線索，即以圯下老人與黃石公俱爲赤松所幻，既授良以天書，使爲帝王師，功成後，復渡良夫婦仙去。與史傳不合。留侯昇仙，固世人之所豔稱，然僅言神仙，又不足以盡此劇也。耀亢自述作劇始末云：

昔吾友王子房慕漢留侯之爲人，因自號子房。既通朝籍，見逆闖起於秦，乃抱椎秦之志。明癸未，請兵滅闖而及於難。余悲子房之亡，欲作赤松以伸其志。至甲申而中原淪於闖，我大清入而掃除秦寇，眞有漢高入關之遺風焉。……今來長安，遇西樓詞客，北嶽樵史，傳余以音律之秘，共相倡和，續前數年未完之業。計作於明之癸未，成於今之己丑，可以勉忠孝，抒憤懣，作福基，長道力。

據龔鼎孳及沈復曾所作逍遙遊序，知耀亢曾參王子房戎幕，固亦有椎秦之志者。此劇蓋以秦政喻李闖，韓喻明，漢喻清，張子房喻王子房，兼以自喻。託古寄慨，紀念故友，且以抒其故國之思，全劇沈雄悲壯，良有以也。癸未爲崇禎十六年，己丑爲順治六年，此劇蓋耀亢任鑲白旗教習時所完成，身雖仕清，迄未能忘懷故國，與灌隱主人有同慨也。

全劇三卷，上卷一至十六齣，敍張良椎秦不成，進履受書諸事，至劉項起兵止。中卷敍張良佐漢滅楚諸事，至保全太子止。下卷敍呂后殺韓信，張良辭爵訪道諸事，至良夫婦及鐵椎力士白日飛昇止。雖長至四十六齣，而穿插關目，絲毫不亂。曲文佳處甚多，或沈雄悲壯，或淸麗纏綿，不愧詩人之作。

此劇煮茗堂刻本，半葉九行，曲文大字，每行二十二字，賓白小字雙行低一格，每行二十一字，刻工甚精。前有順治壬辰查繼佐序，及耀亢自敍，作赤松遊本末，俱大字寫刻。次爲赤松遊題辭及嘯臺偶著詞例數則，皆耀亢自撰。

六　蚺蛇膽表忠記　順康間刻本

蚺蛇膽表忠記二卷三十六出。錄曲諸書均不收，僅見於丁氏八千卷樓書目。淸初無名氏（或云曹寅）有虎口餘生表忠記，故稱此劇必用全名或蚺蛇膽，始免混淆。劇爲丁耀亢官容城敎諭時撰，本擬進呈，後以中有譏切明時政治語，觸淸人不許擅議先朝之禁，耀亢又不肯改定，遂不果。事詳郭棻所爲序文，略云：

曩如鳴鳳諸編，亦足勸忠斥佞。獨是以鄒林爲主腦，以楊夏爲舖張，微失本旨。今上幾務之暇，覽觀興歎，思以正之。嗣以詞曲非本朝所尙，慮有旁啓，未渙綸音。相國馮公司農傅公相顧而語曰：此非丁野鶴不能也。于是札屬殷重。野鶴受書，屛居靜室，整衣危坐，取公自著年譜，沈心肅誦，作十日思，閱數月而茲編成，曰蚺蛇膽，志實也；曰表忠，颺美也。繕寫裝演，質之二公。會有以後疏一折，借黃門口吻，指前代秕政，搢紳陋習，過于賈生之流涕，有如長孺之直戇。復屬筆竄，愼重入告。無如野鶴五十年來目擊時事，髮指眦裂者，非伊旦夕。往往見之悲歌感歎。茲幸從事編纂，得少抒積衷，方掀髯大叫，囅然以喜。乃欲令之引嫌避忌，頓焉自更，野鶴然乎哉？于是斂藁什襲，擬付名山。

今按後疏爲此劇第二十二齣，攻擊明朝敝政陋俗，自永樂罵起，罵至嘉靖爲止。若非此劇所演爲嘉靖時事，將一直罵到崇禎矣。

此劇譜楊繼盛事。繼盛明容城人，於嘉靖時以參嚴嵩十大惡被殺，忠直之聲滿天下，詳見明史二百九。繼盛本傳及繼盛自爲年譜。其事爲世所習知，不具引。繼盛劾嚴忤旨，議廷杖一百，王世貞使人以「蚺蛇膽」貽之，云能壯膽護心，通血活脈，服之受杖可以不死。繼盛揮去之云：杖而不痛，仍是欺君，且楊某之膽大於蚺蛇膽也。故劇以蚺蛇膽爲名。明人舊有鳴鳳記，亦譜繼盛事。然其主旨乃爲表彰當時前後劾嚴諫臣八人，故開場詩有「前後同心八諫臣，朝陽丹鳳一齊鳴」之語。繼盛雖亦飾以生角，而事跡甚少。蓋以事爲主而不重個人，故其劇並無確定主角。鄒應龍林潤不過事跡較多，亦難謂之主角。此劇則專以繼盛爲主。劾嚴之外，於繼盛一生學問事功，自幼時牧牛苦讀，至劾嚴被殺，逐事詳述無遺，大體皆依王世貞所作繼盛墓碑及繼盛自爲年譜，間有裝點舖張之處，然皆有依據，非憑空虛構者可比。此外於被嚴所害之夏言、沈鍊，劾嚴成功之鄒、林，阿附嚴氏之趙文華、鄢茂卿諸人，亦各有舖敘。蓋即鳴鳳記之縮本，而增益繼盛事跡，使爲主角者也。

全劇結構謹嚴，關目生動，詞藻尤清麗遒健，遠勝於鳴鳳記之拉雜散漫，不止「文省於前，事增於舊」而已。第二十一齣修本，第二十二齣後疏，曲文襲用鳴鳳之第十四十五兩齣，賓白則多有增易。良以此二齣爲鳴鳳精華所在，故爲存之。第十六齣謫遇，即鳴鳳第十一齣驛裏相逢，以原作「詞與關目俱欠生動，故爲改作」，則洵爲點鐵成金。

此劇煮茗堂本外，尚有兩種傳刻本：（一）順康間刻本，半葉九行，曲文大字，每行二十字，賓白小字低一格十九字。封面式如下：

丁野鶴先生編

新編楊椒山表

忠蚺蛇膽

茲刻一脫鳴鳳記枝蔓專用忠愍爲正脚起孤忠於地
下留正氣於人間全摹年譜不襲吳趨本奉

命

進呈未敢自炫姑公之海內以補忠經云爾

前有順治己亥（十六年）保陽郭棻芝仙序。卷首題「擬進呈楊忠愍蚺蛇膽表忠記，容城縣教諭琅琊丁耀亢編，忠愍裔孫金容楊遠條校」。每齣後附耀亢自爲評注。（二）同治壬申湖北重刻本。耀亢七代姪孫守存任湖北道員時，據前本重刻，附楊忠愍公全集之後。封面題表忠記傳奇，郭序之外，增題詞三闋，皆守存同官所爲。卷首題琅琊丁耀亢撰，刪去容城教諭字樣。若無原本，後人將不知此劇爲耀亢在椒山故鄉所作。此雖小節，亦足見翻刻舊書之不可妄加刪削。

此文發表後數年，偶於他書中發見耀亢事跡三則，補錄於下。

徐東痴言少時於章丘逆旅見一客，袴褶急裝，據案大嚼，旁若無人。見徐年少，呼就語曰：「吾東武丁野鶴也。頗有詩數百篇，苦無人知，子爲我定之。」因擲一巨編示徐，尙記其一律云：「陶令兒郎諸葛妻，妻能炊黍子蒸藜。一家命薄皆躭隱，十載形勞合靜棲。野徑看雲雙屐蠟，石田耕雨半犂泥。誰須更洗臨流耳，戛戛幽禽竟日啼。」野鶴晚游京師，與王文安鐸諸公唱和，其詩亢厲，無此風致矣。（王士禛池北偶談十二）

諸城丁野鶴耀亢，官椒丘廣文，忽念京師舊游，策長耳驢，冒風雪，日馳三四百里，至華嚴寺陸舫中，召諸貴游山人，琴師劍客，雜坐酣飲，笑謔怒罵，淋漓興盡，策驢而返。（查爲仁蓮坡詩話上）

丁野鶴在椒丘，每晏起不冠，搦管倚樹，高哦得佳句，呼酒，禿髮酣叫，傍若無人。間以示椒丘諸生，多不解，因抵地，直上牀蒙被而睡。（今世說七）

七、揚州夢　康熙刻本

揚州夢二卷，淸岳端撰。曲海總目提要卷四十，王國維曲錄卷五，俱著於錄。提要云無名氏作，（註一）曲錄注云：

國朝愼郡王撰，王諱岳端，字兼山，號紅蘭主人，安和親王第三子。

今按楊鍾羲白山詞介卷一：

宗室蘊端初名岳端，字正子，一字兼山，號紅蘭主人，多羅安郡王岳樂子，封固山貝子，有玉池生稿。

李桓耆獻類徵文藝九宗室文昭條亦云蘊端初名岳端。牟其汶宗室王公世職章京爵秩襲次全表云：

太祖第七子爲和碩饒餘敏親王，名阿巴泰，阿巴泰子爲多羅安和郡王岳樂，岳樂有子二十人，第十八子蘊端，康熙二十三年正月，封授多羅勤郡王，二十九年二月，降爲固山貝子，三十七年四月緣事革退，無襲。

曲錄云岳端爲安和親王第三子，封愼郡王，且未言革爵事，誤。禮親王昭槤嘯亭雜錄卷六紅蘭主人條云：

紅蘭主人諱岳端，安親王子，安節王弟也。(註二) 善詩詞，崇德癸未時，饒餘王曾率兵伐明，南略地至海州而返，其邸中多文學之士，蓋即當時所延致者。安王因以命教其諸子弟，故康熙間宗室文風以安邸爲最盛。主人喜爲西崑體，嘗延朱襄、沈方舟等爲上賓，方舟妻某遲方舟久不歸，作杭州圖以寄之，當時傳爲佳話。主人嘗選孟郊賈島詩爲寒瘦集以行世。以宗藩貴冑之尊，而慕尙二子之詩，亦可謂高曠矣。

陶之典序玉池生稿略云：

歲庚申之，典伏蒙安和親王自長沙軍中載之後車，使珥筆備諸賢王顧問。維時我紅蘭主人年甫十齡，每授書百行，讀一二過卽背誦不遺。時時取唐人絕句，鈔寫吟咏以爲樂。凡宜貴習所耽嗜者，悉無所近。……自恭辭講席，越十有六載，側聞層樓輝萼，既唱塤和篪，而主人且日引韋素之有材藝者，開日華以坐之，相與欣賞良辰，追逐雲月，驚人寡和之調，自叢桂而出，殆無虛時。……頃兒子煊入覲朱邸，乃竊讀其玉池生稿。

查爲仁蓮坡詩話卷上云：

宗室紅蘭主人岳端，嘗自撰揚州夢傳奇，遍招日下諸名流賞之，會者百餘人。內有少年王生善集唐，即席詩成，結句云「十年一覺揚州夢，唱出君王自製詞」。主人大喜，以黃金十四鏈，白玉巵三，奉酒爲壽，曰「一字一金也」。生飲酒受金，即以金分給梨園十四人，曰「同沾君惠」。是日，主賓歡洽，轟飲而散。主人又號玉池生，善畫。嘗有句云：「淒淒滿地王孫草，漠漠一天神女雲」。又號東風居士，因有「東風無力不飛花」句，爲輔國將軍博問亭爾都所賞也。

據此三則，知岳端爲清初貴胄中能文好客者；爲人與納蘭成德相近。庚申爲康熙十九年，據此上溯，岳端生於康熙十年辛亥，卒年無考。成德生於順治十一年，卒於康熙二十四年，（據墓誌銘）長於岳端十七歲，成德卒時，岳端甫十五齡也。

康熙中，嵇永仁亦有揚州夢傳奇，演杜牧事，與元喬夢符詩酒揚州夢雜劇相同。此劇則演唐人小說杜子春事。（註三）因子春既與牧同姓，其少年時期之性格生活，亦類牧之豪華，而其時子春又居揚州。後則資財蕩盡，感悟學仙。故開場詞云：「小杜有詩堪借用，十年一覺揚州夢。」子春事見唐李復言續玄怪錄，（太平廣記卷十六引）及醒世恒言卷三十七，二書所記，微有不同。此劇關目穿插，略同恒言，不具引。惟劇以子春前身爲關令尹喜，隨老子仙去後，忽念其妻子久墮輪迴，乃辭老子下凡，復生人世，欲度其妻；乃一到塵寰，遽爲七情所困；故老子自下凡度子春，而令麻姑度其妻韋氏，與續玄怪錄及醒世恒言皆不相符，蓋作者所添出也。（註四）曲文淡遠自然，全用白描，與劇中沖穆之意境相稱，於明清傳奇中別具風格。以詩擬之，決非西崑，而與郊島之寒瘦相近。較成德之納蘭詞，異曲同工，略無遜色，滿人中異才也。

此劇傳本極少，曲錄所收云是全集本。此康熙刻本，前有尤侗，洪昇序，朱襄跋，半頁九行，行二十二字；曲文大字，賓白小字，刻工與汲古閣初印六十種曲相同，精整過之。今世所傳玉池生稿爲寫刻者，(註五) 此本板式行欵，與之均異，似非所謂全集本。朱襄跋云岳端爲此劇後三年，顧硯山携其稿歸吳門，將鏤板行世，新安俞瑶章爲董其役；末署康熙辛巳。顧携稿至吳門，實爲庚辰五月，見洪序，自庚辰上溯三年爲康熙三十七年戊寅，岳端年甫二十八歲，是年四月革爵，其爲此劇，或因被革而有所感觸歟？玉池生稿成於二十六歲時，見陶之典序，此外更未聞有其他作品事跡，岳端享年似不甚永。

(註一) 曲海總目云，子春世爲揚州巨商。又云，子春改祖居奉老君像，登仙時，諸親畢集，見像頂出白雲三朶，中坐老君，左子春，右韋氏，冉冉上昇而去。俱與此劇不同。按上述二事見於醒世恆言，此劇敍事於恆言原文略去處甚多，不止此二事。總目爲諸劇作提要，有小說可據者多依之，有時且直錄原文，與劇本却不盡相合。故雖未書作者姓名，仍可知其卽是此本。

(註二) 據宗室王公世職章京爵秩襲次全表，岳端之兄爲多羅安懿郡王，名瑪爾渾，安節郡王名華玘，瑪爾渾次子，岳端之姪也。雜錄誤。

(註三) 曲海總目提要卷二十三收廣陵仙傳奇，胡介祉撰，亦演子春事，內容穿插與此劇及小說均不同，提要敍之甚詳，而原作不存，無從比勘。介祉亦康熙時人，年輩長於岳端，廣陵仙成書或在此劇之前。

(註四) 曲錄云此劇演老子尹喜事，蓋由未檢杜子春小說，但據此劇第三折之敍事也。

(註五) 玉池生稿極難得，曾見琉璃廠邃雅齋有一部，不知爲何人購去。燕京大學圖書館藏舊鈔本。

八、寒香亭　乾隆懷古堂刻本

寒香亭四卷，淸李凱撰。姚燮今樂考證收入著錄九注云：

凱字圖南，號雪崖，鄞縣人。

今按鄞縣志卷四十二人物傳十七云：

李凱，字圖淩，中雍正八年進士，乾隆十九年爲紹興教諭。能詩，尤工詞曲。少與范梧交，梧精於音律，嘗出所作紅玉燕傳奇相示。凱亦擬寒香亭傳奇示梧，梧自歎不及。平居孝友，女兄弟三人俱家貧，每年各贍銀米，沒身不衰。季父歿後，從兄弟俱幼，凱以銀米按季給贍，至各成立乃罷。卒年六十九。

本書卷首載范梧序，略云：

歲乙未，始與李子雪崖定交，雪崖齒少於予，帖括而外，兼業詩古文詞，尤工聲律。因相與上下其議論。其於五聲七音八十一調，無不剖豪芒，窮窈眇，且間出所譜宮曲相示，於移宮換羽之際，予雖積數十年之精力，尚有未經深究者。……最後見其所塡寒香亭傳奇，其敍致之妙，研辨之精，視其少作，彌益精當，而雪崖方更殫力於經史之旨，欲紹閩洛之微傳，則此猶特一斑之豹耳。

又錢維喬跋云：「雪崖起家甲科，以司鐸老。」綜此數則，李氏生平略可考見。本書題「鄞江圖淩李凱塡詞」，與鄞志同，今樂考證云凱字圖南，恐誤。

此劇略云：有譚素者，字棲霞，秣陵人，少年才俊，父母俱歿，未娶。思「棄產辭家，壯遊南北」。適聞其友虞翽盛讚江都衛吏部之女淩波秀美而文，方隨任燕京，乃動遐想，決計往燕訪之。云有年伯謝平江，名綀，在京，可爲良媒也。既至燕京，尋得寓所，寓中有亭，環植梅樹，名寒香亭。同廡有苗仰峯者，告譚云：有魏禮部者居此數年，其女甚美，今已他徙矣。譚則漫應之。俄於寓中空舍得詩稿一冊，署云女史淩波筆。大喜，因思苗言，悟所謂淩波者實魏禮部女，虞生云衛吏部者，音近而訛也。乃依韻和其寒香亭詠梅詩。適有老嫗自稱魏府崔婆，以移徙時遺落小姐詩卷，奉命來覓。生遂以詩稿還之，潛置和作於內，以爲藉此可爲進身之堦。然魏禮部與衛吏部實爲兩人。魏名思衛，爲其妹丈，已歿，遺女淩波奉母寄居舅家，復同徙新寓，故其詩卷遺落於寒香亭寓中。崔婆既得詩卷，以付魏女凝烟。女亦美而擅吟咏，見生詩甚喜，復潛詢崔婆，知生少年秀美，乃補和一首，與生作並置詩卷中，以還淩波。淩波見之，悃然心動，而無從覓譚生踪跡，遂亦置之。時衛母久客思鄉，遂携女返江都故里。譚生則浼謝綀向魏禮部處作伐，謝許之。適魏以疏劾奸相段維凝，被貶山東滋陽知縣，謝至魏方欲起行，以深信謝故，未見譚面，即行許婚。謝旋至譚寓，擬告以婚事已成，至則惟苗仰峯在，云譚已於前兩日南歸矣。蓋譚自謝處回寓，値虞翺自南來京，乃知淩波實姓衛而不姓魏，且已隨母返江都，譚遂於當日出京追之，故謝來不及見也。譚既至江都，賃屋於衛氏園旁，冀得一見。一日，拾得詩箋二紙，即譚前所和淩波詩及凝烟補和淩波詩，置於樓窗之側，爲風吹墮者也。淩波既失詩箋，命婢至譚處尋覓，譚乃告以我即和詩之譚素，於是以婢爲介，與淩波得一晤面。越數日，淩波忽爲揚州守魚得計強刼以去，欲送至京獻於段維凝。譚聞之，晝夜追舟至滋陽運河渡口，見女舟停泊岸側，奮然曳纜，思移舟近岸，而用力過猛，舟竟覆，淩波溺焉。舟人大譁，縛譚送縣，請治以殺人罪。縣令即前此被貶之魏思，見譚生名，固其未婚婿也，且縣署中已先有一譚素在，乃大驚異。此僞譚素即苗仰峯，因聞謝綀告以魏譚婚事已成，又知譚已南返，乃至滋陽自稱譚素，圖冒親魏，方疑其不類，使暫居署中，既見眞譚素，更疑莫能決。時崔婆隨任在署，聞有二譚素，潛窺之，崔固曾識譚於寒香亭者，乃告魏以犯人爲眞譚素，先來者僞。魏於是潛召譚至後衙詢之，備悉其情，遂遣送譚至署之舟人先回揚州覆命，譚生留署候徵。舟人既去，陰縱譚赴京會試，而以苗仰峯僞爲譚素，杖責逐去，以掩人耳目。譚至京與虞翽俱中進士，因對策劾段維凝魚得計之奸惡。先是高麗叛將哈力巴請降，維凝力主收納，至是高麗王稱兵犯境，以朝廷納其降將爲名；帝方惡維凝前此之多事，既得譚疏，乃立黜段魚，起復魏思爲帥，譚虞爲參軍，共討高麗。亂平回京，譚復往謁謝練，練告以有女擬嫁與譚，譚却之，且言爲衛氏慘亡故，卽魏凝烟亦不迎娶。謝不允，強訂吉期，至期，花轎二乘至門，其一爲魏凝烟，一則衛淩波也。蓋淩波墮水後，適逢謝自籍進京之舟，被救不死，謝以爲己女，共至京；魏思征高麗回京，晤謝，得知其情，乃與謝議以己女及淩波同歸於譚，而故不使譚知，既至洞房，譚始知淩波未死，又得凝烟，喜過望云。

此劇意境殊不甚佳，在今日尤爲時代落伍者。且情節關目，全襲萬樹之風流棒，而詞句之清新，結構之靈巧，遠不逮之，未爲佳作。特作者頗有偏才，其譎訂一齣以監咸窄韻塡混江龍長至數十句，亦頗壯麗也。

九、如意緣　道光十三年鈔本

此懷古堂刻巾箱本半葉九行，行二十字，賓白小字低一格，有眉批，多稱美劇中辭藻。首雍正辛亥（九年）范梧序，乾隆丁酉（四十二年）羅有高序，乙巳（五十年）錢維喬跋，周壎題詞，成書當在雍正初元，印行在乾隆末葉。

如意緣上下二卷二十齣，清信天齋癯道人撰。不見著錄。前有乾隆壬寅（四十七年）自序，云晚年爲此劇。劇中多用北京旗人語揷科打諢，作者當是雍乾時京旗人。

劇演喬太守亂點鴛鴦譜事，詳見醒世恒言及今古奇觀。劇情悉依本傳，不具引。明沈璟所作四異記及無名氏所作碧玉串（又名雙玉串）亦演此事，見曲海總目提要卷五，蓋本嘉靖間崑山實事而稍加變化。二劇今皆不存，演此事者此劇爲碩果矣。

全劇規律俱仿明人正格，穿揷結構，生動整齊，詞藻亦清麗穩妥，惟當行本色處，殊不甚多，望而知爲清人手筆。劇以生扮孫潤，旦扮劉慧娘，餘則外末丑淨貼旦小生，分配頗爲適當，惟全劇太著重生旦，所唱曲文至多，登場次數亦繁，且局於本傳，殊少波瀾，若登場虆演，生旦二角未免太累，更易使觀衆厭倦，此其所以未能流行歌場，以爲案頭之曲，則尚可誦耳。

此劇未見傳刻。馬隅卿先生（廉）藏有鈔本，僅存半部。此本係舊鈔，有忠信堂徐印記，似是伶工鈔本。目錄後有「道光十三年歲次癸巳」九字，當是鈔書之年。半葉九行，曲文大字，每行二十四字，賓白小字（單行）低一格二十三字。有朱筆眉批旁批及圈點甚多。觀其行款格式，似從刻本鈔出。

十、西川圖　咸豐九年鈔本

西川圖三十齣，不分卷，清無名氏撰。揚州畫舫錄卷五曲海總目著錄，王國維據收入曲錄卷五，姚燮今樂考證據焦氏曲考著錄，諸書均作清無名氏撰。明代錄曲談曲諸書及各家筆記均不之及，當非明人舊本。綴白裘初集卷三收蘆花蕩一齣，云出西川圖，今按卽此劇之第二十九齣氣周，可知乾隆時劇已傳唱於世，成書當在康熙中。劇演三國時劉備東吳招親事曲海總目提要卷三十七亦收西川圖，所演爲明太監劉永誠及其嗣子聚征西事，與此同目異本。諸書著錄，語焉不詳，各爲何本無從考定。

淸禮親王昭槤嘯亭續錄卷一，大戲節戲條云：

乾隆時……命莊恪親王譜蜀漢三國志典故，謂之鼎峙春秋……抄襲西川圖諸院本。

今世傳鼎峙春秋有二本：乾隆原本及嘉慶時改定本(註)均有孫劉結親事；然曲白關目，與此劇大異；此劇除孫劉結親外，又無他事。不知鼎峙春秋抄襲西川圖之語，何所依據。以意度之，有兩種可能之結論：（一）今本西川圖爲鼎峙春秋所抄舊本之縮改本。（二）演蜀漢事之西川圖，原有兩本，卽鼎峙春秋所抄者及此本。

回荊州爲今日皮黃班中最流行之劇，世所習知。此劇情節穿揷，完全與之相同，蓋卽皮黃本之前身。曲文賓白，淸利可誦。氣周一齣，詞句關目，與今日通唱之蘆花蕩相同；惟襯字較少，賓白亦簡略，猶是近古之本。

此劇未見傳刻，余所藏爲咸豐九年鈔本，半葉九行，曲文大字，賓白小字，每行二十五六七字不等，有目錄，題新編西川圖目錄上卷，實不分卷，原劇應是上下二卷，爲鈔者所幷耳。書法尙佳，惟多別體減筆，是伶工鈔本。凡珠字皆缺末筆，當是鈔者私諱。

此文發表後，復閱曲海總目提要，其卷三十二收錦繡圖劇，注云一名西川圖。提要略云：「演劉先主及諸葛亮謀取西川事……此記與草廬記相彷彿，因先主三顧草廬則曰草廬記，因張松獻西川圖則曰西川圖也。其事皆接在古城以後，本於演義者儘多，如張飛、夏侯惇事，及三氣周瑜等，皆與正史不合，茲不具載。」按余所藏本僅敍東吳招親一事，取西川、獻地圖等皆不載，與劇名不合，而亦有氣周事。可知此本極有可能爲錦繡圖卽西川圖之縮改本，而非西川圖有二本。

（註）孔德學校所藏鼎峙春秋與琉璃廠某書店藏本不同之處甚多。孔德本末齣醉太平云：「早除了絕域氛霾，早平了幾千處黃花寨，早開了二萬里恒沙界」。某書店本云：「早除了三省氛霾，早平了幾千處白蓮寨，早淸了川陝蜀蠶叢界」。前者指乾隆時征服外藩，後者謂嘉慶時平定三省白蓮敎。故知一爲乾隆原編，一爲嘉慶時改本。

民國二十七年，燕京學報第二十四期。

此爲發表後四五年中陸續增訂之稿。

此篇所記十種，實皆寒齋舊藏，當時有所避忌，故託言「個人耳目所及」；予所藏善本戲曲小說亦遠多於此。三十年來，居經流徙，士禮之刋未成，而篋中已無一宋槧。今追昔，感慨係之，倘亦唐人詩所謂「舊業已隨征戰盡」之比耶！五十九年冬日附識。

明斯干軒本琵琶記

元明雜劇傳奇影響最深流傳最廣的有兩部，西廂記和琵琶記，正好一部是北劇一部是南戲。牠們影響所及包括各階層人士，流傳的時期則自明初直到清末，始終不衰。正因如此，牠們的板本也就特別多。西廂板本不在本文範圍之內，可以不談。琵琶記就我個人所知見的明代及清初刻本，卽有十餘種，屬於毛聲山批七才子本系統的各種覆刻本並不在內。毛批本是經過增删竄改的，與原作的本來面目有相當距離，關於這一點，需要另作專題討論。此外明代及清初諸本，沒有一本內容與他本完全相同，也沒有一本是大不相同；但僅就這些本子所有的差別而論，卻有若干是很重要的。所以讀琵琶記一定要講求板本。這些明清刻本，正如其他戲曲舊本一樣，都是難得的古董，其中只有三種因爲有影印或覆刻本的緣故，比較容易見到。一種是「陳眉公批評本」，萬曆時刻本，有劉氏暖紅室覆刻，又有坊間石印及排印本。此本分上下兩卷，每卷又分上下，共是四卷。一種是「凌濛初刻臞仙本」，天啓或崇禎時刻本，有上海蟫隱廬影印。此本分爲一二三四等四卷。一種是「南溪斯干軒校正巾箱本」，刋印年代詳後，有武進董氏誦芬室影印。此本分上下兩卷。三種之中，以末一種斯干軒本最爲重要，牠在琵琶記現存諸本之中時代最爲近古，也確實有佳勝之處。本文主旨卽是要簡單介紹這一個本子。

斯干軒本與陳凌二本不同處，要分四點說明。第一是齣數不同。陳眉公本四十二齣，凌濛初本四十四齣，斯干軒本則爲四十三齣。陳本第八齣，斯干沒有，斯干第四十一齣，陳本沒有，陳本第四十二齣，斯干分爲兩齣；增減分合相抵，斯干比陳本多一齣凌本第三十九齣斯干沒有，其餘完全相同，所以斯干較凌本少一齣。其中可注意的是陳本的第八齣標目是「文場還士」斯干及凌本都沒有。這一齣關目既嫌冗贅，文字亦甚俗陋，凌本凡例第二條云「時本琵琶大加增減，如考試一折，古本所無」據此可知斯干與凌氏所謂古本相同。但凌本的第三十九齣眉批云「此折爲時本所刪」斯干恰好沒有這一齣，則是又與凌氏所謂時本相同了。可知齣數之或增或減並不能確定本子之早晚，古本或時本云云也不過是凌氏個人的意見而已。所以文場考試一齣之有無與斯干軒本之時代早晚尚無密切關係。（凌本齣皆作折，本文爲求一致均改爲齣。）

第二點是斯干軒本賓白較之陳凌二本不僅內容簡單，文字也較爲古樸。斯干的曲子也與陳凌二本有許多文字上的差別，有時字句稍異，有時整支曲子不同，而這些異文常是斯干較勝，尤其勝於陳本。陳本在三本之中最爲遜色，不幸的是此本流傳最廣。還有一件事：陳本第三十四齣即凌本第三十三齣都有「佛賺」一曲，不論腔調文字都與全書其他各曲不類，也可以說根本不是南曲正調，這顯然是後人所加，斯干就沒有這支曲子，這是斯干軒古於陳凌二本的有力證據。

第三點是斯干沒有標題齣目，如陳本的「副末開場」或「高堂稱慶」之類，而只有第一齣或第二齣字樣。這一點斯干與凌本是相同的。凌本凡例第八條云：「歷查諸古曲，從無標目，其有標目者皆後人謬增也。且時本亦亙相異同，俱不甚雅；從臞仙本不錄」元明戲曲本來都是只題折數或齣數而不標題齣目的，後來爲了演唱時作爲標識並供伶人記憶之用，才有所謂齣目。早期作品如琵琶記拜月亭等標目，都是後人加上去的，故有如凌氏所謂「時本亦亙相異同，俱不甚雅。」到隆萬以後，標題齣目成了習慣，於是作者便自己撰寫齣目，其文句也就比較精雅，花様也就層出不窮。如孫鍾齡（仁孺）的東郭記，便以孟子成句作爲齣目。斯干軒本不標齣目，正與凌刻所據的臞仙本一様，乃是明人傳奇的原始形式。

第四點是：斯干軒本所有曲子都不注明宮調。例如「瑞鶴仙」陳凌二本都注明是正宮引子，「錦堂月」陳凌都注明是雙調過曲，斯干則僅題瑞鶴仙或錦堂月而不注明正宮或雙調。凌本凡例第五條譏評這種不注宮調的辦法云「曲有宮調，東嘉所作引子過曲時不用一宮，時本混刻，難以辨調。」我却以爲不注宮調正是古本舊刻的本來面目。嘉靖以前刻本的傳奇，除這一部斯干軒琵琶記之外，據我所知見還沒有第二部，無從求證，但我們可以從舊刻北雜劇觸類旁通。北雜劇的舊本多數是不注宮調的。元刋雜劇三十種如此，一直到弘治本西廂記還是如此。因爲各個曲牌所屬宮調，如點絳唇屬仙呂，一枝花屬南呂之類，在當時的作者、歌者以及大部份聽衆都是熟習的。如是內行，不注明也會知道；如是外行，注了之後還是莫名其妙。所以早期的本子多不注宮調。到後來爲了淸楚起見才一一注明，而且大家一律照注，這不妨說是一種進步的辦法，但原來並非必須如此。所以，斯干不注宮調，正是其爲舊本的一項明證。

以上是就斯干軒本的特點加以簡單說明；以下要談一談這個本子的板式行欵及刋刻年代。

這個本子的全題是「新刋巾箱蔡伯喈琵琶記」，署名處平列兩行「東嘉高先生編集」「南溪斯干軒校正。」半頁十行，每行十八字，曲文大字單行，科介賓白小字雙行，曲調名用陰文刻。小黑口，板框略呈寬扁形，這是一般巾箱本的共同形式。斯干是詩經小雅篇名，暖紅室覆刻陳眉公本跋語提到這個本子作斯于軒，是不對的。原書是淸嘉慶中吳縣藏書家黃丕烈士禮居舊藏，光緒中歸端午橋（方）端氏又轉送給翁松禪（同龢）現歸國立中央圖書館編入館藏善本書目甲編卷四集部詞曲類。書後面有黃氏跋語三則，其一云：

余向從華陽橋顧氏得陸勅先手鈔琵琶記，其標題曰新刊元本蔡伯喈琵琶記。後有觀菴跋云「遵王固有二本，其一元本，其一郡肆翻刻本。」蓋元本者，文三橋識云「嘉靖戊申七月四日重裝本也」；郡肆翻刻本者，蘇州府閶門內中街路書舖依舊本命工重刊印行之本，亦嘉靖戊申歲刋者也。然鈔本照元本繕錄，計葉二十八行，行三十字，與此刻異矣。此刻楮墨古雅，疑是元刻，却與遵王所藏不同，詞句亦多與陸鈔本間異，未敢定彼是而此非。此本亦爲顧氏物，最後散出，卷端有陸貽典印，當是陸貽典勅先兄弟行，何觀菴跋語未之及。惟云「定遠亟稱花邊本，已從求赤得之」而此本有錢孫保印，未知即此本否？以余並藏鈔刻，可云合璧，未容軒輊於其間。裝成因誌數語于後。嘉慶乙丑春二月四日，蕘翁黃丕烈識。

黃跋所云陸勅先鈔本，錢遵王所藏元本，及嘉靖戊申郡肆翻刻本，我都沒有見過；陸鈔本據聞仍在人間，後二者存亡不得而知。黃跋所云花邊本即是現在中央圖書館所藏金陵唐晟刻本，唐氏所刋戲劇書，板框都刻有花紋，故稱花邊本。以上四本或存或亡，都與本題無直接關係，可以不必管他。至於黃氏對於斯干軒本則只稱其「楮墨古雅，疑是元刻，」而並未確定其爲元爲明。不過在黃氏藏置此書的匣子上則刻有「元本」字樣。藏書家對於自己的藏本往往提前年代，抬高身價，這是不足怪的。而在跋語中他却不作斷語，可見其仍有分寸，並未鑒定此書確爲元刻。而且，高明寫成琵琶記的年代總在元順帝至正十年以後，下距元亡最多不過二十年。當時江浙一帶已經很不太平，此書殊少付刻可能。所以我認爲各琵琶記根本沒有元刻本，歷代藏書家所謂元本至多是明初刻本。

有些人認爲此本不僅不是元刻，而且要晚到明中葉卽正德嘉靖之間。其所持理由是：這個本子的字體，不管是從整個字的形體上看，或者從筆畫的鋒稜上看，都是方方正正的，與元代及明初的圓潤生動不同，而極像正嘉時期流行的刻工字體。一般說來正嘉時期所刻的書，與元代及明初刻本，其分別確是如此；而這個斯干軒本琵琶記與嘉靖時刻的清平山堂話本的確有些相像。所以說斯干軒本是正嘉刻本未嘗不可。卽此已是現存琵琶的諸本中最早的了，因爲其餘諸本都是萬曆至天啓崇禎或清初時的東西。再進一步說，我們還可以把斯干軒的時期更提早一些。文學或藝術上的某種風格形式，其演進完成都是由漸而來，決不是短時期的事情。這種方體字在嘉靖時已很流行，其開始自然會更早。我曾把斯干軒本琵琶記與元延祐庚申刻本東坡樂府比較對看，二者的刻工很像，都是方體字，不過後者還稍有一些圓體的痕跡而已。尤其巧的是二者都是半葉十行每行十八字，刻書的行欵常是與時代風氣有相當關係。所以我們可以說斯干軒本的這種刻工字體及半葉十行每行十八字的行欵在元朝已經有了。但在萬曆以後這種刻工字體卽甚少見。因此我們可以說斯干軒本的年代不會晚於嘉靖而可能早到明初。此書題爲「東嘉高先生編集」而不稱其名，也多少可以證明刻書年代去高氏並不太遠。國立中央圖書館著錄此書，題爲「明初葉刋本」，不說是元本也不說是正嘉時刻本，我以爲這種說法是對的。因此，斯干軒確爲現存琵琶記最早刻本。

和其他善本古書一樣，斯干軒琵琶記原書是藏書家的珍秘，一般讀者很難見到，自從董氏誦芬室影印之後，才得與世人相見，算來也有三十年了。董氏影印或覆刻的明清善本戲曲很多，紙張印工都很精美，這本琵琶記也是如此。不過董氏把明末凌濛初刻本的插圖影印出來，裝在斯干軒本的前面而未加一字說明。這樣會使沒見過淩刻及斯干軒原書的人以爲這就是斯干軒本原有的揷圖，而誤會在明初或嘉靖時已有了這樣精美工緻的板畫；其實斯干軒本並沒有揷圖，原書具在，可以證明。像這樣含胡不明甚至有作僞嫌疑的辦法，是影印古書的大忌。從前已經有人作專文批評董氏此舉的失當了，不過那篇文章仍襲舊說認爲斯干軒是元本，這是不對的。

暖紅室主人劉世珩曾見到過斯干軒及另外一種明刻本，在他覆刻的陳眉公本之後附有跋語，詳述斯干軒本的收藏經過及板式行欵。劉氏仍從舊說稱斯干軒爲元刻本，並據斯干軒及上述明本校勘陳眉公本，成札記二卷，作爲覆刻陳本的附錄。劉氏這部札記，亦卽校勘記，並不很好，不夠謹嚴，不夠清楚，有瑣碎的地方，又有遺漏的地方。卽如第一齣陳本第一頁下半第一行至第三行一段問答科白，卽「且問梨園子弟……戲文大意」云云，斯干軒本無此一段，而劉氏札記並未校出。此外還有若干處校語糾纏不淸，令人不知所云。劉氏本非專門學者，自無怪其如此。以斯干軒校其他明本的工作是很重要的，但劉氏的札記不能用，需要另作。本文則限於篇幅及時間，只能約略舉出斯干軒本的幾項特點；詳盡的校勘，要俟之異日。還有一點要提到的是：斯干軒本雖有許多佳勝之處，但原本字跡稍嫌模糊，若爲一般誦讀，蟫隱廬影印淩刻本是很好的本子，勝於陳眉公本及一切排印石印本。

民國五十四年，香港文學世界季刊九卷二期。

後記：近已有人根據陸鈔本校註重印，我這篇文章因之須稍加修改，但大體不差，姑且存之。五十九年冬日記。

喻世名言(古今小說)分類考證

明末馮夢龍纂輯的三部話本總集：警世通言、醒世恒言、喻世明言，合稱三言，是宋元明三朝話本的淵藪，古代短篇小說的寶庫，其價值實勝於馮氏同時人凌濛初的初二刻拍案驚奇（合稱二拍）。三言之中，通言、恒言、俱有傳本，只有喻世明言在國內失傳已久。日本內閣文庫及前田家尊經閣文庫各藏有題名爲古今小說的一部書，根據原書序文及專家考證，知道所謂古今小說，卽是喻世明言。民國三十六年上海商務印書館根據上述兩種藏本的照片，把這部書排印出來，全書線裝六冊，於是三言始得全部流行於世。

商務本印行不多，出版後不久卽不易買到，在臺灣更加鳳毛麟角。最近臺灣世界書局把這部書重印出來了，這是研究古代小說的一件大事。而且世界的這個本子，是用原書照片影印的，自然比商務的排印本好。因爲書經重排，總難免有錯字；又有若干原照片模胡不淸的字，商務本認錯了也就排錯了，世界本則原狀具在，讀者可以自行辨定。還有若干字句，商務本刪節了去，其實是無須刪節的，在世界本裏都能見其全貌。這都是世界本勝於商務本之處。

馮編三言各收話本四十篇，共爲一百二十篇，其中有宋元或明初的舊本，有馮氏自己或其他明朝人的新作。通言、恒言、不在本文範圍之內。本文只簡單介紹古今小說卽喻世明言所收四十篇的篇目，及其寫作時代。各篇故事的詳細內容，自然不是這篇短文所能敍述的。

下面是這四十篇的目錄，依照原次序抄錄下來，我把他們分爲甲乙丙丁四類，在每篇題目下分別注出，並附以簡單考證。

甲類是宋元或明初的舊本。凡全篇見於洪楩刊行的清平山堂話本集、雨窗集、欹枕集，或篇目見於晁瑮所編的寶文堂書目，都屬於這一類。洪晁都是嘉靖時人，他們所刊行收藏的話本，自然都是宋元或明初的作品。而且古今小說中見於洪刻或晁目的若干篇，結構文字都比較古拙質樸，所用語法詞彙與明代不同的地方很多，更足以證明這些篇確爲舊本。

乙類諸篇是可認爲馮夢龍本人作品的。根據這些篇的文字、體製（晚明話本體製與宋元舊作不盡相同）、地名、官名及制度諸項，可認定其爲明代作品。而各篇故事又都見於馮氏所編情史，情節完全一樣。所以我假定這些篇是馮氏自作。馮作一定不止此數，不過這些篇馮作的痕跡較爲明顯。

丙類是明代的作品。凡有具體證據，如官名、地名、制度等，可以證明是明人作品，而無從證明是否馮氏自作的，屬於此類。

丁類也是明人作品，但無具體證據，只從他們的文字上可以看出。此類諸篇的文字都是晚明風格，流暢有餘，樸拙不足；其語法詞彙接近近代而與宋元不同。

後三類裏邊，馮氏所作大概十居七八。因爲明朝中葉，即成弘至隆萬這一段時期，話本式微，沒有多少人寫作這類小說。話本復興是天啓崇禎時期的事，馮夢龍則爲這一運動的中堅份子。

這樣分類，當然有許多篇無從確定。如甲類裏邊僅見於寶文堂書目而別無他本的幾篇，或許是同目異文也未可知，既無對證，當然不能斷定這幾篇就是寶文堂所著錄的原本。又如乙丙丁三類，其中有許多篇是僅憑原作的結構文字來推測的，所以我的分類標注只是一種嘗試假設，不過可以自信雖不中亦不遠耳。

蔣興哥重會珍珠衫　乙

情史卷十六有珍珠衫條。（以下凡引情史，其情節皆與古今小說相同。）篇中云：「蔣興哥乃湖廣襄陽府人氏。」湖廣之稱，始於明朝。此篇選入今古奇觀。

陳御史巧勘金釵鈿　乙

情史卷十八有張灝條，張灝爲此篇主要人物，篇中有湖廣籍貫之語。又云：「送入國子監，連科及第，」亦是明朝制度。

新橋市韓五賣春情　丁

閑雲庵阮三償寃債　甲

此篇見洪楩刊行之雨窗集，題爲「戒指兒記。」金瓶梅詞話中也曾引述這段故事，可知流傳已久。此書所收舊撰話本，與洪楩刊本校勘，文字體製都小有改動，不過大段不差耳。篇目則全部改過，乃是因爲要與上篇或下篇對偶之故。

窮馬周遭際賣䭔媼　乙

情史卷二有賣䭔媼條。此篇中有「北方的媼字，即南方的媽字一般」之語；可知是南方人作品；馮夢龍是蘇州人。

葛令公生遣弄珠兒　乙

情史卷三有葛周條。此篇模倣宋人話本的痕跡很顯明，文字全是晚明風格。

羊角哀捨命全交　甲

見欹枕集，題爲羊角哀死戰荆軻。此篇選入今古奇觀。

吳保安棄家贖友　丁

此篇選入今古奇觀。

裴晉公義還原配　乙

情史卷四有裴晉公條。此篇選入今古奇觀。

滕大尹鬼斷家私　丙

所敍是永樂間事，雖屬明初，但不見於洪刋及晁目，文字淺近，而不見於情史，故入丙類。

趙伯昇茶肆遇仁宗　甲

篇中云「伯昇名旭。」寶文堂書目有趙旭遇仁宗傳，想卽此篇。

衆名姬春風弔柳七　丙

此篇根據淸平山堂話本中之柳耆卿詩酒玩江樓記增飾改編，原作面目全非，故入丙類。篇中揷入吳歌數首，疑是馮氏手筆。

張道陵七試趙昇　丙

篇首引「國朝」唐寅詩，知是明人作品。

陳希夷四辭朝命　丙

篇中直書宋太祖太宗之名，元人固不避宋諱而文字較古拙，此篇則流暢淺近，當是明代作品。

史弘肇龍虎君臣會　甲

寶文堂書目有史弘肇傳，當卽此篇。古拙質樸中有雄渾之氣，斷非明人所能模倣；語法詞彙亦顯然與明人不同。四十篇中此篇與宋四公大鬧禁魂張俱爲最古之作，文學價値亦最高。

范巨卿鷄黍死生交　甲

見雨窗集，題爲死生交范張鷄黍，與元人宮大用所撰雜劇同目。

單符郎全州佳偶　乙

情史卷二有單飛英條。

楊八老越國奇逢　乙

情史卷六有楊八老條。右兩篇有「金虜」「胡元」之語，自是明人作品。

楊謙之客舫遇俠僧　丁

陳從善梅嶺失渾家　甲

見淸平山堂話本集，題爲陳巡檢梅嶺失妻記。寶文堂書目亦有著錄。

臨安里錢婆留發跡　丁

木棉庵鄭虎臣報寃　丁

張舜美元宵得麗女　甲

此篇見於熊龍峰所刻四種小說，題爲張生彩鸞燈傳；寶文堂書目亦有著錄，題爲彩鸞燈記。

楊思溫燕山逢故人　甲

篇中云，楊思溫之嫂名鄭意娘；寶文堂書目有燕山逢故人鄭意娘傳，當卽此篇。

晏平仲二桃殺三士　甲

寶文堂書目有齊晏子二桃殺三學士，想卽此篇。

沈小官一鳥害七命　甲

寶文堂書目有沈小官畫眉記，想卽此篇。篇中故事始於一隻畫眉鳥。據郎瑛七修類稿卷四十五，知爲天順間杭州實事，在此篇中託云宋代故事。此篇之作，當在故事發生後不久，故文字猶是明初風格。

金玉奴棒打薄情郎　乙

情史卷二紹興士人條卽敍此事。此篇選入今古奇觀。

李秀卿義結黃貞女　乙

情史卷九有李秀卿條。篇中所述爲弘治時事。

月明和尙度柳翠　丁

與元人李壽卿所撰雜劇同目。

明悟和尚趕五戒　甲

見清平山堂話本集，題為五戒禪師紅蓮記。前篇月明和尚似由此篇演變。

鬧陰司司馬逸斷獄　丙

元刊本三國志平話開端卽敍此故事，此篇敍述較平話詳盡，有增飾之跡，文字亦較平話流暢，當是明人改作。

遊酆都胡毋迪吟詩　丙

篇中有「元祚遂傾」之語，當然是明人作。

張古老種瓜娶文女　甲

寶文堂書目有種瓜張老，想卽此篇。

李公子救蛇獲稱心　甲

見欹枕集，題為李元吳江救朱蛇。寶文堂書目著錄。

簡帖僧巧騙皇甫妻　甲

見清平山堂話本集，題為簡帖和尚，寶文堂書目著錄。

宋四公大鬧禁魂張　甲

此篇既不見於舊刋小說總集如清平山堂等，又不見於藏家目錄。但其古拙質樸，全與史弘肇一篇相同，語法詞彙亦全為宋元時語體文所習用，自非明人新作。此篇題目雖云宋四公，篇中主要人物則為宋之師弟趙正，又有一侯興與宋趙侯三人俱是著名竊賊，而趙正手段最爲高明。宋羅燁編醉翁談錄卷一小說開闢條，述小說名目有「趙正激惱京師」之語。元鍾嗣成錄鬼簿於元末人陸顯之名下注云：「汴梁人有好兒趙正話本」。寶文堂書目著錄有趙正侯興一本可知此爲宋元至明民間不斷傳說的故事。寶文堂之趙正侯興不知卽是此篇否？我又懷疑此篇也許就是陸顯之的好兒趙正話本；如所疑不錯，此篇將是現存宋元話本中惟一有作者主名的一篇了。

梁武帝累修成佛　丁

任孝子烈性爲神　甲

寶文堂書目有任珪五顆頭，與此篇人名主題皆同。

汪信之一死救全家　丁

沈小霞相會出師表　乙

此篇爲嘉靖時實事。情史卷四有沈小霞條。

綜計右列目錄，甲類共十六篇，乙類九篇，丙類七篇，丁類八篇。再歸納爲兩大類，則是宋元或明初舊本十六篇，明中葉以後的新本二十四篇。我已說過，這只是大致的推測，難作定論。但其中舊本少新本多，而新本之大部分可能爲馮夢龍自作或改編，則可斷言。馮氏爲復興話本的功臣，短篇小說大作家。三言收錄了他的全部作品，再加上若干宋元舊本，這是多麼豐富的寶藏！以前研究小說的人，常致憾於三言只有二言，古今小說卽喻世明言復行於世之後，這個缺陷算是完全彌補上了。

民國四十八年，新生日報讀書週刊
初稿曾載於三十七年上海東南日報副刊，此為改訂稿。

洛陽伽藍記叢談

北魏人著述傳到現在的有三部：酈道元水經注，賈思勰齊民要術，楊衒之洛陽伽藍記。這三部都是很好的書。水經注瑰麗，齊民要術古樸，伽藍記的好處則如四庫提要所說：「其文穠麗秀逸，煩而不厭，可與酈道元水經注肩隨。其兼敍爾朱榮等變亂之事，委曲詳盡，多足與史傳參證。其他古跡藝文，及外國土風道里，採摭繁富，亦足以廣異聞。」這段批評非常精當。文士愛其詞章，史家資爲考據，所以孤帙單行，久而不廢。我素喜此書，曾據流行諸本校讀數過，有些問題，寫在下邊，以求教於專攻此書的同好之士。

一、著者究竟姓甚麼

關於伽藍記著者的姓氏，有三種說法。其一，隋書經籍志史部雜傳類云：「洛陽伽藍記五卷，後魏楊衒之撰。」傳燈錄亦作楊衒之（全文見後。）其二，廣弘明集卷六辨惑篇二云：「陽衒之北平人，元魏末爲秘書監，撰洛陽伽藍記五卷。」（節錄，全文見後。）新唐書藝文志亦作陽衒之。其三，史通補注篇云：「若蕭大圜淮海亂離志，羊衒之洛陽伽藍記是也。」郡齋讀書志及文獻通考亦均作羊衒之。楊、陽、揚、羊同音四姓，他佔了三個，到現在也不知道准是那一個。據我所考訂，姓陽之說似乎較爲可靠。

現在所見伽藍記刻本，最古的是明朝如隱堂刻本，稍後是明人吳琯校刻古今逸史本，這兩本都題楊衒之撰，後來各種刻本俱從此兩本出，自然也都是楊字。修四庫提要時所據底本也是楊字，所以提要說：「隋志亦作楊與今本合，疑史通誤也。」（姓陽之說，提要不曾述及，大概作者沒注意到新唐書與廣弘明集。）既然各種刻本都題姓楊，其來源隋志又是三說之中最爲近古的一種，姓楊好像不成問題，但姓陽之說也自有其證據。

魏書卷七十二、北史卷四十七都有陽尼傳，後附其從孫陽固傳，北史又附有陽固長子陽休之傳。根據這幾篇傳記，知道陽氏是北平無終人（今河北省薊縣玉田一帶），是文學世家。楊陽兩家本來都是出於姬姓。楊是周宣王少子尚父之後，其封邑在今山西，後并於晉，子孫居住今山西陝西一帶。陽是周景王少子之後，初封於陽樊，後裔遷居於燕，經過兩漢三國，直到晉室南渡，元魏建國，這兩族始終一東一西。衒之是北平人，姓陽的可能自然大於姓楊，何況陽氏是文學世家，又與衒之身世相符。此外還有更有力的證據。魏書陽固傳說他有三子，長子休之，次子詮之，不曾提到第三子的名字。北史陽固傳則說他有五子，長子休之；休之傳又說他弟綝之，次俊之。陽固究竟有幾個兒子，魏書北史記載不同，無從確定。但無論三子也好，五子也好，都是以之字排行，而且父子都是文學之士。照此推測，擅長文筆的衒之很有與他們是一家的可能。若是陽固有五子，合魏書北史已有四人：休之、詮之、綝之、俊之，加上衒之正好是五個。所以我說姓陽之說最爲可靠。

不過，這都是推測之詞，不能說北平一家姓楊的也沒有，也不能說只有陽家的兒子才會寫文章。而且，南北朝人用之字取名的很多，名字排行相同不一定就是弟兄。而且衒之的文章官位足夠入傳的資格，何以魏書北史陽氏諸傳中對於此君一字不提。以上都是問題，所以衒之姓陽，只能有九分確定，尚不能完全推翻流傳久而普遍的舊說楊字。我寫此文提到本書著者也只好暫從舊說。至於姓羊之說，既不見於任何伽藍記刊本，又無其他佐證，魏書、北齊書、北周書、北史所有姓羊的傳上都找不到一點衒之與他們有關的痕跡。此說可謂不能成立，蓋史通傳寫之訛，讀書志及通考又因襲其誤。

二、楊衒之是否佛教信徒

關於這個問題，有個很有趣的對照。前引廣弘明集卷六全文云：「唐太史傅奕引古來王臣訕謗佛法者二十五人名爲高識傳一帙十卷，有陽衒之名云陽衒之北平人元魏末爲秘書監，見寺宇壯麗，損費金碧，王公相競，侵漁百姓，乃撰洛陽伽藍記，言不恤衆庶也。」同書又載有衒之上朝廷書，指陳當時人信佛的流弊，然則衒之不是佛教信徒了。但傳燈錄上又有這樣一段：「達摩住禹門千聖寺，止三日，有期城太守楊衒之，早慕佛乘，問西天五印師承爲祖，其道如何……又曰弟子歸心三寶，亦有年矣，而智慧昏蒙，尚迷眞理。」據此記載，衒之又是個忠實的佛門弟子，到底是怎麼回事呢？這要以伽藍記本書爲解答的根據。

我們只看伽藍記的自序，便知衒之精通釋典，再觀全書，更可知此君於佛教決非外行。不過全書雖無謗佛之言，亦無信佛之語，只是委曲詳盡，如說家常的記敍掌故。吳若準說他：「慨念故都，傷心禾黍，假佛寺之名，志帝京之事。」（洛陽伽藍記集證序）衒之著書動機，確是如此，所以全書除去實地描寫伽藍景物之外，記敍議論只限於世局時事風俗掌故，而沒有甚麼闡揚佛理宣傳佛法的地方。衒之之記伽藍，正如一般文人之遊覽佛寺，欣賞風景，憑弔古跡，或者觀玩建築雕塑等美術，並不是去燒香拜佛。就從這種態度上，卽可看出衒之不一定是佛教徒。不過元魏之時，佛教盛行，學士大夫多少都通一點佛理，知道些佛典，而佛教哲理又的確有研究的價値；

衒之與達摩問答，當然也是可能的事。這只是窮理講學，而不是信教受戒，所謂歸心三寶云云，恐怕只是客氣話。

但是，衒之雖非佛徒，却絕對不曾「訕謗佛法」。廣弘明集所載衒之上書，僅攻擊世俗信佛的流弊，對於佛教本身並未曾非毀。所謂「見寺宇壯麗，損費金碧，王公相競，侵漁百姓，乃撰洛陽伽藍記，言不恤衆庶也」，更與衒之著書動機不符。伽藍記自序明言作記在永熙多難之後，「城郭崩毁，宮室傾覆，寺觀灰燼，廟塔邱墟」，那還有甚麼壯麗金碧？全書充滿哀惋悽惻的廢興之感，對於所謂壯麗金碧，只有懷念歎惜，絕沒有譏評之意。廣弘明集所云，蓋適得其反。總之，衒之對於佛法，只當他是一種哲理；對於伽藍，則如前文所說，欣賞風景，憑弔古跡，以至觀玩建築雕塑等藝術，既不爲之宣傳闡揚，亦無用其非毁訕謗。從這上，可以看出衒之的思想態度，開明而寬厚。伽藍記全書，在哀惋悽惻的情調之中，又充滿了雍容閒雅的氣韻，就是這種思想態度的反映，這是最可喜悅的。傳燈錄說他早慕佛乘，歸心三寶，固未必然；傅奕以爲他曾訕謗佛法，而目爲高識，更是胡認親戚。

三、伽藍記的板本

伽藍記的宋元舊刻，現在都已不存。聽說有敦煌唐人卷子本，殘存第五卷；但只是聽說，我並沒有見過，只好存而不論。下面就我所見過的本子，大致說一說。先說明刻本，共有三種。

如隱堂本　此本原無序跋，不知是何時何人所刻，觀其字體板式，大概是嘉靖刻本；現存諸本，要以此本爲最古。原刻流傳極少，有董氏誦芬室影印本，原缺三頁，影印時據嘉慶眞意堂叢書本（見後）鈔補。又有商務印書館影印本，收入四部叢刊三編，原缺之三頁，行款字體全與董氏鈔補相同，恐所據卽是董氏影印本，並非原刻。

商務影印本後附校刊記，足補吳若準集證本（見後）的遺漏。兩種影印之外，又有羅振玉覆刻本，收入玉簡齋叢書。此本脫誤不少，又多墨釘空格，不便誦讀；但因沒有更古更好的本子，所以治伽藍記者多宗此本。

古今逸史本　萬曆時吳琯校刻，比如隱堂稍晚。逸史原刻流傳不廣，商務印書館影印元明善本叢書十種中有之。此本與如隱本時代相去雖近，却非同出一源，所以歧異很多，而缺譌更甚，大體說來不及如隱本，但有幾處能校正如隱之誤，其他異文亦多可以兩存。

津逮秘書本　崇禎時毛晉校刻，板口題綠君亭，又名綠君亭本。據李氏說劍診本（見後）附錄毛扆跋語，知此本所據是何慈公鈔本，慈公所據底本則是不知何人從如隱堂本影寫校補；故此本字句與如隱堂本十九相同，不同之處則是何鈔及所據底本之所校補。毛扆並不滿意他的家刻，認為其中時有妄改臆補之處。但在今日看來，明刻三種之中還是以此本為最便閱讀，補闕正誤的確用過一番工夫，毛扆所謂妄改臆補之處其實並不多。

入清以後，又有三本，都是覆刻明本：一、漢魏叢書本，乾隆時王謨校印。（漢魏叢書又有何鏜校本，與王謨本同。）二、眞意堂叢書本，嘉慶時璜川吳氏活字印。三、學津討原本，道光時張海鵬校印，板口題照曠閣，又名照曠本。前兩種覆刻古今逸史，漢魏脫誤仍舊，眞意略有校改。後一種則是覆刻津逮秘書。以上三種只是覆刻，並不重要；到了道光時，吳若準的集證出來，伽藍記才開始有新的形式。以下把集證以後各種本子，分別敍述。

洛陽伽藍記集證　簡稱集證，道光甲午（十四年）吳若準校印。此本有兩個特點：第一是分析正注。伽藍記原本是分正文注文的，明以前正注分析的本子，現在已見不到，明以來各本都是正注混在一起。吳若準是第一個試分正注的人但他的分法實在太不高明，與原本相去一定很遠，集證本的好處，絕不在此。關於這個問題，下文專條細說。第二是校勘精詳，這才是集證的好處。所謂集證，卽是校刊記，附在全書後邊。吳氏根據所見各種本子，參以太平御覽，太平廣記，法苑珠林各書所引，詳細校刊；以前從沒有人用過這樣的工夫。但吳氏校勘雖詳，仍有未盡，就像如隱堂本的脫誤及與他本歧異的地方，卽多未校出，由近人張元濟補校，附在四部叢刊三編影印本的後邊（見前）。集證刻成後，印行不多，經過太平天國之役，板已燬去，故原刻頗為少見。比較易得的有三種：覆本李氏說劍診覆刻本，洛陽智水禪院覆刻本，中國書店影印本。李本略有校訂，並加附錄數則。

洛陽伽藍記鉤沉　簡稱鉤沉，近人唐晏（原名震鈞）校訂，收入潮州鄭氏龍溪精舍叢書，有中國書店影印本單行。此本也是分正注的，與集證所分全不一樣，其決非楊書本來面目，則是一樣。字句校勘大體遵照集證；有些新的校訂，却不注明所據何書。有幾處我查明了是根據太平廣記或法苑珠林，有幾處完全不知所出。唐氏自認有時是「以意定之，」用△符號記出，但有些來歷不明極像「意定」之處並未加符號。此外還有些他本所無的錯字。此本有簡單注釋，大部引錄魏書，北史，水經注。

洛陽伽藍記合校　近人張宗祥校，商務印書館出版。此本把所有以上各本文字異同通都校出，故名合校。又將各本的序跋附錄及吳氏集證（校刊記部分）彙輯在一起。雖仍有幾處校刊漏誤或類似臆補臆改，總要算最為精詳完備的本子。此本不分正注，僅將集證及鉤沉兩本所析出的正文附錄卷後。

洛陽伽藍記注　近人周延年注，未題明是何書局出版或係注者自印。以唐氏鉤沉為底本；引證史實之外，並注釋典故，較鉤沉所注詳細，頗便初學。

總觀以上各本如隱堂及古今逸史是此書最早的兩個祖本互有短長此後各種本子或宗如隱或宗逸史或兩本互訂總不出其範圍屬於逸史系統的漢魏叢書脫誤太多眞意堂叢書已成難得的古董都可不必管他屬於如隱系統的津逮秘書學津討原及玉簡齋叢書等三本雖錯誤較少但都是叢書很難遇到單行零種爲了普通誦讀以合校本及周注本最爲便利而且易得至於集證鉤沉兩本的分析正注則是校訂伽藍記的另一件事下面專條討論。

四、伽藍記的正文與注文

伽藍記原本是有正文注文之分的詳見史通卷五補注篇現存舊本都把正注混在一起伽藍記的本來面目遂不可復見清朝嘉道間顧廣圻朱紫貴都想試分正注而沒有成書吳若準是朱紫貴的外甥他的伽藍記集證是分正注的第一部書可惜這嘗試完全失敗集證的分析正注不過是把每條頭一兩句提高一格就算正文以下分成若干小段低一格就算注文偶有提出正文不限於開頭一兩句的五卷四十餘條之中不過十條左右而所提出的正文還是很簡單如卷一永寧寺條提出正文不限於開頭一兩句但數千字的一篇文章吳氏提出正文只有「永寧寺熙平元年靈太后胡氏所立也在宮前閶闔門南一里御道西」及「外國所獻經像皆在此寺」兩行一共寥寥三十餘字也不知道這三十餘字何以被吳氏垂靑認爲正文吳氏就照這樣分下去結果所提出的正文還不到三頁（見張宗祥合校本附錄）自作自注之書而五卷之中僅有二頁半正文從古至今也沒有這種體例何況僅提出篇首一兩句或數句作爲正文根本就不像回事這樣簡陋無理的分法等於不分。

唐晏不滿於集證的分法，所以他又重來一回而成爲伽藍記鉤沉。但鉤沉却有比集證更錯誤的地方。第一、標準錯誤。鉤沉例言第一條云：「古人著書必有一定體裁，北魏人著述在者，惟此暨水經注耳，故今刊定此書全用水經注體裁。」吳氏的分析方法失之簡陋，唐氏的刊定標準則未免糊塗。同時人著述是否必用同一體裁，已是問題。何況水經與注並非一人所作，作者與注者亦不同時，伽藍記則是楊衒之自作自注，情形根本不同，豈能用水經注的體裁來刊定伽藍記。第二、正注顚倒。鉤沉例言第二條云：「書記伽藍，自應以寺爲主，而時事輔之，故凡涉及寺事，例高一格書，而餘文附之。」唐氏既知「應以寺爲主，」却把記敍寺中產物，描寫寺中風景建築的文字，都當作注文。不知這些是否「寺事，」何以要低格附注？洛陽市里，時人第宅之類，與「寺事」並無密切關係，應當屬於「時事」範圍，何以反都「概入正文，高一格書之？」這都是顯然的顚倒錯誤。恐怕唐氏提高一格的大半是注文，低格附錄的倒有很多是正文。他所以如此顚倒，主要緣故還是因爲先有了以水經注體裁刊定伽藍記的錯誤標準，所以唐氏分析出來的形式，很像水經注，可惜就是不像洛陽伽藍記。唐氏提出的正文，照張宗祥合校本附錄，也只有七頁半，雖比集證多了五頁，還是太少。

然則伽藍記的正注，到底該怎樣分法呢？這有一個先決問題，就是是否需要分。一部分人的意見，以爲用現行不分正注的本子讀伽藍記，並沒甚麼不便；無論怎樣去分，也不會與原本一樣，勉強猜測，轉失眞象。張宗祥合校本的跋語，即是這一派意見的代表。這種意見固然也有道理；不過我們讀伽藍記的確有時感到散漫，大有游騎無歸之勢，這當然是正注不分的緣故。游騎還不要緊，游騎而無歸就容易使人迷惑了。如卷一的永寧，卷二的平等，卷三的報德，卷四的法雲，卷五的凝圓，這些條都是篇幅很長，頭緒很多，若能分爲正注，或者眉目更要清朗一些，不致越看越遠，不知他說的都是那兒和那兒。所以正注的分析，倒不見得毫無需要。

至於如何分析才好，據我看只有一個原則：正文不能太少，注文不能太多。因爲楊氏原書是作記不是作注，像集證只有二頁半正文，鉤沉只有七頁半正文，簡直是笑話。此外任何固定的方法和標準都可不要。只按照文法語氣，審時制定卽可。這樣看似漫無標準，其實倒能分析得和原本比較相近，而且不致支離破碎。我們分析正注並不是要復舊觀，（若無古本發現，這個舊觀是永遠不能復的。）只是要弄淸眉目，修理，以駕馭那些蕪漫的長篇大幅，標準云云，根本用不着也。

附記：此文初稿完成於民國三十二三年間，四十六年稍加修改，載於中央日報學人副刊。至四十八年而徐高阮所編「重刊洛陽伽藍記」行世。此本分析正註，最爲合理近眞，遠勝於集證、鉤沉；其端緒則陳寅恪先生實啓之，詳見徐書序文。徐先生謝世，歲星已週，贈書猶在，撫卷惘然。又近人范氏校註、周氏校釋，出書均在本文之後，故未及敘入。五十九年冬日記。

中華語文叢書

景午叢編（下編）

作　　者／鄭　騫　著
主　　編／劉郁君
美術編輯／中華書局編輯部

出 版 者／中華書局
發 行 人／張敏君
行銷經理／王新君
地　　址／11494 台北市內湖區舊宗路二段181巷8號5樓
客服專線／02-8797-8396　　傳　　真／02-8797-8909
網　　址／www.chunghwabook.com.tw
匯款帳號／兆豐國際商業銀行　東內湖分行
067-09-036932　中華書局股份有限公司

法律顧問／安侯法律事務所
印刷公司／維中科技有限公司　海瑞印刷品有限公司
出版日期／2015年11月再版
版本備註／據1972年3月初版復刻重製
定　　價／NTD 560

國家圖書館出版品預行編目（CIP）資料

景午叢編（下編）／鄭騫著. —再版.—臺北市
：臺灣中華，2015.11
冊；公分. —（中華語文叢書）
ISBN 978-957-43-2900-7(下編：平裝).

1.文學通論　2.文學評論

848.6　　104020683

NO.H2108-2
ISBN 978-957-43-2900-7（平裝）